Klug, kühn und ehrgeizig spielt Daphne ein gefährliches Spiel, aber je näher sie ihrem Ziel kommt, desto mehr erkennt sie, wie wenig es ihr eigentlich bedeutet. Als sie endlich weiß, was sie will, scheint es zu spät zu sein.

Ein Roman vor dem farbigen Hintergrund des alten Rom, Ägypten und Jerusalem.

Eva Thies ist Autorin erfolgreicher historischer Romane wie «Das Rätsel der Borgia» und «Der Normanne und das Mädchen».

EVA THIES

Die Tochter des Philosophen

Roman

Rowohlt Taschenbuch Verlag

Neuausgabe April 2002
Veröffentlicht im Rowohlt Taschenbuch Verlag GmbH,
Reinbek bei Hamburg, März 2000
Die Originalausgabe erschien 2000 unter dem Titel «Daphne, die
Tochter des Philosophen» im Rowohlt Taschenbuch Verlag GmbH

Lektorat Sabine Lammers
Umschlaggestaltung any.way, Cathrin Günther
(Abbildung: «Lukrezia» von Paolo Veronese 1528–1588,
Archiv für Kunst und Geschichte, Berlin/Erich Lessing)
Gesamtherstellung Clausen & Bosse, Leck
Printed in Germany
ISBN 3 499 23158 1

Die Tochter des Philosophen

JOSEPHUS HÜLLTE SICH ENGER in seinen Mantel. Er fror, aber er wollte noch nicht hinuntergehen, denn unter Deck herrschte drangvolle Enge. Die «Isis» war das letzte Schiff, das vor der Winterpause aus Cäsarea abgelegt hatte, und wer immer noch vor dem nächsten Frühling aus Judäa, Arabia oder dem südlichen Syrien nach Rom gelangen wollte, war an Bord gegangen. Das Schiff, das nach Aussage des Kapitäns Platz für etwa dreihundert Passagiere bot, war nach Schätzung von Josephus mit der doppelten Anzahl überfüllt. Wer nicht wie der reiche Römer, der als kaiserlicher Offizier in amtlichem Auftrag reiste, eine eigene Kabine beanspruchen und dem Anspruch mit klingender Münze Geltung verschaffen konnte, dem blieb nichts weiter übrig, als sich im Bauch des Schiffes einen Lagerplatz neben wildfremden Menschen einzurichten und zu hoffen, daß die zehn oder zwölf Tage bei glatter See vorübergehen würden. So war der Geruch von menschlichen Ausdünstungen, Schweiß und Urin, durchmischt mit abgestandenem Kohl und Knoblauch, atemberaubend, Josephus ekelte es bei der Vorstellung, daß auch noch der saure Gestank von Erbrochenem dazukäme. Außerdem war er sich nicht sicher, ob er nicht selbst ein Opfer der Seekrankheit werden würde, von der er Schreckliches gehört hatte. Zwar wurde das Opfer, sobald es wieder an Land war, gesund, aber während der Krankheit, so hieß es, wünschte man nur noch zu sterben.

Zu sterben aber war nun etwas, was Josephus gänzlich fern lang, breitete sich doch die Zukunft verlockend vor ihm aus. Sohn eines Priesters, von Mutters Seite her aus dem königlichen Geschlecht der Hasmonäer, war er jetzt mit einer Aufgabe betraut worden, die ihm eine glänzende Zukunft eröffnen konnte. Er sollte nach Rom gehen, um sich für einige Priester einzusetzen, die der Prokurator Festus wegen ihres allzu großen religiösen Eifers in Ketten nach Rom geschickt hatte. Man hatte ihn trotz seines jugendlichen Alters auserwählt, weil er als Mann von Tatkraft, Beredsamkeit und Besonnenheit galt. In seiner Tasche lag wohlverwahrt das Täfelchen mit dem Empfehlungsschreiben an Aliturus, den jüdischen Schauspieler, der sich in hoher Gunst bei Poppäa Sabina, der Kaiserin, befand. Man sagte allgemein der Kaiserin große Sympathien für die Juden nach. Gewiß würde Aliturus ihm eine Audienz bei ihr verschaffen können. Welch eine Aussicht! Rom! Die Kaiserin! Und wenn er seine Aufgabe zur Zufriedenheit erfüllt hatte, würde sein Ansehen in Jerusalem steigen.

Josephus' Gesicht bewölkte sich einen Moment, als er an Jerusalem dachte.

«Du hast Glück, mein Junge, daß du gerade jetzt gehen kannst», hatte sein Vater gesagt, «es braut sich etwas zusammen. Die Lage war schon immer schwierig, aber mit dem neuen Prokurator Florus hat sie sich verschärft. Man sollte meinen, er lege es geradezu darauf an, einen Aufstand zu provozieren. Besser, du bleibst ein Jahr fort, bis sich alles geklärt hat.»

Ein scharfer Windstoß fegte unerwartet über das Deck. Josephus wandte sich zum Gehen. Er machte zwei Schritte rückwärts. Sein Fuß verfing sich in einem Bündel von Tauen und Tüchern. Unwillig wollte er es beiseite stoßen, traf aber auf unerwarteten Widerstand.

Das Bündel regte sich und richtete sich auf.

«Verdammt», sagte es empört, «kannst du nicht sehen, wohin du trittst?»

Josephus starrte mißbilligend auf das magere Geschöpf mit den riesigen Augen und den verfilzten Locken zu seinen Füßen. Das Kind des Philosophen, lästig vom ersten Tag der Reise an. Schon bevor das Schiff überhaupt den Hafen verlassen hatte, hatte er Anlaß gehabt, sich über den dreisten Jungen zu ärgern.

Der Vater schien vollständig ungeeignet, ihm Einhalt zu gebieten und Sitte und Anstand beizubringen. Von einer Mutter war weit und breit nichts zu sehen.
«Was machst du denn hier?» fragte er feindselig.
«Dasselbe wie du», antwortete das Kind, «ich atme, wenn's beliebt.»
«Sehr philosophisch, sehr witzig», sagte Josephus wütend, «kannst du nicht atmen, wo du anderen Leuten nicht im Weg liegst?»
«Wäre ich nicht hier, wärest du trotzdem gestolpert. Die Taue waren nämlich schon vor mir da», erwiderte das Kind.
Josephus preßte die Lippen zusammen und verzichtete auf eine Antwort. Es war bei weitem unter seiner Würde, sich mit diesem patzigen Jungen herumzustreiten. Wenn er sein Vater wäre, wüßte er schon, was er zu tun hätte. Ein paar Ohrfeigen würden rasch verdeutlichen, welches Betragen sich für einen Jungen einem Erwachsenen gegenüber schickte.
Eine neue Bö fuhr über sie hin. Josephus erschauerte, zog den Mantel enger um sich und machte einen großen Schritt auf die Tür zu, die unter Deck führte.
«An deiner Stelle», rief das Kind ihm nach, «würde ich da jetzt nicht runtergehen.»
Unwillkürlich blieb er stehen.
«Warum nicht?»
«Da unten fangen sie gerade an zu kotzen», sagte das Kind gelassen.
Es rollte sich wieder auf den Tauen zusammen und zog die Tücher über sich, als habe es mit dieser Warnung eine Pflicht erfüllt und könne sich jetzt wieder seinen eigenen Interessen zuwenden.
Die drastischen Worte ließen Josephus zögern. Er konnte sich lebhaft ausmalen, was im Bauch des Schiffes jetzt vor sich ging, und es war alles andere als eine angenehme Vorstellung. Schon

bei dem Gedanken daran fühlte er, wie sein Magen zu rumoren begann. Andererseits wurde es auch an Deck sehr ungemütlich. Der Wind wurde stärker, und die Kälte drang empfindlich durch den Umhang.

Von der Brücke bellte der Kapitän Kommandos. Matrosen sprangen über das Deck, stießen Josephus beiseite, ohne sich zu entschuldigen, und ein jäher Wind brachte das Schiff in eine gefährliche Schräglage. Der erste Brecher spülte über die Planken, über Josephus Füße und über das Kind hinweg.

Dann ging alles ganz schnell.

Josephus konnte sich später nicht mehr an die Reihenfolge der Ereignisse erinnern. Er wußte nur, daß er ein Krachen und Splittern hörte, Flüche, Rauschen und er dann nur noch Nässe fühlte. Etwas an ihm war naß und schwer und zog ihn in die Tiefe. Er riß mit einem Ruck die Spange ab, die den Mantel an der Schulter zusammenhielt, und sah, wie er davontrieb und dann versank. Dann erst wurde ihm klar, daß er nicht mehr an Bord der «Isis» stand, sondern im Wasser schwamm. Er war über Bord gegangen. Und er nicht allein. Das Kind des Philosophen tauchte neben ihm auf und schnappte nach Luft. Dann versank sein Kopf wieder. Hinter sich hörte Josephus Schreie. Gut, sie hatten also beobachtet, daß er über Bord gegangen war und machten sich bereit, ihn herauszufischen.

Der Junge tauchte wieder neben ihm auf, hustend, spuckend und prustend. Josephus wurde plötzlich klar, daß das Kind nicht schwimmen konnte. Er mußte es über Wasser halten, bis er eine Leine vom Schiff auffangen konnte. Bevor es wieder versinken konnte, streckte er den Arm aus, packte es an den Lokken und riß seinen Kopf hoch. Dann trat er Wasser, richtete sich auf und drehte sich um.

Von der «Isis» war niemand bereit, ihm zu Hilfe zu kommen. Das Schiff lag schräg auf der Seite, wurde von Brechern überspült und war nichts mehr als ein schwimmender Sarg für sechshundert Passagiere, die unter Deck eingeschlossen waren und sich nicht mehr ins Freie kämpfen konnten. Daß er und der Junge noch lebten, lag nur daran, daß sie beide an Deck gewesen waren.

Josephus wunderte sich flüchtig, daß er in diesem Moment nichts fühlte. Sein Verstand arbeitete rasch und prüfte nüchtern die Lage.

Wenn es keine Hilfe von seiten der Besatzung der «Isis» mehr geben konnte, war er zu ihrer Rettung auf sich allein angewiesen. Schwimmend konnte er kein Ufer erreichen. Es war keines zu sehen, und er wußte nicht, in welcher Richtung er es zu suchen hatte. Außerdem konnte er nicht länger als zehn Minuten schwimmen, nicht mit dem Kind, das wie ein Stein an ihm hing.

Josephus hielt Ausschau nach einem Stück Holz und sah ein Faß in der Nähe treiben, das sich aus seiner Verankerung an Deck losgerissen hatte. Er schwamm darauf zu und hievte mühsam den Körper des Kindes hinauf. Er fand ein Tau, das mit einem Ende im Wasser trieb, mit dem anderen noch am Faß befestigt war, und band den Jungen damit an der Tonne fest. Von dieser Last befreit, machte er sich auf die Suche nach einer Stütze für sich selbst. Er bemerkte jetzt, daß sie beide nicht die einzigen waren, die die «Isis» lebend ausgespuckt hatte. Um ihn herum trieben schreiende Menschen, die verzweifelt versuchten, sich an die schwimmenden Trümmer zu klammern. Einmal fand Josephus einen Balken, aber als er die Finger darum schloß, schlug ihm jemand mit einem harten Gegenstand darauf und trieb ihn mit einem Fußtritt gegen den Kopf fort. Josephus glitt halb betäubt unter die Wellen, schluckte Wasser und kämpfte sich verzweifelt wieder nach oben. Die Brecher, die sich drohend vor ihm auftürmten, stürzten über ihm zusammen und drückten ihn wieder unter die Wasseroberfläche, und jedesmal wurde der Zwischenraum, in dem er auftauchte und nach

Luft schnappen konnte, kürzer. Jedesmal waren es auch weniger Schreie, die in seinen Ohren gellten.
Josephus war noch nicht bereit, sich aufzugeben. Er war jung, gesund und kräftig. Er war ein guter, geübter Schwimmer. Er mußte nur aus der allzu großen Nähe des Schiffes fort. Es war ihm klar, daß die «Isis», wenn sie endgültig versank, ihn unfehlbar in ihrem Strudel mit in die Tiefe reißen würde.
Er tauchte auf, schaute sich rasch zur Orientierung um, pumpte die Lungen voll Luft und tauchte dann. Gezielte Schwimmstöße unter den Wogenkämmen hindurch brachten ihn rasch von der «Isis» fort, und als er wieder auftauchte, sah er, daß er einen Bereich gewonnen hatte, in dem er allein war. Oder fast allein. Zum Greifen nah trieb vor ihm der Hauptmast der «Isis», auf der ein Mann rittlings saß. Er beugte sich vor und steckte Josephus die Hand entgegen. Mit seiner Hilfe schwang Josephus sich aus dem Wasser auf den Mast.
«Danke», sagte er keuchend.
Das Blut hämmerte in seinen Schläfen, sein Atem ging heftig und unregelmäßig. Ihm war zugleich kalt und heiß. Er machte den Mund auf und spuckte einen Schwall Seewasser aus. Dann betrachtete er seinen Retter.
Er erinnerte sich. Er hatte ihn bei der Einschiffung flüchtig gesehen. Der kaiserliche Offizier, ein hochgewachsener eleganter Mann mit der ganzen Selbstsicherheit, die ererbter Rang und Reichtum verliehen. Nicht viel älter als er, Josephus selbst, aber durchdrungen davon, als Römer Herr der Welt zu sein. Josephus hatte sofort eine Abneigung verspürt. Jetzt war er fast versucht, das scharfgeschnittene, schmale Gesicht mit den tiefliegenden, dunklen Augen schön und das ironische Lächeln hinreißend zu finden.
«Wer sagt denn, daß Wasser keine Balken hat?» sagte der Römer, «willkommen auf unserem schmalen Schiff! Ich bin Marcus Annius Flaccus.»

Josephus wünschte sich, er hätte auch einen klingenden Namen, der aus drei Teilen bestand. Er konnte sich nicht gut als Urenkel einer Hasmonäerprinzessin vorstellen, und so murmelte er seinen Namen ohne Hoffnung, den anderen zu beeindrucken.
Dann sah er sich um.
Er war keineswegs zu früh auf den Gedanken gekommen, sich von der «Isis» zu entfernen. Das Schiff war verschwunden, und über ihm hatte sich das Meer geschlossen, als habe es nie existiert. In der kabbeligen See trieben die letzten Trümmer, und daran klammerten sich die wenigen Überlebenden. Nicht weit von sich sah Josephus das Faß treiben, an dem er das Kind des Philosophen festgebunden hatte. Es lag bäuchlings über der Rundung und klammerte sich mit beiden Armen fest. Ab und zu hob eine Welle das Faß an und die Arme glitten von dem Holz, aber sobald sich die Lage wieder stabilisiert hatte, klammerte sich das Kind erneut fest. Es hat den Überlebenswillen einer Schiffsratte, dachte Josephus. Er versuchte, seine Lage einzuschätzen. Realistisch betrachtet, waren seine Aussichten nicht die besten.
Von Horizont zu Horizont waren nichts als das graue, sich gleichmäßig hebende und senkende Meer und der graue, unbewegte Himmel zu sehen. Nirgendwo ragte der dunkle Schatten eines Ufers auf, nirgendwo stieß die Spitze eines Schiffsmastes gegen den Himmel.
«Sieht schlecht aus», sagte der Römer, der offensichtlich seinen Blicken und seinen Gedanken gefolgt war, zustimmend, «wir sind rund eine Tagesreise vor Sizilien, ohne Wasser, ohne Essen, ohne ein seetüchtiges Floß und zu dieser Jahreszeit ohne die Aussicht, daß ein anderes Schiff unseren Weg kreuzt. Das einzig Gute, was man sagen kann, ist, daß die Sonne nicht mehr die Kraft hat, in wenigen Stunden unser Hirn aus unserem Schädel zu brennen. Falls man das einen Vorteil nennen will.»

Josephus fühlte sich durch die stoische Gelassenheit des Mannes gereizt.

«Eine Tagesreise vor Sizilien?» fragte er.

«Ungefähr. Die Insel liegt in nordwestlicher Richtung, aber da wir nicht rudern und nicht segeln können, kann es uns egal sein.»

«Dann ist Malta näher als Sizilien.»

Marcus Annius Flaccus zuckte die Achseln.

«Welche Insel auch immer – jede ist gleich unerreichbar.»

«Wenn wir ein Boot hätten – oder ein Floß ...»

«Die ‹Isis› ist so rasch gekentert, daß es nicht mehr gelungen ist, die Rettungsboote zu Wasser zu lassen.»

«Wie konnte das überhaupt passieren?»

«Sie war überladen, nehme ich an. Außer den Passagieren hatte sie Getreide aus Syrien an Bord. Als der Wind das Schiff in die Schräge drückte, ist wahrscheinlich die Ladung verrutscht, und es konnte sich nicht mehr aufrichten. Die meisten Leute haben es nicht einmal mehr geschafft, an Deck zu kommen. Vielleicht sollten wir sie beneiden statt bedauern. Ihr Tod kam jedenfalls rasch.»

Josephus betrachtete eine Planke, die sich ihnen näherte. Ein alter Mann klammerte sich daran fest. Er lag halb mit dem Oberkörper darüber, seine Beine hingen im Wasser. Mit Schwimmbewegungen trieb er die Planke in ihre Richtung und schrie. Eine Welle kam und hob das Brett, er schrie noch einmal, dann spülte das Wasser über ihn hinweg. Als die Planke wieder auftauchte, war sie leer.

«Mein Gott», murmelte Josephus.

Sein Blick suchte unwillkürlich nach dem Faß. Es ritt auf dem Wasser, das Kind hatte sich in eine andere Position gebracht und saß jetzt mehr darauf als daß es lag. Er sah, daß es die Schwankungen ausbalancierte.

«Ein Floß», sagte er und sah den Römer an, «wir brauchen ein

Floß. Dann können wir länger ausharren. Wir brauchen kein anderes Handelsschiff. Wenn eine Insel in der Nähe ist, können uns Fischer auflesen.»
«Sicher», sagte Flaccus freundlich, «es ist ganz leicht, uns ein Floß zu beschaffen. Sie schwimmen hier zu Dutzenden herum. Warum springen wir nicht von unserem Balken und schnappen uns eines?»
«Warum bauen wir uns keines?»
«Ah, die Götter haben mir das Glück erwiesen, mich mit einem Zimmermann zusammen zu retten. Aber gewiß doch, bauen wir uns ein Floß! Wenn es weiter nichts ist!»
«Ironie ist Verschwendung von Kraft und Intelligenz», sagte Josephus, «natürlich bin ich kein Zimmermann. Aber ich habe einige Jahre bei einer Gruppe gelebt, die sich an den Rand der Wüste zurückgezogen hatte und möglichst autark lebte. Dort mußte jeder auch ein Handwerk ausüben.»
«Und was man in der Sandwüste gelernt hat, ist hilfreich in der Wasserwüste?»
«Zweifellos», sagte Josephus grimmig, «es hat mich gelehrt, aus wenigen Hilfsmitteln etwas Brauchbares herzustellen. Und vor allem: die Dinge anzupacken statt nur über sie zu räsonieren.»
Der Römer lachte auf. Um seine dunklen Augen bildete sich ein Kranz von Fältchen, was ihn plötzlich weniger herrisch erscheinen ließ.
«Ich fühle mich getroffen. Also gut, probieren wir es auf deine Weise. Ich erkläre mich hiermit feierlich zum Floßbauergehilfen.»
Josephus setzte ihm seinen Plan auseinander, und er stellte fest, daß Marcus Annius Flaccus, sobald er die Idee begriffen hatte, rascher, härter und erfolgreicher arbeitete als er selbst.
Sie tauchten und schluckten Wasser. Sie schwammen so weit sie es wagten von dem Mast weg, sie rissen die Taue, die noch

daran hingen, mit aller Kraft aus ihrer Verankerung, sie schnappten sich jede Planke, die in ihrer Nähe schwamm. Sie schürften sich die Hände blutig, schluckten Wasser und fanden plötzlich Helfer, Männer, die sich in ihrer Nähe gerettet hatten und alles dazu beisteuerten, was sie auffinden konnten. Zu den Tauen traten die Gürtel der Tuniken, die Tuniken selbst, die sie in Streifen rissen, und als die Dämmerung sich über das Meer senkte, fanden sie sich auf einer schwimmenden Plattform von unregelmäßiger Oberfläche, notdürftig zusammengeschnürt und groß genug, um zehn Leute zu tragen. Am Ende zog Josephus die Tonne heran, auf der das Kind des Philosophen schwamm, band es los und zog es auf das Floß. Das Faß hievten sie an Bord und stellten es auf. «Wenn es regnet», sagte Marcus Annius Flaccus, «können wir darin das Wasser auffangen.»

Es war eine seltsam gespenstische Stimmung an Bord. Daß sie etwas getan hatten, daß sie Erfolg gehabt hatten, hatte sie mit neuer Hoffnung erfüllt, und sie hatten lebhaft geredet, Witze gerissen und sich stark gefühlt. Als aber die Dunkelheit kam und mit ihr die Kälte, wurden sie still, und sie dachten weniger an die Möglichkeit der Rettung, die vor ihnen lag, als an den Tod, der hinter ihnen lag, und der in dieser Nacht immer noch auf der Lauer lag.

Am Morgen stellte Josephus fest, daß sie nur noch zu sechst auf dem Floß waren, er selbst, der Römer, das Kind, ein junger Mann mit gebrochener Nase, ein älterer, dessen Glatze von braunen Flecken übersät war, und eine alte Frau, die sie aus dem Wasser gezogen hatten. Es war ein bleicher nebliger Herbstmorgen, der heraufdämmerte. Die Luft war von feuchter Kälte erfüllt, aber es regnete nicht, und das Wasserfaß blieb leer. Josephus zitterte vor Erschöpfung und Hunger und Mutlosigkeit.

«Guten Morgen», sagte der Römer, als sein Blick auf ihn fiel, «Frühstück gibt es leider erst in Sizilien.»

«Oder in Malta.»
«Oder in Malta», sagte er höflich, «ich muß gestehen, mir ist eine Insel so lieb wie die andere. In kulinarischer Hinsicht ziehe ich zu dem jetzigen Zeitpunkt keine der beiden vor.»
«So ein verfluchter Quatsch», sagte eine heisere Stimme.
Sie kam von dem Philosophenkind, und zum ersten Mal, seit er es kannte, war es Josephus sympathisch.
Der Römer hob eine Braue.
«Was ich sage, findet nicht deinen Beifall, mein Kleiner?»
«Statt über Frühstück zu reden, solltet ihr es lieber beschaffen», sagte das Kind, «ich habe Hunger.»
Marcus Annius Flaccus lächelte.
«Dein Wunsch ist mir Befehl. Möchtest du eine besondere Speise?»
«Fisch», sagte das Kind, «ich will einen großen Fisch. Ihr konntet doch ein Floß bauen. Wieso könnt ihr dann keinen Fisch fangen?»
«Wir haben keine Angel und kein Netz», wandte Josephus ein, «nicht einmal einen Speer.»
«Dann laßt euch etwas einfallen», sagte das Kind gebieterisch.
Flaccus brach in Gelächter aus.
«Er sieht aus wie ein nasser, streunender, halbverhungerter kleiner Kater, aber er kommandiert uns, als wäre er der General der 6. Legion. Also – lassen wir uns etwas einfallen, mein Freund. Wie habt ihr denn in der Wüste die Fische geangelt?»
Diese Frage blieb unbeantwortet. Die alte Frau, die bisher apathisch vor sich hingedämmert hatte, regte sich jetzt. Sie richtete sich mühsam auf und brachte dabei das Floß gefährlich ins Schwanken. Den Zeigefinger der dürren Hand anklagend auf Josephus gerichtet, krächzte sie: «Jetzt ist es genug. Ich will an Land. Sofort. Du hast mir eine hübsche kleine Reise verspro-

chen. Aber das ist alles andere als eine hübsche kleine Reise. Das hätte ich mir denken können. So ist das ja immer mit dir gewesen. Wenn ich mich auf dich verlasse, geht garantiert alles schief. Du kannst nichts, und du taugst nichts. Das war immer schon so, und das wird auch so bleiben.»
Josephus holte tief Atem und versicherte lautstark, als wirke er damit glaubwürdiger: «Das ist ein Irrtum. Du verwechselst mich. Ich kenne dich gar nicht. Wir haben nichts miteinander zu schaffen.»
«Du brauchst nicht so zu schreien, ich bin nicht taub», sagte die alte Frau beleidigt, «und höre auf, mich zu verleugnen! Das glaubt dir sowieso kein Mensch. Wenn hier jemand Grund hätte, jemanden zu verleugnen, dann wäre das wohl ich! Einen feinen Sohn habe ich da in die Welt gesetzt. Schämt sich seiner Mutter und macht der Welt weis, daß er sie nicht kennt. Die Götter werden dich dafür strafen, jawohl, die Götter!»
Sie rückte näher an ihn heran und bohrte ihm die Spitze ihres Zeigefingers in die Rippen.
«Und jetzt hör auf mit dem Theater und bring mich an Land, hörst du? Sofort! Oder ich rufe die anderen Männer zu Hilfe, jawohl!»
Josephus wollte zu neuen Beteuerungen anheben, aber Flaccus gebot ihm mit einer Geste Stillschweigen. Er beugte sich zu der alten Frau hinüber und sagte freundlich:
«Wir werden bald alle an Land gehen, Mutter. Nur noch ein bißchen Geduld. Am besten schläfst du noch eine Weile, und wenn du dann aufwachst, siehst du schon den Hafen.»
Die Alte zwinkerte. Ihre kleinen, dunklen Augen, glänzend wie die eines Vogels, blickten mißtrauisch.
«Warum nennst du mich Mutter? Ich bin nicht deine Mutter. Ich bin die Mutter von dem da!»
Wieder bohrte sich der Zeigefinder in Josephus' Rippen.
Das Kind des Philosophen kicherte.

«Ich nenne alle alten Frauen Mutter – weil meine eigene schon lange tot ist», sagte Flaccus.
Das schien sie zu begütigen. Sie brummelte, zu Josephus gewandt, noch einige unverständliche Bosheiten und legte sich dann wirklich, wie der Römer ihr geraten hatte, hin. Josephus seufzte erleichtert.
Die beiden anderen Passagiere waren dem Wortwechsel nicht gefolgt. Sie lagen apathisch auf dem Fleck, auf dem sie sich am Vorabend ausgestreckt hatten. Flaccus mustertete sie besorgt.
«Wir müssen uns wirklich ans Fischefangen machen», sagte er, zu Josephus gewandt, «wir müssen etwas tun. Wir dürfen uns nicht aufgeben.»
Er wandte sich an das Kind.
«Zieh deinen Chiton aus!» befahl er.
Das Kind zog sein Gewand eng an den Körper.
«Sei nicht so zimperlich», mahnte der Römer freundlich, «außer der alten Frau bist du der einzige, der noch ein fast vollständiges Gewand hat. Wir brauchen es, um es als Netz durchs Wasser zu ziehen.»
Das Kind zögerte immer noch.
«Hast du nicht gehört?» sagte Josephus streng, «du sollst den Fetzen ausziehen.»
Das Kind bewegte sich nicht, sondern starrte ihn nur aus riesigen Augen trotzig an.
«Nein!» sagte es entschieden.
Der Ärger, den der junge Mann schon die ganze Reise über empfunden hatte, wallte von neuem auf. Er beugte sich vor, schlug die Arme des Kindes beiseite, packte den Halsausschnitt des Chitons und riß mit einem kräftigen Ruck den Stoff entzwei. Dann schoß ihm das Blut in die Wangen, und er wandte verlegen den Blick ab. Hinter ihm sagte Flaccus amüsiert:
«Sieh da, statt eines Katers eine nasse, magere, halbverhungerte, streunende Katze.»

Das Mädchen fuhr herum, flammende Wut im Blick. Sie dachte gar nicht daran, die Hände vor die verräterischen Brüste zu schlagen.
«Ich bin keine streunende Katze», fauchte sie, «ich bin die Tochter eines berühmten Philosophen. Zu meinem Vater kamen Leute aus Antiochia und Alexandria, um bei ihm zu hören. Ich stamme aus einer ehrbaren, angesehenen Familie und habe eine gute Erziehung bekommen. Ich bin eine Dame.»
«So hast du dich aber bisher nicht benommen», sagte Josephus grob. Er wußte nicht, ob er wütender auf sich war, weil er so dumm gewesen war und ihre Verkleidung nicht durchschaut hatte, oder auf sie, weil sie ihn in diese alberne Situation gebracht hatte.
«Warum hast du dich als Junge ausgegeben?» erkundigte der Römer sich.
«Mein Vater und ich dachten, daß das auf der Reise sicherer wäre», sagte sie und warf Josephus einen wütenden Blick zu, «wir glaubten nicht, daß sich die Leute an einem Jungen vergreifen würden.»
«Ich habe mich nicht an dir vergriffen», fuhr Josephus auf, «und wenn ich gewußt hätte, daß du ein Mädchen bist, hätte ich dein Gewand nicht zerrissen.»
«Dann hätte ich es getan», sagte Flaccus gelassen, «denn ob du nun ein Mädchen bist oder nicht – die Tatsache bleibt bestehen, daß wir deinen Chiton brauchen, wenn wir Fische fangen wollen.»
Sie wollte antworten, besann sich aber eines anderen und kehrte ihnen wortlos den Rücken. Flaccus nahm Josephus das Gewand aus der Hand und breitete es auf dem Boden des Floßes aus.
«Wirklich nur ein Fetzen», sagte er bedauernd, «du hättest nicht diese hochanständige, damenhafte Philosophentochter retten sollen, sondern einen römischen Senator in der Toga.»

«Wenn ich die Wahl gehabt hätte», sagte Josephus aus tiefstem Herzen, «glaube mir, ich hätte den Senator gewählt.»
Das Mädchen stieß einen schrillen Schrei aus.
«Halt den Mund», sagte Josephus grob, «wenn du noch mehr Ärger machst, kriegst du die Prügel, die dein Vater dir rechtzeitig hätte verabreichen sollen.»
«O bitte, ich halte gern den Mund», sagte sie mit dick aufgetragener falscher Sanftmut, «ich bin überzeugt, daß es dich überhaupt nicht interessiert, daß gerade am Horizont hinter uns ein Schiff auftaucht.»
Josephus sprang so jäh auf, daß das Floß zu kentern drohte.
«Wo? Wo?» schrie er.
Die beiden apathischen Männer drehten müde den Kopf zu ihm.
Flaccus sah es früher als Josephus. Er blieb auch jetzt noch ruhig. «Es ist weit weg», sagte er, «aber wenn wir Glück haben, hält es Kurs auf uns. Jedenfalls wenn wir noch Kurs auf Sizilien halten und nicht durch die Strömung vom Schiffahrtsweg abgetrieben worden sind. Dann fährt es womöglich an uns vorbei, ohne uns zu bemerken.»
«Wir müssen sie auf uns aufmerksam machen!»
Josephus bückte sich und ergriff den zerrissenen Chiton. Er hielt ihn hoch über seinen Kopf und begann ihn wild zu schwenken. Diese Bewegung mobilisierte die anderen Passagiere. Auch die alte Frau wurde aufmerksam und beschimpfte ihn, diesmal weil er sich so unziemlich aufführte. Niemand beachtete sie. Atemlos starrten sie in die Richtung, in der sich am Horizont die Masten des Seglers abzeichneten.
«Ein großes Schiff», sagte Flaccus, «wahrscheinlich einer dieser Lastensegler, die sogar im Winter von Puteoli nach Alexandria fahren.»
Nach einer Weile, während der das Schiff weder näher noch ferner gerückt schien, spürte Josephus, wie seine Arme erlahmten.

Der junge Mann mit der gebrochenen Nase übernahm das Tuch und das Winken. Keiner von ihnen sprach mehr. Selbst die alte Frau stellte ihr Schimpfen ein und starrte mit zusammengekniffenen Augen in die allgemeine Blickrichtung. Josephus fragte sich flüchtig, ob sie ihren Verstand zurückgewonnen hatte. Aber dann hatte er nur den einen Gedanken im Kopf, der sie alle bewegte. Wenn sie das Schiff mit der Kraft ihrer Gedanken hätten beeinflussen können, dann wäre es wie eine Möwe auf sie zugeflogen. Es schien endlos zu dauern, bis jemand sich zu äußern wagte. Es war Flaccus, der mit aufreizender Ruhe feststellte:

«Es kommt näher.»

Niemand wagte zu antworten, als ob sie eine Scheu davor hätten, sobald es ausgesprochen sei, könnte es nicht mehr wahr sein. Dann war es das Mädchen, das nach einer Weile rief:

«Es stimmt. Es kommt wirklich näher.»

Der junge Mann, der das Tuch schwang, vollführte einen Freudentanz, der sie alle in Lebensgefahr brachte. Flaccus packte ihn und zog ihn auf den Plankenboden, nahm ihm das Tuch ab und schwenkte es selbst mit großen, ruhigen, gleichmäßigen Bewegungen.

Josephus spürte, daß das intensive Starren über die See ihm die Tränen in die Augen trieb. Was, wenn das Schiff ihren Weg in zu weiter Entfernung kreuzte, wenn die Matrosen und der Kapitän auf sie nicht aufmerksam werden würden? Inmitten der gewaltigen Wasserfläche waren sie noch nicht einmal eine Nußschale. Wer nicht gezielt nach ihnen Ausschau hielt, konnte sie leicht übersehen. Er wußte, wenn das passieren würde, wenn das Schiff in einiger Entfernung von ihnen ungerührt vorüberziehen würde, dann wäre sein Lebenswille gebrochen und er würde sich aufgeben.

Er glaubte, die Ungewißheit nicht mehr ertragen zu können, und wandte sich ab. Die Reaktion der anderen würde ihm alles verraten. Er wollte nicht mit eigenen Augen sehen, wie ihre Rettung an ihnen vorbeiglitt. Der alte Mann neben ihm betete unaufhörlich und gelobte Poseidon und allen anderen Meergöttern Hekatomben von Opfertieren, wenn sie gerettet werden würden. Josephus versuchte selbst zu beten, aber er war viel zu angespannt, um sich auf etwas anderes konzentrieren zu können als auf die bloße Frage: Kommen sie? Kommen sie näher? Bemerken sie uns?

Er preßte die Hände so fest zusammen, daß die Nägel ins Fleisch schnitten. Als er glaubte, es nicht mehr ertragen zu können, spürte er, daß das Mädchen neben ihm aufsprang. Sie war so leicht und gelenkig wie eine Katze und brachte das Floß kaum ins Schwanken.

«Sie haben ihren Kurs geändert», sagte sie. Ihre Stimme war nicht mehr als ein heiseres Krächzen, «sie halten auf uns zu. Sie haben uns gesehen.»

DREI TAGE HIELT JOSEPHUS' EUPHORIE AN. Nie war ihm das Leben so wunderbar erschienen wie nach der Rettung. Köstlich war das Kratzen des rauhen Wollstoffs auf der Haut, köstlich die Wärme der Planken unter den bloßen Füßen und köstlich auch der Schmerz, als er sich einen Splitter in die Ferse zog, erinnerte er ihn doch daran, daß er lebte.

Es war Marcus Annius Flaccus, der am dritten Tag sein Hochgefühl jäh zerstörte, und zwar mit einer harmlosen Bemerkung.

Die Schiffbrüchigen der «Isis» waren von der «Rhodope» an Bord genommen worden, einem Linienschiff, das regelmäßig – auch im Winter – die Strecke Puteoli–Alexandria bediente. Die «Rhodope» hatte außer ihnen noch etwa vierzig weitere Passagiere der «Isis» aus dem Meer gefischt. Das waren offensichtlich die einzigen Überlebenden von den sechshundert, die in Cäsarea an Bord gegangen waren. Die Mannschaft der Rhodope hatte sie mit Wasser, Nahrung und notdürftig mit Kleidung versorgt und ihnen einen Verschlag am Heck des Schiffes eingerichtet, wo sie schlafen konnten.

Marcus Annius Flaccus war in der Kabine des Kapitäns untergebracht worden, und Josephus sah ihn erst nach drei Tagen wieder an Deck. Es schien, als habe er nie zu den Schiffbrüchigen gezählt. Er war frisch rasiert, trug eine blaue Tunika, die gewiß aus den Beständen des Kapitäns stammte, und sah so elegant aus, als wolle er eine Abendgesellschaft in Rom besuchen. Erst auf den zweiten Blick bemerkte Josephus, daß die Tunika zu lang und zu weit und am Saum leicht ausgefranst war. Die Eleganz kam nicht von dem Gewand, sondern lag in der Haltung des Mannes, in dieser nachlässigen Selbstsicherheit desjenigen, der sich seiner selbst ganz gewiß war und nicht danach fragte, was andere von ihm hielten.

Sofort fühlte Josephus wieder die Feindseligkeit in sich aufsteigen, die ihn immer überkam, wenn er Römern von Rang und Einfluß begegnete. Sie bestand aus einer Mischung von Neid und Eifersucht, das wußte er wohl, aber er konnte sie nicht unterdrücken.

Flaccus schlenderte über das Deck und lehnte sich neben Josephus an die Reling.

«Mit den beiden Männern geht alles klar», sagte er, «unser Freund mit der gebrochenen Nase geht von Puteoli nach Neapolis. Er braucht nur ein bißchen Reisegeld. Der Glatzkopf wird im Hafen von seinem Sohn erwartet. Die alte Frau ist verwirrt. Ich weiß nicht, ob sie es erst durch das Unglück wurde. In dem Fall besteht Hoffnung, daß sie sich wieder fängt. Andernfalls bedarf sie einer ständigen Pflege und Aufsicht. Vielleicht hat sie ja auch Verwandte, die sie erwarten, sonst wird mein Bankier wissen, wo sie untergebracht werden kann.»

Josephus wunderte sich, was das Gerede über die anderen Leute bedeuten sollte. Sie kannten sie nicht, sie hatten nur zufällig einige Stunden auf ein paar zusammengeflickten Brettern zusammen verbracht. Was sollte ihn die Zukunft dieser Leute interessieren? Er war für sie nicht verantwortlich. Er war nur für sich selbst verantwortlich. Er würde nach Rom gehen und ...
Das war das erste Mal seit seiner Rettung, daß er an die Zukunft dachte, und ihn überfiel ein jäher Schreck. Alle seine Habseligkeiten lagen auf dem Grund des Meeres. Sein Geld und, was viel schwerer wog, seine Empfehlungsbriefe. Der Brief an den Schauspieler, der ihn bei Poppäa einführen sollte, und der Brief an die jüdische Gemeinde von Puteoli, den ihm der Hohepriester mitgegeben hatte, damit die Juden ihn beherbergten und für seine Weiterreise nach Rom sorgten. Er brachte nichts an Land als seine Person, eine völlig unlegitimierte Person. Es gab in Italien nicht einen Menschen, der ihn kannte, die gefangenen Priester in Rom ausgenommen. Damit war seine Mission gescheitert, bevor sie begonnen hatte. Er konnte genausogut die Rückreise nach Cäsarea antreten. Er könnte es tun, wenn er nur über die nötigen finanziellen Mittel verfügen würde. Wahrscheinlich mußte er sich Arbeit suchen, um überhaupt wieder nach Hause zurückkehren zu können. Der Römer schien seine Verdüsterung nicht zu bemerken.
«Was hast du vor, wenn wir an Land gehen?» fragte er.
Josephus zuckte die Achseln.
«Ich wollte nach Rom», sagte er, «aber daraus wird jetzt wohl nichts.»
«Warum nicht?»
«Ohne Geld? Was soll ich denn anfangen? Ich kenne niemanden in Rom.»
«Weshalb wolltest du denn nach Rom?»
«Ich habe einen Auftrag an den Kaiser. Vom Synhedrion in Jerusalem. Vor zwei Jahren hat der judäische Prokurator einige

alte Priester verhaften lassen, nachdem es Unruhen in Cäsarea gegeben hatte, und nach Rom geschickt. Sie wurden zu Zwangsarbeit in einer Ziegelei in Tibur verurteilt. Ich soll ihre Freilassung erwirken. Aber ohne Geld und ohne Papiere … ich habe keine Chance, nach Rom zu gelangen, geschweige denn, bis zum Kaiser vorzudringen.»
«Eine wunderbare Fügung, daß du auch nach Rom willst», sagte Flaccus, «das nimmt mir eine Sorge ab.»
«Ich kann nicht nach Rom. Ich habe kein Geld», sagte Josephus nachdrücklich.
Er sah, daß der Römer mit den Fingern schnippste und das Mädchen heranwinkte.
Josephus hatte sie, seit sie an Bord der «Rhodope» gegangen waren, nicht mehr gesehen, aber sie auch nicht vermißt. Offensichtlich hatte Flaccus sie unter seine Fittiche genommen. Sie sah frisch geschrubbt aus, und die wirren kurzen Locken waren mit einer Bürste gestriegelt worden. Sie trug einen grauen zerschlissenen Chiton, der dem Schiffsjungen gehört haben mochte.
«Das», sagte Flaccus, «ist Daphne, die Tochter des Philosophen, das Mädchen vom Floß. Sieht sie nicht inzwischen ganz präsentabel aus?»
«Sie ist sauber», sagte Josephus widerwillig.
Das Mädchen schnitt eine Grimasse.
«Was geht es dich an, wie ich aussehe?» fauchte sie.
«Daphne will auch nach Rom», fuhr der Römer ungerührt fort, «da trifft es sich gut, mein Freund, daß du auch dorthin willst. Du kannst sie unter deine Fittiche nehmen.»
«Mich braucht niemand unter seine Fittiche zu nehmen», sagte Daphne böse.
Josephus wurde der Sache allmählich überdrüssig. Typisch für den Hochmut eines Römers, alles bestimmen zu wollen, aber niemals zuzuhören, wenn man ihm etwas sagte.

«Ich habe schon gesagt, daß ich nicht nach Rom gehen kann.»
«Ach ja, das finanzielle Problem», sagte Flaccus, unverändert gelassen, «ich nehme an, fünfhundert Denare würden für das erste reichen. Dafür kannst du einen Wagen mieten und mit dem Mädchen nach Rom fahren. Dort lieferst du sie bei ihren Verwandten ab und kümmerst dich dann um deine Geschäfte. Einverstanden?»
«Ich habe keine fünfhundert Denare.»
Flaccus zeigte jetzt doch eine leichte Andeutung von Ungeduld in der Stimme.
«Ich bin nicht begriffsstutzig, mein guter Freund. Ich weiß, daß du keine fünfhundert Denare hast. Ich weiß auch, daß ich fünfhundert Denare habe. Mit anderen Worten, ich werde dir das Geld geben, damit ihr beide reisen könnt.»
«Ich nehme keine Almosen», sagte Josephus starrsinnig.
«Ich will nicht mit ihm fahren», sagte das Kind patzig, «ich kann mich um mich selbst kümmern.»
«Natürlich kannst du das», sagte Flaccus voll Ironie, «wenn es dein Ehrgeiz ist, eine kleine Hure zu werden und in einem Bordell zu enden, dann brauchst du es bloß zu sagen. Sicher kann ich dann schon in Puteoli etwas für dich arrangieren. Hafenstädte haben immer Bedarf an frischem Fleisch, weißt du.»
«Warum nimmst du sie nicht mit nach Rom?» fragte Josephus.
«Mit ihm gehe ich auch nicht», sagte Daphne wütend.
«Ich würde sie ja mitnehmen», sagte Flaccus, ohne sie zu beachten, «aber ich reise im dienstlichen Auftrag und nehme die kaiserliche Post. Privatpersonen sind zur Beförderung nicht zugelassen. Deshalb, mein lieber Josephus, wirst du die Güte haben, meine Denare anzunehmen und diesen kleinen Zankdämon nach Rom zu begleiten. Schließlich bist du für sie verantwortlich.»

«Ich?» Josephus starrte ihn empört an, «wieso sollte ich für sie verantwortlich sein?»
«Weil du ihr das Leben gerettet hast.»
Daphne stampfte mit dem Fuß auf.
«Für mich ist niemand verantwortlich. Ich kümmere mich um mich selbst. Du verfügst über mich, als wenn ich ein Sack Getreide wäre», schrie sie.
«Ich wollte, du wärest es», sagte Flaccus mit einem Seufzer, «ein Sack Getreide hat den großen Vorteil, sauber und geräuschlos zu sein. Er würde mir nicht gegen das Schienbein treten, mich nicht anspucken und meine Ohren nicht mit höchst überflüssigem Geschrei taub machen.»
Josephus schloß daraus, daß das Mädchen dem Römer in den letzten zwei Tagen eine Menge Ärger gemacht hatte, und er begann, die Kleine fast sympathisch zu finden. Der Gedanke, von Flaccus' Wohltätigkeit abzuhängen, mißfiel ihm auf das äußerste, aber trotz intensiven Nachdenkens fand er keine andere Lösung für sein Problem. Entweder er nahm das Angebot an oder seine Mission war gescheitert, noch bevor sie begonnen hatte. Der Synhedrion und die Gefangenen erwarteten seinen Einsatz. An seinem Stolz durfte ihre Befreiung nicht scheitern. Daß er das Mädchen mitnehmen mußte, machte die Sache nicht angenehmer, aber er sah ein, daß er das Kind nicht im Stich lassen konnte. Er wandte sich an Daphne und sagte streng:
«Hör auf, solchen Unsinn zu plappern. Gebrauche deinen Verstand, falls du einen hast! Ich würde dich gern deiner Wege gehen lassen, aber der edle Flaccus hat recht. Ich habe dich vor dem Ertrinken bewahrt und bin jetzt für dich verantwortlich. Ich bin an die Stelle deines Vaters getreten, bis ich dich in Rom bei deiner Familie abliefern kann. Und du wirst mir so gehorchen wie deinem Vater.»
Nach einem Augenblick des Nachdenkens setzte er hinzu: «So, wie ein Mädchen seinem Vater gehorchen soll. Du kannst dir

gleich merken, daß meine Erziehungsmethoden simpel und wirkungsvoll sein werden: für jede Dummheit bekommst du eine Ohrfeige.»

Offensichtlich war sie an eine so klare und knappe Sprache nicht gewohnt. Sie starrte ihn mit offenem Munde an, dann zogen sich ihre Brauen zusammen, Jähzorn flackerte in ihren Augen auf, und sie trat ihm heftig gegen das Schienbein.

Josephus holte aus und schlug sie auf die rechte Wange. Sie stieß einen Wutschrei aus und stürzte sich mit zu Klauen gekrümmten Händen auf ihn, trachtete offensichtlich danach, ihm die Augen auszukratzen. Es gelang ihm, ihre Handgelenke zu pakken. Er bog ihre Arme hinter ihren Rücken und hielt sie dort in einem eisernen, schmerzhaften Griff gefangen. Daphne atmete heftig und spuckte ihm ins Gesicht. Er ignorierte es.

«Du bist dümmer als ein Suppenhuhn. Wenn du zu Gewalttätigkeiten neigst, werde ich dich fesseln. Du hast die Wahl.»

Flaccus hatte die Szene mit verschränkten Armen beobachtet und keine Anstalten gemacht, einem der beiden zu Hilfe zu kommen.

«Ich sehe, du wirst mit ihr fertig», sagte er beifällig, «das wäre dann erledigt. Wir werden gegen Mittag im Hafen von Puteoli festmachen, hat der Kapitän gesagt. Ich werde heute noch nach Rom weiterreisen. Ihr beide steigt am besten in der ‹Goldenen Traube› in der Sandalenmachergasse ab. Dort ist es sauber, bequem und preiswert. Ich werde dir dorthin einen Boten mit dem Geld schicken. Wende dich in Rom an Flavius Sabinus, den Stadtpräfekten! Er wohnt an der Alta Semita. Ich bin mit seiner Nichte verlobt. Ich werde euch ihm ankündigen, und er wird euch weiterhelfen.»

CALPURNIA LIESS SICH mit einem leichten Ächzen auf die Bank sinken und verschränkte die Arme vor dem gewaltigen Busen. Sie schlüpfte mit den Füßen aus den Sandalen und bewegte mit einem Gefühl der Erleichterung die Zehen. Sie würde morgen zu Fabricius gehen und neue Schuhe bestellen. Die Riemen der alten schnitten ins Fleisch. Sie seufzte. Sie war nicht mehr die Jüngste. Füße und Beine schwollen ihr an, wenn sie lange stand. Es wurde Zeit, daß sie sich zur Ruhe setzte.

Vor zwanzig Jahren hatte sie die Schankwirtschaft in der Sandalenmachergasse von ihrem Trunkenbold von Ehemann geerbt und im Laufe der Zeit zu einem Gasthof ausgebaut, der bekannt war für seine ungezieferfreien Betten, sauberen Latrinen und reichlichen Mahlzeiten zu soliden Preisen. Sie hatte zehn Jahre gebraucht, um ihn zu dem zu machen, was er jetzt war, und weitere zehn Jahre hart gearbeitet, um den Standard zu halten. Sie hatte gut verdient, weniger an dem Gasthaus selbst als an dem Geschäft, das daran geknüpft war, und bei dem Bankhaus Anisius hatte sich eine stattliche Summe angehäuft. Wenn sie die «Goldene Traube» verkaufte – Interessenten gab es genug –, dann würde das kleine Vermögen, das sie besaß, ausreichen für ein Grundstück am Kap Misenum mit Blick auf das Meer. Sie würde sich ein kleines Haus bauen, ein bißchen Gemüse ziehen, ein paar Ziegen halten und den Rest ihres Lebens nichts tun.

Calpurnia seufzte. Sie träumte immer, wenn sie erschöpft war, von dem kleinen Haus auf dem Lande, aber sie wußte, auch wenn sie sich alles in jeder Einzelheit ausmalte, daß sie ihren Traum nie verwirklichen würde. Sie war in Puteoli geboren, und sie würde in Puteoli sterben. Ohne die nervöse vibrierende Luft dieser Hafenstadt, in der die großen Schiffe aus dem Osten anlegten, in der an Land gebracht wurde, was der Osten an Waren, an Tieren, an Menschen, an Geheimnissen besaß, würde sie sich zu Tode langweilen.

Am anderen Ende des Raumes hatte Eumenes die hölzernen Bänke auf die gemauerten Tische gestellt und wischte den Steinboden auf. Zu dieser frühen Nachmittagsstunde war die Schenke immer leer. Die Kunden des Vormittags waren gegangen, die Übernachtungsgäste hatten sich zur Siesta in ihre Zimmer zurückgezogen. Erst am frühen Abend würde wieder Betrieb einsetzen. Es war Zeit für sie, sich an die Abrechnung zu machen und die Einkaufsliste zu schreiben. Calpurnia schloß die Augen. Nur noch fünf Minuten, sagte sie sich, nur noch fünf Minuten ausruhen, dann würde sie aufstehen und sich wieder an die Arbeit machen.

Sie hörte Eumenes ächzen, als er sich bückte und den Wischlappen über dem Eimer auswrang. Es tat gut, sich etwas Ruhe zu gönnen. Es tat gut, daß jetzt der Winter begonnen hatte. Mit dem Ausbleiben der Schiffe blieben auch viele Gäste aus. Der Winter war immer eine ruhige Zeit. Etliche Zimmer standen jetzt schon leer. Vielleicht war jetzt die richtige Zeit, ihre Base zu besuchen. Noch gab es sonnenerwärmte Tage, noch hatten die großen Stürme nicht eingesetzt.

Ein Schatten fiel über ihr Gesicht, und sie öffnete die Augen. Der Schankraum empfing sein Licht einzig durch die breite Tür zur Straße. Dort standen zwei Menschen, von denen sie nur die Umrisse erkennen konnte. Erst als sie über die Schwelle traten, konnte sie sie deutlich erkennen. Es waren ein junger Mann und ein Kind. Calpurnia hatte weder den Mann noch das Kind je zuvor gesehen. Sie mußten mit einem der letzten Schiffe aus dem Osten gekommen sein.

Sie wartete.

«Dies ist doch der Gasthof ‹Zur Goldenen Traube› in der Sandalenmachergasse?» fragte der junge Mann. Er sprach das Lateinische korrekt, aber langsam und mit einem starken Akzent.

Calpurnia nickte und wartete weiter.

Der junge Mann trat näher.
«Bist du die Wirtin?»
«Die bin ich.»
Eumenes, sah sie aus dem Augenwinkel, hatte sich aufgerichtet und ließ das schmutzige Wasser aus dem Wischlappen auf den Boden tropfen. Er war der neugierigste Mensch, den sie kannte. Sie warf ihm einen Blick zu, der ihn zur Weiterarbeit aufforderte. Er ignorierte ihn.
«Wir brauchen ein Zimmer», sagte der Fremde, «für eine Nacht.»
Calpurnia ließ ihre Blicke langsam über ihn und das Kind gleiten. Der junge Mann trug eine ausgebleichte Tunika. Sie war gewaschen, aber an den Säumen ausgefranst und zeigte einige dunkle Flecke, die trotz der Wäsche nicht herausgegangen waren. Seine Hände waren verschorft, die Nägel bis aufs Fleisch heruntergeschnitten als habe er grobe Arbeit verrichtet. Seine Haut war so dunkel gebräunt, wie sie auch bei einem Mann aus dem Osten nur von einem langen Aufenthalt im Freien herrührte. Seine Haltung war aufrecht, die eines Menschen, der gewohnt war, bedient zu werden, seine Stimme kultiviert, aber Bart und Haare bedurften dringend der Pflege eines Barbiers. Einer, der bessere Tage gesehen hatte, fand Calpurnia, einer, der sich noch nicht daran gewöhnt hatte, daß er nicht mehr befehlen konnte, sondern bitten mußte. Das Kind neben ihm war ebenfalls ärmlich gekleidet, der Chiton offensichtlich auf Zuwachs gekauft, denn er schlotterte um die schmale Gestalt. Es war dünn, die hellen Augen viel zu groß in dem mageren Gesicht. Kinder wie dieses kannte Calpurnia gut. Es waren die Kinder, die am Hafen aufwuchsen, ohne Aufsicht, sich von Stehlen und Betteln ernährten, flink und wendig, immer fluchtbereit, mit Augen, die mehr gesehen, und Ohren, die mehr gehört hatten, als ein Kind sehen und hören sollte. Gepäck hatten beide nicht.

«Nein», sagte Calpurnia, «hier ist nichts mehr frei. Versucht es zwei Gassen weiter, im ‹Wilden Lamm›.»
Sie stand auf und wandte sich Eumenes zu. Der junge Mann ging nicht fort.
«Wie bedauerlich», sagte er, «dabei ist mir dein Gasthof ganz besonders empfohlen worden.»
Calpurnia wandte nicht einmal den Kopf. Sie kannte die ganze Liste von Tricks, mit denen dahergelaufenes Gesindel sie herumzukriegen versuchte. Als nächstes würde er an ihr Mitleid appellieren und auf das Kind verweisen, das dringend Essen und ein Bett brauchte. Zu diesem Zweck hatte er das dünne Geschöpf wahrscheinlich nur mitgebracht. Er würde die Götter anrufen und ihr das Blaue vom Himmel herunterlügen, um zu erklären, wieso er hier ohne Gepäck auftauchte.
«Nun, wenn du kein gutes Zimmer frei hast, ist das nicht zu ändern», sagte der junge Mann. «Wir werden uns dann später nach einer anderen Unterkunft umsehen. Wir müssen allerdings eine Weile hierbleiben, denn wir sind hier verabredet.»
Das veranlaßte Calpurnia nun doch, sich ihm zuzuwenden.
«Dies ist ein Gasthaus und kein Forum», sagte sie, «wenn du dich verabreden mußt, dann tu es an einem öffentlichen Ort, aber nicht hier. Hier ist gerade genug Platz für meine Gäste. Wo komme ich denn hin, wenn jeder dahergelaufene Habenichts hier herumlungern will!»
«Ich verstehe deinen Standpunkt vollkommen», sagte der junge Mann freundlich, «in deinen Augen müssen wir wirklich wie Gesindel aussehen. Wir haben Schiffbruch erlitten und all unsere Habe verloren. Alles, was wir auf dem Leibe tragen, ist das, was die Mannschaft des Schiffes erübrigen konnte, das uns gerettet hat. Deshalb haben wir kein Gepäck, und deshalb müssen wir dich um die Freundlichkeit bitten, hier warten zu dürfen. Wir erwarten einen Boten mit Geld.»
Sie hatte gewußt, daß er eine faustdicke Lüge auftischen würde,

aber wenn er glaubte, eine Frau, die so erfahren in dem Beruf war wie sie, täuschen zu können, dann hatte er sich geirrt.
«Ach ja», sagte sie höhnisch, «ein Schiffbruch, wie passend! Wie hieß denn das Schiff, mit dem du baden gegangen bist?»
«Die ‹Isis›», sagte er, ohne zu zögern, «sie war auf dem Weg von Cäsarea hierher und ist kurz vor Sizilien gesunken. Nur etwa vierzig Leute wurden von der ‹Rhodope› gerettet.»
«Das stimmt», sagte Eumenes. Er hinkte jetzt nach vorn zu ihnen, als habe er sein Stichwort erhalten, ein kleiner, alter Mann mit einer scharfen Hakennase und flinken Augen unter buschigen Brauen. Den Scheuerlappen hatte er noch in den Händen, und wie eine Schleppe zog er eine Spur schmutziger Wassertropfen hinter sich her.
«Ich habe es heute auf dem Markt gehört. Matrosen von der ‹Rhodope› haben es erzählt. Die ‹Isis› ist bei einer plötzlich aufkommenden Bö gekentert, haben sie gesagt, sie muß falsch beladen gewesen sein. Aber das hat niemand gewundert. Die ‹Isis› war schon immer ein Seelenverkäufer, seit Philogatos sie gekauft hatte. Der war nur auf das schnelle Geld aus und hat nie an die Sicherheit gedacht. Na, jetzt hat er seine Quittung gekriegt. Jetzt ist er Fischfutter.»
Es schien, als bereite ihm die Vorstellung außerordentliche Befriedigung. Calpurnia, die sich an einige Male erinnerte, bei denen Philogatos in ihrem Gasthof abgestiegen war, immer nur eine schmale Zeche gemacht und nie Trinkgeld gegeben hatte, fühlte ebenfalls kein Bedauern.
«Na, das paßt dir gut in den Kram», sagte sie zu dem jungen Mann, «die Geschichte hast du auf dem Markt aufgeschnappt und servierst sie mir jetzt als deine eigene. Aber ich bin schon viel zu lange im Geschäft, mein Lieber. Mich kann man damit nicht aufs Kreuz legen. Warum gehst du nicht zu deiner Bank und holst dir Geld, he?»
Er sah sie hochmütig an.

«Ich bin dir keine Rechenschaft schuldig, Weib. Ich bin auch auf deinen Gasthof nicht angewiesen. Ich werde auf der Straße warten. Komm, Kind!»
Er drehte sich um. Calpurnia wurde schwankend. Er sprach wirklich wie ein gebildeter Mensch. Er war selbstbewußt, weder frech noch demütig, und sie fragte sich, ob ihr erster Eindruck sie getrogen hatte und sie wirklich einen Schiffbrüchigen vor sich hatte. Wenn seine Geschichte stimmte und er tatsächlich eine Geldsendung erwartete, könnte sie ihm natürlich ein Zimmer anweisen. Bei weitem nicht alle ihre Betten waren belegt, und einen solventen Kunden abzuweisen, war nicht klug. Sie beschloß, ihm einen Kompromiß anzubieten.
«Warte! Das Kind tut mir leid. Ihr könnt euch setzen und hier auf den Geldboten warten.»
Der junge Mann nickte gleichmütig und nahm zwei Schemel von dem nächststehenden Tisch und setzte sich. Das Kind hockte sich neben ihn. Er strömte keineswegs über vor Dankbarkeit, was Calpurnia in ihrem Urteil bestärkte, ihn vielleicht falsch eingeschätzt zu haben. Sie nahm zwei Becher, füllte sie mit Wasser und stellte sie auf den Tisch. Die hellen Augen des Kindes leuchteten auf, und Calpurnia ließ sich dazu hinreißen, einen Teller mit frischen Honigplätzchen anzubieten.
Das Kind steckte sich einen Keks in den Mund und griff sofort nach dem zweiten. Der junge Mann schlug ihm auf die Finger und sagte streng: «Hat dir niemand beigebracht, daß du nicht so gierig sein darfst?»
«Ich habe Hunger», sagte das Kind trotzig.
Calpurnia stemmte die Arme in die Hüften und funkelte den jungen Mann an.
«Das kann ja wohl jeder auf den ersten Blick sehen, daß das arme Kind Hunger hat. Hat nichts auf den Rippen und nichts auf den Backen, besteht nur aus Haut und Knochen. Was man von dir nicht sagen kann, mein junger Mann! Du siehst aus, als

hättest du dich dein Leben lang ganz gut genährt. Wahrscheinlich auf Kosten dieses armen Geschöpfes! Du denkst, wenn du es so herunterkommen läßt, fühlen die Leute Erbarmen und geben euch Almosen! Ein schöner Bruder bist du, kann ich da nur sagen! Komm, mein Kind, nimm dir soviel Plätzchen, wie du willst. Davon werde ich nicht arm.»
Sie sah, daß Eumenes, immer noch den tropfenden Feudel in der Hand, neben ihr stand und grinste. Sie fuhr ihn an:
«Hast du nichts Besseres zu tun, als Maulaffen feilzuhalten? Den ganzen Boden hast du wieder dreckig gemacht! Guck dir bloß die Sauerei an! Ich weiß wahrhaftig nicht, warum ich dich immer noch behalte. Ich sollte dich freilassen, dann wäre ich einen unnützen Esser los und könnte mir ein kräftiges, junges Ding kaufen, das von der Arbeit etwas versteht!»
Eumenes schlurfte davon und verwünschte sie farbig und bilderreich, aber vorsichtshalber so leise, daß davon nichts bis zu Calpurnias Ohren drang.
Das Kind hatte sich inzwischen reichlich von den Keksen bedient und sagte: «Der ist nicht mein Bruder.»
Die Aussprache war etwas undeutlich, weil das Kind den ganzen Mund voller Krümel hatte, aber der Tonfall war unverkennbar verächtlich. Die Beziehung, die zwischen den beiden bestand, war offensichtlich nicht freundschaftlich. Nun, sie, Calpurnia, ging das Ganze nichts an. Sie würde die beiden noch eine Weile hier sitzen lassen und dann fortjagen, wenn sich kein Geldbote sehen ließ. Sie nahm den Teller, auf dem sich nur noch drei Plätzchen befanden, und stellte ihn außer Reichweite.
«Wenn ich dein Bruder wäre, hättest du bessere Manieren», sagte der junge Mann. «Gute Frau, kannst du mir sagen, wo ich einen Wagen mieten kann? Wir wollen morgen nach Rom fahren. Und sicher kennst du auch jemanden, der Kleider verkauft?»
«Ich will kein Kleid. Nicht von deinem Geld», sagte das Kind und starrte dem Teller mit den Keksen sehnsüchtig nach.

«Es ist nicht mein Geld. Es ist das Geld von Marcus Annius Flaccus», sagte er unfreundlich.
«Marcus Annius Flaccus?» fragte Calpurnia scharf.
Der junge Mann nickte.
«Ich kenne ihn nicht näher. Er war mit auf dem Schiff, das untergegangen ist, und ist mit uns gerettet worden. Er war so gütig, uns mit Geld auszuhelfen, damit wir nach Rom gelangen können. Ich habe dort Geschäfte, und dieses Mädchen will zu seinem Onkel. Es ist sein Bote, auf den wir hier warten.»
Eumenes hatte den Lappen in den Scheuereimer geworfen und wollte hinaushumpeln, aber jetzt drehte er sich um.
«Du willst wirklich nach Rom?»
«Wieso nicht?»
«Du warst an Bord der ‹Isis›. Dann kommst du aus Cäsarea, nicht?»
«Aus Jerusalem.»
Eumenes stellte den Eimer ab und kam näher.
«Wahrscheinlich habt ihr es noch gar nicht gehört. Rom gibt es nicht mehr.»
Calpurnia spürte, wie Ärger in ihr aufstieg. Eumenes war eine alte Klatschbase. Immer hing er irgendwo herum, um Neuigkeiten aufzuschnappen oder welche zu erzählen. Natürlich würden die Fremden jetzt alles über Roms Untergang wissen wollen. Sie unterdrückte eine scharfe Bemerkung. Es war zu spät, um das Thema abzublocken. Mit einem Seufzer der Resignation ließ sie den Alten gewähren. Dabei behielt sie das Kind im Auge.
«Rom», sagte Eumenes mit spürbarer Befriedigung in der Stimme, «Rom ist abgebrannt. Da steht kein Stein mehr auf dem anderen. Wenn ihr nach Rom kommt, seht ihr nichts als einen rauchenden Trümmerhaufen. Da ist es wie in Troja, nachdem die Griechen es eingenommen hatten. So hatte der Kaiser sich das wohl auch gedacht. Rom brannte, und er besang den Untergang Trojas.»

«Unsinn», sagte Calpurnia scharf, «du redest dich um deinen Hals mit diesen albernen Andeutungen. ‹Die Goldene Traube› ist ein Gasthof, in dem nicht über Politik geredet wird. Hier stehen wir alle treu zu Nero und der kaiserlichen Familie. Außerdem ist das, was du sagst, schamlos übertrieben. Einige Bezirke haben unter dem Brand gelitten, das ist richtig. Aber der Wiederaufbau ist in vollem Gange, und der Kaiser hat versprochen, daß die Stadt wie ein Phönix aus der Asche auftaucht, schöner und großzügiger, als sie je gewesen ist.»
Eumenes war nicht gewillt, sich die Sensation so wohlfeil abkaufen zu lassen. Er stemmte die Arme in die Hüften und sah Calpurnia von oben bis unten an. In seiner Stimme zitterte Empörung.
«So? Einige Bezirke, he? Bei Jupiter, das ist die Untertreibung des Jahres. Mehr als die Hälfte der Stadt ist in Flammen aufgegangen. Eine Woche hat das Feuer getobt. Die ganze Altstadt ist vernichtet, alle die Tempel, die Basiliken, der Zirkus, sogar das Haus des Kaisers selbst ...»
«Der Zirkus?» fragte das Kind. Seine Stimme war leise, und seine Lippen zitterten. Calpurnia verwünschte Eumenes in Gedanken. Aber jetzt konnte nichts mehr gerettet werden.
«Der Zirkus als erstes», erläuterte Eumenes erfreut über die Nachfrage, die ihn zum Weiterreden anspornte, «da ist das Feuer doch ausgebrochen. All die Krambuden, die dort stehen, haben den Flammen Nahrung gegeben. Es hat sich mit Blitzesschnelle ausgebreitet und war erst aufzuhalten, als man Schneisen durch die Stadt geschlagen hat. Aber da war es schon zu spät. Tausende und Tausende sind obdachlos geworden, und es soll mehrere hundert Tote gegeben haben.»
Der junge Mann nahm die Nachrichten mit der Gefaßtheit eines Menschen hin, dem man von etwas berichtet, was ihn persönlich nichts angeht, aber mit dem Kind war es anders. Erst zitterte sein Mund, dann füllten sich die riesigen Augen mit Trä-

nen, die langsam die Wangen herabrollten. Das Kind wischte sie ungeduldig fort und verschmierte sein Gesicht dabei.
«Was ist los?» fragte der junge Mann unfreundlich.
Das Kind schniefte.
«Mein Onkel», sagte es, «mein Onkel ... er hatte ... beim Zirkus ... einen Laden ...»
«Den hat er jetzt nicht mehr», sagte Eumenes, «der Laden ist hinüber. Und dein Onkel wahrscheinlich auch. Beim Zirkus soll es die meisten Toten gegeben haben.»
Calpurnia murmelte einen Fluch und schickte Eumenes mit einigen wohlgesetzten Worten über seine böse Zunge und sein böses Herz fort, aber es war schon zu spät.
Das Kind begann zu schluchzen. Es warf sich mit dem Oberkörper über den Tisch, vergrub den Kopf in den Armen. Schultern und Rücken zuckten unter dem lauten, krampfhaften Weinen. Der junge Mann sah peinlich berührt und hilflos aus. Calpurnia zögerte. Sie hatte keine Kinder. Ihr Trunkenbold von Ehemann hatte den Weinkrug dem Bett seiner Frau vorgezogen, und weder während noch nach ihrer Ehe hatte Calpurnia jemals der Versuchung nachgegeben, sich einen Liebhaber zu nehmen. Nach ihrer Beobachtung verloren Frauen allzuschnell mit der Kontrolle über ihr Herz auch die über ihr Geschäft. Und sie wollte keinen Mann, der sich in ihrem Gasthof als Wirt aufspielte oder seine Finger in das andere Geschäft steckte, das sie insgeheim betrieb. Zärtlichere Gefühlsregungen waren ihr fremd, und sie hatte sich immer dazu beglückwünscht, denn um ein Gasthaus zu führen, bedurfte man nur eines klaren Verstandes, einer unnachgiebigen Verhandlungstaktik und Härte gegenüber allen Anfechtungen. Aber jetzt, das zusammengebrochene magere Kind ansehend, verspürte sie den Impuls, es in die Arme zu nehmen und an ihrem üppigen Busen zu trösten.
Unschlüssig streckte sie die Hand aus, legte sie zögernd auf eine knochige Schulter und beließ es dann dabei, weil sie aus Mangel

an Übung nicht wußte, was sie weiter tun sollte. Es schien, das Kind nähme ihre Hand gar nicht wahr.
«Das ist sehr heftig für die Trauer um einen Onkel», sagte sie zu dem jungen Mann.
«Ich glaube», war die Antwort, «sie weint gar nicht nur um ihn, sondern vor allem um ihren Vater. Er war mit an Bord der ‹Isis›, und nach allem, was wir wissen, ist er nicht gerettet worden. Bisher hat sie deshalb noch keine Träne vergossen. Jetzt weint sie wahrscheinlich gleich um beide.»
Calpurnia zog überrascht die Brauen hoch. Sie? Das Kind war also ein Mädchen. Bisher hatte sie das magere Geschöpf mit den kurzen wirren Locken und den eckigen Bewegungen für einen Jungen gehalten.
«Ihr Vater ist tot? Und ihre Mutter?»
Der junge Mann zuckte die Achseln.
«Von einer Mutter weiß ich nichts. Ich glaube, ihr Onkel war außer ihrem Vater ihr einziger Verwandter. Wenn er auch tot ist, dann hat sie ...»
Er brach ab, und seine Augen weiteten sich entsetzt.
«Oh, nein», stöhnte er, «nur das nicht! Nein.»
«Was ist?» fragte Calpurnia.
«Dann hat sie niemanden ... außer mir. Dann habe ich sie am Hals.»
Er sprach nicht laut, aber er drang zu dem Mädchen durch. Das Schluchzen brach ab. Das Mädchen richtete sich auf. Ihre Augen waren rot und ihre Nase verschwollen. Mit dem Handrücken wischte sie sich die Tränen ab und verschmierte dabei ihr Gesicht noch mehr, dann nahm sie den Saum ihres Chitons auf und schneuzte sich kräftig hinein. Ihre Augen blitzten.
«Mich am Hals! Mich hat niemand am Hals! Ich sorge für mich ganz allein! Du wirst schon sehen!»
«Pah», sagte er, «das sind nur große Worte. Das kannst du nicht.»

«Kann ich doch!»

«Nein», sagte Calpurnia entschieden, «ein Kind in deinem Alter kann sich nicht allein durchschlagen.»

«Ich bin kein Kind mehr.»

Calpurnia versuchte, ihr Alter zu schätzen. Sie war jung, aber es mochte wohl sein, daß sie älter war, als sie wirkte. Sie war klein und mager, das gab ihr etwas Kindliches.

Der junge Mann schüttelte nachdrücklich den Kopf.

«Du brauchst Leute, die sich um dich kümmern. Du mußt Arbeit finden.» Er wandte sich Calpurnia zu, eine Frage in den Augen. Das ging nun doch zu weit. Sie mochte ja von der armen Kleinen gerührt sein, aber einen Esser aufzunehmen, war eine geschäftliche Angelegenheit und mußte durchgerechnet werden. Was konnte ihr ein so mageres Ding schon helfen? Die Kosten, sie aufzupäppeln, waren höher als der Nutzen, den sie brachte. Und außerdem würde es nur zu Ärger führen, wenn sie ein junges Ding im Hause hatte. Aus gutem Grund beschäftigte sie in ihrem Gasthof nur männliche Kräfte und einige ältere häßliche Frauen, bei deren Anblick kein Gast auf begehrliche Gedanken kam.

Dieses kindliche Mädchen würde sich bei gutem, regelmäßigem Essen rasch zu einer Frau entwickeln.

Und wenn sie jetzt auch nur aus Haut und Knochen und riesigen Augen bestand, konnte Calpurnia doch erkennen, daß sie zu einer Frau werden würde, die Unruhe stiften könnte. Das rebellische Funkeln in den Augen, der trotzige Zug um den Mund verhießen nichts Gutes. Sie schüttelte den Kopf.

«Nimm sie mit nach Rom», riet sie, «wer weiß, ob ihr Onkel überhaupt tot ist. Eumenes ist ein alter Schwätzer. Auf dessen Gerede solltet ihr nichts geben. Und selbst wenn er tot ist, dann sind ihre Chancen in Rom besser als hier, Arbeit zu finden. In Rom wird jede Hand für den Wiederaufbau gebraucht.»

Sie drehte sich um, weil der Raum sich plötzlich verdunkelte.

Auf der Schwelle war ein Mann erschienen, der so breit und groß war, daß er die Türöffnung fast ausfüllte und alles Tageslicht ausschloß. Er stand einen Moment bewegungslos. Der junge Mann und das Mädchen hatten sich umgedreht und starrten ihn an. Calpurnia streckte willkommenheißend die Hand aus.

«Frontulo», sagte sie, «tritt näher!»

Der vierschrötige Mann trat herein, und hinter ihm strömte das Tageslicht wieder in den Raum. In seinem Licht zeigte er sich als ein Mann von etwa sechzig Jahren, der eine schlichte dunkle Tunika trug und einfache Sandalen. Auf den zweiten Blick erkannte man, daß die Tunika aus feinem Leinen gewebt war, die Sandalen aus weichem Leder waren und ein Duft nach teurem Salböl von ihm ausging. Calpurnia kannte ihn gut. Er war der Freigelassene des Ausonius, dessen Bankfiliale in Puteoli er vorstand. Ein Mann von niedriger Herkunft, aber großer Intelligenz und von bedeutendem Einfluß in der Stadt. Bei der Bank des Ausonius führte, wie sie wußte, Marcus Annius Flaccus ein Konto. Was der junge Fremde vom Schiffbruch erzählt hatte, mochte also wahr sein. Falls Frontulo jetzt seinetwegen gekommen war.

Frontulo nickte ihr kurz zu.

«Ich suche Josephus ben Matthias und das Kind Daphne», sagte er. Der junge Mann stand auf.

«Hier sind wir.»

Also hatte er sie nicht belogen. Calpurnia war froh, daß sie ihm einen Platz an ihrem Tisch angeboten hatte.

Frontulo drehte sich um und hob die Hand flüchtig zum Gruß. Er maß den jungen Mann kühl aus tief zwischen Fettwülsten eingebetteten Augen, denen keine Einzelheit entging. Er sah die athletische Gestalt, das kühne Gesicht, die Intelligenz in den dunklen Augen und den Hochmut, der über den Zügen lag. Das Kind würdigte er keines Blickes.

«Ich grüße dich, Josephus ben Matthias. Ich komme im Auftrag des Marcus Annius Flaccus. Hier ist eine Summe von hundert Denaren in bar sowie eine Anweisung auf weitere 400, einlösbar in jeder Filiale des Bankhauses Ausonius. Du findest morgen einen Wagen bereit vor dem Capuanischen Tor bei dem Spediteur Charmias. Wenn du in Rom angelangt bist, melde dich bei dem Stadtpräfekten Flavius Sabinus!»

Er hielt sich nicht lange auf, um Josephus' Antwort entgegenzunehmen. Wieder verdunkelte sich der Schankraum, als er ihn verließ.

Calpurnia wurde geschäftig. Sie bestellte in der Küche eine ausgiebige Mahlzeit, sie ließ ein geräumiges Zimmer herrichten, sie schickte nach einem Kleiderhändler, sie ließ Wasser für ein Bad erhitzen und tat alles, um ihren zahlungsfähigen Gästen einen angenehmen Aufenthalt zu bereiten. Als Daphne aber Josephus auf sein Zimmer folgen wollte, hielt sie das Mädchen am Arm zurück.

«Der Mann ist nicht dein Bruder. Ist er überhaupt mit dir verwandt?»

Daphne schüttelte den Kopf.

«Ich kenne ihn erst vom Schiff her. Wir haben zusammen den Schiffbruch überlebt.»

«Dies ist ein anständiges Haus, und das soll es auch bleiben. Du kannst nicht mit einem fremden Mann ein Zimmer teilen. Du wirst in meiner Kammer schlafen.»

Der junge Mann, schien Calpurnia, hatte keine Absichten auf die Tugend des Mädchens gehabt. Er machte ein eher erleichtertes Gesicht und hieß ihren Einfall sofort und überschwenglich gut. Das Mädchen nickte gleichgültig.

«Wie du willst. Es ist mir egal, wo ich schlafe. Kann ich dann jetzt schon zu Bett gehen? Ich bin sehr müde.»

Die gurrenden Tauben waren es, die Daphne am nächsten Morgen weckten, bevor der alte Eumenes hereinschlufte. Er stieß geräuschvoll den Laden auf und scheuchte sie mit der Bemerkung auf, der junge Herr sitze schon lange unten in der Schankstube und wenn sie noch Frühstück haben wolle, solle sie schleunigst hinuntergehen. Er humpelte hinaus.

Daphne wusch sich flüchtig Gesicht und Hände. Neben Calpurnias Waschkrug lag ein Spiegel aus einer polierten Metallscheibe. Daphne nahm ihn hoch und blickte hinein. Sie hatte nicht oft Gelegenheit, in einen Spiegel zu sehen. Nachdenklich betrachtete sie sich von den zerzausten Haaren über die zu großen Augen, die vorstehenden Wangenknochen, die Nase, die scharf aus dem Gesicht ragte, und den breiten Mund bis zu dem spitzen Kinn. Mit einem Seufzer legte sie den Spiegel dann beiseite. Sie fand sich häßlich. Es wäre besser, sie wäre als Junge auf die Welt gekommen. Dann würde ihr Aussehen keine so große Rolle spielen. Ihr Vater hatte sie immer getröstet, daß es nicht auf äußere, sondern nur auf innere Schönheit ankäme. Aber Daphne, den praktischen Problemen des Alltags viel näher als der Philosoph, hatte ihm nie geglaubt.

Josephus wartete auf sie. Er trug eine neue Tunika. Sie war schlicht aus grauer Wolle, aber feingesponnen, und er sah darin stattlicher aus, als sie erwartet hatte. Wären seine Hände nicht mit Schorf bedeckt gewesen, man hätte meinen können, er stamme aus einer vornehmen Familie.

Josephus saß in der Ecke direkt bei der Tür im hellen Sonnenlicht. Der Tisch vor ihm war reichlich gedeckt. Calpurnia hatte sich Mühe gegeben. Sie hatte Mundtücher herausgelegt und Brot, Datteln, Honig und Schmalzküchlein auf grünglasierten Keramiktellern angerichtet. Sogar eine Vase mit einigen späten Rosen fand sich zwischen den Gerichten. Auf den anderen Tischen, sah Daphne, gab es keine Blumen. Galt diese Aufmerksamkeit dem schönen jungen Mann oder ihr?

Josephus hatte offensichtlich schon gegessen. Er trommelte mit den Fingerspitzen ungeduldig auf den Tisch, während er Daphne beim Essen zusah, sagte aber nichts. Das Leben an der Seite ihres Vaters hatte sie gelehrt, soviel wie nur irgend möglich in sich hineinzustopfen, da sie nie wissen konnte, wann es die nächste Mahlzeit gab.

Sie ließ von dem Brot keine Krume übrig, und auch alle Datteln verschwanden rasch in ihrem Magen. Nur von dem Schmalzgebäck mußte sie ein Stück auf dem Teller lassen. Sie leckte sich die Finger ab und betrachtete es bedauernd, während sie überlegte, ob sie es nach einer kurzen Verschnaufpause doch noch herunterbringen würde.

Josephus hörte auf, auf den Tisch zu trommeln.

«Tu es nicht», sagte er, «dir wird übel, wenn du zuviel ißt.»

«Mir wird nie übel», widersprach sie sofort.

«Wenn du in einem Reisewagen über die Landstraßen rumpelst, wird dir übel», beharrte er, «außerdem hast du es nicht nötig, auf Vorrat zu essen. Solange du dich unter meinem Schutz befindest, wirst du reichlich zu essen haben. Dank Flaccus' großzügiger Hilfe sind wir keine Hungerleider. Übrigens bleibst du besser ein Junge, bis wir in Rom angekommen sind. Mir scheint, das gibt weniger Scherereien. Vorausgesetzt, du benimmst dich wie ein wohlerzogener Junge und nicht wie ein hysterisches Mädchen.»

«Ich habe mich noch nie wie ein hysterisches Mädchen benommen», fuhr Daphne auf.

«Denk daran, was ich dir auf dem Schiff gesagt habe: Wenn du dich schlecht benimmst, setzt es Ohrfeigen. Von jetzt an wirst du nach den Mahlzeiten das Mundtuch benutzen. Und du wirst dich nie wieder in deinen Chiton schneuzen.»

«Sonst noch etwas?» fragte sie aufsässig.

«Alles zu seiner Zeit. Wenn ich schon mit dir unterwegs sein muß, will ich mich für dich wenigstens nicht schämen.»

Das hatte getroffen. Er sah, daß sie rot wurde und sich auf die Lippen biß. Etwas sanfter fuhr er fort: «Wir brechen jetzt auf. Zu packen haben wir schließlich nichts. Also auf zum Capuanischen Tor.»

Die Rechnung, die Calpurnia ihnen stellte, war erstaunlich niedrig. Josephus verbreitete sich darüber, während sie durch die noch ruhige Sandalenmachergasse wanderten. Daphne zog die Brauen zusammen. «Warum wunderst du dich darüber? Das verdanken wir unserer Beziehung zu Flaccus. Sie steht in Verbindung mit ihm, da bin ich sicher.»

Josephus lachte auf.

«Komische Ideen hast du in deinem Kopf! Was hat eine Wirtin mit dem großen Flaccus zu schaffen? Weißt du nicht, daß die Annier eines der wenigen alten Geschlechter sind, die es noch gibt? Es heißt, daß dieser Marcus Annius Flaccus nicht bloß zu den vornehmsten Männern in Rom gehört, sondern auch zu den reichsten. Halb Spanien soll ihm gehören und ein tüchtiger Teil von Sizilien. Glaubst du, so ein Mann kennt die Wirtin von der ‹Goldenen Traube› in Puteoli?»

Daphne warf ihm einen Blick zu, als müsse sie einem dummen Schüler zum dritten Mal eine leichte Aufgabe erklären.

«Eben. Das wundert mich ja. Wieso kann ein so vornehmer und reicher Mann uns ein so bescheidenes Haus wie die ‹Goldene Traube› empfehlen? Woher kennt er es? Männer wie Flaccus gehen nicht in ein Gasthaus. Sie haben in jeder großen Stadt vornehme Gastfreunde, bei denen sie wohnen.»

Josephus stutzte. Tatsächlich war es sonderbar, daß Flaccus ihnen dieses Gasthaus empfohlen hatte. Ganz gewiß hat er noch nie einen Schritt in die Sandalenmachergasse gesetzt.

«Er wird sich bei dem Kapitän erkundigt haben», sagte er schließlich. Das Mädchen schwieg, aber er sah den Zweifel in ihren Augen. Weiter miteinander sprechen konnten sie nicht, denn sie waren nahe an das Capuanische Tor gekommen und mußten sich mühsam einen Weg durch die Menge bahnen, die sich um das Tor herum staute. Es war Markttag, und seit Stunden schon strömten die Waren aus dem bäuerlichen Umland in die Stadt. Da waren Karren, gezogen von Maultieren, auf denen sich die Kohlköpfe türmten. Esel trugen Körbe, die mit Äpfeln, Birnen, Nüssen, Oliven und Weintrauben gefüllt waren. Alte Frauen schoben sich dazwischen, gebeugt unter der Last von Kiepen voller Zwiebeln und Lauch. Schafe blökten und Kälber muhten, die zum Fleischmarkt geführt werden sollten. In einem Käfig flatterten Hühner, und einmal hörte Josephus, wie Daphne einen Schrei des Entzückens ausstieß. Er drehte sich zu ihr um. Sie war bei einer Frau stehengeblieben, die einen geflochtenen Schilfkorb abgesetzt hatte. Auf dem Boden des Korbes wimmelten kleine goldgelbe Federbällchen umher und piepsten aufgeregt.

Josephus griff Daphne rauh am Arm und zog sie weiter.

«Benimm dich nicht wie ein Mädchen!» herrschte er sie an.

Das war der falsche Ton. Sie riß ihren Arm los und trat ihm auf den Fuß.

«Wage es nicht, mich anzufassen», schrie sie, mühelos den Straßenlärm übertönend, «ich warne dich! Und kommandiere mich nicht herum! Mit mir redet man höflich, verstanden!»

Josephus spürte die Blicke und das Grinsen der Umstehenden. Mußte er sich mitten im Gewühl von dieser kleinen Kröte herunterputzen lassen? Er hatte große Lust, sie zu schlagen, wie er es ihr angedroht hatte, aber er fürchtete den Aufruhr, den sie dann verursachen würde. Er biß die Zähne zusammen und ging weiter, ohne sich nach ihr umzusehen.

Außerhalb des Stadttores löste sich der Stau rasch auf.

Die Spedition des Charmias lag etwa fünfhundert Meter vor der Stadtmauer zwischen zwei Grabanlagen an der Straße nach Rom. Ein großes Schild wies den Weg durch ein breites Tor in einen Hof, dessen Boden mit Stroh bedeckt war, das durchdrin-

gend nach Pferdeurin stank. Zur Rechten waren Stallungen, in denen einige Pferde und Maultiere standen, zur Linken Remisen für Wagen. Der Hof lag verlassen bis auf einen Viererzug, der vor einen leichten zweirädrigen Wagen gespannt war. Josephus durchschritt rasch das Tor und trat unter den Bogen einer Stalltür. So in Sicherheit, betrachtete er voll Bewunderung die Pferde. Sie waren ein prächtiges Gespann. Glänzend gestriegelte Füchse alle vier. Sie stampften mit den Hufen und warfen die Köpfe auf. Frisch und ausgeruht und vollblütig waren sie eine tödliche Bedrohung für jeden, der ihnen im Weg stand. Um sie zu bändigen, mußte der Fahrer ein Meister im Wagenlenken sein.
Josephus ließ seinen Blick über die Pferderücken zu dem Mann schweifen, der aufrecht im Wagen stand, die Zügel und die Peitsche in den Händen haltend. Er war unverkennbar ein Römer. Hochgewachsen und schlank, glattrasiert und mit kurzgeschnittenem Haar strahlte er in seinem lässig umgelegten Pallium dieselbe Sicherheit aus, die Josephus auch bei Flaccus verabscheut hatte. Der Blick des Mannes begegnete ihm. Noch nie hatte er so seltsame Augen gesehen. Sie waren schräg und schillerten grünlich, wie die Augen einer Schlange. Josephus fröstelte unwillkürlich.
Der Sklave, der bisher den Kopf des Leitpferdes gehalten hatte, trat auf ein Schnalzen des Römers zurück. Der Mann berührte mit der Peitsche leicht den Rücken des Pferdes und faßte die Zügel fester. Josephus machte vorsichtshalber noch einen Schritt tiefer in den Stall, als die Pferde anzogen. Der Sklave stieß einen Schrei aus. Josephus folgte seinem ausgestreckten Arm mit den Augen.
Mitten im Tor stand Daphne, bleich bis in die Lippen. Sie starrte in das Gesicht des Römers und rührte sich nicht, während die Pferde auf sie zuschossen. Das Gespann war zu nah, zu frisch, als daß der Wagenlenker es hätte anhalten können. Er

konnte auch nicht zur Seite lenken, denn da waren die Stallungen. Die Pferde preschten zum Tor. Daphne rührte sich nicht. Sie starrte in die Augen des Römers, als gäbe es sonst nichts auf der Welt.

Josephus sprang mit einem Satz aus dem Stall heraus, warf sich zum Tor hinüber, bekam einen Arm des Mädchens zu fassen und riß sie zu sich herüber, gerade als die Pferde an ihr vorbeistürmten.

Er hatte so viel Kraft aufgewandt, daß er mit ihr zugleich zu Boden stürzte und sich in dem stinkenden Stroh wälzte. Er stand auf, zog sie an den Armen hoch und ohrfeigte sie rechts und links.

«Kannst du nicht aufpassen? Bist du blind oder blöde?» schrie er. Sie schob ihn beiseite, als existiere er gar nicht, und wandte sich an den Sklaven.

«Wer war das?»

«Das», sagte der Sklave und spuckte aus, «das war Aulus Caecina Alienus.»

Josephus schüttelte das Stroh aus seiner Tunika.

«Was ist denn in dich gefahren? Stehst da und hältst Maulaffen feil. Wolltest du überfahren werden? Kannst du nicht besser auf dich aufpassen? Glaubst du, ich will dir jeden zweiten Tag das Leben retten?» Sie hörte ihm nicht zu.

«Aulus Caecina Alienus», wiederholte sie, als wolle sie sich den Namen für alle Ewigkeit einprägen. Sie zitterte und war immer noch totenbleich. «Komm jetzt», sagte Josephus zornig, «es ist ja nichts Schlimmes passiert. Du wirst ein paar blaue Flecken kriegen, das ist alles. Du brauchst nicht auszusehen, als seiest du dem Tod persönlich begegnet.»

DER WAGEN, DEN FRONTULO bei dem Spediteur für sie bestellt hatte, brachte Josephus und Daphne in zwei Tagen in die Nähe Roms. Daphne genoß jede Minute dieser Reise. Noch nie war sie so komfortabel unterwegs gewesen. Sie mußte kein Bündel schleppen, sie mußte nicht zu Fuß gehen oder auf irgendeinem Bauernkarren hocken, sie bekam mehr als ausreichend zu essen und zu trinken, und sie übernachtete nicht in einem Heuschober, sondern in einem erstklassigen Gasthof am Straßenrand, der bedeutend luxuriöser war als die «Goldene Traube» in der Sandalenmachergasse von Puteoli.
Josephus genoß die Reise auch, wenn auch aus anderen Gründen. Die Annehmlichkeiten, die Daphne so erfreuten, daß sie zwei Tage lang friedlich gestimmt war, waren für ihn alltäglich. Er betrachtete mit staunenden Augen die Landschaft, die sie durchfuhren. Er war in Jerusalem aufgewachsen, und dies war das erste Mal, daß er das Land verlassen hatte. Gewöhnt an den felsigen Boden und die karge Vegetation seiner Heimat, schwelgte er in dem Reichtum der hügeligen Landschaft Kampaniens. Weinberge und Olivenhaine wechselten ab mit Gemüsegärten und Weizenfeldern. Wie Inseln lagen in diesem Meer der Fruchtbarkeit kleine Weiler mit ziegelgedeckten Häusern und große Villen mit prachtvollen Parks, zu denen lange Platanenalleen hinführten.
Wenige Meilen vor Rom änderte sich das friedliche Bild.
In die Landschaft Kampaniens hatten sich die Ausläufer der Kapitale hineingefressen. Statt der großen Felder und Haine gab es jetzt kleine Gärtnereien, Fabriken für Tonröhren und Ziegelbrennereien, und an einer Stelle verriet der beißende Geruch, daß hier das *garum* hergestellt wurde, die scharfe Sauce aus vergammeltem Fisch, die bei keiner römischen Mahlzeit fehlen durfte. Vereinzelt standen hier schon größere Häuser und begannen die Grabstellen, die sich beiderseits der Straße bis zu der Porta Appia hinzogen.

War die Straße bisher nur wenig befahren gewesen, so wurde der Verkehr jetzt dichter, und sie kamen nur noch langsam voran. Rechts und links zwischen den Gräbern gewahrte Josephus Hütten, die notdürftig aus Brettern, Balken und Tuch zusammengeschustert waren. Teilweise waren es nur hölzerne Pfosten, die ein geflochtenes Dach trugen. Alte Männer, Frauen und Kinder kampierten hier. Eine seltsame Ruhe lag über diesen Siedlungen der Flüchtlinge. Die Alten hockten apathisch am Boden und starrten vor sich hin, die Frauen rührten in den Töpfen, die über den Lagerfeuern hingen. Die Kinder lachten nicht, schrien nicht, spielten nicht. Mit ernsten Gesichtern starrten sie auf die Gespanne und die Fußgänger auf der Via Appia, und Josephus hatte das Gefühl, daß sie nicht wahrnahmen, was sie sahen. Es war eine Atmosphäre voll geheimer Gefahren, die ihm Unbehagen bereitete.
Plötzlich zügelte der Fahrer die Pferde und wandte sich zu ihm um.
«Ihr müßt aussteigen.»
«Warum?»
«Weiter fahre ich nicht. Ich kehre hier um.»
«Das ist wider die Verabredung», sagte Josephus zornig, «du mußt uns bis in die Stadt bringen. Soweit bist du bezahlt worden.»
Der Mann spuckte aus.
«Ich scheiße auf die Bezahlung», sagte er rüde, «was nützt mir euer Geld, wenn die Gäule hin sind. Ich drehe um. Meine Pferde sind mir lieb, und mein Leben ist es auch.»
Er wies mit dem Peitschenstiel auf einen Haufen am Straßenrand. Josephus spähte hinüber. Er sah den Kadaver eines Pferdes, aus dessen Weichteilen große Fleischfetzen herausgeschnitten waren. An den Resten taten sich Hunde gütlich. Fliegen saßen zuhauf auf dem Kopf des Tieres, das mit offenen Augen in den Himmel starrte. Josephus spürte, wie ihm übel wurde.

«Was ist das?» fragte er, obwohl er es wußte.
«Sie hungern», sagte der Fahrer nüchtern, «sie überfallen die Reisenden, die nicht geschützt sind, und schlachten die Pferde. Wenn es dämmert, ist hier auf der Straße niemand mehr seines Lebens sicher. Geht jetzt und geht schnell! Die Götter seien mit euch.»
Josephus war stolz darauf gewesen, daß der Synhedrion gerade ihn für die Mission in Rom ausgewählt hatte, und er hatte sich darauf gefreut, Rom zu sehen, das prachtvolle, das mächtige, das weltbeherrschende Rom, die Stadt der Wölfin, unter deren Prankenhieb sich die Völker der Erde duckten. Eine Stadt in Marmor und Gold hatte er erwartet, mit steingepflasterten Straßen, mit aufragenden Tempeln, mit Triumphbögen und Säulengängen, mit riesigen Basiliken, in deren Gewölbeläden alles feilgeboten wurde, was die Welt zu bieten hatte: Seide aus China, Elfenbein aus Afrika, Gewürze aus Arabien, Wein von Lesbos und Chios, Bernstein von den Ufern des Baltischen Meeres, Saffianleder aus Babylon, Gläser aus Phönizien. Und dann die Buchhandlungen mit den Hunderten von Papyrusrollen, die nicht nur die griechischen Klassiker feilboten, sondern auch das Neueste aus der Welt der Dichtung und Geschichtsschreibung. Und wenn man genug durch die Hallen und Gassen und die Foren gebummelt war, dann konnte man den Rest des Tages in den Thermen verbringen, den Körper im Wasser und im Dampfbad und den Geist bei Dichterlesungen und Disputationen von Philosophen erfrischen. Man konnte zu den Wagenrennen gehen in den Zirkus, in die Tragödien und Komödien in den Theatern, zu den Konzerten im Odeon, lustwandeln in den großen öffentlichen Parks, wo man den Schönen des Tages und der Nacht begegnete. Rom barg alles, was das Leben Begehrenswertes bot – für jeden Geschmack und für jeden Geldbeutel. Der bloße Gedanke, nach Rom zu gehen, hatte sein Herz höher schlagen lassen.

Aber das war, bevor er von dem Brand Roms gehört hatte. Und noch nachdem Eumenes davon berichtet hatte, hatte er nicht wirklich daran geglaubt, daß die Stadt vernichtet war. Der alte Mann hatte sicher schamlos übertrieben. Das hatte ja auch Calpurnia gesagt. Eine Stadt wie Rom konnte nicht untergehen. Brände gab es immer wieder und überall. Manchmal wurden Straßenzüge eingeäschert, gelegentlich fiel auch ein ganzes Stadtviertel den Flammen zum Opfer. Aber was waren einige Straßenzüge, was war ein Stadtviertel bei einer Stadt, die so ungeheuer war wie Rom?

Schon der Anblick der Flüchtlinge auf der Via Appia hatte Josephus bestürzt. Nachdem er aber mit Daphne die Porta Appia durchschritten hatte, hielt er den Atem an.

Das Tor stand noch und auch die Stadtmauer. Hier drängten sich die Obdachlosen dichter zusammen als draußen vor der Stadt. Hier gab es fliegende Händler, die Wasser, Brot und Obst anboten. Kaum jemand kaufte, denn kaum jemand hatte das Geld dazu. Auch hier herrschte das gleiche apathische Schweigen, das Josephus schon vorhin erschreckt hatte. Die Häuser standen noch. Die Tore waren offen, und in die Höfe hineinspähend sah er, daß auch hier die Menschen sich hineingeflüchtet hatten und stumpf und gleichgültig auf dem Boden hockten.

Er wußte den Weg nicht, aber er beschloß, der Straße zu folgen, solange es ging, denn sie führte gewiß in das Herz der Stadt. Sie gingen eine Stunde, schweigend in der Lautlosigkeit, die sie umgab. Das Atmen fiel Josephus schwer. Die Luft war geschwängert mit einem Geruch nach Verbranntem, Verwestem, Verfaultem, der süßlich und schwer die Lungen füllte. Obwohl es schon November war, war es noch warm. Ein leichter Wind wehte. Auf ihm schwebten Aschepartikelchen, legten sich wie ein Schleier über die Haare, die Haut, das Gewand. Josephus sah Daphne an und erblickte ein graues Geschöpf, das der Unterwelt entsprungen zu sein schien. Leute kamen ihnen entgegen aus dem Inneren der Stadt, Schatten gleich, langsam und schwankend. Einer trug einen zerbeulten Kochtopf, das einzige, was er von seinen Habseligkeiten aus der Ruine seines Hauses geborgen hatte.

Josephus sprach ihn in seinem langsamen, korrekten Latein an und fragte nach dem Weg zum Haus des Stadtpräfekten.

Der Mann starrte stumpf brütend vor sich hin und gab keine Antwort. Daphne wiederholte die Frage mit spitzer, schriller Stimme, und sie drang zu ihm durch.

«Der Präfekt?» sagte er, «sucht da, wo die Häuser noch stehen! Sucht bei den Reichen, bei den Adligen, bei den Mächtigen! Das Feuer ist wählerisch. Es verschlingt nur die Habe derer, die nichts haben. Es frißt die Armut, den Reichtum verschont es.»

Den Kochtopf an sich pressend, wankte er weiter.

«Sind denn alle Leute verrückt geworden?» fragte Josephus.

Daphne starrte ihn an. Ihre hellen Augen waren weit geöffnet und hatten einen Ausdruck der Verachtung. Ihre Stimme war scharf wie ein Peitschenschlag.

«Sie hungern, und sie fürchten sich. Der Winter steht vor der Tür. Wir sind in Rom. Hier sind die Winter kalt. Es wird regnen, vielleicht schneien. Sie haben kein Dach über dem Kopf, sich zu schützen, sie haben keine Mäntel, sich zu wärmen, sie haben keine Hoffnung und keine Zukunft.» Josephus biß sich auf die Lippen. Wieso hatte er nicht daran gedacht, dieses Kind aber wohl? War dieses Mädchen, an Jahren soviel jünger als er, durch ihr Leben am Rande der Gesellschaft um viele Erfahrungen klüger? Ein unbehaglicher Gedanke, den er gleich wieder davonjagte. Schließlich war sie nichts als ein unerzogenes, halbwildes Geschöpf, das er nicht mehr lange am Halse haben würde.

Die Straße verengte sich, machte eine Biegung, und dann kamen sie nicht weiter. Ein mehrstöckiges Haus war zerborsten, die

Trümmer lagen in einem mannshohen Schutthaufen auf dem Weg. Sie mußten darüberklettern. Josephus reichte Daphne seine Hand zur Hilfe, aber sie war geschickter und wendiger als er und stand schon vor ihm auf dem Trümmerhaufen. Josephus folgte ihr schweratmend und stolpernd und richtete sich neben ihr auf. Was er sah, verschlug ihm den Atem.
Soweit sein Auge reichte, sah er nur ein Ruinenfeld. Geschwärzte Mauern ragten in den Himmel, durchlöchert von den Fensteröffnungen, durch die der graue Himmel gähnte. Es gab keine Straßen mehr, nur noch Trampelpfade, die hügelaufwärts und hügelabwärts führten. Menschen, grau wie er und Daphne, lemurengleich, wühlten sich durch die Trümmer, nirgends ein Laut, kein Wort, kein Schrei, nichts. Josephus grauste es.
Was sollte er in dieser Unterwelt? War es nicht besser, wieder umzukehren? Zwecklos, nach dem Haus des Flavius Sabinus zu fragen, zwecklos, nach einem Haus zu fragen angesichts des Untergangs von Tausenden.
«Komm», sagte Daphne, «wir müssen weiter. Es wird nicht mehr lange hell sein.»
Sie begann schon, auf der anderen Seite hinunterzuspringen. Josephus folgte ihr vorsichtig. Die Steine gaben unter seinen Tritten nach, und er fürchtete sich, auszurutschen und sich den Fuß zu brechen.
Stillschweigend übernahm Daphne die Führung, und Josephus ging ihr nach. Ab und zu blieb sie stehen und fragte eine der Gestalten, die in den Trümmern gruben. Meist hob man einen Arm und zeigte vorwärts. Nach einer Weile verstand Josephus, wonach Daphne fragte. Sie erkundigte sich nicht nach dem Haus des Sabinus, sondern nach dem Zirkus.
Glaubte sie wirklich, sie könnte ihren Onkel finden? Er war zu erschöpft, um mit ihr darüber zu diskutieren. Er ließ sie vorangehen und folgte ihr. Das war das einfachste. Er wurde durstig

und hungrig. Seine Füße brannten und sein Kreuz schmerzte. In seinen Schläfen hämmerte es. Rom war unendlich. Es gab keinen Ausweg aus diesem Labyrinth. Wohin immer sie gingen, nichts als verkohlte Balken, zerborstene Säulen, eingestürzte Dächer, Asche und Steine. Schließlich setzte er sich auf einen Steinhaufen.

Daphne lief weiter. Es war ihm egal. Er verstand, weshalb die Menschen so still waren. Sie verspürten gewiß die gleiche bleierne Müdigkeit, die ihn umklammert hatte. Er faltete die Hände und bettete die schmerzende Stirn hinein. Das gab einen Augenblick Linderung. Wenn er nur den Gestank nicht mehr ertragen mußte, diesen Gestank von Zerstörung, Elend und gewaltsamem Tod.

Jemand zog ihm die Hände herunter. Er sah mühsam aus entzündeten Lidern auf. Daphne stand vor ihm. Er erkannte sie nur, weil sie so klein war und ihre Augen in dem schmutz- und schweißverschmierten Gesicht so hell leuchteten.

«Bei allen Göttern der Unterwelt, Josephus», sagte sie, «bist du ein Mann oder eine Memme? Hockst hier wie ein altes Weib auf dem Gebärstuhl! Reiß dich zusammen und komm! Wir haben es gleich geschafft.»

«Was?» fragte er.

«Keine zwanzig Schritte mehr, und wir stehen am Tiber. Komm!»

Sie faßte ihn unter den Arm und zog ihn energisch hoch. Sie hatte mehr Kraft, als er ihr zugetraut hatte.

«Dir fehlt nichts als Wasser und ein Stück Brot. Man merkt, daß du verzärtelt bist. Ich wette, du bist noch nie einen ganzen Tag lang zu Fuß gegangen.»

«Ich bin geritten, wenn der Weg lang war», sagte Josephus mit dem Versuch, Würde zu bewahren.

Daphne lachte auf.

«Mein Vater hatte recht. Er sagte immer, wenn ich mich darüber beklagte, daß wir arm seien, ein Armer könne sich überall durchschlagen, denn er sei an alle Entbehrungen gewöhnt und habe nie Furcht, etwas zu verlieren. Ich habe einen Wasserhändler gefunden.»

Josephus stolperte hinter ihr her. Sie führte ihn durch ein mit umgestürzten Säulen übersätes Trümmerfeld, das sicher einmal ein großer Tempel gewesen war. Die Rückwand war nicht eingestürzt. Sie ragte schwarz auf, und jemand hatte mit roter Farbe darauf geschrieben: *Nero – Gattenmörder, Muttermörder, Brandstifter.*

Daphne führte ihn um die Wand herum. Josephus blieb stehen. Hier war der Alptraum zu Ende.

In einiger Entfernung von ihnen wand sich der Tiber wie eine blaue Schlange durch die Stadt. Er wimmelte von Lastkähnen. Einige kamen herein, sie waren mit Getreide und Gemüse beladen, andere verließen die Stadt, sie trugen bughoch den Trümmerschutt, andere ankerten am Ufer und wurden be- und entladen. Vor Josephus staunenden Augen entfaltete sich ein Bild des Lebens. Auch hier war die Stadt ein Trümmerhaufen, aber einer, in dem keine verlorenen Seelen gruben, sondern in dem Menschen planmäßig und aktiv am Wiederaufbau arbeiteten. Es war, als sei er erneut in die Welt der Lebenden eingetreten.

«Irgendwo muß man anfangen», sagte Daphne, «die Römer fangen hier an. Hier ist das Herz der Stadt. Wir sind eben am Jupitertempel vorübergegangen, dort vorn siehst du die Reste des Zirkus.»

«Hast du nach deinem Onkel gefragt?»

«Nein. Das hat Zeit. Wir müssen das Haus des Flavius Sabinus finden. Er ist unsere einzige Hoffnung auf eine Unterkunft. Komm.»

«Sagtest du nicht etwas von einem Wasserhändler?»

Daphne nickte.

«Da drüben.»

Der Mann trug mehrere Schläuche über Brust und Bauch. Er bot ihnen zu trinken aus einem ausgehöhlten Holzlöffel und verlangte für die kleine Menge schalen, warmen Wassers einen unverschämten Preis. Josephus zahlte ihn, ohne zu handeln. Dann fragte er nach dem Haus des Stadtpräfekten. Der Mann erblaßte und schenkte ihm kostenlos noch einen Löffel voll Wasser.

«Flavius Sabinus wohnt in der Alta Semita.»

«Das weiß ich. Zeige mir den Weg dorthin!»

«Geht zum Fluß hinunter und folgt seinem Lauf aufwärts bis zum Marcellustheater! Ihr werdet es erkennen, denn es ist nicht verbrannt. Dort fragt weiter! Die Alta Semita liegt zwischen dem Theater und dem Grabmal des Augustus.»

Es war erstaunlich, wie eine kleine Menge Wasser die Sicht der Dinge verändern konnte.

Der Weg war so beschwerlich wie zuvor. Auch hier gab es nur Trampelpfade. Der gleiche Gestank lag in der Luft. Alle Menschen, denen sie begegneten, waren von der Flugasche grau gepudert. Aber Josephus kam es nicht länger vor, als wanderten sie durch die Hölle. Unter Anleitung von städtischen Beamten gab es hier zweckmäßige, planvolle Arbeit. Hier wurde geredet, zuweilen ein grober Witz gemacht. Trockenes Gelächter scholl auf. Wenn Josephus nach dem Weg fragte, antwortete man ihm laut und deutlich und sah ihm ins Gesicht dabei.

Am Marcellustheater begann der Teil der Stadt, der vom Feuer verschont geblieben war. Hier hatte es keine Läden gegeben, die Häuser waren nur einstöckig und solide gebaut, die Straßen breiter als im Zentrum. Hier hatte die Feuerwehr löschen können und das Übergreifen der Flammen verhindert.

Die Alta Semita war eine gepflasterte Straße, rechts und links gesäumt von Ziegelwänden, die hin und wieder durch ein Tor unterbrochen waren.

«Das dritte Tor auf der linken Seite», hatte eine Frau Josephus erklärt. Ihre Knöchel bluteten, weil sie sie sich beim Steineklopfen aufgerissen hatte. Aber ihre Stimme klang fest, und ihr Blick war offen und direkt. Die Sonne neigte sich dem Horizont zu, als er die Hand ausstreckte und den Klopfer am Tor des Hauses des Stadtpräfekten betätigte.

Sie warteten eine Weile, bis die Tür einen Spalt geöffnet wurde. Der Pförtner, ein herkulischer Germane mit kurzgeschorenem blondem Haar maß sie aus wasserhellen Augen mißtrauisch von den schmutzigen Füßen über das staubgraue Gewand bis zu dem schweißverklebten Gesicht, sagte barsch etwas in unverständlichem Latein und wollte ihnen die Tür vor der Nase zuschlagen.

Daphne war schneller. Aus langer Erfahrung an solche Musterungen gewöhnt, konnte sie deren Ergebnis voraussehen und hatte schon ihren Fuß über die Schwelle geschoben, bevor der Sklave noch daran gedacht hatte, die Tür zu schließen.

Josephus grinste anerkennend.

Der Germane schrie sie an. Aus dem Sturzbach gutturalen Lateins unterschied Josephus die Wörter «betteln» und «Gesindel». Er straffte sich und sagte so hochmütig, wie er das angesichts seiner Erschöpfung fertigbrachte:

«Melde deinem Herrn, daß Josephus ben Matthias ihn zu sprechen wünscht. Ich komme auf Empfehlung von Marcus Annius Flaccus.»

Der Name schien einen Zauberklang zu besitzen. Die Tür öffnete sich weit, der Türsteher dämpfte seine Stimme und sagte etwas, was wohl eine Entschuldigung sein sollte, ließ sie in den Flur, der zum Atrium führte, und schrie einen Namen in das Innere des Hauses.

Während sie warteten, schnüffelte Josephus. Es roch anders in diesem Haus als auf der Straße. Es roch nach Kohl, Knoblauch und Urin, aber nicht nach Verwesung. Er hatte nicht erwartet, daß es in dem Haus eines hohen römischen Beamten riechen

würde wie in einem Mietshaus in einem Armenviertel. Lärm drang in den engen Gang und erschien ihm nach dem Schweigen der Stadt wie Musik, wie die Kakophonie des Lebens.
Kurz darauf erschien eine Frau mittleren Alters, einfach und adrett gekleidet. Sie war sauber und duftete nach frischen Kräutern. Sie war der erste Mensch, der ihm in Rom begegnet war, der alltäglich und friedlich aussah. Sie sah ihn und Daphne mit einem fragenden Lächeln an.
«Ich bin Josephus ben Matthias und komme auf Empfehlung von Marcus Annius Flaccus.»
Sie lächelte.
«Und dies ist das Kind Daphne?» fragte sie.
Bevor Josephus antworten konnte, tat Daphne es.
«Das bin ich», sagte sie laut und warf Josephus einen bösen Blick zu. Anscheinend hatte er sie beleidigt, weil er sie nicht vorgestellt hatte. «Ihr werdet erwartet», sagte die Frau freundlich, «ihr habt einen anstrengenden Weg hinter euch. Ihr werdet euch erfrischen wollen. Ich veranlasse sofort das Nötigste. Natürlich können wir euch nur wenig anbieten, denn Wasser ist im Augenblick noch rationiert, aber wir tun unser Bestes.»
Sie winkte ihnen zu folgen, und sie betraten das Atrium. Wie alle Häuser, die vom Brand unversehrt geblieben waren, hatte auch dieses sich geöffnet, um Obdachlose aufzunehmen. Rund um das Atrium herum waren alle kleinen Räume mit vielköpfigen Familien belegt, die hier schliefen, kochten, ihre Kranken pflegten und ihre Kinder zu bändigen versuchten. Zwei Frauen stritten miteinander, ein Kind wimmerte, und eine Frau mit hochgewölbtem Leib wand sich schreiend auf einem improvisierten Lager.
Die Frau, die ihnen voranging, drehte sich zu ihm um und sagte etwas, was er in dem Lärm nicht verstehen konnte. Er lächelte vorsichtig als Antwort, und sie führte sie weiter. Hinter dem Atrium gab es einen schmalen Gang, der sie in eine andere Welt

führte, in ein Haus voll Ruhe, Bequemlichkeit und Wohlgerüchen. Der Gang führte zum Peristyl, einem kleinen säulenumgebenen Innenhof, auf den sich die Privaträume des Hausherrn öffneten. Hierhin hatte offenbar keiner der Flüchtlinge seinen Fuß setzen dürfen. An den verheerenden Brand erinnerten nur das leere Wasserbassin in der Mitte des Hofes und die verdorrten Büsche und verwelkten Blumen in den Rabatten.

Die Frau schritt weiter voran und führte sie in einen Seitenflügel des Hauses und in Räume, die unter normalen Umständen als Bad dienten. Die großen Becken im Boden, schön mit Mosaiken ausgelegt, führten jetzt kein Wasser.

Die Frau klatschte in die Hände. Vier Sklavinnen erschienen. Daphne wurde von der Frau fortgeführt. Die Dienerinnen nahmen sich seiner an. Josephus hätte im Traum nicht daran gedacht, so verwöhnt zu werden. Er wurde aufgefordert, sich zu entkleiden. Zwei Dienerinnen brachten Krüge mit erwärmtem Wasser. Er wurde am ganzen Körper sanft gewaschen, nachdrücklicher mit duftendem Öl massiert, seine Haare wurden gebürstet und gesalbt, seine Fingernägel manikürt, und am Schluß erhielt er eine weiße Tunika, aus leichter Wolle gewebt, und ein Paar neue Sandalen.

Die ältere Frau kehrte zurück und führte ihn in einen Raum, der nur mit vier hochlehnigen Stühlen möbliert war. Die Wände waren dunkelrot getüncht, und in Augenhöhe zog sich ein Fries von Gemälden um den Raum, die heitere ländliche Szene abbildeten. Ein junges Mädchen stand in ihre Betrachtung vertieft, das Josephus erst auf den zweiten Blick erkannte, als es sich umdrehte.

Daphne war einer ähnlichen sorglichen Behandlung unterzogen worden wie er selbst. Auch sie war sauber, auch sie duftete, auch sie hatte ein neues Gewand erhalten, eine blaue Palla aus Leinen, die bis zu den Füßen reichte und an den Schultern mit versilberten Fibeln geschlossen wurde.

Zum ersten Mal sah er sie als Mädchen, aber er fand dennoch, daß sie mit ihrer mageren Eckigkeit und den kurzen Locken eher wie ein Knabe aussah, der auf dem Theater Frauenkleidung angelegt hatte, um ein Mädchen zu spielen.

Eine Sklavin kam und brachte ein Holztischchen, eine andere setzte ein Tablett mit Wein und Früchten darauf ab.

«Eßt und trinkt», sagte ihre Führerin, «die edle Caenis wird zu euch kommen, sobald sie Zeit hat.»

«Ich möchte Flavius Sabinus sprechen», sagte Josephus.

Sie machte ein bedauerndes Gesicht.

«Der Herr ist Tag und Nacht unterwegs. Wir wissen nie, wann er nach Hause kommt. Die edle Caenis wird sich um euch kümmern.»

Sie ging mit einer leichten Verneigung.

«Wahrscheinlich ist sie seine Frau», mutmaßte Josephus.

Er ließ sich auf einem der hochlehnigen Stühle nieder und betrachtete Daphne.

«Wasser und Seife können Wunder wirken», bemerkte er spöttisch.

«Danke. Ich gebe das Kompliment gern zurück. Auch du siehst jetzt wie ein Mann von Bedeutung aus. Bist du das?» In ihrer Stimme war der gleiche Spott, mit dem er sie bedacht hatte.

«Ich bin Priester der Ersten Reihe in Jerusalem. Meine Großmutter war eine Hasmonäerprinzessin. Ich bin mit König Agrippa verwandt», sagte Josephus, um das Mädchen zu dämpfen.

Sie zog sich unbeeindruckt einen Stuhl heran und widmete sich den Früchten. Sie nahm einen Apfel und biß krachend hinein.

«Du solltest ihn schälen und in Scheiben schneiden», tadelte er.

«Warum? Schmeckt er dann besser?»

«Der Saft würde dir nicht über das Kinn laufen und auf das Gewand tropfen.»

«Keine Sorge. Ich passe schon auf. Und selbst wenn ich nicht präsentabel bin, was macht das schon. Du schindest Eindruck für uns beide. Du siehst geradezu unverschämt gut aus. Vielleicht verliebt sich die edle Caenis in dich.»

«Ich denke, da besteht keine Gefahr», sagte eine amüsierte Stimme von der Tür her. Josephus und das Mädchen fuhren herum.

Im Eingang stand eine zierliche alte Dame. Sie stützte sich leicht auf einen Stock aus Ebenholz, der mit einem Elfenbeinknauf geschmückt war. Ihre Stola war schlicht, aber aus erlesener goldgelber Seide. Weißes lockiges Haar umrahmte ein Gesicht, das von tausend Fältchen durchzogen war. Eine leichte Röte lag auf den Wangen. Es war nicht auszumachen, ob sie von einer Anstrengung herrührte oder aus dem Schminkkasten stammte. An ihren Ohren hingen lange Perlengehänge, um ihren faltigen Schildkrötenhals schlang sich eine dreifache Perlenkette, und an ihren Handgelenken klirrten mehrer Armbänder. Sie blieb an der Tür stehen und musterte die Besucher gelassen und gründlich, sich selbst zu einer ebenso ausgiebigen Besichtigung freigebend. Als sie lächelte, sah Josephus, daß sie noch alle Zähne hatte. Das mußte Caenis sein, die edle Caenis, die man ihnen angekündigt hatte als Ersatz für Flavius Sabinus. Eine reizende alte Dame, elegant und kultiviert. Nach allem, was er an diesem Tag gesehen hatte, hatte Josephus nicht erwartet, in Rom eine solche Frau anzutreffen. An ihr war die Katastrophe spurlos vorübergegangen.

Sie nahm auf einem Stuhl ihnen gegenüber Platz, stellte den Stock zwischen die Knie, legte die Hände darüber und stützte das Kinn auf. «Laßt euch beim Essen nicht stören», sagte sie lächelnd, «ich weiß, daß ihr einen sehr unangenehmen Tag hinter euch habt. Es muß in der Stadt furchtbar aussehen. Ich habe dieses Haus seit dem Feuer nicht mehr verlassen.»

Daphne griff nach einer Birne. Zu Josephus' geheimer Belustigung zerlegte sie sie sorgfältig mit dem Obstmesser und schob sich die Schnitze vorsichtig, um nicht zu kleckern, in den Mund. Offensichtlich flößten alte Damen ihr mehr Respekt ein als junge Männer.

«Es tut Flavius Sabinus außerordentlich leid, daß er euch nicht empfangen kann», fuhr Caenis fort. Ihre Stimme war warm und wohlklingend und hatte nichts von der Brüchigkeit des Alters. «Aber ihr versteht, daß der Wiederaufbau der Stadt jede Minute seines Tages und noch einen großen Teil seiner Nächte in Anspruch nimmt. Er hat mich deshalb beauftragt, mich um euch zu kümmern.»

«Ich bin nur auf Wunsch von Annius Flaccus gekommen», erwiderte Josephus, «es ist nicht nötig, daß du dich meiner annimmst. Flaccus hat mich reichlich mit Geld versorgt, so daß ich durchaus imstande bin, für mich selbst zu sorgen. Das Mädchen ist es, das Hilfe braucht.»

Sie wiegte den Kopf.

«Bist du sicher, daß du keiner Hilfe bedarfst? Flaccus war anderer Meinung. Natürlich wirst du eine Unterkunft bei deinen Landsleuten jenseits des Tibers finden. Aber du brauchst, wie Flaccus sagte, Zutritt zur Augusta Poppäa. Sie ist der jüdischen Religion geneigt und protegiert die Juden, wo es ihr möglich ist.»

Ihm schien, daß in ihrer sanften Stimme ein leiser Ton von Mißbilligung mitschwang.

«Ich habe dich der Augusta empfohlen. In drei Tagen wird sie dich zur Audienz empfangen. Bereite dich sorgfältig darauf vor! Du erhältst nur diese eine Chance, dein Anliegen vorzutragen.»

Josephus' Augen weiteten sich in wortlosem Erstaunen, dann bedankte er sich überschwenglich. Sie reagierte nur auf seine Überraschung.

«Ich sehe, daß du dich wunderst. Ich bin Antonia Caenis, und mein Name gilt immer noch etwas im Palast des Kaisers.»

Als sie sah, daß er mit ihrem Namen nichts verband, machte sie eine leichte Handbewegung. Die Armreifen klirrten. Die Adern auf ihrem mit braunen Flecken übersäten Handrücken traten knotig hervor.
«Natürlich, du kommst aus einer fernen Provinz. Woher solltest du etwas über mich wissen. Ich habe deine Großmutter, die Prinzessin, gekannt.»
«Du warst in Judäa?»
Sie schüttelte lächelnd den Kopf. Erst jetzt fiel Josephus auf, daß sie nur mit den Lippen lächelte. Ihre Augen blieben dabei hart und kalt. Es waren nicht die Augen einer reizenden alten Dame. Solche Augen hatte er bei dem römischen Prokurator gesehen, als er Todesurteile aussprach.
«Ich habe Rom niemals verlassen. Es ist nicht nötig. Die Welt kommt nach Rom. Ich war Sekretärin Antonias, der Nichte des Augustus. Ich kannte deine Großtante Salome, eine enge Freundin der Kaiserin Livia, ich kannte deinen Onkel, für den meine Herrin immer eine Schwäche gehabt hat. Ein gutaussehender Mann mit umwerfendem Charme, leichtsinnig und gerissen.»
Sie seufzte leicht.
«Solche Männer trifft man heutzutage nicht mehr an.»
Sie wandte ihren Blick von Josephus ab und drehte den Kopf zu Daphne hinüber. Ihr Tonfall veränderte sich nicht, er blieb freundlich plaudernd.
«Dein Onkel, mein Kind, ist tot.»
Josephus erwartete halb, daß das Mädchen wie in Puteoli wieder in Tränen ausbrechen würde, aber Daphne beherrschte sich diesmal. Wahrscheinlich hatte sie sich auf diese Nachricht bereits innerlich eingestellt. Wer einen Tag durch Roms Ruinen gewandert war und die totale Zerstörung des Zirkus gesehen hatte, konnte nicht glauben, daß einer der Budenbesitzer dort am Leben geblieben war.

«Flaccus sagte, du seiest ein interessantes Geschöpf», fuhr Caenis fort, «wenn man dich herausfüttert und zivilisiert, könnte ein brauchbarer Mensch aus dir werden. Wir wollen sehen.»
Daphnes Augen begannen gefährlich zu funkeln. Josephus, der sich erinnerte, daß diesem kriegerischen Funkeln jedesmal ein schmerzhafter Angriff auf ihn oder Flaccus erfolgt war, fragte sich, was sie jetzt tun würde. Nicht einmal Daphne, schätzte er, würde diese zierliche alte Dame anspucken, treten oder beißen.
Das Mädchen stand auf.
«Ich ziehe es vor, mein Schicksal selbst in die Hand zu nehmen. Ich danke dir für das Bad und die Mahlzeit. Ich werde dir die Palla zurücksenden, sobald ich ein anderes Kleid habe.»
Sie verneigte sich und ging zur Tür.
Caenis sah ihr mit einem leisen Lächeln nach.
Josephus sprang auf und vertrat ihr den Weg.
«Daphne, sei nicht dumm! Du kannst hier nicht einfach herausspazieren! Wohin willst du dich wenden? Du kennst niemanden in Rom. Willst du in einer Ruine unter freiem Himmel übernachten?»
«Geh mir aus dem Weg, Josephus», sagte sie warnend, «ich lebe nicht von der Gnade fremder Leute. Ich bin ein freier Mensch. Und ich kann schlafen, wo immer ich will.»
«Natürlich», sagte Caenis, «laß das Mädchen gehen, Josephus ben Matthias. Ich brauche sie nicht. Ich sehe, daß Flaccus sich getäuscht hat. Trotz ist kein Ersatz für Intelligenz.»
Josephus sah, daß der Pfeil getroffen hatte. Daphne wurde brennend rot. Aber sie gab sich keineswegs geschlagen.
«Ich bestimme selbst über mein Leben», fauchte sie.
«Wie willst du dein Leben beherrschen, wenn du nicht einmal dich selbst beherrschen kannst?» gab die alte Dame zurück, «aber geh, wenn du willst! Niemand hält dich auf. Willst du allerdings bleiben, dann zu meinen Bedingungen.»

Zu Josephus Erstaunen schienen diese Worte Daphne zu besänftigen. Sie wandte sich zögernd um und musterte die alte Dame.
«Ich bin kein Objekt für Wohltätigkeit», sagte sie, «ich will meinen Lebensunterhalt verdienen. Ich kann arbeiten.»
Josephus bezweifelte das. Er erinnerte sich noch lebhaft an ihren Vater, der einer dieser Kyniker gewesen war, die mit verfilztem Bart und zerschlissenem Mantel am Hafen herumlungerten und ihre Weisheit von sich gaben in der Hoffnung, mit einem stinkenden Fisch entlohnt zu werden. Was konnte sie von diesem Vater schon gelernt haben außer Betteln?
«Wir werden sehen, wozu du taugst», erwiderte Caenis, «ich habe noch niemals einen unnützen Esser durchgefüttert. Ich werde dich in den nächsten Tagen prüfen und dann entscheiden, was ich dir anbiete. Bis dahin wirst du bei Arria schlafen und ihr zur Hand gehen.»
Sie klatschte in die Hände. Die ältere Frau, die sie ins Bad geleitet hatte, trat unverzüglich ein.
«Nimm Daphne mit dir», wies Caenis sie an.
Das Mädchen verneigte sich nach kurzem Zögern leicht vor Caenis und folgte Arria. Die alte Dame blickte ihr nachdenklich hinterher.
«Ich kann sie mit mir nehmen, wenn sie dir eine Last ist», bot Josephus an, «sicher findet sich irgendwo ein Arbeitsplatz für sie.»
Caenis Augen kehrten zu ihm zurück.
«Sicherlich», stimmte sie trocken zu, «aber Flaccus hat sie mir anvertraut. Sie steht unter seinem Schutz.»
«Flaccus nimmt sehr viel Anteil an uns Schiffbrüchigen», bemerkte Josephus.
«Er ist der letzte aus einer der großen alten Familien der Republik. Er ist es gewöhnt, für seine Klienten zu sorgen.»
«Wir sind nicht seine Klienten.»

«Nein. An euch ist er aus anderen Gründen interessiert.»
«Warum an mir?» fragte Josephus neugierig.
Caenis lächelte wieder das freundliche Lächeln einer reizenden alten Dame, das ihre Augen nicht erreichte.
«Du bist ein Mann, der sich auf das Überleben versteht», sagte sie.
Josephus wußte nicht, ob das als Kompliment gemeint war.
«Und warum an Daphne?» fragte er, um sein Mißbehagen an der Antwort zu verbergen. Caenis erhob sich.
«Es wird Zeit, wenn du heute noch zu deinen Leuten jenseits des Tibers gehen willst. Ich werde dir einen Sklaven mitgeben, der dich führen wird. Morgen abend erwarte ich dich um die zehnte Stunde zum Essen. Flavius Sabinus wird da sein. Er möchte dich kennenlernen.»
Sie hatte ihm auf seine Frage nicht geantwortet, und sie war nicht die Frau, die man darauf aufmerksam machen konnte. Aber warum sollte er sich darüber den Kopf zerbrechen? Flaccus' Interesse an Daphne ging ihn nichts an. Wenn Caenis sie im Hause behalten wollte, um so besser für ihn. Er hatte wichtigere Dinge zu erledigen, als sich um das ungebärdige Balg eines Bettlers zu kümmern.

Flavius Sabinus erwies sich als ein korpulenter, stiernackiger Mann Ende fünfzig, der erschöpft aussah und Josephus mit einer Höflichkeit begrüßte, die nur dürftig verbarg, daß er den Besuch eines jungen unbekannten Juden, mochte er auch Priester der Ersten Reihe und Enkel einer Prinzessin sein, für äußerst lästig und überflüssig hielt. Josephus war sicher, daß er die Einladung nur Caenis verdankte, die auch an diesem Abend dabei war, diesmal in einer Stola aus grüner Seide, die mit Goldfäden durchwebt war, und mit schweren goldenen Ohrringen und Ketten. Bei jeder Bewegung klirrten die Reifen an ihren Handgelenken.

«Beachte die schlechte Laune unseres Gastgebers nicht», sagte sie freundlich, «Sabinus hat eine Einladung zur Abendgesellschaft beim Kaiser, die ihm schwer im Magen liegt.»
Unwillkürlich warf Sabinus einen verstohlenen Blick zur Tür.
Caenis lachte leise auf und legte ihm die Hand auf den Arm.
«Keine Angst», sagte sie, «weder du noch dein Bruder stehen so hoch, daß der Kaiser euch mit seinem Zorn beehren würde. Solange du dich von Verschwörungen fernhältst ...»
«Nur ein Narr oder jemand, der Roms Verderben will, würde sich gegen den Kaiser verschwören», sagte Sabinus laut, «und ich bin beides nicht.» Sie betraten das Triclinum.
Daphne war nirgends zu sehen.
Caenis deutete seinen suchenden Blick richtig.
«Deine kleine Freundin, Josephus, wird nicht mit uns speisen. Sie teilt die Mahlzeiten Arrias und geht ihr zur Hand. Sie ist bei all ihrer unnötigen Heftigkeit übrigens ein brauchbares Geschöpf. Sie hat sich bei den Kindern der Obdachlosen nützlich gemacht. Sie hat mit ihnen gespielt und gesungen. Ich fürchte, die Lieder waren nicht allzu anständig, mehr das, was man in Hafenkneipen aufschnappt, aber es hat die Kinder für zwei Stunden beschäftigt, und wir haben etwas Ruhe im Haus gehabt. Diese Leute sind ja wirklich bedauernswert, aber es ist nichtsdestoweniger sehr anstrengend, wenn das Haus mit ihnen angefüllt ist. Sabinus, mein Lieber, ich wünschte, ihr würdet Rom schneller wieder aufbauen.»
«Es wird mehr als zehn Jahre brauchen», versetzte der Stadtpräfekt, «das alte Rom nachzubauen, ginge schneller, aber nach dieser Katastrophe will der Kaiser nicht nur ein Rom, das schöner ist als das vorige, sondern auch eines, das unbrennbar ist.»
«Keine Stadt kann unbrennbar sein», behauptete Josephus.
«Wir tun unser Bestes», sagte Sabinus mürrisch, «die Straßen werden breit und gerade, jedes Haus bekommt eine Brand-

mauer, die Wasserversorgung wird unter strenge staatliche Aufsicht genommen. Und keine Garküche darf mehr auf dem Bürgersteig ein Feuer unterhalten. Das alte Rom mußte einmal untergehen, so schlampig, wie die Zustände geworden waren. Keine der Bauvorschriften war eingehalten worden. Das wird jetzt anders.»

Josephus, der an die Inschrift auf der geschwärzten Mauer des Jupitertempels dachte, sah den Präfekten neugierig an.

«Du hältst den Ausbruch des Feuers für einen Zufall?»

«Natürlich. Der Ausbruch erfolgte am Zirkus bei all den Buden, die sofort lichterloh in Flammen standen. Der Wind trieb das Feuer vor sich her. Ohne den Wind wäre es nicht so schlimm geworden.»

«Es gibt Leute, die an Brandstiftung glauben», sagte Josephus.

Sabinus zuckte die Achseln.

«Die meisten Leute glauben immer, daß jemand anders schuld ist als sie selbst und ihre Leichtfertigkeit oder Gewissenlosigkeit. Die Stadt ist in den letzten Jahrzehnten in unvorstellbarem Maße gewachsen. Die Häuser wurden schnell hochgezogen und waren schon baufällig, bevor sie bezogen wurden. Sie waren höher und die Gassen enger als erlaubt. Deshalb kam die Feuerwehr nicht durch die Straßen. Die Straßenbrunnen waren teilweise verstopft, weil Privatleute das Wasser umgeleitet hatten, und wo die Feuerwache durchkam, fand sie kein Löschwasser. Dazu die Panik, die Plünderungen – Rom ist an nichts als an seiner eigenen Gier zugrunde gegangen.»

«Der Kaiser, hörte ich gestern abend, glaubt auch an Brandstiftung und hat eine Gruppe von Verbrechern dafür zum Tode verurteilt.»

Die Sklaven kamen mit den Krügen, Schalen und Leinentüchern, und die drei Speisenden tauchten die Finger in das parfümierte Wasser und ließen sich die Hände abtrocknen. Dann wurde der erste Gang serviert. Josephus stellte fest, daß man im

Hause des Stadtpräfekten sehr einfach aß. Es gab nur vier Schüsseln mit verschiedenem Gemüse und dazu Brot und Oliven.

«Heute abend werden einige dieser Todesurteile vollstreckt», sagte Caenis und griff armreifklirrend nach dem Brot, «deshalb ist Sabinus auch so schlechter Laune. Der Kaiser gibt einen Empfang in seinem Garten. Die Verurteilten werden als lebende Fackeln die Wege erhellen.»

«Du hältst sie für unschuldig?» fragte Josephus, «sie tun dir leid?»

Sabinus leerte den Becher Wein, den er mit Wasser verdünnt hatte.

«Nein. Unschuldig oder nicht, der Kaiser braucht einen Sündenbock, um den Verdacht des Volkes von sich abzulenken. So kurz du auch hier bist, wirst du doch schon von den albernen Gerüchten gehört haben, die die Feinde Neros ausgestreut haben, er selbst habe das Feuer legen lassen, weil er den Untergang Trojas besingen wollte. Unfug. Der Kaiser war gar nicht in Rom, als der Brand ausbrach. Und wenn die Leute, die jetzt verurteilt sind, auch Rom nicht angezündet haben, so verdienen sie doch jede Strafe, denn es handelt sich bei ihnen um Anhänger eines verbotenen Kultes, der im geheimen schändliche Orgien feiert und seine Götter beschwört, das Menschengeschlecht zu vernichten. So weit ich weiß, glauben sie, daß ihre Götter in allernächster Zeit die Erde zerstören werden.»

«Du müßtest einiges über sie wissen», sagte Caenis, «der Ursprung dieses Aberglaubens liegt in Judäa.»

Josephus schüttelte den Kopf.

«Ich habe kaum von ihnen gehört. Es gab da eine Bewegung um einen aufrührerischen Rabbi, der vor etwa dreißig Jahren gekreuzigt wurde. Er hatte eine Gruppe von Anhängern, die sich nach seinem Tod in alle Winde zerstreut haben. Ich wußte gar nicht, daß es noch welche von ihnen gibt.»

«Nicht mehr lange», sagte Sabinus bestimmt, «der Kaiser wird sie ausrotten.»
«Warum gehst du nicht gern zu dem Empfang des Kaisers, wenn du doch mit den Todesurteilen einverstanden bist?» fragte Josephus.
Sabinus verzog den Mund.
«Ich mag den Anblick von Gewalt nicht», sagte er widerwillig, «er verursacht mir Alpträume. Wenn ich sehe, wie jemand gewaltsam stirbt, dreht sich mir der Magen um.»
Hätte die zierliche alte Dame dergleichen geäußert, hätte Josephus sich nicht gewundert. Bei einem so stiernackigen, bärbeißigen Mann wie Sabinus verblüffte ihn die Bemerkung.
Caenis winkte den Sklaven, die Schüsseln herauszutragen und den zweiten Gang zu bringen.
«Gewalt ist langweilig», sagte sie, «das sieht man bei den meisten Kämpfen im Amphitheater. Ein paar Gladiatorenwettbewerbe ausgenommen, aber auch da wird meistens betrogen. Die Gladiatorenmeister setzen ihre guten Leute nicht gern aufs Spiel und lassen sie zu häufig gegen unterlegene Gegner antreten. Verständlich, ein ausgebildeter Gladiator mit mehr als zehn Siegen ist ein lebender Geldschrank. Aber der Kampf wird dadurch uninteressant.»
Josephus betrachtete sie mit einer Mischung aus Faszination und Abscheu.
«Du siehst es gern, wenn Menschen auf Tod und Leben miteinander kämpfen?» fragte er ungläubig.
Sie war eine Römerin, das mußte man ihr zugute halten, aber sie war doch auch eine Frau, und für Frauen schickte es sich nicht, solche Gefühle zu hegen. Anständige Frauen gingen ohnehin nicht zu den Spielen. Jüdische Frauen würden sich niemals einen Gladiatorenkampf ansehen.
Caenis lächelte ihr Lächeln, das alle Zähne zeigte und die Augen nicht erreichte.

«Es ist interessant zu sehen, was ein Mensch tut, der um sein Leben kämpft, wenn er noch hoffen kann zu gewinnen», sagte sie, «aber dem Kampf nur zuzuschauen, ist auf die Dauer unbefriedigend. Wirklich aufregend ist es nur, wenn man selbst gegen jemanden kämpft und der Einsatz das eigene Leben ist.»
«Frauen können nicht kämpfen», wandte Josephus ein.
Caenis machte eine vage Handbewegung, und die Armreifen klirrten. «Mein lieber Josephus ben Matthias», sagte sie mit ihrer warmen, klingenden Stimme, «du bist noch sehr jung und wirst noch viel lernen müssen. Die Kämpfe, die wirklich wichtig sind, die Kämpfe, die die Welt verändern, werden nicht mit dem Schwert ausgefochten, sondern mit dem Verstand. Die entscheidenden Waffen sind kühle Überlegung, Geduld und Skrupellosigkeit.»
Sie lächelte. Josephus fror unter diesem Lächeln. Er war froh, daß der zweite Gang aufgetragen wurde und er damit einer Antwort enthoben wurde. Er brachte das Gespräch wieder auf den Aufbau Roms, weil das das einzige Thema zu sein schien, das seinen Gastgeber interessierte. Während Sabinus ausführlich schilderte, wie Nero seinen neuen Palast plante, dachte Josephus über Caenis nach. Die Sekretärin Antonias. Sie hatte noch Augustus und Livia gekannt. Sie hatte unter Tiberius gelebt und unter Caligula. Sie hatte erlebt, wie Caligula ermordet wurde und man Claudius an seine Stelle gesetzt hatte. An diesem Komplott maßgeblich beteiligt gewesen war der Tetrach, der Vater des Königs Agrippa und seiner Schwester, Königin Berenike, dem alle Gebiete von Syrien über den Libanon zum Mittelmeer von dem dankbaren Claudius als Fürstentum verliehen worden waren. Nur Judäa hatte er nicht erhalten – das Kernland der Juden, das von Jerusalem bis Cäsarea reichte und das nach dem Tode des großen Herodes direkt einem römischen Prokurator unterstellt worden war, der nur dem römischen Statthalter in Syrien botmäßig war.

Caenis hatte ihn gekannt, den jüdischen Fürsten, der römische Geschichte gemacht hatte. Einen Mann von umwerfendem Charme, leichtfertig und gerissen, hatte sie ihn genannt. Caenis hatte im Zentrum der Macht gelebt. Hatte sie nur Antonias Haushaltsrechnungen geführt und Glückwünsche und Kondolenzbriefe an ihre Freundinnen geschrieben? Eine Frau mit so harten Augen? Eine Frau, die sagte, es sei am interessantesten, wenn man seinen Verstand gebraucht und mit dem Einsatz des eigenen Lebens kämpft, um die Welt zu verändern?
Er sah, daß Caenis ihn mit einem leichten Lächeln beobachtete, als könne sie seine Gedanken lesen.
Welche Rolle spielte diese Frau jetzt in Rom? Antonia war seit Jahren tot. Und dennoch war Caenis am Hofe des Kaisers eine Frau von Bedeutung, denn sie hatte ihm eine Audienz bei Poppäa verschafft. Aber nicht um seinetwillen, sondern weil Flaccus sie darum gebeten hatte. In welcher Beziehung stand Caenis zu Poppäa und zu Nero? Und welche Verbindung bestand zwischen ihr und Flaccus? Welche Rolle spielte sie im Hause des Sabinus? Warum bemühte sie sich um ihn, Josephus? Warum bemühte sich Flaccus um ihn?
Er glaubte nicht, daß alles nur Freundlichkeit war, Verbundenheit, weil sie gemeinsam dem Tode entronnen waren. Ihm schien, als sei er ein kleines Insekt, das sich in einem Spinnennetz verfangen hatte. Wer war die Spinne? Caenis? Flaccus? Oder noch ein anderer? Und zu welchem Zweck war dieses Netz aufgespannt worden?
«Ein Wildpark», sagte Sabinus mit unterdrückter Erregung, «man stelle sich das vor, ein Park, in dem Rehe und Hirsche frei herumschweifen können, mitten in Rom! Wieviel Platz da verschwendet wird! Es ist eine göttliche Idee, gewiß, aber mitten in Rom?»
Josephus riß sich zusammen. Offensichtlich erwartete Sabinus eine Stellungnahme, aber er hatte nur mit höflichem Gesichts-

ausdruck gelauscht, ohne von seinen Worten etwas zu verstehen.

Caenis klatschte in die Hände und ließ den dritten Gang auftragen. Sabinus schrak zusammen.

«Es ist Zeit. Ich muß aufbrechen. Ich darf den Kaiser nicht warten lassen. Komm mit, Josephus. Wir haben ein Stückchen den gleichen Weg. Ich kann dich in der Sänfte mitnehmen und unterwegs absetzen.»

Josephus wollte sich erheben, aber Caenis hielt ihn zurück. Sie legte ihre dickgeäderte Hand auf seine Schulter.

«Laß mich egoistisch sein und dich des Vergnügens dieser Gesellschaft berauben, Sabinus», bat sie, «du weißt, das ist mein letzter Abend in Rom. Ich möchte den jungen Mann noch einiges fragen. Seine Familie steht mir nah.»

Sabinus sah nicht so aus, als verdrieße es ihn, auf Josephus' Gesellschaft verzichten zu müssen. Josephus wurde in seiner Ansicht bestätigt, daß Sabinus keinerlei Interesse an ihm habe, Caenis dafür um so mehr.

Nachdem Sabinus sich verabschiedet hatte, entließ Caenis die aufwartenden Sklaven.

«Wir können uns selbst bedienen», sagte sie und wandte sich dem jungen Mann zu.

«Erzähl mir alles über deinen König!»

«Er ist nicht mein König. Ich bin Bürger Jerusalems. Judäa ist Protektorat», sagte Josephus.

«Ich dachte, alle Juden betrachten ihn als ihren König.»

«Nein.»

Worauf wollte sie hinaus? Sie wußte doch ganz sicher, daß Judäa nicht von Agrippa regiert wurde, daß er nur der Hüter der heiligen Gewänder im Tempel war. Er residierte in Caesarea Philippi und sein Königtum galt nur jenseits von Galiläa.

«Aber er hat großen Einfluß in Judäa?» fragte Caenis.

Josephus hob die Schultern.

«In einigen Kreisen ist er hochangesehen, in anderen nicht.» Sie hob die feingezupften Brauen in mildem Tadel.
«Willst du den Diplomaten spielen, Josephus ben Matthias? Sei offen mit mir! Was geht in Jerusalem vor?»
«Offen gesagt ist Gessius Florus ein Prokurator, der herausfinden will, wie weit er gehen muß, um die Juden bis zum Äußersten zu reizen», sagte er heftig, «er hat nicht einmal Respekt vor der königlichen Familie. Als Königin Berenike ihn barfuß und mit aufgelöstem Haar anflehte, sich des Volkes zu erbarmen, wies er sie schroff ab, und es hätte nicht viel gefehlt und aufgehetzte römische Soldateska –...»
«Aus Syrien» warf Caenis ein.
«... hätte sie und ihre Begleiter getötet. Sie konnte sich nur mit Mühe und Not in den königlichen Palast retten. Seitdem verehrt das Volk sie wie eine Märtyrerin.»
«Berenike», sagte Caenis versonnen. Sie griff nach einer Orange, schälte und teilte sie und bot ihm einige Schnitze an, «ich kenne Berenike und ihren Bruder Agrippa. Sie waren mit ihrem Vater in Rom. Damals waren sie noch Kinder. Wie alt ist Berenike jetzt?» Sie rechnete einen Moment. «Schon 35. Wie die Zeit vergeht. Immer noch eine schöne Frau, wie ich höre? Und steht ihrem Bruder sehr nahe?»
Josephus kannte den gehässigen Klatsch, den man über die Geschwister verbreitete, seit Berenike nach ihrer Scheidung in den Palast ihres Bruders übergesiedelt war.
«Die beiden sind einander sehr zugetan», sagte er trocken.
«Du bist mit ihnen verwandt. Stehst du ihnen nahe?»
«Nein. Wir sind Vetter und Base über unsere Urgroßmütter. Ich habe sie nur einmal getroffen, als sie in Jerusalem waren.»
«Jerusalem», sagte Caenis und nahm mit den Fingerspitzen einen Orangenkern aus dem Mund, «ach ja, Jerusalem. Eine hoch gelegene, staubige, heiße Stadt, habe ich gehört, heiß und trocken, in der sich die Gemüter rasch erhitzen?»

«Die Menschen wollen den Frieden. Wenn man sie nicht provoziert.»
«Wenn man sie provoziert, gibt es Krieg?»
«Niemand wünscht Krieg. Nur ein Narr kann sich wünschen, gegen Rom Krieg zu führen. Wenn Judäa gegen Rom kämpft, ist es der Krieg einer Maus gegen einen Tiger.»
«Nicht alle in Jerusalem denken wie du», sagte Caenis.
«Alle vernünftigen Leute. Auch König Agrippa und Berenike.»
Caenis beugte sich vor und legte ihm ihre Hand auf den Arm.
«Morgen hast du die Audienz bei Poppäa, die du dir gewünscht hast. Ich denke, du wirst ihr gefallen. Sie mag schöne junge Männer, die klug genug sind zu wissen, wie weit sie gehen können. Sie liebt Worte, nichts als Worte. Richte dich danach! Und vergiß nicht, daß du die Unterredung mir verdankst. Gefallen gegen Gefallen. Du bist mir etwas schuldig.»
Josephus versuchte, sein Unbehagen zu verbergen. Jetzt ließ sie die Katze aus dem Sack. Nun würde er erfahren, was sie wirklich von ihm wollte. Sie oder Flaccus. Deshalb hatte sie ihn zurückbehalten. Die Ausfragerei über Judäa war nur ein Geplänkel gewesen. Sie war bestens informiert.
«Verlasse Rom, wenn du bei Poppäa gewesen bist! Rom ist zur Zeit kein Ort für einen Fremden. Du solltest in einigen Jahren zurückkehren, wenn die Stadt wie Phönix aus der Asche wieder auferstanden ist. Reise unverzüglich nach Puteoli, steige im Gasthaus der Calpurnia ab und nimm das nächste Schiff nach Alexandria!»
Josephus hatte sich eine Feige in den Mund gesteckt. Er vergaß, sie zu kauen und starrte Caenis mit offenem Mund an.
«Nach Alexandria? Im Winter? Was soll ich in Alexandria?»
«Die Schiffahrt nach Alexandria wird im Winter nicht eingestellt. Jede Woche geht ein Vierruderer. Du wirst im Wirtshaus der Calpurnia einen Brief bekommen, den du nach Alexandria bringst und dem Präfekten Tiberius Alexander übergibst.»

«Warum ich?» fragte er. In welches Spiel wurde er da hineingezogen?
«Weil du ein Mann bist, der zu überleben versteht. Du gebrauchst deinen Verstand, und du weißt, wo die richtige Seite ist. Leute wie du sind nützlich, Josephus ben Matthias, für sich selbst und für andere. Du gehst als Bote nach Alexandria, weil du Tiberius Alexander kennenlernen sollst. Das ist einstweilen alles. Was sich aus dieser Bekanntschaft ergibt, wird man sehen. Du wirst es tun?»
Ein vernünftiger Mann, dachte Josephus, ein Mann, der in Frieden alt werden wollte und der keinerlei Ehrgeiz hegte, hätte jetzt mit einigen Worten des Bedauerns ablehnen müssen. Er war vernünftig, er wollte in Ruhe und Behaglichkeit alt werden, und er hörte sich sagen: «Wenn ich dir einen Gefallen damit erweise, edle Caenis, selbstverständlich und mit Freuden.»
Sie lächelte, zeigte alle Zähne, von denen er sich inzwischen fragte, ob sie echt oder falsch waren, und stand auf.
«Ich wünsche dir eine gute Reise, Josephus ben Matthias. Wir werden uns nicht wiedersehen. Ich reise morgen ab.»
Auch Josephus stand auf.
«Hast du entschieden, was aus Daphne werden soll?» fragte er.
«Ein ungeschliffener Diamant», sagte sie, «das Mädchen braucht Erziehung. Ich nehme sie mit mir nach Nursia. Wenn du sie in einigen Jahren wiedersiehst, mein lieber Josephus, wirst du sie nicht wiedererkennen.»
Er sah ihr in die harten Augen und glaubte ihr aufs Wort. Gegen diese Frau hatte der Kindertrotz Daphnes keine Chance.

CAENIS REISTE VON ROM nach Nursia wie eine Fürstin. Sie saß in einer Sänfte auf seidenen Kissen, die Vorhänge, die sie geschlossen hielt, während sie Rom durchquerte, waren aus feinem ägyptischen Leinen. Die Sänfte hing zwischen zwei Maultieren, die auf Gleichschritt gedrillt waren, um die Schaukelbewegungen auf ein Minimum zu reduzieren. Der Sänfte der alten Dame folgten drei weitere, die ihre persönliche Bedienung trugen, darunter Arria, die Sklavin, die Daphne und Josephus empfangen hatte. Daphne teilte mit ihr und Nefrit, der Ägypterin, eine Sänfte. Es war eng und stickig darin, dennoch erschien es Daphne wie der Gipfel von Luxus, verglichen mit ihrer Fahrt in dem Mietwagen von Puteoli nach Rom, in dem sie durchgeschüttelt worden war, wenn die eisenbeschlagenen Räder über ein Schlagloch rumpelten.

Den Sänften folgten Maultiere, die Caenis' Gepäck trugen. Der ganze Zug wurde von einem Manipel bewaffneter Berittener geschützt.

«Sicher ist sicher», sagte Arria, sich in die Kissen zurücklehnend, «es soll Plünderungen geben, wie wir gehört haben. Die edle Caenis zu überfallen, würde sich lohnen.»

«Sie muß sehr reich sein», sagte Daphne.

Arria zuckte die Achseln.

«Sie hat ihre Schäfchen ins Trockene gebracht», gab sie zu, «aber wirklich reich? Das sind heutzutage nur wenige. Seneca natürlich. Bei all seiner Philosophie hat er sich doch sehr gut aufs Geldscheffeln verstanden. Flaccus, dem halb Spanien und fast ganz Sizilien gehören. König Agrippa und seine Schwester Berenike.»

«Und der Kaiser», fügte Daphne hinzu.

Arria lachte amüsiert und nachsichtig.

«Lämmchen du! Du glaubst, weil er in einem Palast lebt, umgeben von Hunderten von Sklaven, von silbernen Tellern speist, aus goldenen Bechern trinkt, golddurchwirkten Purpur trägt und jeder seiner zehn Finger mit Diamant- und Smaragdringen geschmückt ist, sei er reich? Seine Schulden, sagt man, seien höher als die Steuereinnahmen des Reiches in drei Jahren betragen.»

«Ihr wißt überhaupt nicht, was wahrer Reichtum bedeutet», sagte die Ägypterin verachtungsvoll.

Daphne sah sie an. Als sie eingestiegen waren, hatte sie sie für ein junges Mädchen gehalten, so strahlend und makellos war ihre Haut, aber jetzt, da sie ihr ganz nahe saß, konnte sie die feinen Fältchen in den Augenwinkeln sehen. Zwei Furchen zogen sich von der Nase zu den Mundwinkeln, in denen sich Schminke gesammelt hatte. Daphne sah, daß die so natürlich roten Lippen sorgfältig bemalt waren, daß auch der Hauch von Rot auf den Wangen nur geschickt aufgetragener Puder war. Caenis verbrachte täglich zwei bis drei Stunden eingeschlossen in ihrem Schlafzimmer mit der Ägypterin, die ihr als oberste Kammerfrau diente, sie frisierte und schminkte. Zwischen ihr und Arria, die den Haushalt von Caenis leitete, bestand eine unausgesprochene Rivalität, welcher von beiden der höhere Rang zukam.

Daß Daphne, das dahergelaufene Bettelmädchen, zwischen sie gesetzt worden war, empfanden beide als Beeinträchtigung ihrer Position, aber sie reagierten verschieden darauf. Arria nahm sich des Mädchens an, während die Ägypterin sich hochmütig schweigend von ihr fernhielt. Sie vermied selbst in der engen Sänfte sorgfältig jede Berührung ihres Gewandes mit dem von Daphne.

Ich könnte geradezu aussätzig sein, dachte Daphne belustigt, in ihren Augen bin ich es wahrscheinlich auch, nicht körperlich, aber gesellschaftlich.

Aus den langen Wanderjahren an der Seite ihres Vaters, die sie in Hafenschenken, in Bauernhöfe und an die Hintertüren der Herrenhäuser geführt hatten, kannte sie die Arroganz der

Haussklaven reicher Leute, die verächtlich auf die freien Armen hinunterblickten.
Die Reise nach Nursia dauerte vier Tage. Anfangs benutzten sie eine gut ausgebaute Heerstraße, die nach Südwesten führte, aber dann ging es langsamer voran, weil sie auf Nebenstraßen, über Knüppeldämme und auf Sandwegen dahinzogen. Im Gebirge wurden die Pfade teilweise so schmal, daß sie aus der Sänfte aussteigen mußten.
Am zweiten Tag der Reise wurde Daphne von Caenis in ihre Sänfte befohlen und einem strengen Verhör unterzogen.
«Du bist viel zu dünn. Du hast oft gehungert?»
«Gelegentlich.»
«Erzähle mir von deinen Eltern und deinen Geschwistern!»
«Ich habe weder Eltern noch Geschwister. Mein einziger lebender Verwandter war mein Onkel, und du hast gesagt, daß er tot ist. Ich habe keine Familie mehr.»
Daphne hatte den Eindruck, daß diese Tatsache Caenis gefiel.
«Mir schien, daß du eine recht eigenwillige Meinung darüber hast, was jetzt mit dir geschehen soll. Wenn du alles tun könntest, was du wolltest – was würdest du machen?»
Daphne überlegte eine Weile. Caenis störte sie nicht dabei.
Bisher hatte Daphnes Ehrgeiz sich darauf erstreckt, ausreichend zu essen und ein Dach über dem Kopf zu haben und nicht fortgejagt zu werden. Das schien ihr aber zu wenig, wenn sie die Voraussetzungen der alten Dame mit einbezog. Wenn sie alles tun könnte, was sie wollte? Sie würde Geld verdienen wollen. Geld war der Schlüssel zu Essen, Ansehen, Macht. Wenn sie Geld besaß, würde sie sich ein schönes Haus kaufen und Sklaven halten, die sie herumkommandieren konnte, statt sich von ihnen verspotten zu lassen. Wenn sie Geld hatte, konnte sie schöne Kleider kaufen. Wenn sie Geld hatte, konnte sie sich sogar einen vornehmen Ehemann kaufen. Aber wie sollte sie zu Geld kommen? Sie konnte nichts erben, sie konnte nichts er-

arbeiten, denn sie hatte nichts gelernt. Sie konnte es sich nicht einmal durch Unzucht verdienen, dafür war sie nicht schön genug. Sie besaß nichts als Mut und einen raschen Verstand. Das waren ihre einzigen Grundlagen, und wenn sie daraus etwas machen wollte, dann brauchte sie eine Ausbildung.

«Ich möchte lernen», sagte sie, «ich kann weder lesen noch schreiben oder rechnen. Ich kann Aramäisch, Lateinisch und Griechisch, aber nur, wie man es in den Hafenvierteln spricht.»

Sie dachte daran, wie Josephus ihre Manieren getadelt hatte.

«Ich möchte mich benehmen können, wie die feinen Damen es tun.»

«Was soll dir das alles nützen?» fragte Caenis.

«Wenn ich das alles kann, dann brauche ich nicht mehr zu betteln. Dann kann ich zum Beispiel Schreiberin werden oder die Gehilfin einer Ärztin oder einen Laden aufmachen.»

«Das sind bescheidene Zukunftspläne. Stell dir vor, jede, aber auch wirklich jede Möglichkeit stünde dir offen. Du könntest alles werden, was du auf Erden nur willst. Was würdest du wählen?»

Für Daphne, die Philosophentochter, konnte es eigentlich nur eine Antwort geben. Seit sie Worte verstehen konnte, hatte sie ihrem Vater und seinen Lehren gelauscht. Alles sei eitel, hatte er gepredigt, die Welt nur ein Theater, alle Vornehmheit nur ein auf Zeit geborgter Plunder, der die Erbärmlichkeit des Menschen verhülle. Nichts auf Erden sei von Dauer, alles müsse vergehen. Wer sein Herz an Vergängliches hänge, müsse unglücklich werden. Der wahre Weise lasse alle Begierden und alle Hoffnungen fahren, erstrebe nichts als die Ruhe des Gemütes und sei bereit, jeden Tag als seinen letzten anzusehen.

«Wenn ich alles werden könnte, was ich wollte, dann würde ich Kaiser werden wollen», sagte sie leidenschaftlich.

«Warum?»

Caenis' Stimme klang nicht amüsiert, sondern aufrichtig interessiert. Daphne streifte sie kurz mit einem mißtrauischen Blick, aber die blauen kühlen Augen enthielten keinen Spott.
«Der Kaiser ist Herr über die ganze Welt. Ihm müssen alle gehorchen. Er kann haben, was immer er will. Er braucht nur in die Hände zu klatschen. Jeder verneigt sich vor ihm, niemand widerspricht ihm. Sein Wort ist Gesetz. Er kann jemanden aus dem Staub aufheben und erhöhen, er kann jemanden niederwerfen und töten lassen. Er ist der Herr über Leben und Tod von Millionen von Menschen.»
Ihre Wangen hatten sich gerötet vor Eifer.
Caenis strich sich eine Locke aus der Stirn. Ihre Armreifen klirrten. «Was du am meisten erstrebst, ist Macht.»
«Natürlich. Der Mächtige wird nicht ausgelacht und verspottet. Vor ihm katzbuckeln alle. Macht ist wichtiger als Reichtum. Wer Macht hat, kann auch reich werden.»
«Was würdest du tun, um Macht zu bekommen und reich zu werden?» fragte Caenis.
«Alles», sagte Daphne tief überzeugt.
Caenis lachte leise.
«Mir scheint, du bist ein Mädchen nach meinem Geschmack. Flaccus hat einen guten Instinkt gehabt, als er dich zu mir geschickt hat. Ich werde sehen, was ich aus dir machen kann. Zunächst einmal mußt du lernen, dich selbst zu beherrschen. Nur wer sich selbst beherrscht, kann über andere herrschen. Solange du ein Spielball deiner Gefühle bist, können die anderen mit dir spielen. Sie wissen, wie du reagierst und nützen diese Kenntnisse aus.»
«Aber es ist schwer, sich zu beherrschen», sagte Daphne zögernd.
«Es ist die Grundlage für alles weitere. Wenn man mir einen Wutausbruch von dir meldet, lasse ich dich fallen. Sofort. Du erhältst keine zweite Chance. Ist das klar?»

Daphne nickte.
«Du wirst lernen. Sobald du lesen und schreiben kannst, wirst du an Domitians Unterricht teilnehmen. Das wird ihn anspornen. Du wirst außerdem Domitillas Lektionen teilen. Vergiß aber nie, wer du bist, ein dahergelaufenes Waisenkind! Die anderen haben Anspruch auf Respekt und Gehorsam. Du nicht! Man wird dich demütigen. Du wirst sein wie das Gras. Wenn der Wind darüber hinfährt, beugt es sich, wenn der Wind fort ist, richtet es sich wieder auf. Knorrige Bäume, die ihm Widerstand leisten, werden entwurzelt. Denk darüber nach! Dein Schicksal liegt bei dir. Du kannst jetzt aussteigen.»
In den folgenden Tagen bedachte Daphne Caenis' Worte wieder und wieder. Was steckte dahinter? Was hatte diese Frau mit ihr vor? Sie glaubte keinen Augenblick, daß sie aus Mitleid handelte und ihr Gutes tun wollte. Flaccus und Caenis hatten etwas in ihr gesehen, was sie für ihre Pläne brauchbar erscheinen ließ. Was war das? Was würde mit ihr geschehen, wenn sie sich nach Caenis' Anweisungen verhielt? Wer waren diese Menschen, vor denen sie sich demütigen sollte?
Arria gab bereitwillig Auskunft.
«Wir gehen nach Nursia, weil dort Flavius Vespasianus lebt, ein pensionierter General, Bruder des Präfekten Flavius Sabinus. Er ist Witwer und lebt dort mit zweien seiner Kinder, mit Domitilla und Domitian. Domitilla ist einige Jahre älter als du, Domitian etwa in deinem Alter.»
«Aber er hat noch mehr Kinder, dieser alte General?» fragte Daphne.
«Noch einen Sohn, den ältesten. Aber du wirst ihn nicht kennenlernen. Titus steht als Tribun bei der 12. Legion in Alexandria.»
Ihre Stimme war warm geworden.
Daphne schloß daraus, daß Arria weder Vespasian noch seine beiden Kinder in Nursia mochte, aber daß sie Titus liebte.

Vespasian bewohnte mit seinen Kindern ein Landhaus, zwei Meilen vor Nursia, von der Straße abgelegen und nur über einen schmalen Feldweg erreichbar. Es eine Villa nennen zu wollen, wäre niemandem eingefallen. Das Anwesen war kaum größer als ein Bauernhaus. Vespasian beschäftigte sich mit der Aufzucht von Maultieren. Statt eines Parks oder eines Gartens lagen um das Haus herum auch nur Koppeln, auf denen die Tiere grasten. Den größten Teil der überbauten Grundfläche nahmen die Ställe ein. Es schien kein einträgliches Geschäft zu sein, denn die Haushaltung des Generals war mehr als bescheiden. Um das Atrium herum lagen einige Räume, die von der Familie benutzt wurden. Die Wände waren nur getüncht. Es gab kein einziges Gemälde im ganzen Haus. Die Möbel waren aus einfachem Holz, das in den Bergen wuchs. Silberbeschläge fehlten ganz. Das Tafelgeschirr war aus Ton und die Löffel aus Holz. Sklaven gab es nur wenige, die meisten davon wurden in der Viehzucht beschäftigt.
Vespasian führte ein Haus wie ein sabinischer Bauer, und er versäumte keine Gelegenheit, darauf hinzuweisen, daß er genau das sei, ein Bauer, der einmal in die große Welt aufgebrochen war, sich aber jetzt wieder auf das Land zurückgezogen habe, wo er seinen Lebensabend in der Manier der alten Römer nach dem Vorbild Catos verbrachte.
Caenis mit ihrer Haushälterin Arria, ihrer ägyptischen Kammerfrau, ihrem Mundschenk, ihren Köchen und ihrem Masseur, ihren Truhen und Kästen, aus denen Vorhänge und Teppiche, Silbergeschirr und Leinentücher hervorquollen, quartierte die ländlichen Sklaven aus und übernahm mit ihren Bediensteten das Kommando.
Nach wenigen Stunden hatte sich die kärgliche Behausung in einen Ort angenehmer Behaglichkeit verwandelt. Nur die Bewohner, Vespasian und seine beiden Kinder, konnte sie zu Daphnes Bedauern nicht mitverwandeln.

Vespasian war äußerlich ein Abbild seines Bruders, untersetzt, stiernackig, glatzköpfig. Aber er besaß nicht den hauptstädtischen Schliff des Präfekten. Seine Stimme war laut, seine Scherze derb, seine Tischmanieren unterschieden sich nicht von denen, die Daphne aus den Hafenkneipen kannte. Wäre sie ihm auf offener Straße begegnet, so hätte sie ihn nicht für einen abgehalfterten General, sondern höchstens für einen entlassenen Centurio gehalten.

Sie begriff nicht, weshalb Caenis, die reiche, kultivierte Caenis, sich auf die mühsame Reise gemacht hatte, um abseits aller hauptstädtischen Vergnügungen diesen verbauerten Pensionär zu besuchen. Noch weniger begriff sie, weshalb Marcus Annius Flaccus sich mit Domitilla verlobt hatte. Ein Mann aus altem Adel mit der Tochter eines sabinischen Bauern, einer der reichsten Männer der Welt mit der Tochter eines Mannes, der nicht einmal silbernes Tischgeschirr besaß, ein junger Mann, dem die schönsten Frauen Roms zu Füßen liegen konnten, mit einem Mädchen, das so wenig Reize hatte wie Vespasians Tochter.

Domitilla war ein stämmiges Mädchen mit mausfarbenem, dünnem Haar, braunen Augen, die sie zusammenkniff, weil sie kurzsichtig war, und einem kleinen Mund, um den ein schüchternes Lächeln geisterte, wenn ihr Vater sie ansprach. Das war oft ihre einzige Antwort, denn Domitilla war langsamen Geistes, und bis sie eine Antwort gefunden hatte, war das Gespräch längst weitergeglitten. Ihre Beschäftigung bestand, getreu Vespasians Motto, altrömisch leben zu wollen, darin, daß sie im Atrium am Spinnrocken oder am Webstuhl saß. Im Weben war sie recht geschickt, und Daphne bewunderte aufrichtig die Sorgfalt und die Farbenpracht ihrer Arbeit. Aber war das eine Fähigkeit, die sie vor allen anderen Frauen auszeichnete, Flaccus' Gattin zu werden?

Daphne empfand Mitleid mit der jungen Frau, die fünf oder sechs Jahre älter war als sie.

Vespasian konnte sie mit seiner Sprache, seinen Manieren, seiner Lautstärke nicht einschüchtern, denn an Männer wie ihn war sie ihr Leben lang gewöhnt. Anders stand es mit seinem Sohn Domitian. Daphne schätzte, daß er nur wenig älter war als sie selbst. Er war größer und schlanker als sein Vater und seine Schwester. Er hatte Domitillas dünnes Haar und ihre kurzsichtigen braunen Augen, aber nichts von ihrer Schüchternheit. Er sprach viel und schnell und spickte seine Rede mit literarischen Anspielungen, die außer ihm niemand verstand, was ihn außerordentlich zu befriedigen schien. Er verachtete wortreich die Maultierzucht des Vaters und schweigend, aber mit beredten Blicken den Vater selbst.

Caenis stellte Daphne kurz vor:

«Eine Schülerin. Sie wird hier lernen, soviel sie kann. Behandelt sie höflich! Flaccus legt großen Wert darauf.»

Vespasian grunzte nur, Domitilla lächelte schüchtern, und Domitian ließ seinen Blick aufreizend über Daphne gleiten.

«Wo bleibt dein Taktgefühl, Caenis?» sagte er. «Meine Schwester wird ihr Hemd mit Nessusblut färben, wenn sie erst begriffen hat, wen du uns ins Haus gebracht hast.»

In Daphne stieg Zorn auf. Sie begriff die Anspielung nicht, aber sie begriff seinen Blick und seinen Tonfall. Am liebsten wäre sie mit Zähnen und Nägeln über ihn hergefallen und hätte ihm gezeigt, was sie von ihm hielt. Sie ballte die Fäuste und biß sich auf die Lippen. Ihr war bewußt, daß Caenis' kalter Blick auf ihr ruhte. Das war die erste Probe, ob sie sich im Zaum halten konnte. Bei Jupiter, wie schwer war das. Vielleicht war das erste Mal immer das schlimmste? Vielleicht könnte sie sich mit der Zeit sogar daran gewöhnen? Im Augenblick saß ihr der Zorn in der Kehle und würgte sie so, daß sie glaubte, ersticken zu müssen.

Caenis wartete einen Moment, und als Daphne nicht reagierte, sagte sie kühl: «Mein lieber kleiner Domitian, ich bin nicht halb so taktlos wie du, der seine Schwester damit beschämt,

daß er mit seiner Bildung prahlt. Domitilla, mein Kind, du wirst dich mit Daphne befreunden. Sie braucht einen Menschen, der sie beschützt.»
«Vor mir?» fragte Domitian herausfordernd «Ich respektiere das Eigentum anderer Männer, versichere ich dir.»
Das Blut stieg Daphne ins Gesicht.
«Oh», sagte Domitilla arglos, «bist du eine Sklavin?»
Domitian lachte laut auf und schlenderte davon.
Caenis versicherte, Daphne sei ein freigeborenes Mädchen.
«Die Tochter eines Philosophen», sagte sie, «sie war auf dem gleichen Schiff wie Flaccus von Cäsarea nach Puteoli. Als das Schiff sank, rettete Flaccus sie vor dem Ertrinken und brachte sie mit nach Rom. Da sie keine Angehörigen mehr hat, fühlt er sich als ihr Lebensretter verantwortlich, etwas für sie zu tun. Zunächst einmal soll sie mit deinen Kindern erzogen werden, Vespasian.»
Der ehemalige General grunzte.
«Wer soll das bezahlen? Ich muß für drei Kinder sorgen. Ich kann mir nicht noch ein viertes aufhalsen.»
Es gab drei Antworten, die sich Daphne auf die Zunge drängten, eine patziger als die andere, aber sie schluckte sie alle hinunter.
«Unsinn, Vespasian, sie wird dich nichts kosten, das weißt du genau. Ihre Lehrer bekommen für ihren Unterricht kein As mehr. Das bißchen Essen, das sie braucht, kannst du erübrigen. Tu nicht so, als wärest du ein armer Mann. Du bist nur geizig.»
«Du hast gut reden, Caenis, du hast keine Kinder. Wenn du wüßtest, was Titus mich kostet!»
«Geh mit Domitilla, mein Kind», sagte Caenis, sich an Daphne wendend, «und laß dich nicht einschüchtern. In diesem Haus wird niemand geschlachtet. Sie tun nur so.»
Sie lächelte und nickte ihr zu, und Daphne hatte das Gefühl, die erste Prüfung bestanden zu haben.

JOSEPHUS' HERZ KLOPFTE BIS ZUM HALS, als er die gemietete Sänfte bestieg. Er hatte sich gebadet, gesalbt, eine neue Tunika gekauft und ein Paar Schuhe, weil es in Rom ungehörig war, auf der Straße Sandalen zu tragen. Die Schuhe drückten am großen Zeh und scheuerten an der Ferse, weil er sie noch nicht eingelaufen hatte. Er hatte lange darüber nachgedacht, was er der Kaiserin, der verwöhntesten Frau der Welt, schenken könnte, und ihm war nichts eingefallen. Es war Mirjam gewesen, die ihn auf die richtige Idee gebracht hatte.

Mirjam war die Enkelin Samuels ben Ruben, in dessen Haus jenseits des Tibers er Unterkunft gefunden hatte. In diesem Viertel lebte der größte Teil der jüdischen Gemeinde Roms. Da der Fluß es von der Stadt schied, waren die Häuser von dem Feuer verschont geblieben. Normalerweise war das Quartier schon eng bevölkert, doch nun quollen die Gassen, Häuser und Plätze von Menschen über. Es war Josephus wie ein Wunder erschienen, daß er hier ein sauberes Zimmer gefunden hatte, das er allein bewohnen konnte. Allerdings verlangte Samuel ben Ruben einen hohen Preis dafür, und Josephus sah das großzügig bemessene Geld des Flaccus dahinschmelzen wie Schnee in der Sonne.

Samuel ben Ruben handelte mit Edelsteinen. Er war ein kleiner alter Mann, ausgedörrt wie eine Mumie und von bleicher gelber Gesichtsfarbe. Die Augen lagen tief in den Höhlen, und der Mund, schmal wie ein Messerrücken, war in den Winkeln mißbilligend abwärts gezogen. Josephus wußte nicht, ob das das alltägliche Gesicht Samuels war oder ob er ihn besonders mißbilligte. Seinen Auftrag vom Synhedrion mißbilligte er ganz und gar. Daraus hatte er von Anfang an kein Hehl gemacht. Er hatte die Hände emporgeworfen und einen lauten Schrei ausgestoßen.

«Oi, oi, oi! Was soll das bedeuten? Seid ihr alle verrückt geworden? Wollt ihr uns alle umbringen?»

«Wir wollen Gerechtigkeit», hatte Josephus steif erwidert.

«Wo ist Gerechtigkeit? Ihr wollt drei alte Männer befreien, die bald sterben werden. Dafür gefährdet ihr das Leben von Tausenden von Juden. Gerechtigkeit? Wo gibt es sie? Bei den Großen der Welt? O nein, niemals. Am besten macht man sich ganz klein und unscheinbar und stört sie nicht. Wir leben alle besser, wenn der Kaiser uns vergißt. Du willst ihn an uns erinnern. Das ist gefährlich.»

Samuel war ein alter, ängstlicher Mann. Er hatte einmal die Ausweisung der Juden aus Rom miterlebt, und seither fürchtete er sich. Seine Enkelin war anders. Mirjam war ein hübsches, mandeläugiges Mädchen, groß und kräftig, mit einer dunklen, vibrierenden Stimme und einem so reizenden Lächeln, daß jedem, dem sie es schenkte, warm ums Herz wurde. Josephus fand, daß sie es ihm sehr oft schenkte, und er begann zurückzulächeln. Eigentlich hätte er Mirjams Betragen tadeln müssen, denn seine strenge Auffassung vom Platz, an den Frauen gehörten, teilte sie nicht, und wenn er etwas in der Richtung verlauten ließ, lachte sie ihn aus. Sie war in Rom geboren und aufgewachsen, und sie benahm sich so frei und ungezwungen wie eine Römerin.

Immerhin – ihr verdankte er das Geschenk für Poppäa. Er hielt es vor sich auf dem Schoß und umklammerte es, als könnte er daran Halt finden. Eine Audienz bei der Kaiserin – da sollte er wohl aufgeregt sein dürfen. Die schönste Frau Roms, hatte man ihm gesagt, klug, berechnend, ränkevoll. Sie hatte ihren Weg über die Betten der Männer gemacht. Sie stammte aus Pompeji und war als Gattin des Ritters Rufius Crispinus nach Rom gekommen. Dort hatte sie sich von Neros Freund Otho entführen und heiraten lassen. In die Nähe des Kaisers gelangt, war sie so erfolgreich darin gewesen, Nero zu betören, daß er sie dem Otho wegnahm und seine Mutter und seine Frau beseitigte, um sie heiraten zu können.

Eine Hure, dachte Josephus, eine schöne, mächtige Hure, der er schmeicheln mußte.

Der Palatin wies wenig Zeichen der Zerstörung auf. Einige Bäume, die am Rande des Hügels standen, waren durch Funkenflug in Brand geraten und stachen als schwarze verkohlte Strünke in den Himmel, aber sonst war der Hügel, auf dem seit Augustus die Kaiser wohnten, unbeschädigt. Das hinderte Nero allerdings nicht, seine Pläne von einem Goldenen Haus in die Tat umzusetzen und zu Füßen des kaiserlichen Hügels einen Palast aus dem Boden stampfen zu lassen, der an Pracht alle Paläste der ägyptischen Pharaonen und persischen Großkönige übertrumpfen sollte.
Der Schutt, sah Josephus, als die Sklaven ihn die Treppen zum Palast Neros hinauftrugen, war schon abgetragen worden, eine riesige Fläche war planiert worden, auf dem jetzt der Bau beginnen konnte.
Soldaten der Prätorianergarde hielten die Sänfte an, einer von ihnen reichte ihn, nachdem er seine Einladung überprüft hatte, an einen Knaben weiter, der ihn durch mehrere Höfe und Gänge in einen überfüllten Raum führte.
«Warte hier», sagte der Knabe, «du wirst aufgerufen, wenn die Kaiserin dich zu sehen wünscht.»
Josephus blickte sich entmutigt um. Mit ihm warteten wohl zwei Dutzend Leute auf eine Audienz bei Poppäa. Wenn sie der Reihe nach vorging, würde es Stunden dauern, bis er vorgelassen wurde. Das Warten würde anstrengend werden. Es gab keine Stühle oder Bänke, auch keine Tische, auf denen Erfrischungen standen. Josephus schlängelte sich durch die Menge und ergatterte einen Platz an der Rückwand des Raumes. Zwar war die Luft stickiger, aber dafür konnte er die Schultern an die Wand lehnen. Seine Schuhe drückten. Er überlegte, ob er sie ausziehen konnte, aber es schien ihm zu riskant. Schließlich wußte er nicht, ob Poppäa nicht willkürlich aufrufen ließ. Vielleicht war seine Empfehlung durch Caenis so viel wert, daß er nicht lange warten mußte.

Neben ihm standen zwei Frauen, augenscheinlich Mutter und Tochter. Die Ältere hatte rotgeränderte Augen und zitterte. Die Jüngere hatte den Arm um sie gelegt und sprach leise beruhigend auf sie ein. Gegenüber sah Josephus einen fetten Mann, der sich mit einer Papyrusrolle fächelte. An jedem Finger seiner Hand glänzte ein Ring mit einem protzigen Edelstein.
Josephus verlagerte das Gewicht vom rechten auf den linken Fuß. Wenn nur die Schuhe nicht so drücken würden! Ob das Geschenk Poppäa gefallen würde?
«Du darfst Poppäa nichts anbieten, was man für Geld kaufen kann», hatte Mirjam gesagt, «sie liebt die Kunst, ist vernarrt in Worte. Das mußt du ausnützen.»
Er hatte ihrem Vorschlag gelauscht und zuerst abweisend reagiert. «Das ist Betrug, Mirjam.»
«Unsinn. Niemand weiß davon. Es geht um das Leben von drei alten Männern. Darf man da nicht ein bißchen schwindeln? Außerdem – mache es wahr! Das liegt in deiner Hand.»
Der Freigelassene, der die Bittsteller aufrief, erschien in der Tür. Alle Gespräche verstummten, alle Augen richteten sich auf ihn. Er genoß es. Bewußt langsam kam er zur Sache. Er blieb stehen, schaute sich um, blickte auf das Wachstäfelchen in seiner Hand, blickte sich noch einmal um, lächelte und rief:
«Josephus ben Matthias!»
Josephus stieß sich von der Wand ab und folgte ihm. Er spürte, daß seine Knie zitterten. Seine Handflächen waren feucht und kalt.
Sie überquerten einen geräumigen Hof, in dem ein bronzener Delphin Wasser in ein Bassin spie. Die Rationierung galt offenkundig nicht für den Palast des Kaisers.
Poppäa empfing ihn in einem kleinen Raum. Sie lag auf einem Bett, gekleidet in ein dünnes, fast durchsichtiges Gewand. Das berühmte rotblonde Haar floß offen in Wellen über Schultern und Arme. Sie hielt ihre Hand einer knieenden Sklavin hinge-

streckt, die ihre Nägel feilte. Sie war über dreißig, das wußte Josephus, und er hatte eine reife Frau erwartet, nicht aber diese zarte kindhafte Nymphe von makelloser Schönheit. Sie war nicht geschminkt. Ihre Haut schimmerte in dem matten Weiß von Perlen. Auf dem Nasenrücken saßen einige Sommersprossen. Ihre graublauen Augen waren groß, von dunklen Wimpern umgeben, ihr Mund, von blassem Rosa, zu einem flüchtigen Lächeln verzogen. Ihre Stimme war dunkel und rauchig.
«Sei gegrüßt, Josephus ben Matthias. Antonia Caenis bat mich, dich zu empfangen.»
Er verneigte sich tief und begann, die auswendig gelernten Begrüßungsformeln aufzusagen. Er war heiser, mußte sich räuspern und noch einmal beginnen.
Poppäas Lächeln vertiefte sich.
«Edle Herrin», sagte er schließlich, «ehe ich dich mit meiner Bitte belästige, gestatte mir, dir ein Zeichen meiner Verehrung zu überreichen. Ich bin kein Dichter, aber die Schönheit und Güte der großen Kaiserin hat mein Herz entzündet und meinen Verstand beflügelt. Die ganze Nacht saß ich auf, um diese Verse zu schreiben.»
Er streckte ihr die Papyrusrolle entgegen.
«Es ist keine Lüge», hatte Mirjam lachend versichert, «schließlich hast du die Verse wirklich mit eigener Hand auf den Papyrus geschrieben. Daß du nicht der Autor bist, mußt du ja nicht erwähnen.»
Es waren glänzende Verse von einem so begabten wie unbekannten jungen Dichter, der gegenüber von Samuel ben Ruben wohnte und Mirjam anbetete. Sie hatten lediglich aus den schwarzen Augen blaue und aus den schwarzen Haaren rotgoldene machen müssen, und die Verse waren eine vollendete Huldigung für die Kaiserin.
Poppäa streckte die Hand nicht aus.
«Lies mir vor, was du geschrieben hast, Josephus.»

Er entrollte den Papyrus und begann. Er hatte eine gute geschulte Stimme, klangvoll und weich, wie geschaffen, um Liebesgedichte vorzutragen.
Poppäa lächelte.
Als er geendet hatte, winkte sie mit den Augen einer Dienerin, die vortrat und Josephus die Rolle abnahm. Poppäa neigte leicht den Kopf, und die Dienerin ging in die angezeigte Richtung.
Josephus erschrak.
Dort stand ein Becken mit glühenden Kohlen. Die Dienerin hielt die Rolle in die Glut. Eine Flamme züngelte am unteren Rand des Papiers auf, fraß sich rasch und lodernd aufwärts. Die Dienerin ließ die Rolle in das Becken fallen, und sie wurde schwarz und zerfiel und vermischte sich mit der übrigen Asche.
Poppäa zog ihre rechte Hand von der Maniküre weg und hielt ihr die linke hin.
«Wunderbare Verse, Josephus ben Matthias», sagte sie mit ihrer dunklen, rauchigen Stimme, «du bist ein begabter Mann. Aber es ist gescheiter, wenn du andere Frauen in anderen Städten besingst. In das Haus eines Dichters bringt man keine Gedichte, wenn man klug ist.»
«Niemals würde ich mich vermessen, edle Herrin, meine Verse mit denen deines kaiserlichen Gemahls zu vergleichen.»
«Das könntest du auch nicht. Sie sind unvergleichlich», sagte Poppäa und ließ offen, welche Verse sie damit meinte. «Was willst du von mir? Einen Verleger für deine Gedichte?»
«Nichts für mich selbst, edle Herrin. Ich bitte um das Leben von drei alten Männern, die zur Zwangsarbeit verurteilt sind.»
«Was haben sie getan?»
«Nichts, edle Herrin. Sie sind unschuldig.»
Eine leichte Schärfe klang in Poppäas Worten.

«Willst du sagen, die römische Justiz habe Unschuldige verurteilt?»
«Nein, edle Herrin. Rom ist die Wiege der gerechten Urteile. Aber untere Instanzen können irren. Deshalb bleibt auch immer noch der Appell an den Kaiser selbst.»
«Warum appellierst du also nicht an den Kaiser selbst?»
Sie spielte mit ihm wie eine träge große Katze mit einer Maus. Es machte ihr Vergnügen, ihn in die Enge zu treiben. Aber wenn es darum ging, die Worte spitzfindig zu setzen, dann konnte sie in ihm einen Meister finden. Ein Großteil seiner Ausbildung hatte gerade darin bestanden, scharfsinnig zu argumentieren. Außerdem war er sicher, daß Poppäa ihm wohlgesonnen war. Warum sonst hätte sie Verse vernichten lassen, die die Eifersucht des Kaisers hätten hervorrufen können, weil sie viel besser waren als Neros eigene?
«Wie sollte ich die erhabene Majestät des Kaisers, in dessen Hand das Schicksal eines ganzen Reiches liegt, belästigen mit der Bitte um das Leben von drei armen alten Männern, bedeutungslosen Männern, die sich nur noch wünschen, in Frieden in den Armen der ihren zu sterben?»
«Und mich, glaubst du, kannst du damit belästigen? Warum?»
«Weil es das schönste Vorrecht der Frauen ist, Gnade zu üben und barmherzig zu sein. Der Mann muß das Schwert führen und Wunden schlagen, die Frau darf lindern und heilen. Dir, edle Herrin, geht der Ruf voraus, nicht nur die schönste Frau zu sein, die je den Thron eines Weltherrschers teilte, sondern auch die gütigste.»
Er behielt sie vorsichtig im Auge. Hatte er zu dick aufgetragen? Zog eine Wolke über die weiße Stirn?
«Güte, Josephus ben Matthias», sagte Poppäa und lächelte nicht mehr, «darf man nicht verwechseln mit Schwäche. Weshalb sind die drei Männer verurteilt?»

«Es gab Aufruhr in der Stadt Cäsarea, edle Herrin. Die Griechen hetzten gegen die Juden. Als der Prokurator die Unruhestifter verhaften ließ, konnte er nicht genau genug unterscheiden zwischen denen, die sich in das Gewimmel gestürzt hatten, um den Aufruhr zur schüren, und denen, die ihn besänftigen wollten. Er verhaftete alle und verurteilte alle.»
«Die Begnadigung ist also eine politische Angelegenheit. Ich muß dich enttäuschen, Josephus, ich mische mich nicht in die Politik. Ich bin eine unpolitische Frau. Ich interessiere mich nur für Poesie.»
«Aber es geht hier nicht um Politik», sagte Josephus, «es geht um die Gerechtigkeit. Was könnte poetischer sein, als Gerechtigkeit zu üben, edle Herrin?»
«Es sind alte Männer?»
«Diese Männer waren niemals eine Gefahr für Rom und werden es niemals sein», versicherte er.
«Rom fürchtet sich nicht», gab Poppäa scharf zurück, «weder vor alten noch vor jungen Männern.»
Er biß sich auf die Lippen. Er hatte die Sache verpfuscht. Sie hatte ein anderes Geschenk erwartet. Mirjam hatte unrecht gehabt. Er hätte ihr ein Schmuckstück überreichen sollen.
Sie sah ihm seine Enttäuschung an, das spürte er. Sie lächelte wieder und machte eine verabschiedende Geste. Er zog sich rückwärts zur Tür zurück, mit mehreren Verneigungen. Poppäa wartete, bis er an der Schwelle angelangt war und sich umgedreht hatte, dann rief sie ihn zurück.
«Ich werde die Angelegenheit bedenken. Was deine Verse betrifft ...»
«Edle Herrin?»
«Geh zu Othos Verwalter! Er wird dir einen Verleger nennen. Laß sie drucken – aber anonym.»

Domitian schlenderte langsam heran, die Hände hinter dem Rücken verschränkt. Mit spöttischem Ausdruck musterte er Daphne von oben bis unten. Sie hatte ihn von Anfang an nicht ausstehen können, aber in diesem Moment haßte sie ihn und hätte ihn kalt lächelnd umbringen können. Wenn er in ihrer Schußlinie gestanden hätte, hätte sie für nichts garantiert. Sie ließ den Bogen sinken. Der Pfeil war nicht in die markierte Zielscheibe gedrungen, sondern in einen Baumstamm fünf Fuß daneben.

«Zu Hippolytha fehlt dir noch einiges», bemerkte Domitian aufreizend, «vielleicht solltest du es mit einer Brustamputation versuchen? Obwohl da ja nicht viel zu amputieren wäre.»

Daphne biß sich auf die Lippen, bis sie den Geschmack von Blut spürte. Eines Tages würde sie die Beherrschung verlieren, und Caenis würde sie hinauswerfen. Sie konnte Domitillas Langsamkeit im Denken, sie konnte Vespasians bei jeder Gelegenheit zur Schau getragenen Geiz ertragen, aber gegen den Stachel in Domitians Zunge wehrte sich alles in ihr. Caenis hatte gut reden von Sich-beugen-und-wieder-Aufrichten. Ihr gegenüber war der Junge von vollendeter Höflichkeit. Sie war offenkundig die einzige Person, die er respektierte und deren Überlegenheit er anerkannte.

Daphne nahm den gefiederten Pfeil, den der Lehrer ihr reichte, legte ihn ein, spannte die Sehne des hölzernen Bogens und zielte. Domitian summte einen Gassenhauer und wippte auf den Zehenspitzen.

Mit einem leisen Schwirren schoß der Pfeil vorwärts. Die Eisenspitze grub sich tief in die schwarzmarkierte Mitte der Zielscheibe, der Schaft zitterte leicht.

«Gratuliere», sagte Domitian, «eine wahre Tochter der Eris. Je zorniger, desto besser. Meinst du, das wird Flaccus gefallen? Ich dächte, er würde eine Tochter des Eros bevorzugen.»

«Du solltest Flaccus nicht nach dir beurteilen», sagte Daphne,

noch wütender darüber, daß sie errötete, als über seine Worte selbst, «nicht jeder Mann steigt jeder Frau hinterher, die ihm über den Weg läuft.»
Er lachte nur.
«Ich nehme alles mit, was sich mir bietet», erklärte er und fügte boshaft hinzu, «sogar dich, wenn du es wünschst.»
«Eher sterbe ich als Jungfrau!»
Er zog die Brauen hoch.
«Tatsächlich? Ich hätte nicht gedacht, daß du noch eine bist.»
Der Lehrer hüstelte.
«Die Stunde ist gleich vorüber. Wir sollten die Zeit nicht verschwenden.»
Er reichte Daphne den nächsten Pfeil. Domitian schlenderte zur Zielscheibe, um den abgeschossenen Pfeil vom Baumstamm zu lösen. Er stand genau in der Ziellinie. Daphne hob den Bogen. Ihr Atem ging rasch, ihre Wangen brannten. Domitian drehte sich um und grinste. Er ging keinen Schritt zur Seite.
Sie senkte den Bogen nicht, sie atmete tief durch und zwang Hand und Arm zur Ruhe. Domitian stand unbeweglich und zuckte nicht mit der Wimper. Dann schnellte der Pfeil von der Sehne. Eine Handbreit über Domitians Kopf fuhr er in die Rinde der Erle.
Daphne stieß den Atem aus. Der Lehrer entriß ihr den Bogen und brüllte sie an.
«Du hast Schneid», sagte Domitian.
Das Funkeln in ihren Augen erlosch langsam und machte einem zögernden Lächeln Platz.
«Du auch», erwiderte sie. «Ich hätte dich umbringen können.»
«So, wie du schießt? Schwerlich.»
«Es war ein Meisterschuß.»
«Rom wird dir dafür einst ein Denkmal setzen. Die dankbaren

Quiriten dem Mädchen, das den großen Domitian nicht erschoß.»
«Bescheidenheit ist nicht deine Tugend, wie?»
«Nein», sagte Domitian.
Er nahm ihr den Bogen aus der Hand und streckte die Hand nach einem Pfeil aus. Er zielte länger und sorgfältiger als Daphne. Sein Schuß traf ins Ziel.
«Was jetzt? Ein Wettlauf?»
«Bis zum Gatter am Haus.»
Sie löste die Fibeln an ihrer Schulter und ließ das Gewand fallen. Ihre Tunika reichte ungegürtet nur bis zu den Knien. Domitian zählte, und sie rannten gleichzeitig los. Er mußte sich anstrengen und gewann nur mit einer halben Länge Vorsprung. Sein Atem ging heftiger als der ihre.
«Wirklich eine kleine Amazone», keuchte er, «aber sage mir, bei allen Göttern der Unterwelt, weshalb machst du eine Ausbildung, als wolltest du dich bei den Prätorianern bewerben? Du solltest mit meiner Schwester im Atrium sitzen und spinnen und weben, wie es sich für eine Frau schickt. Du bist doch eine Frau?»
Das war die eine Frage, die Daphne ihm mit Sicherheit beantworten konnte. Die andere stellte sie sich auch, aber sie hatte keine Antwort darauf.
Sie hatte Caenis gesagt, daß sie lernen wollte, und Caenis ließ sie unterrichten. Bei Tagesanbruch, wenn die Tauben auf dem Dach zu gurren begannen, stand Daphne auf, schlang in der Küche eine Schale voll Gerstengrütze hinunter und fing mit dem Programm an, das Caenis für sie aufgestellt hatte. Die Vormittage gehörten der körperlichen Ertüchtigung. Sie mußte reiten, schwimmen und laufen lernen. Sie lernte, mit Pfeil und Bogen umzugehen und den Dolch zu gebrauchen und sogar ein paar Kunstgriffe, mit denen ein Ringer einen schwereren Gegner zu Boden werfen konnte. Es fiel ihr leicht, das alles zu lernen, denn

sie war unter Banden von Kindern und Jugendlichen in den Hafenvierteln der großen Städte des Ostens aufgewachsen und sie hatte sich oft mit älteren und größeren Jungen um ein Brot oder eine Weintraube geprügelt. Aber immer waren ihr Zorn und ihre Kraft darauf gerichtet gewesen, dem Gegner eine Beute zu entreißen und dann zu fliehen. Jetzt lernte sie, wie man einen Feind tötete durch einen genau gezielten Dolchstich oder einen Handkantenschlag gegen den Hals.

Ihr Lehrer, ein altgedienter Centurio, der in Nursia seine Pension verzehrte und sie mit dem Unterricht aufbesserte, schüttelte den Kopf, als er sie anleitete, und brummte:

«Erstaunlich, ganz erstaunlich. Kein Zurückweichen, kein Zögern, keinerlei Zimperlichkeit. Wenn du ein Junge wärest, Mädchen, du wärest der geborene Soldat. Du hast den Mut zum Töten.»

Nach der Mittagsmahlzeit, wenn der ganze Haushalt Vespasians sich zu einem Mittagsschläfchen zurückzog, kam der Kalkulator und brachte ihr das Rechnen bei, sowohl das Fingerrechnen wie das mit Hilfe des Abakus, der Rechenmaschine. Dann kamen die Übungen im Lesen und Schreiben, die ihr anfangs sehr schwerfielen. Manchmal war sie drauf und dran gewesen, alles aufzugeben, fortzulaufen und sich lieber mit Betteln durch die Welt zu bringen. Nachmittags teilte sie zwei Stunden den Unterricht, den Domitian bei einem Rhetor und Philosophen hatte. Erst hatte sie schweigend zugehört, aber da es hier um Dinge ging, die ihr von ihrem Vater her vertraut waren, mischte sie sich bald lebhaft ein. Nach der Abendmahlzeit, die länger war als das Mittagessen und von Caenis' Köchen raffiniert zubereitet wurde, wurden sie und Domitilla von Nefrit, Caenis ägyptischer Kammerfrau, unterrichtet.

Das war die Stunde des Tages, die Daphne am meisten haßte, mehr noch als die Schreibübungen. Nefrit lehrte sie, den Männern zu gefallen. Sie lehrte sie zu schreiten statt bloß zu gehen,

zu lächeln, die Augen spielen zu lassen. Sie zeigte ihnen, wie sie den Fächer halten mußten, welchen Schmuck sie am besten trugen, welche Schminke ihnen am besten stand, welches Parfüm sie verwenden durften und welches nicht, wie sie ihre Haare frisieren lassen mußten, und wenn Domitilla verabschiedet worden war, schloß sich für Daphne noch die Lektion an, die sie bei sich die Bordellstunde nannte. Nefrit ließ nichts aus, und sie war eine strenge Lehrmeisterin. Daphne hatte geglaubt, über die Fortpflanzungsart des Menschen Bescheid zu wissen, Nefrit enthüllte ihr die jahrhundertealten Geheimnisse der ägyptischen und griechischen Kurtisanen.
Wenn ihre Ausbildung abgeschlossen war, dann war sie gleichzeitig Soldat und Hetäre. Wozu das alles?
Einmal hatte sie Caenis, die sie nur bei den Mahlzeiten zu sehen bekam, danach gefragt. Caenis hatte die Schultern gezuckt und eine unbestimmte Armbewegung gemacht, bei der die goldenen Reifen an ihren Handgelenken klirrten.
«Frage Flaccus, wenn er kommt. Er hat mir befohlen, dich das alles lehren zu lassen.»
An diesem Abend herrschte eine fühlbare Spannung bei Tisch. Vespasian aß schweigend und nachdenklich und wischte jede Schüssel, die vor ihm stand, sorgfältig mit Brot aus. Caenis kaute lange an einer getrockneten Feige, und Domitian hatte hektisch gerötete Wangen. Er trank mehr Wein, als sein Vater ihm sonst gestattete. Es ist, als ob jemand gestorben sei, der ihnen sehr nahegestanden hat, dachte Daphne. Nur Domitilla bewahrte ihre gewöhnliche Ruhe, entweder weil sie nichts wußte oder weil die Neuigkeit, die die anderen beschäftigte, sie kaltließ. Endlich unterbrach Vespasian das drückende Schweigen.
«Wo ist Flaccus?» fragte er.
«Er ist in Griechenland», antwortete Caenis, «er bereitet die Reise des Kaisers vor.»

«Er ist lange nicht in Rom gewesen», sagte Domitian nachdenklich, «und wir sind auch nicht in Rom. Sollte da ein Zusammenhang bestehen?»
Vespasian schnaubte.
«Hör auf zu denken, Junge. Du kommst nur auf dumme Gedanken. Wir sind in Nursia, weil ich Geld verdienen muß. Andere Leute sind wohlhabend aus ihren Kommandos ausgeschieden, ich nicht. Ich kann es mir nicht leisten, mich zur Ruhe zu setzen und in Rom dem Müßiggang und den Lastern zu frönen. Das ist alles.»
«Und warum hast du Rom verlassen, edle Caenis?» fragte Domitian, ohne den Verweis seines Vaters zu beachten, «ums Verdienen kann es dir wohl nicht gehen. Daß du keine arme Frau bist, sieht jeder auf den ersten Blick.»
«Die Landluft ist soviel gesünder als die Brandluft Roms», sagte Caenis gelassen. Sie zog die Feige zwischen den Zähnen hervor und warf sie auf den Teller zurück.
«In der Tat. In der Stadt leidet man eher unter Blutarmut als auf dem Lande, wie?»
Caenis, die neben Vespasian auf dem Speisesofa lag, richtete sich halb auf und warf Domitian einen langen Blick zu, unter dem er verlegen wurde und hin- und herrutschte.
«Du magst dir geistreich vorkommen, Domitian, aber du bist nur, wie dein Vater schon sagte, dumm. Wer bei Verstand ist, hütet seine Zunge.»
Domitian antwortete nichts darauf, und sie verfielen wieder in Schweigen. Nach Tisch, als Nefrit auf sich warten ließ, erkundigte Daphne sich bei Domitilla.
«Weißt du, was los ist? Sie schienen mir alle sehr betroffen zu sein.»
Domitilla löste den Zopf auf, der ihr über die Schulter hing.
«Es ist jemand gestorben. Seneca. Das macht sie traurig. Mich nicht. Ich habe ihn ja nicht gekannt.»

«Seneca?» rief Daphne aus.
Domitilla sah sie verwundert an.
«Kanntest du ihn?»
Wer kannte Seneca nicht? Wie oft hatte Daphne seinen Namen aus dem Mund ihres Vaters gehört. Seneca war der Philosoph, der den Kaiser erzogen hatte und mit der Kaisermutter Agrippina jahrelang für den jungen Nero die Staatsgeschäfte geführt hatte.
«Weißt du, woran er gestorben ist?»
«Er hat sich die Adern geöffnet», sagte Domitilla gleichmütig, «ich habe es von Arria gehört. Sie haben sich in der Küche darüber unterhalten. Er war ein alter Mann, und sein Blut floß nur spärlich. Deshalb nahm er auch den Schierlingsbecher, doch hatte das Gift keine Wirkung. Den Tod brachte es ihm erst, als er sich ins Dampfbad tragen ließ. Dort ist er erstickt. Seine Frau hat sich übrigens mit ihm die Adern öffnen lassen, aber auf Befehl des Kaisers wurde sie gerettet.»
Daphne erfaßte, was Domitilla nicht aussprach.
Der Kaiser hatte Senecas Frau retten lassen, und er hatte keinen Befehl gegeben, Seneca zu retten. Also war es des Kaisers Wille gewesen, daß Seneca starb. Hatte der Kaiser nicht nur Senecas Tod gebilligt, sondern hatte er ihn gar zum Selbstmord aufgefordert?
Daphne wußte, daß es im römischen Adel als Schande galt, hingerichtet zu werden, und daß es eine Gunst war, wenn der Kaiser erlaubte, daß der Verurteilte sich selbst tötete.
Nefrit trat ein, über dem Arm hauchdünne Schleier. Sie machte ein finsteres Gesicht, wie immer, wenn sie die Mädchen unterrichten sollte. Es war deutlich unter ihrer Würde, der ungeschickten Domitilla und der dahergelaufenen Daphne ihre Künste zu vermitteln.
Sie legte die Schleier beiseite.
«Heute geht es zunächst um die Ernährung», sagte sie, «ihr

werdet lernen, welche Speisen ihr unbedingt vermeiden müßt, weil sie Pickel verursachen, dick machen oder den Haarwuchs fördern.»

Daphne hörte nicht zu. Sie verfolgte langsam und hartnäckig ihre Gedanken weiter. Angenommen, der Kaiser hatte befohlen, daß Seneca sich tötete. Warum hatte das diese Wirkung auf Vespasian und Caenis? Hatte ihnen Seneca so nahegestanden, daß sie um ihn trauerten? Oder gab es etwas, was sie im Zusammenhang mit seinem Tod ängstigte? Warum hatte der Kaiser Seneca in den Tod geschickt? Seit Jahren hatte der Philosoph sich schon vom Hof zurückgezogen. Nero konnte ihn unmöglich wegen etwas belangen wollen, was schon lange zurücklag. Hatte es einen aktuellen Anlaß gegeben? Und was konnte der Anlaß sein außer einem einzigen: einer Verschwörung gegen den Kaiser? Hatte es eine Verschwörung gegen Nero gegeben, die aufgeflogen war? Wären Caenis und Vespasian in diese Verschwörung hineingezogen worden, wenn sie sich in Rom aufgehalten hätten? Schützte Marcus Annius Flaccus nur seine Abwesenheit von Rom vor dem gleichen Verdacht? Waren Vespasian, Flaccus und Caenis Verschwörer gegen das Leben des Kaisers?

Nefrit schlug ihr schmerzhaft auf die Wange.

«Pass auf, wenn ich mit dir rede!» zischte sie.

Daphne riß sich zusammen. Nefrit sprach über die verheerende Wirkung, die es hatte, wenn man zuviel Eier aß. Schon nach kurzer Zeit glitt Daphne wieder ab. Ihr Herz schlug rasch und hart gegen ihre Rippen. Sie war ganz sicher, daß nichts so harmlos war, wie es schien. Wenn Vespasian nichts anderes war als ein alter geiziger Mann, der Maultiere züchtete, warum hätte er dann über Senecas Tod betroffen sein sollen? Warum hielt sich die edle Caenis mit ihren Verbindungen in den Palast in dieser abgeschiedenen Provinzstadt auf, die einem freiwillig gewählten Verbannungsort glich? Und warum – die Frage, die sie nie hatte beantworten können – warum hatte Flaccus, der reichste

und vornehmste Junggeselle Roms, sich mit einem so unbedeutenden und unscheinbaren Mädchen wie Domitilla verlobt?
Diesmal ohrfeigte Nefrit sie rechts und links.
«Ich werde mich bei der edlen Caenis über dich beschweren. Wer glaubst du denn, wer du bist! Ein Stück Dreck, aus dem Wasser gefischt! Wenn du dich nicht vorsiehst, wird man dich ins Meer zurückwerfen!»
Diesmal fiel es Daphne leicht, ihre Fassung zu bewahren und nicht zurückzuschlagen.
In dieser Nacht schlief Daphne kaum. Am nächsten Morgen, als sie beim Gurren der Tauben aufstand, wußte sie, daß sie alles daransetzen mußte, so viel wie möglich von Domitian zu erfahren. Seit sie auf ihn geschossen hatte, behandelte er sie weniger verächtlich. Sie würde ihn zum Reden bringen können. Und sei es mit Methoden, die sie von Nefrit gelernt hatte, dachte sie grimmig.
Domitian machte sich ein Vergnügen daraus, am Fluß aufzutauchen, wenn sie ihre Schwimmstunde hatte. Normalerweise war das Daphne besonders verhaßt, aber heute hoffte sie darauf, daß er seiner Gewohnheit treu bleiben würde.
Es war ein kalter, trüber Morgen, leichter Nieselregen fiel vom Himmel. Daphne fror. Der Lehrer wartete schon am Ufer auf sie. Er hatte sich in einen wollenen Mantel gewickelt und die Kapuze über den kahlen Kopf gezogen. Außer ihm war niemand da. Natürlich nicht. Niemand verließ an diesem Morgen grundlos das Haus. Domitian würde nicht kommen.
«Muß ich ins Wasser?» fragte sie, «ich werde mich erkälten.»
Der Lehrer zuckte die Achseln.
«Du sollst dich abhärten. Kein Soldat darf danach fragen, ob das Wasser warm genug ist.»
«Ich bin kein Soldat», murrte Daphne, zog aber gehorsam ihren Mantel und die Palla aus. Unter dem Blick des Lehrers ließ

sie auch die Tunika fallen und stand nur mit Brustbinde und Lendenschurz da. Sie bekam sofort eine Gänsehaut.

«Worauf wartest du noch?» fragte er grob.

Der Fluß führte jetzt im Frühjahr viel Wasser, und seine Strömung war stark. Er war nicht breit, Bäume standen dicht am Ufer, ihre Äste hingen über die Wasseroberfläche, und Daphne wußte, daß keine Gefahr für sie bestand. Solange der Fluß kein Hochwasser führte, konnte sie nicht ertrinken, weil sie sich immer noch an einen Ast anklammern und ans Ufer ziehen konnte. Sie trat zögernd über den Kies, der sich am Ufer gesammelt hatte, ins Wasser. Es biß schmerzhaft in ihre Waden und erinnerte an Nefrits Schläge. Sie verzog den Mund und ging weiter hinein, bis das Wasser so tief war, daß sie sich kauernd untertauchen konnte. Einen Augenblick verharrte sie so, bis sich ihre Haut an die Kälte gewöhnt hatte, dann legte sie sich auf das Wasser und ließ sich flußabwärts treiben. Wenige Schwimmstöße genügten, um sie über Wasser zu halten.

Der Lehrer hatte ihre Kleider aufgesammelt, trug sie über dem Arm und ging am Ufer neben ihr her, beobachtete sie und rief ihr laut Kritik zu. Bei schönem Wetter genoß Daphne diese Stunden am meisten, viel mehr als das Reiten, und auf jeden Fall viel mehr als das Lesen, Schreiben und Schminken.

Sie schwamm wie jeden Morgen eine halbe Stunde. Dann hatte sie die Biegung des Flusses erreicht, von der aus Nursia sichtbar wurde, leuchtend rot die Stadtmauern vor dem blaßblauen Himmel. Der Lehrer hatte einen Henkelkorb am Arm, den er auf den Boden stellte. Darin waren ein Tuch, mit dem Daphne sich abtrocknen konnte, und ein kleiner Imbiß, denn nach dem Schwimmen war sie immer hungrig. Daphne watete aus dem Wasser und schüttelte sich, daß die Tropfen von ihrer Haut sprangen. Dann hob sie die Hände und drückte das Wasser aus ihrem Haar, das inzwischen auf Kinnlänge gewachsen war.

Domitian stand am Ufer. Er sprach mit dem Lehrer, der einen

zweifelnden Blick auf Daphne warf, dann gegen Nursia schaute, schließlich nickte und ging.
Sie war mit Domitian allein. Er ließ seinen Blick langsam und bedächtig über sie wandern. Sie war sich bewußt, daß sie fast nackt war. Sie ballte die Fäuste und verbot sich, sich mit den Armen zu bedecken. Er sollte sie nicht unsicher und verlegen finden.
«Das Essen in meines Vaters Haus bekommt dir gut», sagte er, «du rundest dich an den richtigen Stellen. Das wird Flaccus gefallen, wenn er kommt, meinst du nicht?»
Sie stieg aus dem Wasser, ging an ihm vorbei, bückte sich und holte das Tuch aus dem Korb. Domitian nahm es ihr aus der Hand.
«Du frierst», sagte er, «ich werde dich wärmen.»
Er begann sie abzureiben, die Schultern, den Rücken, die Arme, den Bauch. Daphne biß die Zähne zusammen und ließ ihn gewähren.
«Steif wie ein Stock», bemerkte er kopfschüttelnd, «das kann es nicht sein, was Nefrit dir beibringt. Oder irre ich mich?»
Sie würde sich nicht provozieren lassen. Sie brauchte ihn bei guter Laune. Nur dann würde er ihr etwas erzählen. Sie legte ihre Hände auf seine und löste das Handtuch aus seinem Griff.
«Danke, Domitian. Du hast recht. Ich friere sehr.»
Mit einer raschen Wendung bückte sie sich, hob den Mantel auf, der zu ihren Füßen lag, und wickelte sich hinein.
«In dem Korb ist auch etwas zu essen. Willst du den Imbiß mit mir teilen?»
Schon saß sie im Gras und packte Becher, Teller und Schüsseln aus. Das Gras war feucht. Es würde Flecken auf dem Mantel hinterlassen. Man würde sie schelten.
Domitian grinste und ließ sich neben ihr nieder. Er machte sich bestimmt keine Gedanken um Flecken auf seiner Kleidung. Er saß viel zu nahe für ihren Geschmack.

«Geschickt», sagte er grinsend, «aber so schnell wirst du mich nicht los. Was kannst du anbieten?»
«Äpfel, Birnen, Oliven, etwas Käse und Brot.»
«Gib mir einen Apfel.»
Er nahm ihn ihr aus der Hand und schlug seine Zähne krachend in das Fruchtfleisch. Daphne mußte plötzlich kichern.
«Was ist?»
«Du hast keine guten Manieren, würde mein Retter sagen.»
«Flaccus? Der hat bestimmt noch nie einen Gedanken daran verschwendet, wie ich einen Apfel esse.»
Aus seinem Ton war die Mutwilligkeit verschwunden.
«Du magst ihn nicht», stellte Daphne fest.
«Den Apfel? Vielleicht etwas zu säuerlich für meinen Geschmack.»
«Flaccus», sagte sie.
Domitian antwortete nicht sofort. Er machte einen weiteren Biß und warf den Rest des Apfels dann in hohem Bogen fort.
«Nein, ich mag ihn nicht. Er ist so verdammt reich, vornehm und selbstsicher.»
Alles, was du nicht bist, dachte Daphne, aber sie sprach es nicht aus.
«Ich kenne ihn kaum», sagte sie, «er hat mich aus dem Wasser gezogen und dafür gesorgt, daß Caenis mich in das Haus deines Vaters bringt und unterrichten läßt. Ich weiß nur, daß er aus einer alten Familie stammt und ziemlich reich ist. Und daß er mit deiner Schwester verlobt ist.» Er biß auf den Köder an.
«Die arme Tilla. Sie fürchtet sich zu Tode vor dem Moment, da er sie heiratet. So wenig sie auch denken kann – das hat sogar sie begriffen, daß spinnen, weben und den Mund halten keine ausreichenden Qualifikationen sind für eine Gattin des Marcus Annius Flaccus.»
«Immerhin sind es altrömische Tugenden.»
Domitian hatte ihr den Arm um die Schultern gelegt. Seine

Hand lag einen Moment über ihrem Ellbogen, und dann ließ er behutsam seine Fingerspitzen ihren Arm bis zur Schulter hinaufgleiten.

«Wir leben nicht mehr im alten Rom, und unsere Frauen müssen nicht mehr Lucretia und Virginia sein.»

Seine Hand hatte ihren Nacken erreicht und kraulte sie am Haaransatz. Ein leichter Schauer lief über ihren Rücken. Er muß auch eine Nefrit gehabt haben, dachte sie, die ihn einige Künste gelehrt hat. Sie konzentrierte sich auf das Gespräch.

«Auch heute noch gibt es solche Frauen. Ich habe gehört, daß Senecas Frau mit ihm zusammen sterben wollte.»

Domitian zog seine Hand fort.

«Was weißt du über Senecas Tod?»

«Nichts. Deine Schwester hat es mir erzählt.»

Er zog die Brauen zusammen.

«Tilla? Wer redet denn mit Tilla über Politik?»

«Wenn ich es richtig verstanden habe, hat sie es in der Küche aufgeschnappt. Es beunruhigt euch, nicht wahr? Hat Senecas Tod etwas mit euch zu tun?»

War sie zu plump und zu direkt vorgegangen?

Domitian griff nach einem zweiten Apfel, biß herzhaft hinein und spuckte sofort aus. Er hielt ihr den Apfel hin. Durch das gelbbraune Fruchtfleisch schlängelte sich eine fette weiße Made.

«Ekelhaft, wie? Das ist Rom. Faul durch und durch, Beute eines feigen Wurms, der im Schutz seiner Prätorianer die Welt ausbeutet und den Reichtum des Reiches verschwendet, bis die ausgeplünderten Provinzen zurückschlagen werden. Was Jahrhunderte aufgebaut haben, zerstören Nero und seine Spießgesellen in wenigen Jahren. Es gibt nur zwei Möglichkeiten. Nero geht zugrunde oder das Reich. Wie es aussieht, wird es das Reich sein. Seneca mußte sterben, weil Nero in einem Rundumschlag sich aller seiner Kritiker entledigt. Man hat eine Verschwörung gegen ihn entdeckt und schickt in die Häuser aller aufrechten Patrioten die Aufforderung zum Selbstmord. Der Senat wird bald nur noch aus korrupten Speichelleckern bestehen.»

Daphne verbarg ihre Befriedigung über seine Rede. Ihr Verhalten hatte sich gelohnt. Domitians Worte hatten ihrem Verdacht neue Nahrung gegeben.

Er war nur wenig älter als sie. Was er äußerte, konnte er nicht selbst gedacht haben. Er gab wieder, was er von seinem Vater, vielleicht auch von Caenis gehört hatte. Sie erinnerte sich des bedrückenden Schweigens beim Abendessen. Vespasian und Caenis, daran konnte kein Zweifel sein, waren Gegner Neros. Hatten sie an der Verschwörung teilgenommen? Oder sympathisierten sie nur mit ihr? Mußten sie damit rechnen, auch die Aufforderung zur Selbsttötung zu bekommen? Oder war Nursia – das kleine Landstädtchen –, von der Hauptstadt durch Berge und Wälder getrennt, so weit von Rom entfernt, daß die Menschen, die hier lebten, in Rom vergessen wurden? Und wenn sie diese Verschwörung überlebten, waren sie dann daran interessiert, eine neue zu inszenieren? Hatten sie deshalb Daphne aufgenommen? Diente die sonderbare Erziehung, die sie genoß, dazu, sie zu einem Werkzeug der Verschwörung zu machen?

«So ernst und nachdenklich? Was geht dich Rom an?» sagte Domitian mit einem Auflachen. Er legte seine Hände auf ihre Schultern und zog sie dicht an sich heran.

«Ein Mädchen wie du sollte an andere Dinge denken.»

«Stimmt», sagte Daphne und bog den Kopf zurück. Seine Lippen trafen nur ihr Kinn. «Ich muß daran denken zurückzugehen. Der Kalkulator wartet.»

Sie sprang auf und lief davon. Als sie am Waldrand zurückblickte, bückte Domitian sich nach dem Korb. Er war ein echter Sohn seines Vaters. Es wäre ihm nicht eingefallen, Sachen draußen liegenzulassen, wo sie verlorengehen oder verderben könnten. Schließlich hatte alles Geld gekostet. Sonderbar, dachte sie, wie wichtig das Geld für diese Familie ist. Domitian hatte Nero nur der Verschwendung beschuldigt. Die Todesurteile, die der Kaiser aussprach, hatten ihn kaltgelassen.

NÄCHST ROM WAR ALEXANDRIA die Metropole der Welt, auf jeden Fall die glänzendste Stadt des Ostens. In der Mündung des Nils gelegen, war es dennoch keine ägyptische Stadt. Alexander der Große hatte sie gegründet, Griechen hatten sie besiedelt, eine bedeutende jüdische Gemeinde war entstanden, so bedeutend, daß selbst der Präfekt Ägyptens, Tiberius Alexander, ein Jude war. Unter dem wolkenlos blauen Himmel, in den Gassen zwischen den weißgetünchten Mauern der Häuser, auf den Märkten, auf denen die Stände mit geflochtenen Bastmatten beschattet wurden, strömte alles zusammen, was Asien und Afrika zu bieten hatte. Nubier mit glänzender schwarzer Haut, Araber mit dem scharfen Falkenblick der Wüstensöhne, Ägypterinnen mit wiegendem Gang, die geheimnisvollen dunklen Augen schwarz umschattet, blondhaarige Griechinnen, den dünnen Schleier aus Kos nachlässig über die aufgetürmten Lokkenfrisuren geworfen, Isispriester mit kahlrasiertem Schädel, in schneeweißes Leinen gehüllt, Kinder in jedem Alter, in jeder Hautfarbe, lachend, schreiend, sich prügelnd, bettelnd, stehlend. Über all diesem Gewoge von Menschen schwebte ein undefinierbarer Geruch, gemischt aus Schweiß, Öl, Myrrhen, Ambra und Moschus, Zwiebeln, Knoblauch und gebratenem Fleisch, Gestank aus dem brackigen Wasser der Nilkanäle und des fauligen Tangs vom Hafen.

Josephus hatte das Gefühl, daß er nicht durch die Gassen spazierte, sondern vielmehr taumelte. Alexandria war ein einziges

Fest der Sinne, und der überbordende chaotische Reichtum dieser Stadt war mehr, als seine Sinne fassen konnten.
Er mußte eine Woche auf die Audienz beim Präfekten warten. Den Brief, den er im Gasthof «Zur Goldenen Traube» in Puteoli von Calpurnia bekommen hatte, hatte er gleich nach seiner Ankunft im Amtssitz von Tiberius Alexander abgegeben. Ihm war bedeutet worden, er möge seine Adresse hinterlassen und sich bereithalten, falls der Präfekt ihn zu sehen wünschte.
Am achten Tag seines Aufenthaltes, als Josephus allmählich begann, sich von dem Schwindel zu erholen, den die Stadt ihm verursachte, kam der Befehl, den Präfekten aufzusuchen. Diesmal hatte er kein Lampenfieber wie vor der Audienz bei Poppäa.
Tiberius Alexander empfing ihn nach vier Stunden Wartezeit in einem kleinen Kabinett. Der Präfekt, ein älterer Mann, beleibt, mit von der Sonne verbrannter Haut und einem sorgfältig gestutzten, gekräuselten und gesalbten Bart, lag auf einem Ruhebett, einen goldgetriebenen Becher in der Hand. Der einzige andere Anwesende war ein nubischer Sklave, nackt bis auf einen Lendenschurz, der langsam und gleichmäßig einen Fächer aus Palmwedeln hin und herbewegte.
Tiberius Alexander winkte Josephus an seine Seite.
«Willkommen, Josephus ben Matthias. Wann bist du in Alexandria eingetroffen?»
«Vor einer Woche.»
«Es tut mir leid, daß du so lange warten mußtest. Ich bin erst gestern von einer Fahrt nach Memphis zurückgekehrt. Ich habe deinen Brief empfangen. Du kennst also Flaccus und Caenis. Bist du dem General Vespasian begegnet?»
«Nein, aber seinem Bruder Sabinus.»
Der Präfekt war offenkundig an Sabinus nicht interessiert. Er sah Josephus scharf und prüfend an. Josephus erwiderte den Blick.

«Du hast eine Audienz bei Poppäa gehabt. Du hast die drei alten Männer aus ihrer Gefangenschaft befreit. Man wird dir in Jerusalem Beifall klatschen, Josephus ben Matthias. Genieße ihn! Und wenn du nach Jerusalem kommst, dann freue dich jeden Tag an seiner Schönheit und an der Pracht des Tempels und sage dir: Mein Name wird so in die Geschichte eingehen wie der des Herostratos, der den Tempel der Diana von Ephesus zerstörte.»
Die Stimme des Präfekten, eine tiefe Stimme, die schwang wie eine Glocke, troff von Ironie.
Gleichmäßig bewegte sich der Palmwedel über dem Bett Alexanders. Josephus brauste auf.
«Ich handelte im Auftrag des Synhedrion. Ist es eine Schandtat, ein ungerechtes Urteil rückgängig machen zu wollen?»
«Es ist schlimmer als eine Schandtat. Es ist eine Dummheit. Und Dummheit ist in der Politik immer ein Verbrechen. Das solltest du inzwischen begriffen haben.»
Er sah den verständnislosen Blick seines Besuchers und fuhr gemäßigter fort:
«Aber vielleicht weißt du noch gar nicht, was seitdem geschehen ist. Du hast Poppäa für deine Sache gewonnen. Sie hat den Fall dem Kaiser vorgetragen. Der Kaiser hat sich an seine Kanzlei gewandt, und da erinnerte man sich der Angelegenheit. Rom mußte über den Streitfall zwischen den Juden und den Griechen in Cäsarea entscheiden. Es hat die Entscheidung lange aufgeschoben, wohl in der Hoffnung, daß er zu den Fällen gehört, die sich von selbst erledigen. Aber jetzt ist die Entscheidung getroffen worden. Der Kaiser hat das Edikt unterzeichnet und es veröffentlicht. Er hat den Griechen Recht gegeben.»
Josephus zog die Brauen zusammen.
«Das ist unmöglich. Es spricht jedem geltenden Recht Hohn. In jeder Stadt des Reiches haben die Steuerzahler das Recht zu wählen und damit das Recht, darüber zu bestimmen, wofür die

Steuern ausgegeben werden. Niemals die Habenichtse. In Cäsarea sind es die Juden, die die meisten Steuerzahler stellen. Wenn der Kaiser jetzt den Griechen zugesteht, daß sie über die Verwendung der öffentlichen Gelder verfügen, dann bricht er das geltende römische Recht.»

«Geltendes Recht ist das, was der Kaiser dazu macht. Du hast Poppäa zu einem ungünstigen Zeitpunkt um das Leben deiner drei Alten angefleht, Josephus. Der Kaiser bereitet eine Reise nach Griechenland vor. Er will dort bei den Spielen als Künstler gefeiert werden. Das Edikt über Cäsarea ist eine Maßnahme, sich den Beifall der Griechen zu sichern.»

«Das wollte ich nicht. Das wollte sicher auch Poppäa nicht. Wenn man sich noch einmal an sie wenden würde ...»

Josephus wußte, daß seine Antwort lahm klang. Er erinnerte sich an die Warnung des Edelsteinhändlers, Mirjams Vater.

«An Poppäa?»

Tiberius Alexander zog die Brauen hoch.

«Du müßtest etwas sonderbare Wege gehen, um noch einmal mit Poppäa zu sprechen. Aber in Alexandria ist alles möglich. Hier gibt es auch Nekromanten, die dir die Toten heraufbeschwören, die du sehen willst.»

Josephus schrak zusammen.

«Poppäa? Ist sie tot?»

Er erinnerte sich ihrer mädchenhaften Lieblichkeit, des weichfließenden rotblonden Haares, der Sommersprossen auf der Nase und der graublauen Augen.

«Es ist noch nicht allgemein bekannt», sagte Tiberius Alexander.

Aus seiner Stimme war die Ironie geschwunden. Er sah müde und alt aus, fand Josephus, wie ein Mann, der zuviel von dieser Welt gesehen hatte und ihrer überdrüssig geworden war.

«Poppäa war schwanger. Sie hat wohl zu sehr auf ihre Macht über den Kaiser vertraut und ihn in einem Streit mehr gereizt,

als gut für sie war. Nero hat ihr mehrere Faustschläge in den Bauch versetzt. Sie brauchte drei Tage zum Sterben.»
Josephus wollte etwas sagen, aber er war heiser geworden. Nur ein unartikulierter Laut entrang sich seiner Kehle.
Schon fuhr Tiberius Alexander mit seiner gewöhnlichen Ironie fort: «Mit ihrem Leichenbegängnis wäre sie zufrieden gewesen, hätte sie es erleben können. Nero selbst hielt die Rede auf sie, und er ließ sie im Grabmal des Augustus beisetzen. Keine schlechte Karriere für eine Frau aus Pompeji.»
Das genügte, um Josephus die Fassung zurückzugeben.
«Bedauerlich», sagte er kalt, «aber eine Frau, die sich mit dem Kaiser einläßt, muß wissen, daß sie für ihre Macht einen hohen Preis bezahlen muß. Sie ist nicht unschuldig wie ein neugeborenes Lamm gewesen. Ist nicht auf ihr Betreiben Neros erste Gemahlin getötet worden?»
Tiberius Alexander erhob sich. Er war größer, als Josephus vermutet hatte. Die weiße Leinentunika war unter den Achseln verschwitzt. Der Präfekt legte die Hände auf den Rücken und schritt auf und ab. Josephus sah ihm schweigend zu. Der Nubier bewegte den Wedel gleichförmig über dem verlassenen Ruhebett. Plötzlich blieb Tiberius Alexander stehen, so dicht vor Josephus, daß der unwillkürlich drei Schritte zurückwich.
«Du solltest dich hüten, über Schuld zu sprechen», sagte er, «und schiebe die Verantwortung nicht auf den Synhedrion. Du bist nach Rom gegangen, und du bist nur allzu willig gegangen. Dann bist du auch schuld an dem, was jetzt geschehen wird. Dieses Edikt des Kaisers hat den Griechen gezeigt, daß Nero auf ihrer Seite steht. Und jetzt gibt es keine Poppäa mehr, die die Juden schützt. Cäsarea ist nicht die einzige Stadt, in der es Zwietracht zwischen Juden und Griechen gibt. Von Alexandria bis Antiochien wirst du keine Stadt finden, in der die beiden Gruppen friedlich und in Freundschaft miteinander leben. In Alexandria werden die Griechen Ruhe geben, weil ich sie mit eiserner

Hand niederhalten kann. Aber wie sieht es in Syrien aus? Oder in Judäa selbst? Gessius Florus, der Prokurator, liebt die Juden nicht. Jetzt sieht er noch mehr Möglichkeiten, sie zu schikanieren, zu unterdrücken, auszubeuten. Und es gibt genügend Heißsporne in Jerusalem, die nur darauf warten, daß er ihnen eine Gelegenheit gibt, das Volk aufzuhetzen und gegen Rom zu kämpfen.»

«Aber das wäre Wahnsinn!» rief Josephus.

Tiberius Alexander nickte.

«Wenn ein solcher Konflikt ausbricht – auf welcher Seite wirst du stehen, Josephus ben Matthias?»

Josephus schluckte.

«Auf der Seite der Vernunft», antwortete er.

Aber wo war diese Seite? Nicht bei den Hetzern in Jerusalem, aber auch nicht bei den römischen Unterdrückern. Wo stand ein Mensch, der nichts wollte als Frieden, Gerechtigkeit und Freiheit? Nicht mehr – aber auch nicht weniger.

Der Präfekt nahm seine Wanderung wieder auf.

«Das ist die gefährlichste Position. Du wirst zwischen allen Stühlen sitzen. Niemand wird dir vertrauen. Die Besiegten werden dich für einen Verräter halten, die Sieger für einen Opportunisten. Ich gebe dir ein Empfehlungsschreiben an König Agrippa. Wie ich gehört habe, bist du mit ihm verwandt.»

«Entfernt. Über unsere Großmütter.»

«Dann wird es niemand sonderbar finden, wenn du seine Bekanntschaft suchst. Überbringe meine Grüße Berenike. Sie war einmal meine Schwiegertochter. Wenn du im Reich der Vernunft leben willst, Josephus, dann huldige ihr. Sie ist die Königin in diesem Reich.»

DAPHNE HATTE KATEGORISCH ERKLÄRT, sie könne genügend schwimmen, mit dem Rechnen hapere es aber sehr, und sie fände es besser, ihre Zeit am Abakus zu verbringen statt am Fluß. Caenis hatte gleichmütig zugestimmt. Daphne fragte sich, ob sie den wahren Grund erraten hatte. Domitian wurde ihr lästig. Seit dem Morgen, an dem sie am Fluß gesessen hatten, tauchte er bei all ihren Sportstunden auf. Manchmal genoß Daphne es. Beim Laufen, Bogenschießen und Reiten wetteiferten sie miteinander, und die Rivalität spornte sie an. Er gewann jeden Wettlauf, aber beim Reiten und Schießen war sie häufig überlegen. Solch ein Sieg führte dann dazu, daß Daphne den Rest des Tages summend umherging und selbst Nefrits Lektionen mit Heiterkeit überstand, während Domitian ein mürrisches Gesicht machte.

Domitilla betrachtete Daphne besorgt beim Licht der kleinen Öllampe, die ihr gemeinsames Schlafzimmer notdürftig erhellte.

«Ich glaube, ich sollte dich warnen», sagte sie.

Daphne zog die Tunika über den Kopf und starrte sie an.

«Mich warnen? Wovor?» fragte sie erstaunt.

«Ich kenne Domitian viel besser als du. Ich bin seine Schwester», sagte Domitilla.

«Und?»

«Ich glaube – sei mir bitte nicht böse –, ich glaube, er ist in dich verliebt.»

Daphne schüttelte den Kopf.

«Er hat Appetit», sagte sie, «er würde mich gern zum Frühstück verspeisen, aber verliebt ist er nicht. Ich glaube, das könnte er niemals sein. Domitian liebt nur einen Menschen, nämlich Domitian.»

Domitilla zog bedächtig den Holzkamm durch ihr langes, dünnes Haar. Es dauerte eine Weile, ehe sie antwortete. Wie immer. Domitilla war noch nie eine Meisterin der raschen Rede gewesen.

«Jedenfalls hat er Absichten auf dich. Und er ist gewöhnt daran zu bekommen, was er will. Wenn nicht im Guten, dann mit Schlichen und Listen. Du solltest nicht mehr mit ihm zusammensein. Wenn Marcus davon erfährt …»
Sie verstummte und wurde rot.
«Was hat der denn damit zu tun?» fragte Daphne entgeistert, «ob ich deinen Bruder auf Abstand halte oder mich mit ihm im Gras wälze, ist doch wohl meine Sache.»
«Aber Marcus … ich meine, er ist … er hat … du sollst … ich weiß nicht, aber …» Domitilla gab es endgültig auf, ihre Gedanken in Worte fassen zu wollen, ließ den Kamm sinken und starrte Daphne aus ihren kurzsichtigen Augen mitleidig an.
«Arme Daphne», sagte sie schließlich.
Daphne verzichtete darauf, durch Nachfragen feststellen zu wollen, welche Gedankenfäden sich in Domitillas Kopf unentwirrbar verknäuelt hatten. Sie nahm ihr den Kamm aus der Hand, legte ihn auf den Tisch und blies die Flamme der Öllampe aus.
«Komm zu Bett, Tilla. Du bist müde. Ich auch. Mein Gott, geben diese verdammten Tauben denn nie Ruhe? Andere Vögel schlafen wenigstens, wenn es dunkel wird. Wieso ist der Taubenschlag nicht woanders untergebracht, wo er den Schlaf anständiger Leute nicht stört?»
«Aber dann würde man doch nicht hören, wenn eine neue Taube kommt», erklärte Domitilla.
«Wieso sollte eine neue kommen? Da oben wimmelt es nur so. Ich wette, ein Dutzend halten sich da ständig auf. Sind das etwa nicht genug? Sie sind die einzig nutzlosen Esser im Hause deines Vaters. Nur sie werden ohne Gegenleistung gefüttert. Ich habe noch nie gesehen, daß man eine von ihnen geschlachtet und gebraten hat.»
«Aber nein! Bei allen Göttern, laß dir nie einfallen, eine der

Tauben zu töten, Daphne», rief Domitilla erschrocken, «die sind schrecklich teuer und unersetzbar, glaube ich. Und die meisten davon gehören Caenis. Es sind keine gewöhnlichen Tauben, sondern Brieftauben.»
Daphne lachte. Es kam selten vor, daß Domitilla einen Scherz machte. «Du meinst, sie schreiben Briefe?»
«Nein, sie befördern Briefe. Ich weiß nicht, wieso, aber wenn man sie irgendwo freiläßt, finden sie den Weg zurück in ihren Heimatschlag. Das kann man ausnutzen und ihnen Botschaften in einer Kapsel am Fuß mitgeben.»
Daphne wunderte sich, daß der geizige Vespasian für solch eine Spielerei Geld hinauswarf, aber es sollte nur einige Tage dauern, bis sie es begriff.
Bei einer ihrer Mahlzeiten, bei denen wie immer dank Caenis erlesene Speisen gekocht wurden, die in Vespasians Hause sonst nie auf den Tisch gekommen wären, sagte Caenis, mit einer zweizinkigen Gabel zierlich ein Stück Fleisch aufspießend:
«Wir bekommen Besuch. Titus hat sich angekündigt.»
Domitilla strahlte auf, und auch Vespasians Miene erhellte sich. Domitian grub die Zähne in die Unterlippe.
«Wann kommt er?» fragte Domitilla eifrig.
Caenis führte die Gabel zum Mund und ließ sie dort schweben.
«In zwei oder drei Wochen, schätze ich. Er ist im Augenblick in Augusta Treverorum bei der Rheinarmee. Wir werden dann noch einen Gast haben. Marcus hat aus Athen geschrieben. Er will sich hier mit Titus treffen.»
Domitillas Gesicht verlor den strahlenden Glanz. Daphne achtete nicht darauf. Sie überlegte. Es waren keine Boten angekommen. Die Nachrichten mußte Caenis von den Tauben erhalten haben. Eine Taube vom Rhein, eine Taube aus Griechenland.
Wenn Domitilla ihr alles richtig berichtet hatte, dann fanden die Tauben von jedem Ort ihren Heimatschlag wieder. Das be-

deutete, sie mußten an die anderen Orte gebracht werden – wohl in einem Henkelkorb – und dann dort freigelassen werden. Vespasian schien an vielen zentralen Punkten des Reiches seine Tauben untergebracht zu haben. Das war keine Angelegenheit von Neugier, keine Spielerei, sondern es bedeutete einen großen Aufwand, der einem Zweck dienen mußte. Wohnte er deshalb in Nursia – außerhalb von Nursia genaugenommen –, damit er diesen Nachrichtenverkehr ungestört betreiben konnte? War Vespasians Landhaus eine geheime Zentrale der Opposition, von der aus der Umsturz geplant wurde?

Die beiden Mädchen hatten es sich angewöhnt, abends, bevor sie einschliefen, noch miteinander zu reden. Meistens war es Daphne, die redete, und Domitilla, die nur lauschte. Sie blieb auch nach Monaten noch wortkarg und zurückhaltend, was Daphne sowohl auf die Langsamkeit ihres Denkens wie auch auf eine unüberwindbare Schüchternheit zurückführte. Nachdem aber der Besuch ihres Bruders angekündigt worden war, entwikkelte Domitilla für ihre Verhältnisse eine wahre Redeflut.

Titus, so erfuhr Daphne jeden Abend von neuem, war der liebevollste, geduldigste, gütigste Bruder, den man sich vorstellen konnte. Er schien ein Muster männlicher und menschlicher Vollkommenheit zu sein. Eines Abends, als Daphne des Lobliedes müde war, unterbrach sie rüde die Geschichte, wie Titus sich nicht zu schade war, Domitillas Puppe den Kopf wieder aufzusetzen, den Domitian abgerissen hatte, eine Geschichte, die sie schon auswendig hersagen konnte, und fragte nach dem Mann, den Domitilla mit keiner Silbe erwähnt hatte.

«Wenn Flaccus aus Griechenland kommt – wird dann deine Hochzeit gefeiert werden?»

«Was?»

Domitilla riß die kurzsichtigen Augen weit auf und erblaßte. «O nein, nein … ich meine, es kann nicht … er wird nicht … ich …»

Sie brach ab, und Daphne sah zu ihrem Erstaunen, daß sie zitterte. Wenn Daphne sich an die Tage zurückerinnerte, die sie mit Marcus Annius Flaccus auf der «Rhodope» verbracht hatte, dann erinnerte sie sich an einen Mann, der anmaßend und ironisch war, der sie auslachte, wenn sie Wutanfälle bekam, und der über das Schicksal von Menschen mit einer Selbstverständlichkeit verfügte, als seien es seine Marionetten. Sie hatte ihn halb bewundert, halb gehaßt, aber niemals gefürchtet.

«Wovor hast du Angst?» fragte sie, «doch nicht vor deinem Bräutigam?»

Domitilla wurde so rot, wie sie vorher blaß gewesen war.

«Nein, nein, natürlich nicht», stammelte sie.

«Du bist eine schlechte Lügnerin, Tilla.»

Daphne rutschte von ihrem Bett herunter und ging zu dem des anderen Mädchens. Domitilla rückte zur Seite und machte ihr Platz. Daphne legte sich neben sie und schlang den Arm um sie.

«Ich bin sicher, er frißt weder kleine Kinder noch Jungfrauen», sagte sie tröstend.

Domitilla kicherte nervös.

«Es ist nur, weil ... er ist so ... und ich bin ... es ist nicht ... ich meine, daß ...»

«Du meinst, ihr paßt nicht zusammen?»

Domitilla nickte erleichtert.

Das war, wenn Domitilla sie auch nicht in klare Worte zu fassen vermochte, auf jeden Fall eine richtige Erkenntnis. Dieses Verlöbnis war das unpassendste, das Daphne sich vorstellen konnte.

«Warum will er dich denn überhaupt heiraten?»

Darüber hatte Domitilla offenbar schon oft nachgedacht, denn ihre Antwort kam prompt.

«Weil ich Titus' Schwester bin.»

«Was?!»
«Ja, Titus und Marcus sind nicht bloß Freunde, sie sind sogar Blutsbrüder.» Das letzte Wort sprach sie mit Ehrfurcht aus.
Daphne lachte auf.
«Du liebe Zeit, wie kindisch! Ich habe auch einen Blutsbruder. Ich war, glaube ich, sechs, und wir lebten gerade irgendwo in Kappadokien bei einem alten Mann, der Vaters Beistand im Sterben wünschte. Einer der Enkel befreundete sich mit mir, und wir schlossen Blutsbrüderschaft. Wir stachen uns in den Finger und saugten einander dann das austretende Blut gegenseitig ab und schluckten es runter. Ich weiß noch, daß es widerlich schmeckte. Bitter und süß gleichzeitig. Beim Haupte des Zeus, Tilla, das sind Spiele für Kinder, aber nichts, was erwachsene Männer bindet. Oder sie sind Narren.»
Zwei Wochen später kam Titus nach Nursia, und Daphne war geneigt, in Domitillas Lobgesänge einzustimmen.
Titus war ein Mann von Mitte Zwanzig und im Äußeren ein typischer Flavier, stämmig und stiernackig. Aber im Wesen war er weder seinem Vater Vespasian noch seinem Bruder Domitian oder seinem Onkel Sabinus ähnlich. Wenn Titus einen Raum betrat, schien es heller zu werden. Mit ihm, fand Daphne, war das Wasser köstlicher, der Waldboden weicher, die Luft würziger, die Sonne wärmer und die Menschen fröhlicher. Er hatte für jeden ein freundliches Wort, er übersah niemanden, er hatte ein Gedächtnis für Namen und Gesichter und Erlebnisse. Domitilla hatte Daphne erzählt, er kenne jeden Soldaten, der in seiner Legion kämpfe, mit Namen und könne sagen, an welchen Schlachten er mit welcher Auszeichnung teilgenommen habe. Kinder liebten ihn, denn er hatte immer einen Vorrat von Süßigkeiten bei sich, die er unter sie warf. Domitilla lachte den ganzen Tag, Vespasian lächelte, und selbst Caenis' Augen verloren den harten Glanz, wenn sie auf ihm ruhten. Nur Domitian nagte an seiner Unterlippe.

«Gesteh, daß du in ihn verliebt bist!» forderte er von Daphne.

«Warum sollte ich das?»

«Weil alle sich in Titus verlieben, Frauen und Männer! Titus braucht nur die Hand auszustrecken und kann jede Frucht pflücken, die er haben will.»

«Ich bin keine Frucht», sagte Daphne zornig, «und mich wird niemand pflücken, weder du noch dein Bruder.»

Domitian ließ ihr Handgelenk los, das er wie mit einem Schraubstock umklammert hatte.

«Dann wartest du also auf Flaccus. Er wird morgen kommen.»

Daphne rieb sich das schmerzende Handgelenk.

«Denkst du gelegentlich an etwas anderes?» fragte sie spöttisch. Er grinste plötzlich.

«Wenn ich dich sehe? Nie. Du bist verdammt hübsch geworden, weißt du das?»

Sie wußte, daß er recht hatte. Die große polierte Silberscheibe, die Nefrit als Spiegel benutzte, hatte ihr gezeigt, daß die Zeit in Vespasians Haus gut angeschlagen war. Sie hatte die magere Eckigkeit verloren, ohne allzu weich und weiblich geworden zu sein. Die athletischen Übungen, denen sie sich jeden Vormittag unterzog, hatten ihren Körper, der schlank, aber nicht mehr mager war, gestählt und ihr eine kraftvolle Anmut verliehen. Ihr Gesicht hatte sich gerundet, die Augen wirkten nicht mehr so riesig, der Mund nicht mehr so breit, aber immer noch war das Kinn spitz und eigenwillig, die Augen konnten immer noch zornig funkeln, wenngleich sie weniger oft den Impuls verspürte, ihren Wutanfällen körperlich nachzugeben. Dafür hatte die Erziehung ihr eine neue Waffe an die Hand gegeben, die Sprache. Sie fragte sich, was Marcus Annius Flaccus jetzt von ihr halten würde, wenn er sie wiedersah. Sie hatte viel gelernt, sie hatte hart an sich gearbeitet, sie wollte ihn beeindrucken.

Er kam nach der Mittagsmahlzeit. Daphne hatte sich sorgfältig vorbereitet. Sie hatte eine hellblaue Palla gewählt, die ihre gebräunte Haut vorteilhaft zur Geltung brachte und gut zu ihren hellen Augen paßte. Sie hatte ihre Nägel gefeilt und poliert, die Lippen sorgfältig mit Zinnober bemalt und die Augenlider mit Antimon gefärbt. Die dunklen Locken, die inzwischen fast schulterlang waren, hatte sie am Hinterkopf zusammengenommen, zu einem Knoten gedreht und festgesteckt. Ein paar Strähnen hatte sie herausgezupft, die ihr in die Stirn und auf die Schultern fielen. Sie war mit ihrem Anblick zufrieden, und selbst Nefrit, die sie kritisch gemustert hatte, hatte ein anerkennendes Lächeln nicht unterdrücken können.
Er kam ins Atrium, wo sie alle auf ihn warteten. Während er Vespasian und die anderen begrüßte, hatte Daphne Muße, ihn zu betrachten. Von ihm ging kein strahlender Glanz aus wie von Titus, aber sie fand ihn bei weitem besser aussehend. Er war größer und schlanker als die Flavier, sein Gesicht mit den scharfgeschnittenen Zügen unter den kurzen schwarzen Haaren erinnerte Daphne an eine Büste, die den jungen Julius Cäsar darstellte. Das Lächeln, das er Domitilla schenkte, war warm und freundlich. Trotzdem murmelte sie nur Unzusammenhängendes und hielt den Blick gesenkt. Dann blieb er vor Daphne stehen. Sie spürte, wie ihr Herz klopfte. Was würde er zu ihrer Veränderung sagen? Er starrte sie einen Augenblick an und sagte gar nichts, als habe es ihm die Sprache verschlagen. Daphne lächelte.
«Erkennst du sie nicht wieder? Das ist Daphne, deine Beinahe-Wasserleiche», sagte Caenis erheitert.
«Was? Die kleine streunende Katze, die wir aus dem Meer gefischt haben? Wie ich sehe, haben sie aus dir ein hübsches, gestriegeltes, ägyptisches Tempelkätzchen gemacht. Mein Kompliment.»
Er verneigte sich, und seine Augen funkelten spöttisch. Dann

drehte er sich um und ging, begleitet von Vespasian und Titus, ins Tablinum hinüber.
Daphne ballte die Fäuste. Sie wünschte, sie wäre schnell genug gewesen, um ihn vor das Schienbein zu treten, mit den Fingernägeln in sein Gesicht zu fahren, ihn anzuspucken und alle Schimpfwörter in allen Sprachen, die sie beherrschte, an den Kopf zu werfen.
Sie ein Kätzchen zu nennen, ein kleines ägyptisches Tempelkätzchen! Und mit diesem Spott in Augen, Stimme und Geste!
Sie machte ihrem Zorn wenigstens dadurch Luft, daß sie in ihr Schlafzimmer rannte, die schöne neue Palla auszog und auf den Boden warf und die älteste Tunika anzog, die sie finden konnte, die Nadeln aus den Haaren riß, die Schminke abwischte und aus dem Haus stürzte, noch bevor Domitilla, die ihr gefolgt war, sie fragen konnte, was denn los sei.
Nichts konnte ihrer Wut jetzt mehr Erleichterung verschaffen als ein scharfer Ritt. Sie rannte zum Stall hinüber und holte sich ein Pferd. Domitian kam dazu, als sie es sattelte.
Seine Augen glitzerten.
«Er ist nicht nach deinem Geschmack, unser prächtiger, reicher, vornehmer Freund?» fragte er.
Daphne gab ihm keine Antwort.

Beim Abendessen unterhielt Flaccus alle mit ergötzlichen Geschichten aus Athen. Die Notabeln der Stadt, im Bewußtsein, die intellektuelle Elite der Welt zu sein, hatten sich in einem Spagat befunden zwischen Servilität – die Majestät des Kaisers beugte sich gnädig zu ihren dankbaren Untertanen herab – und Hochmut – was Kunst war, bestimmte seit Jahrhunderten Athen. Die römischen Barbaren mußten dankbar sein, wenn sie in einem griechischen Theater auch nur einen Fuß auf die Bühne setzen durften.

An diesem Abend hatte Caenis' Koch seine ganzen Künste entfaltet. Eine Schüssel nach der anderen erschien auf dem Tisch. Daphne aß zum ersten Mal in ihrem Leben solche Köstlichkeiten wie in Honig gebackene Wachteln, Pastete aus Kalbsleber, gewürzt mit indischem Pfeffer, und in Ingwer eingelegten Kürbis, aber sie achtete kaum darauf, was sie aß. Wie ihr erging es auch fast allen anderen Mitgliedern der Tischgesellschaft. Domitilla stocherte im Essen herum, als betrachte sie ihre Henkersmahlzeit, Vespasian, Titus und Domitian kauten mechanisch, nur Caenis ließ sich reichlich vorlegen, als sei sie unempfindlich gegen die Spannung, die über allen lag.
Nach dem Essen wurden die jungen Leute zu Bett geschickt, Vespasian zog sich mit Titus, Caenis und Flaccus in sein Arbeitszimmer zurück.
«Haben sie schon über deine Hochzeit gesprochen?» fragte Daphne.
Domitilla saß auf dem Rand ihres Bettes. Sie schüttelte den Kopf.
«Ich kann nicht», sagte sie, «ich kann nicht.»
«Was?»
«Ihn heiraten.»
«Aber warum denn nicht? Er ist doch kein Ungeheuer. Ja, er sieht eigentlich ganz gut aus, findest du nicht?» fragte Daphne, halb aus Gerechtigkeitssinn, halb um Domitilla zu trösten.
Domitilla hob die Schultern und ließ sie in einer hoffnungslosen Geste wieder sinken.
«Ich kann nicht», wiederholte sie.
«Dann solltest du ihm das sagen», schlug Daphne vor.
Domitilla stieß einen spitzen Schrei aus vor Entsetzen.
«Oder soll ich es ihm sagen?» fragte Daphne.
«Nein, nein, nein! Vater ... Titus ... ich mein ... es ist ... ich kann nicht ... du kannst nicht ...»
«Doch, ich kann», sagte Daphne nachdrücklich, «ich wüßte

nicht, was mich davon abhalten sollte. Wahrscheinlich reden sie jetzt darüber. Weißt du, was ich mache? Ich gehe hinüber und höre zu, und dann erzähle ich dir, was sie beschlossen haben.»

Vergeblich streckte Domitilla den Arm aus, um sie zurückzuhalten. Daphne lachte nur. Der Gedanke, sich an Vespasians Arbeitszimmer heranzuschleichen und zu lauschen, amüsierte sie. Nichts war ihrer Meinung nach leichter. Sie ging barfuß, damit man ihre Schritte auf dem Steinboden nicht hörte. Die Sklaven waren schon zu Bett geschickt worden. Das Atrium lag leer und dunkel. Durch die Öffnung im Dach schimmerten einige Sterne fern und blaß am nächtlichen Himmel. Daphne schlich an der Wand entlang, bis sie vor dem rötlichen Lichtschein stand, der in einem Streifen aus der Tür des Arbeitszimmers sich über den Boden ergoß. Wenn sie sich vor die Tür kauerte und ihr Ohr an das Holz legte, dann müßte sie das meiste verstehen können. Sie ließ sich auf die Knie nieder und beugte sich vor. Ihr Kopf stieß an etwas Weiches und Warmes. Sie zuckte lautlos zurück, streckte dann die Hand aus und tastete. Sie ertastete ein Stück Stoff und nackte Haut.

«Hör auf, mich zu kitzeln», zischte eine unterdrückte Stimme. Domitian.

Vor Erleichterung hätte Daphne beinahe gelacht. Domitian lauschte genauso wie sie selbst.

«Rück ein bißchen zur Seite», flüsterte sie.

Es war Flaccus' Stimme, die sie hörte, und er sprach nicht über seine Hochzeit mit Domitilla.

«Wir haben, was wir brauchen. Sogar auf zwei Schauplätzen. Beide enthalten genug Konfliktpotential, um sie fruchtbar zu machen im Kampf gegen den Kaiser. Da ist einmal Vindex in Gallien. Er stammt selbst aus keltischem Adel und sein Interesse gilt der Prosperität Galliens. Er sieht mit Erbitterung, wie das Land ausgeplündert wird und der Kaiser in Rom die Steuern mit vollen Händen seinen Günstlingen hinwirft. Vindex könnte dazu gebracht werden, sich einem Aufstand anzuschließen, der einen anderen Kaiser auf den Thron setzen will. Der zweite Schauplatz liegt im Osten. Und dort ist die Lage bereits hochbrisant. Nachdem unser Freund Josephus sich darum bemüht hat, die drei Alten bei Poppäa freizubitten, hat er das schlummernde Interesse der Reichskanzlei an der griechisch-jüdischen Auseinandersetzung neu geweckt. Es war klar, wie die Entscheidung ausfallen mußte. Der Kaiser braucht vor seinem Aufbruch nach Griechenland alle griechische Sympathie, die er nur gewinnen kann. Es heißt, er wird in Athen auch die Freiheit der Griechen verkünden und das Land von allen Steuerlasten befreien.»

Daphne hörte Vespasian verächtlich auflachen.

«Welch ein Wahnsinn! Der Mann hat jetzt schon mehr Schulden als Steuern in fünf Jahren aufgebracht werden. Wie will er den Steuerausfall kompensieren?»

«Andere Provinzen müssen eben stärker ausgebeutet werden. Das sind Details, die Nero nicht interessieren. Vergeßt nicht, daß er sich nicht nur als Herrscher, sondern in erster Linie als Künstler sieht. Seine Erfolge in Rom bedeuten ihm nicht genug. Er verzehrt sich nach dem Beifall der Griechen, die in seinen Augen die einzigen sachverständigen Kunstkritiker der Welt sind. Und er hat große Furcht, die Griechen könnten ihn, wenn er auf der Bühne erscheint, auslachen und auspfeifen. Auf Neros ausdrücklichen Wunsch ist also das Edikt von Cäsarea zugunsten der Griechen abgefaßt worden, gegen bisher geltendes Recht. Es hat genau die Wirkung getan, die man erwarten konnte. Die Griechen von Cäsarea haben ihren Sieg über die Juden ausgekostet. Einige Rüpel haben den Juden den Zugang zu einer Synagoge versperrt, daraus entwickelten sich wüste Straßenkämpfe, und am Ende sind die Juden, die nicht geflohen sind, sämtlich erschlagen worden. Das ist nicht nur in Cäsarea geschehen, sondern auch in Damaskus, Askalon, Hippos, Gadara, Ptolomais, Tyros. In Alexandria sind die Juden der Vernichtung nur entgangen, weil Tiberius Alexander die Legionen zu ihrem Schutz einsetzte.»

«Die Juden nehmen das hin?» Das war Titus' Stimme.

«Sehr unwahrscheinlich», antwortete Caenis, «Nero hat in ein Wespennest gestochen. Die Juden haben seit altersher Privilegien im Osten. Niemand hat bisher gewagt, daran zu rühren. Selbst Kaiser Tiberius nicht, der – das wissen die Götter – kein Freund der Juden war. Aber er hat immer ihre Rechte geachtet, gab ausdrücklich den Befehl, daß, wenn römische Legionen durch Judäa marschieren, sie die Bilder des Kaisers, die sie mit sich führen, mit Tüchern verhängen müssen, um die religiösen Gefühle der Juden nicht zu verletzen. Caligula wollte einmal seine Bildsäule im Tempel zu Jerusalem aufstellen lassen. Petronius war damals Statthalter in Syrien. Er hat solange gezögert und eine Hinhaltepolitik betrieben, bis sich die Sache durch Caligulas Tod von selbst erledigt hatte. Petronius kannte seine Juden. Er wußte, daß er mit einem Aufstand fanatisierter Massen zu rechnen hatte, wenn er Caligulas Befehl befolgt hätte.»

Flaccus nahm wieder das Wort.

«Die Situation in Judäa war schon vor dem Edikt kritisch genug. Gessius Florus hat sich viele Übergriffe erlaubt. Seine Frau war eine Freundin Poppäas, er selbst ist lauthals einer der glühendsten Bewunderer von Neros Dichtungen. Mit diesem Rückhalt glaubte er, sich alles erlauben zu können. Er hat selbst König Agrippa und seine Schwester Berenike zu demütigen gewagt, die ihren Einfluß in Jerusalem immer dazu genutzt haben, Geduld und Ergebung zu predigen. Zügeln könnte ihn höchstens der Statthalter von Syrien, dem er unterstellt ist. Aber was unternimmt ein Statthalter gegen einen Freund Neros und eine Freundin Poppäas? Nichts. So blieben die Klagen der Juden gegen die Übergriffe von Gessius Florus wirkungslos, und die Erbitterung der Bevölkerung stieg. Und nun dieses judenfeindliche Edikt. Das ist natürlich Wasser auf die Mühle der Fanatiker in Jerusalem. Der Verwalter des Tempels hat befohlen, das Opfer einzustellen, das seit Augustus und Livia täglich im Tempel im Namen des Kaisers dargebracht wurde. Die Sikarier tauchen wieder in der Stadt auf …»

«Sikarier?» Das war Vespasian.

Caenis antwortete.

«Eine Bande von Meuchelmördern. Sie benutzen einen kurzen, krummen Dolch, den sie unter ihrem Gewand verbergen können, und stechen ihr Opfer in der Menge mitten auf der Straße ab, teils zu ihrem eigenen Nutzen, teils aus politischen Motiven. Wenn sie in der Hand eines Führers fanatisiert werden, sind sie wirklich gefährlich. Die letzten Prokuratoren von Judäa hatten viel zu tun, dieses Unwesen auszurotten. Es ist ihnen anscheinend nicht gelungen.»

«Nein. Und was wichtiger ist, die Sikarier haben ihren Führer gefunden. Sie haben die römische Besatzung mitten in Jerusalem in der Burg Antonia überwältigt und abgeschlachtet.»

«Das bedeutet Krieg.»

«Ja. Er ist bereits ausgebrochen. Der Statthalter Cestius Gallus zieht von Syrien gegen Judäa.»

Einen Augenblick herrschte Schweigen in dem Raum hinter der Tür. Daphne war enttäuscht. Die Politik interessierte sie nicht. Wann kamen sie endlich zu persönlichen Angelegenheiten?

«Mit wieviel Mann? Mit welchen Truppen?» Natürlich, das fragte Vespasian, der alte General.

«Von den syrischen Legionen 20 000 Mann, dazu 13 000 Mann Hilfstruppen von Agrippa, aus Petra und aus Adiabene.»

«Die Syrer sind eine verlotterte Bande», sagte Vespasian nachdenklich, «und Cestius Gallus ist ein tüchtiger Jurist, aber nicht der Mann, ein Heer zu führen.»

«Was ist zu tun?» fragte Titus.

Caenis war es, die entschieden sagte: «Der Kaiser geht nach Griechenland. Vespasian und ich werden ihn begleiten. Du, Titus, mußt nach Alexandria zu Tiberius Alexander.»
«Und ich gehe nach Spanien zu Galba. Über Gallien, mit einem Besuch bei Vindex», sagte Flaccus. «Wenn alles gut geht, haben wir Rom in der Zange.»
Daphne richtete sich auf. Der Rücken schmerzte sie vom Bükken. Die Besprechung im Arbeitszimmer schien vorbei zu sein. Schritte näherten sich der Tür. Mit wenigen Sprüngen erreichte Daphne geräuschlos das Atrium und verbarg sich hinter einer Säule.

Flaccus ließ Daphne am nächsten Mittag zu sich rufen, als sie von ihrem Ausritt zurückkehrte. Sie hatte keine Gelegenheit mehr, sich umzukleiden und zu waschen und war sich unbehaglich bewußt, daß sie neben seiner makellosen Erscheinung schmuddelig und verschwitzt wirkte. Zu ihrer Erleichterung machte er keine Bemerkung über ihr Aussehen. Er bat sie mit einer Handbewegung, Platz zu nehmen, blieb aber selbst stehen. Das gab Daphne das Gefühl, klein und unbedeutend zu sein. Schon bevor das Gespräch begonnen hatte, keimte in ihr Ärger auf.
Flaccus, die Arme hinter dem Rücken verschränkt, beobachtete sie mit einem spöttischen Lächeln, als könnte er in ihr lesen wie in einem offenen Buch. Dann fragte er:
«Bist du glücklich?»
Sie hatte alles erwartet, aber diese Frage nicht. Noch niemand hatte sie das je gefragt, sie sich selbst auch nicht. Sie kannte das Gefühl von Zufriedenheit, wenn sie nicht hungrig war, nicht fror, nicht geschlagen wurde, sich ausruhen konnte. Aber Glück? Was war das? Ihr Vater hatte gepredigt, jeder Mensch könne glücklich sein, gleich, in welchen Umständen er lebe. Er müsse nur begreifen, daß alles nichtig sei und es sich nicht

lohne, irgend etwas zu begehren. Daphne hatte ihm zugehört, aber sie hatte ihm nie geglaubt. Um glücklich zu sein, mußte man reich, mächtig, angesehen sein. Das alles war sie nicht. Wozu stellte Flaccus ihr eine solche Frage? Wahrscheinlich erwartete er ein Ja und glühende Dankbarkeit dafür, daß er sie aufgelesen und sie von seiner Gnade und Barmherzigkeit in diesem Haus leben durfte.

«Glücklich? Nein», sagte sie heftig.

Er schien überrascht und zuckte nach einem Augenblick die Achseln. «Es spielt keine Rolle. Wir sind nicht auf der Welt, um glücklich zu sein, sondern um unsere Pflicht zu tun. Insofern war meine Frage abwegig. Kommen wir zu dem, was wirklich wichtig ist. Wir müssen über deine Zukunft nachdenken.»

Zorn wallte in Daphne auf. Wir müssen nachdenken, bedeutete nichts anderes, als daß er für sie eine Entscheidung treffen wollte. Sie antwortete patzig.

«Soweit ich sehe, kann ich zwei Berufe ergreifen: Gladiatorin oder Dirne.»

«Wie das?»

«Ich kann mit dem Bogen schießen, ringen, mit dem Dolch umgehen – bestimmt würde ich in der Arena kämpfen können. Und dank Nefrit, Caenis' ägyptischer Kammerfrau, kenne ich zwölf verschiedene Arten, einen Mann zu befriedigen. Allerdings bisher nur theoretisch. Es fehlt mir auf diesem Gebiet noch an Praxis.»

«Du könntest mit Domitian üben», schlug er vor.

Wenn er erwartet hatte, Daphne in Verlegenheit zu setzen, sah er sich getäuscht. Nichts konnte ein Mädchen aus der Fassung bringen, das sich in Hafenvierteln herumgetrieben hatte.

«Domitian ist kein Mann. Er ist ein Junge. Ihm reicht es, wenn ein Mädchen sich auf den Rücken legt und sich nicht wehrt.»

Er warf den Kopf in den Nacken und brach in lautes Gelächter aus. «Ich soll das hoffentlich nicht als Andeutung verstehen, daß du mich als passendes Studienobjekt betrachtest? Ich würde, ehrlich gestanden, die Lehrmeisterin dem Lehrling vorziehen. Amateurhaftes Gestümpere im Bett mit einem halben Kind ist nicht nach meinem Geschmack.»

«Ich bin kein Kind mehr», schnaubte Daphne.

Er nahm seine Wanderung wieder auf.

«Also – deine Zukunft. Du hast an zwei weitere Möglichkeiten nicht gedacht.»

«Welche?»

«Du könntest heiraten. Du bist alt genug dazu.»

«Wer würde mich nehmen – eine dahergelaufene Fremde ohne Familie, ohne Mitgift?»

«Ich bin überzeugt, daß die jungen Männer Schlange stehen würden, wenn bekannt wird, daß du zwölf – es waren doch zwölf? – verschiedene Arten kennst, sie zu befriedigen. Außerdem könnte die Frage der Mitgift gelöst werden. Ich glaube, ich würde nicht arm werden, wenn ich dir eine angemessene Summe aussetze. Aber wenn dir der Gedanke an eine Ehe zuwider ist, könntest du auch einen kleinen Laden aufmachen. Schließlich hast du auch rechnen gelernt. Statt einer Mitgift kannst du auch dafür ein Startkapital bekommen.»

«Ich wüßte nicht, warum du verpflichtet sein solltest, für mich Geld auszugeben.»

«Wie mein Freund Titus zu sagen pflegt – ein Tag, an dem ich keinen Menschen glücklich gemacht habe, ist ein verlorener Tag.»

«Ich will dein Geld nicht. Ich hasse es, dankbar sein zu müssen», sagte sie heftig.

«Dann sei undankbar», schlug er vor, «du bist ganz frei in deinen Gefühlen. Das ist ja gerade der Reiz des Experiments.»

Daphne sprang auf.

«Ein Experiment? Deshalb hast du dich um mich gekümmert? Deshalb dieser Unterricht, der mich halb zur Amazone und

halb zur Hure macht? Mein Leben ist nur ein Spiel, mit dem du dich amüsierst? Eine Laune, die der Herr sich gönnen kann bei seinem Vermögen! Andere Leute halten sich einen Hund und bringen ihm Kunststückchen bei. Du läßt einen Menschen dressieren! Bravo!»
Mit geballten Fäusten und funkelnden Augen stand sie vor ihm. Ihre Brust hob und senkte sich rasch unter ihren erregten Atemzügen.
Er betrachtete sie nachdenklich.
«Du hast recht und unrecht zugleich. Setz dich wieder! Ich will es dir erklären.»
Sie zögerte. Erst nachdem er sich einen Stuhl herangezogen und sich gesetzt hatte, nahm sie wieder Platz. Sie verschränkte die Hände fest im Schoß und kämpfte um Beherrschung.
«Du hast wohl eine seltsame Erziehung bekommen», sagte er, «fast wie eine Spartanerin aus alter Zeit, teils wie ein Junge, teils wie ein Mädchen. Als ich dich auf der ‹Rhodope› traf, erschienst du mir ungewöhnlich, halb jungen- und halb mädchenhaft, wild und unzivilisiert. Ich wollte, daß du alle Möglichkeiten, die in dir stecken, ausbilden kannst, damit du am Ende selbst entscheiden kannst, was aus dir werden soll. Du bist kein Spielzeug. Du bist frei. Da aber, wenn man in Freiheit leben will, eine gewisse finanzielle Sicherheit Voraussetzung ist, biete ich dir etwas Geld an. Aber du bleibst frei.»
«Honigsüße Worte», höhnte sie, «du gibst mir nichts, was ich nicht schon habe. Natürlich bin ich frei. Ich bin die freigeborene Tochter eines römischen Bürgers, und ich tue, was ich will.»
«Dann sind wir uns darüber also einig», sagte er mit aufreizender Gelassenheit, «womit wir wieder bei der Ausgangsfrage angelangt sind: wie stellst du dir deine Zukunft vor?»
«Jedenfalls ohne dein Geld», flammte sie auf, «ich würde nicht einmal ein As von dir annehmen.»
«Dann mußt du dir eine Stellung suchen, in der du Lohn be-

kommst. Du solltest mit Caenis sprechen. Soviel ich weiß, will sie dir ein Angebot machen.»
Sein Gleichmut brachte Daphne in Rage.
«Ich werde dir jede Sesterze zurückzahlen, die du bis jetzt für mich ausgegeben hast! Und wenn ich noch in der Unterwelt dafür arbeiten müßte!»
Er stand auf.
«Immer noch eine Katze, wie? Eine, die zwar nicht mehr kratzt, aber immer noch faucht.»
Er lächelte mit spöttischer Nachsicht auf sie herunter und ging.
Daphne blieb mit dem erbitternden Gefühl zurück, um die Gelegenheit zu einer vernichtenden Antwort betrogen worden zu sein.

JOSEPHUS STAND EINGEKEILT in der Menge. Er hatte sich bis in die Mitte vorgekämpft und fühlte sich wie damals, als er im Meer trieb, als könne er auch hier ertrinken in den Wogen hochgehender Gefühle. Schon jetzt war die Menge erregt. Sie dünstete Schweiß, Furcht und Wut aus. Wie viele der Männer, die gekommen waren, um Agrippas Rede zu hören, waren noch der Vernunft zugänglich?
Seit es den Fanatikern gelungen war, die römischen Soldaten zum Abzug aus der Burg Antonia zu nötigen, waren die jungen Männer siegestrunken. Und seit die römischen Soldaten entgegen dem Versprechen des freien Abzugs umgebracht worden waren, waren die alten Männer starr vor Furcht.
Die Römer würden kommen. Dessen waren sich alle sicher. Die Legionen, die in Syrien standen, würden in Marsch gesetzt werden. Konnte Jerusalem sie zurückschlagen? Würde ein neuer Judas Makkabäus kommen? Würde der Messias kommen?

War nicht das Ende der römischen Soldaten von der Burg Antonia schon ein Wink des Herrn, der den Seinen gegen die Römer beistehen würde, wie er es gegen die Amalekiter, gegen die Philister, gegen die Edomiter getan hatte?

Oder würden die Römer, das Land verheerend, bis unter die Mauern der Stadt ziehen und ihr in einer Belagerung, in einem Sturm das Leben nehmen und sie zerstören, wie sie Karthago und Korinth zerstört hatten? War jetzt nicht noch Zeit, sich zu unterwerfen und die Buße zu zahlen, die Rom für angemessen halten würde – jede Buße, die geringer war als die Vernichtung allen Lebens und die Zerstörung des Tempels?

Die Menge, eingepfercht zwischen Makkabäerpalast und der Stadtmauer, immer noch aufgefüllt durch Hunderte, die aus den Nebenstraßen auf den Platz drängten, wogte hin und her wie die See bei Sturm. Reden, Rufe, Schreien, an einigen Stellen das Aufflackern von Liedern, verband sich zu einem Brausen wie bei einem tausendfachen Hummelflug.

Dann erschienen auf dem Vordach des Palastes fünf Offiziere von Agrippas Leibwache. Die Menge wurde stiller. Man heftete die Augen in die Höhe und wartete. In Begleitung von zwei alten Herren, gewesene Hohepriester beide und für ihre Kooperationsbereitschaft mit der Besatzungsmacht bekannt, schritt langsamen Schrittes die Königin Berenike aus dem Palast. Das Volk, das sich noch gut erinnerte, wie sie barfuß, mit aufgelösten Haaren, im schwarzen Kleid sich vor dem römischen Prokurator gedemütigt hatte, begann einen Sprechchor, in dem sie gepriesen wurde.

Die Königin, diesmal in einem weißen Gewand, einen Schleier über den Haaren, schmucklos und, soweit Josephus sehen konnte, ungeschminkt, trat an die Balustrade und hob die Hände mit den Handflächen nach außen und verneigte sich vor dem jubelnden Volk, dann trat sie zurück und machte Platz für ihren Bruder.

Sehr geschickt arrangiert, dachte Josephus anerkennend, von dem Jubel, der Berenike gegolten hatte, fiel jetzt auch etwas auf den König. Marcus Julius Agrippa, Herrscher von Roms Gnaden über Galiläa, die Gaulanitis, Batanäa, die Trachonitis, Peräa, aber nicht über Judäa, Hüter der Tempelgewänder, Urenkel des großen Herodes, der des Augustus' Freund gewesen war, Sohn des Mannes, der geholfen hatte, Claudius zum Kaiser zu machen, Römer aus politischen Rücksichten, Grieche nach Bildung, Jude der Herkunft nach, ein eleganter, müder und zynischer Weltbürger, trat vor das Volk, über das er nicht herrschte, und begann seine Rede.

Er hob die Hand, eine schöngeformte, langfingrige weiße Hand, geschmückt mit einem einzigen Ring, einem großen Smaragd, in dem sich die Sonne grünglitzernd brach. Er wartete, bis die Menge zur Ruhe gekommen war, und hob dann an. Seine Stimme war tief und trug mühelos weit über die Köpfe unter ihm bis zur Stadtmauer.

«Bürger Jerusalems, Volk von Judäa! Ich stehe nicht als euer König hier, denn ich bin es nicht, sondern als euer Freund. Was immer ihr beschließt, wie immer ihr handelt – es ist nicht zu meinem Vorteil und nicht zu meinem Nachteil. Uneigennützig ist mein Rat. Ich gebe ihn nicht unerbeten, denn viele haben an mich das Gesuch gerichtet eingedenk der tiefen Verbindung zwischen euch und mir, der ich ein Nachfahre der Hasmonäer bin, der ich meinen Stammbaum zurückführen kann bis auf Judas Makkabäus.»

Der Name des Mannes, der vor mehr als zweihundert Jahren das Joch der syrischen Fremdherrschaft abgeworfen und einen neuen eigenen Staat der Juden begründet hatte, löste Jubel aus. Agrippa wartete ihn ab und fuhr dann fort:

«Längst ist der Ruf nach einem neuen Judas Makkabäus aufgetaucht. Angesichts der Ereignisse der letzten Wochen scheint es vielen an der Zeit, die römische Herrschaft zu beseitigen und einen unabhängigen Staat einzurichten. Unabhängig von den Römern! Männer, wie könnte das sein? In dieser Welt, in der niemand von den Römern unabhängig ist! Wohin immer ihr den Blick richtet, ist die Welt römisch. Ob in Britannien, ob in den germanischen Wäldern, an der Donau, in Griechenland, in Thrakien, Asien, Kappadokien, Syrien, Ägypten, Afrika und Numidien, in Spanien und Gallien – überall herrschen die Römer. Die Erde erdröhnt unter dem Marschtritt der Legionäre. Der römische Adler ist das Feldzeichen von Sonnenaufgang bis Sonnenuntergang. Gegen diese Macht wollt ihr kämpfen? Gegen diese Macht wollt ihr siegen?»

Josephus spürte, wie die zwingende Gewalt der Stimme und der Worte sich über die Menge zu legen begann. Agrippa fuhr nach einer kurzen Pause fort:

«Ihr habt euch als tapfer erwiesen, als ihr Jerusalem von der römischen Besatzung befreit habt. Ihr mögt die Legion, die der Legat von Syrien heranführt, vernichten. Aber eine Besatzung, eine Legion – das ist nicht Rom. Könnt ihr auch die nächsten zwanzig Legionen vernichten, die gegen Judäa anbranden werden? Ihr allein gegen die Beherrscher der Welt? Aber vielleicht wollt ihr Bundesgenossen finden. Dann schaut euch um! Schaut nach Cäsarea, nach Alexandria, nach Damaskus! Wohin ihr schaut – Feindschaft und Kampf gegen die Juden, nicht gegen die Römer! Euch steht niemand bei in diesem Krieg. Ihr steht allein gegen die größte Militärmacht, die die Welt je gesehen hat. Wer gehorcht nicht den Römern? Athen, das den Persern widerstanden hat, Makedonien, das die Welt bis an den Indus beherrscht hat – sogar sie beugen ihr Haupt unter dem römischen Joch, und sie beugen es gern. Denn was heißt das – römisches Reich? Es heißt nicht nur Unterdrückung, Ausbeutung, es heißt auch: Frieden und Sicherheit. Ihr könnt das Meer in allen Richtungen befahren, und kein Seeräuber wird euch überfallen. Ihr könnt Handel treiben von Syrien bis Britannien auf sicheren

Straßen, kein Plünderer wird sich an euch wagen. Niemand von euch muß in den Krieg ziehen, keine Stadt geht in Flammen auf, Frauen und Kinder leben sorglos unter dem Schutz der römischen Waffen. Das alles haltet ihr gering? Das alles wollt ihr eintauschen gegen den Krieg? Gegen einen erbarmungslosen Krieg, den Rom führen wird, bis der letzte Mann gefallen, das letzte Haus in Flammen aufgegangen, die letzten Frauen und Kinder in die Sklaverei verkauft sind! Über das Aschenfeld, das einmal Jerusalem gewesen ist, wird die Pflugschar hinweggehen, und Salz wird in die Furchen ausgesät werden.»
Ein Stöhnen ging durch die Menge. Er hat es geschafft, dachte Josephus, diese Stadt wird aus dem kurzen Rausch aufwachen und sich der Wirklichkeit stellen. Es gibt kein Argument gegen Agrippa. Er weiß es, wir wissen es alle. Er hat recht.
«Noch habt ihr eine Chance, alles zum Guten zu wenden. Werft euch nieder vor Roms Macht und bittet um Gnade. Rom wird sie euch gewähren. Ihr müßt einen Preis dafür bezahlen, aber er wird nicht so hoch sein wie der, den ihr bezahlen müßt, wenn ihr den Krieg fortsetzt. Rettet euch, rettet Jerusalem, rettet den Tempel!»
Er schwieg.
Josephus hörte, wie hier und da aus der Menge ein Schluchzen ertönte, aber die meisten Menschen blieben nach Agrippas Rede still. Es schien, als seien sie sich jetzt erst über die Konsequenzen ihres Tuns klargeworden und als erfülle sie ein Entsetzen jenseits aller Worte. Dann stieg plötzlich irgendwo aus der Mitte der helle Schrei einer jungen Männerstimme auf:
«Römerknecht!»
Ein anderer von weiter weg schrie:
«Wieviel zahlt Rom dir dafür?»
Agrippa hob wieder die Hand, Schweigen gebietend, aber das Schweigen stellte sich nicht ein. Von verschiedenen Seiten griff das Geschrei weiter um sich. Die Kriegspartei hat ihre Anhän-

ger geschickt verteilt, dachte Josephus. Es erweckte den Anschein, als ob der ganze Platz erfüllt sei von Menschen, die Agrippa niederschrien. Die Friedenspartei, die erschüttert und eher furchtsam war, entfachte keine Gegenkundgebung. Das reizte die Kriegstreiber zu immer lauteren Rufen. Berenike trat nach vorn an die Seite ihres Bruders, aber sie konnte nichts mehr bewirken. Sie streckte die Hand wie hilfesuchend aus. Agrippa ergriff sie. So standen die königlichen Geschwister auf dem Vordach des Palastes und blickten auf die Menge, aus der immer mehr Stimmen immer rasender den Krieg und damit den Untergang verlangten. Josephus sah, daß Berenike weinte.
Dann wurde der erste Stein geschleudert. Er fiel vor Agrippas Füße. Sogleich traten die Offiziere seiner Leibwache vor, drängten ihn und Berenike zurück, während weitere Steine geschleudert wurden, dichter jetzt, als habe die Menge beschlossen, den Friedensprediger zu steinigen. Wenige Sekunden später war das Vordach verlassen, die Menge begann sich zu zerstreuen. Josephus hatte Mühe, nicht von dem Strom mitgerissen und in eine Seitengasse gespült zu werden. Bis er sich zum Portal des Palastes durchgekämpft hatte, war sein Mantel zerrissen. Die Wachen wollten ihn zuerst nicht einlassen.
Erst ein Diener, der zu Berenike geschickt wurde, brachte die Bestätigung, daß Josephus erwartet wurde.
Die Königin empfing ihn in einem Saal, in dem Mitglieder des Synhedrions, Offiziere und Ratgeber des Königs sich um Agrippa geschart hatten. Als Josephus eintrat, löste Berenike sich aus der Gruppe und führte ihn in eine Nische, in der sie ungestört sprechen konnten.
Josephus fühlte sich an die Begegnung mit Poppäa erinnert. In Rom hatte er vor einer Kaiserin gestanden, die, ihren Einfluß auf Nero nutzend, die mächtigste Frau gewesen war, hier stand er vor einer Königin, die keinerlei Macht besaß, die den Titel nur trug, weil sie in zweiter Ehe mit ihrem Onkel, dem König

von Chalkis, verheiratet gewesen war. Und dennoch erschien sie ihm weit königlicher als Poppäa. Die beiden Frauen standen sich im Alter nahe. Doch während Poppäa sich eine mädchenhafte Lieblichkeit bewahrt hatte, sah man Berenike an, daß sie mehr als dreißig Jahre alt war. Eine breite weiße Strähne lief durch ihr schwarzes Haar, das zu einem dicken Knoten geschlungen war, dessen Gewicht ihren Kopf in den Nacken zog. Sie war mittelgroß, schlank und langgliedrig wie ihr Bruder, ihr Gesicht sah müde und abgespannt aus. Es war nicht so sehr ein schönes, als vielmehr ein kühnes, fast männliches Gesicht. Die dichten, ungezupften Brauen waren zusammengezogen, über der Nasenwurzel stand eine steile Falte, ihre Nase war scharf gebogen, glich einem Adlerschnabel. Ihr voller Mund wurde von zwei tiefen Furchen gesäumt. Josephus wunderte sich, wie man diese alternde Frau als schön rühmen konnte. Dann blickte er in ihre Augen und begriff. Berenikes Augen waren mandelförmig, von langen, dichten Wimpern gesäumt und von einer Schwärze, wie er sie noch nie an einem Menschen gesehen hatte. Sie erinnerten ihn an die dunklen Nächte in der Wüste, wenn der sternenfunkelnde Himmel sich über ihm ausgebreitet hatte, unendlich weit und unendlich fern.
Berenike sprach. Ihre Stimme war rauh und etwas heiser.
«Willkommen, Vetter Josephus. Tiberius Alexander schrieb mir. Dir verdanken wir diesen Aufruhr?» Sie wies mit dem Kopf unmerklich in Richtung der Fenster.
Josephus fühlte sich verletzt.
«An nichts dergleichen habe ich gedacht, als ich nach Rom gefahren bin. Es ging mir nur darum, daß Gerechtigkeit geübt wird. Wie sollte ich ahnen können, was daraus erwachsen würde? Im übrigen ist es wohl nicht hauptsächlich mein Fehler gewesen. Wenn Gessius Florus nicht ein Schreckensregiment führen würde, so dächte niemand hier an einen Aufstand. Die Römer sind selbst schuld daran.»

«Dann stehst du also auf seiten der Aufständischen?»
«Mit meinem Herzen – ja», sagte er spontan.
Berenike wartete einen Moment. Als er nicht fortfuhr, lächelte sie.
«Welcher deiner Körperteile spricht dagegen?»
Unwillkürlich erwiderte er das Lächeln.
«Mein Kopf», räumte er widerwillig ein, «dein Bruder hat in allem recht. Dieser Krieg ist nicht zu gewinnen. Er kann nur mit der Zerstörung Jerusalems enden. Anfangserfolge bedeuten nichts. Rom hat einen langen Atem.»
«Im Widerstreit also zwischen Kopf und Herz, Josephus – für wen wirst du dich entscheiden?»
«Muß ich mich entscheiden?»
«Natürlich. In dieser Situation gibt es keinen Platz für die Lauen, die Abwartenden, die Unschlüssigen. Es gibt nur zwei Parteien und keinen Mittelweg mehr. Nicht, nachdem die Steine gegen Agrippa geschleudert worden sind und niemand den Steinewerfern in die Arme gefallen ist. Jerusalem will den Krieg. Und du? Wo finden wir dich in diesem Krieg? Auf der Seite deines Verstandes oder deines Herzens?»
«Ich will abseits stehen, dort, wo ich nicht schuldig werde.»
Sie kräuselte verächtlich die Lippen.
«Glaubst du wirklich, daß das möglich ist? Schließe dich den Römern an, wie Agrippa und ich es tun, und die Fanatiker werden dich einen Verräter an deinem Volk nennen. Schließe dich den Aufständischen an und gehe mit dem Volk und dem Tempel zugrunde. Verkrieche dich in einer dunklen Höhle, bedecke dein Gesicht mit deinem Mantel und warte ab, bis der Schlachtenlärm verstummt ist. Dann lebe mit deinem Gewissen, das dich als Feigling brandmarken wird.»
Josephus schwieg.
«Vielleicht braucht ein Volk Heroen», fuhr sie mit ihrer heiseren, verschleierten Stimme fort, «aber ich denke, dieses Volk hat

genug Helden erlebt. Wir haben David, wir haben Judas Makkabäus, jetzt brauchen wir Männer von Verstand und Vernunft, die retten, was noch zu retten ist. Das ist eine undankbare Aufgabe, die bei der Nachwelt wenig Ruhm einträgt, und gefährlich ist sie außerdem. Wer mit großer Geste eine Welt in Scherben schlägt, findet Beifall. Wer sich mühevoll an das Werk macht, die Scherben zu kitten, wird nur kritisiert. Tiberius Alexander hat mir geschrieben, du hieltest dich für einen Mann der Vernunft. Wirst du jetzt auf Agrippas und meiner Seite stehen?»

«Du meinst, ich soll in Jerusalem bleiben und mich für die Sache der Römer einsetzen?»

Berenike nickte.

«Genau das meine ich. Mein Bruder und ich werden nach den heutigen Ereignissen Jerusalem verlassen müssen. Es gibt aber mehr Menschen hier, die den Wahnsinn des Krieges gegen die Römer nicht mitmachen, die sich für den Frieden einsetzen wollen. Ich wünschte, du gehörtest dazu.»

Sie sah ihn mit ihren dunklen, fernen, kühlen Augen an, und Josephus fand diesen Blick noch zwingender als ihre Worte.

Er verneigte sich zustimmend.

«DIR GEFALLEN ALSO die Zukunftspläne nicht, die Flaccus für dich entworfen hat», sagte Caenis.

Erst am Vorabend ihrer Abreise hatte sie Daphne zu einem Gespräch in ihr Zimmer gebeten. Schon hatten die Sklaven ihre Arbeit beendet. Die Tücher und Vorhänge und Kissen, mit denen Caenis den kargen Raum verschwenderisch ausstaffiert hatte, waren verschwunden, nur eine schwere Decke, aus einem Gemisch von Seide und Baumwolle in blau und grün gewebt, lag über dem Ruhebett, und auf einem Tisch standen noch ihre Flakons und Salbentöpfchen.

Caenis saß in einem Stuhl, den faltigen Schildkrötenhals vorgestreckt. Sie bot Daphne keinen Platz an.
«Ich habe dich beobachtet und deine Lehrer befragt. Du bist mutig und ausdauernd, hast eine schnelle Auffassungsgabe, ein gutes Gedächtnis und ein eigenständiges Urteil, das du gut zu begründen weißt. Flaccus hat dich von Anfang an richtig eingeschätzt. Für einen Mann seines Alters hat er ein erstaunlich sicheres Urteil. Natürlich hast du auch Schwächen. Bedauerlich dein mangelndes Interesse an erotischem Raffinement. Ich hätte nicht gedacht, daß ein Mädchen deiner Herkunft prüde ist. Vielleicht fehlt es dir einfach an Erfahrung, vielleicht mußt du nur noch älter werden. Auf diesen Teil deiner Entwicklung solltest du mehr Wert legen, wenn du es zu etwas bringen willst.»
Sie hob die Hand und winkte Daphne näher heran.
«Es gibt zwei Sorten von Menschen», sagte sie, «die einen erleiden die Geschichte, die anderen machen sie. Zu welchen willst du gehören?»
«Zu der zweiten», erwiderte Daphne, ohne zu zögern.
Caenis lächelte.
«Das ist ein gefährliches Leben», warnte sie, «es kann dich auf den Gipfel der Macht führen und vor den Scharfrichter.»
Daphne zuckte die Schultern.
«Das Leben ist immer gefährlich», sagte sie, «es gibt Krankheiten, Unfälle, Erdbeben, Kriege. Niemand wird mit der Garantie geboren, achtzig Jahre alt zu werden. Wenn ein hohes Ziel einen hohen Einsatz lohnt, bin ich bereit, den Preis dafür zu zahlen.»
Caenis betrachtete sie einen Moment lang forschend und sagte dann, als habe sie sich jetzt erst zu dem Entschluß durchgerungen:
«Gut. Ich nehme dich mit nach Griechenland.»

Aristobulos machte das Geschäft seines Lebens.
Wie ein Heuschreckenschwarm fielen Nero und sein tausendköpfiges Gefolge in Athen ein. Sie alle brauchten ein Quartier, und wer in Athen ein Haus oder wenigstens ein Zimmer zu vermieten hatte, konnte dafür einen Preis erzielen, den er sich in seinen kühnsten Träumen nie ausgemalt hätte.
Normalerweise vermietete Aristobulos drei Zimmer an ein älteres Ehepaar oder eine alleinstehende Person mit Bedienung, diesmal aber konnte er jedes Zimmer einzeln vermieten, und das zum vierfachen Preis. Das größte der Zimmer bezog eine alte Dame mit ihrer jungen Verwandten und zwei Sklavinnen, das zweite und dritte ging an Männer, an einen ehemaligen General, der ständig schlechter Laune war und über die hohen Preise murrte, und an einen jungen, der kein Wort darüber verlor und nur selten auftauchte. Das war bedauerlich, denn Aristobulos verdiente nicht nur an der Zimmervermietung, sondern auch an den Mahlzeiten, die er seinen Gästen servierte. Er kaufte sehr günstig auf dem Markt ein, weil er stets das nahm, was am Ende des Tages übrigblieb, das welkende Gemüse, den Fisch, der zu riechen begann. Allerdings bekam er dadurch erheblichen Ärger. Das junge Ding, das mit der alten Dame logierte, kam in die Küche gefegt, kippte den Inhalt einer Schüssel vor seine Füße, warf die Schüssel hinterher, daß sie auf dem Fußboden zerbarst, stemmte die Hände in die Hüften, funkelte ihn mit ihren sonderbar hellen Augen an und überschüttete ihn mit einem solchen Schwall griechischer Schimpfwörter, daß man sie nicht für eine wohlerzogene Römerin, sondern für ein Fischweib aus Piräus hätte halten können. Das beeindruckte ihn mehr als ihre Beschwerde, und von da an sorgte er dafür, daß sie und die alte Dame stets frische Produkte, sorgfältig zubereitet, erhielten. Zum doppelten Preis natürlich.
Caenis, die es sich in dem einen Zimmer so bequem wie möglich gemacht hatte, war halbe Tage außer Haus, ließ Daphne

aber zurück. Sie wirkte müde und älter, als Daphne sie je gesehen hatte. Abends saßen sie und Vespasian zusammen und besprachen die Lage. Zu Daphnes Erstaunen ging es nie um das, was in Athen geschah. Wo Nero auftrat, wie die Zuschauer auf seine Rezitationen und Gesänge reagierten, interessierte Vespasian und Caenis nicht. Sie sammelten Informationen ganz anderer Art.
«Cestius Gallus steht vor Jerusalem», sagte Caenis, «er hat 33 000 Mann. Es ist September. Das Wetter ist gut. Er wird nicht einmal einen Monat brauchen, und die Stadt ist gefallen.»
Vespasian setzte den Becher ab und blickte sie über den Rand hinweg an.
«Sagt man das in der Umgebung des Kaisers?»
«Sie rechnen damit, in zwei Wochen die Siegesmeldung zu bekommen.»
Er schüttelte den Kopf.
«Sie sind zu optimistisch», sagte er, «ich kenne Gallus. Ich kenne die syrischen Legionen. Ich kenne die Befestigungen von Jerusalem.»
«Morgen hast du eine Einladung beim Kaiser», sagte Caenis, unvermittelt das Thema wechselnd, «es war schwer, sie zu bekommen. Eine Veranstaltung im kleinen Kreis. Nero trägt seine Ode auf den Brand Trojas vor.»
Vespasian stöhnte auf.
«Konntest du mir das nicht ersparen? Wie viele Verse?»
«Mindestens zweitausend.»
«Das überstehe ich nicht.»
«Mach die Augen zu, als ob du dich ganz dem Genuß seiner Stimme hingeben wolltest, und klatsche, wenn alle klatschen», sagte Caenis, «dann kann nichts schiefgehen. Will er deine Meinung hören, dann mußt du Worte wie ‹unvergleichlich›, ‹außergewöhnlich›, ‹davon redet man noch in tausend Jahren› parat

haben. Übrigens sind das nicht einmal Lügen. Daß ein römischer Kaiser als Komödiant und Verseschmied auftritt, sich mit Wagenlenkern und Musikern gemein macht, ist in der Tat außergewöhnlich. So etwas wird es in tausend Jahren nicht wieder geben.»

«Es ist eine Schande», sagte Vespasian grollend, «dieser Mann macht Rom in der ganzen Welt lächerlich. Kein Wunder, daß die Juden einen Aufstand wagen. Wenn das so weitergeht, wird es nicht der einzige Aufstand bleiben.»

Daphne war dem Gespräch mit Interesse gefolgt. Als von dem jüdischen Aufstand die Rede war, fragte sie sich, ob Josephus in seine Heimat zurückgekehrt war und ob er am Kampf gegen die Römer teilnehmen würde. Was würde sie an seiner Stelle tun? Wahrscheinlich fühlte er sich seinem Volk verpflichtet. Das war etwas, was Daphne nicht nachvollziehen konnte. Sie gehörte nirgendwo dazu. Ihr Vater war ein Grieche der Sprache und der Philosophie nach gewesen, römischer Bürger dem Recht nach. Über seinen Geburtsort wußte sie nichts. Ihre Mutter, die sich von ihm getrennt und ihm das Kind als Andenken an eine kurze, aber leidenschaftliche Beziehung zurückgelassen hatte, war aus Syrien gebürtig. War sie nun Griechin? War sie Syrerin? Ihr ganzes Leben hatte sie auf Reisen verbracht, sie kannte Asien so gut wie Afrika und Ägypten. Sie fühlte sich nicht als Römerin, aber auch nicht als Griechin. Sie war heimatlos, und die Kriege, die Rom führte, gingen sie nichts an. Der Ruhm oder die Schande eines Kaisers betrafen sie nicht. Wenn sie kämpfen würde, dann nicht für die Freiheit eines Volkes, sondern nur für sich selbst.

«Nachrichten von Marcus?» fragte Vespasian.

Daphne kehrte von ihrer Gedankenreise zurück und hörte wieder zu.

«Er ist in Lugdunum gewesen bei Vindex», sagte Caenis, «und jetzt auf dem Weg nach Spanien.»

«Galba ist alt, schon über siebzig», murmelte Vespasian.
«Er hat Autorität. Er wird überall respektiert. Er hat keine Söhne.»
Daphne erinnerte sich, daß von Galba auch schon bei dem Gespräch in Nursia, das sie belauscht hatte, die Rede gewesen war.
«Marcus in Spanien, Titus in Ägypten, du in Griechenland», sagte Caenis, «es könnte nicht besser sein. Alles hängt von dem morgigen Abend ab. Du mußt dem Kaiser auffallen.»
Caenis sorgte selbst am nächsten Abend dafür, daß Vespasian einen stattlichen Eindruck machte. Seine Toga war neu, sorgfältig in Falten gelegt, verziert mit dem breiten Purpurstreifen, der daran erinnerte, daß er als Sieger über die Britannier mit den *ornamenta triumphalis* geehrt worden war, wie es einem siegreichen Feldherrn zustand.
Daphne wunderte sich, wie sehr die feierliche Tracht Vespasian veränderte. War er ihr bisher wie ein mürrischer alter Bauer erschienen, so war jetzt etwas von der Majestät und Würde Roms um ihn, und sie dachte, so könnten die Helden der Republik ausgesehen haben, die vom Pflug weggeholt wurden, um das Vaterland zu retten und nach der Schlacht wieder an den Pflug zurückkehrten. Welch ein Unterschied zwischen diesem stämmigen, stiernackigen Mann mit den breiten Händen und den kurzgeschnittenen Fingernägeln und den Männern, die den Kaiser umgaben, die jungen, parfümierten Söhne der Senatoren, die sich die Lippen schminkten, die Nägel bemalten und die gesalbten Locken mit Blumen bekränzten. Sie fragte sich, was Rom sein würde, wenn es von Männern wie Vespasian regiert werden würde. Was für ein absurder Gedanke! Niemand konnte weiter vom Kaisertum entfernt sein als dieser sabinische Bauer, der eilte, sich Nero in Erinnerung zu rufen. Es ist nicht Vespasian, der das will, dachte Daphne, es ist Caenis. Vespasian wäre sehr zufrieden, wenn er weiter seine Maultiere züchten und sein Geld zählen könnte.

Caenis war, nachdem Vespasian sie verlassen hatte, so unruhig, wie Daphne sie noch nie gesehen hatte. Sie konnte nicht stillsitzen. Sie ging im Raum umher, blieb stehen, arrangierte die Blumen in einer Vase neu, ging wieder umher, warf sich auf das Sofa, sprang auf, befahl Daphne, etwas vorzulesen, hörte nicht zu, sondern spielte nur mit den Fransen ihres Schals, sprang wieder auf, hieß Daphne schweigen, ließ sich Wein und kandierte Feigen bringen, aß nichts, trank hastig und schritt wieder nervös auf und ab. Ihre Armreifen klirrten beständig. Nach vier Stunden kehrte Vespasian zurück. Schon als sein Schritt erklang, noch ehe sie einen Blick auf ihn geworfen hatte, wußte Daphne, daß etwas entsetzlich schiefgegangen sein mußte. Vespasian schlurfte wie ein alter müder Mann, den die Last seiner Jahre zu Boden drückte. Caenis blieb abrupt stehen, die Hände vor die Brust gepreßt, den Schildkrötenhals vorgestreckt. Vespasian kam in das Zimmer, er war aschfahl. Er wankte zu dem Sofa, das Caenis gerade verlassen hatte, ließ sich darauf niedersinken und verbarg sein Gesicht in den Händen. Die Stille dehnte sich. Caenis stand starr, die Augen auf Vespasian geheftet, und sagte kein Wort. Endlich blickte er auf. Seine Stimme war so erloschen wie sein Gesicht.

«Es ist alles aus, Caenis. Es ist vorbei. In den nächsten Stunden kommt der Centurio und teilt mir mein Urteil mit. Ich will darauf nicht warten. Ich werde jetzt Schluß machen. Ich war immer ein Soldat und habe dem Tod ins Auge geblickt.»

Caenis rührte sich nicht. Ihr Schweigen war eine nachdrückliche Aufforderung weiterzusprechen.

«Es war ein kleiner erlesener Kreis», sagte Vespasian, «nur persönliche Freunde des Kaisers. Es war eine große Ehre, eingeladen zu sein. Fünfzehn Stühle, im Halbkreis aufgestellt. Der Kaiser vorn. Er konnte jedem jederzeit ins Gesicht sehen. Er deklamierte wie ein Schmierenkomödiant. Ich habe alles so gemacht, wie du es gesagt hast. Ich habe geklatscht, wenn die anderen geklatscht haben, ich habe geseufzt und gejubelt, und als ich das alles nicht mehr ertragen habe, habe ich aus lauter Ehrfurcht die Augen geschlossen.»

«Und?» fragte Daphne, als er eine Pause machte.

«Es war die falsche Stelle», sagte Vespasian, «es ging irgendwie mit einem Rosengarten und der Nacht und dem Mond und den Wellen und wurde ganz leise und gleichförmig, und ich hatte die Augen geschlossen und bin eingeschlafen.»

Daphne lachte.

Vespasian beachtete sie nicht. Er ließ den Kopf sinken und musterte den Steinfußboden, als gäbe es da eine interessante Entdeckung zu machen.

«Es ist nicht sehr komisch», sagte Caenis, «wenn Vespasian schläft, dann schnarcht er. Er schnarcht so laut, als ob er einen Baum umsägen wollte. Es ist wohl nicht möglich, daß der Kaiser dein Schnarchen überhören konnte?»

«Bei 15 Zuhörern?»

«Was hat er gesagt?»

«Nicht viel. Er hat seinen Vortrag unterbrochen und Pomponius gebeten, mich nach Hause zu begleiten und dafür zu sorgen, daß ich ins Bett komme. Ich bedürfe offensichtlich eines langen Schlafes. Was das zu bedeuten hat, ist wohl klar. Ich kann mir ebensogut jetzt die Adern öffnen wie auf den Centurio mit dem Befehl dazu warten.»

Caenis überlegte einen Moment, dann schüttelte sie den Kopf. «Ich will nicht behaupten, daß es noch eine Rettung gibt. Vielleicht gibt es keine. Aber man soll nichts unversucht lassen. Ich gehe sofort zu Epaphroditus. Er schuldet mir noch etwas.»

«Es ist mitten in der Nacht. Du kannst jetzt nicht auf die Straße gehen.»

«Ich nehme Daphne mit.»

«Ein junges Mädchen ist kein Schutz vor Betrunkenen und Gesindel.»

Caenis beachtete ihn nicht mehr. Sie gab Daphne kurze Anweisungen, und zehn Minuten später standen sie auf der Straße, angetan mit schwarzen Kapuzenmänteln. Daphne trug einen Dolch und eine Fackel. Sie wußte, daß Vespasians Warnung angebracht war. Athen war eine Stadt, in der gewöhnlich nach Sonnenuntergang niemand mehr auf der Straße war. Leute, die zu Gastmählern geladen wurden, kamen noch im Hellen und gingen, wenn der Morgen graute. Jetzt, da der Hofstaat des Kaisers hier logierte, war es mit der nächtlichen Stille vorbei. Kleine Gruppen von Betrunkenen zogen pöbelnd und randalierend umher, und es war besser, ihnen nicht in den Weg zu treten. Die Wachsoldaten, eingesetzt, um den Frieden in den Straßen zu sichern, waren zahlenmäßig unterlegen und auch nicht gesonnen, einen Menschen bei Nacht hart anzupacken, der sich bei Tag als Sohn oder Bruder einer hochgestellten einflußreichen Persönlichkeit entpuppen konnte. Daphne verwünschte Vespasians Geiz, der sie in das abgelegene Haus des Aristobulos getrieben hatte. Wenn Caenis in die Unterkunft des Kaisers wollte, dann mußten sie wenigstens eine halbe Stunde unterwegs sein.

Caenis schritt ihr voraus, einen Korb im Arm, von dem Daphne sich nicht vorstellen konnte, was er enthielt. Sie folgte ihr dicht auf den Fersen und hielt die Fackel hoch. Grotesk tanzten ihre Schatten auf dem Pflaster vor ihren Füßen im Schein der flakkernden Flamme. Ihre Schritte weckten einen Hund auf, der hinter einem Tor Wache hielt. Er schlug laut an und alarmierte mindestens ein Dutzend weiterer Hunde im Viertel, die erwachten und kläfften. Daphne fluchte laut. Vor lauter Gebrüll würde sie keine Fußtritte auf dem Pflaster hören können, die ihnen entgegenkamen. Sie wünschte, Caenis würde langsamer gehen, aber die alte Frau schritt rüstig aus. Natürlich. Sie hatten keine Zeit zu verschwenden, wenn sie Vespasian retten wollten. Vielleicht waren die Soldaten mit dem Todesurteil schon unterwegs.

Sie überquerten eine Seitenstraße. Die Hunde hatten sich wieder beruhigt.
Der Mond kam hinter einer Wolke hervor und beleuchtete eine Gruppe von Männern ohne Fackeln, die ihnen entgegenkam. Es waren mindestens vier – große, schwere Männer in dunklen Mänteln, ähnlich den ihren. Es waren keine Soldaten. Caenis verlangsamte ihr Tempo nicht. Sie ging geradewegs auf die Männer zu. Daphne tastete nach dem Dolch in ihrem Gürtel. Es würde aussichtslos sein. Gegen vier Männer würde sie sich niemals behaupten können. Den ersten mochte sie allein durch die Überraschung erledigen können, aber die anderen nicht. Sie kamen näher. Daphne sah, daß die Männer sie entdeckt hatten. Sie traten nebeneinander in eine Reihe und sperrten die Straße. Sie würden nicht an ihnen vorbeikommen. Wenn es sich nur um Beutelschneider handelte, konnten sie von Glück sagen. Ob Schreien helfen würde? Welcher verantwortungsbewußte Hausherr würde mitten in der Nacht seine Tür öffnen, um auf die Gasse zu stürzen, in ein Handgemenge Fremder, die ihn nichts angingen? Vielleicht, wenn die Stadtwache gerade in der Nähe war …
Einer, der in der Mitte stand, der Größte von ihnen, hatte die Daumen hinter den Gürtel seines Mantels gehakt und wiegte sich auf den Fersen.
«Zwei Frauen mitten in der Nacht?» Seine Stimme war fett und schmierig. Es lief Daphne kalt über den Rücken, als ihr klarwurde, daß er kein Beutelschneider war.
Caenis blieb stehen. Sie sprach ruhig und laut, mit natürlicher Autorität. «Bei Hera, der Göttermutter, gib mir den Weg frei. Ich bin in Eile.»
Er lachte, und seine Kumpane stimmten mit ein.
«Du vielleicht, wir nicht», sagte der Anführer, «wir haben viel Zeit für dich und das knusprige Täubchen hinter dir. Sehr viel Zeit.»

«Du ziehst den Zorn der Götter auf dich», erwiderte Caenis, «ich bin Hebamme und unterwegs zu einer Entbindung.»
Sie schlug den Deckel des Korbes zurück, den sie am Arm trug, und Daphne, über ihre Schultern spähend, erkannte darin Tücher, eine Zange und mehrere Instrumente, die sie nie zuvor gesehen hatte.
Caenis' Erklärung, weshalb sie nachts unterwegs war, klang plausibel und wurde durch den Inhalt des Korbes gestützt. Jetzt war nur die Frage, ob die Männer eine Wehmutter respektierten.
Der Anführer trat beiseite.
«Du kannst passieren», sagte er, «aber die Kleine bleibt hier.»
Es war Daphne klar, daß Caenis nur auf eine Weise reagieren konnte. Sie war unterwegs, um Vespasian zu retten. Was bedeutete ihr dagegen das Mädchen, das Flaccus zufällig aus dem Meer gefischt und bei ihr abgeladen hatte? Natürlich würde Caenis sie opfern.
«Ich brauche sie», sagte Caenis mit der gleichen lauten durchdringenden Stimme, mit der sie auch bisher gesprochen hatte, «sie ist meine Gehilfin. In meinem Alter sieht man nicht mehr so gut. Sie ist wie ich der Göttin geweiht. Du begehst einen Frevel, wenn du sie zurückhältst.»
Ein gutgemeinter Versuch, aber aussichtslos, davon war Daphne überzeugt. Der Anführer streckte die Hand aus und ergriff Caenis am Arm.
«Mütterchen, ich rate dir gut. Geh weiter und kümmere dich nicht mehr um das Mädchen. Oder ich verliere die Geduld mit euch beiden.»
Sobald er ihren Arm berührte, begann Caenis zu schreien. Sie kreischte in den höchsten Tönen. Die vier Männer und Daphne zuckten zusammen. Daphne war einen Moment überzeugt, daß Caenis verrückt geworden sei. Sie konnte doch nicht ernsthaft

glauben, jemand würde aus einem Haus herausstürzen und ihnen zu Hilfe kommen. Der Mann neben dem Anführer riß Caenis zu sich und preßte ihr die Hand vor den Mund.
Es war zu spät. Aus der Straße, die sie eben überquert hatten, dröhnten die eisenbeschlagenen Stiefel der Stadtwache. Caenis hatte mit ihrer lauten Rede und dann mit ihrem Kreischen die Wachen herbeigelockt. Die Männer hörten es genauso wie Daphne und Caenis. Sie brauchten keine halbe Minute, dann waren sie über eine Mauer geklettert und verschwunden. Die Soldaten, als sie um die Ecke bogen, fanden nur ein erregtes Mädchen und eine schimpfende alte Frau vor.
«Gut, daß ihr kommt», sagte Caenis, «dieses Mädchen ist zu nichts nütze. Sie hat Stein und Bein geschworen, den Weg genau zu kennen, und was ist jetzt? Seit einer halben Stunde laufen wir im Kreis. Dabei wissen die Götter, daß wir Eile haben. Jeden Moment kann es zu spät sein. Es ist die erste Geburt und das Kind liegt falsch, wie man mir gesagt hat. Warum haben die Götter mich mit einer Gehilfin gestraft, die nicht einmal weiß, wo es langgeht, von anderen Sachen, die sie nicht weiß, ganz abgesehen!»
Der Zenturio nutzte ihre erste Atempause, um sie zu unterbrechen. «Wohin wollt ihr denn?»
«Ich bin Hebamme und zu der Schwiegertochter von Sulpicius Messalla gerufen worden. Er ist ein Freund des Kaisers. Wir wollen in das Haus, in dem er wohnt. Es ist gleich neben dem Theater des Herodes. Aber dieses dumme Mädchen hat den Weg verloren.»
«Es ist nicht weit. Wir begleiten euch», sagte der Soldat.
Zu Daphnes Erleichterung gelangten sie so binnen einer Viertelstunde in Begleitung einer Schutzwache bis zum Theater des Herodes. Wer immer dort wohnen mochte, er war sicher weder Sulpicius Messalla – falls es einen Herrn solchen Namens überhaupt gab – noch eine sich in den Wehen windende Frau. Wie

wollte Caenis jetzt vorgehen? Der Anführer der Soldaten klopfte kräftig an das Tor. Es öffnete sich fast augenblicklich, als sei der Türsteher auch mitten in der Nacht auf seinem Posten. Er öffnete zunächst nur einen Spalt, als er aber Caenis' Gesicht, umtanzt vom Schein der Fackel, sah, machte er die Tür weit auf und ließ sie und Daphne eintreten. Offensichtlich kannte er sie. Die Soldaten der Stadtwache verabschiedeten sich, die Tür schloß sich, und der Türsteher nahm Daphne die Fackel ab, führte die beiden Frauen durch einen schmalen Gang über das Atrium in einen kleinen Empfangsraum. Erleichtert sank das Mädchen auf einen Stuhl. Caenis zog die Brauen hoch.

«Nerven? Ich hatte gedacht, du seiest nicht so leicht zu erschüttern.»

Daphne atmete tief durch.

«Du hast so etwas vorausgesehen? Deshalb der Korb mit der Hebammenausrüstung?»

«Man sollte auf alles vorbereitet sein.»

Eine Frau in mittleren Jahren, dunkelhaarig und schlank, trat ein. Wie der Türhüter schien auch sie noch nicht geschlafen zu haben, denn sie war tadellos frisiert und geschminkt.

«Caenis!» rief sie und umarmte die alte Frau, «ich würde gern sagen, daß es eine Freude ist, dich zu sehen. Aber vermutlich hast du diese Stunde nicht gewählt, um einen Freundschaftsbesuch zu machen.»

«Oh doch», sagte Caenis, «ich benötige nichts mehr als deine Freundschaft, Acte. Du hast gehört, was Vespasian zugestoßen ist?»

Daphne starrte die Frau mit aufgerissenen Augen an. Das war die berühmte Acte, die Freigelassene, Neros erste große Liebe, die er geheiratet hätte, wenn seine Mutter nicht so erbittert dagegen gekämpft hätte? Sie war verblüht, daran konnte auch die Schminke nichts beschönigen, aber sie mußte einmal sehr hübsch gewesen sein.

«Vespasian?» Acte strich sich flüchtig mit der Hand über die Stirn, als müsse sie andere Gedanken vertreiben. «Oh ja, natürlich. Ich war dabei. Schrecklich. Der arme Mann. Natürlich fürchtet ihr jetzt um sein Leben. Aber vielleicht hat er Glück. Vielleicht vergißt der Kaiser den Vorfall.»
Caenis hüstelte trocken.
«Vergessen? Du scherzt, Acte. Du solltest wissen, wie empfindlich ein Künstler in seiner Eitelkeit zu treffen ist. Das wird Nero nie verzeihen.»
«Ich sprach vom Vergessen, Caenis. Der Auftritt heute abend ist nicht mehr wichtig. Es geht für den Kaiser um viel mehr. Schlechte Nachrichten aus dem Osten sind eingetroffen. Aus Syrien oder aus Judäa. Ich habe es nicht so genau verstanden. Wir müssen fort. Die Griechenlandreise wird abgebrochen. Wir kehren nach Rom zurück. Gleich morgen wird es verkündet werden. In dem Durcheinander, das dabei entsteht, wird der Kaiser nicht mehr an Vespasian denken. Nur sollte er ihm vielleicht vorsichtshalber nie mehr unter die Augen kommen.»
Caenis setzte sich langsam und stellte den Korb auf den Boden.
«Welche schlechten Nachrichten, Acte?» fragte sie.
Die Frau hob die Schultern.
«Ich weiß es nicht. Ich war nur dabei, als Nero einen Boten schickte und Epaphroditus zu sich befahl. Sofort. Dazu den Befehl, auf der Stelle zu packen. Er ist vor einer Stunde zum Kaiser gegangen. Seitdem habe ich nichts mehr gehört.»
Epaphroditus? Auch der Name war Daphne geläufig. Er war ein Freigelassener wie Acte und gehörte zu der Gruppe von Männern um Nero, die die wirkliche Macht in Händen hielten. Nicht mehr die Senatoren in Rom, so vornehm oder so reich sie sein mochten, waren diejenigen, die die Geschicke Roms bestimmten, sondern die Männer am Kaiserhof, die Nero alle lästige Regierungsarbeit abnahmen, damit er ungestört seiner Be-

schäftigung als Künstler nachgehen konnte. Plötzlich begriff Daphne, daß Caenis mehr war als eine alte anspruchsvolle Frau, die einmal einer Fürstin gedient hatte, die schon lange tot war. Sie hatte Verbindungen direkt ins Zentrum der Macht.

«Willst du hier auf seine Rückkehr warten? Möchtest du etwas Wein?» fragte Acte.

Caenis schüttelte den Kopf.

«Ich muß zu Epaphroditus», sagte sie.

«Er ist beim Kaiser.»

«Das habe ich verstanden. Gib mir ein paar kräftige Männer mit, Acte. Ich muß gehen.»

Caenis stand auf. Trotz der vorgerückten Stunde schien sie nicht müde zu sein. Daphne wünschte, sie hätte das auch von sich sagen können. Die Aussicht, noch einmal durch die nächtlichen Straßen von Athen zu wandern, wenn auch beschützt, war nichts, was sie begeistern konnte. Am liebsten wäre sie auf dem Stuhl, auf dem sie saß, eingeschlafen.

«Du gehst zurück zu Vespasian», befahl Caenis, «sag ihm, er soll auf meine Rückkehr warten. Ich glaube, der Moment ist gekommen.»

«Welcher?»

«Er wird schon wissen, was ich meine.»

Nur Caenis wurde auf dem Weg zur Residenz des Kaisers von Actes Sklaven beschützt. Daphne mußte ihren Weg allein finden. Diesmal nahm sie keine Fackel mit, hielt sich eng an die Hausmauern und trat so leise auf, wie es nur ging. Sie hoffte, daß sie so jeder unerwünschten Aufmerksamkeit entgehen konnte. Klein und schmal, wie sie war, von Kopf bis Fuß in Schwarz, konnte sie sich sicher in irgendeinem Hausschatten verbergen und würde nicht beachtet werden.

Sie gelangte ohne Zwischenfall in das Haus zurück, wo Vespasian, wie am Abend zuvor Caenis, nervös auf- und abging. Er nahm ihre Botschaft schweigend entgegen und wanderte weiter auf und ab wie ein alter Löwe im Käfig. Daphne wollte einerseits gern ins Bett; sie fühlte sich todmüde. Andererseits war die Lage so mit Spannung aufgeheizt, daß sie wußte, sie würde kein Auge schließen können, bevor Caenis zurückgekommen war. Sie kauerte sich in einer Ecke auf den Boden, zog die Beine ans Kinn, legte den Kopf darauf und döste vor sich hin, bereit, bei dem leisesten Laut wieder aufzufahren. Vespasian beachtete sie nicht.

Im Morgengrauen hörten sie ein Geräusch an der Tür. Daphne richtete sich auf, und Vespasian stand still.

Einen Moment später trat Caenis ein, den Hebammenkorb immer noch über dem Arm. Sie sah ebenso frisch und untadelig aus wie zehn Stunden zuvor. Von Müdigkeit oder Erschöpfung keine Spur. Ihre Augen funkelten.

«Wir haben es geschafft», sagte sie und stellte den Korb ab, «der Plan funktioniert.»

Vespasian starrte sie mit offenem Mund an. Er brachte keinen Laut heraus. Caenis lachte.

«Es ist so», sagte sie, «es wird alles enden, wie wir es uns gedacht haben. Du hast eine Armee, und Vindex hat sich erhoben.»

Daphne verstand kein Wort. Sie blieb in ihrem Winkel kauern. Keiner der beiden bemerkte sie.

Vespasian rührte sich.

«General?» stammelte er fassungslos.

Caenis nickte.

«Du bist der Legat der syrischen Legionen. Laß mich erzählen», sagte sie. «Bevor Nero dein Todesurteil unterschreiben konnte, kamen zwei Nachrichten. Die eine aus Syrien. Cestius Gallus hat Jerusalem nicht eingenommen. Er hat – noch weiß niemand warum – plötzlich die Belagerung abgebrochen und wollte mit dem Heer nach Syrien zurückkehren. Bei Beth Horon geriet er in eine Falle der Juden. Er verlor fünftausend Mann zu Fuß, dreihundert Reiter und die gesamte Kriegskasse. Gessius Florus, der Prokurator von Judäa, fiel in diesem Treffen. Cestius Gallus kehrte mit dem Rest der Armee nach Antiochia zurück. Dann stürzte er sich in sein Schwert. Was blieb ihm auch anderes übrig? Heute nacht noch hat Nero die Kommandoverhältnisse im Osten neu geordnet. Neuer Statthalter in Syrien wird Mucianus.»

«Das ist das Werk von Epaphroditus.»

«Natürlich. Der Kaiser verläßt sich völlig auf ihn. Niemand weiß ihn so gut zu lenken wie Epaphroditus. Aber der Kaiser ist mißtrauisch. Er will nicht, daß Mucianus alle Macht in seinen Händen hält. Er wird sich die Gewalt teilen müssen. Die Verwaltung in Syrien für Mucianus, das militärische Kommando für den Legaten Flavius Vespasianus.»

Ihre Stimme klang voller Triumph. Vespasian wirkte benommen.

«Eine Armee? Für mich? Nicht der Befehl, mir die Adern zu öffnen?»

«Ich hatte Gelegenheit, im Laufe der Nacht kurz mit Epaphroditus zu sprechen. Er hat es verstanden, Nero klarzumachen, daß alte Feldherren taub werden vom Blasen der Kriegstrompeten. Außerdem ist klar, daß du, dankbar, daß der Kaiser dir deinen Fauxpas verzeiht, der Treueste der Treuen sein wirst. Das hat Nero eingeleuchtet. Die Sonne der kaiserlichen Gnade scheint also über dir. Du mußt nachher zu Epaphroditus gehen und die Einzelheiten mit ihm besprechen. Aber beeile dich! In wenigen Stunden schifft der Hof sich nach Rom ein. Es gibt nämlich für Nero auch noch schlechte Nachrichten aus dem Westen.»

«Vindex?»

«Vindex», nickte Caenis, «ich sagte dir doch, es geht alles nach Plan.»

DIE NÄCHSTEN TAGE WURDE ES DAPHNE wirbelig im Kopf. Alles veränderte sich. Der Kaiser und der Hof verließen Athen, das wieder zu einer verschlafenen Provinzstadt wurde. Vergeblich versuchte Aristobulos, seine Gäste zu halten, indem er den Preis senkte. Vespasian und Caenis verließen das abgelegene Quartier am Lykabettos und zogen in ein geräumiges Haus im Zentrum der Stadt. Vespasian machte keine Bemerkung über den Preis. Allerdings brauchten sie auch so ein großes Haus, wie Daphne feststellte. Über Nacht war aus dem Maultierzüchter aus Nursia ein Mann geworden, der eine große Armee kommandieren würde. Ihr Haus verwandelte sich in die Zentrale des Generalstabs. Vespasian wurden Offiziere zugeteilt, die bei ihm wohnten, eine Wache zog auf, Boten gingen ein und aus, Konferenzen fanden bis in die Nacht hinein statt. Der Haushalt vergrößerte sich, der Bedeutung des kaiserlichen Legaten gemäß. Das war der Teil der Arbeit, den Caenis übernahm. Außerdem begann sie, mit Daphne zu arbeiten. Sie erklärte, sie brauche das Mädchen, das mehrere Sprachen spreche und leidlich schreiben könne, als Sekretärin. Nächtelang blieb Daphne auf und lernte einen Geheimcode auswendig. Tagsüber war sie öfter sich selbst überlassen, doch sooft es ging, schlüpfte sie aus dem Haus und wanderte über den Markt, wobei sie soviel an Gerüchten aufschnappen wollte, wie es nur ging. Auch im Haus nutzte sie es aus, daß man sie übersehen konnte, und belauschte nach Möglichkeit die Gespräche der Offiziere. Ein Plan, hatte Caenis gesagt. Alles, was geschehen war – außer Vespasians Einschlafen –, war Teil eines Planes. Den Plan mußten sie in Nursia oder schon früher ausgeheckt haben. Flaccus und Titus waren daran beteiligt. Der eine in Ägypten, der andere im Westen. Ein Plan, der das ganze Reich umfaßte. Daphne schien, als habe sie einige Mosaiksteinchen in der Hand, aber sie mußte noch viel mehr sammeln, um sie zu einem Bild legen zu können. Und sie sammelte.

Vindex, lernte sie, war Statthalter in Gallien jenseits der Alpen. Er residierte in Lugdunum. Ein Mann, der sich gegen den Kaiser empört und von ihm losgesagt hatte. Kurz zuvor war Flaccus in Lugdunum gewesen, bevor er nach Spanien gegangen war, wo er große Besitzungen hatte, wo Galba im Namen Roms herrschte. Der Westen fiel vom Kaiser ab. Und im Osten gab es einen Krieg, der dazu führte, daß Vespasian eine Armee bekam. In Ägypten, der Kornkammer des Reiches, war Titus. Wenn es eine Verschwörung gegen den Kaiser gab, dachte Daphne atemlos, dann war Nero von allen Seiten eingekreist, und im Zentrum der Verschwörung, wie eine Spinne lauernd im Netz, saß Caenis. Eine Verschwörung mit welchem Ziel? Nero mußte fallen. Und was dann? Er war der letzte aus der Familie des Augustus. Wer sollte an seine Stelle treten? Für wen wurde diese Verschwörung ausgeheckt? Wer sollte nach Caenis' Meinung Roms nächster Kaiser werden?
Einen Tag, bevor sie Athen verließen und nach Syrien gingen, wo Vespasian sich an die Spitze der Legionen stellen wollte, ging Daphne noch einmal auf den Markt. Sie hatte Briefe nach Rom und Nursia, die sie in Caenis' Auftrag der kaiserlichen Post anvertrauen sollte. Sie waren an Flavius Sabinus, Domitian und Domitilla gerichtet. Daphne hatte sie nach Caenis' Diktat geschrieben, nicht in Geheimschrift. Es waren Wunderwerke von Harmlosigkeit, in denen es nur um gesundheitliche Ratschläge, Ermahnungen und quasi mütterliche Besorgnisse ging. Außerdem ein begeisterter Bericht über den Künstler Nero und sein Auftreten in Griechenland. Das, dachte Daphne, sind die Briefe, die geöffnet und dem Kaiser vorgelegt werden. Was würde Sabinus davon halten? Ob er in die Pläne der Verschwörer eingeweiht war? Und Domitian? Wußte er es? Das erschien ihr unwahrscheinlich. Domitian war noch zu jung. Aber er mußte etwas ahnen. Er hatte damals genauso gelauscht wie sie. Er konnte das nächtliche Gespräch nicht vergessen haben.

Daphne, mehr in ihre Gedanken vertieft, als bei dem lebhaften Treiben in der Gasse gut war, stieß mit einem Jungen zusammen, der einen Korb mit Oliven auf dem Kopf balancierte. Der Junge geriet ins Stolpern, versuchte den Korb festzuhalten, verlor vollends das Gleichgewicht und stürzte. Die schwarzen Oliven ergossen sich über die ganze Breite der Gasse, kollerten den Passanten vor die Füße, die sich dessen nicht versahen, ausrutschten und ebenfalls stürzten. Ein Knäuel übereinanderliegender schimpfender, mit Armen und Beinen strampelnder Menschen wälzte sich zu Daphnes Füßen. Sie brach in Gelächter aus. Das war die falsche Reaktion, denn jetzt hagelte es Beschimpfungen von allen Seiten auf sie als die Ursache des Unfalls herab. Ehe der Menschenhaufen sich wieder in seine einzelnen Bestandteile aufgelöst hatte, verschwand sie vorsichtshalber in der nächsten Seitengasse, denn es war ihr klar, daß der Junge sie nicht ungeschoren davonkommen lassen wollte. Sie rannte um die nächste Ecke und prallte gegen einen Mann, der dort müßig an der Mauer lehnte.

Er hielt sie fest.

«So eilig des Weges, meine kleine Schönheit?»

Die Stimme klang nachlässig, das Griechisch war nicht das, das die kleinen Leute in Athen sprachen, es war das klassische Attisch der Gebildeten, untermalt von dem typischen Akzent des Römers. Daphne stand still und sah dem Mann ins Gesicht. Ihr Atem ging rasch, ihre Wangen waren vom Laufen gerötet, in ihren Augen stand noch das Gelächter, aber plötzlich schnappte sie nach Luft, das Blut strömte aus ihrem Gesicht, und ihre Knie gaben nach. Hätte der Mann sie nicht gehalten, wäre sie umgesunken.

Bei dem Wagenvermieter Charmian in Puteoli hatte er einen Viererzug gelenkt, geradewegs auf sie zu. Hätte Josephus sie nicht weggerissen, wäre sie unter den Hufen seiner Pferde zertrampelt worden.

Es war der Mann mit den schillernden Schlangenaugen, die sie bis in ihre Alpträume verfolgt hatten.
Aulus Caecina.
Er erkannte sie nicht. Natürlich nicht. Falls er sie damals überhaupt gesehen hatte, konnte er keine Verbindung herstellen zwischen dem ärmlichen, mageren Jungen von damals und dem gutgekleideten Mädchen, das er an den Armen gepackt hielt.
«Rennst du immer fremde Männer um?»
In seiner Stimme lag ein amüsiertes Lachen. «Meinst du nicht, daß so ungehobeltes Betragen eine Buße erfordert?»
Bevor sie wußte, was er vorhatte, hatte er sie eng an sich gezogen. Seine Linke lag auf ihrem Hintern und preßte sie eng an sich, seine Rechte umschloß ihren Zopf und drückte ihren Kopf in den Nacken. Sie konnte nicht ausweichen. Er senkte sein Gesicht zu ihr hinab und küßte sie.
Wissend, daß sie ihm nicht entkommen konnte, ließ er sich Zeit, verstärkte langsam den Druck seiner Lippen, bis ihr Mund sich öffnen mußte und er seine Zunge zwischen ihre Zähne schieben konnte. Er hielt sie so eng an sich gedrückt, daß sie sich kaum bewegen konnte. Unmöglich, das Knie anzuziehen und ihm zwischen die Beine zu stoßen, wie sie zuerst vorgehabt hatte. Aber ihre Arme waren frei. Sie benutzte ihre Fäuste und trommelte auf seinen Rücken, aber so ergebnislos, als schlüge sie gegen Eisen. Ohne zu überlegen, tat sie das einzige, was ihr an Gegenwehr noch übriggeblieben war.
Sie ließ seine Zunge in ihren Mund eindringen. Sie spürte, wie er den Sieg genoß. Seine Muskeln entspannten sich etwas, sein Griff um ihr Haar lockerte sich. Daphne schloß die Augen, mobilisierte alle Willenskraft, überwand den Ekel und biß mit aller Kraft, die sie aufbringen konnte, in seine Zunge. Blut füllte ihren Mund. Er ließ sie sofort los, und Daphne schoß, sich dukkend, die Gasse entlang.
Sie war noch niemals so schnell gewesen. Sie hörte nichts hin-

ter sich, aber erst an der nächsten Ecke wagte sie einen Blick über die Schulter zurück. Er war ihr nicht gefolgt. Er stand noch am selben Fleck auf der Gasse, Blut strömte aus seinem Mund über sein Kinn auf seine Brust. Er hatte einen Zipfel der Tunika gehoben, um es zu stillen. Daphne lief weiter. Erst als ihr der Atem versagte und ihr Herz schmerzhaft gegen die Rippen klopfte, mußte sie innehalten. Sie war bis zur Stadtmauer gerannt. Keuchend blieb sie stehen und lehnte sich an die sonnenwarmen Steine. Ihre Knie zitterten. Sie hatte immer noch den Geschmack von Blut im Mund. Sie spuckte aus und dann begann sie zu erbrechen.

BERENIKE HATTE JOSEPHUS ÜBERZEUGT, daß er Verantwortung übernehmen mußte, aber er hatte gehofft, daß diesem Entschluß noch lange keine Taten folgen mußten. Insgeheim hatte er damit gerechnet, daß das Volk sich von den Anführern abwenden, daß es der Hetztiraden gegen die Römer überdrüssig werden und wieder seinen alltäglichen Geschäften nachgehen würde.

Er sah sich getäuscht. Der Erfolg hatte alle trunken gemacht. Wer noch Furcht gehegt hatte, als die römische Besatzung der Burg Antonia bei ihrem Abzug wider die gegebene Zusicherung freien Geleites zusammengehauen wurde, den hatte der Sieg über die syrischen Legionen des Cestius Gallus berauscht. Der verhaßte Prokurator Gessius Florus war auf dem Schlachtfeld geblieben, der Statthalter von Syrien hatte sich in sein Schwert gestürzt, eine römische Armee hatte sich als besiegbar gezeigt. Mit der Kriegskasse waren auch Legionsadler erbeutet worden. Ihr Anblick zeugte jeden Tag von neuem davon, daß Rom nicht unüberwindlich war.

Als die Nachricht kam, der Kaiser habe einen neuen Statthalter von Syrien ernannt, zuckte man in Jerusalem mit den Achseln. Und als es hieß, der neue Oberkommandierende für die syrischen Truppen sei der alte General Flavius Vespasianus, brach Jerusalem in Gelächter aus. Die Geschichte, wie Vespasian bei Neros Lesung eingeschlafen sei, hatte längst die Runde gemacht, und man dichtete auf den Gassen Spottlieder auf den Feldherrn, der die Feinde wohl mit lautem Schnarchen in die Flucht jagen sollte.

Josephus saß im Saal und fühlte die Augen von fünfzig Männern auf sich gerichtet, die auf seine Antwort warteten. Niemand von ihnen wollte jetzt noch diskutieren, für sie war alles klar, für sie standen ihre Entscheidungen fest. Daß er hier war, machte ihn zu einem der Ihren. Wer Vorbehalte hatte, saß nicht in dieser Versammlung, sondern hielt sich fern, packte wohl gar schon seine Sachen und verließ Jerusalem. Wie der Bruder seines Vaters, der gestern abgereist war. Einmal wird man durch ein Wunder gerettet, aber nicht zweimal, hatte er Josephus erklärt, und Josephus war geneigt gewesen, ihm zuzustimmen. Warum saß er überhaupt hier? Weil er Berenike sein Wort gegeben hatte, sich nicht fernzuhalten, sondern sich einzumischen, um Schlimmeres zu verhindern. Aber war das nicht eine Illusion? Noch hatte er die Frage nicht beantwortet, noch war er ein freier Mann. Er konnte ablehnen und den Saal, die Stadt, das Land verlassen.

Er wurde sich voller Unbehagen bewußt, daß die letzten Geräusche im Saal erstorben waren. Niemand scharrte mehr mit den Füßen, niemand unterhielt sich. Kein Hüsteln, kein Räuspern. Ein Schweigen, das noch eine Frage enthielt und bald eine Anklage sein würde.

Er hatte sich geehrt gefühlt, als die Aufforderung gekommen war, an dieser Beratung teilzunehmen. Es hatte, gab er sich schonungslos zu, seine Eitelkeit gekitzelt, zu den fünfzig gerechnet zu werden, die über das Schicksal Judäas entscheiden soll-

ten. Als einer aus der Gruppe hatte er erscheinen wollen, der mitdebattierte, der mitentschied, aber nicht als einer, der auf vorgeschobenem Posten allein verantwortlich war. Dann war Annas aufgestanden und hatte seinen Namen in die Debatte geworfen. Josephus war erst erstaunt und dann bestürzt. Bewaffneter Friede, das war die Losung gewesen. Das Land mußte in den Verteidigungszustand versetzt werden. In die Provinzen sollten Emissäre aus Jerusalem gehen und das Kommando über die Landwehren übernehmen, die Befestigung der Städte überprüfen, Vorräte an Nahrungsmitteln aufkaufen und lagern. Wenn die Römer zurückkehrten, sollten sie Judäa nicht unvorbereitet antreffen. Die Römer würden wieder aus Syrien einrücken. Das Land, das sie als erstes durchqueren mußten, wenn sie auf Jerusalem marschierten, war Galiläa. Galiläa, das Land der Bauern und Fischer, bergig und fruchtbar und fromm, angrenzend an das Königreich Agrippas, der auf seiten der Römer stand. Wer sollte als Beauftragter Jerusalems nach Galiläa gehen?
Simon ben Giora, der die Römer bei Beth Horon geschlagen hatte? Simon lehnte ab. Sein Motiv war nicht schwer zu durchschauen. Galiläa war zu weit von dem Zentrum der Macht entfernt. Die wirklichen Entscheidungen wurden in der Hauptstadt getroffen. Ohne ihn, wenn er das Kommando annahm.
Man übte keinen großen Druck auf ihn aus. Simon war Soldat. Bewaffneter Friede war die Losung. Es durfte keine provokativen Zwischenfälle geben. Nach Galiläa sollte nicht ein Mann des Schwertes, sondern ein Mann des Wortes. Ein Gedanke, der, als er geäußert worden war, mit Applaus bedacht worden war.
Dann war Annas aufgestanden, der Siebzigjährige, den sie den Weisen nannten, der selten sprach, aber dann mit einer unwidersprochenen Autorität. Annas hatte darauf hingewiesen, daß Josephus ein erprobter Diplomat sei, in Rom bei der Befreiung der drei alten Männer erfolgreich gewesen war, daß er grie-

chisch und lateinisch sprach, das Gesetz kenne und was ihm an Verwaltungserfahrung fehle, durch Intelligenz und Hingabe an die Sache wettmachen würde.
Und die Augen von fünfzig Männern hatten sich auf Josephus gerichtet, seine Antwort erwartend, die nur ein Ja sein konnte. Warum war er sonst hier? Es war eine große Ehre, dieser Vorschlag des alten Annas, es war ein guter Vorschlag, wenn er auch sehr überraschend kam.
Überraschend für die ganze Versammlung, das hatte Josephus an den Ausrufen und an den Blicken bemerkt, überraschend aber auch für ihn. Wie war Annas auf ihn gekommen? Er kannte den alten Mann, wie jeder ihn kannte, aber daß Annas etwas von Josephus wußte, war unwahrscheinlich. Wer hatte ihm gesagt, er solle Josephus vorschlagen? Plötzlich stieg ein Bild vor Josephus' Augen auf: Annas im Gespräch mit Agrippa, während er selbst sich mit Berenike unterhielt. Annas war ein Mann der Mäßigung, ein Mann, der auf seiten der Friedenspartei gestanden hatte. Er wollte in Galiläa einen Mann, der kein Fanatiker der Sache war, sondern einen Mann, der dem Frieden, der Agrippa und Berenike nahestand. War es vielleicht sogar Berenike, die Annas empfohlen hatte, Josephus vorzuschlagen?
Annas wiederholte seine Frage, den Blick der tiefeingesunkenen Augen beschwörend auf den jungen Mann gerichtet. Es war dieser Blick mehr als jede Überlegung, die Josephus zu seiner Antwort veranlaßte.
«Ja», sagte er. Es klang zittrig und gequetscht. Er räusperte sich und sagte noch einmal laut und kräftig «Ja».
Dann ging alles ganz schnell. Die Abstimmung ergab eine überwältigende Mehrheit für Annas' Vorschlag, und schon drei Tage später war Josephus auf dem Weg nach Magdala in Galiläa, um das Land zum Widerstand gegen die Römer zu rüsten.

CAENIS UND DAPHNE waren langsamer als Vespasian nach Osten gereist. Vespasian, der ritt, die kaiserlichen Poststationen benutzend, wo er und sein Stab bei jedem Wechsel ausgeruhte Pferde vorfanden, war schon zwei Wochen lang in Antiochia, als Caenis und Daphne eintrafen.

Daphne hatte gedacht, daß sie die Stadt, die dritte des Reiches nach Rom und Alexandria, kannte, aber jetzt entdeckte sie ein anderes Antiochia. Sie kannte die Tagelöhner, Hafenarbeiter, Garköche, Huren, die Gassen mit den hohen Häusern, in die nie ein Lichtstrahl fiel. Im Sommer stand Tag und Nacht die Hitze, so daß das Kleid schweißdurchtränkt wie eine zweite Haut am Körper klebte, und im Winter jaulte der kalte Wind von den Bergen und kühlte die Bewohner bis auf die Knochen aus.

Jetzt lernte sie das Antiochia der Reichen kennen. Vespasian logierte im Palast des Statthalters Mucianus, und Daphne blieb am ersten Tag der Mund vor Staunen immer offen. Der Palast war riesig. Zur Stadt hin enthielt er die Amtsräume der Provinzialverwaltung und Unterkünfte für die Leibwache, zum Fluß hin lagen die Privatgemächer um mehrere Säulenhöfe herum, deren jeder einen Garten mit einem kunstvollen Wasserspiel enthielt, so daß man an heißen Tagen hier im Schatten der Säulen saß, körperlich erfrischt von der Kühle durch das verdunstende Wasser, seelisch durch das Murmeln und Plätschern der Brunnen. Die einzelnen Räume – von denen es so viele gab, daß Daphne sicher war, während ihres ganzen Aufenthaltes nicht die Hälfte von ihnen gesehen zu haben, waren nicht groß, aber üppig ausgestattet. Die Mosaikböden und die Wandbemalungen waren von großen Künstlern geschaffen worden. Es gab Tische aus Zitrusholz mit versilberten Füßen, Bronzekandelaber, Betten, mit Elfenbein oder Schildpatt belegt, das Tafelgeschirr war aus vergoldetem Silber. Der Kaiser selbst, dachte Daphne, könnte nicht prunkvoller wohnen.

Ihr ganzes Entzücken aber war der Park. Eine Säulenhalle schloß den Palast zum Fluß hin ab, und davor erstreckten sich, langsam zum Wasser absinkend, die Gartenanlagen, wo Baumgruppen lichten Schatten spendeten und Hecken den Hintergrund abgaben für Marmorstatuen. Sogar eine Grotte gab es mit einem künstlich angelegten Wasserfall. Daphne verbrachte jede freie Minute dort, davon hatte sie aber nicht sehr viele. Caenis nahm sie in Anspruch. Einerseits mußte sie ihre Studien fortsetzen. Die körperlichen Übungen waren jetzt ersetzt worden durch Stunden, in denen Caenis sie persönlich unterrichtete. Daphne lernte zwei Schriften. Eine, die es erlaubte, schnell mitzuschreiben, wenn jemand sprach, ohne dabei ein Wort zu verlieren, und einen Geheimcode, in dem Caenis verschlüsselte Botschaften empfing und verschickte. Caenis war eine ungeduldige Lehrerin, die jede Unachtsamkeit und Unaufmerksamkeit mit einer Ohrfeige quittierte. Daphne spürte in ihr dieselbe Unruhe, die sie damals angetrieben hatte, als sie in Athen auf die Rückkehr Vespasians von der Dichterlesung Neros gewartet hatte. Und nicht nur Caenis war nervös. Auch Vespasian, auch seine Offiziere, auch der Statthalter Mucianus.

Es war Winter geworden. Auf den Feldern vor der Stadt exerzierten die Legionäre. Im Palast des Statthalters hielten die Offiziere strategische Planungsrunden. Im Frühjahr würde die römische Armee marschieren, wenn sich nicht vorher eine Regierung in Jerusalem etablierte, die sich den Römern unterwarf. Der Statthalter Mucianus schickte Boten nach Jerusalem, eine jüdische Gesandtschaft kam.

«Du wirst heute zeigen, was du gelernt hast», sagte Caenis zu Daphne.

Ihre Armreifen klirrten. Ihr faltiger Schildkrötenhals reckte sich vor.

«Mucianus empfängt die jüdische Gesandtschaft heute am frühen Abend im Großen Audienzsaal. Du wirst im anschließen-

den Kabinett sitzen und alles, was gesprochen wird, mitschreiben.»
Daphne nahm zu der angegebenen Stunde ihren Platz ein. Sie bemerkte, daß der schwere Teppich, mit dem der Eingang gewöhnlich verschlossen war, durch einen leichten Seidenvorhang ersetzt worden war. So konnte jedes Wort aus dem Audienzsaal zu ihr dringen.
Nach einer halben Stunde, die sie schweigend gewartet hatte, begann sich hinter dem Vorhang etwas zu regen. Schritte, Gelächter, Rücken von Sesseln. Mucianus mit seinen Beamten war eingetreten und hatte Platz genommen. Dann wurde die Gesandtschaft vorgelassen. Sie wies ihre Legitimation vor, Mucianus begrüßte sie. Ansprachen wurden gehalten. Daphne schrieb und schrieb. Das Handgelenk tat ihr weh, aber sie traute sich nicht, auch nur ein Wort auszulassen.
Endlich begann das Gespräch eine Wendung vom Formellen zum Inhaltlichen zu nehmen.
Der Führer der jüdischen Delegation sprach. Er hatte eine leise, kultivierte Stimme. Daphne mußte sich anstrengen, alles zu verstehen.
«Es sind schlimme Dinge vorgefallen im Sommer und im Herbst», sagte er, «wir wollen nichts beschönigen. Es gibt Fanatiker, die die Gunst der Stunde genutzt haben, das Volk zu verführen. Aber der Fanatismus ist keine Sache von Jahren, kaum von Monaten. Jetzt, wo das Volk abgekühlt ist, wird sich in Jerusalem die Partei durchsetzen, die für Rom eintritt. Judäa wird sich unterwerfen. Ein Krieg wird überflüssig sein.»
«Wird Judäa sich bedingungslos unterwerfen?» fragte Mucianus mit seidenweicher Stimme.
«Ein Krieg», sagte der Gesandte aus Jerusalem, «ist kostspielig. Für beide Seiten. Wenn die Friedensfreunde in Judäa in die Enge getrieben werden, weil Rom zu hohe Forderungen stellt, dann wird Rom draufzahlen. Eine Verständigung, die mit vernünfti-

gem Augenmaß getroffen wird, ist in eurem und in unserem Interesse.»
«Rom hat fünftausenddreihundert Soldaten verloren, ihre Ausrüstung und die Kriegskasse. Dafür muß eine Entschädigung gezahlt werden.»
«Was erbeutet wurde, wird zurückgegeben werden. Doppelt und dreifach.»
«Die gefallenen Soldaten können nicht zurückerstattet werden. Ein Soldat kostet den Staat viel Geld. Allein in die Ausbildung eines Mannes wird erheblich investiert, bevor er kampffähig ist. Von den Soldzahlungen ganz zu schweigen.»
Der Gesandte zögerte nicht. Die leise, verbindliche Stimme räumte ein, daß man auch für jeden Gefallenen einen Schadenersatz zahlen werde. Mucianus fuhr fort:
«Es ist gut, daß die Friedenspartei sich durchgesetzt hat. Die Häupter der Verschwörer gegen Rom, wie dieser Simon ben Giora, und andere, die wir nennen werden, werden dem Kaiser ausgeliefert, damit sie in Rom hingerichtet werden.»
Die Stimme, die so gleichmütig finanzielle Kompensationen zugestand, zögerte zum ersten Mal.
«Das sind in den Augen des Volkes Helden. Es wird Unruhen geben, wenn wir sie ausliefern.»
«Ich muß», sagte Mucianus mit derselben seidenweichen Stimme, «auf der Auslieferung bestehen. Natürlich wäre es für euch günstiger, ihr würdet diese Männer in aller Stille selbst beseitigen, aber Aufrührer gegen Rom müssen in Rom dem Henker überstellt werden als Exempel für die ganze Welt. Ihr könnt es euch natürlich aussuchen. Entweder überliefert ihr uns wenige Männer, die Unruhe gestiftet haben und wieder stiften werden, oder ein ganzes Volk wird unter den Stiefeln der Legionäre zertreten.»
Nach einer kurzen Pause räumte die leise Stimme, diesmal noch leiser, ein, daß gewisse Leute ausgeliefert werden könnten. Spä-

ter schrieb Daphne das Protokoll aus der Kurzschrift in die Normalschrift und reichte es Caenis.

«Der Krieg wird nicht stattfinden», sagte sie, «die Juden haben nachgegeben.»

Ihr fiel plötzlich Josephus ein, an den sie lange nicht mehr gedacht hatte. Er war inzwischen gewiß nach Jerusalem zurückgekehrt. Die Unterredung heute sicherte ihm den Frieden und ein langes Leben. Sie lächelte.

Caenis nahm das Protokoll und las es mehrfach durch. Ihre Miene wurde immer finsterer.

«Frieden», sagte sie, «ja, das könnte es bedeuten. Frieden.»

Aus ihrem Mund nahm sich das Wort wie ein Schimpfwort aus.

Daphne sah sie erstaunt an. Wollte Caenis etwa keinen Frieden? Konnte es einen Menschen geben, der den Krieg dem Frieden vorzog, es sei denn, er wäre General?

Es fiel ihr plötzlich wie Schuppen von den Augen. Natürlich. Vespasian. Wenn es keinen Krieg gab, würde Vespasian sein Kommando verlieren. Er würde nach Nursia zurückkehren und seine Maultiere züchten wie bisher. Vielleicht würde der Kaiser sich sogar wieder daran erinnern, daß er bei seiner Rezitation eingeschlafen war.

Caenis hatte dafür gearbeitet, daß Vespasian Herr über Legionen wurde. Die Gesandtschaft von heute nachmittag durchkreuzte ihre Pläne. Und, wenn sie es recht überlegte, waren das noch weitreichendere Pläne als bloß die Rückkehr Vespasians in eine Befehlsstellung. War ihr Plan nicht umfassender gewesen? Flaccus bei Vindex in Gallien und bei Galba in Spanien, Titus bei Tiberius Alexander in Ägypten, Vespasian in Syrien – die Umzingelung des Kaisers. War das alles mit dem heutigen Tage hinfällig geworden?

Kein Wunder, daß Caenis ein finsteres Gesicht machte. Aber sie konnte nichts tun. Es würde Frieden sein.

«Du wirst dich nützlich machen», sagte Caenis unvermittelt. Daphne schrak aus ihren Überlegungen auf …
«Du hast jetzt alles gelernt, was nötig ist. Es wäre gut, wenn du älter wärest, wenn du schon mehr Erfahrung hättest, aber das ist jetzt nicht zu ändern. Du sprichst aramäisch und du kennst den Jerusalemer Bevollmächtigten in Galiläa. Du wirst ihm eine Nachricht überbringen.»
«Ich kenne ihn nicht», sagte Daphne.
Caenis lächelte.

CHLOE HATTE EINE SCHÜSSEL mit kandierten Datteln auf ihrem Schoß stehen. Mit spitzen Fingern ergriff sie eine nach der anderen, steckte sie in den Mund, kaute bedächtig und spuckte den Kern aus dem Fenster. Seit Stunden zog die Landschaft neben der Sänfte her, immer gleichförmig: kahle Felsen, zwischen Geröll gelegentlich eine schüttere Baumgruppe, verkümmertes Unterholz, der Himmel fast so grau wie die Berge.
Was für eine Idee, mitten im Winter zu reisen. Sie hatte ihrem Mann sofort klargemacht, daß es eine der verrücktesten Ideen von Berenike und Agrippa war. Kein Mensch schickte im Winter eine Karawane von Paneas nach Cäsarea. Noch dazu in diesem Winter, in dem die Verhältnisse so unstabil waren.
«Was ist, wenn die Juden die Karawane kapern?» hatte sie gefragt.
«Sie sind nicht im Krieg mit uns. Wir sind keine Römer», hatte er in dem belehrenden Ton gesagt, den sie haßte.
«Und wenn wir unter die Räuber fallen?»
«Du gehst unter Bedeckung.»
Bedeckung. Pah!
Chloe spuckte den Kern aus. Vier Bewaffnete für einen Zug von acht Maultieren und ihre Sänfte. Was waren schon zwei Män-

ner an der Spitze eines Zuges und zwei am Ende. Die Maultiertreiber waren nur mit Knüppeln bewaffnet. Im Ernstfall, dachte Chloe, würden sie sowieso nicht zur Verteidigung taugen. Sie sahen selbst wie Halsabschneider aus. Wahrscheinlich würden sie mit den Räubern gemeinsame Sache machen. Vielleicht würden sie überhaupt Männer auf die Idee bringen, diese Karawane zu überfallen.
Die Wache war nicht ausreichend. Schon gar nicht, wenn man an die Fracht dachte, die mit ihr unterwegs war. Es schien, als hätten Agrippa und Berenike die Absicht, ins Exil zu gehen und vorher ihre Schätze in Sicherheit zu bringen. Nichts als Silberzeug, Juwelen, golddurchwirkte Stoffe, Kristall und große Kisten, gefüllt mit Münzen. Wer davon erfuhr, mußte auf dumme Gedanken kommen.
Wenn sie wenigstens noch einen schlichten Transport zur Tarnung gewählt hätten. Aber nein, sie mußte ihn begleiten. Mit allem Pomp und aller Pracht, die nur Aufmerksamkeit auf sich ziehen konnte.
«Wie dumm ihr seid», hatte sie ihrem Mann gesagt, «die Nachricht wird sich in Windeseile herumsprechen. Ich werde wie eine lebende Zielscheibe durch das Land reisen. Ihr könntet auch gleich reitende Boten in jedes Dorf schicken mit der Aufforderung, den Transport zu überfallen.»
«Im Gegenteil, meine Liebe. Würden wir alles heimlich erledigen, dann wäre es gefährlich. Aber eine so auffällige Gruppe, die im Namen des Königs und der Königin reist, wird nicht angetastet werden. Das ist nicht im Interesse der Juden. Sie wollen den Frieden. Deshalb müssen sie jeden Zwischenfall vermeiden.»
«Ich sehe nicht ein, weshalb ich reisen soll. Du weißt, daß ich das hasse. Warum gehst du nicht selbst?»
«Ich mute dir diese Ungelegenheit wirklich nicht gern zu. Aber es muß eine Frau sein, die den Transport begleitet. Du wirst weibliche Gesellschaft haben.»

Chloe spuckte den nächsten Kern aus.
Das war auch so eine merkwürdige Sache.
Plötzlich war dieses Mädchen in Paneas aufgetaucht. Sie hatte herausgefunden, daß sie aus Antiochia gekommen war, begleitet von einigen römischen Soldaten und einem Mann, der König Agrippa eine Botschaft des Statthalters Mucianus ausrichten sollte. Das Mädchen sollte mit Chloe und ihrer Karawane nach Cäsarea reisen und dort auf das erste Schiff nach Rom warten.
Chloe warf einen nachdenklichen Blick auf das Mädchen, das neben ihr saß, den Kopf in die Polster zurückgelehnt, und schlief. Ein junges Ding, aus dem sie nicht recht klug wurde. Keine Römerin jedenfalls. Sie sprach fließend griechisch und aramäisch. Sie benahm sich wie ein wohlerzogenes, gebildetes Mädchen aus den oberen Ständen. Chloe hatte da ihre Zweifel. Denn sie verfügte über einen erstaunlichen Vorrat an Schimpfwörtern und Flüchen, wie sich zeigte, wenn sie sich ärgerte. Sie sei die Tochter eines Offiziers aus Syrien, hatte ihr Mann gesagt, und würde nach Rom gehen, um dort zu heiraten.
Nun, sie, Chloe, ging das Ganze nichts an. Sie würde durch Galiläa reisen, und je eher sie ihr Ziel erreichte, desto besser. Jeder Tag auf der Landstraße war einer zuviel. Zumal in dieser Jahreszeit. Es war kalt, sie konnte noch so viele Wolltüchter umlegen, die feuchte Kälte drang überall durch und ließ sie frösteln. Wahrscheinlich würde sie sich erkälten. Und jede Erkältung schlug ihr gleich auf die Brust. Ihr Mann wußte das ganz genau. Es war eine solche Rücksichtslosigkeit, sie jetzt auf eine Reise zu schicken. Und alles nur, damit sie diesem Gänschen auf dem Weg nach Rom eine Anstandsdame war. Als ob nicht die Gesellschaft einer gutbezahlten Freigelassenen dasselbe geleistet hätte. Morgen abend würden sie in Agrippas Palast in Tiberias übernachten. Das war wenigstens ein Lichtblick. Dort würde es warm und sauber sein, was man von den Herbergen, in denen

sie bisher übernachtet hatte, nicht sagen konnte. Die Krätze konnte man sich da holen, wenn man nicht aufpaßte. Natürlich hatte sie ihre eigenen Polster und Laken dabei und ihren Koch, der nur für sie die Speisen zubereitete, aber man wußte doch trotzdem nicht, welche Art von Ungeziefer hinter den Vorhängen und unter den Möbeln hauste. Wenn dieses Mädchen nicht wäre, dann könnte sie jetzt zufrieden und bequem in ihrem schönen Heim in Paneas sitzen und Konfekt essen, wie ihre alte syrische Amme es zubereitete. So etwas bekam man sonst auf der ganzen Welt nicht noch einmal. Diese gesüßten Datteln waren ein kümmerlicher Ersatz dafür.

Ein Tropfen fiel auf ihren Schoß, dann noch einer. Schwere große Tropfen, die zerplatzten und einen nassen Fleck auf ihre Seidenpalla machten.

Jetzt begann es auch noch zu regnen. Ihr blieb aber auch nichts erspart. Chloe hob die fette, beringte Hand und zog den Vorhang auf ihrer Seite zu. Dann beugte sie sich über das Mädchen und griff nach dem Stoff auf der anderen Seite der Sänfte. Sie streifte mit ihrem Arm die Schlafende und weckte sie auf.

Daphne öffnete die Augen, reckte und streckte sich, wobei sie die Sänfte ins Schaukeln brachte, und gähnte laut und ungeniert.

«Wo sind wir?» fragte sie.

Chloe setzte sich wieder auf ihrer Seite zurecht.

«Mach den Vorhang zu», befahl sie, «es regnet herein.»

Daphne wandte sich zur Seite und steckte den Kopf zum Fenster hinaus. Sie spähte nach vorn und hinten und die Berge hinauf. Der Regen war stärker geworden. Als sie sich wieder zurücksinken ließ, war ihr Haar durchnäßt. Die Locken klebten feucht an der Stirn.

«Wir sollten eine Rast einlegen», sagte sie.

«Bei dem Regen?» fragte Chloe schaudernd.

Daphne zuckte die Achseln.

«Die Männer können ein Zelt aufbauen. Mein Bein ist eingeschlafen.»
Sie begann, den Fuß zu schlenkern. Die Sänfte schaukelte wieder.
«Hör auf, mir wird sonst schlecht», sagte Chloe.
«Dann laß uns eine Pause machen. Ich finde es gräßlich, hier so eingepfercht zu sitzen. Mein Hintern tut mir weh vom vielen Sitzen.»
«Wir haben erst vor zwei Stunden eine Pause gemacht. Wir machen nur Pausen. Wenn es nach dir ginge, kämen wir überhaupt nicht vom Fleck. Manchmal denke ich, du willst überhaupt nicht in Cäsarea ankommen.»
Daphne lachte.
«Warum sollte ich das nicht wollen?»
Chloe warf ihr unter den Wimpern einen scharfen Blick zu.
«Nicht jedes Mädchen hat es eilig, in die Arme seines Bräutigams zu fliegen.»
«Was würde es schon ändern, wenn ich es eilig hätte? Das nächste Schiff geht in einem Monat. Wenn wir schnell reisen, muß ich in Cäsarea um so länger warten.»
«Du hättest überhaupt in Antiochia noch abwarten können. Im Frühling gehen große Karawanen den Weg, die gut gesichert sind. Wieso bist du denn jetzt schon aufgebrochen?»
«Mein Vater hat wieder geheiratet. Ich habe jeden Tag Streit mit meiner Stiefmutter gehabt», sagte Daphne, «deshalb dachte mein Vater, es sei besser, wenn ich rasch das Haus verlasse. Als er von dieser Karawane hörte, bat er die Königin, daß ich mitreisen dürfte. Er mag es, wenn im Hause Frieden herrscht. Machen wir jetzt eine Pause oder nicht?»
Chloe wollte den Kopf schütteln, aber unfreiwillig wurde ein Nicken daraus. Das kam, weil die Sänfte plötzlich ruckartig zum Stillstand kam. Chloe fiel leicht vornüber und wurde dann nach hinten in das Polster gepreßt. Daphne kippte gegen sie und

kam mit ihrem nassen Kopf auf Chloes mächtigem Busen zu ruhen.

Von draußen schollen laute Rufe herein in einem Dialekt, den Chloe nicht verstand. Ihre Männer schrien, sie hörte das Klirren von Metall auf Metall.

«Was ist das?» keuchte sie.

«Ein Überfall», sagte Daphne. Sie hob den Kopf, und Chloe sah, daß alle Schläfrigkeit aus ihrem Gesicht gewichen war.

«Räuber! Mörder! Sie werden uns umbringen!»

Daphne legte eine Hand auf Chloes Mund und brachte sie so zum Schweigen. Sie lauschte den Geräuschen und den Stimmen, machte aber keinen Versuch, den Vorhang zu öffnen.

Chloe kämpfte stumm mit all ihren Massen gegen die knebelnde Hand. Jetzt war also eingetroffen, was sie die ganze Zeit befürchtet hatte. Es mußte ja dazu kommen. Dieser schlecht bewachte Zug mit all den Kostbarkeiten war geradezu eine Lockspeise für Räuber. Es hörte sich an, als ob eine halbe Armee da draußen kämpfte. Ihre vier Bewaffneten würden nichts ausrichten können. Sie würde gleich herausgezerrt, vergewaltigt und ermordet werden. Sie hatte es vorausgesehen. Sie hatte ihrem Mann gesagt, daß das passieren würde. Einen Moment verspürte sie eine morbide Befriedigung bei dem Gedanken daran, daß sie recht behalten hatte. Dann riß eine Männerfaust den Vorhang auf, ein bärtiges Gesicht tauchte im Fenster auf, eine heisere Stimme schrie sie an, und Chloe dachte nichts mehr. Sie saß und zitterte und fürchtete sich. Aus aufgerissenen Augen starrte sie den Mann an, ihr Gesicht war kreideweiß geworden, ihr Mund formte sich zu einem Laut, und dann begann sie zu schreien. Sie schrie und schrie, bis sie rot anlief, weil sie keine Luft mehr bekam. Sie spürte schmerzhafte Schläge auf den Wangen und schloß entsetzt den Mund.

Daphne, die sie geohrfeigt hatte, sagte leise, aber sehr klar und drohend:

«Hör sofort auf, wenn dir dein Leben lieb ist! Wenn du hysterisch wirst, bringen sie dich um!»
Chloe hielt eingeschüchtert den Mund.
Der Mann hatte inzwischen die Tür der Sänfte aufgerissen und ihren Arm ergriffen. Chloe stieg aus. Sie brauchte normalerweise lange dazu, denn es war nicht leicht, ihren massigen Körper durch die Tür zu zwängen. Diesmal verzichtete sie darauf, auf Würde und Anmut zu achten, sie folgte einfach ihrem Arm, an dem der Räuber riß, stolperte hinaus, stürzte, rappelte sich wieder auf und stand schließlich auf den Füßen. Ihr Kleid war zerrissen.
Es hatte keine Toten gegeben. Die Maultiertreiber waren fort, wie sie erwartet hatte. Die vier Bewaffneten waren gefesselt. Einem lief das Blut aus der Nase über Mund und Kinn. Sie wandte schaudernd den Blick ab. Es mußten dreißig oder vierzig Räuber sein, die sie überfallen hatten. Die meisten hatten sich schon darangemacht, die Maultiere abzuladen, die Truhen und Körbe zu öffnen und den Inhalt herauszuzerren. Andere sicherten die Straße.
Daphne kam aus der Sänfte und trat neben sie. Chloe fühlte sich einen Moment getröstet. Wenigstens war sie nicht die einzige Frau hier.
Daphne wandte sich an den nächststehenden Räuber.
«Ich will deinen Anführer sprechen.»
Der Mann brach in brüllendes Gelächter aus. Das lockte andere an.
Chloe fühlte sich eingekreist von bärtigen, nach Schweiß und Knoblauch stinkenden Männern. Sie preßte die Hand vor den Mund, um nicht wieder zu schreien.
«Das Püppchen will Johannes sprechen», sagte der Mann, «sie will! Wie finden wir denn das?»
Er hatte das Schwert noch gezogen, hob jetzt die Spitze und zielte auf Daphnes Hals.

«Wollen wir nicht bitten, Püppchen? Ein bißchen flehen, ein bißchen weinen, ein bißchen zittern? Wie sich das für ein gutes Mädchen gehört? Sieh dir die fette Schlampe neben dir an! Die weiß, was auf sie zukommt. Aber erst du! Du bist mehr nach meinem Geschmack! Zarte kleine Täubchen sind besser als gemästete Gänse!»
Er war mit jedem Wort ein Stück näher an Daphne herangetreten. Die Spitze des Schwertes zitterte leicht. Die anderen Männer johlten.
Daphne stand still. Sie sah ihn an und lächelte. Das verwirrte ihn und er hielt einen Moment inne. Sie duckte sich unter dem Schwert hindurch und warf sich auf ihn. Er schwankte, geriet aus dem Gleichgewicht, stolperte und stürzte. Daphne fiel auf ihn. Bevor sie aufspringen konnte, hatte er die Arme um ihren Rücken geschlungen und hielt sie in einem eisernen Griff.
Gröhlendes Gelächter stieg um sie herum auf.
«Die kann es gar nicht abwarten!»
«Scharfes kleines Ding!»
«Da hast du eine Eroberung gemacht!»
«Ob die Dicke auch so willig ist?»
Der Mann am Boden war der erste, der zu lachen aufhörte. Dann sahen es auch die anderen.
Daphne hatte im Sturz einen Dolch gezogen. Sie hielt ihn mit der scharfen Seite an den Hals des Mannes und ließ ihn langsam über seine Kehle gleiten. Ein dünner Streifen Blut erschien, wo sie die Haut geritzt hatte.
«Ich will den Anführer sprechen», wiederholte sie mit lauter, klarer Stimme.
«Holt Johannes», wimmerte der Mann am Boden.
Er war nicht zu retten, wenn sie Daphne nicht gehorchten. Das sah jeder. Wer immer das Mädchen jetzt angriff, riskierte das Leben des Kameraden. Sie riefen nach Johannes von Gischala.

Chloe bemerkte, daß niemand sich um sie kümmerte. Alle Aufmerksamkeit war auf die beiden am Boden gerichtet. Für sie bestand keine unmittelbare Gefahr. Sie begann wieder zu atmen und verstand zum erstenmal, was gerufen wurde.

Johannes von Gischala.

Er hatte seit Jahren unter den Bauern und Fischern Galiläas junge Männer angeworben, ausgebildet und mit ihnen Überfälle auf römische Streifen unternommen. Er war nicht bloß ein Räuber, er war einer der Männer, die Rom den Krieg erklären wollten, für die König Agrippa ein Verräter war. Wenn er herausfand, wer sie war, dann ging es nicht bloß um das Gold und Silber in den Truhen, dann ging es auch um Politik. Wenn das törichte Mädchen jetzt nur seinen Mund halten würde. Ihr würde schon eine Geschichte einfallen, mit der sie sich herausreden konnte.

Johannes von Gischala kam. Seine Männer machten ihm respektvoll Platz. Daphne hatte sich nicht gerührt. Sie lag immer noch auf dem Mann. Die Hand mit dem Dolch an seiner Kehle zitterte nicht.

«Ich bin Johannes», sagte er hinter ihr. Daphne wandte den Kopf und maß den Mann. Den Dolch ließ sie, wo er war. Sie sah einen Mann, kaum mittelgroß, vierschrötig, von der Sonne verbrannt, mit dem gefurchten Gesicht eines Bauern und harten Augen.

Sie stand langsam auf. Der Mann unter ihr griff nach seinem Hals und betrachtete fast ungläubig das Blut an seinen Fingern.

Chloe trat einen Schritt vor. Das Mädchen durfte nicht sprechen. Sie mußte das auf jeden Fall verhindern. Ein Mann neben ihr ließ seine Hand schwer auf ihre Schulter fallen und hielt sie zurück.

«Du hast einen Fehler gemacht, Johannes von Gischala», sagte Daphne, «diese Frau ist die Frau des Intendanten von König Agrippa. Sie reist nach Cäsarea. Sie steht unter dem Schutz des

Königs und unter dem Schutz der Regierung von Jerusalem. Es ist kein Krieg zwischen dem König und Jerusalem.»

Chloe stöhnte auf. Wie dumm war dieses Mädchen? Natürlich, eine Römerin. Was wußte sie von den komplizierten Verhältnissen in Judäa. In dieser angespannten Situation war es kein Vorteil, auf der Seite König Agrippas zu stehen, wenn man Johannes von Gischala in die Hände fiel.

«Woher soll ich wissen, wer sie ist? Das kann jeder sagen. Ihr habt soviel Silber und Gold, daß man damit eine Armee ein Jahr lang ernähren kann. Und das alles nur mit vier Bewaffneten gesichert. Vier Bewaffnete und zwei Frauen. Sehr verdächtig. Kann dein König sich nicht mehr Wachen leisten?»

«Man ist um so sicherer, je weniger Aufsehen man erregt», gab Daphne zurück, «du wirst bald wissen, wer wir sind. Wenn du den Transport ausplünderst und uns umbringst, bedeutet das Krieg. Es ist eine feindliche Maßnahme gegen den König. Der König ist ein Verbündeter Roms. Es ist also eine feindliche Maßnahme gegen Rom. Rom wird darauf mit Krieg antworten. Jerusalem will keinen Krieg.»

Johannes von Gischala kratzte sich am Kopf. Er ließ seinen Blick langsam über seine Männer wandern. Sie standen still und starrten ihn an. Er wußte, daß das Mädchen die Wahrheit sprach. Er hatte ausdrücklich den Befehl erhalten, jede Provokation Roms zu unterlassen. Aber er hatte seine Männer lange nicht mehr entlohnt. Und hier war eine Beute, die den Sold für Jahre aufwog. Sie hatten das Silber, das Gold, die Juwelen schon gesehen. Konnte er sich von einem Mädchen abkanzeln lassen? Konnte er sie um die Beute bringen, weil ein Mädchen ihm erklärte, er handle politisch falsch? Dann wäre er die längste Zeit Anführer gewesen.

Daphne stand vor ihm, hochaufgerichtet, den blutigen Dolch noch in der Hand. Er bewunderte ihren Mut. Er mußte Zeit gewinnen.

«Wir bringen sie alle nach Magdala», sagte er, «die beiden Frauen, die Wächter, die Maultiere mit ihrer Last. Dort werden wir entscheiden, was mit ihnen geschieht.»
In Magdala saß der Abgesandte Jerusalems. Mochte er sehen, wie er das Problem lösen würde. Entschied er zugunsten des Friedens und gab die Beute wieder heraus, dann zog er den Zorn der enttäuschten Männer auf sich. Er und nicht Johannes.
Er gab seine Befehle. Die beiden Frauen durften wieder in die Sänfte steigen. Die Karawane, jetzt von dreißig Berittenen begleitet, setzte sich wieder in Bewegung.

Josephus prüfte die Abrechnungen über die Lagerhaltung in Jotapata, als ihm Johannes von Gischala gemeldet wurde. Er legte den Stift nieder und sah von dem Pergament auf, sorgfältig darum bemüht, keinen Ausdruck zu zeigen. Er mochte Johannes nicht. Seit er aus Jerusalem gekommen war, herrschte eine versteckte Feindseligkeit zwischen ihnen. Josephus wußte, daß Johannes ihn verachtete, weil er kein Kämpfer war, sondern ein Mann der Schrift, und daß er ihm deshalb jedes Recht und jede Fähigkeit absprach, Galiläa für den Kriegsfall zu organisieren. In Josephus' Augen wiederum war Johannes ein Narr, der glaubte, man könne Krieg allein mit dem Schwert führen und der daran scheitern würde, weil er nichts von Politik und Ökonomie verstand.
Johannes trat rasch ein und baute sich breitbeinig vor Josephus auf, die Daumen in den Gürtel des Wehrgehenks geklemmt.
«Ich habe unser dringendstes Problem gelöst. Wir haben Geld. Genug Geld, um Waffen für alle Männer in Galiläa zu kaufen.»
Josephus hob die Brauen.
«Ich gratuliere dir, Johannes. Hast du eine Silbermine entdeckt?»

«Ich habe etwas Besseres. Agrippa hat eine Karawane nach Cäsarea geschickt. Sozusagen sein Beitrag zum Freiheitskampf unseres Volkes. Ich habe alles beim Schatzmeister abgeliefert, ausgenommen die Handvoll Münzen, die die Männer brauchten, um einen Krug Wein auf unser Glück zu leeren. Und die beiden Frauen natürlich nicht. Ich denke, die solltest du Agrippa umgehend zurückschicken. Mit den besten Grüßen und Danksagungen.»

Josephus stand auf.

«Ich vermute richtig, daß du etwas Wesentliches ausgelassen hast? Die Karawane hat sich doch wohl nicht freiwillig zum Schatzmeister bewegt? Du hast mit deinen Leuten – sagen wir – etwas nachgeholfen?»

Johannes bestätigte es grinsend. Josephus hob die Stimme nicht, was seine Worte um so schneidender machte.

«Du warst dabei, als die Gesandtschaft von Jerusalem auf dem Weg nach Antiochia hier Station machte. Du hast gehört, worum es geht. Jerusalem will den Frieden. Jeder vernünftige Mensch will den Frieden. Wir sollen alles vermeiden, was die Römer provozieren könnte. Du wirst also die Maultiere wieder beladen lassen und die Karawane und die beiden Frauen mit deinen Männern sicher nach Cäsarea eskortieren. Wenn auch nur ein Gramm Silber fehlt, hast du dich in Jerusalem zu verantworten.»

«Sicher, sicher», sagte Johannes.

Er hatte immer noch das breite Grinsen. Josephus wußte, daß er ihn nicht eingeschüchtert hatte.

«Ich verantworte mich gern in Jerusalem. Irgendwann einmal. Dann geh ich mit meinen Männern hinauf und sage ihnen, was ich von ihrer Politik halte. Mit dreitausend, viertausend Männern hinter mir müßte ich doch gute Argumente haben, meinst du nicht? Einstweilen sind wir aber hier. Hier sind meine Männer, die seit Monaten kein As mehr gesehen haben, und hier sind die Silberteller und Goldbecher des Königs und die Ringe und Ketten der Königin. Geh und sage ihnen, daß sie alles wieder aufladen sollen, und höre dir an, was sie dazu zu sagen haben. Ich schätze, sie sind nicht so begeistert davon.»

«Soll das eine Drohung sein?»

«Ich würde es eher eine Warnung nennen.»

Josephus maß Johannes, der immer noch breitbeinig und grinsend vor ihm stand, aus schmalen Augen.

«Ruf deine Männer zusammen! Ich will zu ihnen sprechen!» befahl er.

Johannes' Grinsen erlosch zu seiner Genugtuung. Er hatte ihn verblüfft.

«Was willst du ihnen denn sagen?»

«Daß sie wieder aufladen müssen natürlich.»

«Wie du willst. Aber vergiß nicht, daß ich dich gewarnt habe.»

Johannes drehte sich um und ging.

Josephus folgte ihm langsam. Er wußte, was er vorhatte, war gefährlich. Er kannte die Stimmung der Männer. Manche von ihnen hatten mit Simon ben Giora bei Beth Horon gekämpft. Der Sieg war leicht gewesen und hatte viel eingebracht. Seitdem liefen sie mit geschwellter Brust herum und prahlten täglich mit ihren Heldentaten. Die anderen, die derweilen zu Hause geblieben waren beim Fischfang und bei der Ernte, wurden von diesen Erzählungen unruhig. Johannes trainierte sie hart, sie lechzten nach Blut und nach Ruhm und nach Beute. Die Römer waren für sie ein Kinderschreck seit Cestius Gallus überstürzter Flucht. Johannes hatte Wein verteilen lassen. Er mußte jetzt sofort handeln, während sie noch nicht zu angetrunken waren, während die Stimme der Vernunft sie noch erreichen konnte. Vielleicht.

Auf dem Weg von der Wache zum Hof kam Josephus an zwei Frauen vorbei, die von einigen von Johannes' Leuten bewacht wurden. Die beiden waren ein groteskes Paar. Die ältere grauhaarige Frau war fett, ihr Kleid schmutzig und zerrissen, ihre Schminke war zerlaufen, sie schluchzte vor sich hin. Die jüngere schlanke neben ihr – wahrscheinlich ihre Tochter – sah so adrett aus, als habe sie sich eben erst angekleidet. Die dunklen Locken waren wohlfrisiert, die hellen Augen blickten ihn kühl und unbewegt an. Sie stand nicht unter Schock wie ihre Begleiterin. Das mußten die Frauen sein, von denen Johannes gesprochen hatte. Er würde ihnen eine ausreichende Bedeckung bis Cäsarea mitgeben.

Auf dem Hof fanden sich langsam die Soldaten des Johannes ein.

Josephus wartete.

Sie hatten seit Monaten keinen Sold gesehen, das sah man ihnen an. Ihre Kleidung war zerlumpt, ihre Bärte ungepflegt. Sie sahen mehr nach einer Räuberbande aus als nach einer ordentlichen Truppe. Sie mochten schlecht bewachte Karawanen überfallen können, aber den Römern würden sie nicht standhalten.

Der Hof füllte sich allmählich.

Während Josephus wartete, schob sich vor sein Auge noch einmal das Bild der beiden Frauen. Die jüngere mit dem dunklen Haar und den hellen Augen war ihm bekannt vorgekommen. Er war sicher, sie noch nie gesehen zu haben. Aber die Kombination von dunklem Haar und hellen Augen hatte er schon – natürlich, das schmutzige Straßenkind, das er aus dem Meer bei Sizilien gefischt hatte. Konnte es sein, daß diese gepflegte junge Frau und das Kind, mit dem er von Puteoli nach Rom gereist war, ein und dieselbe Person war? Unmöglich. Er hatte sie ja bei Flavius Sabinus in Rom gelassen. Sie konnte nicht plötzlich in Magdala auftauchen als Tochter einer fetten Frau aus Paneas.

Der Hof war jetzt angefüllt mit Soldaten. Josephus räusperte sich und begann zu sprechen. Er sprach nicht laut. Um ihn zu verstehen, mußten sie leise sein.

«Männer von Galiläa, ich bin fremd in eurem Land. Ich bin vor fünf Monaten gekommen, ihr wohnt ein Leben lang hier. Wenn ich euch sagte, ich liebe dieses Land, würdet ihr mich für anmaßend halten, und zu Recht. Aber ihr – ihr liebt dieses Land, das eure Heimat ist. Seine tiefen Seen, seinen blauen Himmel, seine Berge und Täler, seine Sonne und sein Salz, sein Grün und seine Dürre – es ist euer Land, Männer. Ihr habt zu den Waffen gegriffen, um Jerusalem zu verteidigen und den Tempel. Ihr habt gesiegt. Cestius Gallus, der Statthalter von Syrien, ist abgezogen wie ein verprügelter Hund, mit eingekniffenem Schwanz.»

Er hatte sie. Er spürte es. Sie hörten ihm nicht nur zu, sie waren auf seiner Seite. Er hatte sie für sich gewonnen. Wenn dieses Mädchen nun doch die Kleine war ... wie hieß sie noch, Daphne? –, dann war sie nicht zufällig hier. So einen Zufall konnte es gar nicht geben. Was wollte sie dann hier? Egal. Er mußte sich auf seine Rede konzentrieren.

«Ja, ihr habt Rom besiegt, und Rom will den Frieden mit euch. Eine Delegation aus Jerusalem ist jetzt in Antiochia und verhandelt mit den Römern über die Friedensbedingungen. Ihr wißt, was das heißt, Frieden. Ihr könnt heimgehen zu euren Feldern, euren Booten, euren Frauen und Kindern. Ihr könnt mit ihnen lachen und scherzen, ihr könnt nachts ruhig schlafen. Ihr könnt trinken, ihr könnt lieben. Das Land bleibt grün, die Städte blühen, die Seen sind blau vom Spiegelbild des Himmels und nicht rot vom Blut Erschlagener. Wir haben den Frieden, Männer, dank eurer Tapferkeit.»

Sie schrien ihm ihre Begeisterung zu. Gut, er übertrieb. Noch gab es den Frieden nicht. Aber es würde ihn geben. Jerusalem war zu allen Zugeständnissen bereit.

«Jetzt müssen wir den Frieden bewahren, Männer, mit Hilfe eurer Klugheit.»

Sie wurden still. Die meisten starrten ihn verständnislos oder

neugierig an, aber in dem einen oder anderen Gesicht sah er jetzt schon Begreifen aufdämmern.
«Jetzt, während der Verhandlungen, darf es keine Zwischenfälle geben, die den Römern einen Vorwand liefern, uns wieder anzugreifen. Wir müssen Friedensfreunde sein. Bis an die Zähne bewaffnet, aber friedlich. Deshalb müssen wir die Karawane, die ihr heute aufgebracht habt, an König Agrippa zurückgeben.»

Daphne hatte ihn sofort wiedererkannt. Er hatte sich kaum verändert. Wie sollte er auch? Wenige Jahre erst war es her, daß er sie im Haus des Flavius Sabinus abgegeben hatte wie ein lästiges Paket. In ihrem Alter wogen die Jahre mehr, schon gar, wenn es Jahre so voller Veränderungen waren. Er würde sie wiedererkennen, da war sie sicher. Es war eine Überraschung für sie gewesen, als sie ihn erkannt hatte. Caenis mußte es gewußt haben. Natürlich hatte Caenis gewußt, wer der Beauftragte Jerusalems in Galiläa war. Deshalb hatte sie sie geschickt. Josephus kannte sie, ihr würde er glauben. Sie war ganz unverdächtig. Ein junges Mädchen auf dem Weg zu seinem Bräutigam nach Rom, zufälligerweise mit einer Karawane entführt. Da konnte niemand Verdacht schöpfen. Sie mußte nur warten, daß Josephus wieder einfiel, sie zu kennen, und er nach ihr sandte.
Inzwischen hörte sie seiner Rede zu. Er sprach geschickt. Sie konnte nicht alles verstehen, weil Chloe laut schnüffelte, aber sie hörte die Reaktion seiner Zuhörer, hörte, wie man ihm zujubelte. Er hatte die Menge im Griff.
Dann hörte sie, wie er davon sprach, die Karawane zurückzuerstatten und hörte, wie die Stimmung umschlug. Die begeisterte Zustimmung blieb aus. Ein Murren ging durch die Reihen. Er fuhr fort, sie im Namen des Friedens zu beschwören, und es gelang ihm, ein oder zwei aggressive Zwischenrufe zu kontern. Einmal erzeugte er Gelächter, dann versprach er allen

einen Krug Wein auf seine Kosten und entließ sie. Niemand jubelte ihm zu. Er hatte sich durchgesetzt, aber er hatte seine Popularität verspielt.

Josephus durchquerte wieder den Hof, in dem sie mit Chloe wartete. Er warf einen kurzen Blick auf Chloe und die Wächter und übersah Daphne völlig.

Sie atmete tief ein. Er hatte sie also erkannt.

Kurz darauf ließ er sie beide rufen.

Chloe erschrak. Sie schnüffelte stärker, und als sie an Daphnes Seite ging, fiel dem Mädchen auf, daß sie hinkte.

«Bist du verletzt?»

«Ja. Ich habe mir das Knie aufgeschürft, als ich gefallen bin. Es tut weh.»

Chloe begann wieder zu schluchzen.

Josephus war nicht allein. Ein Sklave stand neben ihm, während er hinter einem mit Papieren bedeckten Tisch saß, ein beschäftigter, wichtiger Mann. Er wandte sich ausschließlich an Chloe.

«Wer bist du?»

Chloe murmelte etwas Undeutliches.

«Ihr Mann ist Intendant des Königs Agrippa», sagte Daphne laut, «sie ist verletzt. Du solltest die Ritterlichkeit haben, sie einem Arzt zu übergeben, auch wenn du sie als Geisel betrachtest.»

Josephus nickte dem Sklaven zu.

«Bring sie hinüber in das Haus Rebekkas! Dort sollen sie für sie sorgen.»

Chloe klammerte sich an Daphnes Hand. Sie wollte nicht allein gehen. Daphne riß sich los und sagte scharf:

«Er ist der Herr hier. Wenn du nicht tust, was er sagt, sperrt er dich in den Kerker.»

Das schien Chloe einzuleuchten. Mit einem tränenverschmierten Blick nahm sie Abschied von Daphne, als sei es eine Tren-

nung für immer. Sie hörten sie noch eine Weile schluchzen, nachdem sich die Tür schon hinter ihr geschlossen hatte.
«Ich hätte dich beinahe nicht erkannt», sagte er.
«Darf ich mich setzen?»
Er nickte und beobachtete sie. Sie wählte einen Stuhl gegenüber seinem Tisch und ließ sich anmutig nieder, die Füße eng nebeneinandergestellt, die Hände locker im Schoß gefaltet, ein Bild mädchenhafter Sittsamkeit. Sie hatte sich verändert. Sie war nicht mehr so mager und eckig. Jetzt könnte sie sich nicht mehr für einen Jungen ausgeben, dachte er. Obwohl sie schlank war, waren ihre Formen unübersehbar weiblich. Sie war nicht schön, dazu waren ihre Züge zu unregelmäßig, aber sie sah reizvoll aus, lebhaft und intelligent.
«Du hast dich sehr verändert.»
«Ich habe viel gelernt.»
«Das sehe ich. Du benimmst dich jetzt wie eine Dame, scheint mir. Kein Kratzen, Spucken und Treten mehr?»
«Das war meine erste Lektion», sagte Daphne, «ich habe vollendete Tischmanieren, kann mich perfekt schminken und frisieren, anmutig Konversation machen, mit dem Bogen schießen, schwimmen und fechten.»
Er sah das spöttische Glitzern in ihren Augen. Hinter dieser damenhaften Fassade lauerte immer noch das ungebärdige Kind, das sie gewesen war.
«Du bist also so etwas wie eine Kreuzung zwischen einer Senatorentochter und einer Amazone geworden? Mein Kompliment. Wer hat denn deine Erziehung bezahlt?»
«Flaccus», sagte Daphne kurzangebunden.
Josephus hob die Brauen.
«Ich hätte gar nicht gedacht, daß er Interesse an dir hat. Aber natürlich – wenn ich mir jetzt das Ergebnis betrachte –, er hat einen guten Blick gehabt und erkannt, was in dir steckt. Wie man es mit einem Edelstein macht, nicht wahr? Er hat den ro-

hen Stein schleifen lassen, bis er glänzt und funkelt und er sich damit schmücken kann. Du bist also jetzt mit dem Römer zusammen.»

Er sah, daß Röte in ihre Wangen stieg und ihre Augen zornig aufblitzten. Sie ballte die Fäuste. So weit war es mit ihrer Selbstbeherrschung doch nicht her.

«Ich bin nicht mit Flaccus zusammen. Ich bin hier, weil ich eine Botschaft für dich habe», sagte sie kalt.

Er streckte die Hand aus, um den Brief in Empfang zu nehmen. Sie schüttelte den Kopf.

«Nichts Geschriebenes. Es kann den Boten und den Empfänger kompromittieren. Die Botschaft ist in meinem Kopf. Ich bin geschickt worden, weil du mich kennst. Weil du mir vertrauen wirst.»

«Von wem?»

«Von Caenis natürlich.»

Caenis. Er erinnerte sich. Die alte Dame mit dem Schildkrötenhals und den klirrenden Armreifen. Die Frau mit den guten Verbindungen zum Kaiserhof, die ihm die Audienz bei der Kaiserin Poppäa verschafft hatte.

«Wie kommt Caenis dazu, mir eine Botschaft zu schicken?»

«Sie will deine Hilfe. Deine Mitarbeit.»

«Vielleicht erzählst du mir alles von Anfang an?»

«Berenike sagt, du seiest ein Mann der Vernunft. Du bist gegen den Krieg. Ich habe es eben gehört. Du bist für den Frieden eingetreten. Es hat dir Ärger eingetragen. Johannes von Gischala ist nicht für den Frieden. Simon ben Giora oder Eleazar ben Simon auch nicht. Sie haben noch nicht alle Macht verloren in Jerusalem.»

Josephus runzelte die Brauen.

«Berenike? Die Schwester König Agrippas? Was hast du mit ihr zu schaffen? Ich denke, du kommst von Caenis aus Rom.»

Daphne lächelte stolz.

«Ich bin eine bedeutende Person geworden, wie du siehst. Ich verkehre mit Königinnen, Statthaltern und Generälen. Ich bin Caenis' Sekretärin, und Caenis ist Vespasians Gehirn. Der Mann ist ein guter General, aber kein guter Intrigant. Er kann beim Maultierhandel betrügen, aber er kann nicht um vier Ekken denken.»
«Ich mag vielleicht etwas schwerfällig im Denken sein, aber bis jetzt verstehe ich kein Wort», sagte Josephus.
«Gut. Ich fange von vorn an. Du erinnerst dich, daß du mich in Caenis' Obhut bei Flavius Sabinus zurückgelassen hast? Caenis steht in enger Verbindung zu Sabinus' Bruder Vespasian. Vespasian hat das Kommando über die Legionen, die nächsten Monat in Galiläa einmarschieren werden. Weil Vespasian in Antiochien ist, ist auch Caenis dort. Sie wollte, daß du eine Botschaft von Vespasian bekommst. Deshalb hat sie mich nach Paneas geschickt zu Berenike. Berenike hat diese lächerliche Karawane arrangiert, die Johannes quasi auf dem Silbertablett serviert worden ist. Er hat sie überfallen, und so bin ich zu dir gelangt, ohne daß irgend jemand mich in Verdacht hat, eine Gesandte der Römer zu sein. Du gerätst in keinerlei Schwierigkeiten, wenn du mit mir redest.»
Sie beschrieb alles klar und einfach, trotzdem wurde es Josephus schwindelig.
«Willst du sagen, daß es ein abgekartetes Spiel war? Johannes sollte die Karawane überfallen?»
«Natürlich», sagte sie mit einer Spur von Ungeduld in der Stimme, «glaubst du, es wäre gut, wenn ein römischer Zenturio in deinen Hof einreitet und dir vor aller Welt verkündet, wie du den Krieg gegen Rom führen sollst?»
«Wir haben keinen Krieg mit Rom. Es wird Frieden geben. In Antiochia verhandeln sie über den Frieden», sagte Josephus.
Daphne lehnte sich zurück. Er merkte, daß sie sich ihm überlegen fühlte und diese Überlegenheit genoß. Er ärgerte sich.

«Das denkst du», sagte sie, «und das denken die Männer aus Jerusalem auch. Aber Rom verhandelt nur zum Schein. Man hält euch hin, damit ihr nicht weiter aufrüstet. Einstweilen dient es römischen Zwecken, euch ruhig zu halten. Wenn Vespasian losschlagen will, wird man einen Zwischenfall provozieren und einen Kriegsgrund haben. Rom findet immer einen Kriegsgrund. Seit Jahrhunderten führt es nur Verteidigungskriege und hat dabei den Erdkreis erobert.»

Josephus stützte die Ellbogen auf den Tisch und lehnte die Fingerspitzen aneinander, um das Zittern seiner Hände einzudämmen.

«Hat Caenis dich deshalb geschickt? Du sollst uns vor dem Kriegsausbruch warnen? Ich glaube es nicht. Wir unterwerfen uns doch. Warum sollte Rom Geld für den Krieg hinauswerfen? Ein Krieg ist teuer. Rom hat keine Mittel mehr dafür. Der Kaiser verschwendet alle Einkünfte für seine Prassereien und für den Wiederaufbau Roms. Jetzt schon stöhnen alle Provinzen unter der Steuerlast. Noch ein Krieg, und Rom ist zahlungsunfähig.»

«Nein, Caenis hat mich nicht geschickt, um den Frieden zu sichern. Sie läßt dir folgendes ausrichten. Nero braucht einen Triumph. Er hat in Griechenland die Lorbeerkränze der Dichter und Sänger gewonnen, aber für den römischen Pöbel zählt das nicht. Er muß einen glänzenden Sieg an die Fahnen Roms heften, er muß als Triumphator in Rom auftreten, wenn er seine Macht behalten will. Nero will nicht die friedliche Unterwerfung Judäas, er will eure militärische Niederlage. Der Statthalter Mucianus hat Anweisungen, die Forderungen so hoch zu treiben, daß auch der friedlichste Mann ihnen nicht mehr zustimmen kann. Ein Monat noch, dann werden die Legionen marschieren.»

«Das sagt Caenis», sagte Josephus abwertend.

«Sie ist Vespasians Vertraute. Ich habe dir doch gesagt, daß sie diejenige ist, die denkt und plant», erwiderte Daphne scharf.

Josephus überlegte. Wenn Vespasian marschierte, dann zuerst durch Galiläa. Er, Josephus, war der Mann, der dann in Galiläa den Oberbefehl führen würde, nicht Johannes von Gischala. Sie war geschickt worden, um ihn vor einem römischen Angriff zu warnen. Das gab ihm Zeit, sich vorzubereiten. Wenn sie die Wahrheit sprach, dann würde Vespasian kein Land überfallen, das mit dem Frieden rechnete, sondern eines, das sich wehrte. Das machte keinen Sinn. Er sagte es ihr.
«Caenis hat vorhergesehen, daß du genau das denken würdest. Er wird nur an das Nächstliegende denken, hat sie gesagt. Er ist kein Spieler. Er kann nicht drei Züge überblicken, sondern nur einen.»
Daphne stand auf und schob den Stuhl dicht an seinen Tisch heran. Sie setzte sich wieder und beugte sich vor, ihre Stimme war kaum mehr als ein Flüstern.
«Caenis denkt viel weiter als du. Es macht Sinn, wenn du unterstellst, daß Vespasian nicht gewillt ist, schnell zu siegen. Er hat kein Interesse daran, den Krieg rasch zu beenden. Er will, daß du ihn aufhältst.»
«Warum?»
«Wenn er gesiegt hat, feiert Nero in Rom einen Triumph. Und Vespasian findet sich wieder als Maultierhändler in Nursia. Nur solange er das Kommando über die Armee hat, ist er ein Mann von Rang und Einfluß.»
«Du bist also geschickt worden, um mich aufzufordern, Galiläa zu verteidigen und den Römern so viele Schwierigkeiten zu machen, wie ich nur kann?» fragte er ungläubig.
«Das trifft es genau», sagte Daphne, «du hast den Kern meiner Nachricht erfaßt. Caenis und Vespasian erwarten, daß der Krieg sehr lange dauert. Dafür sollst du sorgen.»
Josephus stand auf und ging erregt auf und ab.
«Das mag in Vespasians Sinne sein, aber in meinem? Du hast gehört, was ich über den Frieden gesagt habe. Ich habe es auch

so gemeint. Ich weigere mich, den Krieg unnötig zu verlängern. Es führt nur zu überflüssigem Blutvergießen, zur Zerstörung des Landes, ändert aber nichts am Ergebnis. Wir werden so oder so besiegt. Ich ziehe es vor, schnell besiegt zu werden. Ich bin nicht Johannes von Gischala. Ich bin kein Held.»
Daphne blieb unbeeindruckt.
«Berenike hat gesagt, daß du so antworten würdest. Kein verständiger Mensch will den Krieg. Berenike und Agrippa haben vor ihm gewarnt, aber vergebens. Es gibt zu viele Leute, die nicht mehr auf die Stimme der Vernunft hören. Denk an Johannes! Er ist eifersüchtig auf Simon ben Giora. Er hat seine Männer aufgehetzt. Sie werden kämpfen. Du hast gar nicht mehr die Wahl, ob es zum Kampf kommt oder nicht. Du kannst nur noch entscheiden, ob du mit Vespasian zusammenarbeiten willst oder nicht.»
«Zusammenarbeiten? Mit dem Feind?»
«Eines Tages», sagte Daphne, «ist der Krieg vorbei. Dann wird aus dem Feind der Sieger geworden sein. Niemand, der bei Verstand ist, kann daran zweifeln, daß die Römer siegen werden. Und wenn sie jahrzehntelang kämpfen müssen! Wie lange haben sie Krieg geführt, um Karthago zu unterwerfen? Rom gibt niemals nach. Deshalb läßt Caenis dir sagen, es sei besser, du entschiedest dich jetzt schon dafür, auf der Seite des Siegers zu stehen.»
«Was nützt es mir, wenn ich Vespasian unterstütze? Der Sieger wird Nero sein.»
«Nur wenn der Krieg rasch beendet wird», sagte Daphne.
Josephus starrte sie an.
«Denk nach», forderte sie ihn auf, «hast du nicht selbst gesagt, daß Nero das Reich finanziell zugrunde richtet? Die Provinzen werden ausgesaugt bis aufs Blut. Die Staatsschuld beträgt bereits Milliarden von Sesterzen. Das Reich wird diesen Kaiser nicht mehr lange ertragen. Wenn er stürzt, während Vespasian

eine Armee hat, dann wird Vespasian einer der Männer sein, die bestimmen, wer der neue Kaiser sein wird. Diesmal machen nicht die Prätorianer den Kaiser, diesmal machen die Legionen ihn.»
«Woher weißt du das alles?»
«Ich sagte doch, daß Caenis mich schickt. Es ist nicht Vespasian, der sich das alles ausgedacht hat, es ist Caenis. Marcus Annius Flaccus spielt dieses Spiel mit, Tiberius Alexander tut es. Auch Agrippa und Berenike. Es geht nicht mehr um diesen Krieg, Josephus. Er wird so oder so geführt. Es geht darum, wem dieser Krieg nützt. Nero oder einem neuen Kaiser?»
«Wer wird der neue Kaiser sein?»
«Kein Verrückter, kein Verschwender», sagte sie, «Rom braucht einen Neuanfang. Es muß Schluß sein mit dieser Dynastie, die sich göttergleich dünkt und ein Reich zugrunde richtet mit Festen und Gesängen.»
Ihm schwindelte. Was sie da leise und kühl vortrug, erfüllte ihn mit Entsetzen. Ein Spiel der Macht, in dem der Krieg eines Volkes um seine Freiheit nur ein Stein auf einem Brett war. Wenn er ihren Gedankengängen folgte, dann hatte Caenis gewollt, daß Vespasian eine Armee führte, dann hatte sie ihm ein Kommando verschafft. Hatte sie ihm, Josephus, nicht die Audienz bei Poppäa verschafft, die zu der Freilassung der drei Männer geführt hatte, zu dem Edikt von Cäsarea, zu den Lynchmorden an den Juden von Antiochia bis Alexandria, zum Aufstand in Jerusalem? War das alles die logische Kette, die sich Schritt für Schritt ergab? Keine Zufälle? Alles geplant? Von dieser Frau mit dem Schildkrötenhals und den klirrenden Armreifen?
Er wollte es nicht glauben. Aber war es nicht genauso unglaublich, daß dieses Kind, das er aus dem Wasser gefischt hatte, ihm hier gegenübersaß, in eine kultivierte junge Dame verwandelt, die Verschwörungspläne gegen Nero enthüllte, als empfehle sie ein besonders gutes Kochrezept?

«Angenommen, ich stimme dir zu: Was erwartet Vespasian, was erwartet Caenis von mir?»

«Du sollst den Widerstand in Galiläa so organisieren, daß Vespasian ein ganzes Jahr braucht, bis er vor Jerusalem rücken kann. Er wird langsam vorgehen. Er wird dich vor sich her treiben, bis du dich in eine Festung zurückziehst, die fast uneinnehmbar ist.»

«Welche?» fragte er.

«Jotapata», sagte sie, «du wirst dich mit allen Streitkräften und allen Vorräten nach Jotapata werfen. Vespasian wird dich belagern. Du übergibst die Stadt erst, wenn es zu spät im Jahr ist, um noch vor Jerusalem zu rücken. Dann hat Vespasian die Armee mehr als ein Jahr unter sich. Das müßte reichen.»

Vespasian mußte ausgezeichnete Spione haben. Der Mann war ein guter General. Jotapata war die Schlüsselstellung. Ohne die Bergfeste eingenommen zu haben, konnte keine Armee nach Jerusalem marschieren. Jotapata war uneinnehmbar, es lag hoch auf einem Bergkegel, drei Seiten waren steil abfallende Schluchten, dort bedurfte es zur Verteidigung nicht einmal einer Stadtmauer. Die vierte Seite war mit doppeltem Mauerwerk, Türmen und Bastionen gesichert. Jotapata konnte nicht erobert werden. Es konnte nur ausgehungert werden. Er konnte alle Vorräte Galiläas nach Jotapata werfen und es Jahre halten. Jetzt, da er vorgewarnt war.

«Ich verstehe. Ich sehe Vespasians Standpunkt. Aber was geht er mich an? Ich bin kein Römer. Das Wohlergehen Roms ist mir gleichgültig. Soll es doch unter einem verschwendungssüchtigen Kaiser zugrunde gehen! Ich werde Beifall klatschen.»

«Niemand bittet dich, für Rom einzutreten. Du sollst dich für dein Volk einsetzen. Der Krieg ist ein Unglück für die Juden. Aber den Frieden haben sie verspielt. Jetzt kann es nur noch darum gehen, den Schaden zu begrenzen. Berenike hat Caenis gesagt, daß du der Mann bist, das zu tun.»

«Ich sehe nicht, welchen Schaden ich begrenze, wenn ich den Krieg verlängere. Im Gegenteil. Das hilft nur Vespasian. Glaubst du, ich will jüdisches Blut vergießen, um den Ehrgeiz eines Generals und einer alten Frau zu befriedigen?»
Josephus war stehengeblieben und starrte auf Daphne herunter. Caenis hatte sie gut abgerichtet. Das Mädchen wußte auf jeden Einwand eine Antwort. Caenis mußte intelligent, vorausschauend und kaltblütig sein. Sie hatte sich gut in ihn hineinversetzt. Er war sicher, daß Berenike einen hohen Anteil daran hatte. Die Königin – und, so erinnerte er sich, auch Tiberius Alexander – hatte ihn geprüft und für ein fähiges Werkzeug gehalten. Wieder überkam ihn ein Schwindel. Von wie langer Hand mußte das alles geplant worden sein?
Ein Zufall war es natürlich, daß sie mit Daphne eine Botin besaßen, die sein Vertrauen erwecken konnte. Aber sie hatten den Zufall genutzt. Daphne war eine verblüffend gute Vertreterin von Caenis' Interessen. Sie hatte sich in den Jahren aus einem störrischen und lästigen Kind in ein attraktives Mädchen verwandelt, das seine Aufgabe mit Scharfsinn und Beharrlichkeit anging. Auch jetzt gab sie noch nicht auf, obwohl es doch gegen seinen Einwand kein schlüssiges Argument geben konnte.
Unerschüttert sagte sie, um den Mund ein verstecktes Lächeln, als spiele sie einen Trumpf aus:
«Wenn Vespasian Jerusalem erobert, wird er den Tempel nicht zerstören. Nero hat angeordnet, daß vom Tempel kein Stein auf dem anderen bleibt und daß alle heiligen Gerätschaften im Triumphzug mitgeführt werden. Wenn du Vespasian unterstützt, wird das nicht geschehen.»
«Nero will den Tempel zerstören, und Vespasian garantiert seine Unversehrtheit?»
«So ist es.»
«Dann habe ich keine Wahl», sagte er langsam, «du kannst ausrichten, daß ich Jotapata halten werde, solange es geht.»

«Gut.»
Daphne stand ebenfalls auf.
«Du wirst Chloe und mich mit der Karawane nach Paneas zurückschicken. Zu Agrippa und Berenike. Den Gefallen kannst du Johannes ruhig tun, daß wir Cäsarea nicht erreichen. Es ist ein kleiner Trost für seine Männer, Agrippa denn doch noch zu ärgern. Dann bleibt nur noch eines.»
Sie hob die Hände zum Kopf, löste die Flechten und raufte sich die Haare. Dann beugte sie sich auf den Tisch und ergriff ein kleines Messer, mit dem Josephus die Schreibfedern anzuspitzen pflegte. Sie nahm es und machte in ihr Gewand am Halsausschnitt einen kleinen Schnitt. Sie faßte das Tuch auf beiden Seiten und riß es von oben bis unten entzwei.
Josephus schnappte nach Luft. Bevor er etwas sagen konnte, war sie vor ihm und fuhr ihm mit den Fingern ihrer rechten Hand quer über die Wange. Ihre Nägel waren spitz und rissen ihm scharf die Haut auf. Er unterdrückte einen Aufschrei. Sie bückte sich, hob die Fetzen ihrer Palla auf, hüllte sich darein und sagte lächelnd:
«Du siehst, ich habe nichts verlernt. Hoffentlich habe ich dir nicht zu weh getan. Es blutet. Vielleicht bleiben Narben zurück. Möchtest du mir zur Revanche ein blaues Auge schlagen? Es wäre sehr passend.»
«Bist du verrückt geworden?»
Er tastete nach seiner Wange. Sie fühlte sich feucht und klebrig an.
«So sieht es echter aus», erläuterte Daphne.
«Was sieht echter aus?»
«Was, glaubst du, haben wir beide eben hier getan? Du hast mich vergewaltigt.»
«Ich habe dich nicht …»
«Nein?» Sie hob die Brauen und betrachtete ihn spöttisch, «wir sind seit einer Stunde allein in diesem Zimmer. Willst du den

anderen erklären, du habest mir Gedichte vorgelesen? Oder Hochverrat geplant?»
«Du bist wirklich verrückt», sagte er.
Aber es war eine Erklärung.

ES WAR VON VORNHEREIN beschlossen worden, daß Daphne in Paneas bei Berenike bleiben sollte. Sie kannte Caenis' Geheimschrift und konnte die Botschaften, die Caenis an die Königin sandte, entschlüsseln. Sie konnte auch Berenikes Nachrichten für Caenis chiffrieren. Sie hatte viel freie Zeit und verbrachte sie mit der Erkundung der Stadt und des Palastes.
Hatte schon der Palast des Statthalters in Antiochien Daphne entzückt, so erschien ihr der Palast Agrippas ein Wunderwerk. Er war nicht so groß, er war nicht so prachtvoll, aber er war in seinen Maßen harmonisch und in seiner Einrichtung und seinen Kunstwerken von großer Eleganz. Daphne lernte, die überladene Pracht zu verachten und zu erkennen, daß Schönheit in raffinierter Einfachheit bestand.
Das Tafelgeschirr war nur aus Silber, aber es war von einem bedeutenden Künstler gestaltet. Beim Essen wurden nur zehn Schüsseln gereicht, aber alle Speisen waren exquisit zubereitet. Die Gewänder, die Agrippa und Berenike trugen, waren einfach geschnitten, aber aus dünner chinesischer Seide. Sie trugen wenig Schmuck, aber der Diamant an Agrippas Finger, die Tropfen in Berenikes Ohren waren mehr wert, als die Trachonitis in einem Jahr an Steuern einbrachte.
Daphne führte ein Leben, wie sie es vor einem Jahr nicht einmal erträumt hätte. Offiziell galt sie als Berenikes zweite Sekretärin und wurde diesem Rang gemäß untergebracht. Zum ersten Mal in ihrem Leben hatte sie ein Zimmer für sich allein und eine Sklavin, die nur für ihre persönlichen Bedürfnisse zu sorgen hatte.

Sie war allein mit der Königin in Berenikes kleinem Arbeitszimmer. Sie las Berenike die dechiffrierte Nachricht vor. Caenis berichtete kurz von den Fortschritten auf dem Kriegsschauplatz. Vespasian hielt seine Legionen zusammen und rückte langsam vor. Die Juden stellten sich nicht zu einer offenen Feldschlacht, aber sie hielten einzelne Städtchen mit fanatischer Hartnäckigkeit. Josephus, so berichteten die Spione, hatte Magdala verlassen und war nach Jotapata gegangen.
Berenike hörte sich die Nachrichten schweigend an. Sie kommentierte sie niemals.
Wenn sie nicht gebraucht wurde, hielt Daphne sich am liebsten im Park auf, der ihr ganzes Entzücken war. Er war viel weitläufiger als der Park in Antiochia. Paneas lag in einem grünen wasserdurchflossenen Tal. Einen Arm des Flusses hatte man umgeleitet, er speiste die Kanäle, die Brunnen, die Wasserspiele des Parks, und an einer Stelle hatte man ihn zu einem See aufgestaut, auf dem Schwäne königlich dahinglitten. Kiesbestreute Wege führten zu lauschigen Alleen, versteckten Tempelchen, einsam rauschenden Brunnen. Daphnes Lieblingsplatz war ein Teich, auf dem Lotusblüten schwammen, eingerahmt von schattenspendenden Säulengängen. Sie saß gern am Rand, die Beine bis ans Kinn gezogen, und beobachtete die roten und goldenen Fische, die lautlos und flink im Wasser spielten. Dieser Teil des Parks war abgelegen, und es verirrte sich selten jemand anders dorthin. Zu ihrem Erstaunen fand Daphne den Platz an diesem Nachmittag besetzt. Ein Mann saß dort, den sie noch nie gesehen hatte. Aber das wollte nichts bedeuten. In der königlichen Hofhaltung waren rund zweitausend Leute beschäftigt, von denen sie nicht einmal ein Zehntel kannte. Er schien einer der Musiker zu sein, denn seine Hände lagen auf einer achtsaitigen Kithara. Er hob den Kopf, als er ihre Schritte hörte, und wandte ihr das Gesicht zu.
Daphne erschrak.

Es war das Gesicht eines Mannes, der noch keine vierzig war. Die Stirn war breit, Nase und Kinn kräftig, der Mund voll und sinnlich. Unter den dunklen Brauen lagen tief in den Höhlen die Reste seiner Augen, Narben, rot und wulstig und zerklüftet.
Er war blind. Er war geblendet worden.
«Ich bin Alexandros», sagte er.
Seine Stimme glich keiner anderen, die Daphne je gehört hatte. Sie war dunkel und weich, und doch schwang eine stählerne Härte darin mit. Er hätte sich nicht vorzustellen brauchen. Sie wußte, wer er war. Sie hatte ihn einmal gehört, vor vielen Jahren in Alexandria. Dort war er bei einem großen Fest aufgetreten. Sie hatte auf einem Mauervorsprung balanciert, um ihn sehen zu können, aber vergeblich. Sie hatte ihn nur gehört, und sie hatte diese Stimme nie wieder vergessen. Niemand, der Alexandros jemals gehört hatte, würde ihn wieder vergessen können.
Alexandros, der Dichter, der Sänger, der Musiker. Der mit seinen Auftritten ein riesiges Vermögen gemacht hatte. Der blind war. Um seine Blendung rankten sich Legenden. Von der Liebe einer hochgestellten Dame war die Rede, deren Eifersucht ihn verfolgt hatte, von der Rache des Kaisers, der wußte, daß Alexandros ihn in den Schatten stellte, selbst vom Neid Apollons redete man.
«Es tut mir leid, wenn ich dich erschreckt habe», sagte er, «ich kann die Binde wieder tragen, wenn du den Anblick nicht erträgst. Ich nehme sie ab, wenn ich allein bin. Nach so vielen Jahren ist sie immer noch lästig.»
«Ich kann es ertragen», erwiderte Daphne spröde, «wo ich herkomme, habe ich viele lahme, verkrüppelte, blinde Bettler gesehen.»
«Du bist Griechin», sagte er lächelnd, «du sprichst fast klassisches Attisch, aber mit einer kleinen Beimischung aus den Elendsvierteln von Alexandria. Wer bist du?»

«Daphne, die zweite Sekretärin Berenikes.»
«Du bist jung für eine zweite Sekretärin.»
«Ich bin …» sie stockte plötzlich.
«Was ist?» fragte er.
Daphne lachte.
«Gestern hatte ich Geburtstag. Und ich habe es ganz vergessen.»
Alexandros wies mit der Hand auf den Platz neben sich und wartete, bis sie sich gesetzt hatte.
«Kein Vater, keine Mutter, keine Geschwister, kein Liebster? Gerade als wärest du vom Himmel gefallen?»
«Ich bin nicht vom Himmel gefallen, man hat mich aus dem Meer gefischt», sagte sie.
«Du brauchst ein Geburtstagsgeschenk, das ist klar.»
Er zog die Kithara näher an sich heran und zupfte spielerisch an den Saiten. Leise Töne stiegen auf und fielen, wurden von anderen ersetzt, ein Regen von Tönen wie Tropfen, aus denen sich langsam eine Melodie zusammensetzte. Daphne betrachtete fasziniert die langen, schlanken Finger, die nachtwandlerisch die Saiten fanden und zupften. Dann begann er zu singen. Alexandros' Lieder waren populär, das ganze Reich sang sie nach, jedes Kind zwischen Byzanz und Valentia kannte sie.
Dieses hatte sie nie zuvor gehört.
Sie lauschte der tiefen, warmen Stimme, die langsam dahinströmte. Am Ende hatte sie, gegen ihren Willen, Tränen in den Augen.
«Das war ein trauriges Lied», sagte sie.
«Ein trauriges Lied für ein trauriges Mädchen», antwortete er.
«Ich bin nicht traurig. Es geht mir gut. Ich bin glücklich. Es ist mir nie so gut gegangen wie hier», sagte Daphne heftig.
«Ohne einen Menschen, der dich liebt? Ohne jemanden, den du liebst? Niemand ist glücklich, der so einsam ist wie du.»

«Einsam? Ich bin nicht einsam, ich bin frei. Ich bin niemandem verpflichtet als mir selbst. Von Liebe kannst du in deinen Liedern singen. Im Alltag taugt sie nichts. Ich habe gesehen, wohin deine Liebe führt. All die Mädchen, die sich in linden Vollmondnächten in starke Arme schmiegen – wo sind sie ein paar Jahre später? Abgearbeitet, verhärmt, von den Geburten ausgezehrt, häufig mit blauen Flecken, weil ihr Mann sie im Suff verprügelt. Das ist es, wohin die Liebe führt.»
«Das ist es, wohin die Armut führt», widersprach er sanft.
«Du glaubst, bei den Reichen sei es besser? Die heiraten, um Söhne zu zeugen, und ihr Vergnügen finden sie in den Armen von erfahrenen Luxushuren. Die wissen gar nicht, was Liebe ist. Liebe!»
Sie spuckte das Wort geradezu aus.
«Gib mir deine Hand», sagte er.
Sie war zu überrascht, um sich zu weigern, und legte ihre Rechte gehorsam auf seine ausgestreckte Linke. Mit dem Zeigefinger der anderen Hand fuhr er sanft über ihren Handteller. Seine Berührung war leicht, als streife sie nur ein Schmetterlingsflügel.
«Du bist klug», sagte er, «kühn und entschlossen. Du folgst nur deinem Verstand und ignorierst deine Gefühle. Das bringt dich in Gefahr, dich zu zerstören.»
Sie riß die Hand zurück.
«Scharlatanerie», fauchte sie, «wie kann ein Blinder in der Hand lesen!»
Alexandros war nicht beleidigt.
«Ich lese nicht in deiner Hand, Kind, sondern in deiner Seele. Nicht ich bin blind, sondern du. Du wirst allen Mut brauchen, den du aufbringen kannst, wenn du dein Ziel erreichen willst.»
Nach einer kleinen Pause setzte er hinzu: «Würdest du mir einen Gefallen tun, Daphne?»

Sie war mißtrauisch.
«Welchen?»
«Mein Führer hat mich, so scheint es, hier vergessen. Ich möchte zum Palast zurück. Kannst du mich führen?»
«Selbstverständlich.»
Er tastete nach der schwarzen Binde, die neben ihm lag und streifte sie über die Augen. Ohne die Verwüstung durch die Narben war sein Gesicht schön.
Er tastete mit der Hand nach ihrer Schulter und legte den Arm um sie. Daphne führte ihn langsam zum Palast zurück. Sie sprachen nicht. Sie fühlte die Wärme seines bloßen Armes auf der Haut ihres Nackens, seine Hand mit den langen, schmalen Fingern ruhte still auf ihrem Arm. Sie übergab ihn am Eingang zum ersten Peristyl dem diensthabenden Kammerherrn und rannte auf ihr Zimmer. Sie warf sich aufs Bett. Immer noch weinte sie. Es war, als könnte sie nicht mehr aufhören zu weinen. Endlich schlief sie ein, müde und erschöpft und leer. Ihr Schlaf war tief und traumlos.
Am Abend gab Alexandros ein Konzert.
Daphne ging nicht hin.

Am nächsten Tag wurden Blumen für sie abgegeben. Glauke, die alte Sklavin, die sich um sie kümmerte, schlurfte heran, in einem breiten Grinsen ihre Zahnlücken entblößend.
«Von einem Verehrer», sagte sie.
Daphne lag auf dem Sofa und las. Sie hob den Kopf. Glauke hielt ihr den Strauß so dicht vor das Gesicht, daß die Blütenblätter sie kitzelten. Sie nieste.
«Blumen», erklärte Glauke überflüssigerweise, «und ein Geschenk.»
Sie zog die Hand hinter dem Rücken hervor, wo sie sie bisher verborgen hatte. Auf ihrer Handfläche lag ein schmales, längliches Paket, in ein Stück bunter Seide eingewickelt.

Daphne nahm es hoch, es war leicht und fühlte sich hart an. Sie wickelte es vorsichtig aus. Glauke stand breitbeinig neben ihr, die Blumen immer noch vorgestreckt, und betrachtete sie mit funkelnden Augen.
Es war eine Fibel aus Silber, ein Tier, langbeinig, langhalsig, großäugig. Ein schönes, kunstvoll gearbeitetes Stück. Die Anspielung war nicht schwer zu verstehen.
Daphne kannte die Verse. Alle Welt von Byzanz bis Valentia kannte die Verse.

Wie die Gazelle den Löwen
fliehst du die Liebe

Es waren Zeilen aus einem von Alexandros' berühmtesten Liedern.
Sie kräuselte die Lippen. Ob er die kleinen Fibeln im Dutzend herstellen ließ und jedem Mädchen verehrte, das ihm über den Weg lief? Jedem Mädchen zumindest, mit dem er schlafen wollte?
«Von wem ist es denn?» fragte Glauke.
Mit aufwallendem Ärger riß Daphne ihr den Blumenstrauß aus der Hand. Wilde Feldblumen, wie sinnig! Wenigstens keine langstieligen Rosen! Nein, nicht für sie, das Mädchen mit dem Akzent aus dem Elendsviertel von Alexandria. Sie schleuderte die Blumen quer durch das Zimmer. Sie landeten auf einem Tisch, trafen dort einen Keramikbecher, der ins Trudeln kam, umkippte, über die Kante rollte und krachend auf dem Boden zerbarst. Glauke stieß einen Schrei aus. Daphne starrte auf die Scherben am Boden, lachte laut auf und schleuderte die kleine silberne Gazelle dazu.
«Von einem Dummkopf», sagte sie, «feg es auf und wirf es weg!»
Glauke bückte sich, um die Scherben aufzulesen. Die silberne

Gazelle hob sie vom Boden auf und warf einen nachdenklichen Blick auf Daphne. Dann legte sie sie stillschweigend auf ein Bord im Wandregal, in dem Daphnes Schreibzeug lag.
Fünf Tage ging Daphne nicht zu dem Lotusteich. Dann erfuhr sie, daß Alexandros am Morgen nach seinem Konzert abgereist war.

CAENIS' NACHRICHTEN KAMEN NICHT MEHR aus Antiochia. Sie war der Armee nachgereist und hielt sich in Vespasians Hauptquartier auf. Wichtige Entscheidungen standen bevor.
Inzwischen hatten die Legionen Jotapata eingeschlossen. Drei Legionen und fünfzigtausend Mann an Hilfstruppen belagerten eine kleine jüdische Provinzstadt. Die Belagerung ging in die dritte Woche, als eine lange Mitteilung von Caenis kam.
Berenike saß neben ihr, als Daphne sie entzifferte und übersetzte. Nach den ersten Sätzen wurde sie unterbrochen. Berenike war aufgestanden, hatte das Gemach mehrmals rasch durchschritten und blieb jetzt vor ihrem Tisch stehen. Sie pochte mit dem Zeigefinger auf das Holz und betonte jeden Satz, den sie sagte. Ihre dunklen, unergründlichen Augen spiegelten ein Gefühl, das Daphne noch nie darin gesehen hatte: Aufregung.
«In Lugdunum ist also der Aufstand ausgebrochen. Vindex hat die Soldaten auf seiner Seite. Sie haben Nero abgesetzt. Sie fordern einen neuen Kaiser. Es geht los.»
«Wer wird der neue Kaiser sein? Vindex?» fragte Daphne.
Berenike schüttelte den Kopf.
«Nein, er ist Gallier. Die Römer würden ihn nicht akzeptieren. Der Kaiser muß ein Römer sein. Ein Mann aus alter Familie. Möglichst verwandt mit Augustus.»
Einen Augenblick dachte Daphne, sie spreche von Marcus Annius Flaccus. Berenike fuhr mit ihrer Aufzählung fort.

«Er muß Verwaltungserfahrung haben, er muß das Reich kennen, er muß im Senat angesehen sein, er muß ein militärisches Kommando mit Erfolg bekleidet haben, die Soldaten müssen ihm vertrauen. Er muß streng und durchsetzungsfähig sein, ein Gegner Neros, der es bis jetzt geschafft hat, die Säuberungen zu überleben. Und er darf jetzt kein Privatmann sein. Er muß ein Amt haben, das ihm Macht verleiht.»
Wer konnte denn der Wundermann sein, der alle Eigenschaften besaß, die Berenike aufgezählt hatte? Kein junger Mann, niemand unter fünfzig Jahren konnte nennenswerte Erfolge als Prätor, als Statthalter, als General aufweisen. Vespasian konnte es nicht sein, denn er war kein Patrizier, sondern nur ein Bauer aus den Sabiner Bergen.
Daphne wunderte sich, daß Berenike soviel sprach. Bisher hatte sie die Botschaften immer nur angehört, aber ihre Gedanken nie mitgeteilt. Vielleicht war es die Zeit, die sie jetzt schon zusammen verbrachten, vielleicht war es auch die Erregung, jetzt, da alle die Fäden, die im geheimen gesponnen worden waren, ans Tageslicht traten.
«Wer?» fragte Daphne.
«Galba natürlich», erwiderte Berenike, «er ist Statthalter in Spanien. Lies weiter, was Caenis schreibt.»
Daphne übersetzte. Die Geheimschrift zu entziffern war ein langsames und mühevolles Geschäft. Nach einer Viertelstunde hatte sie den nächsten Absatz des Schreibens erfaßt. Caenis teilte mit, daß Galba sich dem Ersuchen der gallischen Soldaten gebeugt hatte. Er war bereit, Nero zu stürzen. Er hatte sich nicht zum Kaiser ausrufen lassen, sondern gesagt, er wolle die Römer vom Joch des Tyrannen befreien und als Legat des Senates und des Volkes die Freiheit wiederherstellen.
«Ein alter Fuchs», sagte Berenike anerkennend, «vorsichtig und anscheinend ganz selbstlos.»
Seine Soldaten, schrieb Caenis weiter, hätten ihm zugejubelt,

Vindex habe sich seinem Kommando unterstellt, ebenfalls Otho, der Statthalter von Lusitanien, und der Quaestor der Baetica, Caecina Alienus.
Daphne zog scharf den Atem ein, als sie den Namen hörte. Caecina. Der Mann mit den Schlangenaugen. Der Mann, der sie in Puteoli fast überfahren hatte. Dem sie in Athen in die Zunge gebissen hatte.
«Weiter», sagte Berenike ungeduldig, «weiter! Wer hat sich noch für Galba erklärt?»
Daphne las langsam weiter.
«Niemand», sagte sie, «jedenfalls steht hier nichts davon. Der nächste Absatz ist eine Nachricht über Marcus Annius Flaccus. Caenis schreibt, daß er in Rom ist. Und daß Titus aus Alexandria kommt. Er wird in Cäsarea landen. Sie schlägt vor, daß der König und du ihn dort begrüßen. Sie wird auch dort sein. Vespasian bleibt vor Jotapata. Die Stadt ist gut befestigt. Der General belagert, aber er läßt nicht stürmen.»
«Titus landet in Cäsarea», sagte Berenike langsam. Sie setzte sich hinter ihren Schreibtisch und dachte lange nach. Ihre Miene war so verschlossen wie immer. Die Stunde, da sie sich offen gezeigt hatte, war vorüber.
«Du hast in Vespasians Haus gelebt. Du kennst Titus?»
«Flüchtig», erwiderte Daphne, «er hat dort ein paar Tage verbracht, aber ich habe ihn nur bei den Mahlzeiten gesehen.»
«Erzähl mir alles, was du über ihn weißt.»
«Er ist Mitte zwanzig, äußerlich ein Abbild seines Vaters. Er sieht aus wie ein Bauer, aber er hat eine höfische Erziehung genossen. Er war einer der Freunde des Britannicus, des Sohnes Kaisers Claudius, Neros Stiefbruder. Er ist ein merkwürdiger Mensch. Ich habe so etwas noch nie erlebt. Wenn er einen Raum betritt, wird es heller. Ich kann es nicht anders beschreiben.»
Berenike spiegelte sich im Glanz ihrer polierten Fingernägel, die sie ausdruckslos betrachtete.

«Mitte zwanzig», sagt sie, «aufgewachsen am Hof, der Sohn eines Bauern. Wir werden nach Cäsarea fahren. Morgen.»

WOLKENLOS, STRAHLEND BLAU und festlich wölbte sich der Himmel über Jotapata, das hochgelegene, mauerumgürtete eingeschlossene Jotapata, zu dessen Füßen in der Ebene die unermeßliche römische Armee lagerte.
Josephus hatte nicht gewußt, was Krieg ist. Krieg hatte in Büchern stattgefunden, die er gelesen hatte. Saul hatte Krieg geführt und König David und sie hatten die Häupter der Erschlagenen gezählt. Die Spartaner hatten die Thermopylen gehalten bis zum letzten Mann, und in Salamis hatten die kleinen Boote der Athener die großen persischen Schlachtschiffe ausmanövriert und versenkt. Alexander hatte seine Soldaten bis zum Indus geführt und durch die gedrosische Wüste, Cäsar war in Alexandria eingeschlossen worden, und die Bibliothek, die unersetzliche Bibliothek Alexandrias, war in Flammen aufgegangen.
Krieg, das war immer Tod gewesen und Zerstörung, festgehalten zwischen Buchdeckeln. Kein Toter hatte ein Gesicht, kein Sterbender röchelte, kein Verletzter schrie, keine Frau schluchzte, niemand wankte, sich mühsam an den Wänden stützend, durch die Straßen, die Augen eingesunken, die Lippen aufgesprungen, die Augen voll Wahnsinn. In Büchern war der Krieg eine Rechenaufgabe. Intelligenz und Geduld brachten einen Vorsprung vor Wagemut und Unüberlegtheit. Die Opfer waren nur Zahlen auf einem Blatt Papier.
In Jotapata waren die Opfer keine Zahlen.
In Jotapata war das Opfer Simon, der Sohn der Frau, die für Josephus kochte. Simon, der neben Josephus auf der Mauer stand und zusammenbrach, einen Pfeil im Hals, einen Schwall

Blut ausspuckend, der heiß über Josephus' bloße Zehen in den Sandalen rann. Die ganze Nacht lag Josephus wach, weil er das Schreien der Mutter nicht aus dem Ohr bekam, das im Morgengrauen in ein tierisches Winseln überging.
In Jotapata war das Opfer Jannis, der Schuhmacher, der immer einen Witz auf den Lippen und eine Näscherei für die Kinder in der Tasche gehabt hatte, der mehr als sechzig Jahre alt, dürr und ausgezehrt war, der eine Schüssel unter eine Wunde hielt, an der sein Sohn verblutete, das Blut auffing und gierig trank.
In Jotapata war das Opfer Tirza, die vor sieben Monaten geheiratet hatte und sich mit gewölbtem Leib über die Leiche ihres Mannes warf, sich an den Toten krallte und Gott verfluchte.
Josephus hielt Jotapata seit vierzig Tagen.
Er hatte den Platz befestigen lassen. Er hatte für Vorräte gesorgt, so groß, daß sie alle Flüchtlinge hatten aufnehmen können und dennoch nicht hungern mußten. Er hatte dafür gesorgt, daß genügend Waffen da waren, Pfeile und Bogen und Steinkugeln und Pech. Johannes von Gischala befehligte den nördlichen Abschnitt der Stadt, da, wo die Mauer, dreifach verstärkt, das große Tor durch Türme gesichert, lag, wo die Römer ihr Hauptlager aufgeschlagen hatte. Man konnte es von der Mauer gut überblicken. Die Zelte waren in Reihen aufgestellt. Die Lagerstraßen kreuzten einander rechtwinklig. Es wimmelte von Soldaten wie in einem Ameisenhaufen, und wie bei Ameisen schien jeder Soldat zu wissen, was er zu tun, wohin er zu gehen hatte. Betriebsamkeit, bis ins letzte durchorganisiert. Zweimal am Tag rückten sie aus dem Tor aus und zogen unter die Wälle von Jotapata und brachten Leitern und leichte Sturmgeräte mit. Zweimal am Tag wiesen die Männer auf den Mauern von Jotapata sie ohne Mühe ab.
«Sie plänkeln nur», sagte Johannes von Gischala, «sie warten, bis wir uns ergeben müssen.»
Josephus hörte die Schreie der Verwundeten aus dem Haus ne-

ben dem seinen, das sie zu einem Lazarett gemacht hatten. Er hätte lieber heute als morgen kapituliert.
Jeder Tag, den Jotapata sich früher ergab, rettete Leben. Der Preis, den er für die Unversehrtheit des Tempels bezahlte, war hoch. Zu hoch?
Zu seiner Überraschung sprach niemand von Übergabe. Johannes von Gischala wollte sich nicht ergeben. Die Männer auf den Mauern von Jotapata wollten es nicht. Mit jedem Tag, den die Stadt hielt, glaubten sie sich dem Sieg näher. Sie waren gut bewehrt, sie hatten Korn in Hülle und Fülle – was konnte ihnen geschehen? Der Juli war vorbei, der August halb, bald würde der Herbst kommen, und Vespasian mußte sich mit seiner Armee nach Syrien zurückziehen. Keine Armee konnte es einen Winter lang vor Jotapata aushalten.
Sie mußten nur noch diesen Sommer aushalten, und Jotapata wäre gerettet, ebenso Jerusalem und Judäa.
Josephus verfluchte sein falsches Spiel, das ihnen den Sieg vorgaukelte.
Bis jetzt hatte Vespasian sich zurückgehalten. Er führte den Sturm auf die Stadt nur mit soviel Kraft, wie die Verteidiger abwehren konnten. Aber auch ohne daß Vespasian zum vollen Angriff überging, war ihr Ende besiegelt.
Sie würden Jotapata nicht mehr lange halten können. Josephus hatte für alles sorgen können, nur nicht für Wasser. Die Zisternen von Jotapata, die das Wasser aufgefangen hatten, das im Frühjahr vom Himmel und von den Bergen geströmt war, enthielten nicht mehr als einen warmen, fauligen Rest. Es gab keinen Fluß in der Stadt, Jotapata lebte von dem, was der Winter und was der Frühling an Niederschlägen brachten. Am Ende des Sommers war Wasser immer knapp geworden, auch zu den Zeiten des Friedens, als Jotapata ein kleines Städtchen mit dreitausend Einwohnern gewesen war. Jetzt drängte sich die vierfache Zahl in seinen Mauern. Das Wasser war rationiert worden, aber

es schwand trotzdem schneller, als Schnee an der Sonne schmilzt. Sie hatten die Hunde geschlachtet und die Katzen, um das Blut zu trinken. Sie hatten das Blut der Sterbenden aufgefangen. Sie stanken nach Schweiß und Exkrementen, und bald würde der erste nicht an einem Pfeil sterben, sondern hingerafft werden durch den Engel der Seuche. Er mußte Jotapata übergeben. Er mußte Jotapata halten um des Tempels willen. Was sollte er tun? Wie lange noch wollte Vespasian untätig unter der Mauer liegen?

Josephus stand in der Dämmerung auf der Mauer neben Johannes von Gischala und suchte mit brennenden Augen nach einem Zeichen, daß die Römer einen großen Angriff vorbereiteten. Das Lager war ruhig, die Soldaten saßen wie jeden Abend, spielten Brettspiele, putzten ihre Ausrüstung, aßen, lachten, tranken. Wie jeden Abend kamen die Ochsenkarren mit den großen Wasserfässern.

«Wir sollten sie in Brand schießen», sagte Johannes.

«Sie sind außer Reichweite», antwortete Josephus. Seine Lippen waren vor Trockenheit aufgeplatzt und schmerzten, wenn er redete. «Sie haben Wasser, wir nicht. Wir können die Stadt nicht mehr lange halten.»

«Es wird regnen», sagte Johannes. «Gott ist mit uns. Simon ben Giora hat Cestius Gallus geschlagen. Wir schlagen Flavius Vespasianus. Er muß abziehen, er muß in drei oder vier Wochen abziehen.»

«Wir haben kein Wasser für drei oder vier Wochen.»

«Wir beten um Regen», sagte Johannes unerschüttert, «der Herr ist auf unserer Seite. Er wird uns erhören.»

Josephus blickte zum Himmel. Dunkelheit hatte ihn überzogen. Die ersten Sterne begannen zu flimmern, ein honiggelber Mond stieg hinter den Berggipfeln hoch. Es war eine warme Sommernacht. Morgen früh würde die Sonne wieder aufgehen und von einem heiteren, wolkenlosen Himmel strahlen.

CÄSAREA WAR EINE SCHÖNE weiße marmorglänzende Stadt, die keine Spuren des Massakers zeigte, das in ihren Straßen vor einem Jahr stattgefunden hatte. Nichts wies darauf hin, daß in ihrem Hinterland ein Krieg tobte. Was ging dieser Krieg Cäsarea an, die griechische Stadt, die davon lebte, daß der Schiffsverkehr nach Syrien über ihren Hafen lief? Drei Tage nach ihrer Ankunft ging Daphne zum Hafen hinunter. Von Dora bis Joppe war die Küste für Schiffe unzugänglich gewesen, bis der Vater Berenikes und Agrippas hier das Meer mit Felsstücken auffüllen ließ und einen breiten Damm über das Wasser baute, der als Wellenbrecher diente, in dessen Schutz sich ein großer Ankerplatz entfaltete, größer als der Hafen von Piräus. Er lag unter der strahlenden Augustsonne, so betriebsam und geschäftig, wie Daphne sich an ihn erinnerte. Da waren die Werften mit ihren Docks, in denen die Schiffe gebaut und repariert wurden, da waren das Hafenbecken mit seinen Kaimauern, an denen die Lastsegler festmachten, die kleinen Schiffe mit einem Segel, die großen Zwei- und Dreimaster, die Ruderschiffe mit drei, vier, fünf Stockwerken von Rudern übereinander.

Daphne dachte daran, wie sie sich vor wenigen Jahren hier eingeschifft hatte. Ihr Vater hatte noch gelebt. Sie hatten nach Rom gehen wollen zu seinem Bruder, und sie hatte davon geträumt, daß ihr Leben sich ändern würde. Es hatte sich auf eine Weise geändert, die sie sich nie hätte auch nur andeutungsweise vorstellen können. Aus dem schmuddeligen, vorwitzigen, neugierigen Kind, das überall herumlief, alles anstaunte, geschickt darin, eine Orange mitgehen zu lassen, wenn der Verkäufer nicht hinsah, war jetzt eine junge Dame geworden, die sittsam den Schleier über die Haare gelegt hatte und der die jungen Männer anerkennende Blicke zuwarfen. Jede Bemerkung, jede Annäherung wurde verhindert durch ihre Begleitung, denn sie durfte die Straße nicht betreten ohne die Gesellschaft einer älteren Frau und eines kräftigen Sklaven.

Daphne blieb stehen und beobachtete die Einfahrt eines Schiffes. Es war nicht groß, keiner der üblichen Lastsegler. Es war schnittig, fuhr unter zwei Segeln, die jetzt gerefft wurden. Die Ruder tauchten ins Wasser und brachten das Schnellboot an den Kai.

Daphne kniff die Augen zusammen. Am Bug stand ein Mann, der ihr vage bekannt vorkam. Sie konnte gegen die Sonne nur die Umrisse wahrnehmen. Sie mußte sich täuschen. Es war Titus, der erwartet wurde, nicht Marcus Annius Flaccus. Er konnte es nicht sein. Es gab mehr schlanke, hochgewachsene Männer mit breiten Schultern, aber wie viele von ihnen hatten eine so arrogante Haltung, trugen den Kopf so unnachahmlich hochmütig, als sei selbst der Kaiser im Rang unter ihnen?

Daphne lief die nächsten Schritte zum Kai, an dem das Schiff anlegte, umrundete ein paar Kinder, die mit einer angefaulten Orange Fußball spielten, und achtete nicht auf die ärgerlichen Schnalzlaute ihrer Begleiterin, die mit ihrem Tempo nicht Schritt halten konnte.

Der Mann an Bord des Schnellseglers war Marcus Annius Flaccus. Sie hatte sich nicht getäuscht. Er wandte den Kopf und warf über die Schulter eine Bemerkung zu einer Frau, die gerade aus dem Schiffsbauch an Deck stieg. Es war eine dunkelhaarige Frau mit so großen Perlengehängen in den Ohren, daß Daphne sie über die Entfernung deutlich schaukeln sah. Es war Nefrit, die lachte und Flaccus einen Moment vertraulich die Hand auf den Arm legte. Dann verschwand sie wieder unter Deck.

Daphne blieb stehen und beobachtete, wie Flaccus von Bord ging. Zwei Männer erwarteten ihn. Sie hatte sie schon einmal gesehen. Sie waren Leute aus dem Gefolge König Agrippas. Also mußte er erwartet worden sein. Er wechselte einige Worte mit ihnen, sie nahmen ihn in die Mitte, er ging über den Kai, direkt auf sie zu. Daphne trat einen Schritt zurück, aber es war zu spät. Er hatte sie gesehen. Sein Blick, der erst gleichgültig über

sie hinweggeglitten war, schärfte sich und kehrte zu ihr zurück. Er hatte sie erkannt.
Er blieb vor ihr stehen, hob ihr Kinn nachlässig mit einem Finger an und blickte mit seinen dunklen Augen lächelnd in ihre hellen.
«Welch bezauberndes Begrüßungskomitee», sagte er, «aber ganz ohne Blumen und Wein?»
«Ich bin zufällig hier», sagte sie steif.
«Oh, meine Eitelkeit! Ich dachte schon, du seiest meinetwegen gekommen, vielleicht weil du dich freutest, mich wiederzusehen. Aber man lebt, um enttäuscht zu werden.»
Ihre beiden Begleiter hatten sie erreicht. Der kräftige Sklave nahm eine Haltung ein, in der Unterwürfigkeit vor dem hohen Herrn und die Warnung, seiner Herrin nicht nahezutreten, auf komische Weise miteinander im Streit lagen. Die ältere Frau war couragierter.
«Herr», sagte sie laut, «meine Herrin steht unter dem Schutz der Königin Berenike.»
Er zog seinen Finger zurück und sah sie an.
«Du solltest ihr nicht erlauben, sich am Hafen herumzutreiben, wenn du nicht willst, daß sie belästigt wird», sagte er und ging mit einem verabschiedenden Nicken weiter.
«Ein hübsches Mädchen», sagte einer von Agrippas Leibwächtern.
«Ja, ein vielversprechendes Kind», stimmte er zu.
Daphne ballte die Fäuste, während sie ihm nachstarrte.
Ihre Anstandsdame überschüttete sie mit einem Schwall von Worten, in denen es von «Ich habe es gleich gesagt» und «Du wolltest ja nicht auf mich hören! Nun hast du es selbst erlebt!» wimmelte. Daphne hörte nicht zu.
Sie war wütend. Wie immer hatte er die Unverschämtheit besessen, sie einfach stehenzulassen, bevor ihr eine passende Entgegnung eingefallen war. Er hätte warten sollen, bis sie ihm

gesagt hätte, ihm an den Kopf geworfen hätte, ihn angeherrscht hätte ... Daphne fielen viele Möglichkeiten ein, wie sie ihm hätte antworten können. Nur was sie gesagt hätte, wurde ihr nicht so recht klar. Es hätte auf jeden Fall etwas sein müssen, das ihm die Sprache verschlagen hätte. Und das ihm schlagend bewiesen hätte, daß sie kein Kind mehr war.

Marcus Annius Flaccus hatte aus Rom Neuigkeiten mitgebracht, die erst drei Tage später mit dem regulären Schiff Cäsarea erreichten, durch die ganze Stadt flogen und für Aufregung sorgten. Am Tag seiner Ankunft aber erfuhren nur wenige Menschen davon. Sie saßen in einem Raum im Palast der Herodier in Cäsarea, der Stadt, die Herodes gebaut hatte, und konferierten. Daphne saß in einem Winkel, das Schreibpult vor sich, und protokollierte. Später sollte sie die Mitschrift in Caenis' Geheimcode übertragen.

Um den Tisch waren Agrippa, Berenike, Caenis und Flaccus versammelt. Flaccus hielt sich nicht lange mit einer Vorrede auf.

«Nero ist tot», sagte er, «der Senat hat Galba zum Kaiser proklamiert.»

Daphne wäre beinahe der Griffel aus der Hand gefallen.

Caenis saß ganz still. Kein Armreif klirrte. Berenike hatte die Hände auf den Tisch gestützt und ihre Stirn darin vergraben. Agrippa war aufgesprungen.

Caenis sprach als erste. Ihre Stimme war klar und kühl.

«Die Einzelheiten?»

Flaccus berichtete knapp. Als die Nachricht vom Aufstand des Vindex und Galbas nach Rom gekommen war, hatte der Senat mit dem Präfekten der Prätorianer verhandelt. Den Soldaten sei ein Geschenk in Aussicht gestellt worden. Daraufhin sei in derselben Nacht der Senat zusammengetreten und habe die Reichsacht über Nero verhängt. Der Präfekt habe die Prätorianerwache vom Palatin abgezogen. Nero, der sich seines Schutzes beraubt sah, habe vergeblich bei Freunden Zuflucht gesucht. Alle Türen seien ihm versperrt geblieben. Endlich habe er sich, nur begleitet von Epaphroditus und Acte, in eine Villa an der Via Nomentana vor Rom begeben und dort – mit Hilfe des Epaphroditus – sich den Dolch in den Hals gestoßen.

«Wie ist die Lage in Rom?»

«Der Senat steht natürlich auf Seiten Galbas. In seinen Augen ist Galba der ideale Kaiser. Er ist seit fünfundzwanzig Jahren Senator, stammt aus einer der ganz alten römischen Familien und hat bereits angekündigt, daß er die Verfassung des Augustus respektieren wird. Die Bevölkerung ist hin- und hergerissen. Viele haben unter den Verfolgungen Neros gelitten, sie jubeln über sein Ende. Andere haben an der Verschwendungssucht des Hofes verdient, sie sind gegen Galba, der einfach und sparsam lebt. Entscheidend sind aber weder der Senat noch das Volk von Rom. Beide werden gezügelt von den Prätorianern, die sich für Galba erklärt haben. Der Kaiser wird von der Armee gemacht.»

«Von welcher Armee?» fragte Caenis trocken.

Agrippa setzte sich wieder. Berenike blickte auf. Flaccus öffnete die Hände, die er bisher verschränkt hatte.

«Das ist die entscheidende Frage», sagte er, «wir sehen uns vor einer ganz neuen Situation. Seit Augustus das Prinzipat begründet hat, lag die Macht bei seiner Familie. Das Kaisertum wurde vererbt. Zum ersten Mal gibt es keine Erben der Macht. Sie muß erobert werden. An der Spitze einer Armee. Wenn nicht alle Armeen sich auf denselben Mann als Kaiser einigen, haben wir, was wir vor hundert Jahren hatten: den Bürgerkrieg.»

«Wer hat sich für Galba ausgesprochen?»

«Lusitanien, Spanien natürlich und Gallien. Die Rheinarmee ist unschlüssig. Die Truppen dort wollten ihren Legaten zum Kaiser ausrufen. Er hat abgelehnt, aber er hat sich auch noch nicht für Galba erklärt. Jetzt kommt es auf die Truppen in Ägypten, in Syrien, in Judäa an. Wenn sie Galba unterstützen, wird ihm das Reich zufallen.»

«Wo ist Galba jetzt?»

«Auf dem Weg nach Rom.»

«Wie hoch soll das Geschenk für die Prätorianer sein?»

«Für jeden das Zehnfache eines Jahressoldes.»

Es war Caenis, die am schnellsten nachrechnete.

«Das sind mindestens dreihundert Millionen Sesterzen.»

Schweigen folgte.

«Wer kann das aufbringen? Ist Galba so reich?» fragte Berenike.

«Er braucht Hilfe», erwiderte Flaccus ruhig, «wer dafür ist, daß Galba Kaiser bleibt, sollte für ihn spenden.»

«Für einen Mann von über siebzig Jahren ohne Söhne?» fragte sie ungläubig. «Wer wollte denn in ihn investieren? Es gibt keine Sicherheiten. Galba stirbt, und alles beginnt von vorn.»

«Galba wird einen Sohn haben», sagte Caenis bestimmt.

Daphne ließ den Stift sinken und starrte sie an.

«Er muß für die Nachfolge sorgen. Ihm ist das so klar wie uns. Er wird jemanden adoptieren.»

«Wen?» fragte Agrippa.

Daphne wußte die Antwort, bevor Caenis sprach. Darauf hatte Caenis hingearbeitet, diese Situation hatte sie schaffen wollen.

«Titus», sagte sie, «Vespasians Sohn.»

«Warum sollte er gerade ihn wählen?» fragte Agrippa.

«Weil er ihm die Legionen des Ostens bringt», sagte Flaccus. «Vespasian und Mucianus stehen hinter Titus. Und auch Tiberius Alexander in Ägypten. Nicht Galba bürgt für die Investition, sondern Titus.»

«Er wird bald hier eintreffen. Wir setzen die Unterredung morgen fort», sagte Caenis.

Sie stand auf. Auch die anderen erhoben sich und verließen den Raum, Flaccus als letzter. Daphne schob die Wachstäfelchen zusammen, die sie beschrieben hatte. Eines fiel zu Boden. Sie bückte sich und hob es auf. Über ihrem Kopf hörte sie Flaccus' Stimme:

«Wieso bist du hier?»

Sie richtete sich wieder auf.

«Caenis hat mich Berenike überlassen. Ich bin ihre Sekretärin.»

Die anderen waren schon fort. Flaccus betrachtete sie ohne Lächeln.

«Sie hätte dich nicht herbringen sollen. Vielleicht hat es noch keiner von ihnen bemerkt, aber in diesem Land herrscht Krieg. Das ist kein Ort für ein Kind. Wenn Titus nach Rom geht, wird er dich mitnehmen. Du kannst wieder bei Domitilla leben.»

Er ging.

Daphne blieb zurück, zitternd vor Zorn. Die Wachstafel, die sie gerade aufgehoben hatte, lag in ihrer Hand. Sie sah darauf nieder und schleuderte sie dann zu Boden. Das überstieg alles. Er wartete nicht einmal ab, was sie dazu zu sagen hatte. Er verfügte über sie wie über ein Pferd.

Titus kam zwei Tage später. Berenike und Agrippa gaben zu seiner Ankunft in ihrem Palast ein Fest. Daphne, immer noch wütend auf Flaccus, achtete kaum auf die Vorbereitungen. Als sie den Saal betrat, in dem der Empfang stattfinden sollte, blieb sie wie angewurzelt stehen. Bisher hatte sie Berenike als eine Griechin erlebt, die in eleganter Einfachheit lebte. Aber jetzt hatte die Königin sich darauf besonnen, daß sie eine Fürstin des Ostens war.

Sie stand neben ihrem Bruder Agrippa, in ein Purpurgewand gehüllt. Ihre Haare waren zu einer komplizierten Lockenfrisur aufgetürmt, von der ein golddurchwirkter Schleier den Rücken hinabfiel. Um die Stirn schlang sich ein goldenes Diadem, das mit Juwelen besetzt war. Ihr Gesicht war sorgfältig geschminkt. An den Ohren, um den Hals, an Armen und Händen hatte sie alles angelegt, was sie an Perlen, Rubinen, Smaragden und Diamanten besaß. Sie sah prachtvoll aus.

Titus kam nicht in der Uniform des Tribunen, sondern als Bürger in der Toga. Von dem strahlenden Weiß des gebleichten Leinens stach die Sonnenbräune seiner Haut ab. Im Licht der Bronzekandelaber leuchtete sein Haar noch heller, als Daphne es in Erinnerung hatte. Er ging schnell, mit dem Schritt eines Mannes, der eine lästige Aufgabe rasch hinter sich bringen will. Auf halbem Wege zu der Estrade, auf der die königlichen Geschwister standen, verhielt er plötzlich den Schritt. Agrippa löste sich von seiner Schwester und ging ihm lächelnd entgegen, Titus begrüßte ihn, die rechte Hand, die Innenfläche nach außen gekehrt, erhoben. Er erwiderte die begrüßenden Worte, wie die Etikette es erforderte, aber Daphne und allen Umstehenden und auch Agrippa und seiner Schwester war klar, daß er nur mechanisch reagierte. Seine Augen ruhten die ganze Zeit nicht auf dem König, sondern auf Berenike, die bewegungslos stehengeblieben war, eingehüllt in Purpur, Gold und Juwelen, die antimonumrandeten Augen weit geöffnet. Auf ihrem Gesicht lag kein Lächeln.

Daphne dachte, wie hoch er auch steige als präsumptiver Adoptivsohn des Kaisers, hier zeigte sich doch, daß er der Sohn eines Maultierzüchters aus Nursia, der Enkel sabinischer Bauern war. Der hier zur Schau gestellte Pomp, die starre, götterbildgleiche Pracht der Königin verwirrten ihn.

Hinter ihm schlenderte Flaccus lässig herein. Beim Anblick der purpurnen, juwelenbedeckten Erscheinung Berenikes blieb er einen Moment stehen und zog ironisch eine Braue hoch. Daphne fragte sich, wem die Ironie galt, Berenike, die den jungen Mann so beeindrucken wollte, oder Titus, der so offensichtlich beeindruckt war?

Agrippa führte Titus den Rest des Wegs zur Estrade zu Berenike. Die Königin kam dem Tribunen keinen Schritt entgegen. Sie lächelte immer noch nicht.
Der junge Römer begrüßte sie, wie er ihren Bruder begrüßt hatte und fügte den zeremoniellen Worten, die wie auswendig gelernt klangen, nichts hinzu. Berenike antwortete mit einer kleinen Rede. Sie sprach leise. Was sie sagte, konnte Daphne über die Entfernung nicht verstehen, aber sie kannte sie, weil sie die Königin beim Einstudieren der Phrasen abgehört hatte. Titus lauschte höflich. Er stand an der untersten der drei Stufen und mußte den Kopf in den Nacken zurücklegen, um Berenike in die Augen sehen zu können. Offenbar fand er ihre Rede viel zu kurz, denn als Berenike verstummte, wartete er regungslos. Aber Berenike fügte nichts mehr hinzu. Nach Daphnes Einschätzung hatte sie nicht die Hälfte dessen gesagt, was sie sich vorgenommen hatte.
Es war Agrippa, der nach einigen Sekunden, als weder der junge Römer noch die Königin sich regten und eine leichte Unruhe sich im Saal auszubreiten begann, das Schweigen brach, indem er lächelnd und mit einem Scherzwort Titus' Arm ergriff und ihn beiseite führte.
Das Bankett für zweihundert Gäste fand in mehreren Sälen statt. Da Daphnes Rang niedrig war, war sie nicht in dem Triclinum, in dem Flaccus, Titus, Agrippa, Berenike und die ranghöchsten römischen Offiziere und griechischen Beamten um den Tisch lagen. Sie fand sich drei Räume weiter inmitten unterer Palastchargen und deren Frauen. Die Männer sprachen über den Krieg, die Frauen über Berenike. Daphne blieb schweigsam und rührte die Speisen kaum an. Sie wünschte sich, sie hätte eine Gelegenheit, Flaccus zu sagen, was sie über ihn dachte. Hoffentlich würde es noch eine Gelegenheit geben. Auf keinen Fall würde sie mit Titus nach Rom zurückkehren. Was sollte sie in Nursia bei der freundlichen Dummheit Domitillas und der

zudringlichen Kameraderie Domitians? Sollte sie lernen, Maultiere zu züchten? Caenis hatte sie eingeführt in die Welt der Macht. Zwar war sie selbst noch nicht so weit, das Rad zu drehen, mit dem der Wagen der Geschichte gesteuert wurde, aber sie kannte die Menschen, die die Hand an den Speichen hatten, sie konnte dabei zusehen. Eines Tages würde sie Caenis' Platz einnehmen. Die Macht hinter den Kulissen. Das war es, was zählte. Nicht der Kaiserliche Schauspieler auf der Bühne der Öffentlichkeit – wichtig war der Spielleiter dahinter, der die Rollen vorschrieb und die Spieler auf die Bühne schickte. Sie hatte die Fahrt mit Chloe zu Josephus genossen, die Aufregung, die Gefahr, aber vor allem auch die Gespräche, in denen Caenis mit ihr die Lage erörtert hatte, in denen ihr klargeworden war, wie das Spiel gespielt wurde.

Sie hörte plötzlich den Namen des Josephus und wurde aufmerksam. Ihr gegenüber lag ein dicklicher junger Mann, dessen Haar schon schütter wurde. Sie kannte ihn. Er war ein ägyptischer Freigelassener, der für den Einkauf dessen zuständig war, was der Haushalt der Königin benötigte. Von ihm bekam sie das Schreibmaterial. Sie ging nicht gern zu ihm, denn er hielt sie in langen Gesprächen auf, in denen er betonte, was für ein bedeutender Mann am Hofe er sei und wie hoch sein Einkommen sei. Dabei gelang es ihm, mehrmals ihren Arm oder ihre Brust zu berühren. Er war geschickt darin, es wie einen Zufall erscheinen zu lassen, so daß sie ihm keine Ohrfeige geben konnte, wie sehr es sie auch in den Fingern juckte. Daphne hatte ihn im Verdacht, dafür gesorgt zu haben, daß ihr dieser Tisch zugeteilt worden war.

«Er hält die Festung schon vierzig Tage», sagte der Mann und zog mit den Fingern ein Fleischstück von einem kleinen Spieß. Er tauchte es in die Sauce, die in einem Schüsselchen vor ihm stand, «tapferer, tüchtiger Bursche. Das hätte niemand gedacht, daß Jotapata sich so lange halten würde. Schade um ihn, wenn sie ihn kreuzigen.»

Er steckte das Fleisch in den Mund und kaute genießerisch, die Augen halb geschlossen.

«Gekreuzigt? Wer?» fragte Daphne scharf.

Sie wußte es, aber sie wollte es nicht glauben.

«Josephus natürlich. Der Kommandant von Jotapata. Die Stadt muß bald fallen», sagte der Mann und winkte einem Sklaven mit einer Wasserschale. Er tauchte seine Finger in das Wasser, in dem Rosenblätter schwammen, und trocknete sie dann an der Serviette ab, die die Sklavin ihm reichte.

«Warum sollten sie ihn töten? Und warum auf diese Art?»

Der Ägypter, sichtbar angetan von ihrem Interesse, beugte sich über den Tisch nahe zu ihr hinüber. Sie konnte seinen Weindunst riechen.

«Die Römer sind Barbaren. Sie werden immer Barbaren bleiben. Wenn man daran denkt, wie der große Artaxerxes von Persien dem Themistokles zum Fürsten von Magnesia machte, den Flüchtling, den Feind, der Athens größten Sieg über Persien errungen hatte, und damit vergleicht, wie Rom den Hannibal gejagt hat bis zu seinem schmählichen Ende, dann weiß man, daß sie Barbaren sind. Warum sie den Josephus hinrichten werden? Weil er ein Rebell ist. Sie töten alle ihre Feinde, und sie ruhen nicht eher, bis sie sie getötet haben, es sei denn, man kommt ihnen mit Selbstmord zuvor wie die göttliche Kleopatra. Wie endete Jugurtha, wie Vercingetorix? Mag sein, daß sie ihn nicht gleich umbringen, sondern aufsparen für den Triumph in Rom und ihn nachher im Kerker erdrosseln. Ich glaube es aber nicht. Das machen sie mit den Führern in Jerusalem. Jetzt, wo der Krieg noch nicht zu Ende ist, wollen sie Angst und Schrecken verbreiten. Sie werden ihn kreuzigen, auf mein Wort. Wer will mit mir darum wetten?»

Je länger er sprach, desto stärker fror Daphne.

Josephus sollte sterben? Auf solche Weise sterben? Sie erkannte, daß der Ägypter recht hatte. Rom ließ seine Gegner nicht leben. Sie hatte Josephus dazu überredet, Jotapata zu halten. Was er tat, war ganz im Sinne Vespasians und seiner Freunde. Daß er die Kräfte der römischen Armee so lange band, erlaubte Vespasian die längere Herrschaft über die Legionen und führte endlich dazu, daß hinter Titus nicht nur Geld stand, sondern auch militärische Macht. Josephus hielt die Festung nicht für die Juden, sondern dafür, daß Titus eines Tages Kaiser sein würde. Und zum Dank würde Vespasian ihn töten lassen. Sie war schuld daran. Nicht allein schuldig natürlich, aber sie hatte in diesem bösen Spiel eine Rolle gespielt, sie hatte sich für das, was sie getan hatte, zu verantworten. Sie hatte ihren Retter verraten. Ihr wurde übel. Sie sprang auf und lief hinaus. Ein gutmütiger Witz folgte ihr, über den ihre Tischgesellschaft schallend lachte. Sie hörte es schon nicht mehr.

In ihrem Zimmer wartete Glauke auf sie.

«Was ist mit dir?» rief sie erschrocken, «du siehst aus, als sei dir die Medusa begegnet!»

Daphne antwortete nicht und warf sich auf ihr Bett.

Nein, sie war nicht schuldig. Natürlich nicht. Auch ohne ihre Nachricht hätte Josephus gegen Rom gekämpft. Er war in jedem Fall ein Rebell, den Rom hinrichten würde. Aber Vespasian konnte es nicht tun! Er konnte nicht mit einem Mann verhandeln, der zu seinem Vorteil handelte, und ihn dann kaltschnäuzig ermorden lassen, als habe er nie etwas mit ihm zu tun gehabt.

Sie sah Vespasian vor sich, vierschrötig, stiernackig, das tiefgefurchte Bauerngesicht hart. Er würde keine Skrupel haben. Die Verabredung mit Josephus hatte dessen Leben nicht beinhaltet. Er hatte ihm nur versprochen, den Tempel in Jerusalem nicht zu zerstören.

Und Caenis? Wenn sie sich an Caenis wandte? Dann würden ihre Armreifen klirren, der Schildkrötenhals würde sich verwundert vorschieben, und Caenis würde mit ihrer weichen,

wohlklingenden Stimme sagen, daß Josephus von Anfang an gewußt habe, worauf er sich eingelassen hatte.
Flaccus? In seinen Augen war sie nur ein kleines Mädchen, das noch mit Puppen spielen sollte und sich nicht in Politik einzumischen hatte. Er würde sie nur auslachen. Titus? Wie sollte Titus sie verstehen? Er war ein Römer. Alle Römer waren Barbaren. Sie töteten ihre Feinde immer, gleich wie tapfer sie sich schlugen. Römer waren nicht ritterlich, sondern brutal. Nur so erhielten sie ihre Macht. Nur weil kein menschliches Gefühl ihr Herz rühren konnte. Weder Bewunderung noch Mitleid oder Erbarmen. Nichts war von Römern zu erwarten.
Berenike!
Berenike, die mit Josephus verwandt war, Berenike, die wie Josephus für dasselbe Ziel kämpfte, den Tempel in Jerusalem zu erhalten. Sie arbeitete mit den Römern zusammen. Berenike würde helfen können. Berenike würde helfen müssen.
Daphne wollte Berenike gleich am nächsten Morgen sprechen, aber sie wurde nicht vorgelassen. Die Türen zu den Gemächern der Königin blieben verschlossen. Für jedermann.
Wie Daphne von Glauke erfuhr, die allen Klatsch des Palastes aufschnappte und zu ihr trug, wie ein Hund ein Stöckchen apportiert, hatte Berenike sich von dem Festmahl früh zurückgezogen. Auch Titus war bald danach aufgebrochen, und er hatte die Nacht nicht im Amtssitz des Prokurators verbracht. Er hatte den Palast der Herodier nicht verlassen. Er war von Berenikes Zofe geleitet worden, nachdem er alle Herren seines Gefolges verabschiedet hatte. Und jetzt, zehn Stunden später, war er immer noch hier, und niemand war zu Berenike vorgelassen worden außer den Sklaven mit Obst und Wein. Was Glauke sonst noch anführte an Einzelheiten und an Kommentaren aus der Küche, hörte Daphne nicht mehr.
Wenn Berenike sich mit Titus eingelassen hatte, dann würde sie nicht zu ihr vordringen können, um ihr den Fall Josephus vor-

zutragen. Berenike spielte jetzt ein eigenes Spiel. Daphne erinnerte sich daran, wie sie Titus gestern begegnet war, juwelenbedeckt, königlich, eine Herrscherin des Ostens, sich herablassend zu dem jungen Mann, der einmal der Kaiser werden würde. Für Berenike ging es um mehr als um das Schicksal des Mannes, der Jotapata verteidigte und in den Augen der Römer ein Rebell war, der hingerichtet werden mußte.
In diesem Krieg starben viele. Für den einen würde die Königin nicht einen Einfluß geltend machen, den sie gerade erst erwarb. Wer zu früh zuviel erbat, konnte nichts mehr bewirken, wenn es wirklich darauf ankam. Konnte Josephus nicht ebenso von einer Steinschleuder, einem Pfeil, einem Schwerthieb getötet werden? Was machte die Art seines Todes für einen Unterschied? Er hatte die Wahl gehabt, und er hatte selbst gewählt. Sie war nicht schuld an seinem Tod.
Aber er war es gewesen, der sie vor Sizilien aus dem Wasser gezogen hatte. Ein Leben für ein Leben. Sie würde sich aufmachen und nach Jotapata gehen und Josephus retten.
Als ihr der Gedanke gekommen war, saß sie ganz still. Sie ließ ihn sich immer wieder durch den Kopf gehen. Er klang richtig. Sie würde Josephus retten. Aber wie?
Das war jetzt nicht wichtig, entschied sie. Sie konnte nicht im Palast der Herodier in Cäsarea sitzen und überlegen, was sie tun würde, wenn sie vor Jotapata war. Das würde sich finden. Pläne konnte sie machen, wenn sie angelangt war. Jetzt ging es darum aufzubrechen. Jetzt mußte sie sich darauf konzentrieren, nach Jotapata zu gelangen. Sie mußte ungesehen den Palast verlassen und die Stadt. Das würde nicht schwer sein. Sie brauchte ein anderes Gewand, das nicht so nach Wohlstand aussah wie diejenigen, die sie neuerdings hatte. Ein reiches Mädchen, das allein unterwegs war, erregte Aufsehen, ein armes nicht. Es war nicht schwer, eine gebrauchte Stola in der Straße der Kleiderhändler zu erstehen. Sie brauchte nur Geld.

Sie hatte kein Geld. Im Palast Berenikes erhielt sie alles, was sie zum Leben brauchte. Und wenn sie ausging und etwas kaufen wollte, zahlte ihre Begleiterin für sie. Sie besaß nicht ein einziges As.
Sie konnte nur zu Geld kommen, indem sie etwas verkaufte. Etwas Kleines, was sie unter ihrem Gewand verbergen konnte, wenn sie hinten aus der Küche hinausschlüpfte.
Daphne ließ die Augen durch das Zimmer gleiten, in dem sie saß. Da war nichts von Wert. Ihre Kleider? Sie würden ein zu großes Bündel abgeben. Das konnte sie nicht verbergen. Sie würden auch nicht genug bringen. Der Weg nach Jotapata war weit.
Die Gazelle. Die silberne Gazelle, die Alexandros ihr geschenkt hatte. Sie hatte Glauke befohlen, sie wegzuwerfen, aber Glauke hatte es nicht übers Herz gebracht. Daphne erinnerte sich, daß sie die silberne Figur in das Wandregal gelegt hatte. Sie sprang auf. Ja, sie war noch da. Die konnte sie verkaufen. Sie würde bestimmt soviel bringen, daß sie nach Jotapata gelangen konnte.
Sie wußte, wo die Gold- und Silberschmiede ihre Läden hatten. Sie feilschte eine Stunde lang und bekam dann das Doppelte von dem, was sie sich erhofft hatte. Der Kleiderhändler stellte keine Fragen, als sie ihr Gewand aus feingekämmter Baumwolle gegen eine abgetragene, fleckige Tunika tauschte, die auf der Haut kratzte. Allerdings nahm er nur ihre Palla im Tausch dafür, zahlte aber kein As zusätzlich. Als sie zu handeln versuchte, kniff er die Augen zusammen und musterte sie von oben bis unten, undeutlich murmelnd, daß sich die Stadtwache für ein reiches Mädchen, das sich als armes verkleiden wollte, interessieren könnte und der Handel ihn in Schwierigkeiten bringen würde. Nur aus reiner Menschenfreundlichkeit sei er überhaupt bereit, sich darauf einzulassen. Daphne gab zähneknirschend nach.

Im Hafen fand sie ein Linienschiff, das die Küste bediente. Sie buchte eine Passage und ging sofort unter Deck, wo sie sich einer vielköpfigen Familie anschloß. Die Mutter, die sechs Kinder zu betreuen hatte, war dankbar, als Daphne ihr half und die drei Kleinen mit Spielen und Scherzen unterhielt. Noch bevor das Schiff ablegte, waren alle an Bord der Meinung, Daphne sei das siebte Kind des Ehepaares, und sie fuhr unbehelligt unter dem unwissentlichen Schutz dieser Leute, bis sie nach zwei Tagen Ptolomais erreichte.
Leider stieg ihre angenommene Familie dort nicht aus. Als Daphne am Kai stand, wußte sie, daß ihre Probleme erst begonnen hatten. Bis jetzt war alles nur ein Kinderspiel gewesen. In Ptolomais war Markttag. Daphne kaufte sich einen Henkelkorb und ein Gewand zum Wechseln. In einer Ecke des Marktes herrschte starkes Gedränge. Die Menge umstand einen Menschen, der laut schrie. Daphne ging neugierig näher und zwängte sich solange unter Einsatz ihrer Ellbogen durch, unbekümmert um Püffe und Scheltreden, bis sie in der ersten Reihe stand. Sie sah sich einem Mann gegenüber, der völlig ausgezehrt war. Die Haut umspannte die Knochen, ohne daß noch Fleisch darunter lag. Er trug nur Lumpen, sein Haar wuchs ihm als wilde Mähne bis auf die Hüften, und die tiefliegenden Augen über dem struppigen Bart glühten in einem fanatischen Feuer.
«Ich sage euch, das Ende der Welt wird kommen. Wehe über euch und eure Kinder! Eurer Sünden wegen wird die Welt untergehen. Feuer wird vom Himmel fallen, die Erde wird sich auftun, die Posaunen werden erschallen …»
Während er schrie, warf er die Arme zum Himmel und begann einen grotesken Tanz.
«Ist er verrückt?» fragte Daphne ihren Nachbarn.
Der zuckte die Achseln.
«Ein Verrückter oder ein Prophet, wer kann das sagen?»
Der Mann, der immer noch schrie, jetzt aber nur noch Unver-

ständliches gellte, hatte ein Messer gezückt und brachte sich Schnitte auf der Brust bei. Das Blut lief in breiten Rinnsalen über seinen Oberkörper.
«Aber tut denn niemand etwas dagegen?»
«Wenn er nun ein Prophet ist? Gegen die geht niemand vor. Nicht einmal die Römer. Die haben vor nichts Respekt, denen ist nichts von unserem Glauben heilig, aber an Propheten trauen nicht einmal die sich heran.»
Sie zog sich langsam wieder aus der Menge zurück. Am späten Nachmittag, als die Bauern aus der Umgebung die Stadt wieder verließen, mischte sie sich unter sie. Sie machte die Bekanntschaft einer alten Frau, in deren Haus sie übernachten konnte, und fand am nächsten Morgen einen Mann, der über die Berge gehen wollte, um seinen alten, gebrechlichen, jüngst verwitweten Schwiegervater abzuholen und in sein Haus zu bringen.
So kam sie bis auf eine Tagesreise vor Jotapata. Sie war wieder eingetaucht in die Welt, die sie vor zwei Jahren verlassen hatte, und der Übergang war mühelos gewesen. Sie konnte nach wie vor mit diesen einfachen Leuten scherzen, schimpfen, lachen. Sie gehörte zu ihnen. Sie würde von jetzt an immer zu ihnen gehören. Es war ihr klar, daß sie nicht zurückkehren konnte. Sie war gegangen, ohne um Urlaub zu bitten, sie hatte keine Erklärung hinterlassen. Sie würde keinen von ihnen je wiedersehen: Berenike nicht und Titus nicht, Caenis nicht und auch den unerträglich arroganten Flaccus nicht. Darüber konnte sie nur froh sein. Sie hatte ihre Freiheit zurückgewonnen. Vielleicht würde man sie suchen, weil sie zuviel wußte. Aber Daphne wußte auch, daß man sie nicht finden würde. Ein armes Mädchen ohne Familie zu suchen, von dem man nicht wußte, wohin sie sich gewandt hatte, hieß, eine Nadel im Heuhaufen zu suchen.
Der Mann, mit dem sie zum Dorf jenseits des Berges gewandert war, nahm sie mit in die Behausung des Alten, den er abholen

wollte. Sie lag außerhalb des Dorfes. Zwei Stunden galt es über einen Geröllhang zu klettern. Als sie ankamen, wurde es bereits dunkel. Daphne blieb keuchend stehen und ruhte sich aus. Von hier oben hatte man einen weiten Blick. Gegen den violetten Abendhimmel standen schwarz die Kuppen der Berge. Ein Geräusch hinter ihr ließ sie zusammenfahren. Ihr Begleiter hatte die Tür geöffnet und hielt sie ungeduldig für sie offen.

Als Daphne über die Schwelle trat, sah sie, daß sie nicht in eine Hütte, sondern in eine Höhle eingetreten war. Nackte Felswände wölbten sich über einen mit Sand bestreuten Boden. In der Mitte brannte ein Feuer, aus Zweigen und Ästen genährt, die knackten und prasselten. Das Feuer erleuchtete nur einen kleinen Kreis, der Rest der Höhle versank in Dunkelheit. Um das Feuer herum hockten etwa ein halbes Dutzend Männer. Sie trugen Bärte und lange Haare, ihre Haut war wettergegerbt und tief gefurcht. Ihre Kleidung bestand aus Fellen und Leder. Hirten, dachte sie, oder Räuber. Vielleicht auch beides.

Die Männer musterten sie schweigend.

Daphne überflog die finsteren Gesichter. Zum ersten Mal auf ihrer Fahrt hatte sie Angst. Sie war den Burschen schutzlos ausgeliefert. Kein Gesetz der Verwandtschaft oder Gastfreundschaft schützte sie. Der Mann, der sie begleitet hatte, schien ähnliche Gedanken zu hegen. Er wies auf sie und knurrte, sie sei eine Nichte seiner Frau.

Daphne atmete auf.

Die Männer rückten beiseite und machten ihnen am Feuer Platz. Als Daphne sich auf den Boden hockte, rückte der, der ihr zunächst saß, zur Seite und spuckte aus.

Der Älteste in der Runde, dessen schwarze Haare und Bart dicht von Grau durchzogen waren und dem eine dicke, dunkelrote Narbe quer über Stirn und Wange lief, grunzte etwas, was man für eine Begrüßung halten konnte, und reichte einen Schlauch herüber. Daphnes erklärter Onkel nahm einen kräftigen Schluck und gab ihn an sie weiter. Sie trank und wischte sich anschließend mit dem Handrücken über den Mund. Zu ihrer Erleichterung war es Wasser, nicht Wein. Köstliches kühles Wasser, das nach einer rieselnden Quelle schmeckte, nicht das abgestandene aus einer Zisterne.

Nachdem eine Weile über Nichtigkeiten geredet worden war, erkundigte sich der Onkel nach seinem Schwiegervater.

Die Männer spreizten die Hände, schnalzten bedauernd und murmelten. Es erwies sich, daß der Schwiegervater vor drei Tagen bereits gestorben war. Der Onkel nahm alle Beileidsbeteuerungen mit gesenktem Kopf entgegen, aber Daphne hatte nicht das Gefühl, daß er allzu traurig darüber war.

«Ich gehe gleich morgen zurück», sagte er, «Tabitha wird untröstlich sein. Wir hätten nicht gedacht, daß er schon so krank war. Sonst wäre ich früher gekommen.»

Der Älteste nickte.

«Wir haben seine Sachen zusammengepackt. Viel ist es nicht. Ein Hirte besitzt nicht viel. Sein Messer, sein Umhang, sein Hut, ein paar Münzen. Reich werdet ihr davon nicht. Was ist mit dem Mädchen? Geht sie nicht mit dir?»

Ihr Onkel schüttelte den Kopf.

«Sie will weiter. Nach Jotapata.»

Niemand rührte sich, niemand sagte etwas, und trotzdem war zu spüren, wie die Stimmung umschlug. Feindseligkeit, so dick, daß man sie mit dem Messer schneiden konnte, erfüllte die Höhle. Jemand warf eine Handvoll Reisig ins Feuer. Flammen schlugen auf und verzehrten es gierig. Die Gesichter der Bärtigen waren mit roter Glut übergossen. Daphne unterdrückte ein Zittern. Sie hatten ihr Wasser gegeben, aber sie hatten nicht das Brot mit ihr gebrochen. Noch war sie kein Gast, nur eine Fremde.

«Eine Römerhure?» sagte der Graubärtige mit der Narbe.

Daphne ballte die Fäuste zusammen. Sie hatte sich unterwegs

ausgedacht, was sie sagen würde, aber plötzlich erschien ihr ihre Geschichte völlig unglaubwürdig. Sie würden sie ihr nicht abnehmen. Aber sie hatte keine andere. Sie konnte sich so schnell nichts anderes ausdenken. Sie begann zu reden. Ihre Stimme klang dünn.

«Ich will in die Stadt hinein. Ich will zu meinem Mann. Er kämpft dort gegen die Römer. Ich weiß, daß es gefährlich ist. Aber gibt es nicht einen Weg hinein? Ich will bei ihm sein, wenn er siegt oder wenn er zugrunde geht.»

Eine dürftige Geschichte, schlecht erzählt. Gleich würde sich das große Gelächter erheben. Sie biß sich auf die Lippen und wartete mit gesenkten Augen.

Eine Weile herrschte Schweigen. Nur das Feuer knisterte.

Dann sprach der Graubärtige. Er sprach langsam.

«Du brauchst nicht mehr nach Jotapata hineinzugehen. Die Stadt gibt es nicht mehr.»

Sie riß den Kopf hoch und starrte ihn an.

«Jotapata ist gestern gefallen. Sie haben es drei Tage lang berannt, von morgens bis abends und noch in der Nacht. Wir haben den Lärm der Widder, die die Stadtmauern berannten, bis hierhin gehört. Und dann den roten Schein gesehen. Der ganze Himmel war blutrot, als die Stadt in Flammen aufging. Wenn dein Mann in Jotapata tapfer war, ist er jetzt tot. War er feige, mußt du ihn im Lager der Gefangenen suchen. Sie machen alle Überlebenden zu Sklaven. Für die Arena oder für die Bergwerke.»

«Sie kreuzigen sie also nicht?»

«Nur die Anführer», sagte der Graubärtige.

«Was ist aus Josephus geworden?» fragte sie mit trockenem Mund, «ist er gefallen? Oder haben sie ihn ...»

«Josephus ben Matthias, der Gesandte aus Jerusalem, der Jotapata kommandiert hat? Der es gegen jede Wahrscheinlichkeit sieben Wochen lang gehalten hat? Was willst du von dem?»

Daphne holte tief Luft.
«Er ist mein Mann», sagte sie.
Würden sie ihr glauben?
Der Graubärtige wandte sich dem Mann zu, der sie gebracht hatte. In seinen Augen war eine Frage.
«Sie ist nicht die Nichte meiner Frau. Sie kommt aus Cäsarea», gab er zu.
«Josephus hat keine Frau», sagte der Anführer.
«Nicht in Judäa», gab Daphne zu, «er hat mich in Rom geheiratet. Ich sollte später nachkommen. Mein Vater war alt, und ich konnte ihn nicht verlassen. Dann starb mein Vater, und ich habe von dem Krieg gehört und bin so rasch es ging gekommen. Ich bin von Puteoli nach Cäsarea gesegelt und dann die Küste heraufgekommen. Sag mir, was mit Josephus geschehen ist!»
«Wie sollte Josephus zu einer Frau aus Rom kommen?» fragte ihr Nachbar wegwerfend. «Das ist bloß eine erfundene Geschichte.»
«Er war in Rom», erwiderte der Graubärtige.
Er blickte sie an und fragte: «Wann war das? Und was wollte er da?»
Daphne lockerte die Hände. Die Fragen konnte sie beantworten. Wenn davon ihre Glaubwürdigkeit abhing, dann würden sie ihr glauben müssen.
Sie erzählte – die Wahrheit gelegentlich etwas großzügig durch Phantasie ersetzend – vom Schiffbruch, daß Josephus sie und ihren Vater gerettet habe, daß sie im Haus von jüdischen Gastfreunden gewohnt und Josephus sie hier geheiratet habe, daß er die Sache der drei Gefangenen erfolgreich erledigt habe und nach Jerusalem zurückgekehrt sei, ihr Vater aber nicht reisefähig gewesen sei. Nun, da er tot war, habe nichts sie mehr hindern können, zu ihrem Mann zu eilen.
«Was ist mit ihm?» fragte sie.

«Er ist nicht gefangen», sagte der Mann neben ihr.
«Er ist nicht unter den Toten», sagte ein anderer.
Der Graubärtige schüttelte den Kopf.
«Das wissen wir nicht», sagte er, «aber soviel ist sicher. Bis heute morgen hatten die Römer ihn noch nicht. Sie haben ihn weder unter den Toten noch unter den Lebenden gefunden.»
«Was bedeutet das?»
Sie schwiegen. Es war ihr klar, daß sie nicht antworten wollten und daß sie ihnen keine Antwort abtrotzen konnte. Sie mußte warten. Sie versuchte, ob sie den alten Trick noch konnte, der ihr soviel bei Händlerinnen und Gastwirtinnen genützt hatte, als sie noch mit ihrem Vater lebte.
Sie senkte den Kopf tief und konzentrierte sich. Als sie ihn wieder hob, blickte sie den Graubärtigen an. Ihre Mundwinkel zitterten, in ihren Augen standen Tränen. Eine löste sich und rollte langsam ihre Wange hinunter. Die Männer fühlten sich unbehaglich. Einer scharrte mit den Füßen, ein anderer räusperte sich, und von einem, den sie nicht sehen konnte, hörte sie ein gemurmeltes:
«Schließlich, wenn sie seine Frau ist ...»
«Nun gut», sagte der Graubärtige, «wir wissen, wo er ist.»
Sie traute sich fast nicht zu atmen, damit er es sich nicht wieder anders überlegte.
«Jotapata liegt hoch auf einem Felsen. Es gibt da keinen Fluß. Alles Wasser, das sie in der Stadt benützen, bekommen sie im Winter durch den Regen. Sie fangen es in Zisternen auf und leiten es in unterirdische Gewölbe, wo es vor dem Verdunsten geschützt wird. Ganz Jotapata ist durchzogen von in den Felsen gegrabenen Tunneln und Speicherbecken. Diese Speicher sind jetzt leer. Als die Römer die Stadt erstürmt haben, haben sich viele Menschen in die Zisternen geflüchtet. Josephus ist unter ihnen.»
«Aber die Römer sind in der Stadt. Sie werden die Zisternen stürmen.»

Die Männer schüttelten den Kopf. Der neben ihr sagte, mit Ungeduld in der Stimme:
«Begreifst du nicht? Warum sollten die Römer auch nur einen Mann opfern, um in die Gänge einzudringen? Sie haben draußen Wachen aufgestellt. Sie gehen nicht hinunter, aber sie lassen auch niemanden hoch. Wer versucht, hinaufzuklettern, den werfen sie wieder hinunter. So erledigt sich das Problem. Die da unten haben sich selbst zu Gefangenen gemacht. Sie verhungern, verdursten, sterben an Fieber. Zwischen den verwesenden Leichen sind sie schon lebendig tot.»
«Ich muß zu ihm», sagte sie. Keine Spur von Tränen zeigte sich mehr in den Augen. Darin funkelte nur Entschlossenheit. Die Männer sahen sie mit Respekt an.
«Unmöglich», sagte der Graubärtige, «du kommst nicht in die Stadt hinein. Die Römer sind noch nicht abgezogen. Die Armee lagert immer noch. Fünfzigtausend Mann oder mehr. Und in der Stadt überall Patrouillen und Wachen. Da kommt niemand hinein. Schlag dir das aus dem Kopf!»
«Ihr kommt hinein», sagte sie.
«Wir? Was fällt dir ein!»
«Woher wißt ihr dann, daß Josephus dort unten ist und lebt?»
Sie schwiegen. Daphne wartete ab.
«Geh morgen zurück», sagte der Graubärtige, «du kommst nicht nach Jotapata hinein. Es gibt eine Stelle, aber um dorthin zu kommen, mußt du schwimmen wie ein Fisch, klettern wie eine Gemse und nachts sehen können wie eine Eule.»
«Ich kann schwimmen und klettern.»
«Sie ist trittsicher», sagte der Mann, mit dem sie gekommen war, «und sie wird nicht leicht müde. Sie ist keine von den feinen Dämchen aus der Stadt, die sich Blasen an den Füßen holen, wenn sie bloß eine Straße sehen.»
«Das einzige, was du davon hast, ist der Tod», murrte ihr

Nachbar, «ich weiß nicht, warum du dich danach drängen solltest.»
«Er ist mein Mann», sagte sie leise.
«Also gut», der Graubärtige nahm den Wasserschlauch und setzte ihn wieder an. Nachdem er getrunken hatte, reichte er ihn zu ihr hinüber, «dann leg dich jetzt schlafen. Morgen früh geht es los.»
Es dämmerte, als sie aufbrachen. Nur drei Männer begleiteten sie. Sie stiegen zwei Stunden abwärts über eine Strecke, die nur die erfahrenen Hirten als Pfad ansehen konnten. Daphne schien es, als ob sie nur durch Geröllhänge kletterten, ohne daß ein Weg erkennbar war. Sie hatte ihr Kleid mit dem Gürtel hochgebunden, so daß die Beine bis zum Knie entblößt waren wie bei den Männern. Den Korb hatte sie zurücklassen müssen. Ihre ganzen Habseligkeiten bestanden jetzt aus dem Kleid, das sie trug, und dem Lederbeutelchen um ihren Hals, in dem sich nur noch wenige Münzen befanden. Sie kletterten schweigend. Zunächst war es bitter kalt. Erst als die Sonne über die Berge kam, wurde es wärmer und bald so heiß, daß Daphne der Schweiß in Strömen über das Gesicht lief. An einigen Stellen konnte sie nicht gehen, sondern mußte auf allen vieren kriechen. Sie schürfte die Hände und Knie auf, ihr Kopf schmerzte von der Sonne, ihre Mundhöhle war ausgedörrt. Sie dachte längst nichts mehr, sie konzentrierte sich einzig darauf vorwärtszukommen.
Gegen Mittag erreichten sie den See und legten die erste Pause ein. «Wir müssen da rüber», sagte Jonas, der offensichtlich jetzt der Anführer war, ein Mann, dessen Alter sie unmöglich schätzen konnte. Er hatte noch kein graues Haar, aber tiefe Falten waren in seiner Stirn eingegraben. Seine oberen Schneidezähne fehlten, und an einer Hand besaß er nur noch vier Finger.
Daphne betrachtete den See. Er lag still und klar und kalt zwischen den steil abfallenden Bergwänden. Es führte kein Weg um

ihn herum. Es lag auch kein Boot am Ufer. Sie mußten schwimmen.

«Kommst du rüber?»

Sie nickte.

Die drei Männer zoge ihre Tunika aus, banden sie wie einen Turban um den Kopf und schwammen nackt hinüber. Wie sie mit dem Problem fertig werden sollte, überließen sie ihr. Sie sprangen ins Wasser und bewegten sich mit kräftigen Stößen vom Ufer fort, ohne ihr auch nur einen Blick zuzuwerfen. Daphne sagte sich, daß die Situation keinerlei Zimperlichkeiten dulde und folgte ihrem Beispiel, wand sich die Tunika um den Kopf und warf sich in den See. Das Wasser war eisig und nahm ihr den Atem. Sie fand es unmöglich zu schwimmen. Nicht in dieser Kälte. Das war nicht zu vergleichen mit dem Fluß bei Nursia. Sie versuchte, Arme und Beine zu bewegen und Luft zu holen. Zu ihrer Überraschung gelang es. Nach einigen Stößen hatte sie sich an die Temperatur gewöhnt, und es begann ihr Spaß zu machen. Es war herrlich erfrischend nach der Kletterei durch die staubigen Geröllhalden. Am anderen Ufer fand sie ihre Begleiter bereits wieder angekleidet. Sie drehten ihr den Rücken zu und berieten sich murmelnd. Jonas teilte ihr das Ergebnis mit.

«Wir müssen da hinauf und dann warten.» Er deutete auf den nächsten Gipfel.

«Hinter dem Berg ist die Ebene von Jotapata. Da sind die Römer. Wir können erst in der Nacht runter. Wir gehen jetzt halb hoch und ruhen uns in einer Höhle aus, bis es fast dunkel geworden ist.»

Nach dem Schlaf in der Höhle fand Daphne es fast unmöglich, wieder aufzustehen. Es gab keinen Muskel an ihrem Körper, der nicht protestierte, als sie sich bewegte. Es war inzwischen Nacht und doch auf merkwürdige Weise nicht so dunkel wie die Nächte zuvor, obwohl kein Mond am Himmel stand und die

Sterne zu weit weg flimmerten, als daß sie ihren Weg hätten erleuchten können. Der Himmel war sonderbar rötlich, und als sie oben angelangt war, sah sie den Grund dafür. Sie lag neben den Männern am Hang und schaute auf die Ebene hinunter. Der Anblick verschlug ihr den Atem.

Soweit sie blickten konnte, brannten da unten Feuer. Zunächst dem Berg nur vereinzelte, wo die Posten Wache standen, dann reihten sie sich dicht und regelmäßig aneinander vor den Zelten der Soldaten in den Lagerstraßen. Ein schier endloses Band von sich rechtwinklig kreuzenden Feuerstraßen, düster und gefahrdrohend. Und dahinter lag, auf der Anhöhe ihnen gegenüber, was einmal Jotapata gewesen war, die Stadt, die sich so lange heroisch gegen die Übermacht der Römer gehalten hatte, nun ein Haufen von Ruinen, glimmend, rauchend, vereinzelt zuckten Flammen auf. Über der ganzen Ebene lag der beißende Geruch von Qualm und Tod.

Die Männer gaben Daphne nicht viel Zeit, sich dieses Bild einzuprägen. Schweigend begannen sie den Abstieg, diesmal langsamer und vorsichtiger. Sie mußten jedes Geräusch vermeiden. Kein Stein durfte sich unter ihren Tritten lösen und fallend andere mit sich reißen und eine Steinlawine zu Tal treten, die die Römer aufmerksam machen würde. Daphne kroch hinter ihnen, ihre Knie und Hände waren längst gefühllos, ihre Arme und Beine taub und ihr Kopf leer von jedem Gedanken. Sie atmete keuchend.

Es kam ihr vor, als kröche sie schon eine Ewigkeit wie eine Schlange den Berg hinab und als würde sie nie wieder aufhören damit. Als würde sie sich so für den Rest ihres Lebens fortbewegen müssen. Vielleicht stimmte das sogar. Vielleicht war das hier der Rest ihres Lebens. Wenn sie den Römern in die Hände fiel, ganz gewiß. Sie brauchte sich nicht auszumalen, was dann geschehen würde. Sie hatte Angst davor, und diese Angst trieb sie dazu, sich so vorsichtig, so behutsam, so langsam zu bewegen, daß sie fast nicht von der Stelle kam. Sie würde noch am Hang kleben, wenn es tagte, sie würde die Ebene niemals erreichen. Wie müde sie war! Ihre Arme und Beine wollten nicht mehr gehorchen. Es gab nur eines, was sie jetzt tun konnte: sich zusammenrollen und schlafen. Sie legte den Kopf zur Seite auf den Arm und schloß die Augen.

Eine harte Hand zerrte an ihrem Haar. Der Schmerz riß ihr den Kopf hoch. Dicht vor ihr funkelten Augen in einem dunklen Gesicht.

«Wenn du aufgibst, bist du tot», zischte eine Stimme.

Ein Schwall von kaltem Wasser spritzte ihr aus dem Wasserschlauch ins Gesicht. Die plötzliche Kälte rüttelte sie wach. Sie nickte und richtete sich wieder auf. Als sie weiterkroch, hackten spitze kleine Steine in ihre aufgeschürften Handflächen. Sie begannen zu bluten. Daphne biß die Zähne zusammen und bewegte sich weiter. Sie wußte nicht, wie viele Stunden es dauerte, bis sie den Fuß des Berges erreicht hatten. Es war immer noch dunkel. Taumelnd richtete sie sich auf. Wäre nicht Jonas neben ihr gewesen, an den sie sich klammern konnte, wäre sie sofort umgefallen.

Jetzt waren sie in der Ebene, in der das Heer lagerte. Es war nicht laut. Irgendwo wieherten Pferde, ein Fluch kam herüber, ein Gelächter. Das nächste Feuer war kaum hundert Schritte entfernt. Gegen den hellen Schein sah Daphne die Silhouetten von zwei Männern.

«Los», zischte Jonas. Er duckte sich und rannte. Die beiden anderen auch. Daphne holte tief Luft. Ihre Rippen schmerzten. Ihr Kopf dröhnte. Sie wollte loslaufen, aber nach drei Schritten brach sie zusammen. Sie fiel mit einem dumpfen Laut auf den Boden und blieb regungslos liegen. Einen Moment rührte sich nichts, dann sprangen die beiden Soldaten am Lagerfeuer auf. Daphne versuchte, sich aufzurichten, aber die Beine knickten unter ihr weg. Halb lag sie, halb saß sie, als der erste sie erreichte. Einen Augenblick dachte sie, es sei Jonas, aber dann sah sie im Schein der Fackel, die der zweite trug, den Lederkoller, das bartlose Gesicht, das kurzgeschnittene Haar. Ein Römer. Es war vorbei.

«Was haben wir denn da?» brummte er. Die Stimme klang derb, nicht mehr jung, nicht unfreundlich.

«Ein Mädchen!» rief der zweite, der näher getreten war und sich über sie beugte.

«Ob es noch mehr davon gibt?»

Er richtete sich auf und schwang die Fackel hoch herum, einen weiten Kreis beleuchtend.

«Nichts. Sie ist allein!»

Natürlich waren ihre Gefährten schon fort. Wie alle Hirten beherrschten sie die Kunst, mit der Erde zu verschmelzen, als habe sie sich aufgetan, um sie zu verschlingen. Sie würden nicht kommen, um sie zu retten. Das war ein aussichtsloses Unterfangen. Sie war jetzt in den Händen der Römer. Das war das Ende. Erleichterung überflutete sie. Das Ende, das hieß ausruhen, keine Strapazen mehr, kein Kriechen, aus tausend kleinen Wunden blutend, über Geröll und Kiesel, kein Schmerz mehr, als ob ihr die Haut wegbrannte von den Ellbogen und den Händen, keine Angst mehr vor einem Fehltritt und dem Fall aus tausend Fuß Höhe.

Das Ende.

Das Pferd wieherte wieder. Es klang jetzt näher.

Daphne ließ sich zurücksinken.

«Sie wird ohnmächtig», sagte der ältere Soldat.

Der jüngere lachte roh auf.

«Dann macht es weniger Spaß. Ich habe es gern, wenn sie sich wehren.»

«Wie kommt die überhaupt hierher?»

«Was geht's mich an? Jedenfalls ist sie jetzt hier.»

Daphne hörte die Stimmen, aber sie glitten an ihr ab, als hätten sie nichts mit ihr zu tun. Sie lag auf der harten, kalten Erde, und hier würde sie liegenbleiben, was immer auch geschehen würde. Es tat so gut, sich nicht zu bewegen. Der Feuerschein über ihr veränderte sich. Er sank herab, glitt zur Seite, ihr Gesicht war wieder im Dunklen. Wie angenehm. Wahrscheinlich hatte er sich hingekniet, gab jetzt die Fackel an seinen Kameraden weiter.

«Vorsicht», zischte der ältere, «der Tribun!»

Deshalb das Pferd. Die Wachen wurden nachts von einem Offizier kontrolliert. Ein römischer Offizier. Plötzlich war Daphne hellwach. Ihr Körper mochte schmerzen, aber ihr Kopf war klar. Das war ihre letzte Chance. Sie richtete sich nicht auf, sie blieb liegen, deshalb reagierten die beiden Soldaten zu spät. Sie öffnete den Mund und schrie.

Eine harte, schwielige Hand preßte sich auf ihren Mund, aber es war schon zu spät.

Mehr Lichtschein kam heran, sie hörte das Pferd schnauben und öffnete die Augen.

Die beiden Soldaten waren zurückgetreten. Ein Halbkreis von Männern stand um sie herum, in der Mitte ein Mann zu Pferde. Daphne starrte den Offizier an. Sie kannte ihn. Paulinus, einer aus Vespasians Stab. Er war in Athen in ihrem Haus ein- und ausgegangen. Er hatte sie oft gesehen. Würde er sie wiedererkennen?

Nein, offensichtlich nicht. Er hatte ihr nur einen kühlen, abschätzenden Blick zugeworfen und sagte:

«Bringt sie zu den Gefangenen zurück! Durchsucht die Gegend, ob sich hier noch mehr versteckt haben.»

Er lenkte das Pferd seitwärts.

Daphne richtete sich auf und verbiß den Schmerz.

«Tribun Paulinus», rief sie.

Er wandte den Kopf, erstaunt, daß dieses schmutzige, zerlumpte Geschöpf seinen Namen kannte.

«Ich bin es, Daphne, ich arbeite für Caenis. Du hast mich in Athen gesehen.»
Sie hielt ihr Gesicht zu ihm empor, damit das Licht voll darauf fiel. Sie konnte sich vorstellen, welchen Anblick sie bot, mit aufgelösten Haaren, erschöpft und zerschunden. Kein Vergleich mit dem Mädchen aus Athen.
Seine Augen wurden schmal, glitten über ihr Gesicht, schauten gründlicher, dann merkte sie seinen Augen an, daß er sie erkannt hatte. Sie atmete auf.
Sie war gerettet. Und im gleichen Atemzug dachte sie, dann ist es auch Josephus, wenn er noch lebt. Jetzt muß mein Plan gelingen. Ich brauche nur Paulinus. Das ist das beste, was passieren konnte. Aber es muß schnell gehen. Ich habe keine Zeit zu verlieren.
«Was machst du hier?» fragte Paulinus.
Daphne warf einen sprechenden Blick auf die Gesichter um sie herum.
«Nicht hier», sagte sie.
Er nickte und gab einen Befehl.
Hände hoben sie hoch zu ihm aufs Pferd. Daphne stöhnte.
«Ich bringe dich zu Vespasian.»
Das war keine gute Idee. Die Sache mit dem Pferd nicht, denn jeder Schritt des Tieres fuhr ihr wie ein Schnitt durch den zerschundenen Leib. Und die Sache mit Vespasian auch nicht. Vespasian würde wissen, daß sie nicht von Caenis kam. Vielleicht hatte er schon Nachricht, daß sie aus Cäsarea verschwunden war. Er stand mit Caenis in Brieftaubenkontakt.
«Ich kann so nicht vor den Feldherrn», sagte sie, «bring mich erst in deine Unterkunft! Ich will mich herrichten und werde dir alles erklären.»
Sie erinnerte sich daran, daß Paulinus ein Mann der Tat war, der nicht viele Worte machte, aber immer dafür eintrat, daß rasch gehandelt wurde. Jetzt kam ihr das zugute. Ohne lange zu

diskutieren, brachte er sie in sein Zelt, rief seine Ordonnanz, ließ ihr Wasser zum Waschen und einen sauberen Umhang bringen, den sie über ihr zerfetztes Kleid legen konnte.
Als sie gesäubert wieder vor ihm stand, wies er auf einen Stuhl. Auf dem Tisch daneben stand ein Krug mit Wasser, lagen Brot und Früchte.
«Also?»
Sie sah ihn an. Auch er war nicht mehr der, den sie in Athen gekannt hatte. Die Monate des Feldlagers, die Strapazen der Belagerung, die Mühen der Eroberung hatten ihn gezeichnet. Er war dünner, als sie ihn in Erinnerung hatte, und sah müde und erschöpft aus.
«Gut, die Wahrheit», sagte sie, «ich arbeite nicht mehr für Caenis. Ich bin aus Cäsarea hierher gekommen, um meinen Mann zu suchen.»
«Deinen Mann?»
Daphne nahm eine Orange aus der Schüssel und begann sie zu schälen. Ihre Hände zitterten. Sie mußte ihre Worte sorgfältig wählen. Aber warum sollte die Geschichte, die die Hirten beeindruckt hatte, nicht auch auf Paulinus Eindruck machen?
«Du weißt, daß ich in Vespasians Haus gelebt habe. Er war großzügig zu mir, mein Wohltäter. Ich will mich jetzt dankbar erweisen. Was ist mit dem jüdischen Feldherrn Josephus? Habt ihr ihn schon gefangen?»
Paulinus schüttelte den Kopf.
«Er hält sich in den Zisternen verborgen. Er wird dort zugrunde gehen. Das überlebt keiner, da unten zu vegetieren.»
«Josephus ist mein Mann.»
Paulinus sah sie an, als habe sie den Verstand verloren. Sie konnte es ihm nicht verdenken.
«Wir waren vor Jahren auf demselben Schiff von Cäsarea nach Rom. Es ging unter. Von sechshundert Passagieren überlebten nur vierzig. Daß Josephus und ich mit dem Leben davonkamen,

verdanken wir Marcus Annius Flaccus. Mit seiner Hilfe gelangten wir nach Rom. Josephus hatte dort einen Auftrag vom Synhedrion in Jerusalem auszuführen. Mich brachte Flaccus im Hause Vespasians unter. Josephus verließ Rom, ohne sich weiter um mich zu kümmern.»

«Obwohl ihr verheiratet wart?»

Sie nickte.

«Ich weiß nicht, ob du dich mit jüdischen Sitten auskennst?»

«Ich kämpfe gegen die Juden, ich studiere sie nicht.»

«Josephus ist ein Priester der Ersten Reihe. Es ist ihm verboten, eine Nichtjüdin zu heiraten. Ich bin Griechin. Indem er mich geheiratet hat, hat er gegen das jüdische Gesetz verstoßen. Deshalb ...»

Sie steckte sich eine Apfelsinenscheibe in den Mund. Die süße Feuchtigkeit in ihrem Mund war köstlich.

«Ich verstehe», sagte Paulinus, «er hat dich verlassen. Weshalb bist du jetzt hier? Willst du dich am Anblick seines Todes weiden?»

Das war eine Möglichkeit. Während sie die nächste Orangenscheibe aß, prüfte Daphne sie. Er war ein Römer. Haß und Rache würde er verstehen. Sie nickte.

«Ich bin mit Caenis nach Cäsarea gekommen. Ich arbeite für sie. Ich stehe nicht auf seiten der Juden, sondern auf seiten Roms. Josephus hat mich verlassen. Ich will sehen, wie er am Kreuz hängt.»

«Wir kreuzigen niemanden, den wir nicht haben. Dein Mann wird in der Zisterne verrecken. Das muß dir genug sein.»

«Warum holt ihr ihn da nicht heraus?»

«Und verschwenden das Leben unserer Soldaten in einem überflüssigen Kampf?»

«Du brauchst keinen Soldaten, um ihn herauszuholen. Du brauchst mich», sagte sie.

Paulinus starrte sie an.

«Ich gehe hinunter und suche ihn», fuhr sie fort, «und ich bringe ihn herauf, wenn er noch lebt. Das einzige, was du tun mußt – sage deinen Wachen, sie sollen uns nicht zurückstoßen, wenn wir heraufkommen.»
«Warum sollte er dir folgen?»
«Weil ich seine Frau bin», sagte Daphne, «weil er weiß, daß ich in Vespasians Haus gelebt habe. Weil ich ihm Hoffnung bringe. Und Wasser.»
Sie sah, daß Paulinus überlegte. Es erhöhte den Triumph Roms, wenn sie Josephus' habhaft wurden, wenn sie ihn als Abschrekkung für die Rebellen in Jerusalem in den rauchenden Trümmern Jotapatas qualvoll hinrichten könnten. Paulinus würde nicht auf eine solche Gelegenheit verzichten wollen. Und er riskierte nichts. Wenn sie nicht wieder heraufkäme – wer wüßte denn schon davon, daß sie überhaupt im Lager war?
«Weiß Caenis, daß du hier bist?» fragte er.
Sie schüttelte den Kopf.
«Ich bin aus eigenem Antrieb gekommen. Ich habe Leute bezahlt, mich in das Lager zu bringen. Sie haben mich unterwegs ausgeraubt. Deshalb hast du mich in diesem Zustand gefunden.»
«Ich werde dich zu Vespasian bringen.»
Er erhob sich. Daphne blieb sitzen.
«Das kostet Zeit. Glaubst du nicht, es wäre besser, du brächtest mich so schnell wie möglich hinunter? Wenn dir daran liegt, Josephus noch am Leben zu finden.»
Er zögerte. Sie fügte drängend hinzu:
«Weißt du nicht, daß die Anführer sich nie ergeben? Sie losen untereinander aus, wer wen tötet. Vielleicht lebt er schon jetzt nicht mehr. Laß mich gleich zu ihm!»
«Nun gut.»
Paulinus ging hinaus und rief in scharfem Ton einige Befehle. Daphne legte die zitternden Hände in den Schoß, um sie zu beruhigen.

Die Soldaten, die den Einstieg bewachten, zeigten ihr, wo die Steigeisen in der Wand eingemauert waren, an denen sie hinunterklettern konnte.

«Zwecklos», sagte einer, «da unten rühren sich nur noch die Ratten. Sonst haben wir seit gestern abend nichts mehr gehört.»

Daphne hörte nicht zu. Sie konzentrierte sich nur noch auf das, was es zu tun gab. Sie schaltete jede Überlegung aus. Der rechte Fuß auf das erste Eisen, der linke auf das zweite. Wieder rechts, wieder links. Mit den Händen an der Mauer festhalten. Die Schürfwunden rissen unter dem roh behauenen Stein wieder auf. Sie achtete nicht darauf. Je tiefer sie kam, desto dämmriger wurde es. Der Tag hatte schon begonnen, und über dem Lager und den rauchenden Trümmern der Festung wölbte sich der strahlend blaue Himmel. Wenn sie den Kopf in den Nacken legte, konnte sie ihn sehen, kreisrund und weit entfernt über ihr. Das letzte Stückchen, das sie noch mit dem Leben verband, denn sie stieg in die Unterwelt hinab. Je tiefer sie hinunter kam, desto weniger konnte sie atmen. Gestank stieg herauf, eine Mischung aus Verwesung, Urin, Exkrementen und Blut.

Dann ertastete ihr Fuß kein Eisen mehr, sondern festen Boden. Sie zog den zweiten Fuß nach und stellte sich hin. Ihre Schultern fanden Halt an der Mauer. Geraschel und Trappeln zu ihren Füßen bewies ihr, daß Ratten hier unten lebten, wie der Soldat vorhergesagt hatte. Sie blickte nicht noch einmal nach oben hinauf, sondern voll Entsetzen auf den Anblick zu ihren Füßen.

Nichts, was sie bisher in ihrem Wanderleben gesehen hatte, auch nicht das verbrannte Rom, hatte sie auf den Anblick hier unten vorbereitet. Als Jotapata brannte, hatten die Menschen zu Hunderten hier unten Zuflucht gesucht, Männer, Frauen, Kinder, und zu Hunderten waren sie gestorben. Da war ein kleines Kind, keine vier Monate alt, die Arme um den Hals der

Mutter geschlungen, die mit dem Rücken an der Mauer saß und es in den Armen hielt, als wolle sie es wiegen. Über das Köpfchen des Kindes starrten die gebrochenen Augen blicklos auf Daphne. Zu ihren Füßen lagen zwei größere Kinder, einander umarmend. Da waren ein Mann und ein junges Mädchen. Er hielt ihre Schulter umfaßt, ihr Kopf war auf seine Brust gesunken, als schlafe sie nur. Da lag eine alte Frau auf der Erde, die strähnigen grauen Haare über das Gesicht gebreitet, der zahnlose Mund in einem stummen Schrei aufgerissen.

Daphne begann, vorsichtig über die Toten schreitend, ihren Weg durch die Hölle. Anfangs hatte sie noch Licht, das durch den Brunnenschacht einfiel. Als sie in den ersten Gang einbog, verdämmerte das Licht und sie befand sich in der Finsternis. Es war eine Barmherzigkeit, denn jetzt sah sie das Entsetzliche nicht mehr, sie fühlte es nur noch unter ihren Füßen, denn sie konnte keinen Schritt tun, ohne auf etwas Weiches zu treten. Es war heiß hier unten und stickig. Ihr schien, daß sie keine Luft mehr einatmete, sondern nur noch Verwesung. Der Schweiß lief ihr in Strömen über Gesicht und Rücken, und gleichzeitig fror sie. Sie würde Josephus niemals finden. Er war hier unten in der untersten Hölle, lag starr und verstummt zwischen den anderen, und sie war nur aus der Luft und der Sonne herabgestiegen, um mit ihm zu sterben. Vielleicht war das gerecht. Sie verdankte ihr Weiterleben ihm, warum sollte sie länger leben als er? Sie lehnte sich an die Wand und stand still. Das beste war, sie setzte sich hin, wie alle die vielen, die für immer still hier unten saßen, machte die Augen zu und wartete. Oder sie nahm den Dolch aus einer verkrampften Hand und führte ihn in ihre Kehle. Niemals würde sie die Kraft haben, hier wieder herauszukommen. Sie sank, mit dem Rücken an der Mauer langrutschend, langsam auf den Boden und tastete mit den Händen umher. Eine Klinge geriet unter ihre suchende Hand. Sie schloß die Finger darum und zog sie zu sich heran. Damit würde sie zustechen. Gleich, nicht sofort. Sie war zu müde, um auch nur noch den Arm zu heben. Der Kopf sank ihr auf die Schulter, ihre Augen schlossen sich, und mitten in der Unterwelt überkam sie der Schlaf.

Sie wachte davon auf, daß etwas über ihre Füße huschte, die sie mit einem Schreckensschrei an sich zog. Und dann hörte sie die Stimme. Ein Echo auf ihren Schrei, nicht laut, aber deutlich. Von weither. Vom Ende des Ganges, in dem sie saß. Von dem Gang, der mit Toten gefüllt war. Gab es doch noch Leben hier unten?

Sie schrie und wartete. Wieder gab es eine Antwort. Daphne zog sich mühsam hoch, wobei ihr der Dolch aus der Hand glitt. Er schepperte nicht, als er zu Boden fiel, denn er landete auf dem Rücken eines älteren Mannes, der sich zu Daphnes Füßen krümmte. Sie stolperte über ihn, als sie den ersten Schritt machte, und stürzte. Dann richtete sie sich wieder auf und wankte, sich mit einer Hand an der Wand abstützend, in die Richtung, aus der die Stimme erscholl. Von Zeit zu Zeit überprüfte sie ihre Wahrnehmung. Sie rief und die Antwort kam, näher allmählich. Der Gang mußte bei einer weiteren Zisterne enden, denn er füllte sich mit Licht, einem grauen Zwielicht, das ihr half, sich den Weg zu bahnen. Er saß in der Mitte des Lichtstrahls, der durch den Brunnenschacht fiel. Sein Gesicht, zurückgebogen an die Mauer, lag im Schatten, aber die Hände, die lose auf den Knien lagen, waren in der Sonne. Es waren die Hände, die sie erkannte, nicht das Gesicht, als er es ihr zuwandte. Er sah aus wie der Prophet vom Markt in Ptolomais, die Augen tief in den Höhlen, Bart und Haare struppig und verfilzt. Unter dem rechten Auge lief eine dünne Narbe, wo ihre Nägel ihm die Haut aufgekratzt hatten.

«Du?» sagte er.

Keine Verwunderung schwang in der Stimme, die von weither zu kommen schien.

Daphne ließ sich neben ihn auf die Knie nieder.
«Du lebst», flüsterte sie.
«Ich bin der letzte», sagte Josephus, «die Familien haben sich gegenseitig getötet. Als letzten Liebesbeweis. Die dann noch übrig waren, haben das Los geworfen. Ich bin der letzte. Ich werde mich töten.»
Er hob die Hand, die auf dem Knie lag, leicht in die Höhe.
«Aber noch nicht jetzt. Es kommt nicht mehr darauf an. Die Sonne scheint da oben. Da ist blauer Himmel und Sonne. Glaubst du, daß es Gott gibt?»
«Ich habe dich gefunden. Du lebst. Du wirst mit mir hinaufgehen.»
«Weißt du nicht, daß die Soldaten uns hinunterwerfen?»
Sie schüttelte den Kopf.
«Der Befehl ist aufgehoben. Sie wollen, daß du mit mir hochkommst.»
Josephus sah sie an. Die Hand sank wie schwerelos auf das Knie zurück.
«Was soll ich oben?»
«Leben», sagte sie.
Er kicherte. Sie fröstelte, als sie es hörte.
«Haben sie dir das versprochen? Daß ich leben werde, wenn ich mit dir hinaufgehe? Bist du deshalb gekommen?»
«Deshalb bin ich gekommen. Du hast mich aus dem Wasser gezogen. Ich hole dich hier heraus.»
«Weißt du, was sie mit gefangenen Feldherren machen?»
«Mit dir nicht!»
Es schien, als hörte er sie nicht.
«Wenn es dunkel wird, werde ich sterben. Nicht im Sonnenlicht. Noch einige Stunden dieses Licht und dann Nacht für immer. Hast du Angst vor dem Tod? Vor dem, was danach kommt? Kann es schlimmer sein als das hier?»
«Hörst du nicht? Du mußt nicht sterben!»

«Sie werden mich kreuzigen. Laß mich hier. Hier ist es barmherziger. Noch einen Tag das goldene Licht und dann die Finsternis. Schnell und schmerzlos. Du weißt, daß es nicht wehtut? Schau sie dir an, wie sie hier liegen. Manche lächeln. Keiner hat geschrien. Hast du einmal zugesehen, wenn jemand am Kreuz hing? Stundenlang? Tagelang? Sie können die Qual verlängern, weißt du. Sie binden dich mit Stricken fest und schieben einen Block unter deine Füße und geben dir von Zeit zu Zeit etwas zu trinken. Die Fliegen kommen. Die Gaffer ringsherum. Geh fort, Daphne. Laß mich allein. Oder stirb mit mir.»

Daphne hatte nicht all die Strapazen auf sich genommen, damit er sich vor ihren Augen erstach. Sie verzichtete auf eine weitere Debatte und forschte erst einmal mit den Augen auf dem Boden. Zu ihrer Erleichterung war kein Dolch in der Nähe zu sehen. Er hatte auch keinen im Gürtel stecken. Er rückte etwas, so daß auch sein Gesicht in der Sonne badete.

«Wie schön das ist! Man sollte glauben, daß es Gott gibt. Wer eine Sonne geschaffen hat, muß ein Gott sein. Was meinst du?»

«Ganz bestimmt.»

«Aber sieh dich um. Wenn es ihn gibt, wie kann er das zulassen?»

Sie wußte, daß Ungeduld sie nicht weiterbringen würde. Sie mußte auf seine Gedanken eingehen.

«Das weiß ich nicht. Aber ich weiß, daß es ihn gibt. Er hat mich heruntergeschickt. Er hat mich dich finden lassen, bevor du dich umgebracht hast. Er will, daß du hinaufgehst.»

Er schloß die Augen und bot sein Gesicht der Wärme und dem Licht, die von weither durch die Mauer des Brunnens zu ihnen hinunterdrangen. Daphne fragte sich, ob er ihr überhaupt zugehört hatte. Endlich sprach er wieder. Seine Stimme war noch leiser geworden.

«Ich habe ihnen beim Sterben zugesehen. Wir haben gelost, wer wen umbringt. Wir waren uns alle einig. Ich bin der letzte. Soll ich mein Wort brechen? Wie soll ich ihnen je wieder unter die Augen treten?»

Sie legte ihre Hand auf seine, die brennend heiß war. Er mußte entsetzlichen Durst leiden. Daher die krächzend heisere Stimme, die langsame Sprechweise. Wie hatte sie das vergessen können? Sie nahm den Wasserschlauch ab, den sie um die Hüfte gegürtet trug, und reichte ihn hinüber. Er reagierte nicht. Sie dachte an das, was Jonas für sie am Berg getan hatte, als sie nicht mehr weiterkonnte. Sie richtete sich auf und ließ das Wasser über seinen Scheitel und über sein Gesicht auf seine Brust rinnen. Als das Naß seinen Mund erreichte, sah sie, wie er die Lippen öffnete und sie mit der Zunge ableckte. Sie gab ihm wieder den Schlauch in die Hand, und diesmal nahm er ihn und trank.

«Komm!» sagte sie.

Er schüttelte den Kopf.

«Wozu? Ich will ihnen die Treue halten.»

«Das kannst du besser, wenn du mit mir hinaufkommst.»

Er brauchte einen Grund, um mit ihr aufzusteigen. Einen Grund, um weiterzuleben. Sie mußte einen finden, rasch einen erfinden. Was konnte es sein? Es mußte mit den Toten hier unten zusammenhängen. Es mußte ihnen nützen. Es mußte ihm einleuchten, daß es für die Toten besser war, wenn er überlebte. Plötzlich kam ihr der Einfall.

«Gerade, weil du ihnen treu bleiben sollst, mußt du mit mir hinauf. Was haben sie davon, wenn du dich umbringst? Dein Gebein vermodert neben dem ihren. In wenigen Wochen wird man nicht mehr unterscheiden können, wer hier wen umarmt im letzten Kuß. Die Römer werden die Zisternen zuschütten, und ihr findet hier das Grab. Jotapata ist vernichtet, ihr werdet dem ewigen Vergessen anheimfallen. Wenn du aber jetzt ans Tageslicht emporsteigst, wirst du weiterleben, um alles berichten

zu können. Du wirst ein Zeuge sein. Du wirst ein Buch darüber schreiben, das die Welt nicht vergißt. Die Toten hier werden nicht tot sein, weil sie in der Erinnerung der Lebenden weiterleben. Willst du, daß nur die Sieger die Geschichte aufschreiben? Die Sieger werden der Besiegten nicht gedenken. Sie wollen sie ins Vergessen fallen lassen. Lasse es nicht zu! Bewahre ihr Gedächtnis! Komm mit mir!»
Er wandte ihr das Gesicht mit den geschlossenen Augen zu. Er lächelte.
«Wie beredt du bist. Dein Vater, der Philosoph, war dir ein guter Lehrer. Aber gib dir keine Mühe! Du weißt so gut wie ich, daß mein Tod beschlossene Sache ist. Ich habe nur noch die Wahl, ihn mir auszusuchen. Entweder hier unten von meiner Hand oder oben den, den die Römer mir bestimmt haben.»
«Vespasian wird es nicht wagen, dich hinzurichten. Nicht, wenn du tust, was ich sage! Erinnere dich an Caenis. Ich weiß, was sie plant, was Vespasian plant. Ich weiß, was du tun mußt, damit Vespasian dich verschont. Und dann, wenn du am Leben bleibst, kannst du dein Buch gegen das Vergessen schreiben.»

Paulinus ging ungeduldig auf und ab und biß sich auf die Lippe. Jetzt war die Kleine schon länger als zwei Stunden da unten. Würde sie überhaupt wieder heraufkommen? Vielleicht verirrte sie sich im System der Gänge, vielleicht brachte jemand dort unten sie um, vielleicht suchte sie immer noch und würde nur einen Toten finden. Tapferes Mädchen, dort hinunterzusteigen! Er versuchte, sich an Athen zu erinnern. Er hatte sie ein paarmal gesehen. Ein reizvolles Mädchen, nicht schön, aber von einer besonderen Lebhaftigkeit des Geistes, die sie anziehend machte. Intelligent und sehr wohlerzogen und beherrscht. Sie hatte nie versucht, mit den Offizieren im Hause anzubändeln. Weil sie verheiratet war? Wenn sie es war – er war sich da keineswegs sicher –, dann mußte sie es insgeheim sein. Caenis hätte nicht die Frau eines Juden im Haus behalten, wenn Vespasian den jüdischen Krieg vorbereitete. War sie eine Spionin gewesen? Er hätte sie sofort Vespasian übergeben sollen. Sie würde nicht wieder heraufkommen. Jetzt waren es fast drei Stunden her, daß sie hinuntergeklettert war. Sie würde nicht zurückkommen. Das bedeutete eine Meldung. Nichts Großes, nur eine Notiz, daß man im Lager eine junge Frau aufgegriffen habe, die sich anheischig gemacht hatte, den Josephus aus seinem Versteck zu locken und der das mißlungen war. Ihr Name tat weiter nichts zur Sache. Vespasian würde nicht fragen. Sie blieb da unten, namenlos bei den anderen namenlosen Toten und würde bald vergessen sein. Schade um sie, aber sie hatte es selbst gewollt. Wäre sie in Cäsarea bei Caenis geblieben, könnte sie es jetzt gut haben. Und eine neue Ehe eingehen. Sie hatte selbst schuld.

«Sie kommen, sie kommen», rief eine Stimme aufgeregt.

Paulinus wirbelte herum.

«Sie? Beide?»

Der eine Mann beugte sich weit über den Brunnenschacht.

«Ich weiß nicht. Einer jedenfalls. Nicht das Mädchen.»

Paulinus eilte hinüber und drängte den Mann beiseite. Es stimmte. Da kam jemand die Steigeisen hinauf. Langsam, ganz langsam. Wenn das Josephus war, mußte er völlig entkräftet sein. Vielleicht würde er abstürzen, bevor er die Hälfte des Weges geschafft hatte. Paulinus gab einen Befehl und trieb zur Eile. Einer der Soldaten band sich ein Seil um den Leib. Dann ließen ihn die Kameraden in den Brunnenschacht hinab. Paulinus blieb selbst am Rand stehen und beobachtete. Der Mann am Seil schaukelte langsam in die Tiefe. Dann schrie er etwas herauf. Sie hörten auf, das Seil nachzulassen. Der Mann lehnte sich vorwärts, ergriff die Gestalt, die sich an die Stegeisen geklammert hatte, nahm sie in einen festen Griff und schrie wieder. Sie zogen ihn mit seiner Last nach oben.

Paulinus wich zurück, als die beiden ans Tageslicht kamen. Ein entsetzlicher Gestank ging von dem Bündel in den Armen des Soldaten aus. Jetzt wurde es losgelassen und am Rand des Brunnens abgesetzt. Paulinus hielt sich den Ärmel vor die Nase, um nichts riechen zu müssen. War das Josephus ben Matthias, Priester der Ersten Reihe im Tempel, Abgesandter des Synhedrions von Jerusalem? Er glich einem dieser verrückten Wanderprediger mit seinen fiebrigen Augen, dem verfilzten Haar, den schmutzigen, stinkenden Lumpen.
Er schwankte. Niemand kam ihm zu Hilfe. Er stürzte vor Paulinus Füße. Der Tribun trat angeekelt zurück.
«Das Mädchen», rief einer, der sich noch über den Brunnen gebeugt hatte, «sie kommt auch. Sollen wir sie holen?»
Paulinus nickte. Wieder ließen sie jemanden am Seil hinunter.
«Wasser», sagte Paulinus, «holt viel Wasser. Soviel ihr tragen könnt!»
Grinsend entfernten sich vier Leute. Inzwischen war das Lager aufmerksam geworden. Der Kreis der Soldaten, der sich um sie scharte, wurde immer größer. Von vorn wurde nach hinten durchgegeben, wer da zu Füßen des Tribunen lag, als elendes stinkendes Häufchen Mensch. Das sollte der Kommandant sein, der sie solange vor der Stadt festgehalten hatte?
Paulinus wandte sich dem Mädchen zu, das jetzt heraufgebracht worden war. Er hatte sie vor drei Stunden zuletzt gesehen, nachdem sie sich in seinem Zelt gewaschen, umgekleidet, gegessen und getrunken hatte. Er hatte ein Mädchen gesehen, das müde und erschöpft ausgesehen hatte, zerschrammt und zerschunden, aber mit lebhaft blitzenden Augen. An diesen Augen hatte er sie zuerst erkannt. Die jetzt vor ihn gestellt wurde, gestützt vom Arm eines Soldaten, war dieses Mädchen nicht mehr. Sie würde es nie wieder sein. Paulinus hatte solche Gesichter schon gesehen, bei ganz jungen Soldaten, die in ihre erste Schlacht gegangen waren. Von denen waren welche zu-

rückgekommen mit so hängenden Schultern, so vor der Brust verkrampften Armen, den Oberkörper darum gekrümmt, frierend, mit erloschenem Blick.

Die Soldaten kamen mit zwei bis zum Rande gefüllten Wassereimern zurück. Auf Paulinus' Kopfbewegung hin kippten sie sie über den Mann zu seinen Füßen. Unter dem Schwall des kalten Wassers erbebte die Jammergestalt, dann richtete sie sich auf und kam, gestützt auf zwei Soldaten, auf die Füße. Von seinen Haaren über den Bart und die Schultern tropfte es auf den Boden. Die Augen, sah Paulinus, blickten klarer als vorhin.

«Wer bist du?»

Er mußte dreimal ansetzen, um einen Ton herauszubringen, und krächzte dann nur heiser und kaum verständlich.

«Josephus ben Matthias. Der, den du gewollt hast.»

«Wie viele von euch sind noch da unten am Leben?»

«Keiner. Ich war der letzte.»

«Du weißt, was jetzt mit dir geschieht?»

Allmählich gewann die Stimme dieses Josephus' an Kraft.

«Bring mich zum Feldherrn!»

Paulinus runzelte die Stirn. Natürlich brachte er ihn vor Vespasian, aber aus eigenem Entschluß, nicht auf Befehl dieses Besiegten.

«Kannst du gehen?»

Ein Nicken, ein fast unmerkliches Straffen der Schultern, und dann begann dieses tropfende, zerlumpte, stinkende Gespenst aus dem Jenseits sich von den Soldaten zu lösen und vorwärts zu gehen. Eine Gasse öffnete sich vor ihm. Gegner. Sie wußten, er würde bald am Kreuz hängen. Jetzt blieben sie stumm. Es gab kein Gejohle, kein Geschrei, keine Spott- und Schimpfreden. Dieser Geschlagene, wie er langsam mit geradem Rücken und hocherhobenem Haupte durch das Lager schritt, flößte ihnen Respekt ein. Paulinus fühlte das, und auch er, Josephus folgend, konnte nicht ein Gefühl der Bewunderung unterdrücken

für die Haltung, die der Gefangene zeigte.
Das Mädchen hatte ihn heraufgebracht. Welche Überredungskünste hatte sie angewandt? Er drehte sich nach ihr um.
Sie ging nicht. Ein Soldat hatte sie auf die Arme genommen und trug sie. Ihre Augen, weit geöffnet, waren auf den Rücken des Josephus gerichtet. Paulinus konnte das Gefühl in diesem Blick nicht deuten. Befriedigter Haß? Oder nur Müdigkeit? Oder das Entsetzen vor dem, was sie da unten gesehen hatte? Die Augen, schienen ihm, blickten nur leer.
Vespasian war bereits informiert. Er hatte den Eingang seines Zeltes zurückschlagen lassen und stand für alle sichtbar, den glänzend polierten Brustpanzer über der Tunika, breitbeinig, stiernackig, mit dem Lachen des Siegers. Josephus blieb vor ihm stehen. Inzwischen hatte der letzte im Lager mitbekommen, wen sie da vor den Feldherrn führten. Tausende drängten sich, Kopf an Kopf, vor dem Zelt Vespasians und in den angrenzenden Lagergassen.
Noch bevor der General etwas sagen konnte, redete der Gefangene. Er war jetzt seiner Stimme mächtig. Es war eine geschulte Stimme.
Natürlich. Paulinus fiel ein, daß er Priester war. Das war eine Stimme, die eine Halle, die einen Platz füllen konnte. Sie rief, und Hunderte vor dem Zelt hörten es wie Paulinus, wie Vespasian, und gaben es an die Entfernteren weiter.
Josephus stand hochaufgerichtet vor Vespasian, sah ihm in die Augen wie einer, der von gleich zu gleich sprechen kann, und rief:
«Ich grüße dich, Flavius Vespasianus, Retter Roms, Begründer eines Geschlechts von Herrschern, die den Erdkreis regieren werden!»
In all seinen triefenden Lumpen, mit dem filzigen Haar, dem filzigen Bart, den fiebrigen Augen und der weithallenden Stimme wirkte er wie ein Prophet, der Gottes Willen verkündete.

Paulinus sah, daß Vespasian zusammenzuckte.
«Du weißt nicht, was du redest», herrschte er den Mann an.
«Ich sage, was mein Gott mir eingibt! Ich habe als einziger überlebt. Ich bin auserwählt worden, dir diese Nachricht zu überbringen. Heil Flavius Vespasianus, dem Vater Roms!»
Ein Schweigen legte sich über das Lager. Für einen Augenblick waren alle verstummt. Dieser Mann ein Bote seines Gottes? Warum nicht? War es so unmöglich? Hatte er nicht recht? War es nicht ein Wunder, daß er noch lebte? Vielleicht hatte sein Gott ihn deshalb leben lassen? Die ersten Stimmen wurden laut, Gerede erhob sich, Geschrei, das Lager toste.
Vespasian maß den Mann vor ihm, der den Blick aushielt. Caenis hatte von ihm erzählt. Er hatte sich ein anderes Bild von ihm gemacht. Ein junger Mann, ehrgeizig, intelligent, mit Organisationstalent, bereit, mit ihm zusammenzuarbeiten, wenn es den Preis wert war. Aber kein Prophet, kein vom Dämon Besessener, kein Fanatiker. War er unten im Brunnen verrückt geworden? Das wäre nicht nur möglich, das wäre sehr wahrscheinlich. Aber warum diese Verrücktheit? Warum eine Prophezeiung, daß er Vater von Kaisern sei? In diesem Moment, in dem Titus von Cäsarea absegelt, um in Rom vom Kaiser Galba adoptiert zu werden? Davon konnte dieser Mann aus der Zisterne nichts wissen. Die Prophezeiung war gut. Sie würde den Leuten etwas zu reden geben. Sie würde seine Stellung festigen, ihm mehr Ansehen verschaffen, wenn er jetzt klug mit ihr umging.
Vespasian hob den Arm und wartete, bis Schweigen eingetreten war. Er sprach so laut wie Josephus. Auch ihn hörte man im halben Lager.
«Josephus ben Matthias! Vielleicht spricht aus dir dein Gott, vielleicht der Wahnsinn! Wer kann das beurteilen? Höre! Du wirst als mein Gefangener bei mir leben, bis Jerusalem gefallen ist. Wird deine Prophezeiung bis dahin wahr, lasse ich dich frei.

Wenn nicht, wirst du auf den Trümmern Jerusalems gekreuzigt.»
Das zustimmende Gejohle der Soldaten zeigte ihm, daß er sich richtig verhalten hatte.
«Bringt ihn fort», sagte er. «Badet ihn, gebt ihm etwas anzuziehen und zu essen und legt ihm eine Fußkette um.»
Er wandte sich um und wollte ins Zelt zurückgehen, als sein Blick eine sonderbare Szene streifte. Er drehte sich um und sah genauer hin. Das war doch die Höhe! Er gab sich soviel Mühe mit der Disziplin, und nun hatte ein Soldat die Frechheit, hier, direkt vor dem Angesicht seines Feldherrn, mit seinem Liebchen ... Mit wem? Das Mädchen, das da in den Armen des Soldaten lag, kannte er doch. Das war ... Nur auf den zweiten Blick zu erkennen, aber jetzt unbezweifelbar Daphne, das Mädchen, das Caenis protegierte, von dem sie sich so viel versprach. Was machte sie hier? In diesem Zustand?
Paulinus sah, wie Vespasian das Mädchen anstarrte, und trat einen Schritt vor.
«Ja, das ist Daphne. Sie ist seine Frau.»
«Wessen Frau?»
«Die des Josephus.»
Vespasian öffnete den Mund, schloß ihn dann wieder, starrte das Mädchen an, das halb ohnmächtig mit geschlossenen Augen an der Brust des Soldaten ruhte, und sagte dann:
«Dasselbe wie mit dem Mann! Baden, füttern, ausruhen und dann zu mir! Nur das Mädchen! Propheten kann ich vor Tisch nicht ertragen.»

Daphne war an Körper und Geist gleichermaßen erschöpft, als sie zu Vespasian geführt wurde. Der General hatte seinen imposanten Harnisch wieder abgelegt und lag so auf dem Ruhesofa, wie sie ihn aus Nursia kannte, in einem schlichten Gewand, ungesalbt, unparfümiert, die Nägel an den viereckigen Händen

kurzgeschnitten, das spärliche Haar ungekräuselt. Ein Bauer aus den Sabiner Bergen, ein Maultierzüchter, kein Feldherr, kein Vater eines zukünftigen Kaisers.
Er wies mit dem kantigen Kinn auf einen Stuhl und scheuchte mit einer Handbewegung die Sklaven aus dem Zelt.
Er betrachtete sie mit hochgezogenen Brauen.
«Du bist mir eine Erklärung schuldig, meinst du nicht? Diese angebliche Prophezeiung – du hast sie dem Josephus in den Mund gelegt, nicht wahr?»
Daphne nickte. Sie war zu müde, um zu sprechen.
«Aber nicht im Auftrag von Caenis, wie?»
Sie schüttelte den Kopf.
«Ein bißchen mehr wirst du schon reden müssen, mein Mädchen. Wie bist du hierhergekommen?»
Er hatte ein Recht auf eine Erklärung. Sie würde so sehr bei der Wahrheit bleiben, wie es sinnvoll erschien. Es hatte keinen Zweck, sich hinter Caenis zu verstecken. Er würde die alte Dame fragen, und der Schwindel käme heraus. Wenn sie nur nicht so müde wäre! Sie konnte sich kaum bewegen, ihre Glieder waren bleischwer, ihre Haut brannte wie Feuer, und in ihrem Kopf schwammen die Gedanken wie Entengrütze auf einem Teich. Sie hatte Josephus gerettet. Vespasian hatte ihm in aller Öffentlichkeit das Leben garantiert. Eigentlich müßte sie von einem Hochgefühl des Triumphes durchdrungen sein. Aber sie war es nicht. Sie fühlte nur eine Leere. Sie war dankbar dafür. Denn wenn sie die Leere zu füllen versuchte, dann tauchten die Gestalten aus der Unterwelt wieder auf, das kleine Kind, das Köpfchen an die Mutter geschmiegt, das Mädchen, den Mann umarmend, den Dolch in der Brust. Sie riß sich zusammen.
«Ich kenne Josephus schon seit vielen Jahren. Wir sind zusammen nach Rom gekommen, damals, als Flaccus mich bei Caenis untergebracht hat. Deshalb hat Caenis mich als Botin benutzt,

um ihm ausrichten zu lassen, daß er die Festung so lange wie möglich halten sollte. Er hat seinen Teil des Paktes gehalten. Als ich jetzt in Cäsarea war, habe ich gehört, daß du ihn hinrichten lassen würdest, wenn du die Stadt erobert hast. Ich kam, um das zu verhindern.»

«Wenn Caenis dich nicht geschickt hat, wer war es dann? Berenike und Agrippa?»

Es wäre so leicht, jetzt zu nicken und dann Ruhe zu haben. Aber es war schlecht, Lügen zu erfinden, die so rasch nachprüfbar waren wie diese. «Nein, ich kam aus eigenem Antrieb. Niemand wußte davon. Ich habe ein Schiff genommen bis Ptolomais, dann bin ich hergewandert. Die letzte Strecke habe ich Hirten bestochen, mich herzuführen. Dann habe ich Paulinus getroffen. Ich kannte ihn ja aus Athen. Ich konnte ihn überzeugen, daß ich imstande sei, Josephus aus der Zisterne heraufzuholen. Jedenfalls fand er es einen Versuch wert. Und es hat ja auch geklappt.»

«Wußte er, daß du einen Propheten ans Tageslicht bringen wolltest?»

Sie lächelte flüchtig. Die Mundwinkel schmerzten dabei.

«Was hätte es genützt, Josephus heraufzuholen und dir auszuliefern? Ich hätte ihn nur einem schmachvollen Tod überantwortet. Deshalb mußte ich dir eine Möglichkeit bieten, ihn am Leben zu lassen. Diese Prophezeiung rettet sein Leben und nützt deinem Sohn. Soldaten sind oft abergläubisch. Wenn sie hören, daß Galba Titus adoptiert hat, werden sie sich an Josephus' Worte von heute erinnern.»

Vespasian maß sie mit schmalen Augen.

«Was weißt du von Galba und Titus?»

«Ich bin Berenikes Sekretärin. Sie und Agrippa werden einen Teil des Geschenks für die Prätorianer aufbringen. Dein Sohn wird Galbas Nachfolger werden.»

«Du weißt zuviel, Mädchen. Das ist gefährlich für dich. Bist du dir darüber im klaren?»

«Ich habe mein Ziel erreicht, nicht wahr? Du kannst ihn jetzt nicht mehr töten lassen. Sonst würdest du öffentlich verkünden, daß du an die Prophezeiung nicht glaubst. Dein Sohn wird aber Kaiser werden. Also hat Josephus die Wahrheit prophezeit. Warum willst du jemanden verurteilen, der die Wahrheit verkündet hat? Man würde das nicht verstehen.»
«Du hast die Falle geschickt aufgebaut», sagte er, «du bist ein schlaues Mädchen. Und du hast von Caenis viel gelernt. Du hast Josephus das Leben gerettet. Aber dein eigenes, meine Liebe, ist keinen Pfifferling wert. Du hast nicht im Auftrag von Caenis oder Berenike oder Agrippa gehandelt. Ich muß also auf niemanden Rücksicht nehmen. Und ich mag Mädchen nicht, die sich in meine Angelegenheiten mischen und mir vorschreiben, was ich zu tun habe. Du hast das Vertrauen ausgenutzt, das wir dir entgegengebracht haben und für deine eigenen Zwecke mißbraucht.»
«Ich habe dir nicht geschadet, sondern genützt.»
Daphne fragte sich, warum er sie so einschüchtern wollte. Glaubte er, daß er das konnte? Nach dem, was sie heute gesehen hatte, glaubte er im Ernst, ihr drohen zu können? Was sollte sie noch erschrecken können?
«Natürlich kannst du mich töten lassen. Es gibt eine Reihe diskreter Methoden, mich verschwinden zu lassen, aber jede wird einen Nachteil mit sich bringen. Josephus wird dir die Loyalität aufkündigen. Und von heute an sind die Augen jedes Soldaten in diesem Lager auf ihn gerichtet. Er kann seine Prophezeiung zurückziehen und sie eine Lüge nennen. Man wird an Titus' Kaisertum nicht mehr glauben. Wenn du das willst …»
Sie sah, daß Vespasian innerlich fluchte. Oh ja, sie hatte von Caenis gelernt. Man mußte nur alles logisch und konsequent zu Ende denken. Und sich nicht fürchten.
Vespasian grunzte.
«Du rettest sein Leben und er das deine! Warum?»

Sollte sie ihm die Wahrheit sagen? Daß sie unüberlegt und kindisch gehandelt hatte? Daß sie überhaupt nicht gewußt hatte, worauf sie sich eingelassen hatte? Ein romantischer Impuls? Ein Verlangen nach Abenteuer, nach Heldenhaftigkeit? Weil sie es Flaccus heimzahlen wollte, daß er sie wie ein Kind behandelt hatte und nach Nursia zurückschicken wollte? Und daß sie das alles nur durchgehalten hatte, weil sie eigensinnig und starrköpfig war und noch nie aufgegeben hatte? Daß sie, hätte sie gewußt, was ihr bevorstand, nicht aufgebrochen wäre? Daß sie sich jetzt schon zurücksehnte? Daß sie die sanfte Domitilla vermissen würde, Domitian mit all seiner knabenhaften Zudringlichkeit, Caenis mit den harten Augen und der sanften Stimme und dem Klirren ihrer Armreifen, das Strahlende, das Titus anhing, selbst Flaccus' arrogante Art, über sie zu verfügen? Sie hatte sich von dem allen ausgeschlossen, was seit fast drei Jahren ihre Welt ausgemacht hatte, nur weil sie so töricht gewesen war, nicht über die Folgen nachzudenken, und weil sie einen so dummen Stolz besaß, der sie davon abgehalten hatte, einen Vorsatz aufzugeben, den sie einmal gefaßt hatte.
Vespasian trommelte mit den Fingern ungeduldig auf dem Polster.
«Nun? Weshalb?»
Sie sagte das, was am einleuchtendsten zu klingen schien. Es hatte schon den Hirten eingeleuchtet und auch dem Tribun Paulinus.
«Josephus ist mein Mann.»

Paulinus, jederzeit ein Mann der praktischen Tat, war nicht untätig geblieben. Als Daphne Vespasians Zelt verließ, wartete einer seiner Sklaven davor, um sie zu seinem Quartier zu bringen. Er hatte in seinem eigenen Zelt eine Ecke mit Wandschirmen abtrennen und dahinter Polster auf den Boden legen lassen. Dort fand Daphne Josephus.

Durch die helle Leinwand des Zeltes drang gedämpft das Tageslicht. Er schlief. Er lag auf der Seite, einen Arm unter dem Kopf, die Knie angezogen. Daphne betrachtete ihn. Die Sklaven des Paulinus hatten gründliche Arbeit geleistet. Er glich nicht mehr dem Gespenst aus der Unterwelt. Sein Haar war gewaschen und auf römische Weise kurz geschnitten, der Bart gestutzt, er roch nach dem diskreten, herben Parfüm, das sie an Paulinus selbst wahrgenommen hatte. Die kurze ungegürtete Tunika aus blauer Wolle mochte auch eine von Paulinus sein. Sein Atem ging gleichmäßig. Dem Bild von Ruhe und Frieden, das er ausstrahlte, widersprachen nur die eingefallenen Wangen und die tiefen Schatten unter den Augen.

Sie war müde und mußte schlafen. Sie konnte sich kaum noch aufrecht halten. Sie blickte sich um. Paulinus hatte nur ein Lager aufschlagen lassen. Selbstverständlich nur eines. Sie hatte ihm ja gesagt, daß sie verheiratet seien. Wenn Josephus sich nur nicht so breitmachen würde. Er lag quer über dem Bett. Sie wollte ihn nicht wecken, aber ein bißchen Platz brauchte sie schließlich auch.

Sie legte sich vorsichtig an den Rand des Bettes. Er rührte sich nicht. Sie schob sich weiter in die Mitte. Ihr Bein drängte an seinen Schenkel. Er murmelte etwas Unverständliches, rückte zur Seite und drehte sich um, ihr den Rücken kehrend. Jetzt hatte sie fast die Hälfte der Polster für sich. Sie legte sich bequemer zurecht. Ihr Kopf berührte kaum das Kissen, als ihr die Augen zufielen und sie einschlief.

Als sie wieder aufwachte, war es dunkel und still. Sie hörte nichts als einen Atem an ihrer Seite. Sie brauchte einen Moment, um sich an alles zu erinnern. Sie fühlte sich wie zerschlagen und wußte, daß sie morgen nicht würde aufstehen können. Sie drehte sich um, und ihr Knie scheuerte an der Decke. Sie zog scharf den Atem ein bei dem Schmerz.

Aus dem Dunkeln kam eine Stimme.

«Schläfst du nicht?»
Er war also auch wach.
«Doch», flüsterte sie, «ich schlafe. Wenigstens fünf Tage und Nächte. Ich glaube, ich stehe nie wieder auf. Ich kann es gar nicht. Wie viele Knochen hat ein Mensch?»
«Ich weiß nicht. Ich glaube, ungefähr zweihundertfünfzig. Warum?»
«Weil mir mindestens zweihundertsechzig weh tun.»
Er lachte unwillkürlich und brach sofort wieder ab.
Nach einer Weile sagte er mit veränderter Stimme.
«Ich muß mich wohl bei dir bedanken. Dein Plan hat sich bewährt. Wer hat ihn sich ausgedacht? Berenike?»
«Ich kann selber denken», sagte sie schnippisch.
«Aber du brauchtest Informationen, nicht wahr? Sonst hätte es geschehen können, daß Vespasian mich einfach als einen Verrückten hingestellt hätte.»
«Ich hatte alle Informationen, die ich brauchte. Schließlich war ich Berenikes Sekretärin. Ich weiß, welches Spiel um den Purpur gespielt wird.»
Draußen vor dem Zelt wurde die Wache gewechselt. Man hörte, wie der Boden unter den beschlagenen Soldatenstiefeln knirschte, die heiseren Parolen, die gewechselt wurden, jemand riß eine Zote, die mit brüllendem Gelächter quittiert wurde. Aus einem anderen Zelt in der Nähe drang lautes Fluchen, dann entfernten sich Stiefel trampelnd.
Wieder war Stille.
Josephus streckte die Hand aus und berührte ihre Wange. Sie war naß von den Tränen, die sie lautlos weinte.
«Du hättest nicht kommen dürfen», flüsterte er, «du bist noch ein halbes Kind. Kinder sollten nicht in die Hölle hinabsteigen.»
«Von heute an bin ich kein Kind mehr.»
«Nein», sagte er.

Wieder schwiegen sie.
Seine Hand lag immer noch an ihrer Wange. Daphne rührte sich nicht. «Ich bin schuld daran», sagte er, «hätte ich Jotapata frühzeitig übergeben, könnten sie alle noch leben.»
«Du hattest einen Grund, es nicht zu tun.»
«Ja, aber jetzt scheint er mir nicht mehr wichtig. Was ist der Tempel? Steine, aufeinandergeschichtet. Wenn er zerstört wird, kann er wieder aufgebaut werden. Menschen, die tot sind, bleiben es in Ewigkeit. Die da unten, die, die du gesehen hast – sie sind nur ein Teil der Toten, die auf meiner Seele liegen. Die Straßen Jotapatas waren voller Leichen, als die Römer stürmten. Die Menschen hier waren stolz, daß sie solange ausgehalten hatten. Sie wußten nichts von meinem Pakt mit den Römern. Sie glaubten, ihr Mut, ihre Tapferkeit halte die Feinde zurück und rette Jerusalem. Deshalb haben sie ihr Leben gewagt. Ich habe sie verraten. Ich habe sie zweimal verraten. Die Römer hätten sie aus der Zisterne ins Freie gelassen, wenn sie mich ausgeliefert hätten. Aber ich war ihr Held. Ich war der Mann, der Jotapata gehalten hatte. Sie weigerten sich. Sie brachten sich lieber um, als daß sie mich verraten hätten. Sie sind tot. Ich lebe.»
Er sprach leise und monoton. Daphne konnte nicht jedes Wort verstehen, das er sagte.
In dem Teil des Zeltes, der hinter dem Wandschirm lag, bewegte sich Paulinus schwer im Schlaf, seufzte und begann leise zu schnarchen. Daphne wandte sich um, schlang ihre Arme um den Mann an ihrer Seite und barg den Kopf an seiner Schulter. Ihre Tränen tropften auf seine Haut.
«Sie werden mich hassen. Sie werden mich zu Recht hassen. Ich habe sie verraten. Alle. Du hättest mich nicht ins Leben zurückbringen dürfen.»
«Du weißt, warum du zurückgekommen bist. Du wirst dein Buch schreiben, und sie werden für alle Zeiten Helden bleiben. Man wird sie nie vergessen. Dich wird man hassen und als Ver-

räter beschimpfen. Du wirst damit leben müssen. Nimm es als deine Buße hin.»

Die Nacht war so weit vorgeschritten, daß das erste Dämmern des Morgens schon durch das Zelt eindrang und sie in diesem Dämmern seine Umrisse wahrnehmen konnte. Er hatte den Kopf in ihrem Haar vergraben, so lagen sie eine Weile regungslos, ohne zu reden. Es wurde kalt. Daphne fröstelte. Er spürte ihr Erschauern und zog sie enger an sich.

«Arme Daphne», murmelte er, «armes kleines Mädchen.»

So müde und traurig sie auch war, diese Worte weckten etwas von dem alten Widerstandsgeist in ihr. Sie mochte vieles erlebt haben, aber was immer sie war, ganz bestimmt nicht ein armes kleines Mädchen, das bemitleidet werden mußte. Sie hob den Kopf, um zu protestieren. Sein Gesicht war dem ihren ganz nah. Wer die erste Bewegung gemacht hatte, wußte sie später nie zu sagen. Ihr war, als hätte es gar keiner Bewegung bedurft. Ihre Lippen fanden sich. Sie schlang ihre Arme um seinen Nacken. Seine Hände lagen auf ihrem Rücken. Für Daphne war es ein Moment zärtlichen Trostes. Sie schloß die Augen. Dann spürte sie, wie er sich veränderte. Er atmete rascher, sein Herzschlag wurde schneller, seine Hände streichelten ihren Rücken, sein Mund verlor die Weichheit und lag fordernd auf dem ihren.

Sie fühlte sich steif und kalt werden. Sie sah sich wieder in den Schacht hinabsteigen, hörte die Ratten davonhuschen und sah die alte Frau mit den wirren Haaren, die in Ewigkeit stumm schreien würde. Sie war in der Unterwelt gewesen, dort, von woher niemand lebendig zurückkehrte.

Sie aber war zurückgekehrt, sie lebte noch, und sie fühlte ihr Lebendigsein wie eine Schuld den Toten gegenüber. Wie mußte es erst Josephus ergehen? Wie sehr mußte er sich dafür verachten, daß er den Dolch nicht gegen sich gezückt hatte? Daran war sie schuld. Weil sie zu ihm gegangen war, weil sie ihn an das Licht zurückgelockt hatte.

Seine Hände schoben sich unter den Stoff und strichen heiß und hart über ihren Leib. Wie konnte sie ihm den Trost verweigern, den er begehrte? Sie lag still und wehrte sich nicht, als er ihre Schenkel öffnete und gewaltsam in sie eindrang. Sie zog die Unterlippe zwischen die Zähne und biß so fest zu, daß sie Blut auf der Zunge schmeckte. Sie hatte die Toten um den Tod des Josephus betrogen. Sie schrie nicht, als er ihr Schmerz bereitete. Ihre Bewegungslosigkeit und ihr Schweigen waren die Buße, die sie sich auferlegte.

SIE BLIEBEN NOCH ZWEI WOCHEN vor Jotapata. Vespasian schickte kleine Kommandos aus, um die Umgebung innerhalb der nächsten Fünftagesritte von Widerstandsnestern zu säubern, und traf dann alle Vorkehrungen, damit die Armee in dem eroberten Nordgaliläa ins Winterquartier gehen konnte. Die Gefangenen wurden nach Cäsarea gebracht, ein Teil dort versteigert, ein anderer Teil nach Rom geschickt, der dritte endlich in den Kasematten aufbewahrt für die Spiele, mit denen der Feldherr im Winter seinen bisherigen Erfolg feiern wollte.
Dann ging auch Vespasian mit seinem Stab in die Küstenstadt. Josephus und Daphne gingen mit. Josephus hatte man die Fußknöchel in Eisen gelegt und durch eine Gliederkette verbunden, die es ihm ermöglichte auszuschreiten. Es war eine symbolische Fessel, eine öffentliche Zurschaustellung seiner Unterwerfung. Er durfte sich überall in der Stadt frei bewegen, und er machte von dieser Freiheit reichlich Gebrauch. Es verging kein Tag, an dem er nicht, so geraden Rückens und erhobenen Hauptes, wie er durch das römische Lager geschritten war, durch die Straßen der Stadt ging. Juden, die ihm begegneten, wichen vor ihm zurück oder spuckten vor ihm aus. Manche spieen ihm ins Gesicht. Er ertrug es unbewegt.

Von solchen Ausgängen kam er zu Daphne und trug Haß und Verachtung zu ihr, und sie öffnete ihm ihre Arme und wußte, daß sie ihm nur eine Zuflucht für einen Moment war und weder ihm noch sich dauernden Trost und Ruhe spenden konnte.

Caenis hatte sie gleich nach ihrer Rückkehr zu sich beordert. Sie hatte sie mit harten Augen betrachtet und mit ihrer trügerisch sanften Stimme gesagt:

«Du hast also dein eigenes Spiel gespielt. Und nicht schlecht. Du bist zu klug. Man wird mit dir rechnen oder dich ausradieren müssen.»

Daphne hatte etwas erwidern wollen, aber Caenis hatte die Hand gehoben und ihr Schweigen geboten.

«Du brauchst es nicht zu erklären. Ich weiß, daß du im Augenblick nicht angreifbar bist. Du hast deinen Josephus zu einer zu wichtigen Figur gemacht. Er würde dazu nicht schweigen. Wir werden sehen, was aus dir wird. Ich denke, das hat Flaccus zu entscheiden.»

Berenike hatte allen Pomp einer orientalischen Königin wieder abgelegt und trug sich wie gewöhnlich mit der schlichten Eleganz der Griechinnen. Sie hatte Daphne nach der Unterredung mit Caenis empfangen und ihr ihre Bewunderung ausgesprochen für das, was sie getan hatte.

«Du hast sein Leben gerettet. Bald wird er ganz frei sein», hatte sie hinzugefügt, «es kann ja nicht mehr lange dauern, bis seine Fesseln fallen werden. Titus muß schon in Rom eingetroffen sein. Wir werden in den nächsten Tagen hören, daß er von Galba adoptiert worden ist.»

Daphne fand sie verändert. Sie hätte nicht zu benennen gewußt, was anders an ihr war, es war ungreifbar. Immer noch schien sie klar und kühl und fern wie der Sternenhimmel über der Wüste, und doch war etwas mit ihr geschehen. Sie sah, daß auch andere es bemerkten. Manchmal ruhten Caenis' Augen einen Moment auf der Königin und verloren dann ihre Härte. Einmal sah sie,

wie Agrippa seine Schwester betrachtete, als sie es nicht bemerkte. Sein Blick war voll Mitleid.
Zu Daphnes Erstaunen war Flaccus noch in Cäsarea, als sie dort wieder eintraf. Sie hatte gedacht, er sei mit Titus nach Rom aufgebrochen. Er wohnte nicht in dem luxuriösen Herodierpalast, sondern hatte sich ein Quartier im Amtssitz des Prokurators verschafft, erschien aber regelmäßig zur Abendmahlzeit. Daphnes Platz war selbstverständlich nicht an der Tafel der königlichen Geschwister, und so sah sie ihn nur, hatte aber keine Gelegenheit, mit ihm zu sprechen. Am ersten Abend hatte er sie und Josephus aus der Ferne erblickt, flüchtig die Lippen gekräuselt und sich dann umgedreht. Sie war froh, daß die höfische Etikette sie an einem Tisch weit weg von ihm plazierte.
Berenike hatte Josephus und Daphne einen Raum im dritten Hof angewiesen, der sich auf einen reizenden kleinen Innenhof öffnete. Dort konnten sie schlafen und arbeiten. Beinahe unmittelbar nach ihrer Übersiedlung nach Cäsarea hatte Josephus mit der Arbeit an seinem Buch begonnen. Daphne nahm morgens sein Diktat in der Schnellschrift auf, die sie gelernt hatte, und übertrug das Geschriebene am Nachmittag, wenn er zu seinen Bußgängen in die Stadt unterwegs war.
Sie liebte diese Morgenstunden voll ernsthafter Arbeit, in denen er ganz konzentriert war, versunken in sein Werk und ihr nahe, anders als bei den verzweifelten Umarmungen, die sie fürchtete.
Die Dienerschaft hatte Anweisungen, sie nicht zu stören, wenn er diktierte. Deshalb war Daphne überrascht, als eines Morgens, etwa drei Wochen, nachdem sie aus Jotapata zurückgekehrt war, ein Schatten über ihre Wachstafel im Schoß fiel. Sie hatte niemanden kommen gehört. Sie blickte auf und drehte sich um.
Marcus Annius Flaccus, förmlich in einer weißen Toga mit dem senatorischen Purpurstreifen, stand hinter ihr und schaute über ihre Schulter auf den Text.

Josephus, der jetzt sein Kommen bemerkt hatte, unterbrach sich und sagte steif:
«Sei gegrüßt, Annius Flaccus. Was führt dich so früh zu mir?»
Flaccus schlenderte zu einem Stuhl und setzte sich. Er ordnete nachlässig die Falten der Toga.
«Es tut mir leid, wenn es nicht deine Empfangsstunde ist, Josephus, aber ich kann nicht lange warten. Es geht um Daphne. Ich denke, es ist das beste, sie packt jetzt ihre Sachen und kommt gleich mit mir.»
Josephus machte ein verwirrtes Gesicht. Bevor er den Mund auftun konnte, sprang Daphne auf. Die Wachstafel fiel zu Boden.
«Das kann nicht wahr sein! Was fällt dir ein! Bin ich deine Sklavin? Ich denke nicht daran, mit dir irgendwohin zu gehen! Ich würde mit dir nicht einmal bis zum Tor des Palastes gehen!» schleuderte sie ihm ins Gesicht.
Er sah sie kühl an.
«Eine verheiratete Frau sollte sich mit Würde benehmen, meine Liebe. Du bist kein Straßenkind mehr.»
«Gut, daß du dich daran erinnerst! Dann wird dir auch klarsein, daß ich über mich selbst bestimme! Du kannst dir deine merkwürdigen Vorschläge sparen. Mein Platz ist an Josephus' Seite und sonst nirgendwo.»
Er lehnte sich zurück und schlug die Beine übereinander. Er musterte sie mit einer Spur von Belustigung.
«Soll ich Josephus nun beglückwünschen oder bedauern? Einerseits ist er natürlich zu beneiden, eine so aufopfernde, hingebungsvolle Ehefrau zu haben. Andererseits muß dein Temperament manchmal auch recht anstrengend sein.»
Bevor sie antworten konnte, sagte Josephus nüchtern: «Warum sollte Daphne gleich mit dir gehen? Ist etwas geschehen?»
Flaccus wandte sich ihm zu.

«Ah, wie wohltuend. Klare männliche Logik ohne weibliche Hysterie.»
Daphne wollte schon lautstark protestieren, aber er beachtete sie nicht, sondern fuhr mit gleichmütiger Stimme fort:
«Natürlich ist etwas geschehen. Galba ist tot.»
Augenblicklich vergaß sie ihr Ressentiment.
«Dann ist Titus jetzt Kaiser!»
Er schüttelte den Kopf.
«Nein. Setzt euch! Was geschehen ist, betrifft natürlich auch euch beide persönlich. Ich komme eben von Caenis und Vespasian. Sie haben heute morgen eine Nachricht bekommen. Titus ist im Hafen von Korinth aufgehalten worden. Er ist noch nicht in Rom. Und er kommt sofort zurück.»
Daphne tastete nach ihrem Stuhl und setzte sich. Wenn Galba tot war und Titus jetzt nicht in Rom, nicht Kaiser, dann mußte jemand anderer Kaiser sein, dann hatte Josephus falsch prophezeit, dann war sein Leben verloren.
Sie warf ihm einen Blick zu und sah, daß er gespannt an Flaccus' Lippen hing. Ihm war die Konsequenz so klar wie ihr.
«Wir wissen noch nicht genau, was in Rom passiert ist. Nicht die Hintergründe, nur die Ereignisse sind bekannt. Galba hat nicht auf Titus' Ankunft in Rom gewartet. Er muß bedrängt worden sein von seinen Ratgebern. Er hat einen Nachfolger ernannt, das heißt, er hat jemanden adoptiert. Die denkbar unglücklichste Wahl, die er hätte treffen können. Den jungen Piso, Lucius Calpurnius Piso Licinianus. Er hatte ihn früher schon als Sohn annehmen wollen, als er noch Privatmann war. Er hatte sich zu ihm hingezogen gefühlt wegen seiner Sittenstrenge, seiner altrömischen Lebensart, seines hohen Adels. Aber das sind heutzutage keine Kategorien, um Kaiser zu werden. Piso hatte kein Vermögen, um die Prätorianer zu befriedigen, er hatte kein Heer hinter sich, er hatte nichts, was für ihn sprach, als Galbas Wohlwollen. Das Wohlwollen eines alten Mannes, der den Prä-

torianern ein Vermögen versprochen hatte und es jetzt nicht auszahlen konnte. Statt dessen sagte Galba öffentlich, er kaufe sich keine Soldaten, er hebe sie aus. Das war sein Todesurteil. Fünf Tage nach der Adoption Pisos wurden beide von den Prätorianern erschlagen.»

Er machte eine Pause. Daphne schluckte.

«Wer ist jetzt Kaiser?»

«Einer, der die Gunst der Stunde begriff und für sich nutzte. Otho.»

«Der frühere Ehemann Poppäas?» fragte Josephus.

«Ja. Nero hatte ihn zum Statthalter in Lusitanien gemacht. Weil er Nero haßte, hat er sich an dem Aufstand beteiligt und Galbas Kaisertum unterstützt. Er ist mit Galba in Rom eingezogen. Er hätte nichts unternommen, wenn Galba Titus adoptiert hätte, denn hinter Titus stehen die judäischen, die syrischen und die ägyptischen Legionen. Aber hinter Piso stand nichts. So hat Otho zugeschlagen, die Prätorianer zum Mord angestiftet und sich zum Kaiser ausrufen lassen.»

Josephus lachte auf.

«Kaiser Otho. Ein guter Prophet bin ich gewesen.»

«Wer konnte voraussehen, daß Galba so schwach sein würde, dem Druck seiner Umgebung nachzugeben? Wenn die Winde anders gewesen wären, wenn Titus nicht im Hafen von Korinth hängengeblieben wäre ...»

«Wenn ... würde», sagte Daphne heftig, «was nützt das jetzt noch? Die Würfel sind gefallen. Rom hat einen neuen Kaiser, und er ist kein Flavier.»

«Rom hat zwei neue Kaiser», berichtigte Flaccus gelassen.

Sie starrten ihn an.

«Titus ist doch ...?» fragte Josephus.

Flaccus schüttelte den Kopf.

«Hinter Galba standen die spanischen und gallischen Truppen. Die von der Donau warteten ab. Und er hatte unsere Unterstützung aus dem Osten. Aber die Rheinarmee war ihm feindlich gesonnen. Sie hätte nichts unternommen, wäre unser Plan geglückt. Dann wären auch die von der Donau zu uns übergelaufen, und gegen das gesamte Reich wäre die Rheinarmee nicht aufgestanden. Als aber Galba den Piso adoptierte, war allen klar, daß wir, der Osten, ihn nicht länger stützen würden. Die Rheinarmee hat nicht abgewartet, was in Rom geschehen würde. Sie hat sofort ihren eigenen Kandidaten aufgestellt und Vitellius zum Kaiser ausgerufen. Jetzt haben wir zwei Kaiser. Otho in Rom und Vitellius am Rhein. Vitellius soll sich inzwischen auf den Marsch nach Rom gemacht haben.»

«Und Titus?»

«Kehrt so rasch wie möglich aus Korinth nach Cäsarea zurück.»

«Dann ist es also aus», sagte Josephus.

Daphne entdeckte eine gewisse Befriedigung in seinem Tonfall. Als sei es ihm ganz recht, daß Vespasian nun doch noch das Urteil an ihm vollstrecken lassen würde. Ihre ganzen Mühen waren umsonst gewesen. Nein, nicht ganz umsonst. Vespasian hatte gesagt, er würde Josephus auf den Trümmern Jerusalems kreuzigen lassen. Noch stand die Stadt. Es war Winter. Es würde noch lange dauern, bis der Feldzug wieder aufgenommen werden konnte. Und wer wußte, wie lange die Stadt sich würde verteidigen können? Josephus blieben noch mehrere Monate, vielleicht mehr als ein Jahr, um an seinem Buch weiterzuarbeiten. War das nicht schon Erfolg genug?

Flaccus stand auf und schlug die Toga sorgfältig über den Arm.

«Aus ist es erst, wenn wir tot sind», sagte er, «und soweit ist es noch lange nicht. Zu uns steht Tiberius Alexander, der Präfekt von Ägypten. Und wer Ägypten hat, hat Rom. Denn Rom hängt von den ägyptischen Getreidelieferungen ab. Hinter uns stehen die Legionen von Syrien und Judäa. Das Spiel ist nicht aus, es wird nur länger dauern. Erst einmal müssen die beiden Kaiser sich aneinander aufgerieben haben, ehe wir wieder zum Zuge kommen. Deshalb gehe ich jetzt nach Rom. Mein Schiff geht in einer Stunde. Ich schlage also vor, daß Daphne jetzt packt. Es ist die beste Gelegenheit für sie, sicher nach Nursia zu gelangen.»

«Was sollte ich in Nursia?»

«Josephus kann dich leider nicht begleiten», fuhr er fort, als habe sie nichts gesagt, «Vespasian muß den gefangenen Propheten in seiner Nähe behalten. Außerdem wirst du wohl auch bleiben wollen, um ein Augenzeuge zu sein, nicht wahr?»

Josephus nickte.

«Der Krieg wird fortgesetzt. In drei Monaten geht er weiter. Du wirst mit dem Feldherrn ins Lager gehen. Das ist kein Platz für eine junge Frau. Deshalb ist Daphne am besten bei Domitilla in Nursia aufgehoben. Dort ist sie in Frieden und Sicherheit.»

«Ich kann bei Berenike bleiben.»

«Schwerlich. Niemand von uns hat den Wunsch, daß du hierbleibst. Wir haben nicht vergessen, daß du unberechenbar bist. Berenike wird dir keinen Platz in ihrem Haushalt anbieten. Auch Caenis nicht. Vespasian verbietet dir das Feldlager. Du bist allein.»

«Dann gehe ich zu Josephus' Familie», rief sie.

Josephus schüttelte unglücklich den Kopf.

«Sie würden dich nicht aufnehmen, Daphne. Mein Vater hat sich von mir losgesagt. Ich bin in seinen Augen unwürdig, sein Sohn zu sein, weil ich Jotapata überlebt habe und weil ich mich mit dir, einer Nichtjüdin, verbunden habe.»

«Außerdem leben sie in Jerusalem», fügte Flaccus hinzu, «du siehst, es gibt keinen anderen Weg für dich als den nach Nursia. Dort kannst du das Ende des Krieges abwarten.»

«Geh mit ihm», sagte Josephus drängend, «es ist das einzig Vernünftige. Tu es mir zuliebe. Es würde mir vieles leichter machen, wenn ich wüßte, daß du in Sicherheit bist.»

«Es wird uns allen leichter zumute sein, wenn wir wissen, daß wir vor ihr in Sicherheit sind», murmelte Flaccus spöttisch.
Er war geschickt. Er hatte ihr jede andere Möglichkeit abgeschnitten. Wenn sie jetzt darauf beharrte hierzubleiben, würde sie nur kindisch trotzig wirken. Sie mußte nachgeben. Aber er sollte nicht glauben, daß sie sich ihm beugte.
«Also gut», sagte sie, «wenn dir soviel daran liegt! Eine gute Ehefrau gehorcht ihrem Gatten. Aber ich werde dich vermissen.»
Sie hielt Josephus zum Kuß auffordernd das Gesicht hin, aber er begnügte sich damit, ihre Hand zu ergreifen und zu drücken, während er ihr dankte.
«Rührend», bemerkte Flaccus mit ausdrucksloser Stimme, «wie gut du sie gezähmt hast, mein Lieber. Aber vielleicht ist es nicht schwer, ein Kind zur Liebe zu verführen.»
Josephus wollte auffahren, aber Flaccus hatte schon den Hof betreten und warf nur noch über die Schulter zurück: «In einer Stunde am Hafen.»

DIESE SEEREISE glich in keiner Weise der, die sie vor mehr als zwei Jahren auf der «Isis» unternommen hatte. Damals hatte Daphne mit ihrem Vater nur einen Platz im überfüllten Bauch des Schiffes gefunden, jetzt hatte sie eine komfortable Kabine, die sie mit Glauke teilte, die zu ihrer Bedienung mitgekommen war. Das Schiff, ein Schnellsegler von geringer Tonnage und ohne Ruderer, beförderte keine anderen Passagiere außer Flaccus und seinem Gefolge, bestehend aus Nefrit, dem Sekretär, dem Koch und seinen Gehilfen und einigen Bediensteten.
Sie glitten mit windgeblähten Segeln durch bleigraues, kabbeliges Meer unter winterbleichem Himmel. Flaccus' Sekretär und Nefrit wurden seekrank und lagen unter Deck, das Gesicht zur Wand gekehrt, dem Sterben näher als dem Leben.

«Ich habe viele Briefe zu schreiben. Sie müssen sofort hinausgehen, wenn wir in Ostia landen. Schnelligkeit ist jetzt alles. Wärest du so freundlich, die Diktate aufzunehmen?» fragte Flaccus Daphne. «Ich habe gesehen, daß du Kurzschrift kannst. Vielleicht auch Caenis' Geheimcode?»

Daphne nickte.

Die nächsten Tage verbrachte sie zum größten Teil in seiner Kabine und schrieb. Er diktierte rasch. Häufig mußte sie ihn ersuchen, langsamer zu sein. Er bat sie jedesmal um Entschuldigung, ohne jedes Anzeichen von Ungeduld. Sie war überrascht, wie weit das Netz war, das er auswarf. Briefe gingen an Tiberius Alexander nach Ägypten, an Antonius Primus, den Befehlshaber der Donauarmee, an Mucianus, den Statthalter von Syrien, an die Statthalter in Gallien und Batavien, in Lusitanien und Spanien und anschließend an die Tribunen der Rheinarmee, die Vitellius' Armee anführten, Valens und Caecina.

Bei diesem Namen entfuhr Daphne unwillkürlich ein Laut des Schreckens. Flaccus unterbrach sich. Er blieb stehen und sah sie forschend an.

«Kennst du ihn?»

«Ich bin ihm flüchtig begegnet.»

«Du bist blaß geworden. Fürchtest du dich vor ihm?»

Sie zögerte einen Moment.

«Ja.»

«Warum?»

«Ich habe mich gefürchtet, sobald ich ihn zum erstenmal gesehen habe.»

«Du hast einen guten Instinkt. Was hat dir an ihm denn so mißfallen?»

«Seine Augen», sagte sie und unterdrückte ein Schaudern, «es sind Schlangenaugen.»

Augen, die sie so erschreckt hatten, daß sie manchmal noch von ihnen träumte und dann schreiend erwachte.

Sie erinnerte sich an die Begegnung in der Gasse in Athen, wo sie in ihn hineingelaufen und er sie an sich gerissen hatte. «Und sein Geruch», fügte sie hinzu, «er riecht nach Tod.»
Zu ihrer Überraschung lachte er sie nicht aus.
«Er riecht nach Verrat», sagte er, «er ist der geborene Intrigant. Es gibt nichts, was er nicht täte, um aufzusteigen. Er würde nicht einmal davor zurückscheuen, seine eigene Mutter meuchlings zu ermorden.»
«Mit einem solchen Menschen willst du paktieren?»
«Er ist nützlich. Später mag er gefährlich werden. Aber im Moment ist er nützlich. Er ist ein guter Heerführer. Er hat das Zeug dazu, Otho zu schlagen. Das ist unser erstes Ziel. Otho muß Vitellius ausschalten oder Vitellius Otho. Danach ist der Weg frei für Vespasian.»
«Für Titus, meinst du.»
«Nein, jetzt nicht mehr. Titus ist zu jung. Er hat noch keinen Ruf bei den Truppen. Wäre Galba am Leben und an der Macht geblieben, so wäre Titus in das Amt hineingewachsen. Jetzt würde keine Armee ihn akzeptieren. Die Soldaten fordern einen Haudegen, der sie zu Siegen geführt hat. Vespasian ist der Mann der Stunde. Die Legionen erinnern sich an seine Siege in Britannien, jetzt heftet er in Judäa wieder Erfolge an die Legionsadler. Zuerst muß Vespasian Kaiser werden. Titus wird ihm folgen.»
«Ich frage mich», begann sie und brach dann ab.
Er sah sie ermutigend an.
«Sprich weiter! Was wolltest du fragen?»
«Caenis und du – ihr beide seid so eifrig bemüht, Titus zum Kaiser zu machen. Warum gerade ihn?»
Flaccus lehnte sich in seinem Stuhl zurück und streckte die Beine aus. «Titus hat herausragende Qualitäten. Er ist ein guter Offizier, der sich selbst in der Schlacht nicht schont. Seine Soldaten lieben ihn und folgen ihm mit Begeisterung. Er interes-

siert sich wirklich für die Menschen, er will Leiden lindern und Freude bereiten. Er hat einen angeborenen Instinkt für die richtigen Entscheidungen und trifft sie schnell. Er ist unbestechlich um Gerechtigkeit bemüht. Macht ist für ihn ein Mittel, kein Zweck an sich. Er hat Kraft genug, sie zu wollen, und Caenis und ich glauben, daß er auch die Stärke hat, den Preis dafür zu zahlen.»

«Den Preis?» fragte sie erstaunt.

Flaccus lächelte.

«Du denkst, nur das Volk zahlt, nicht wahr? Aber auch einen Herrscher – einen, der würdig ist zu herrschen – kostet die Macht viel. Unsere Vorfahren haben das gewußt. Du kennst die Geschichte von Titus Manlius?»

Sie schüttelte den Kopf.

«Ich bin keine Römerin.»

«Titus Manlius war Tribun, Sohn eines Konsuls. Er führte die Reitervorhut der römischen Armee im Kampf gegen die Latiner und hatte strikten Befehl, sich bei Feindkontakt nicht auf eine Auseinandersetzung einzulassen. Er hielt sich nicht daran. Als er auf feindliche Truppen stieß, griff er an und errang einen glänzenden Sieg. Die Armee feierte ihn, der Konsul aber verurteilte seinen Sohn, weil er gegen den Befehl gehandelt hatte, wegen Ungehorsams zum Tode und ließ das Urteil vollstrekken.»

«Der Vater verurteilte den eigenen Sohn?» rief sie entsetzt. «Das ist nicht menschlich. Das ist barbarisch.»

Flaccus schüttelte den Kopf.

«Wohin kommt die Disziplin im Krieg, wenn jeder Offizier, statt sich an den Plan des Feldherrn zu halten, auf eigene Faust handelt? Auf das Tun des jungen Manlius stand die Todesstrafe, und gerade an seinem eigenen Sohn mußte der Konsul sie vollziehen. Was er jedem anderen Mann anzutun bereit sein mußte, durfte er seinem Sohn nicht ersparen.»

«Ich finde, das ist eine fürchterliche Konsequenz. Wie kann man damit leben? Hätte er nicht sein Amt niederlegen können, damit er seine Hände nicht mit dem Blut des eigenen Kindes besudelt?»

«Das wäre der Ausweg eines Feiglings gewesen. Wer nur die süßen Früchte der Macht und nicht zugleich die bitteren pflücken will, der verdient nicht, Herrscher zu sein. Wenn du den süßen Schlaf der Unschuld schlafen willst, dann halte dich von der Politik fern. Sie ist kein Spielzeug für Kinder. Mit jeder Entscheidung übernimmst du Verantwortung und mußt die Konsequenzen tragen.»

Daphne nickte zögernd.

«Ich weiß. Wie Josephus.»

Flaccus zog plötzlich scharf den Atem ein und sagte nach einem Moment mit veränderter Stimme:

«Was hat Josephus damit zu tun?»

«Er war in Jotapata verantwortlich für den Tod der Belagerten, und er trägt schwer daran, daß er überlebt hat. Er haßt sich. Und ich bin schuld daran.»

«Du?» fragte er ungläubig.

Sie hatte bisher mit niemandem über ihre Erlebnisse in Jotapata gesprochen. Sie hatte nicht die Absicht gehabt, jemals darüber zu reden. Zu ihrem Erstaunen hörte sie sich ihm jetzt alles über ihren Abstieg in die Unterwelt erzählen. Sie sprach rasch und ausdruckslos, er sah sie nicht an. Seine Augen waren nur auf ihre Hände gerichtet, die sie im Schoß zusammenpreßte, daß das Blut unter den Nägeln zurückwich. Wäre sie seinem Blick begegnet, wäre sie in Tränen ausgebrochen. Sie war dankbar dafür, daß er ihr das ersparte.

Als sie geendet hatte, fragte er sanft:

«Wo liegt deine Schuld?»

«Josephus wollte sterben. Ich bin dafür verantwortlich, daß er lebt, sich selbst zum Abscheu.»

«Du hast ihn zu nichts gezwungen. Er war frei in seiner Entscheidung. Und die hatte er längst getroffen, bevor du mit ihm gesprochen hast.»

«Nein. Er wollte ...»

«Wenn Josephus sich wirklich hätte töten wollen, dann hätte er nicht solange damit gezögert. Wer sagt, er wolle noch einen Tag lang die Sonne genießen, dem ist es nicht wirklich ernst mit seinem Entschluß. Du hast ihm lediglich den Vorwand geliefert, den er brauchte, um sich nicht als Feigling zu fühlen, und du hast ihm einen Weg gezeigt, der Todesstrafe zu entgehen. Du hast ihm geholfen, aber die Entscheidung war einzig und allein die seine. Er war schon immer ein Mann, der zu überleben verstand.»

Daphne schien ein Ton von Verachtung in seiner Stimme mitzuschwingen.

«Er leidet furchtbar», verteidigte sie ihn, «jeden Tag geht er in die Stadt und läßt sich zur Buße beschimpfen und sogar anspucken.»

Flaccus verzog angeekelt das Gesicht.

«Welch pathetische Zurschaustellung! Kann er seine Gefühle nicht mit sich selbst ausmachen? Muß er sie wie eine Ware auf dem Markt ausstellen und von der Menge begaffen lassen?»

Als Daphne nicht antwortete, sagte er nach einer Weile sachlich: «Wir müssen weiterarbeiten. Der Brief für Caecina ist noch nicht geschrieben.»

Daphne genoß die Seereise. Es machte ihr nichts aus, wenn die Wellen höher gingen und die Schiffsbewegungen heftiger waren. Gegen Seekrankheit war sie gefeit. Sie empfand kein Mitleid mit Nefrit, die bleich und stöhnend unter Deck lag und selbst einen Becher mit Wasser schauernd zurückwies, sondern im Gegenteil eine klammheimliche Freude darüber, diese Meisterin der weiblichen Vollkommenheit aus dem Weg zu wissen. Jeden Moment, den sie erübrigen konnte, war sie an Deck und atmete tief die würzige Luft ein, ließ sich die Gischt über das Gesicht spritzen und leckte das Salz von den Lippen. Ihre Haut bekam einen Bronzeton, und ihre Locken verkletteten sich so, daß Glauke kaum noch mit dem Kamm durchfahren konnte.

«So benimmt sich keine Dame», schimpfte sie jeden Abend, «willst du aussehen wie eine thrakische Hexe?»

Eines späten Nachmittags, nach vielen Tagen unter bleigrauem Himmel, brach sich die Sonne Bahn durch die Wolken. Sie stand schon nahe dem Horizont und färbte Meer und Wolken scharlachrot. Daphne lehnte sich über die Reling und starrte in die Pracht. So war der Abend gewesen, als sie damals in Cäsarea abgelegt hatten. Ihr Vater hatte neben ihr gestanden und von der Zukunft gesprochen, die er für sie wünschte. Er wollte nach Rom zu seinem Bruder gehen in der Hoffnung, daß er im Hause eines reichen Mannes eine feste Anstellung als Philosoph bekommen konnte, damit seine Tochter in ehrbare bürgerliche Verhältnisse kam und eine gute Ehe schließen konnte. Jetzt war sie verheiratet, aber sie bezweifelte, ob ihr Vater es eine gute Ehe nennen würde. Wie sehr hatte sich ihr Leben seit damals verändert. Wie arm war sie damals gewesen, halbverhungert, ungepflegt, unbeherrscht, eine kleine Wilde.

Und wie reich war ihr Leben damals doch gewesen, denn es hatte einen Menschen gegeben, der sich um sie gesorgt, der sie geliebt hatte. Wem bedeutete sie jetzt etwas?

Josephus nicht, da war sie sicher. Er hatte sie ohne Bedauern gehen lassen. Was er bei ihr gesucht hatte, konnten auch andere Frauen ihm geben.

Caenis? Nein, Caenis war nicht der mütterliche Typ, der ein alleinstehendes Mädchen ins Herz schloß. Für Caenis hatte sie einen Wert, weil sie sie ausgebildet hatte und weil sie ein nützlicher Stein im Spiel sein konnte. Wenn Caenis überhaupt zärtlichere Gefühle kannte – was Daphne eher bezweifelte –, dann galten sie Titus und sonst niemandem.

Für Domitian war sie nur das Mädchen, dem er in erwachender Männlichkeit nachstellen konnte, eine Rolle, die jedes andere hübsche Mädchen im Hause für ihn auch spielen konnte.
Hing Domitilla an ihr? Daphne seufzte ungeduldig. Selbst wenn, was bedeutete es ihr, von einem so törichten Geschöpf gemocht zu werden?
Flaccus? Er war wie Caenis. Ihm ging das politische Spiel über alles. Er war ganz Verstand, und nichts ging ihm nahe. Von anderen Menschen und ihren Gefühlen trennte ihn ein Panzer aus kühler Ironie. Er hatte sich um sie gekümmert wie um die übrigen Schiffbrüchigen auch. Er hatte für alle gesorgt, die mit ihm auf dem Floß gerettet worden waren, für die wahnsinnige Alte, die drei Männer, für Josephus. Ein römischer Patrizier wurde dazu erzogen, Verantwortung zu übernehmen. In seinen Augen waren sie, die seiner Hilfe bedurft hatten, nichts anderes als die Klienten, die sich jeden Morgen im Hause des Patrons einfanden und ihm ihre Aufwartung machten. Hohe Herren hatten die Pflicht, sich um die unteren Schichten zu kümmern. Für Flaccus war sie nichts als eine weitere Pflicht.
Es gab keinen Menschen, dem etwas an ihr lag. Alexandros hatte sie einmal ein trauriges, einsames Mädchen genannt. Daphne hielt ihr Gesicht dem Wind entgegen und ließ ihn an ihren Haaren zerren. Unsinn. Sie war keine sentimentale, tränenselige Gans. Ihr ging es gut, besser als jemals zuvor. Sie hatte eine solide Ausbildung. Sie würde eine Stellung finden. Hoffentlich nicht nur als Domitillas Gesellschafterin, sondern vielleicht als Lehrerin oder als Sekretärin in Nursia. Vielleicht würde sie da auch einen netten, freundlichen, jungen Mann kennenlernen, mit dem sie Kinder haben würde. War das, was ihr Vater sich für sie gewünscht hatte, nicht doch das Beste, was ihr geschehen konnte? Sie dachte daran, daß sie einmal auf Caenis' Frage, was sie werden wolle, geantwortet hatte: Kaiserin. Jetzt würde sie es nicht mehr sagen. Jetzt, da sie wußte, was dahinter

stand. Das war nur äußerlich der Glanz, der Prunk, die Macht.

Flaccus hatte recht. Macht hatte ihren Preis. Bezahlt wurde sie mit dem Tod vieler Unschuldiger. Wofür waren die Menschen in Jotapata gestorben? Damit Vespasian sein Kommando länger behielt, damit er länger eine Armee befehligte, die ihn und seinen Sohn zu den Stufen des Thrones führen konnte. Die Hände, die nach dem Purpur griffen, trieften von Blut. Vielleicht war deshalb Purpur die Farbe des Herrschers. Damit man das Blut nicht sah, das an ihm klebte.

Ihr Vater hatte recht gehabt, als er predigte, man solle sich nichts wünschen, solle nichts wollen. Jedes Begehren führe in Schuld und Verbrechen. Man solle annehmen, was das Schicksal einem schenke, an Glück und auch an Leid, aber nichts selbst lenken wollen. Der wahre Weise wisse um die Vergänglichkeit alles Irdischen und hänge sein Herz weder an Dinge noch an Menschen.

Die Sonne war hinter dem Horizont versunken. Nur noch ein rosiger Saum am dämmerblauen Himmel verriet, daß sie dagewesen war. Das Meer lag schwarz. Kleine Wellen klatschten an die Bordwand. Über ihr knatterte ein Segel. Ein Matrose rief etwas, was sie nicht verstehen konnte. Es wurde kälter. Daphne wandte sich um, um hinunterzugehen. Jetzt erst bemerkte sie, daß sie nicht allein war.

Am Mast hinter ihr lehnte Flaccus, die Arme verschränkt. Das letzte Licht des Tages leuchtete auf seinem Gesicht. In seinen Augen lag eine Zärtlichkeit, die Daphne den Atem verschlug. Er bemerkte, daß sie ihn ansah, und der Ausdruck verschwand. An wen mochte er gedacht haben?

«Der letzte Abend», sagte er, «morgen mittag werden wir in Ostia einlaufen.»

«Der letzte?» rief sie aus. Ihre Gefühle spiegelten sich auf ihrem Gesicht.

«Du bedauerst es?»
«Ich wünschte, diese Reise würde nie zu Ende gehen.»
Er nickte.
«Ich weiß. Manchmal geht es mir auch so. Ich glaube, es liegt daran, daß man auf See wie außerhalb von Raum und Zeit ist, losgelöst von allen Bindungen, die man sonst hat. Als könne man ein neues Leben anfangen und das alte abstreifen wie eine Schlangenhaut.»
«Du willst ein neues Leben?» rief sie überrascht. «Das glaube ich nicht! Du hast doch alles, was ein Mensch sich nur wünschen kann! Du bist reich und mächtig, du ziehst an den Fäden des Welttheaters. Welches andere Leben könntest du dir wünschen?»
Sein Gesicht verschloß sich. Es wäre nicht verletzender gewesen, wenn er sie angeherrscht hätte, daß sie kein Recht zu solchen Fragen habe.
«Die Armen glauben, ihre Probleme wären gelöst, wenn sie Geld hätten. Die untertänig sind, denken, es ginge ihnen gut, wenn sie die Herren wären. Aber wer reich und mächtig ist, wird entdekken, daß die Götter auch ihm Gaben vorenthalten, die man nicht mit Klugheit, mit Gewalt oder mit Gold erwerben kann.»
«Ist das die göttliche Gerechtigkeit?»
Er lächelte.
«Vermutlich. Aber es wird kalt. Willst du nicht hinunterkommen?»
«Du fragst, statt mich zu kommandieren? Heißt das, du betrachtest mich nicht mehr als Kind?»
Er lächelte nicht mehr.
«Ich weiß, daß du kein Kind mehr bist. Du bist viel zu früh erwachsen geworden.»
Er drehte sich um und ging auf die Treppe zu, die unter Deck führte. Der Wind strich kalt über ihre Haut. Sie folgte ihm langsam.

DAPHNE ERSCHRAK, als sie Domitilla wiedersah. Vespasians Tochter war dünn geworden. Sie war blaß, aber auf ihren Wangen lagen rote Flecken und ihre Augen glänzten fiebrig. Sie hustete viel.

Sie stand spät auf, ging früh schlafen, und wenn sie am Webstuhl saß, lagen ihre Hände meist im Schoß. Jeden zweiten Tag kam der Arzt aus Nursia, betrachtete sie mit gerunzelten Brauen, schärfte ihr ein, sich Ruhe zu gönnen, sich strikt an die Diät zu halten, die er verordnet hatte, und vor allem ihren Vater endlich um Erlaubnis zu bitten, nach Ägypten reisen zu dürfen.

«Hast du den Husten schon lange?»

«Seit dem Herbst. Der Arzt meint, das Klima hier sei zu kühl und zu feucht für mich. Ich müßte in die Sonne und in die Wärme. Aber ich denke, wenn es Frühling wird, wird es hier auch besser für mich werden. Im Frühling wird die Erkältung vergehen.»

Daphne wußte nicht, ob Domitilla selbst daran glaubte. Sie kannte diese Krankheit. Wo sie früher gelebt hatte, war sie nicht selten gewesen, und wer sie einmal bekommen hatte, wurde nicht wieder geheilt. Sie hatte nicht gewußt, daß auch die Reichen daran erkranken konnten.

«Warum fährst du nicht nach Ägypten, wie der Arzt es rät? Dein Vater kann nichts dagegen haben. Oder?»

Tiberius Alexander stand auf Vespasians Seite. Ägypten war für seine Tochter sicheres Gebiet.

«Nein, nein, Vater ist damit einverstanden. Aber im Winter über das Meer? Denke doch nur, wie du damals Schiffbruch erlitten hast!»

«Diesmal habe ich die Seereise überlebt, wie du siehst.»

«Wenn ich einmal fast ertrunken wäre, hätte mich nichts je wieder an Bord eines Schiffes gebracht. Wie tapfer du bist, Daphne!»

«Unsinn, das hat mit Mut gar nichts zu tun. Das sagt einem doch der simple Hausverstand, daß nicht jedes Schiff untergeht. Es wäre mehr als ungewöhnlich, zweimal in dieselbe Not zu geraten.»

Domitilla schüttelte den Kopf.

«Ich habe eben nicht soviel Verstand», sagte sie schlicht.

Daphne fragte sich, wie Flaccus es mit ihr als Gattin aushalten würde. Daß ihm diese Ehe erstrebenswert erschien, wunderte sie nicht mehr. Wenn alles nach Plan ging, würde Domitilla die Tochter und später die Schwester eines Kaisers sein. Höher im Rang konnte Flaccus nicht steigen denn als Schwiegersohn und als Schwager von Kaisern. Außer selbst Kaiser zu werden.

Aber wenn diese Verbindung so wichtig für ihn war, warum hatte er Domitilla dann noch nicht geheiratet? Er mußte es doch eilig haben, dieses Band fest zu knüpfen. Sie zuckte die Achseln. Das war nicht ihr Problem. Es war auch nicht ihr Problem, ob Domitilla gesund werden wollte oder nicht. Immerhin sah sie es als ihre Pflicht an, Flaccus nach Rom und Caenis nach Cäsarea zu schreiben, wie krank Domitilla war. Sie nahm an, daß das Mädchen das selbst verschwiegen hatte aus Angst, zu der Seereise genötigt zu werden.

Aus Rom kam eine Antwort von Flaccus' Sekretär, der Herr sei zur Zeit nicht in der Stadt und würde ihren Brief später beantworten. Caenis schrieb kurz, Domitilla sei zu Hause am besten aufgehoben.

Die Frühlingssonne tat Domitilla gut. Sooft das Wetter es erlaubte, hielt sie sich draußen auf. Man hatte ein Sofa für sie in den Garten gestellt, wo sie lag, warm in Kissen und Decken und Schals verpackt, den Vögeln lauschte und Schmetterlingen mit den Augen folgte. Sie hustete immer noch viel, und manchmal hustete sie Blut in das Taschentuch, das auf ihrem Schoß lag. Sie hatte es gern, wenn Daphne bei ihr saß und ihr etwas erzählte.

Sie selbst las nicht, schätzte es auch nicht, wenn ihr vorgelesen wurde.
«Mein armer Kopf», klagte sie dann, «in den Büchern stehen so viele Wörter, die mir dann im Kopf herumschwimmen, daß ich die Übersicht verliere. Erzähl mir von deinem Leben von früher, Daphne.»
Daphne setzte sich an den Rand ihres Bettes. Manchmal streichelte sie die fieberheiße Hand, die unruhig über die Bettdecke glitt.
Einmal, als sie verstummt war und vor sich hinstarrte, fragte Domitilla leise und schüchtern.
«Vermißt du ihn sehr?»
«Flaccus? Warum sollte ich?» sagte Daphne auffahrend.
«Nein, ich meinte Josephus, deinen Mann.»
Vermißte sie ihn? Daphne überlegte. Wenn sie es sich recht überlegte, hatte sie seit Tagen nicht mehr an ihn gedacht. Ihre Gedanken lösten sich mehr und mehr von der Vergangenheit und wandten sich der Gegenwart und der Zukunft zu. Es schien ihr allmählich unerträglich, nicht zu wissen, was draußen in der Welt geschah. Jetzt war Frühling. Jetzt marschierten die Armeen. In Judäa, in Italien, am Rhein, an der Donau. Sie wußte, an wen Flaccus Briefe geschrieben hatte, sie wußte, wer mobilisiert worden war zu der Entscheidungsschlacht zwischen Otho und Vitellius. Und sie saß hier, abgeschnitten von allen Nachrichten und wußte noch nicht einmal, ob Otho Rom verlassen hatte und seinem Rivalen an den Po entgegengezogen war. Er mußte es tun, davon war sie überzeugt. Er konnte nicht, nur gestützt auf die Prätorianer, warten, bis Vitellius mit seinen germanischen Truppen vor der Stadt auftauchte. Er mußte nach Norden gehen, wo die Donautruppen ihm zu Hilfe kommen konnten. Falls sie ihre Neutralität aufgeben und sich auf seine Seite schlagen würden. Eigentlich hätte Otho schon vor Wochen aufbrechen müssen, um die Alpenpässe zu sperren.

Hatte er es getan? Hatte er Vitellius schon besiegt? Wie stand es um die Chancen Vespasians, sich zum Kaiser ausrufen zu lassen?
Daphne biß sich auf die Lippen. Wenn sie hier nur fort könnte, wenn sie nur nach Rom könnte, wo alle Nachrichten der Welt zusammenströmten, wo die Gerüchteküche brodeln mußte!
Domitilla hustete Blut in ihr Taschentuch. Hufschlag ertönte. Das hieß, daß Domitian aus der Stadt zurück war. Er hatte sich angewöhnt, drei- oder viermal die Woche nach Nursia hinüberzureiten, unter den immer gleichen dünnen Vorwänden. Immer mußte er etwas besorgen, was ebenso leicht ein Diener hätte besorgen können. Weil er sie seitdem nicht mehr mit seinen Anträgen belästigte, schloß Daphne, daß er in Nursia ein Mädchen gefunden hatte, das seinen Wünschen mehr entgegenkam.
Domitian stieg nicht bei den Ställen ab, sondern er donnerte um die Hausecke, sprang ab und warf die Zügel einem Sklaven zu, der ihm keuchend gefolgt war.
Domitilla zuckte bei dem Lärm zusammen. Ihr Bruder beachtete sie nicht. Seine Augen funkelten, sein Atem ging rasch.
«Otho! Otho!» rief er. «Weißt du, was mit Otho ist?»
«Was?» Daphne sprang auf. «Hast du etwas gehört?»
«Ja, es war gerade jemand aus Rom gekommen, als ich in Nursia auf dem Markt war. Das ist jetzt alles schon mindestens zwei Wochen her. Hier auf dem Lande erfährt man ja nie was!»
Daphne hätte ihn am liebsten geschüttelt.
«Was ist mit Otho?»
«Er ist tot.»
«Erzähle! Von Anfang an! Alles, was du weißt!»
«Bring mir Wein!» schrie Domitian über die Schulter. Er ließ sich ins Gras fallen und streckte sich aus.
«Willst du alles wissen?»

«Natürlich!»
«Was bekomme ich dafür? Einen Kuß?»
«Sei nicht albern», empfahl sie ihm, «du hast keinen Ausschließlichkeitsanspruch auf diese Neuigkeit. Ich brauche bloß in die Stadt zu gehen, wo alle Spatzen es von den Dächern pfeifen werden. Spiel dich also nicht so auf!»
Er grinste.
«Du hast eine scharfe Zunge, Mädchen! Josephus muß froh sein, daß er dich eine Weile los ist! Na ja, wahrscheinlich für immer! Oder fährst du nach Jerusalem, wenn es erobert worden ist, um ihn noch einmal zu sehen?»
«Domitian!» rief seine Schwester schockiert.
«Laß ihn», sagte Daphne, «er kann nichts dafür, daß er noch nicht erwachsen ist. Brauchst du mich noch, Domitilla? Sonst reite ich jetzt in die Stadt.»
Eine Sklavin brachte einen Pokal mit Wein. Domitian leerte ihn in einem Zug und fuhr sich mit dem Handrücken über den Mund.
«Bleib hier, Daphne, ich erzähle es dir ja. Von Anfang an! Alles, was ich in Nursia gehört habe. Otho ist vor vier Wochen endlich nach Norden aufgebrochen. Viel zu spät, um noch die Alpenpässe sperren zu können. Bei Bedriacum, das ist in der Nähe von Cremona, kam es zum Treffen der beiden Armeen. Auf Vitellius' Seite kommandierte Caecina, auf Othos Seite Othos Bruder.»
«Nicht Otho selbst?»
«Nein, er wartete in der nächsten befestigten Stadt das Ergebnis ab. Die Schlacht stand für ihn erst gar nicht ungünstig, aber er hatte zweitausend Gladiatoren ausgehoben, und die ließ Caecina von der Kavallerie über den Haufen reiten. Nachdem ein Flügel ins Wanken kam, brach die ganze Front zusammen. Es heißt, Othos Soldaten wären geblieben, wenn der Kaiser selbst kommandiert hätte, aber sie wollten nicht ihr Leben für jeman-

den einsetzen, der feige und sicher in der Stadt saß. Als er die Nachricht von der Niederlage seiner Truppen erfuhr, hat Otho sich umgebracht. Wenigstens das», sagte Domitian, «am Ende hat er sich dann doch noch als Mann erwiesen. Jetzt gibt es nur noch einen Kaiser. Vitellius.»

Domitilla wurde von einem Hustenkrampf befallen. Daphne wartete ungeduldig ab, bis sie verstummt war.

«Was ist mit den Truppen von der Donau unter Antonius Primus?»

«Sie waren nicht dabei», sagte Domitian.

«Ja, das habe ich schon verstanden. Aber haben sie Vitellius gehuldigt?»

Domitian sah sie an.

«Warum fragst du? Ist das wichtig?»

«Ja.»

«Es ist komisch, daß du daran denkst. Nein, sie haben sich für Otho entschieden. Schon vor der Schlacht. Deshalb, heißt es, sei Otho nicht ins Feld gezogen. Seine Generäle hätten ihm abgeraten. Wenn eine Schlacht verloren sei, sei noch nichts verloren. Er könne sich dann immer noch auf die Donauarmee stützen. Wenn sie dagewesen wäre, hätte sie bestimmt gesiegt. Aber sie war noch nicht da. Otho hätte nur noch eine kleine Weile warten müssen. Er hat die Nerven verloren, aber es ist immerhin ein Ende, nicht unrühmlich eines Kaisers, findest du nicht auch?»

Daphne nickte.

Sie erinnerte sich an den Brief, den sie nach Flaccus' Diktat an Antonius Primus geschrieben hatte. Die Donauarmee hatte sich, wie Flaccus es vorgeschlagen hatte, gegen Vitellius entschieden, aber nicht für Otho. Antonius Primus hatte seinen Vormarsch bewußt so langsam gehalten, daß er Otho nicht mehr zu Hilfe kommen konnte. Otho hätte lange warten können. Er mußte es gewußt haben. Daphne glaubte nicht, daß er

die Nerven verloren hatte. Er hatte gewußt, daß es keine Hilfe mehr für ihn gab.
Wie hatte Domitian gesagt?
Jetzt hatte Rom nur noch einen Kaiser. Vitellius.
Wie lange noch?
Wann würde Roms Kaiser Vespasian heißen?
Zwischen den Büschen tauchte die gebeugte Gestalt des Arztes auf.
«Was soll das?» schalt er. «Ihr steht hier herum und redet und merkt nicht, daß unsere Kranke im Schatten liegt? Hat denn keiner von euch einen Funken Verstand? Habt ihr inzwischen einen Brief von ihrem Vater? Es wird Zeit, daß sie nach Ägypten fährt.»
«Wir haben Bürgerkrieg», sagte Daphne, «niemand fährt zum Vergnügen irgendwohin. Es gibt zur Zeit keinen besseren Ort für Vespasians Tochter als Nursia.»
Domitilla lächelte dankbar.
«Es geht mir gut», versicherte sie, «jetzt, wo es bald Sommer wird, geht es mir schon viel besser.»
Der Arzt schnaubte.
«Komm herein», sagte Domitian, «laß uns einen Becher Wein trinken auf das Wohl des Kaisers Vitellius.»
«Auf Kaiser Vitellius», antwortete der Arzt, an Daphne gewandt. «du hast es also doch schon gehört. Otho ist tot. Der Bürgerkrieg ist zu Ende.»
Zwei Tage später fehlte Domitian beim Frühstück. Als er auch zur Abendmahlzeit noch nicht wieder aufgetaucht war, ließ Daphne den Verwalter kommen und befahl ihm, Leute zusammenzuholen und das umliegende Gelände gründlich abzusuchen.
«Nach Nursia wird er nicht gegangen sein», sagte sie, «wenn er das getan hat, hat er uns vorher immer gefragt, ob er für uns etwas besorgen kann. Er muß einen Unfall gehabt haben.»

Der Verwalter schüttelte den Kopf.
«Hat er sich denn nicht von euch verabschiedet?»
«Verabschiedet?»
«Ja. Er ist heute morgen in aller Frühe aufgebrochen. Ich dachte, ihr wüßtet Bescheid.»
«Aufgebrochen?» Daphne kam sich töricht vor, daß sie jedes Wort wiederholte.
«Er hat sich auf den Weg gemacht, ja. Er will lange wegbleiben, hat er gesagt. Ich wundere mich, daß du nichts davon weißt.»
«Wohin wollte er?»
«Nun», der Verwalter grinste breit, «wohin kann ein junger Mann schon wollen? Nach Rom natürlich. Er will dabeisein, wenn der neue Kaiser in die Hauptstadt einzieht. Das soll als gigantisches Fest gefeiert werden, wochenlang, heißt es. Spiele, Spiele, Spiele, Essen und Trinken frei für das ganze Volk. Kannst du dir nicht vorstellen, daß Domitian nicht länger zu Hause hocken, sondern einmal etwas erleben will? Er geht zu seinem Onkel Sabinus.»
Daphne starrte den Verwalter an.
«Domitian ist in Rom? Domitian?»
Sie schrie beinahe.
Der Mann zuckte verärgert die Achseln. Kein Wunder, daß der Junge den Mädchen nicht Bescheid gesagt hatte. Wahrscheinlich hatte er vermutet, daß sie sich so aufregen würden. Mädchen! Konnten sich nicht vorstellen, daß ein junger Mann auch mal ein bißchen Spaß haben wollte. Und so jung war der Junge nun auch nicht mehr. Der konnte schon auf sich selbst aufpassen. Und dann noch bei seinem Onkel. Was sollte ihm da schon passieren? Er wollte etwas Beruhigendes sagen, aber das Mädchen hatte sich schon umgedreht und war ins Haus gelaufen. Er hörte sie noch nach ihrer Dienerin rufen.
«Glauke! Glauke! Pack das Nötigste ein! Wir reisen morgen!»

JOSEPHUS VERLAGERTE SEIN GEWICHT und schob den Fuß vor. Er zuckte zusammen. Die Entzündung war schlimmer geworden. Den Winter über hatte er die Kette ohne Probleme getragen, doch jetzt, da es heiß wurde und der Knöchel am Ende des Tages anschwoll und das Eisen an der verschwitzten Haut rieb, hatte sich an beiden Knöcheln eine Entzündung gebildet. Der Arzt hatte dringend dazu geraten, die Eisen abzunehmen, damit die Wunde nicht vereitere. Vespasian war sofort zu einem entsprechenden Befehl bereit gewesen, doch Josephus hatte abgelehnt. Berenike hatte sein Zusammenzucken bemerkt.

«Deine Bußübungen sind lächerlich», sagte sie.

Sie standen noch in der schattenspendenden, vor der grellen Sonne schützenden Säulenhalle. Vom Platz draußen hörten sie wie Meeresrauschen das Schreien der Massen, die sich dort versammelten. Vespasian stand mit seinen Stabsoffizieren abseits. Titus und Paulinus sprachen auf ihn ein.

«Ich betrachte sie als eine Hilfe, nicht zu vergessen. Nicht jeder», sagte Josephus, «will an der Tafel des Gegners sitzen und mit Lust seine Trauben verspeisen.»

Sie wandte ihm den Kopf zu. Ihre großen, mandelförmigen Augen ruhten mit einem ironischen Ausdruck auf seinem Gesicht.

«Wie taktvoll du bist, Vetter Josephus. Warum sagst du nicht, was du meinst? Du wirfst mir nicht die Freuden der Tafel vor, sondern die Freuden des Diwans. Du mißbilligst, daß ich mit dem Sohn des Römers, der Jerusalem zerstören wird, ins Bett gehe. Du würdest mich lieber als eine zweite Judith sehen?»

Josephus fühlte, daß er errötete. Sie hatte recht, aber mußte sie das so direkt aussprechen? Immerhin, wenn es ihr nichts ausmachte, offen zu sein, dann brauchte er sie auch nicht zu schonen. Dann sollte sie unverhüllt hören, was er darüber dachte. Und nicht er allein.

«Unsinn. Natürlich erwartet niemand von dir, daß du Titus oder Vespasian den Kopf abschlägst. Was würde das nützen? Für jeden römischen General, den man umbringt, stehen zwei andere schon bereit, den Kampf weiterzuführen.»
«Danke.»
«Viele vergleichen dich mit Esther», sagte er bitter.
«Du aber nicht?»
«Esther riskierte ihr Leben, um ihr Volk zu retten, als sie zu dem König ging. Du, Königin», er betonte ihren Titel absichtlich, «denkst nicht an dein Volk, wenn du bei Titus liegst. Zuerst habe ich gedacht, du habest Titus verführt, um ihn zu beeinflussen, aber seit den blutigen Spielen glaube ich das nicht mehr. Dein Volk ist dir gleichgültig geworden, seit dieser junge Römer dich umarmt.»
Das Tosen der Massen draußen schwoll an. Paulinus sprach schnell und drängend, Vespasian schüttelte den Kopf. Seine Rechte hielt eine Papyrusrolle, die sich in der großen viereckigen Hand, die besser das Schwert zu führen wußte, sonderbar ausnahm.
Berenikes Miene hatte sich nicht verändert. Sie nahm seine Vorwürfe mit einer Gelassenheit hin, die er für Schamlosigkeit hielt. Vielleicht stimmten doch alle Gerüchte über sie?
Sie war dreimal verheiratet gewesen. Hieß es nicht, sie habe eine große Anzahl von Liebhabern gehabt, darunter sogar ihren eigenen Bruder Agrippa? Bisher hatte Josephus das für bösartigen Klatsch gehalten, aber jetzt war er sich nicht mehr so sicher. Wie konnte sie seinen Worten lauschen, ohne zu erröten?
«Du hast zwei Dinge nicht begriffen, Josephus», sagte sie ruhig. «Der Krieg wird nicht gegen mein Volk geführt, sondern gegen Fanatiker, die es aufhetzen. Seit Augustus haben die römischen Kaiser den Juden Privilegien im ganzen Reich gewährt. Du weißt, wie sehr sie dadurch den Zorn der Griechen erregt haben. Wäre man bereit gewesen, sich damit zu begnügen …»

«Du vergißt das Terrorregime des Gessius Florus!» hörte er sich rufen. Einen Augenblick wunderte er sich, daß er es war, der das gesagt hatte. Hatte er nicht ebenso wie sie und ihr Bruder gedacht? Hatte er nicht vor zwei Jahren in Jerusalem Agrippas Rede, die den Krieg verhindern sollte, Beifall gezollt? Und doch nahm er jetzt die Partei von Simon ben Giora, von Eleazar ein, die er verurteilt hatte. War er kein Mann des Ausgleichs mehr? Ich stehe auf seiten der Vernunft, hatte er Tiberius Alexander erklärt. Galt das nicht mehr? Was war mit ihm geschehen?

«Ich vergesse es nicht», erwiderte sie kühl, «gerade weil ich es nicht vergesse, stehe ich, wo ich stehe. Es gibt Größeres als dieses eine Volk. Das ist das Reich.»

Er riß die Augen auf.

«Das römische Reich?»

«Das Reich», wiederholte sie, «es ist längst nicht mehr nur römisch. Es umfaßt die ganze zivilisierte Welt vom Rhein bis an den Euphrat, vom Atlantik bis zum Schwarzen Meer. In seinem Schutz gehen Millionen von Menschen ihrem Tagewerk nach. Sie zahlen hohe Steuern, gewiß, aber sie leben in Frieden und in der Sicherheit des Rechts.»

«Wie wir an Gessius Florus gesehen haben», höhnte er.

«Beamte wie Gessius Florus darf es nicht mehr geben. Aber man beseitigt sie nicht, indem man Rom bekämpft. Denn der Stiefel der Legionäre zertritt erbarmungslos jeden Aufstand. Man bekämpft sie nicht von unten, sondern nur von oben. Es ist der Kaiser, der die Beamten ernennt, sie kontrolliert, sie zur Rechenschaft zieht. Wir brauchen einen Kaiser, der begreift, daß Herrschaft nicht länger heißt, die Provinzen zugunsten Roms ausbluten zu lassen, sondern der sich als Herrscher des ganzen Reiches versteht. Augustus und Tiberius hatten es begriffen.»

Vespasian setzte sich in Bewegung. Josephus sah, daß sein Gesicht gerötet war. Die Offiziere folgten ihm, Titus hielt sich neben seinem Vater. Als sie an ihnen vorbeikamen, sah Titus die Königin ohne Lächeln an. Berenike erwiderte den Blick. Einen Moment lang, schien es Josephus, versank für die beiden die Welt um sie her. Das war es, was er Berenike übelnahm. Nicht, daß sie mit dem Römer das Bett teilte, sondern daß sie ihn liebte. Dann war Titus vorüber, und Berenike legte ihm leicht die Hand auf den Arm.

«Komm», sagte sie, «wir müssen uns anschließen.»

Der Platz, der vor ihnen lag, als sie, Vespasian folgend, ins Freie traten, war mit Tausenden von Menschen gefüllt. Den größten Teil machten die Soldaten aus. Nach Kohorten geordnet, die Brustpanzer in der Sonne glänzend, standen sie, den rechten Arm erhoben und grüßten den Feldherrn. Die goldenen Adler der Legionen schwebten stolz und starr über ihren Köpfen. Neben den Legionären, hinter ihnen, auf allen Dächern, Gesimsen, Vorsprüngen, drängte sich das Volk von Cäsarea. Vespasian trat vor und hob die Rechte.

Es dauerte Minuten, bis die Ruhe hergestellt war. Der Feldherr stand regungslos, wie in Stein gehauen, den Blick auf die Soldaten gerichtet. Endlich war es auf dem Platz totenstill geworden. Vespasian entrollte den Papyrus, den er in der Hand hielt. Er trug den Text mit einer donnernden Stimme vor, die auch im letzten Winkel des Platzes noch vernommen werden konnte.

Es war eine Botschaft des Senates von Rom, datiert vom April, also einen Monat alt. In feierlichen Wendungen erklärte die hohe Körperschaft, daß sie kraft ihres angestammten Rechtes zum Heile Roms und der Welt nach dem Tode Othos einen neuen Princeps erkoren habe, der würdig und fähig sei, die Geschicke der Welt zu lenken, den Freund vieler Kaiser: Aulus Vitellius, der sich nach einigem Zögern bereit erklärt habe, die Wahl des Senates und den Titel Augustus anzunehmen.

Vespasian rollte den Papyrus wieder zusammen.

«Es lebe der neue Princeps», rief er, «es lebe der Augustus Aulus Vitellius!»
Die Soldaten zogen ihre Schwerter und schlugen auf die lederbezogenen Schilde. Dumpf dröhnte es über die Stadt. Dann kam der Ruf, rollte wie Donner, dreimal. Der neue Kaiser war akklamiert. Die Armeen des Ostens hatten sich dem neuen Kaiser unterworfen.
Es war sein Todesurteil. Josephus lächelte. Das Mädchen hatte sich geirrt. Unten in der Zisterne von Jotapata hatte sie ihm von der großen Verschwörung berichtet, die Titus auf den Thron bringen sollte. Vielleicht hatte es eine solche Verschwörung gegeben. Dann war sie gescheitert. Vespasian hatte die realen Machtverhältnisse anerkannt und sich unterworfen. Nichts war es mehr mit dem Aufstieg der flavischen Familie, den er auf Daphnes Rat hin prophezeit hatte.
«Wird deine Prophezeiung wahr, lasse ich dich frei. Wenn nicht, dann wirst du auf den Trümmern Jerusalems gekreuzigt», hatte Vespasian gesagt. So würde es denn nun geschehen. Vor dem Ende des Sommers würde er tot sein.
Das war nur gerecht. Er hatte Jotapata viel zu lange überlebt. Und war es denn erstrebenswert, in dieser Welt zu überleben? Mit welcher Verlogenheit war die Botschaft des Senats abgefaßt worden? Der Senat habe nach reiflichen Erwägungen den Vitellius als Besten zum neuen Kaiser erkoren? Der Senat hatte sich nur der Gewalt gebeugt.
Nach der Schlacht von Bedriacum bei Cremona, nach Othos Selbstmord, waren die germanischen Legionen unter Caecinas Kommando auf Rom marschiert, und niemand hätte sie aufhalten können. Zähneklappernd und zitternd mochten die Senatoren, schon längst ein Haufen von Opportunisten, ihr Votum abgegeben haben, das eine bloße Formalität war, hoffend, daß es noch rechtzeitig kam, um ihre Willfährigkeit gebührend unter Beweis zu stellen. Nicht die Senatoren machten den Kaiser,

sondern die Armeen. Die Rheinarmee, die kampfstärkste, diszipliniertеste des Reiches, die nackte Gewalt der Schwerter, machte den Kaiser. Und welch einen Kaiser! Aulus Vitellius, der Freund vieler Kaiser! In der Tat. Josephus lachte höhnisch auf. Dieser Vitellius war kein Unbekannter im Reich. Der Lustknabe des Tiberius, der mit Caligula die Begeisterung für Pferderennen, mit Claudius das Würfelspiel, mit Nero die Bühnenauftritte geteilt hatte, den sie nur den Bauch nannten, weil er der größte Fresser und Säufer in Rom war. Das war der neue Herr der Welt.

Als Vespasian in das Haus zurückging und sie sich ihm anschlossen, murmelte Josephus, zu Berenike gewandt:

«Das ist nun der würdige Nachfolger des Augustus und des Tiberius? Der Mann, der Frieden und Recht für den Erdkreis sichert? *Vitellius?*»

DAPHNE RITT EINES DER BESTEN MAULTIERE aus der Zucht Vespasians und hatte sich vier kräftige Männer zum Schutz mitgenommen. Zu ihrem Bedauern hatte sie auf die Begleitung von Glauke verzichten müssen, die ihrer kleinen Gesellschaft noch mehr den Anstrich von Respektabilität und Wohlstand verliehen hätte. Glauke konnte nicht reiten. Wären sie aber mit einer Sänfte gereist, so hätte es doppelt so lange gedauert, bis sie Rom erreicht hätten. Daphne fürchtete, daß sie nicht viel Zeit haben würde, wenn sie Domitian aus der Hauptstadt zurückholen wollte, bevor die Truppen des neuen Kaisers dort eingezogen waren. Ihre Hoffnung, ihn noch unterwegs einholen zu können, hatte sich nicht erfüllt.

Daß es überhaupt zu spät war, bemerkte sie ungefähr einen Tagesritt von Rom entfernt. Einer ihrer Begleiter hatte vor einer Hütte haltgemacht, um den Vorrat in den Wasserschläuchen wieder aufzufrischen. Er kam in Begleitung eines alten Mannes wieder, der die Hände in die Hüften stemmte und zu Daphne hinaufsah:

«Unmöglich, Herrin! Du kannst nicht mehr weiter! Du mußt sofort umkehren. Die ganze Gegend ist nicht mehr sicher. Uns haben sie schon zweimal überfallen. Die Germanen sind da.»

«Die Germanen?» fragte Daphne verblüfft.

«Jawohl, und so etwas hast du noch nicht gesehen! Kein zivilisierter Mensch hat so was jemals gesehen. Sie sind riesengroß und bärenstark, haben Haare wie Mondlicht, eine rote Haut, die sich schält wie eine Zwiebel, reden ein Kauderwelsch, das alles ist, bloß keine Sprache, hängen sich Felle über die nackte Brust, daß sie aussehen wie Tiere – was sie auch sind, wenn man es genau bedenkt. Jedenfalls nicht besser als Tiere. Und machen die ganze Gegend unsicher. Kein Haus, in dem man nicht vor ihnen zittert, kein Mädchen, keine Frau kann mehr ihres Lebens sicher sein. Und sie stehlen alles, was sich wegtragen läßt!»

«Wieso sind hier Germanen?»

«Die sind mit dem neuen Kaiser gekommen.»

Daphne begriff.

«Es sind also die Soldaten des Vitellius? Der Kaiser ist schon in Rom?»

«Beinahe! Der liegt mit seiner ganzen Armee rund um Rom herum und bereitet seinen Einzug vor. Von hier an müßtest du durch die Lager der Soldaten reiten. Du kannst dir vorstellen, wie weit du kommen würdest. Kehre um, solange es noch geht. Auf ein zartes Püppchen wie dich haben die immer Appetit. Glaube nur nicht, daß du durchkommen könntest! Tagsüber plündern sie die Gegend. Die haben ihre Waffen nicht abgegeben, wie sich das gehört, die sind alle bis an die Zähne bewaffnet. Und wenn sie sengen und vergewaltigen und plündern und morden – glaubst du, der Kaiser», er spuckte wieder aus,

«würde etwas dagegen unternehmen? Der spaziert im Lager herum, nennt sie alle seine Söhnchen und fragt, ob sie schon gefrühstückt haben. Und dann setzt er sich mit ihnen zum Würfelspiel und zum Wein und rülpst und furzt genauso wie sie.»
Daphne gab dem Maultier einen Tritt, und es setzte sich in Bewegung. Einer der Sklaven aus Nursia ritt an ihre Seite.
«Herrin, laß uns umkehren! Du hast gehört, wie es aussieht. Gegen diese Bestien aus den germanischen Wäldern können wir dich nicht beschützen. Wir sind nur zu viert.»
Sie wandte ungeduldig den Kopf.
«Sei nicht so dumm, Ficus! Da vorne sind die ersten. Sie haben uns gesehen. Wenn wir jetzt umkehren, sieht das wie Flucht aus. Dann sind wir verloren. Noch haben wir eine Chance.»
Er blickte auf und stieß einen leisen Schreckensschrei aus.
Keine hundert Fuß vor ihnen war eine Horde solch wilder Kerle aufgetaucht, wie der Alte sie beschrieben hatte. Sie trugen Hosen, und der Schwertgurt lief quer über ihre mächtigen bloßen Brustkästen. Zwei waren zu Pferd, der Rest, mindestens ein Dutzend, zu Fuß, den Wurfspeer schwenkend. Sie hatten keine Chance, ihnen durch Flucht zu entkommen.
Daphne richtete sich hoch auf.
«Folgt mir», sagte sie und ritt direkt auf die Barbaren zu.
Sie wußte, welchen Eindruck sie machte. Ihr Maultier war ein kleines Vermögen wert, sie selbst strahlte in ihrer blauen Palla die Selbstsicherheit einer jungen Frau aus, die reich und angesehen war. Sie hoffte, daß wenigstens einer der Männer etwas Latein verstand.
Sie verlangsamte ihr Reittempo erst kurz vor dem Trupp, blickte auf die beiden Reiter und sagte herrisch: «Bringt mich zu eurem Offizier! Ich bin Flavia Domitilla, die Tochter des Feldherrn Vespasian.»
Ihr Blick flackerte nicht, und in ihrem Gesicht zuckte kein Muskel.

Die Barbaren, von denen die meisten wohl kein Wort begriffen hatten, umringten ihr Maultier. Hände streckten sich aus, um sie herunterzureißen. Jemand sagte etwas, was sie nicht den Worten, aber wohl dem obszönen Tonfall nach verstehen konnte. Derbes Gelächter quittierte die Bemerkung. Daphne saß still und starrte den älteren der beiden Reiter an.
Der hob die Hände und rief etwas Zischendes, Gurgelndes. Die Männer wandten die Köpfe.
«Vespasians Tochter, he? Was tust du hier?» sagte er dann zu ihr in langsamem, schwerfälligem Latein.
«Ich reite nach Rom, um dem Kaiser meine Glückwünsche zu überbringen.»
Er kratzte sich hinter dem Ohr und sah seinen Kameraden fragend an. Der nickte langsam. Der erste bellte einen Befehl. Die Hände, die schon an ihrem Kleid zogen, ließen ab.
Daphne atmete auf. Ihr Trick hatte gewirkt. Sie wußte, daß sie verloren gewesen wäre, wenn sie auch nur eine Spur von Furcht gezeigt hätte. Die Männer gruppierten sich und nahmen sie und ihre vier Begleiter in die Mitte. Im Schrittempo ritten sie zum Lager.
Daphne hatte die römische Armee vor Jotapata gesehen. Truppen, die nach harter Schlacht einen Sieg errungen hatten, die gleichzeitig erschöpft und im Siegestaumel waren. Aber Disziplin hatte in Vespasians Truppe geherrscht, das Lager war ordentlich und sauber gewesen. Vitellius' Truppen hausten wie die Schweine. Betrunkene torkelten in den Lagerstraßen umher, die von Unrat angefüllt waren, Huren trieben sich kichernd hinter den Zelten herum. Grölende Zurufe folgten ihnen, wo sie durchkamen.
Plötzlich erscholl hinter ihnen eine kultivierte Stimme, die scharf sagte:
«Halt! Wen habt ihr da?»
Daphne saß ganz still. Sie wandte nicht den Kopf, der von der

Palla bedeckt war. Sie brauchte es nicht. Sie hätte die Stimme unter Tausenden erkannt. Die Stimme, die in einer verlassenen Gasse in Athen zu ihr gesagt hatte:

«Rennst du immer fremde Männer um? Meinst du nicht, daß so ungehobeltes Betragen eine Buße verdient?»

Der Reiter, den sie angesprochen hatte, antwortete.

«Flavia Domitilla, die Tochter des Generals Vespasian. Sie will zum Kaiser.»

«Sei gegrüßt, Flavia Domitilla», sagte er.

Sie mußte sich umdrehen, sie mußte ihn ansehen, wenn sie zurückgrüßte. Vielleicht erinnerte er sich nicht mehr. Es lag mehr als zwei Jahre zurück. Er hatte inzwischen bestimmt viele Frauen besessen. Warum sollte er sich noch an eine erinnern, die er nur für den Bruchteil einer Minute in den Armen gehalten hatte?

Daphne wandte sich um.

Er war nahe herangekommen und lächelte. Der Feldherr des Vitellius, dem der Kaiser seinen Sieg verdankte. Caecina.

Wie die germanischen Soldaten trug er eine Hose und darüber einen bunten, leichten Mantel. Sein Haar war kurzgeschnitten, sein Gesicht glattrasiert, der schmale Mund lächelte verbindlich, die Augen, diese seltsam schillernden Schlangenaugen, blickten forschend auf das Mädchen.

Dann hörte er auf zu lächeln.

«Der Kaiser ist jetzt nicht zu sprechen. Bringt sie in mein Zelt!» befahl er. «Eine doppelte Wache darum zu ihrem Schutz! Paßt auf, daß sie nicht spazierengeht! Ich komme später.» Er nickte ihr zu, jetzt schon wieder lächelnd, hob grüßend die Hand und ritt davon.

Daphne wurde zu einem geräumigen Zelt eskortiert und dort alleingelassen. Ihre vier Begleiter wurden aufgefordert, eine Runde mitzutrinken und von dem General des Ostens zu erzählen. Sie hörte, wie sich die Schritte und das Gelächter entfernten, dann war sie allein im Zelt.

Er hatte sie erkannt.
Er war ganz sicherlich nicht der Mann zu vergeben, was sie getan hatte. Wie konnte sie ihm entkommen? Das Zelt zu verlassen, war unmöglich. Selbst wenn sie die Wachen überlisten konnte, käme sie keine zweihundert Fuß weit. Sie hatte das Lager gesehen, sie konnte sich vorstellen, wofür man ein junges Ding hielt, das sich allein in den Gassen herumtrieb, sie hatte gesehen, wie viele Betrunkene es gab. Nein, fliehen konnte sie nicht.
Was blieb ihr sonst übrig? Sie würde Caecina geschickt behandeln müssen. Der Weg aus dem Lager führte nur über Caecina hinaus, nicht ohne ihn. War das jetzt der Moment, wo Nefrits Lehren zum erstenmal Früchte tragen würden? Vielleicht konnte sie ihn beschwichtigen, vertrösten, Versprechungen machen. Ihrem Temperament lag es näher, ihn zu beschimpfen, zu bedrohen oder den Dolch gegen ihn zu zücken, aber das waren keine erfolgversprechenden Methoden in diesem Fall. Sie war sich nicht sicher, ob sie gut Komödie spielen konnte. Andererseits konnte Caecina es sich nicht leisten, gänzlich skrupellos vorzugehen. Daß sie nicht Domitilla war, wußte er natürlich, weil er sie wiedererkannt hatte. Aber immerhin war sie gut gekleidet, hatte vier Begleiter gehabt und ein sehr stattliches Maultier. Sie war nicht das kleine, unbedeutende Mädchen, das ihm in Athen über den Weg gelaufen war. Sie mußte ihn überzeugen, daß sie einen mächtigen Beschützer hatte, daß es ein Fehler war, sie schlecht zu behandeln, daß sie aber, wenn er sich als liebenswürdig erwies, erheblich entgegenkommender sein konnte, als er sie in Erinnerung hatte.
Vielleicht würde sie Erfolg haben.
Daphne setzte sich auf einen Stuhl, weil sie plötzlich merkte, daß sie zitterte und ihre Knie unter ihr wegknickten. Nie in ihrem Leben hatte sie soviel Angst gehabt wie jetzt.
Sie saß noch auf dem Stuhl, als Caecina eintrat. Wieviel Zeit in-

zwischen vergangen war, wußte sie nicht. Ihr war es wie eine Ewigkeit vorgekommen.
Sie sah ihm entgegen, schluckte und probierte ein Lächeln, von dem sie fürchtete, daß es wenig verführerisch aussah.
Er blieb einen Augenblick am Eingang stehen, dann ließ er die Zeltbahn fallen, kam auf sie zu und schlug ihr mit der flachen Hand hart ins Gesicht. Ihr Kopf flog zur Seite.
«Nimm das als erste Anzahlung», sagte er, «heute nacht bezahlst du den Rest. Und wenn ich morgen früh mit dir fertig bin, werden meine Soldaten ihre Freude an dem haben, was von dir noch übrig ist.»
Einen Augenblick überlegte sie ernsthaft, welche der zwölf Methoden, einen Mann zu befriedigen, Nefrit wohl in diesem Fall bevorzugt hätte. Gleichzeitig kam ihr der Gedanke so absurd vor, daß sie laut auflachte. Caecina starrte sie an. Neben seinem Mundwinkel zuckte ein Muskel. Die Hand, die schon erhoben war, um erneut zuzuschlagen, blieb in der Schwebe. Daphne erkannte, daß sie ihn verblüfft hatte und daß sie jetzt ihren Vorteil nutzen mußte. Wie vorhin bei den Soldaten half ihr auch hier nicht Angst, sondern Kühnheit.
Sie lehnte sich zurück, einen Arm über der Lehne des Stuhls, schlug die Beine übereinander und musterte ihn mit großen Augen. Sie räusperte sich und verlieh ihrer Stimme einen Hauch von Ironie.
«Ich bin überrascht, daß du auf dem Schlachtfeld Siege erringst. Ein Mann, der zweimal denselben Fehler begeht …»
Er zog die Brauen zusammen.
«Welchen Fehler?»
«Du solltest dich vorher vergewissern, wer die Frau ist, der du zu nahe treten willst.»
«Ich weiß, wer du bist. Flavia Domitilla, Vespasians Tochter. Stimmt das etwa nicht?» fragte er hämisch.
«Der Name war nichts als ein Knochen, den ich deinen Solda-

ten hingeworfen habe. Fragst du dich nicht, wie es kommt, daß ein Mädchen, das du in Athen unbegleitet auf der Straße getroffen hast, jetzt unter dem Schutz von vier Sklaven Vespasians in das Lager des Kaisers reitet?»

Er ließ die noch zum Schlag erhobene Hand sinken. Daphne sah es mit Erleichterung.

«Also? Welches Märchen willst du mir erzählen?»

Sie überlegte fieberhaft. Sie hatte sich doch früher oft mit rasch erzählten Lügen aus Klemmen geholfen. Es mußte jetzt nur eine sein, die sehr plausibel klang und nicht so leicht nachprüfbar war.

«Natürlich bin ich nicht Vespasians Tochter», sagte sie gedehnt. Sie mußte Zeit gewinnen.

«Sondern seine Geliebte? Das wird die edle Caenis aber freuen», sagte er und kräuselte die Lippen, «fällt dir nichts Besseres ein?»

«Nein. Ich bin niemandes Geliebte.»

Bei Hermes, dem Gott aller Lügner, warum fiel ihr jetzt nichts ein? Sie sah in die schillernden Augen, die auf sie gerichtet waren, und fühlte sich wie gelähmt. Hilflos wie ein Kaninchen vor der Schlange.

«Ich hoffe doch sehr, daß du niemandes Geliebte bist», sagte eine ironische Stimme vom Zelteingang her.

Caecina wirbelte herum.

«Habe ich nicht gesagt, daß ich nicht gestört werden will?»

«Ah, deine Wachen bezogen das nicht auf mich», sagte Flaccus entschuldigend und schlenderte näher, «ich wollte gern meine Verlobte begrüßen. Man sagte mir, sie sei ins Lager geritten und du habest ihr freundlicherweise dein Zelt als Unterkunft angewiesen. Ich bin dir sehr verbunden.»

«Sie ist nicht deine Verlobte», zischte Caecina.

Daphne schnappte nach Luft. Ihr wurde ganz schwindlig vor Erleichterung.

«Eine Cousine meiner Verlobten, eine entfernte Cousine aus Nursia. Sie heißt Daphne. Ihre Mutter war Griechin. Ich nehme an, daß Domitilla zu krank war, um dich zu begleiten?»

Er wandte sich an Daphne und entdeckte die breite rote Strieme auf ihrer Wange. Sein Mund wurde hart, er machte aber keine Bemerkung.

Sie nickte und versuchte, ihre Stimme wiederzufinden. Aber schon hatte Flaccus erneut das Wort ergriffen, versicherte Caecina noch einmal seiner Dankbarkeit, weil er sich um die junge Verwandte gekümmert habe, jetzt wolle er ihn aber von der Last befreien, und da er sowieso gerade im Begriffe stehe, nach Rom zurückzukehren – er sei eigentlich nur noch einmal vorbeigekommen, um sich zu verabschieden, weil er ihn vor dem Einzug in Rom nicht mehr sehen würde –, könne er Daphne geradesogut gleich mitnehmen und im Hause des Flavius Sabinus abliefern.

Nach dieser Rede, die nachlässig plaudernd in langen, verwikkelten Sätzen vorgetragen wurde, hatte Caecina sich soweit gefangen, daß er die nötigen Phrasen äußern und Daphne und Flaccus zum Ausgang des Zeltes begleiten konnte, wo sie sich unter den Augen der Wachsoldaten höflich voneinander verabschiedeten.

Die vier Sklaven Vespasians tauchten von irgendwoher wieder auf, Daphne bestieg das Maultier, das man ihr brachte, und verließ an Flaccus' Seite unbelästigt das Lager.

Er wahrte sein Schweigen, das man nur als eisig bezeichnen konnte, und brach es auch nicht, als sie die Landstraße erreicht hatten. Daphne fühlte sich ungerecht behandelt. Schließlich war sie nicht zu ihrem Vergnügen aus Nursia aufgebrochen. Eine innere Stimme fragte leise: wirklich nicht? Aber sie brachte sie schnell zum Verstummen.

«Ich bin Domitian gefolgt. Er ist nach Rom gegangen, als er von dem Sieg Vitellius' über Otho gehört hat. Ich nehme nicht an, daß jetzt ein günstiger Moment ist für einen Sohn Vespasians, sich in Rom aufzuhalten. Ich wollte ihn nach Hause zurückbringen», sagte sie heftig.

«Ich verstehe. Vermutlich soll ich dir jetzt im Namen der ganzen flavischen Familie danken, daß du dich so heroisch und aufopferungsvoll in die Arme der Legion geworfen hast? Sollte Caecina Domitian an den Ohren aus Rom herausziehen, oder was hattest du dir gedacht?»

«Du brauchst dich nicht über mich lustig zu machen. Ich wußte nicht, daß Vitellius mit den Truppen schon vor Rom liegt. In Nursia haben wir nur erfahren, daß er Otho bei Cremona besiegt hat. Ich dachte, es wäre noch Zeit genug, um Domitian zurückzuholen. Ich habe die Lage nur falsch eingeschätzt, weil ich keine Informationen hatte. Wenn man mich von allen Nachrichten abschneidet – ist es dann ein Wunder, wenn ich falsch kalkuliere?»

Er lachte auf.

«Bravo. Du beherrschst die weibliche Kunst, den Spieß umzudrehen und Vorwürfe zu machen, wo du dich entschuldigen solltest, ausgezeichnet.»

«Ich sehe überhaupt nicht ein, warum ich mich entschuldigen sollte. Ich habe es nur gutgemeint. Übrigens bestand gar kein Grund für dich, dich einzumischen. Ich wäre bestimmt auch ohne dich mit Caecina fertiggeworden.»

Sie war so wütend auf ihn, daß sie es inzwischen selbst glaubte. Schließlich hatte sie nur eine Ohrfeige bekommen. Caecina hatte schon begonnen, nachgiebiger zu werden.

«Unterschätze den Mann nicht! Er sah aus, als hätte er dich am liebsten in Stücke gerissen. Was hast du ihm getan?»

«Ich habe ihm in die Zunge gebissen.»

«Was?»

«Nun ja, ich traf ihn in Athen, und er hat versucht, mich zu küssen. Da habe ich ihn in die Zunge gebissen. Unglücklicherweise hat er mich wiedererkannt. Er scheint rachsüchtig veranlagt zu sein.»

Flaccus warf den Kopf in den Nacken und brach in schallendes Gelächter aus.

«Deshalb also die Ohrfeige. Habe ich von dir eigentlich schon ein Danke für mein Eingreifen gehört, wie sich das für ein wohlerzogenes Mädchen schickt?»

«Ich bin nicht wohlerzogen.»

«Stimmt. Das ist beklagenswert, aber offenkundig nicht mehr zu ändern, trotz aller Bemühungen von Caenis und Nefrit. Du kannst dir morgen noch den Einzug des Vitellius in Rom ansehen. Übermorgen schicke ich dich mit Bedeckung nach Nursia zurück.»

«Mich und Domitian.»

«Nein, nur dich. Domitian kann Rom nicht mehr verlassen. Der Kaiser hat bereits erfahren, daß er in der Stadt ist, und läßt ihn überwachen. Domitian ist eine Geisel für das Wohlverhalten seines Vaters.»

«Er hat sich selbst in den Rachen des Löwen gestürzt. Dieser Dummkopf! Aber er wird doch wohl nicht Vitellius seine Aufwartung gemacht haben?»

«Woher der Kaiser davon weiß? Domitian ist natürlich zu seinem Onkel gegangen. Und wenn es einen alten Dummkopf und Schwätzer gibt, dann ist das Flavius Sabinus.»

Daphne schwieg einen Augenblick.

«Die beiden wissen nichts, nicht wahr? Sie sind in die Pläne nicht eingeweiht.»

«Ein Junge und ein Schwätzer? Sie wissen überhaupt nichts. Du darfst ihnen gegenüber nicht einmal eine Andeutung machen. Insofern ist es gut, daß du zu spät gekommen bist. Es hätte Domitian nur mißtrauisch gemacht, wenn du verlangt hättest, daß er nach Nursia zurückgehen soll. Offiziell ist alles in Ordnung. Vespasian hat das Heer auf Vitellius vereidigt.»

«Warum vertraust du mir eigentlich? Ich bin jünger als Domitian und nur eine Frau», sagte sie provozierend.
«Caenis vertraut dir.»
«Und du?»
Flaccus streifte sie mit einem spöttischen Blick.
«Bist du auf der Suche nach einem Kompliment? In meinen Augen bist du ein lästiges, eigensinniges Ding, das sich in viel zu viele Sachen einmischt, das schneller handelt als denkt, ständig in Katastrophen gerät und gerettet werden muß und völlig unzugänglich für die vernünftigen Ermahnungen von Leuten, die immerhin doppelt so alt sind wie du.»
«Damit meinst du dich.»
«Damit meine ich mich.»
«Pah! Du bist nicht älter als Josephus.»
«Ich bin nicht älter», sagte er, «aber ich habe mehr Skrupel.»
Er gab seinem Pferd die Sporen. Daphnes Maultier ließ sich nicht zu einer schnelleren Gangart überreden, und er verschwand in einer Staubwolke.

FLAVIUS SABINUS war buchstäblich Tag und Nacht damit beschäftigt, die Vorbereitungen für den Einzug des Kaisers zu überwachen. Die Kohorten der Stadtwache, die ihm unterstanden, wurden an allen zentralen Punkten und entlang der Via Flaminia aufgestellt und strikt instruiert, sich so weit wie möglich zurückzuhalten, die einrückenden Truppen nicht durch Zurschaustellung ihrer Waffen zu provozieren, andererseits aber auch einzugreifen, sobald es Übergriffe der Soldaten auf die Bevölkerung gäbe, wobei er mit dem Schlimmsten erst rechnete, wenn der offizielle Teil des Programms vorbei war und die Massen der Legionäre sich über die Stadt verteilen würden, um zu saufen und zu huren.

Daphne, Domitian und Flaccus hatten Plätze auf dem Kapitol, wo der Zug enden sollte.
Im Schatten des gewaltigen Tempels des Jupiter Optimus saßen sie auf einer Tribüne und hatten einen guten Ausblick in die Straße, durch die der Zug vom Milvischen Tor hindurch zum Kapitol, dem Herzen Roms, ziehen würde. Sie nahmen ihre Plätze am Morgen ein, als noch die Möglichkeit bestand, die Stadt zu durchqueren, mußten aber bis zum Mittag ausharren.
Daphne hatte Rom nicht wiedererkannt. Asche und Trümmer waren beiseite geschafft worden, und der Wiederaufbau ging zügig voran. Die Straßen, jedenfalls die im Zentrum, waren verbreitert worden, den Häusern wurden Arkadengänge vorgelagert, die Schatten gegen die sommerliche Mittagsglut boten. Ganz Rom, schien ihr, war eine Baustelle. Die Arbeiten an den großen öffentlichen Bauwerken, die Nero begonnen hatte, waren zum Stillstand gekommen, aber die privaten Miets- und Geschäftshäuser wurden immer noch hochgezogen. Nachts erfüllte der Lärm der ratternden Wagen, die Baumaterial anlieferten, zusätzlich zu den Karren mit Obst, Gemüse, Fleisch, die vom Lande kamen, die Straßen und brachte die Einwohner um den Schlaf. Wer eine Villa auf dem Lande besaß, würde die Stadt sofort nach Vitellius' Einzug verlassen. Doch das war ein Schauspiel, das niemand sich entgehen lassen wollte.
Es war hoch am Mittag, als der Zug sich endlich dem Kapitol näherte. Zum erstenmal bekam Daphne einen Eindruck davon, was Rom als Kriegsmacht bedeutete.
Voraus schritten die Tubabläser, die ganze Stadt anfüllend mit den gewaltigen Tönen, die sonst die Legionen zur Schlacht riefen. Dann folgten im Marschtritt die Offiziere, die Tribunen, Präfekten, Zenturionen der Ersten Klasse, angetan mit weißen Festgewändern, auf dem Kopf die Ehrenkränze. Die genagelten Stiefel dröhnten auf dem Pflaster. Ihnen nach schritten die Stan-

dartenträger mit den Adlern der vier Legionen und den Feldzeichen der Kohorten, farbige Tücher, angenagelt am Querbalken, getragen auf einer Stange, die die Zeichen der Sternbilder trugen und das Bild des Kaisers. Dann kam, in blitzenden Waffen, mit Brustpanzer und Beinschienen, das Schwert umgegürtet, den Schild in der Linken, den Wurfspieß in der Rechten, das Fußvolk und zog in nicht endenwollender Reihe an den jubelnden Massen vorüber. Es wurde mit Blumen überschüttet.
Nach ihnen dann, umjubelt, umtost vom Geschrei der Massen, an der Spitze der Reiterei, in dem kurzen Mantel des Feldherrn, den Kranz auf dem kahlen Schädel, auf einem gewaltigen Schimmel, ritt der Kaiser in seine Hauptstadt ein. Ihm zur Seite die beiden Feldherren Caecina und Valens, denen der Jubel nicht minder galt als dem Kaiser.
Es dauerte Stunden, bis er von der Milvischen Brücke aufs Kapitol gelangt war, und Daphne, die in der Nähe saß, als er dort vom Pferd sprang und seine Mutter umarmte, konnte sehen, wie müde und erschöpft der alte Mann war.
Nach all der militärischen Glorie, die die Legionen zur Schau gestellt hatten, war der Anblick des Kaisers ein Schock für sie. Obwohl sie wußte, daß er nahezu sechzig Jahre alt war, hatte sie einen strahlenden Imperator erwartet, nicht aber diesen dickbäuchigen Mann mit den vornüber gesunkenen Schultern, dessen Hals unter dem Gewicht zweier Doppelkinne verschwunden war, dessen von geplatzten Äderchen gerötete Wangen schlaff herunterhingen und dessen Augen hinter Fettwülsten nahezu unsichtbar waren. Das war nicht Vitellius, der Kaiser, sondern Vitellius, der Bauch, der größte Säufer und Fresser im Reich.
Daphne schauderte unwillkürlich.
Nach dem Kaiser stieg Caecina vom Pferd. Sein Blick überflog die Ehrentribüne und blieb einen Moment an Flaccus und Daphne hängen. Nur einen Lidschlag lang, aber Daphne fröstelte.

«Er ist dein Feind, ein Mann, der keine Niederlage hinnimmt», sagte Flaccus, «du mußt so schnell wie möglich nach Nursia zurück.»
Sie wandte die Augen nicht von Caecina ab, der jetzt hinter dem Kaiser stand, der an den Altar des Jupiter Optimus getreten war, um das Opfer zu vollziehen.
«Glaubst du, er findet den Weg nach Nursia nicht?»
«In Rom bist du nicht sicher. Du hast den Einzug der Soldaten gesehen, aber du wirst ihren Auszug nicht sehen. Sie bleiben hier und machen die Straßen unsicher. Es ist ein Kinderspiel für ihn zu arrangieren, daß ein anscheinend betrunkener Haufen dich entführt und du spurlos verschwindest. In gesetzlosen Zeiten wie diesen wird sich niemand darum kümmern.»
«Du auch nicht?» fragte sie.
«Ich werde nicht dasein. Ich verlasse morgen Rom. Ich gehe nach Norden.»
Seltsamerweise spürte sie eine leise Enttäuschung.
«Ich glaube, ich bin bei Flavius Sabinus am sichersten aufgehoben. Als Stadtpräfekt hat er eine Wache der städtischen Kohorten vor seinem Haus. Und die Geheimpolizei des Vitellius observiert es, weil sie Domitian nicht aus den Augen läßt.»
«Sobald du die Straßen betrittst ...»
«Ich weiß. Ich darf eben das Haus nicht verlassen.»
«Nicht, bis Caecina die Stadt verlassen hat», stimmte er zu.
«Wie groß ist die Gefahr für Domitian?»
«Vitellius mag viele Fehler haben, aber blutrünstig ist er nicht. Solange er sich ruhig verhält, wird ihm nichts geschehen. Wahrscheinlich ist es wirklich am besten, wenn du hierbleibst. Du kannst versuchen, Domitian von törichten Reden und Handlungen abzuhalten.»
Daphne wandte ihm den Kopf zu. «Höre ich richtig? Du findest meine Absichten gut? Obwohl ich nur halb so alt bin wie du?»

Er lächelte mit zärtlicher Erheiterung in ihr Gesicht hinunter. «Habe ich dir nicht schon einmal gesagt, daß du erwachsen geworden bist?»

JOSEPHUS FÜHLTE SICH dem körperlichen Zusammenbruch nahe. Er arbeitete Tag und Nacht, um sein Buch zu schreiben. Zwar hatte Vespasian immer noch keine Anstalten getroffen, vor Jerusalem zu ziehen, sondern sich damit begnügt, Transjordanien, Idumäa und Samaria zu besetzen und Hebron einzunehmen. Aber Jerusalem war von allen Seiten weiträumig umstellt und von der Welt isoliert. Es konnte nur noch eine Frage von Tagen sein, bis die Legionen vor die Stadt marschierten. Drinnen, so hatten Spione berichtet, tobte ein Bürgerkrieg zwischen den Parteien des Eleazar, der den Tempel besetzt hielt, und des Simon ben Giora. Eine solche Stadt mußte rasch zu Fall gebracht werden können.
Josephus arbeitete wie besessen, weil er wußte, daß ihm nur noch wenig Zeit blieb. Berenike gestattete ihm, das königliche Archiv zu benutzen, so daß er die Rede Agrippas im Wortlaut abschreiben konnte. Gelegentlich traf er sich auch mit Caenis, die bereitwillig Auskunft über Rom gab. Einmal stellte er die Frage, die ihn schon lange bewegte: «Hast du mir damals die Audienz bei Poppäa verschafft, weil du wußtest, daß daraus ein Krieg entstehen würde?»
«Ich bin doch keine Hellseherin. Es war eine Möglichkeit, die ich in Betracht gezogen habe, ja. Ich wußte, wie explosiv das Verhältnis zwischen Griechen und Juden im Osten ist. Es war nicht auszuschließen, daß sich Unruhen anbahnen könnten. Aber sicher konnte ich natürlich nicht sein.»
«Dann ist es also doch Zufall, daß Vespasian noch einmal ein militärisches Kommando erhalten hat.»

«Das nun eben nicht. Daß es das judäische ist, das war nicht voraussehbar. Ein guter Politiker, Josephus, hat ein klares Ziel vor Augen. Aber er weiß, daß man es auf verschiedenen Wegen erreichen kann. Es kommt darauf an, an jeder Abzweigung zu wissen, welcher Weg der erfolgversprechende ist. Und wenn man doch einmal in eine Sackgasse geraten ist, muß man eben zurückgehen und noch einmal anfangen. Nicht nur der Osten war unruhig. Auch im Norden gärte es. Bei den Galliern, bei den Batavern. Und dann sind da immer noch die Parther oder die Daker, die Roms Grenzen bedrohen können. Es gab viele Möglichkeiten.»
«Nun ist es doch eine Sackgasse geworden. Vespasian hat die Armee auf Vitellius vereidigt.»
Es war ein Sommerabend. Die unerträgliche Hitze des Tages war einer abendlichen Wärme gewichen, in der die leichte Brise vom Meer die Haut streichelte. Der Duft von Jasmin und Rosen erfüllte die Luft. Sie saßen im Peristyl, um das Caenis' Gemächer lagen. Ein Springbrunnen plätscherte. Von irgendwoher drangen die sanften Töne einer Leier, begleitet von einem Bariton, der ein schwermütiges Lied sang. Josephus erkannte Titus' Stimme. Es war ein Abend voll süßen Friedens, ein Abend wie geschaffen für Zärtlichkeit und Liebe. Nichts erschien in dieser Atmosphäre unglaublicher als die Vorstellung, daß die reizende alte Dame mit der sanften Stimme, die so gut eine Großmutter sein konnte, an deren Schoß sich die Enkel großäugig schmiegten, während sie Märchen erzählte und ihre Armreifen klirrten, daß diese Frau eine berechnende Intrigantin war, die kaltblütig die politische Situation ausnutzte, um aus Titus einen Kaiser zu machen. Vielleicht war es auch gar nicht wahr. Vielleicht war es nur ein Märchen, das sie ihm erzählte, und in Wahrheit beeinflußte sie die Ereignisse nicht, sondern wurde von ihnen überrollt, wie alle anderen auch.
Josephus ging in dieser Nacht noch später schlafen als gewöhn-

lich, und so stand er nicht schon beim ersten Hahnenschrei wieder auf, sondern erwachte erst um die dritte Stunde, und zwar von einem sonderbaren Brausen, das den Raum erfüllte. Er lauschte, die Augen noch geschlossen. Es war, als sei eine Hummelschar in sein Zimmer eingedrungen. Er öffnete die Augen. Nicht einmal eine Fliege war zu sehen. Und dennoch dieses Summen. Es mußte von draußen kommen. Er stand auf, warf sich hastig ein Gewand über, verzichtete darauf, sich zu waschen, und eilte hinaus. Der ganze Palast war in Aufruhr. Aus allen Räumen, aus allen Gängen strömten die Beamten, die Freigelassenen, die Sklaven zum Ausgang. Josephus wurde mit ihnen gespült. Als er durch das Portal gedrängt wurde, sah er den Platz zum Bersten gefüllt. So wie schon einmal, als Vespasian die Truppen Vitellius huldigen ließ. Auch jetzt standen hier wieder Soldaten, aber nicht nach Kohorten in Reihen gegliedert, sondern in einem wüsten Haufen durcheinander. Über ihren Köpfen schwankten Feldzeichen. Josephus blinzelte. Die Bilder des Vitellius waren abgerissen.

Er wurde zur Seite gestoßen und hätte beinahe das Gleichgewicht verloren. Aus dem Portal trat Vespasian, gefolgt von Titus und den Stabsoffizieren. Als Vespasian erschien, hoben die Soldaten die Schwerter, schlugen auf die Schilde und schrien. Erst allmählich wurde das Geschrei zu Sprechchören, und Josephus unterschied die einzelnen Wörter.

«Heil, Flavius Vespasianus, Imperator und Augustus!»

Sie riefen Vespasian zum Kaiser aus.

War Vitellius tot? Oder riefen die Soldaten einen Gegenkaiser aus?

Josephus stand wie betäubt. Es dauerte lange, bis ihm zum Bewußtsein kam, daß damit – zumindest für den Moment – sein Todesurteil aufgehoben war.

Er war ein freier Mann.

DIE SCHIFFE AUS ÄGYPTEN blieben aus, und die Getreidepreise in Rom stiegen an. Flüche gegen Vespasian erschienen als Inschriften auf den Mauern der Hauptstadt. Vitellius ließ sich täglich zu kostspieligen Gelagen einladen und verwies alle Entscheidungen an seinen Vertrauten Fabius Valens. Es hieß, Caecina knirsche darüber mit den Zähnen und äußere, er sei es, der Vitellius zum Kaiser gemacht habe in der Schlacht bei Cremona, nicht Valens. Aus dem Norden kam die Nachricht, die pannonischen Legionen seien auf dem Marsch nach Italien. Unter dem Kommando des Antonius Primus hätten sie sich für Vespasian ausgesprochen.

In Rom taumelten die Soldaten von der Schenke zum Bordell zum Zirkus. Viele hatten ihr Lager jenseits des Tibers aufgeschlagen und suchten Abkühlung gegen die Hitze in den Fluten des Flusses. Durchfallkrankheiten breiteten sich aus.

Die Könige der Sueben traten zu Vespasian über. Aquileia öffnete seine Tore dem Heer des Antonius Primus. Die Flotte in Ravenna kündigte Vitellius die Gefolgschaft auf. Patavium trat zu Vespasian über. Bei Forum Alieni traf Antonius Primus auf drei Kohorten des Vitellius und schlug sie.

Daphne kleidete sich sorgfältig an, ließ sich eine Sänfte bereitstellen und errang von Sabinus die Erlaubnis, sich von Soldaten der städtischen Kohorten begleiten zu lassen, als sie sich zum Palast tragen ließ. Sie war noch nie auf dem Palatin gewesen und staunte, als sie die Wachen passiert hatte und den Bau betrat, in dem der Kaiser residierte. Ein großer Teil der Pläne, die Nero für den Neubau seiner Residenz gehabt hatte, waren bei seinem Tode schon verwirklicht worden. Die Eingangshalle war riesig, der Marmorboden spiegelte die Säulen wider, die die vergoldete Decke trugen. Soldaten der Rheinarmee hatten, so schien es, hier ein Biwak aufgeschlagen. Durch welche Gänge Daphne auch von einem Kämmerer geführt wurde, überall fand sie Decken, Kissen, unordentlich zurechtgelegte Kleidung, Teile von Waffen

und Berge von Abfall. Es roch nach vergorenen Trauben und Käse. Auf Daphnes Blick hin zuckte der Kämmerer die Achseln.
«Es ist ekelhaft», sagte er, «aber die Sklaven kommen mit dem Säubern nicht nach. Die Soldaten behaupten, sie müßten hier herumlungern, um ihren Kaiser zu schützen. Sie sind Pack, und so benehmen sie sich auch.»
Angewidert stieß er mit der Schuhspitze nach einem Mann, der auf dem Rücken lag. Sein Mund, eingerahmt von einem schmutzigen Bart, stand offen. Er schnarchte laut und grunzte, als er den Tritt spürte, ohne aufzuwachen.
«Ekelhaft», wiederholte der Kämmerer.
Die Räume, die Galeria Fundana bewohnte, die Kaiserin, waren sauber und aufgeräumt. Wände und Decken waren mit vergoldetem Stuck überzogen, die Ruhebetten und Sessel aus Bronze und Silber, überall lagen verschwenderisch Decken aus feinster Wolle und Kissen aus chinesischer Seide. Inmitten dieser Pracht wirkte Galeria Fundana völlig fehl am Platz. Sie war eine Frau, die früher einmal hübsch gewesen sein mochte, aber von dem hellen Typ, der rasch verblüht. Sie sah verhärmt aus, nicht wie die strahlende Frau eines Siegers, sondern wie eine, die ein furchtbares Ende voraussieht.
Als Daphne eintrat, entließ sie mit einer Handbewegung ihre Dienerinnen.
«Ich habe mich erkundigt», sagte sie und wies Daphne einen Hocker zum Sitzen an, «ich weiß, wer Caenis ist. Aber wie kann ich sicher sein, daß du von ihr gesandt bist? Hast du ein Schreiben, das dich legitimiert?»
Als Daphne bei ihr um eine Audienz nachgesucht hatte, hatte sie das Mißtrauen der Kaiserin vorausgeahnt. Sie hatte sich mit einer Antwort bewaffnet, mit der sie viel riskierte.
«Caecina kennt mich», sagte sie, «der Feldherr des Kaisers weiß, wer ich bin und in wessen Diensten ich stehe. Rufe ihn, wenn du an mir zweifelst, Herrin!»

Galeria Fundana sah sie unschlüssig an.
Daphnes Herz begann zu rasen. Wenn die Kaiserin tatsächlich nach Caecina schickte, dann war sie in Gefahr. Sie vermutete, daß Caecina ihr nachstellen ließ. Glauke, die die Alta Semita, in der Sabinus' Haus stand, regelmäßig verließ, um auf dem Markt einzukaufen, hatte ihr berichtet, daß das Haus überwacht wurde. Ob nur um Domitians willen oder auch, weil Caecina ihrer habhaft werden wollte, wußte sie nicht mit Bestimmtheit, aber es war jedenfalls nicht auszuschließen.
«Es ist gut», sagte die Kaiserin, «ich glaube dir. Was läßt Caenis mir mitteilen?»
Daphne atmete langsam und vorsichtig aus.
«Herrin, Caenis wendet sich an dich, weil du die Gattin des Vitellius und die Mutter seiner Kinder bist», begann sie, «Caenis ist die Gefährtin Vespasians, und seine Kinder stehen ihr nahe, als wären es ihre eigenen. Die Sorge um das Leben der Kinder verbindet euch.»
Galeria Fundana runzelte die Stirn.
«Ich wüßte nicht, welche Sorgen wir teilen sollten. Wir stehen auf verschiedenen Seiten. Zwischen uns gibt es nichts Gemeinsames, nur Trennendes. Mein Glück ist euer Untergang, ebenso wie euer Sieg mein Untergang sein wird.»
«Der Tod eines Kaisers ist auch der Tod seiner Kinder», sagte Daphne, «denk daran, wie bei der Ermordung Caligulas auch seine Frau, auch seine kleine Tochter ermordet wurden. Vespasians Sohn Domitian ist in Rom. Dein Mann kann ihn töten lassen.»
«Er wird es nicht tun», unterbrach die Kaiserin, «Vitellius ist gegen jedes Blutvergießen.»
«Caecina und Valens auch?»
Galeria Fundana schwieg.
Man hatte also schon im Lager des Vitellius über Domitians Tod gesprochen.

«Angenommen, Vespasian siegt», fuhr Daphne fort, «und Domitian ist von der Partei deines Mannes umgebracht worden, dann ist das Leben deiner Kinder kein As mehr wert. Leben gegen Leben. Verschont ihr das Leben Domitians, dann wird Vespasian das Leben deiner Kinder verschonen. Wie auch immer dieses Ringen der Armeen ausgehen wird, Herrin, die Unschuldigen sollten nicht büßen müssen.»

«Was soll ich tun?»

«Mach deinen Einfluß auf den Kaiser geltend, daß er Domitians Leben schont, was auch immer andere Ratgeber ihm einflüstern mögen.»

«Angenommen, ich tue es – welche Garantie bietest du mir für das Leben meiner Kinder?»

Daphne blickte ihr in die Augen. Galeria Fundana war ihren Gedanken schnell gefolgt und auf den schwächsten Punkt gekommen.

«Ich kann dir keine Garantie dafür geben», sagte Daphne aufrichtig, «ich kann dir nur garantieren, daß, im Fall von Vespasians Sieg, deine Kinder getötet werden, wenn Domitian ermordet worden ist.»

Die Kaiserin stand auf und durchquerte den Raum. Ihre Schleppe fegte raschelnd über den Boden. Endlich blieb sie stehen und sah das Mädchen aus geröteten Augen an.

«Ich wünschte, Vitellius hätte der Versuchung des Purpurs widerstanden. Wir hatten uns immer vorgestellt, wir würden am Kap Misenum in einer Villa leben, in der Sonne, in der Wärme, mit dem Blick auf das glitzernde Meer, in ruhigem Behagen. Statt dessen das hier –» Sie machte eine rasche verächtliche Handbewegung, die das Zimmer und den Palast einschloß. «Diese Pracht, die doch nur den Tod verhüllen soll. Dies ist kein Haus des Friedens, sondern der Angst und des Leids. Ich werde tun, was mir möglich ist, um Vespasians Sohn zu retten. Aber ich bin nicht allmächtig.»

DIE DONAUARMEE UNTER ANTONIUS PIUS marschierte unaufhaltsam südwärts und heftete in einer Reihe kleiner Gefechte den Sieg an die Standarten Vespasians.
Der Kaiser befahl zwischen zwei Gastmählern, Caecina solle mit der Armee nordwärts rücken.
Daphne, in einem einfachen Gewand, das sie sich bei einer Sklavin des Sabinus ausgeborgt hatte, den Schal tief in das Gesicht gezogen, stand an der Via Flaminia, als das Heer hinausschlich, das sie vor Monaten hatte einziehen sehen: waffenklirrend, stahlüberglänzt, zu dem Schall der Tuba, die Stadt erzitternd unter dem Tritt der genagelten Stiefel.
Jetzt war es an Zahl dezimiert, denn viele hatten ihr Leben in Raufhändeln oder unter den Attacken der Ruhr gelassen. Die Männer, die jetzt ausrückten, waren ermattet von Wohlleben, Ausschweifungen und Krankheiten. Nicht mehr an militärische Übungen gewöhnt, schleppten sie sich unter der sengenden Sonne dahin. Die Menge säumte schweigend ihren Weg, fast als seien sie Zeugen einer Tragödie und wüßten nur noch nicht, ob es die der Soldaten oder ihre eigene sein würde.
Caecina ritt in der Mitte des Heereszuges. Der Kaiser hatte ihn mit einer Umarmung verabschiedet. Er als einziger sah frisch aus, ein Mann auf dem Weg zu großen Taten.
Daphne schien es nicht wahrscheinlich, daß er angesichts des desolaten Heeres an den Sieg glauben konnte.
Sie kehrte in das Haus des Sabinus zurück. Die Stadt wirkte plötzlich leer und still. Die Entscheidung stand bevor. Wie lange war sie schon vorbereitet worden? Sie dachte daran, daß sie zum ersten Mal etwas davon mitbekommen hatte, als sie das mitternächtliche Gespräch in der Villa in Nursia belauscht hatte. Sie rechnete nach. Das war jetzt mehr als drei Jahre her. Mit welcher Geduld hatten sie dieses Spiel gespielt, Vespasian, Caenis, Titus, Flaccus. Wo mochte Flaccus jetzt sein? Er hatte gesagt, daß er noch Norden gehen würde. War er bei den Legionen des Anto-

nius Pius, die sich der magischen Grenze näherten, dem Po, der, einmal überschritten, ihnen ganz Italien öffnete? Die erste Partie hatten sie gewonnen. Vespasian hatte ein Kommando bekommen, und Galba war Kaiser geworden. Dann hatten sie verloren. Galba war ermordet worden und Otho und Vitellius an seine Stelle getreten. Vitellius hatte Otho vernichtet. Jetzt war die letzte Partie angebrochen. Wenn die verloren wurde, dann waren sie vollständig verloren. Aber konnten sie überhaupt etwas anderes als siegen? Judäa, Syrien, Ägypten standen hinter ihnen, Spanien und Gallien und Pannonien und Mösien. Vitellius konnte sich nur noch auf die Germanen stützen, die Rheinarmee, die Legionen, die ihn nach Rom geführt hatten, und auf die Prätorianer. Das sollte nicht ausreichen. Aber Fortuna war launisch. Wenn Caecina in der ersten Schlacht Antonius Primus besiegte, wer würde dann von Vespasian abfallen?

Würde er noch weiterkämpfen können, oder würde er sich wie Otho in sein Schwert stürzen? Sie glaubte nicht, daß Vespasian so rasch aufgeben würde. Er hatte in seinem Leben viele Wechselfälle erlebt, er hatte Caenis, die nüchterne, kaltblütige Caenis an seiner Seite. Sie konnte nur abwarten. Das zerrte an ihren Nerven. Es zerrte an den Nerven aller im Haus.

Domitian tigerte von Zimmer zu Zimmer, Sabinus saß manchmal stundenlang vor sich hin brütend im Tablinum, und Daphne brach bei jeder Kleinigkeit in unbeherrschtes Schimpfen aus.

Einmal kam ein Bote mit einem Brief aus der Villa bei Nursia. Domitilla hatte ein paar Zeilen diktiert, daß sie sich in der Wärme viel besser fühle. Wann Daphne denn nach Hause käme? Der Arzt hatte eine Notiz dazugelegt, die Kranke sei durchaus nicht auf dem Wege der Besserung. Es wäre gut, wenn ihre Angehörigen sie bald besuchten. Daphne stutzte bei Domitillas Worten. Nach Hause? Vespasians Villa war nicht ihr Zuhause. Sie hatte überhaupt keines. Rechtlich gesehen konnte sie wahrscheinlich am ehesten Josephus' Wohnung als Zuhause betrachten. Wenngleich ihr nichts mehr so fern schien wie ihre Verbindung mit ihm. Tatsächlich hatte sie nicht einen Moment lang daran gedacht, was die Ausrufung Vespasians zum Kaiser für Josephus bedeutete. Ob sie ihm ebenso fremd geworden war wie er ihr? Er hatte ihr nicht einmal geschrieben.

Sie sollte jetzt zu Domitilla? Jetzt in die Einöde? Wie konnte sie jetzt aus Rom fort, wo jeden Moment die Nachricht eintreffen mußte, die über Sieg oder Niederlage berichtete?

Daphne versuchte zu lesen, aber sie konnte sich nicht konzentrieren. Hatte sie einen Absatz gelesen, so wußte sie schon nicht mehr, was in dem vorigen stand. Sie saß mit Domitian in einem Raum nahe des Atriums, damit ihnen nicht entging, wenn jemand eingelassen wurde. Anfangs hatten sie noch diskutiert, aber dann saßen sie nur noch schweigend zusammen und fuhren bei jedem Geräusch, das von der Straße in den Hof drang, zusammen.

Faustschläge hämmerten an das Tor. Domitian zuckte zusammen und fuhr empor. Sein Gesicht wurde totenblaß. Die Schriftrolle entglitt Daphnes zitternden Händen. Sie hob den Kopf und lauschte. Nur undeutlich drangen die Geräusche von der Tür zu ihnen herein. Ein Ausruf des Türstehers. Er klang empört, als wolle er jemanden den Eintritt verwehren. Dann ein Schrei um Hilfe, dann Stille. Daphne sprang auf und rannte hinaus, Domitian folgte ihr auf den Fersen.

Im Gang, der von der Tür zum Atrium führte, lag ein Mann. Der Türsteher beugte sich über ihn. Daphne stieß ihn beiseite.

Der Mann am Boden trug einen staubbedeckten, blutbefleckten Mantel. Sein Gesicht war eingefallen und grau, die Lippen aufgesprungen. Seine Augen lagen tief in den Höhlen und glühten wie im Fieber.

Daphne schrie über die Schulter nach Wasser und wandte sich wieder dem Mann zu.

Seine Lippen bewegten sich, aber er brachte nur ein Krächzen hervor. Eine Dienerin kam mit einem Eimer Wasser und einem Pokal. Daphne nahm ihr den Eimer ab, schöpfte den Pokal voll Wasser und setzte ihn an seine Lippen. Der Türhüter hob seine Schultern an und stützte ihn im Rücken. Der Mann leerte den Becher auf einen Zug.

«Woher kommst du? Wer bist du?»

«Aus Puteoli», sagte er. «Ich komme von Calpurnia, der Wirtin Zur Goldenen Traube! Ich bin von einem Trupp betrunkener Soldaten überfallen worden, die mich ausrauben wollten.»

Er setzte sich mühsam auf.

Aus einer Tasche, die er am Riemen um die Brust trug, förderte er eine Wachstafel zutage.

«Für Marcus Annius Flaccus», sagte er. «Wenn er nicht in Rom ist, soll ich sie dem Mädchen Daphne geben.»

Daphne riß das Siegel auf und klappte die Tafeln auseinander. Auf den Innenseiten war eine dünne glatte Schicht Wachs.

«Was ist das?» fragte Domitian, ihr über die Schulter sehend, «da steht ja gar nichts.»

Sie nahm einen Griffel vom Tisch und kratzte ungeduldig die Wachsschicht ab. Darunter lag das blanke Holz, und sie sahen, daß darin Zeichen eingeritzt waren.

«Was soll das bedeuten?» fragte Domitian und runzelte die Brauen. Ganz offenkundig war er gekränkt, daß Daphne die Botschaft ausgehändigt werden sollte und nicht ihm.

«Eine Nachricht von Caenis für mich», sagte sie kühl, «kümmere dich um den Mann, Domitian. Laß ihn in ein Zimmer bringen und den Arzt rufen.» In ihrem Zimmer entzifferte sie die Nachricht.

Sie war an Flaccus gerichtet und setzte ihn davon in Kenntnis, daß die syrischen Truppen unter dem Statthalter Mucianus noch nicht in See gestochen waren. Die Ankunft dieser Truppen würde sich um zwei Monate verzögern. Deshalb solle Antonius

Primus am Po stehenbleiben und abwarten. Erst die Landung des Mucianus würde die Vespasianer in den Stand setzen, Vitellius' Truppen in die Zange zu nehmen und endgültig zu vernichten. Außerdem sollte Flaccus jetzt Kontakt mit Caecina aufnehmen und ihn davon überzeugen, daß es besser sei, Vitellius zu verlassen und zu Vespasian überzulaufen.
Daphne hatte die Übersetzung aus der Geheimschrift auf ein Wachstäfelchen geschrieben und löschte sie mit der Rückseite des Griffels wieder aus. Flaccus mußte diese wichtige Nachricht bekommen. Er mußte sie so schnell wie möglich bekommen. Wann war der Bote, den Calpurnia geschickt hatte, wieder reisefähig? Sie ging ins Atrium zurück. Dienstboten standen dort beisammen und schwatzten. Als sie eintrat, stoben sie auseinander. Nur ein Mann blieb stehen, gerade der, den sie zu sprechen gewünscht hatte.
«Wie geht es deinem Patienten?» fragte sie, «wie schwer ist er verletzt? Wann kann er wieder auf den Beinen sein?»
«Niemals», sagte der Arzt. «Er ist tot. Er hatte einen Messerstich nahe dem Herzen und einen zweiten im Bauch. Es ist unerklärlich, wie es ihm überhaupt gelungen ist, sich noch ins Haus zu schleppen.»
«Tot?»
Daphne starrte den Arzt an.
«Das kann nicht sein! Das darf nicht sein!»
Er schüttelte mitfühlend den Kopf.
«Es ist nicht zu ändern, Herrin. Du hast ihn gekannt? Er war anscheinend allen anderen Leuten im Hause ganz fremd.»
«Ich kenne ihn auch nicht», sagte sie, «aber ich hätte ihn gebraucht.»
Flaccus mußte die Nachricht bekommen. Aber wer sollte sie ihm übermitteln? Es hieß, daß er sich bei Antonius Pius aufhalte. Um dorthin zu gelangen, mußte man an dem Heer des Vitellius vorbei. Es brauchte einen mutigen, verschlagenen und

vertrauenswürdigen Mann. Sie kannte keinen solchen Mann. Ob Sabinus ihr jemanden aus der städtischen Kohorte empfehlen konnte? Aber Sabinus war in die politischen Intrigen nicht eingeweiht, und das aus gutem Grund. Er sei ein alter Schwätzer, hatte Flaccus gesagt. Sie konnte ihm nichts anvertrauen, nicht einmal die Tatsache, daß sie einen Boten brauchte, der eine Nachricht beförderte.
Sie stand still und dachte nach und wußte doch, daß sie die Entscheidung bereits getroffen hatte.
Sie würde selbst nach Norden gehen. Sie konnte das Haus des Sabinus verlassen, ohne Aufsehen zu erregen. Hatte der Arzt nicht geschrieben, es sei wünschenswert, daß sie zu Domitilla nach Nursia reise? Sabinus würde ihr ein Maultier und eine Eskorte geben.

SIE HATTEN JOSEPHUS DIE FUSSKETTEN ABGENOMMEN. Der ägyptische Arzt behandelte seine Geschwüre mit einer stinkenden grünen Salbe, über die er kühle Linnentücher wickelte, die dreimal am Tag gewechselt wurden. Er war ein freier Mann. Ehemals Priester der Ersten Reihe zu Jerusalem, ehemals Beauftragter des Synhedrions für Galiläa, ehemaliger Befehlshaber von Jotapata, der zu den Römern übergelaufen war.
In bitterer Selbstverachtung änderte er seinen Namen, war nicht länger Josephus ben Matthias, sondern Flavius Josephus, Freigelassener des Kaisers.
«Wir müssen nach Italien», sagte Titus drängend.
Sie lagen unter einem Sonnensegel auf dem Dach des Palastes.
«Wir können doch nicht hier sitzen und abwarten, bis Antonius Pius und Mucianus die Schlachten geschlagen haben und in Rom eingezogen sind. Wir sollten an der Spitze der siegreichen Truppen dort einziehen. Warum vertrödeln wir unsere Zeit in

dieser Stadt? Wäre es dann nicht besser, wenn ich nach Rom gehe?»
Vespasian schüttelte den Kopf.
«Du gehst nach Judäa zurück und eroberst Jerusalem. Das wird dir Ruhm bringen. Laß die Hände von einem Sieg im Bürgerkrieg. Er ist notwendig, aber es ist nicht gut, wenn Bürgerblut an der Hand des Herrschers klebt.»
«Wo ist eigentlich Marcus Annius Flaccus?» fragte Josephus.
«Er hält sich bei der Donauarmee auf. Er geht mit der vorrükkenden Armee, bis er auf Caecina trifft.»

DAS GRÖSSTE PROBLEM hatte für Daphne, als sie ihren Plan in die Tat umsetzte, darin bestanden, ihre Reise zu finanzieren. Sie brauchte eine große Summe, weil sie die Eskorte bestechen mußte, damit sie die Route änderte, und sie mußte auf dem langen Weg nach Norden die Verpflegungs- und Übernachtungskosten für ein Dutzend Menschen aufbringen. Sie hatte das Problem dadurch gelöst, daß sie mehrere massiv silberne Leuchter aus dem Haus des Sabinus gestohlen und bei einem Pfandleiher versetzt hatte. Die Summe, die sie dafür erhalten hatte, ging langsam zur Neige, als sie sich Parma näherte.
Sie zog in jeder Siedlung, durch die sie kam, Erkundigungen ein. In den ersten drei Tagen hörte sie nichts als einander widersprechende Gerüchte. Dann aber wurde das, was man ihr sagte, so konkret, und vor allem war der Kern der Aussagen immer der gleiche, so daß sie nicht zweifelte, die Wahrheit zu hören.
«Die Donauarmee, Herrin? Die macht ihren Weg vorwärts. Verona hat sie schon eingenommen. Jetzt ist sie auf dem Weg nach Mantua.»
«Die Armee des Kaisers Vitellius, Herrin? Gestern hat sie Brixellum verlassen und rückt auf Cremona vor.»

Zwischen Mantua und Cremona lag Bedriacum. Dort hatte Caecina schon einmal eine Entscheidungsschlacht geschlagen und gewonnen. Daphne war sicher, daß er dieses Gelände, das er so gut kannte und das zumindest in den Augen abergläubischer Soldaten für ihn so glückverheißend war, auswählen würde, um den Krieg durch Kampf zu entscheiden.
Daphne überlegte. So nah waren die beiden Armeen einander inzwischen, daß sie, die Caecina auf den Fersen war, vielleicht, wahrscheinlich sogar, nicht mehr die Zeit hatte, vor der Schlacht die Reihen des Vitellius zu überwinden und sich zu Flaccus durchzuschlagen. Caenis' Anweisungen, den Kampf jetzt noch zu vermeiden und zunächst Caecina zum Abfall von Vitellius zu bewegen, würde sie ihm wohl erst bringen können, wenn die Tatsachen sie schon überholt hatten.
Bedeutete das, daß sie in Parma bleiben und abwarten sollte? Der Zenturio ihrer Begleitmannschaft riet ihr dringend zu.
«Herrin», sagte er, «nicht, daß wir feige sind, ganz gewiß nicht. Aber nur der Tollkühne läßt sich nicht von der Klugheit leiten und prescht blindlings drauflos. In einem halben Tag könnten wir die Armee Caecinas eingeholt haben. Laß uns in Parma bleiben und abwarten, wie die Situation sich entwickelt. Sonst könnte es geschehen, daß wir mitten zwischen die Fronten ins Schlachtgetümmel geraten. Was immer du vorhast, warte damit, bis die Situation sich geklärt hat. Ich werde uns ein gutes Quartier in Parma beschaffen.»
Daphne musterte die Gesichter der Männer ihrer Eskorte. Die Männer starrten zurück. Der Zenturio sprach nur aus, was sie alle dachten. Wenn sie weiter vorwärts wollte, würden sie meutern. Höchstens gegen eine neue große Summe Geldes wären sie vielleicht bereit, sie zu begleiten. Aber sie verfügte nicht mehr über genügend Geld. Sie würde sich fügen müssen, bis ihr eine Idee kam, was sie unter diesen Umständen tun konnte.
Sie nickte zustimmend.

Der Zenturio fand ein Quartier in Parma. Er mußte allerdings lange suchen. Die Stadt quoll über von Menschen, die vom Lande hereingeströmt waren, weil sie sich angesichts der aufmarschierenden Armeen hinter den Mauern der wohlbewehrten Stadt sicherer fühlten. Schließlich führte er sie in einen schäbigen Gasthof in einer Seitenstraße.
Daphne kauerte sich mit angezogenen Beinen in den äußersten Winkel des Bettes und überlegte.
Sie konnte nicht in Parma sitzen und abwarten, was geschah. Caenis' Botschaft hatte zwei Aufforderungen enthalten. Antonius Primus sollte die Schlacht nicht annehmen, die Caecina ihm anbot, und Caecina sollte zum Verrat an Vitellius gebracht werden.
Langsam zeichnete sich in ihrem Kopf ein Gedanke ab, so ungeheuerlich, daß sie ihn zunächst fortjagte. Aber wie auch immer sie weiter überlegte, er kehrte regelmäßig zurück, und mit jedem Mal, das sie ihn bedachte, erschien er ihr vernünftiger und durchführbarer. Sie konnte Antonius Primus und Flaccus nicht erreichen.
Aber sie konnte Caecina erreichen. Sie war in seiner Nähe. Sie konnte in sein Lager reiten. Sie konnte ihn sprechen. Sie mußte ihn dazu bewegen, Vitellius zu verraten und zu Vespasian überzulaufen. Niemand anderes war dazu jetzt imstande. Nur sie allein.
Sie könnte es tun. Wenn sie nicht diese Angst vor dem Mann mit den Schlangenaugen haben würde. Einmal war sie ihm entkommen. Diesmal würde es keinen Flaccus geben, der sie aus Caecinas Fängen befreien würde. Sie wäre ihm allein ausgeliefert. Vielleicht wäre sie ihm gewachsen, wenn die Furcht sie nicht lähmen würde. Aber sie fürchtete sich.
Sie erinnerte sich an das Gefühl, das sie in seinem Zelt vor Rom gehabt hatte. Hilflos war sie gewesen wie das Kaninchen vor der Schlange. Furchtlos mußte sie sein, wenn sie ihm gegen-

übertrat. Nur dann konnte sie ihren Verstand gebrauchen und ihn mit List ihren Absichten gefügig machen.
In der Morgendämmerung schlief sie ein, aber ihr Schlaf war nur kurz und oberflächlich. Sie besorgte sich ein Papyrusblatt und Schreibzeug, starrte eine Weile brütend vor sich hin und schrieb dann mit einem Auflachen einige Verse nieder. Dann rollte sie den Bogen zusammen und siegelte ihn.
Sie rief den Zenturio. Als er kam, sah er sie erschreckt an.
«Bist du krank, Herrin?»
«Ich habe nicht gut geschlafen heute nacht. Hör zu. Ich werde mich zu Antonius Primus durchschlagen. Allein habe ich die besseren Chancen. Ein Trupp Soldaten wird die Aufmerksamkeit der vitellianischen Armee erregen, ein armes Mädchen auf einem Maultier nicht. Davon gibt es hier auf dem Lande Hunderte.»
Er schüttelte den Kopf.
«Vergiß nicht, Herrin, die Vitellianer sind Männer. Glaubst du, ihrer Aufmerksamkeit entgeht ein junges Mädchen? Sie werden dich aufgreifen und dann … du weißt, wozu Soldateska fähig ist. Du mußt bei uns in Parma bleiben, bis der Kampf vorüber ist.»
«Dann könnte ich mir die Reise auch gespart haben. Glaubst du, so kurz vor dem Ziel gebe ich auf?»
«Herrin, wir sind Flavius Sabinus verpflichtet. Wir sind mit dir gegangen, um dich zu schützen. Wir werden dich jetzt nicht allein in die Gefahr gehen lassen. Wir bleiben in Parma, und wir werden verhindern, daß du die Stadt verläßt.»
Daphne betrachtete sein entschlossenes Gesicht mit dem vorgeschobenen, kantigen Kinn und seufzte.
«Du hältst es wirklich für gefährlich?»
«Außerordentlich, Herrin. Warum, glaubst du, sind all diese Menschen vom Land in die Stadt geströmt? Doch nicht, weil es sich mit der Armee da draußen trefflich scherzen läßt.»

«Dann bleibt mir nichts weiter übrig, als hier zu warten.»
«Das ist vernünftig, Herrin.»
«Ich werde mich noch einmal schlafen legen, weil ich eine schlechte Nacht verbracht habe. Stelle einen deiner Männer vor meine Tür. Er soll niemanden hereinlassen. Ich will nicht gestört werden.»
Er sah erleichtert aus, als er ging. Nach wenigen Minuten hörte Daphne, wie ein Soldat vor ihrer Tür Posten bezog. Sie lächelte grimmig. Was sie vorhatte, war zwar tödlich, wenn es ihr mißlang. Aber es war den Versuch wert. Wenn es ihr gelang, würde sie die Schlacht verhindern und den Bürgerkrieg beenden. Sie würde leisten, wozu Flaccus nicht in der Lage war. Wenn sie scheiterte ... Sie schauderte. Wozu einen Gedanken darauf verschwenden. Wenn sie sich ausmalte, was Caecina ihr antun würde, dann würde ihr Blut zu Wasser werden, und sie würde keinen klaren Gedanken fassen können.
Daphne stand auf und wühlte in ihrer Gepäckrolle. Sie förderte den Wasserschlauch zutage, leerte ihn sorgfältig und steckte dann den versiegelten Bogen hinein. Dann nahm sie den Umhang vom Bett, den sie als Decke benutzt hatte, und stieß die Luke auf. Ein rascher Blick zeigte ihr, daß niemand im Hof war.
Daphne kletterte behende aus der Luke, kroch über das Dach, schlich sich in den Stall, legte einem Maultier die Zügel an und führte ihn zur Hintertür hinaus.

DAS LAND JENSEITS DER STADTMAUERN, in das sie hineinritt, war eine sumpfige Ebene, die sich fahl im blassen Licht des anbrechenden Tages bis zum Horizont erstreckte. Ein paar verkrüppelte Kiefern streckten ihre bizarren Äste drohend über den Weg, sonst war alles öde.

Der Morgen war kühl, feucht und windig. Daphne zog schaudernd den Wollmantel enger um die Schultern. Ihre Augen glitten suchend über das weite Feld, das sich vor ihr erstreckte. Gegen Mittag entdeckte sie, worauf sie gewartet hatte. Rechts vor ihr tauchten vier Reiter auf, die zu Caecinas Armee gehören mußten. Daphne duckte sich auf den Hals ihres Maultiers und trieb es seitab in den Sumpf, wo es nur langsam vorankam. Sie ritt in den Schutz einer Gruppe von Krüppelkiefern, aber so langsam, daß sie den Soldaten nicht verborgen bleiben konnte. Die Gruppe teilte sich auf und kreiste sie ein. Daphne blieb auf dem Rücken des Maultiers und erwartete sie regungslos. Sie hoffte, daß einer der Männer genug Verstand haben würde.

«Wer bist du? Wohin des Weges?» fragte der erste, der sie erreicht hatte, drohend. Er war noch jung und hatte eine flammende Narbe, die sich vom linken Ohr zum Kinn zog. Er hatte das Schwert gezogen und hielt es flach vor sich.

«Ich bin aus Parma und will zu meinen Eltern nach Cremona», sagte Daphne.

«Schlechte Zeit für Reisen über Land jetzt», sagte der zweite, der herangekommen war. Er war älter als der erste und hatte ein braunes rundes Gesicht mit stechenden dunklen Augen. Sie fand, daß er am intelligentesten aussah.

Daphne zuckte die Achseln.

«Was soll ich tun? Meine Eltern sind alt und gebrechlich. Krieg hin oder her, sie brauchen meine Hilfe.»

«Wer das glaubt ...»

Der erste brach in ein lautes, schnarrendes Lachen aus.

«Ein hübscher kleiner Fang, jung und sogar gewaschen», sagte der dritte und leckte sich die Lippen, «wollen wir losen, wer der erste ist?»

Der Mann mit den stechenden Augen schnalzte ungeduldig mit der Zunge.

«So blöd wie du bist, kann man gar nicht sein. Glaubst du, irgendein Landmädchen reitet so mir nichts, dir nichts munter durch die Gegend? In diesen Zeiten? Die werden fest hinter Schloß und Riegel gehalten, damit wir ihnen keine Aufmerksamkeiten erweisen können. Und ein Landmädchen ist sie auch nicht. Siehst du nicht, daß ihr Mantel aus feiner Wolle ist? Und trägt sie etwa Zöpfe? Die hat ihre Haare aufgetürmt wie eine feine Dame. Weiber! Kommen sich so gescheit vor, aber am Ende machen sie aus Eitelkeit die dümmsten Fehler. Wenn die hier unterwegs ist, hat das was zu bedeuten. Durchsuchen!» befahl er. Sie schnitten ihr den Beutel vom Hals, indem sie das Lederband mit dem Schwert durchtrennten. Daphne zuckte nicht mit der Wimper.

«Silber», rief der dritte und biß auf eine der Münzen, die aus dem Beutel rollten, «deine Eltern müssen reich sein, wie?»

Der vierte hatte die Tasche entdeckt, die an ihrem Sattel befestigt war. Er riß sie herunter und öffnete sie. Was immer er erwartet haben mochte, der Anblick, der sich ihm bot, enttäuschte ihn.

«Bloß ein Wasserschlauch», murrte er.

«Gib her, ich bin durstig!»

Der mit der Narbe entriß ihm den Schlauch, öffnete ihn und setzte ihn an den Mund. Er schluckte. Sein Adamsapfel hüpfte auf und ab. Dann ließ er ihn sinken. Daphne machte ein betont gleichmütiges Gesicht.

«Bei Jupiter und dem Genius des Kaisers, das ist kein Wasser, was da drin ist.»

Er stach mit der Spitze seines Dolches in das Leder und schlitzte es auf.

«Ein Papyrus!» rief er.

«Ein Brief», sagte ein anderer.

Er brach das Siegel auf.

«Lies vor!»

«Kann ich nicht. Das ist griechisches Gekrakel. Kann jemand von euch griechisch?»

Sie schüttelten alle den Kopf.
«Wieso reitet dieses Mädchen über Land und hat einen Brief im Wasserschlauch?» fragte der Narbige. Es schien sich für ihn nur um eine rhetorische Frage zu handeln, denn er beantwortete sie sofort selbst.
«Klarer Fall. Das ist eine Spionin. Am besten hängen wir sie gleich auf.»
«Aber vorher können wir noch unseren Spaß mit ihr haben», forderte der dritte.
Der mit den stechenden Augen schüttelte den Kopf.
«Keine Spionin», sagte er, «eine Agentin. Eine, die geheime Nachrichten überbringt. Zu wem willst du, Kleine, hm? Nicht zu Caecina, das ist mal sicher. Sonst hättest du dich nicht in die Büsche geschlagen, als du uns kommen sahst.»
Der dritte klimperte mit den Münzen in seiner Hand.
«Also – dann wollte sie zu Antonius Primus. Hängen wir sie auf, nachdem wir sie auf den Rücken gelegt haben, und bringen den Brief zu Caecina. Dann gibt's eine Belohnung, das sage ich euch. Caecina ist nicht geizig.»
Daphne rührte sich nicht. Sie wartete ab, was der mit den stechenden Augen zu sagen hatte. Er schien ihr der Weitblickendste von allen zu sein, der auf die richtige Idee kommen würde, ohne daß sie nachhelfen mußte.
«Wir bringen den Brief und die Botin zu Caecina», sagte er, «wer weiß, ob alles, was sie mitteilen soll, in dem Brief da steht. Manchmal haben diese Agenten ihre Nachrichten auch bloß im Kopf. Caecina wird sie sprechen wollen. Und er wird sie zum Sprechen bringen. Das kannst du mir glauben, Kleine. Unser Feldherr Caecina hat viel Spaß daran, Leute zum Sprechen zu bringen.»
Alle vier brachen in brüllendes Gelächter aus.
Sie banden Daphne die Hände auf dem Rücken und ritten mit ihr los.

Ohne die Anwesenheit des Kaisers Vitellius im Lager herrschte mehr Disziplin bei den Truppen, wie Daphne bemerkte, als sie mit ihren Wärtern durch die Lagergassen ritt. Es war ein großes Lager, fest verschanzt, und konnte wohl mehr als zehntausend Soldaten aufnehmen. Zelt stand dicht an Zelt. Vor einigen hockten die Männer, flickten an ihrer Kleidung, mahlten das Getreide, würfelten und tranken. Sie blickten hoch, wenn Daphne vorbeigeführt wurde, und riefen ihre Wärter mit derben Scherzen an. Daphne runzelte die Stirn. Etwas stimmte nicht in diesem Lager, obwohl es sich kaum von dem unterschied, das sie bei Vespasian in Judäa kennengelernt hatte. Dann fiel ihr auf, daß es zu viele Zelte waren für die Anzahl Soldaten, die im Lager zu sehen waren. Erwartete Caecina noch Zuzug von weiteren Kohorten oder Legionen? Woher sollten sie kommen?

Die Männer verhielten ihre Tiere in der Mitte des Lagers, und einer stieß sie roh zur Seite, so daß sie zu Boden fiel. Sie rappelte sich mühsam auf. Der Narbige half mit einem Fußtritt nach.

Die Wachen vor dem Zelt des Feldherrn kreuzten die Speere. Der mit den stechenden Augen baute sich breitbeinig vor ihnen auf und sagte gewichtig:

«Sag dem Feldherrn Bescheid! Wir haben eine feindliche Agentin gefangengenommen.»

Gleich würde sie vor Caecina stehen.

Ihre Haut war eiskalt, ihr Magen schmerzte, als hätte er einen Faustschlag erhalten, und ihr Herz schlug so rasend, daß sie glaubte, es müsse gleich zerspringen. An jedem Ort der Welt wäre sie jetzt lieber gewesen als hier vor Caecinas Zelt.

Seit Josephus sie aus dem Meer gezogen und Flaccus sie zu Caenis geschickt hatte, war ihr Leben eine Vorbereitung auf diesen Moment gewesen. Alles, was Caenis ihr hatte beibringen lassen, die sportlichen Übungen, die ihren Körper gestählt hatten, die Unterrichtsstunden mit Domitian, die ihren Geist wendig gemacht, die Lektionen Nefrits, die ihre Weiblichkeit zur Waffe

geschmiedet hatten, mußte jetzt Frucht tragen. In diesem Augenblick ruhte das Schicksal Roms auf ihren Schultern allein. Sie mußte das Werk weiterführen, das Flaccus vor vielen Jahren begonnen hatte, und sie würde es zum Erfolg führen.
Aus dem Zeltinneren erklang ein Wortwechsel. Dann schlug jemand von innen das Segeltuch beiseite, und Caecina trat heraus.
Die Soldaten drängten sich zu ihm und überschrien einander in dem Wunsch, ihren eigenen Anteil an Daphnes Gefangennahme herauszustreichen.
Caecina winkte gelangweilt ab und nahm die Papyrusrolle entgegen, die sie ihm hinstreckten. Dann blickte er über ihre Köpfe hinweg auf die Gefangene.
Die schweren Lider senkten sich halb über die schillernden Augen, und langsam breitete sich ein Lächeln um seinen Mund aus.
«Willkommen», sagte er mit seidenweicher Stimme, «eine unerwartete Begegnung, aber eine sehr erwünschte. Darf ich dich bitten, mein Zelt zu betreten?»
Der Soldat mit den stechenden Augen sagte verwirrt:
«Das ist eine Gefangene, Herr. Sie wollte zum Feind. Wir haben sie ...»
Caecina schob ihn wortlos beiseite und trat zu Daphne.
«Wenn ich bitten darf ...» wiederholte er mit dem Behagen des Katers, der die Maus gefangen hat und sich auf ein langes, langsames Spiel freut. Daphne warf den Kopf in den Nacken und ging an ihm vorbei in das dämmrige Zelt. Hinter ihr fiel der Vorhang und schloß die enttäuschten Soldaten aus, die sich eine Belohnung oder wenigstens eine Belobigung versprochen hatten. Sie vertraten sich noch eine Weile vor dem Zelt die Füße und schlichen dann murrend davon.
Daphne atmete tief ein, drehte sich zu Caecina um und sagte:
«Wenn ich dir willkommen bin, dann hast du wohl einen Stuhl,

ein Brot und einen Becher Wasser für mich. Es ist lange her, daß ich heute Parma verlassen habe.»
Sie sah, daß sie ihn überrascht hatte, und das hob ihren Mut.
Er deutete auf den Tisch.
«Bediene dich!»
Sie schlenderte in die Mitte des Zeltes.
«Vielleicht könntest du die Fesseln lösen, mit denen deine Soldaten mich überflüssigerweise gebunden haben? Oder hast du Angst davor, daß ich dich erdolche?»
Es war eine billige Herausforderung, aber sie wirkte.
Er nahm ein Messer vom Tisch und schnitt die Schnur durch. Daphne dankte ihm mit einem Kopfnicken, nahm Platz und schenkte sich aus einem Krug einen Becher halbvoll Wein und goß dann Wasser zu. Während sie trank, maß sie ihn über den Rand des Pokals.
Er hatte einen Stuhl ihr gegenüber gewählt und lehnte sich lässig zurück, die Beine weit ausgestreckt. Er lächelte noch immer, während seine Augen kalt schillerten.
«Ich bin außerordentlich erfreut, die Frau des jüdischen Propheten zu Gast zu haben. Ich hätte nicht gedacht, daß du dein Schneckenhaus in Rom verlassen würdest.»
Sie setzte den Becher ab und wischte sich mit dem Handrücken über die Lippen.
«Du siehst gut aus», fuhr er fort, «die Ehe bekommt dir. Aber nein, ich vergaß. Du bist ja schon monatelang von deinem Gatten getrennt. Wer ist es denn jetzt, der dafür sorgt, daß deine Augen glänzen, deine Lippen sich röten und deine Brüste und Hüften schwellen? Domitian?»
Sie hob das Brot aus dem Korb, brach ein Stück ab und steckte es in den Mund. Anscheinend hörte er sich gern reden. Vielleicht sagte er mehr als er beabsichtigte, wenn sie ihn einfach reden ließ.
«Dann allerdings wärest du zu bedauern, meine Liebe. Ein

Junge! Was versteht der schon davon, einer Frau Wonne zu bereiten? Mit mir hingegen wirst du alle Lust der Welt kennenlernen. Und allen Schmerz. Du wirst dich winselnd zu meinen Füßen winden und mich anflehen, dir …»
Daphne verschluckte sich und hustete.
Caecina unterbrach sich und starrte sie verärgert an.
«Reizende Aussichten», sagte sie, nachdem sie wieder Gewalt über ihre Stimme hatte. «Aber vielleicht sollten wir vorher das Geschäftliche erledigen.»
«Das Geschäftliche?»
Sie deutete mit dem Kinn auf die Papyrusrolle, die er noch in der Hand hielt.
«Lies das, während ich esse», schlug sie vor, «dann weißt du, worum es geht.»
Sie griff nach einer Orange und begann sie zu schälen. Ihre Hände zitterten nicht. Sie sah, daß er es bemerkte.
Er erbrach das Siegel, entrollte den Bogen, warf ihr noch einen forschenden Blick zu und vertiefte sich in den Text.
«Das ist kein griechisch», sagte er nach zwei Sekunden verblüfft, «das ist ein lateinischer Text in griechischer Schrift.»
«Ich nahm an, daß deine Soldaten nicht griechisch lesen können», sagte sie und zerteilte die Orange.
Er nickte und begann laut zu lesen.

«Wohin, wohin, Ihr Rasenden? Warum liegt die Faust
Schon wieder euch am Heft des Schwerts?
Sind Land und Meer denn immer noch zur Genüge nicht
gesättigt mit Latinerblut?»

Er übersprang murmelnd die nächsten Zeilen und hob dann bei den Schlußversen wieder die Stimme.

«So ist's: ein furchtbar Schicksal treibt die Römer um,
Der finstre Geist des Brudermords,
Seit Remus' Blut, schuldlos vergossen, diesen Grund
Zum Fluch den Enkeln rot gefärbt.»

Er ließ den Bogen sinken. Sie sah, daß sie ihn verblüfft hatte. «Das ist ein Gedicht des Horaz. Warum versteckst du es wie eine Geheimbotschaft? Handelst du mit Lyrik?»
Daphne schob Brotkorb und Becher beiseite und stützte die Ellbogen auf den Tisch.
«Das ist meine Botschaft. Deine Männer tun sich groß damit, mich gefangengenommen zu haben. Leichter hätte ich es ihnen kaum machen können, wenn ich direkt mit einem Schild um den Hals in dein Lager geritten wäre. Ich bin nicht zufällig hier. Ich komme, damit dieser Krieg ein Ende nimmt. Caenis schickt mich. Du weißt, daß ich für Caenis arbeite.»
«Weiß Caenis, daß wir uns kennen?»
«Natürlich. Deshalb schickt sie mich und keinen anderen Boten. Sie findet, daß es bei dieser Sache um mehr geht als um einen gelungenen oder mißlungenen Beischlaf. Wenn du allerdings nicht dieser Meinung bist und persönlichen Ressentiments den Vorzug gibst, dann ist dazu weiter nichts zu sagen. Dann hat sie sich in dir getäuscht. Dann bist du nicht der Mann, den sie brauchen kann.»
«Aber dann bist du in die Falle gegangen.»
«Man muß immer etwas riskieren», sagte Daphne kühl, «ich will nicht mein Leben lang Gesellschafterin bei der törichten Domitilla sein. Ich will Macht und Reichtum. Beides fällt einem nicht von selbst in den Schoß, wenn man nicht in der richtigen Familie geboren wurde.»
Er wiegte den Kopf hin und her.
«Sag, was du mir sagen sollst! Dann werde ich mir überlegen, wie ich mit dir verfahre.»

Daphne hatte sich in der schlaflosen Nacht alles genau zurechtgelegt.
«Mucianus ist vor zwei Tagen in Italien gelandet», sagte sie.
Caecina lacht auf.
«Eine plumpe Lüge. Ich weiß genau, daß er mit den Truppen noch in Syrien hockt.»
«Die syrischen Legionen sind noch in Syrien», bestätigte sie, «aber Mucianus hat Antiochia heimlich verlassen. Er ist nach Illyrien gegangen und mit den illyrischen Legionen nach Ravenna übergesetzt. Es wundert mich nicht, wenn du davon nichts weißt. Ravenna ist in der Hand der Vespasianer. Dein Spionagesystem funktioniert nicht mehr.»
«Weiter!» sagte er und beugte sich vor.
«Mucianus marschiert auf Mantua, Antonius Primus hat Verona verlassen. Sie haben dich in der Zange. In drei oder vier Tagen führst du hier einen Zweifrontenkrieg, den du nicht gewinnen kannst.»
Er lächelte.
«Glaubt ihr, ihr könnt mich so leicht schrecken? Das hier ist mein Land. Hier habe ich schon eine Schlacht gewonnen. Ich könnte morgen Antonius schlagen und dann gegen Mucianus ziehen.»
Sie erkannte, daß sie ihn gefesselt hatte. So sehr, daß er die persönliche Seite ihrer Beziehung vergaß und sich ganz auf die politische beschränkte? Eine leise Hoffnung keimte in ihr auf.
«Das könntest du. Aber du gehst damit ein hohes Wagnis ein. Warum willst du nicht auf der sicheren Seite stehen? Beende den Bürgerkrieg, und sie ernennen dich zum Vater des Vaterlandes.»
«Wie sollte das deiner Meinung nach geschehen?»
«Es handelt sich nicht um meine Meinung. Es ist Caenis, die durch mich redet. Caenis läßt dir sagen, du solltest jetzt zu Vespasian überlaufen und das Heer mitnehmen. Wer schlägt sich

schon für den dicken Fresser Vitellius, der seine engsten Helfer undankbar fallenläßt, wenn sie ihm den Sieg erkämpft haben? Vespasian hat ein Gedächtnis wie ein Elefant. Wer ihm einmal treu gedient hat, wird auf der Stufenleiter so hoch klettern, wie ihn sein Ehrgeiz bringen will.»

«Man liebt den Verrat, aber nicht den Verräter. Welche Garantien bringst du mir?»

Das war die schwächste Stelle in ihrer Geschichte.

«Keine», sagte sie schlicht.

Er stand auf.

«Das ist dann das kurze Ende deiner langen Reise, mein Mädchen. Vergessen wir eine Weile die Politik und wenden uns den persönlichen Fragen zu. Schließlich haben wir noch eine Rechnung ausstehen.»

Er dehnte seine Glieder.

Daphne rührte sich nicht. Zu ihm aufblickend, sagte sie kalt: «Ich denke, die Rechnung ist beglichen. Ein Biß gegen eine Ohrfeige. Aber ich sehe, daß Caenis dich falsch eingeschätzt hat. Du bist ein Mann, der Gefühle wichtiger nimmt als seinen Vorteil. Jetzt begreife ich, weshalb Vitellius dir Valens vorgezogen hat. Der Mann ist ein erbärmlicher Politiker, den seine Leidenschaften antreiben.»

Er wurde blaß vor Wut und begann, im Zelt umherzuwandern. Die Hände auf den Rücken gefaltet, schritt er auf und ab und gönnte ihr keinen Blick. Sie versuchte, sich den Anschein von Gemütsruhe zu geben, und schenkte sich den Becher wieder voll. Diesmal bebten ihre Finger, und sie verschüttete den Rotwein, der sich in einer roten Lache auf dem Tisch ausbreitete. Caecina nahm keine Notiz davon. Endlich blieb er stehen.

«Ich glaube dir nicht. Du bist nicht von Caenis zu mir geschickt worden. Sie hätte gewußt, daß ich dich nicht als Verhandlungspartnerin akzeptieren würde. Wer bist du schon? Ein dahergelaufenes Geschöpf, das seinen Schnitt machen will. Du hast kei-

nerlei Legitimation, mit mir zu verhandeln. Wenn die Vespasianer mich haben wollen, dann müssen sie mir jemanden schikken, der im Namen des Generals verhandeln kann.»
Sie lehnte sich im Stuhl zurück.
Es hatte keinen Zweck, eine Position zu behaupten, die so leicht zu erschüttern war.
«Du hast recht. Ich bin nicht von Caenis zu dir geschickt worden, sondern zu Flaccus. Es war Pech, daß deine Leute mich gefangen haben.»
«Jetzt kommen wir also der Wahrheit näher», sagte er mit einem Grinsen. Daphne schlug die Augen groß zu ihm auf. Das war eine von Nefrits ersten Lektionen gewesen. Gib Männern immer das Gefühl, daß sie dir überlegen sind. Trumpfe nie mit deinem Wissen oder deiner Klugheit auf. Du kannst sie um den Finger wickeln, solange sie glauben, daß du dümmer bist als sie.
«Ich dachte, ich könnte dir etwas vormachen», sagte sie bedauernd», aber ich sehe, daß du mich durchschaut hast. Also dann: die Wahrheit! Ich komme aus Ravenna und soll Flaccus die Nachricht von der Landung der illyrischen Truppen bringen.»
«Du? Ein Mädchen?»
«Insgesamt sind fünf Boten ausgesandt worden. Einer von uns würde durch deine Linien dringen und die Donauarmee erreichen. Gewiß ist jetzt schon jemand bei Flaccus. Antonius Primus wird dir in den nächsten Tagen die Schlacht verweigern. Er wird warten, bis Mucianus nahe herangerückt ist, und die beiden Armeen werden dich zwischen sich erdrücken wie eine Wanze.»
«Denke dir eine bessere Geschichte aus! Niemand, der einigermaßen bei Verstand ist, schickt eine junge Frau mit einer geheimen Botschaft durch Feindesland.»
«Ich hatte einen besonderen Grund, mich für diese Aufgabe zur Verfügung zu stellen», sagte sie.
Er maß sie aus schmalen Augen.

«Ein besonderer Grund? Was könnte das sein? Welchen Grund könntest du haben, um zu Flaccus …»
Er brach ab und lachte auf.
«So ist das also. Nicht das Bürschchen Domitian, sondern Flaccus, wie? Du suchst dir deine Liebhaber schlecht aus. Dein Bett bleibt zu oft kalt. Was wird es Flaccus wert sein, dich zurückzuerhalten, frage ich mich?»
Daphne senkte die Lider, um die Verachtung in ihren Augen zu verbergen. Wie schwer wog ihm seine gekränkte Eitelkeit, und wie leicht war es, ihm daraus das Narrenseil zu drehen, an dem sie ihn hinter sich herziehen würde.
«Natürlich schlafe ich mit Flaccus», sagte sie, «man muß jede einzelne Stufe auf der Treppe nehmen, wenn man ganz oben ankommen will. Erst Josephus, dann Flaccus, später Domitian. Wenn der Sieg der Flavier entschieden ist. Sonst wäre es töricht. Wer will sich an den Verlierer hängen? Aber am Ende ist auch Domitian nur eine Stufe auf dem Weg zu Titus. Der wird seiner jüdischen Königin eines Tages überdrüssig werden, da bin ich sicher. Schließlich ist sie zehn Jahre älter als er, und selbst wenn sie ihm noch einen Sohn gebären sollte, dürften die Römer ihn nicht mit dem Purpur gekleidet sehen wollen.»
Er blieb dicht hinter ihr stehen. Sie zwang sich, sich nicht umzuwenden. «Intrigant und ehrgeizig», sagte er, «da habe ich einen größeren Fang gemacht, als ich geglaubt habe. Wie ähnlich wir uns sind. Wir beide, meine Liebe, könnten es weit bringen, wenn wir uns zusammentun.»
Er stand dicht hinter ihr. Sie unterdrückte den Impuls, den Stuhl beiseite zu rücken.
«Wir?» wiederholte sie gedehnt, «wir und zusammengehen? Daraus wird nichts, Aulus Caecina. Ich habe noch Zukunft vor mir, du aber bist bald nur noch Vergangenheit.»
Er griff über ihre Schulter hinweg nach dem Krug und schenkte sich ein. Seine Hand streifte ihren Arm. Sie saß ganz still.

«Willst du nicht die Seiten wechseln? Vergiß Flaccus, Domitian und Titus! Komm zu mir! Mit mir zusammen wird dein Weg rascher und steiler auf den Thron führen als über Vespasians Söhne. Diese Schlacht werde ich genauso gewinnen wie die letzte. Bedriacum ist der Ort, der mein Glück macht. Das Heer wird mich vergöttern, und ich werde dem alten Fresser und Säufer Vitellius den Purpur herunterreißen. Schlage dich zu mir, und du bist in wenigen Monaten Kaiserin.»
Er legte die Hände auf ihre Schultern.
«Welch ein Umschwung deiner Gesinnung! Als ich dein Zelt betrat, dachte ich, du wolltest mich bestrafen. Wie war das noch? Ich sollte winseln zu deinen Füßen ...»
Seine Hände glitten unter ihre Tunika und umfaßten ihre Brüste. Sein Atem schlug heiß in ihren Nacken. Er strich mit den Daumen sacht über ihre Brustwarzen. Sie zwang sich zur Bewegungslosigkeit.
«Vergiß, was ich vorhin gesagt habe! Ich erinnerte mich nur an das impertinente Mädchen aus Athen, das eine Lektion verdient hatte. Aber du bist mehr als die hübsche freche Kleine. Ich will dich haben. Nicht wegen deines Gesichtes oder deines Körpers. Das kann ich auf jedem Sklavenmarkt besser und billiger haben, in jeder Hautfarbe und in jeder Form. Mädchen, Knaben, Eunuchen. Aber die wahre Lust kommt nicht aus dem Fleisch, sondern aus dem Geist. Ich will deine verschlagene, skrupellose kleine Seele, mein Mädchen. Du und ich, wir sind einander wert.»
Er umfaßte ihre Schultern, zog sie hoch und drehte sie zu sich um. Seine schillernden Augen waren unmittelbar vor ihrem Gesicht. Daphne wich ihrem Blick nicht aus, soviel Kraft es sie auch kostete.
«Beginnen wir also von neuem», sagte er.
Er näherte seinen Mund dem ihren. Daphne hob ihm das Gesicht entgegen und fühlte seinen Atem feucht auf ihren Lippen.

Plötzlich überfiel sie die Erinnerung an Athen, und sie spürte wieder sein Blut in ihrem Mund, heiß und süß und widerlich. Brechreiz stieg in ihr auf. Sie riß sich los und brachte den Tisch zwischen sich und ihn.
Caecina stand noch mit erhobenen leeren Händen da, das Gesicht weiß vor Wut.
Jetzt, in der Entfernung von ihm, beruhigte sich ihr Magen. Sie atmete rasch, aber sie hatte ihre Stimme vollkommen in der Gewalt.
«Sagtest du nicht, wir seien einander wert? Glaubst du dann, du kannst meinen Verstand betäuben, indem du meinen Körper liebkost? Hältst du mich für so töricht, mich in deine Arme zu stürzen, wenn dein Untergang schon besiegelt ist? Bedriacum ist kein Ort des Glücks für dich. Die Götter lieben keine Wiederholungen. In drei Tagen stehst du zwischen Antonius Primus und Mucianus. Das wirst du nicht überleben.»
Er machte keinen Versuch, ihr näher zu kommen. Ein Lächeln entstand sehr langsam um seinen Mund und erreichte dann die Augen. Ein Gedanke mußte ihm gekommen sein, der ihm viel Vergnügen bereitete. Daphne stützte die Hände auf die Tischplatte, damit er ihr Zittern nicht sah.
«Du mißverstehst die Situation, meine Süße. Du bist meine Gefangene und mir ausgeliefert. Du brauchst dich nicht in meine Arme zu stürzen, ich kann mir jederzeit mit Gewalt verschaffen, was ich von dir haben will. Aber Brutalität bietet nur ein kurzes Vergnügen. Ich bevorzuge andere Spiele, langsamere, in denen ich auf jeden Fall siege. Du hast dich auf ein Spiel mit mir eingelassen. Gut, spielen wir es. Der Einsatz ist dein Leben. Wenn ich Antonius Primus besiegt habe, gehörst du mir, mit Leib und Seele, bis ich deiner überdrüssig werde. Wenn ich die Schlacht verliere, wird einer der Soldaten, die das Zelt bewachen, dich töten.»
«Denkst du wirklich so klein und eng? Hat die sprichwörtliche

Treue deiner germanischen Truppen dich dumm gemacht? Du hast nur noch eine Chance. Geh mit deinen Truppen zu Vespasian über! Dann bist du derjenige, dem Vespasian das Kaisertum verdankt. Antonius Primus und Mucianus werden dann lächerliche Figuren sein, weil sie kämpfen wollten, wo es gar nichts zu bekämpfen gibt.»

«Aber ich habe keine Beweise dafür, daß Mucianus gelandet ist», beharrte er.

«Wenn du zu denen gehörst, die erst handeln, wenn sie nichts mehr riskieren, dann bist du nicht der Mann, an dessen Fersen sich Nike heftet, die Siegesgöttin. Sie bevorzugt kühne Männer, die mit einem Wurf alles auf Sieg oder Tod setzen.»

Sie lächelte ein Lächeln, das Nefrit sie Abend für Abend vor dem Spiegel hatte üben lassen.

«Nike – und ich», sagte sie.

Caecinas Augen funkelten.

«Bei Jupiter, noch niemand hat meinen Mut bezweifelt», rief er.

Sie zuckte die Achseln.

«Gerede!» sagte sie verächtlich.

«Ich werde es dir beweisen. Komm mit!»

Daphne folgte ihm aus dem Zelt. Caecina gab den Wachen, die davor standen, rasche Befehle. Kurz darauf rief eine Tuba mit schrillem Ton die Soldaten auf den Platz in der Lagermitte. Wieder fiel Daphne auf, daß die Zahl der Männer klein war im Verhältnis zur Größe des Lagers. Caecina hatte sich den roten Feldherrenmantel umlegen lassen. Hinter ihm hielt einer der Legionäre die Standarte mit dem Bild des Kaisers Vitellius.

Daphne war nahe am Zelteingang stehengeblieben und musterte die Szene mit klopfendem Herzen. Sie war in diesem Moment viel zu aufgeregt, um Angst zu empfinden.

Caecina wartete, bis der Platz mit Männern gefüllt war. Dann hob er den rechten Arm und gebot Schweigen.

«Männer, Soldaten, Römer!» rief er.
Seine Stimme schallte hell und laut über den Platz wie ein Trompetensignal. Das letzte Gemurmel in der Menge verstummte.
«Römer! Wir stehen hier an einem Platz, der uns allen wohlvertraut ist, den niemand von uns je vergessen wird. Kein Jahr ist es her, daß wir hier gekämpft haben und die Truppen des Usurpators Otho besiegt haben. Wir sind in Bedriacum, Männer, wo eure Tapferkeit Rom vor dem schändlichen Schicksal bewahrt hat, in die Hände eines schwächlichen Weiberhelden zu fallen. Ihr habt Rom einmal gerettet. Jetzt ist die Stunde gekommen, es ein zweites Mal zu retten!»
Er machte eine Pause und ließ seine Blicke über sie schweifen. Die Männer stießen Rufe der Zustimmung aus. Er hob wieder Schweigen gebietend die Hand.
«Wir stehen am Vorabend einer neuen Schlacht. Ich habe nicht den Hauch eines Zweifels, Soldaten, daß ihr Antonius Primus ebenso vernichten werdet, wie ihr Otho vernichtet habt. Es gibt keine Legion im ganzen Reich, die der Rheinarmee an Tapferkeit, an Mut, an Entschlossenheit, an Kampfkraft gleichkommt. Der Sieg wird unser sein!»
Diesmal ertönte lauter Jubel. Daphne biß ihre Unterlippe wund. War das Caecinas Antwort? Wollte er die Schlacht jetzt?
«Neuen Ruhm werdet ihr an unsere Standarten heften. Unvergeßlich wird der Name Bedriacum in der Geschichte sein. Und doch, Soldaten, wird er keinen guten Klang haben. Denn welch einen Sieg erringen wir hier? Einen Sieg im schlimmsten aller Kriege, im Bruderkrieg, Römer gegen Römer. Wir besiegen Antonius Primus, und dann müssen wir gegen Mucianus und die Illyrer und Syrer ziehen, und haben wir die besiegt, dann landet Vespasian mit den judäischen und ägyptischen Truppen. Ein jahrelanges Blutbad, Heldenmut und Opferbereitschaft noch und noch, und wofür das alles?»
Als Caecina jetzt eine kurze Pause machte, erscholl keine Zu-

stimmung. Die Männer bewahrten ein Schweigen, das sich schwer deuten ließ.

«Selbstmörderisch ist dieser Krieg. Rom vernichtet sich selbst. Wir kämpfen nicht für Vitellius, wir kämpfen für den Untergang Roms. Alle Völker, die wir unterworfen haben, warten nur darauf, daß wir uns gegenseitig an die Gurgel fahren und uns umbringen. Schon stehen die Juden auf und führen offen Krieg gegen uns, schon erhebt sich der Barbar jenseits der Alpen, die Parther rüsten gegen uns, die Völker über der Donau schlagen bereits an ihre Schilde – und umgeben von einer Welt von Feinden, die unsere harte Faust bisher unterworfen hat, vernichten wir uns selbst.

Männer! Schon einmal habt ihr in Bedriacum das Römische Reich gerettet. Es fiel nicht in die Hände eines Unwürdigen. Doch gegen wen kämpfen wir jetzt? Gegen Vespasian, den Sieger von Britannien, einen erfahrenen Feldherrn, der zeit seines Lebens gerecht und unbestechlich gewirkt hat. Hat er nicht dasselbe Recht, Kaiser zu sein wie Vitellius? Ja mehr noch, ist er nicht ein würdigerer Kaiser? Hat Vespasian nicht zwei hoffnungsvolle Söhne, ist der ältere, Titus, nicht der Liebling der Soldaten gewesen, wo immer er gedient hat? Dagegen hat Vitellius nur einen stotternden Knaben, der noch nicht sein zehntes Jahr erreicht hat, während der Kaiser auf das siebzigste zugeht. Männer, stehen wir diesmal auf der gerechten Seite?»

Ein Tumult erhob sich.

Caecina kreuzte die Arme vor der Brust und ließ seinen Blick mit stolzer, verächtlicher Miene über die Menge gleiten. Daphne konnte nicht umhin, ihn zu bewundern. Ihn schien das Gebrüll, in dem vielleicht jetzt eben sein Todesurteil gefällt wurde, nicht mehr zu kümmern als das Rauschen von Meereswellen.

Diesmal dauerte es lange, bis das Geschrei so weit abgeebbt war, daß Caecina fortfahren konnte.

«Bedriacum soll ein Name werden, der in der Geschichte ewig widerhallt und euch Nachruhm verschafft bis zu den fernsten Geschlechtern. Bedriacum, wo ihr einmal den großartigen Sieg in der Schlacht errungen habt! Bedriacum, wo ihr ein zweites Mal Rom gerettet habt, indem ihr keine Schlacht geschlagen habt! Retter des Vaterlandes wird man euch nennen, eure Legion wird diesen Namen tragen, solange es die Rheinarmee gibt. Mütter werden euch schluchzend zu Füßen sinken, Kinder jauchzen, wo ihr vorüberschreitet, Männer werden euch preisen ob eurer Klugheit, die eurer Tapferkeit gleich ist. Vespasian wird euch für die Rettung Roms reich belohnen, mit Land in Gallien und Spanien und reichen Geldgeschenken.»
Wieder erhob sich Geschrei, diesmal schien es Daphne anders zu klingen, als ob sich in Überraschung und Feindseligkeit auch Zustimmung mischte und immer größer wurde.
Sie blickte über die Menge hin und sah, daß die Gesichter alle dem Rednerpodest zugewendet waren. Augen glänzten, Münder standen offen, Köpfe wurden gereckt, und dann stieg ein einziger Schrei zum Himmel.
Caecina war einen Schritt beiseite getreten zu der Standarte und hatte das Bildnis des Kaisers Vitellius von der Stange herabgerissen und in den Staub geworfen.
Er reckte den Arm.
«Es lebe Kaiser Vespasian! Es lebe Kaiser Vespasian!»
Die Menge übernahm den Ruf. Vivats auf Vespasian erschütterten die Luft. Daphne atmete tief auf.
Caecina hatte es geschafft.
Sie hatte es geschafft.
Diese Schlacht würde nicht stattfinden.
Plötzlich wurde der Lärm übergellt von Trompeten- und Tubaschall. Schneller, als die Masse der Soldaten begreifen konnte, daß etwas geschah, tauchten Reiter in den Lagergassen auf und sprengten an den Rand des Platzes. Sie waren mit Staub gepu-

dert, müde, erschöpft, teilweise blutbedeckt, einer stürzte aus dem Sattel und blieb wie tot liegen. Der Anführer, der sich den Weg bis zu Caecina durch die zurückweichende Menge gebahnt hatte, hielt dort. Sein Pferd hatte Schaumflocken vor dem Maul, der Reiter trug einen schmutzigen Verband um den Kopf. Er hatte das Schwert gezogen und schwang es über seinem Kopf.

«Sieg!» schrie er, «Sieg!»

Die Menge wurde totenstill. Caecina stand starr, den Mund zu einer Frage geöffnet, die er nicht stellte. Daphnes Haut überlief ein Schauder. «Wir sind auf das Heer des Antonius getroffen. Wir haben seine Vorhut besiegt. Sie jagt in wilder Flucht in sein Lager. Hinterher, Männer, hinterher! Die Feinde sind in Verwirrung, in Auflösung. Kommt euren Kameraden zu Hilfe, und so ist der glänzendste Sieg euer! Feldherr, gib den Befehl zum Angriff!»

Caecina schwieg.

Auch die Soldaten, die eben noch Vespasian hatten hochleben lassen, schwiegen. Der Mann mit dem Verband hob verwundert den Blick von Caecina zu der Standarte, entdeckte, daß Vitellius' Bild herabgerissen war, und begriff.

Er wendete das Pferd, blickte in die Menge und schrie:

«Verräter! Verräter an eurem Kaiser und an euren Kameraden. Die kämpfen da draußen, weil sie glauben, daß ihr ihnen die Treue haltet und sie unterstützt! Ohne eure Hilfe werden sie von Antonius vernichtet. Verräter seid ihr!»

Er spuckte aus. Von den Reitern, die mit ihm gekommen waren und die am Rande der Menge hielten, wurde der Ruf aufgenommen.

«Verräter! Verräter!»

Die Menge stand wie betäubt. Jetzt mußte Caecina das erlösende Wort einfallen. Daphne preßte die Hände zusammen. Jetzt mußte Caecina ... aber sie wußte, daß er nichts sagen konnte. Es gab kein Argument, mit dem er rechtfertigen konnte, daß sie ihre Kameraden, die jetzt blindlings in die Übermacht von Antonius' Heer hineinrannten und dabei aufgerieben werden würden, im Stich ließen. Er mußte jetzt von Vespasian wieder abfallen, mußte sie in die Schlacht gegen die Donaulegionen führen. Aber würde er glaubwürdig sein können? Würden sie ihm folgen wollen?

Caecina schien den Moment der Lähmung überwunden zu haben. Er hob den Arm und rief:

«Männer, hört mich an!»

Der Reiter unterbrach ihn:

«Weg mit dem Verräter! Wer ein Mann ist, folge mir in die Schlacht! Rettet eure Kameraden! Es lebe Kaiser Vitellius!»

Sie nahmen den Ruf auf.

«Es lebe Kaiser Vitellius!» erscholl es aus fünftausend Kehlen. Keiner, der dagegen sprach oder schwieg. Dann ging alles ganz schnell. Die Männer stürzten davon, um sich zu bewaffnen. Der Platz war rasch wie leergefegt. Caecina stand immer noch auf dem Rednerpodest. Das Haar klebte ihm verschwitzt in der Stirn. Er war bleich, und sein Atem ging stoßweise. Der Reiter winkte seinen Gefährten. Sie kamen heran, sprangen von den Pferden, holten Caecina, der sich nicht wehrte, von dem Podest herunter, banden ihm die Hände auf dem Rücken und führten ihn in sein Zelt. Dann kamen sie wieder heraus. Zwei Mann bezogen Wache vor dem Eingang, fünf weitere umstellten es, der Anführer schwang sich wieder auf sein Pferd und sprengte die Lagergasse herunter. Soldaten, jetzt im Harnisch, mit Schwert und Lanze, folgten ihm unter lautem Geschrei. Eine Staubwolke erhob sich, und als sie sich wieder gelegt hatte, lag Stille über dem Lager wie über einer Begräbnisstätte.

Daphne hatte sich eng an die Stoffbahnen des Zeltes gedrückt und sich geduckt, den Stoff am Boden angehoben und war, klein und schmal, wie sie war, ohne Schwierigkeiten ins Zelt ge-

schlüpft. Dort sah es noch aus wie vor einer halben Stunde, als sie Caecina zum Verrat aufgereizt hatte, als er noch der mächtige Feldherr gewesen war. Er hatte sich in den Stuhl geworfen, die Beine von sich gestreckt, den Kopf zurückgelehnt, die Augen geschlossen. Daphne schlich auf Zehenspitzen zum Tisch. Dort lag noch das Messer, mit dem er ihre Fesseln durchschnitten hatte. Sie ergriff es. Dabei stieß sie einen Becher um.
Caecina öffnete die Augen. Sie schillerten unter den schweren Lidern voll grimmigen Spottes.
«Das war es also», sagte er, «wir sind auf der falschen Seite gelandet, wie? Zuviel Ehrgeiz kann blind machen.»
Daphne blieb stehen, das Messer in der Hand, und blickte ihn über den Tisch hinweg an.
«Auf der falschen Seite sind wir nur, wenn deine Soldaten siegen», sagte sie.
«Sie werden siegen. Du hast doch gehört, daß sie Antonius' Vorhut in die Flucht gejagt haben und verfolgen. Antonius muß inzwischen seine Streitkräfte gesammelt und in Schlachtordnung aufgestellt haben. Wenn jetzt die Vorhut zurückflutet, reißt sie Lücken in die eigenen Reihen und nimmt in wilder Flucht alles mit, was nur laufen kann. Meine Leute», er lachte kurz auf, «diese Armee hat leichtes Spiel. Hätte ich nur noch eine kurze Weile gewartet, ich wäre heute abend zum zweiten Mal der Sieger von Bedriacum geworden. Jetzt verliere ich meinen Kopf. Wenn das Heer heute abend zurückkehrt, wird es mich umbringen.»
«Kennst du Antonius? Ist er ein guter Feldherr?»
Caecina zuckte die Achseln.
«Ich kenne ihn. Er ist wild und verwegen. Im Frieden taugt er nichts, aber im Krieg hätte ich niemanden lieber neben mir als ihn. Aber ob er gut oder schlecht ist – er hat keine Chance. Wenn eine Truppe einmal flieht, zerstört sie die Kampfmoral des gesamten Heeres.»

Daphne tunkte nachdenklich den Finger in die Weinlache auf dem Tisch und zog damit eine Linie.
«Nimm an, daß dies die Schlachtreihe der Vespasianer ist», sagte sie, «sie stehen in Reihen gestaffelt, Schulter an Schulter, durch die Schilde geschützt. Richtig?»
Er nickte gleichgültig.
Sie nahm das Messer, legte es flach auf den Tisch und schob es auf die Weinlinie zu.
«Das ist die zurückflutende Vorhut. Sie trifft gleich auf die Schlachtreihe. Was würdest du jetzt machen, wenn du Antonius wärest?»
Sein Blick schärfte sich, als fände er langsam Gefallen an dem Problem, das er lösen sollte.
«Sobald die erste Reihe ins Wanken gerät unter dem Aufprall der Fliehenden, ist alles verloren. Es gibt nur eines, was man in diesem Fall tun kann. Die Schlachtreihe muß sich öffnen, die Fliehenden hindurchlassen und sich hinter ihnen sofort wieder schließen.»
«Also hängt der Ausgang der Schlacht doch davon ab, wie gut Antonius ist. Warum soll er nicht so handeln, wie du es vorgeschlagen hast? Glaubst du, er hat weniger Ahnung von Kriegführung als du?»
«Selbst wenn er es schafft, das entscheidet die Schlacht noch nicht.»
«Die Vespasianer haben einen großen Vorteil gegenüber den Vitellianern», sagte sie und hob das Messer wieder auf.
Er sah sie fragend an.
«Sie haben einen Oberbefehlshaber», sagte sie, «sie haben jemanden, der sie kommandiert. Während die vitellianische Armee soeben ihren Feldherrn verhaftet hat. Was bedeutet, daß dort jeder vor sich hin kämpft, aber niemand eine Strategie verfolgt. Eine Armee ohne kommandierenden General gleicht einem Leib ohne Kopf. Antonius wird siegen. Wir werden siegen.»

Caecina richtete sich auf.
«Wie kaltblütig bist du eigentlich, Mädchen? Ist dir klar, daß du in wenigen Stunden tot bist, egal, wer gewinnt? Du stehst hier und debattierst über Strategie, als wäre das alles nur ein Brettspiel. Aber tatsächlich sind wir verloren. Kehren meine Legionäre als Sieger zurück, werden sie uns hinrichten. Kommen sie als Verlierer, werden sie uns töten, bevor sie weiterfliehen. Für uns ist es in jedem Fall aus.»
«Für jeden, der in diesem Zelt bleibt», stimmte sie zu, «deshalb werden wir uns schleunigst auf den Weg machen und das Lager verlassen.»
«Hast du nicht eine Kleinigkeit vergessen?» fragte er sarkastisch, «zufällig stehen ein paar Männer um dieses Zelt herum.»
«Deshalb», antwortete sie ehrlich, «deshalb werde ich deine Fesseln zerschneiden. Mit dir zusammen habe ich mehr Chancen zu entkommen als allein. Wir müssen hier fort und uns an einem sicheren Ort verstecken.»
«Wir werden es niemals schaffen. Vielleicht könnte ich allein mich durchschlagen, aber mit einem Mädchen, das mir wie ein Mühlstein am Halse hängt? Niemals.»
Er streckte die Beine wieder aus.
Daphne trat hinter ihn, durchtrennte seine Fesseln. Er nahm die Arme nach vorn und rieb sich die Handgelenke.
«Wir brauchen Waffen», sagte sie sachlich, «ich kann kein Schwert führen, es ist zu schwer für mich. Aber ich kann gut mit Pfeil und Bogen umgehen. Hast du hier irgendwo Waffen?»
Er wurde von lautlosem Gelächter geschüttelt.
«Bei Mars und Venus, du bist ein einmaliges Geschöpf. Ich schwöre dir, wenn wir hier heil herauskommen, werde ich dir zeigen, was es heißt zu leben.»
«Wo sind die Waffen?»

Er stand auf und schlich sich in eine Ecke des Zeltes. Als er wieder hervorkam, trug er in der Linken einen Bogen, in der Rechten den Köcher mit Pfeilen.
«Sieben Stück», sagte er, «es sind nur sieben Pfeile. Geh sparsam damit um.»
Sie nahm ihm die Waffen ab.
«Mach Lärm am Eingang des Zeltes», sagte sie, «ich kann dann hier hinten hinausschlüpfen.»
Sie legte sich an einer Zeltbahn flach auf den Boden. Caecina ergriff ein Schwert, hielt es hinter seinem Rücken verborgen und schlich zum Eingang des Zeltes. Er trat etwas beiseite, bückte sich nach einem Hocker, der dort stand, und warf ihn mit Kraft auf den Stuhl, auf dem er gesessen hatte. Der fiel polternd um. Fast unmittelbar darauf wurde der Vorhang aufgerissen, helles Licht strömte in das Innere, und Daphne wand sich wie ein Aal unter dem Tuch heraus.
Wie sie vermutet hatte, waren die Wachen rund um das Zelt von dem Getöse darin so abgelenkt, daß sie unbemerkt hinausschlüpfen und die Lagergasse überqueren konnte. Sie suchte sich Deckung hinter dem nächsten Zelt, legte einen Pfeil ein und zielte ruhig und sorgfältig. Lautlos und todbringend schoß der Pfeil seinem Ziel zu. In den Rücken getroffen, brach der erste Wachsoldat zusammen. Ein heiserer gurgelnder Schrei entrang sich ihm.
Der zweite Wächter, dadurch aufmerksam geworden, wirbelte herum. Ihn traf das Geschoß in die ungeschützte Kehle. Das Blut sprudelte. Er griff hilflos mit beiden Händen in die Luft und stürzte dann wie ein Stein zu Boden.
Daphne sprang auf und lief, gedeckt von dem Zelt, weiter. Sie hatte jetzt den Eingang im Blickfeld. Caecina war dort im Kampf mit vier Männern, die gleichzeitig auf ihn eindrangen. Daphne spannte den Bogen neu und hatte den einen Soldaten erlegt, bevor die anderen auf sie aufmerksam wurden. Dann

bellte einer von ihnen einen Befehl und wandte sich von Caecina ab. Ein anderer folgte ihm.
Sie rannten auf Daphne zu, die bereits den nächsten Pfeil eingelegt hatte und ihr Ziel traf. Mit einem Schrei fiel der Mann in den Staub. Der Schaft des Pfeiles ragte aus der Schulter. Der zweite Mann kümmerte sich nicht um ihn. Er rannte weiter auf sie zu und war schon so nahe, daß sie keine Zeit mehr hatte zu zielen.
Sie warf Bogen und Köcher fort und wandte sich zur Flucht. Der Mann war ihr dicht auf den Fersen. Sie hörte seinen keuchenden Atem. Sie war flink, aber sie kannte sich nicht aus. Sie traute sich nicht, in ein Zelt hineinzulaufen, und blieb deshalb auf der breiten Lagerstraße, nur Haken schlagend, um dem Mann mit dem Schwert hinter ihr zu entkommen. Seit sie Nursia verlassen hatte, um mit Caenis nach Griechenland zu gehen, war sie nicht mehr in Übung gewesen, und sie spürte, wie ihre Seiten schmerzten, wie ihr Atem kürzer wurde. Sie begann zu stolpern, riß sich wieder hoch und lief weiter. Der Schweiß strömte ihr von der Stirn in die Augen, die Haare hatten sich aufgelöst und umflatterten ihre Wangen wie Schlangen. Sie keuchte. Im raschen Aufbruch hatte einer der Soldaten einen Eimer vor seinem Zelteingang stehenlassen. Daphne sah ihn nicht, stieß mit dem Fuß dagegen, strauchelte und fiel zu Boden. Es gelang ihr gerade noch, sich herumzuwälzen, so daß sie mit dem Rücken auf dem Boden lag, dann war der Soldat über ihr. Sie krümmte die Finger und stieß sie ihm in die Augen. Er schrie auf und taumelte etwas zurück. Daphne zog die Knie an und stieß sie ihm mit voller Kraft zwischen die Beine. Er zog keuchend den Atem ein und ließ das Schwert fahren.
Seine Hände legten sich um ihren Hals. Er drückte zu. Daphne sah sein Gesicht über dem ihren, eine breite Stirn, tiefliegende kleine Augen, eine platte Nase und ein Mund, der vor Anstrengung offen stand. Die Adern auf seiner Stirn schwollen an. Sie

zerrte mit ihren Händen an seinen Unterarmen. Vergebens. Er lockerte den Griff nicht.
Rote Kreise erschienen vor ihren Augen. Sie hatte keinen Atem mehr. Panik stieg in ihr auf. Das war das Ende. Sie hatte der Kraft, mit der er sie strangulierte, nichts entgegenzusetzen.
Ihre Hände glitten kraftlos von seinen Armen herunter und berührten seinen Gürtel. Unter ihrer Hand ertastete sie etwas Kaltes, Glattes. Ein Dolch. Mit dem letzten Rest von Bewußtsein, der ihr noch geblieben war, zog sie ihn aus der Scheide, riß ihn hoch und traf ihren Gegner unter der Achselhöhle. Er schrie auf. Seine Hände ließen ihre Kehle fahren.
Daphne schnappte nach Luft. Es schmerzte, als sie in ihre Lunge eindrang. Sie wollte aufspringen, aber der Mann, der sich aufgerichtet hatte, sackte plötzlich zusammen und begrub sie unter seinem Gewicht. Er blieb reglos liegen. Sein Kopf bohrte sich in ihren Hals. Es dauerte einen Moment, bis sie begriff, daß er nicht mehr atmete. Er war tot. Sie wälzte sich unter ihm hervor. Caecina stand immer noch über den Leichnam gebeugt. Von seiner Schwertklinge tropfte das Blut.
«Alles in Ordnung?» keuchte er.
Daphne zitterten die Knie.
Sie wollte etwas sagen, aber aus ihrer Kehle drang nur ein Krächzen. «Dann vorwärts! Wir müssen das Lager verlassen!»
Sie bewegten sich vorsichtig und nahmen von Zelt zu Zelt Dekkung, aber sie erkannten bald, daß das überflüssig war. Niemand war im Lager zurückgeblieben außer den Hunden und einigen Marketenderinnen, die sie mit aufgerissenen Augen anstarrten und dann schreiend davonliefen. Sie fanden zwei Pferde ohne Zaumzeug.
«Kannst du reiten?» fragte Caecina.
Daphne nickte.
Er hob sie auf das Pferd und schwang sich dann auf den Rücken des anderen.

«Halte dich an der Mähne fest und folge mir!» befahl er, «wir reiten nach Nordwesten. Wenn wir Glück haben, erreichen wir Cremona, bevor es dunkel wird.»
Wie lange sie Caecina so gefolgt war, wußte sie nicht zu sagen. Endlich brachte er sein Pferd zum Stehen. Daphnes verhielt neben ihm. Sie standen auf der Kuppe eines Hügels unter einer Gruppe von Pinien, die ihre schirmenden Kronen über sie breiteten.
Es war nicht länger Tag. Die blaue Dämmerung wich einem tiefen Schwarz. Wolkenfetzen trieben über den Himmel und deckten ab und an den Mond, einen vollen Mond, der ein kaltes Licht über die Landschaft warf.
Daphne richtete sich auf und folgte mit ihrem Blick der Richtung, die Caecinas Hand ihr wies.
Auf der anderen Seite des Tales zu ihren Füßen erhob sich ein Hügel mit sanftem Schwung. Er wurde von einer Mauer und Türmen gekrönt, deren heller Stein in dem fahlen Mondlicht bleich leuchtete.
«Cremona», sagte Caecina mit einem Auflachen.
Daphne schlug die Hand vor den Mund und bohrte ihre Zähne in den Handrücken, um einen Schrei des Entsetzens zu unterdrücken. Cremona schimmerte weiß und höhnisch im Mondlicht, höchstens eine Stunde Ritt entfernt und doch unerreichbar.
In dem weiten Talkessel zu ihren Füßen bot sich ihr ein gräßliches Schauspiel. Es war, als habe die Unterwelt in dieser Nacht ihre Pforten geöffnet und ihre Toten entlassen, die Toten all der Schlachten, die jemals geschlagen worden waren, damit sie im kalten Licht des Vollmonds noch einmal ihre geisterhaften Kämpfe ausfochten.
Dort unten wogte der Kampf zwischen den Vespasianern und den Vitellianern, den die Nacht nicht hatte abbrechen können. Die Armeen waren ineinander verklammert. Gedämpft dran-

gen das Brüllen der Männer, das Klirren der Waffen, das Schreien verletzter Pferde zu ihnen hinauf.
Caecina stieg ab. Daphne wandte ihre Augen von dem grauenhaften Bild im Tal ab und sah sich um. Sie waren nicht allein auf der Kuppe des Hügels. Unter den Bäumen hingelagert war eine Gruppe von Frauen und Kindern. Mehrere Männer standen, an die Stämme gelehnt, und starrten schweigend in das Tal. Sie nahmen ihre Anwesenheit nicht zur Kenntnis. Es waren, vermutete Daphne, Bewohner des Tales, die sich vor dem Kampf hierher geflüchtet hatten. Sie glitt vom Pferd. Dann starrte sie wieder in die Ebene hinunter.
Auf dem nur vom Mondlicht erhellten Schlachtfeld waren keine Feldzeichen auszumachen. Niemand konnte sagen, wo die Vespasianer, wo die Vitellianer standen, welche Truppe mit dem Rücken zur Stadt kämpfte. Aber nachdem sie einige Minuten angestrengt hingestarrt hatte, erkannte Daphne, daß das Gewühl dort unten kein ziel- und richtungsloses Hin und Her war. Es war deutlich, daß eine Armee die Übermacht hatte und die andere immer weiter drängte in Richtung der Stadtmauern.
«Sie werden sie zerquetschen», sagte einer der Männer neben ihr, «sie jagen sie unter die Mauern, und wenn sie mit dem Rükken zur Wand stehen, werden sie abgeschlachtet.»
«Nicht, wenn die Einwohner von Cremona ihnen die Tore öffnen», sagte ein anderer.
«Das tun sie nur, wenn sie Selbstmord begehen wollen. Cremona hat dicke Mauern und hohe Türme. Ich wette, da stehen die Einwohner jetzt auf den Zinnen und betrachten die Schlacht so wie wir hier. Sie werden die Tore morgen früh dem Sieger öffnen.»
Daphnes Augen brannten vor Müdigkeit. Sie fühlte sich am ganzen Körper zerschlagen, ihr Hals schmerzte immer noch. Es war ihre zweite Nacht ohne Schlaf.
Sie starrte auf das Schlachtfeld. Welche war die Donauarmee,

welche die Rheinarmee? Wo kämpften Antonius Primus und Marcus Annius Flaccus?
Kämpfte Flaccus mit? Sie konnte ihn sich nicht auf diesem mitternächtlichen Spukfeld vorstellen. Seine makellose Eleganz, seine lächelnde Ironie, die Kälte seines Verstandes machten es ihr unmöglich zu glauben, er nähme an diesem unheimlichen, mörderischen Tanz teil und wälzte sich in Dreck, Blut und Tod.
Irgendwann mußte sie eingeschlafen sein. Als sie die Augen wieder aufriß, dämmerte es bereits. Ein roter Schein lag über Cremona, durchzogen von schwarzen Wolken. Das Tal zu ihren Füßen lag ruhig und unbewegt im Mondlicht.
«Die Sonne geht auf», sagte sie heiser.
«Das wäre der erste Morgen, an dem die Sonne im Westen aufgeht», antwortete ein Mann neben ihr.
«Im Westen?»
Sie riß sich zusammen. Sie hatte das Gefühl, daß ihr Kopf mit nassen Lappen ausgestopft war, die jeden Gedanken erstickten. Ihr war kalt. Jede Bewegung bereitete Schmerzen.
Jetzt, da sie schärfer hinsah, erkannte sie, daß es nicht die Sonne war, die den Himmel über der Stadt rötete.
«Cremona brennt», sagte sie.
«Cremona brennt», bestätigte Caecina.
Er mußte ganz dicht neben ihr sitzen, denn seine Stimme klang unmittelbar neben ihrem Ohr. Unwillkürlich rückte sie ein Stück zur Seite. «Antonius Primus hat die Schlacht gewonnen», fuhr er ausdruckslos fort.
«Woher weißt du das?»
«Ich hatte eine Besatzung nach Cremona geworfen, eine Elitetruppe. Ich wollte die Stadt halten, bevor Antonius Primus sie besetzen konnte. Meine Leute haben den fliehenden Vitellianern die Tore geöffnet. Ich hätte gedacht, daß Antonius Primus jetzt seine Soldaten zurückbeordert und sich an die Belagerung

der Stadt macht. Aber die Truppen waren so ineinander verklammert, daß mit den Vitellianern zugleich die Vespasianer in die Stadt eingedrungen sind. Dort tobt die Schlacht weiter. Wie du siehst, gehen die Häuser in Flammen auf. In jeder Straße, in jeder Gasse wird jetzt gekämpft. Die Vitellianer haben nichts mehr zu verlieren. Und sie haben keinen Feldherrn, der ein Ende des Kampfes befehlen könnte.»
«Sie können nicht gewinnen.»
«Nein.»
Ihre Partei hatte gesiegt. Vespasians Kaisertum war jetzt gesichert. Dennoch spürte Daphne keine Freude in sich aufsteigen. Es waren nicht nur Hunger und Erschöpfung, die sie niederdrückten, sondern vor allem das Bewußtsein, daß in dem Talkessel zu ihren Füßen Tausende von Toten und Verletzten lagen, daß in der Stadt ein Blutbad angerichtet wurde, das auch die Unschuldigen traf, Männer, Frauen und Kinder, die gestern noch lachenden, schwatzenden, liebenden, geschäftigen Einwohner einer betriebsamen Stadt, die morgen in den rauchgeschwärzten Ruinen um ihre Toten klagen würden.
«So würden Wölfe nimmer hausen oder Leun,
nur fremde Brut zerreißen sie», murmelte sie.
Caecina neben ihr zuckte die Achseln.
«So ist der Krieg», sagte er, «klage Vespasian an und Caenis, wenn er dir nicht gefällt. Sie haben ihn gewollt.»
Sie hatten ihn gewollt. Caenis, Vespasian, Titus und Flaccus. Und sie hatte ihnen dabei geholfen. Waren ihre Hände weniger blutig als die Hände der Männer, die das Schwert führten? Wie hoch war ihr Anteil an der Schuld? War Schuld teilbar und berechenbar? Wozu hatte sie sich auf dieses Unternehmen eingelassen? Flaccus hatte ihr eine sichere bürgerliche Existenz angeboten: eine Ehe oder ein kleiner Laden. Da hätte sie friedlich und sorglos den Rest ihres Lebens verbringen können. Ein zorniges Wort, ein zerbrochener Krug – das wären die Katastro-

phen ihres Alltags gewesen. Statt dessen saß sie jetzt hier im nassen Gras, zitterte vor Kälte und Entsetzen und verfluchte die Stunde, in der Caenis sie gefragt hatte, wie sie sich ihr Leben vorstellte. «Wenn ich alles werden könnte, was ich wollte, dann würde ich Kaiser werden wollen», hatte sie ihr gesagt, «der Kaiser ist der Herr über die Welt. Ihm müssen alle gehorchen. Sein Wort ist Gesetz. Er ist der Herr über Leben und Tod von Millionen von Menschen. Ich will Macht. Und um Macht zu bekommen, würde ich alles tun.»

Wie kindisch sie gewesen war!

Sie dachte an ihren Vater, der immer gepredigt hatte, man müsse seine Leidenschaften bekämpfen. Man könne nur glücklich werden, wenn es gelänge, wunschlos zu werden. *«Begehre nichts, auch nicht das Gute»*, hatte er gesagt, *«denn wenn du es nicht bekommst, wirst du danach seufzen und unglücklich sein. Wenn du es aber bekommst, wirst du fürchten, es wieder zu verlieren und auch unglücklich sein. Die Ruhe der Seele ist das kostbarste Gut auf Erden. Das zu erlangen, sollte dein einziges Streben sein.»*

Die Ruhe der Seele.

Daphne verzog den Mund. Sie hatte sich weit entfernt von den Lehren ihres Vaters. Sie hatte sich eingereiht in den Tanz um die Macht, und es war ein Totentanz geworden. Wie hielten die anderen das aus? Wie wurden sie damit fertig, Vespasian, Titus, Flaccus, Caenis?

Caenis mit der sanften Stimme und den kalten Augen – wachte sie nachts schreiend auf, weil ihr in einem Alptraum die Opfer dieses Krieges erschienen waren? Eines Krieges, der so vermeidbar gewesen war. Warum hatte nicht Vespasian Vitellius als Kaiser anerkannt und es dabei belassen? Dann könnte die Welt heute Frieden haben, Cremonas Häuser würden noch stehen, Cremonas Kinder in ihrem Schatten spielen, die jungen Männer mit den Mädchen scherzen und die Mütter den Kuchenteig kne-

ten, während die Männer auf dem Forum über die letzte Zirkusvorstellung diskutierten.
Die Auslöschung einer friedlichen Stadt war der Preis, mit dem Vespasian sich den Kaisermantel erkaufte. Nur daß nicht er den Preis zahlen mußte, sondern andere, kleine Leute, die unbeteiligt waren, deren einzige Schuld darin bestand, daß sie dort wohnten, wo sich zwei Heere begegneten.
Rauchschwaden verdunkelten den Flammenschein über Cremona und zeichneten sich schwarz ab gegen den langsam ins Graue dämmernden Himmel.
Caecina stand auf und reckte und streckte sich stöhnend.
«Ich mache mich auf den Weg. Du bleibst am besten hier. Wer weiß, wann die Kämpfe dort drüben zu Ende sind.»
Er blickte sich um.
«Siehst du dort das Bauernhaus? Warte dort, bis ich dich holen lasse. Geh auf keinen Fall allein auf das Schlachtfeld! Dort ist es am Tag nach dem Kampf immer noch mörderisch.»
Er beugte sich nieder, ergriff ihre Schultern und zog sie hoch. Leiser, so daß die Leute um sie herum ihn nicht verstehen konnten, fuhr er fort: «Ich habe rechtzeitig die Seiten gewechselt. Fortuna hat dich mir über den Weg geführt. Zusammen werden wir hoch steigen, mein Täubchen.» Ihre Knochen schmerzten sie unter seinem harten Griff. Sie starrte ihm ins Gesicht. Die Strapazen des vorigen Tages und der Nacht hatten ihn gezeichnet. Er hatte Schatten unter den Augen, das Haar fiel ihm wirr in die Stirn, die Wangen waren unrasiert und fast schwarz. Seine Augen schillerten kalt.
«Du gehörst mir, vergiß das nicht! Weder deinem jüdischen Propheten noch deinem aristokratischen Liebhaber! Du brauchst keine Männer mehr als Treppenstufen. Du steigst mit mir. Aber wenn du mich betrügst, mein Schätzchen, werde ich dich zu Fall bringen, und du wirst tiefer fallen, als du dir ausmalen kannst.»

Dann gab er sie mit einem Auflachen so plötzlich frei, daß sie zurücktaumelte, und begann, den Hügel hinunterzuklettern. Daphne starrte ihm mit geballten Fäusten nach. Eine mörderische Wut erfüllte sie, und hätte sie den Bogen nicht verloren, sie hätte ihm einen Pfeil hinterhergesandt und ihr Ziel so wenig verfehlt wie bei einem Übungsschießen.
Sie dachte gar nicht daran, sich zu dem Bauernhaus zu begeben, das er ihr gewiesen hatte. Sobald er außer Sichtweite war, begann sie selbst den Abstieg. Sie ging langsam, um ihn nicht einzuholen. Als sie unten angelangt war, sah sie, daß er einen bedeutenden Vorsprung hatte. Er blickte sich nicht um.
Daphne hatte gedacht, nach dem Abstieg in die Zisterne von Jotapata könnte nichts sie mehr erschüttern. Sie hatte sich geirrt. Das Feld war übersät mit Körpern. Nicht alle waren tot. Manche wälzten sich schreiend, andere lagen still und ächzten nur. Wer noch reden konnte, stöhnte nach Wasser. Abgerissene Arme, ein Kopf ohne Körper, zuckende Leiber, aufgetriebene Pferdekadaver lagen zuhauf. Sie fand nur zitternd ihren Weg durch dieses Schlachthaus, voller Entsetzen bei dem Anblick all dieses Grauens.
Mit dem ersten Licht des Tages kamen die Leichenfledderer, einige mit rumpelnden Eselskarren. Sie sammelten die Waffen ein, die herumlagen, hoben die Lanzen auf, bogen manche starre Faust auf, um ihr das Schwert zu entwinden, nahmen den Toten die Brustpanzer und die Beinschienen ab und warfen die Beute auf ihre Karren. Ihnen folgten zu Fuß die, die sich damit begnügten, den Leichen und den Sterbenden die Stiefel abzuziehen und die Kleider vom Leibe zu reißen, sie nackt zurücklassend, den Raben zum Fraße, die schon über dem Blachfeld kreisten, vom Blutgeruch angelockt, der ihnen eine reichliche Tafel versprach.
Daphne taumelte mehr als daß sie ging, mehrmals übergab sie sich und spuckte nichts aus als bittere grüne Galle.

Auf halbem Weg zur Stadt, als der Brandgeruch schon in ihre Lungen biß und sie hustete, hörte sie eine Stimme, die ihr bekannt vorkam. Sie schaute sich um und gewahrte eine kleine Gruppe von Männern, die einen Karren mit sich führten, der leer war. Fünf von ihnen waren Soldaten, aber der sechste ein Zivilist und offensichtlich der Anführer. Sie schritten durch die Reihen – den Blick sorgsam am Boden, doch sie hoben nichts auf. Sie suchten eine andere Beute als Waffen und Kleider. Sie riefen einander Fragen und Antworten zu, und wieder fiel es Daphne auf, daß sie eine der Stimmen, die des Mannes in Zivil, kannte. Es war eine recht hohe Männerstimme mit einem charakteristischen Lispeln, das man nicht so leicht vergessen konnte. Wo hatte sie dieses Lispeln schon einmal gehört?
Es fiel ihr nicht ein. Sie ging zu dem Karren hinüber, um sich den Mann aus der Nähe anzusehen. Vielleicht würde sie ihn erkennen, wenn sie sein Gesicht sah. Aber es war er, der sie zuerst erkannte. Kurz, bevor sie ihn erreicht hatte, drehte er sich um, starrte ihr ins Gesicht, zog scharf den Atem ein und rief:
«Herrin! Daphne! Bist du es?»
Sie sah ein schmales, zerfurchtes Gesicht mit tiefliegenden klugen Augen. Ein Mann, der der See nicht standhielt und zwischen Cäsarea und Puteoli nur wimmernd im Bett gelegen hatte.
Flaccus' Sekretär.
«Was tust du hier?» fragte sie.
«Wir suchen Marcus», antwortete er.
Ihr Verstand ließ sie im Stich. Töricht wiederholte sie:
«Marcus?»
«Marcus Annius Flaccus», erklärte er, als sei sie ein begriffsstutziges Kind.
«Warum?»
Der Sekretär seufzte.
«Er muß hier irgendwo sein», sagte er und wies mit einer aus-

holenden Bewegung über das Feld, «irgendwo unter diesen Tausenden, vielleicht nur verwundet, vielleicht gefallen und schon ausgeplündert bis auf die Haut. Es wird schwer sein, ihn zu finden.»
«Verwundet? Vielleicht gefallen?» wiederholte sie langsam.
In ihrem Mund war ein Geschmack von Asche, die der Wind von der brennenden Stadt herübertrieb.
«Willst du sagen ... heißt das, er hat mitgekämpft?»
«Selbstverständlich», sagte der Sekretär gekränkt, «Marcus hat die Offizierslaufbahn durchschritten und ist ein sehr guter Offizier. Seine Leute gehen für ihn durchs Feuer.»
«Wo ist er?»
«Wir suchen ihn, Herrin», erinnerte der Mann sie, «wir haben ihn noch nicht gefunden.»
«Ihr sucht ihn? Zu sechst? Zu sechst auf diesem riesigen Feld? Unter Tausenden von Toten und Verletzten? Seid ihr verrückt? Ihr müßt hundert Leute sein und mehr, um ihn zu finden.»
«Antonius Primus gab mir nur fünf Männer. Der Kampf in der Stadt ist noch nicht beendet. Wenn nicht mehr gekämpft wird, können mehr Leute zur Suche abgestellt werden. Aber jetzt nicht.»
«Wenn nicht mehr gekämpft wird ... Wann wird das sein? Heute abend? In drei Tagen?»
Sie blickte sich um, sah die Plünderer und die Raben und schauderte. «Geh zurück zu Antonius Primus und verlange wenigstens zwanzig Männer! Mache ihm klar, daß Marcus ein Freund des Titus' ist, des künftigen Kaisers. Titus wird ihm nie verzeihen, wenn er Marcus hier verrecken läßt.»
«Herrin, du verkennst die Lage.»
Der Sekretär war beleidigt, weil sie seine Tüchtigkeit in Frage stellte. «Der Feldherr kennt Marcus' Bedeutung mehr als jeder andere im Lager. Aber es ist zur Zeit unmöglich ...»
Ehe sie zu einer hitzigen Erwiderung ansetzen konnte, schrie

einer der Soldaten aus einer Entfernung von etwa zwanzig Schritten:
«Ich glaube, hier ist er!»
Daphne erreichte ihn zuerst.
Die Fledderer waren ihnen zuvorgekommen.
Nackt lag er vor ihr im Schlamm, das Gesicht wächsern, die blau umschatteten Augen geschlossen. Ein Hieb hatte ihn an der linken Schulter getroffen, ein anderer den Oberschenkel aufgerissen. Das Blut, das herausgeströmt war, war schwarz verkrustet. Aus der klaffenden offenen Wunde in seiner rechten Brust entwich bei jedem schwachen Atemzug pfeifend die Luft.
Der Sekretär hatte Daphne erreicht.
«Bei allen Göttern», flüsterte er, «das ist nicht ... es kann nicht ... aber wie ...» Sie schnitt ihm mit einer Handbewegung das Wort ab.
«Er lebt», sagte sie kurz, «hebt ihn vorsichtig auf den Karren! Wohin können wir ihn bringen? In die Stadt?»
Der Sekretär war noch zu entsetzt, um einen klaren Gedanken zu fassen. Einer der Soldaten, unerschüttert von dem, was auf einem Schlachtfeld zu sehen war, sagte:
«In der Stadt wird noch gekämpft. Da ist er nicht sicher. Aber es gibt vor der Stadt einen kleinen Tempel. Der ist unbeschädigt. Vielleicht könnten wir ihn dorthin bringen.»
Sie nickte.
«Das ist eine gute Idee. Wir werden das tun. Du rennst zurück und holst einen Arzt. Koste es, was es wolle, unter allen Umständen, und wenn du den Mann mit Gewalt anschleppen mußt – wir brauchen so schnell wie möglich einen Arzt.»
Der Mann nickte wortlos. Er erkannte die Stimme der Autorität, auch wenn sie aus einem zierlichen Mädchen sprach, das schmutzig und erschöpft war und aussah, als würde sie sich gleich neben den Verletzten legen müssen.

Daphne kletterte zuerst in den Karren. Sie setzte sich auf den Boden und lehnte den Rücken an die Bretterwand. Der Sekretär nahm seinen Umhang ab. Die Soldaten hüllten den Verwundeten hinein, hoben ihn sachte an, legten ihn vorsichtig in den Karren und betteten seinen Kopf in Daphnes Schoß, damit sie ihn gegen die Stöße abfedern konnte. Er hatte sich während all dieser Vorgänge nicht gerührt.

Der Karren, von dem Esel nur unwillig gezogen, der häufig bockte und wieder angetrieben werden mußte, rumpelte mit quälender Langsamkeit vorwärts. Daphne saß ganz still und betrachtete Marcus.

Die Ironie war aus seinen bleichen Zügen fortgewischt. Wie vom Meißel eines Bildhauers in hartem Marmor eingegraben, streng und klar, lagen die Knochen unter der Haut. Kalter Schweiß bedeckte die Stirn. Zwischen den Brauen hatte sich eine steile Falte des Schmerzes eingegraben. Die blutlosen, bläulichen Lippen klafften offen. Kurze, oberflächliche Atemstöße hoben und senkten seinen Brustkorb. Sie spürte sie unter ihrer Hand, die sie fest auf die klaffende Wunde gepreßt hielt, damit die Luft nicht länger durch die Wunde entweichen konnte. Seine Augen lagen tief in den umschatteten Höhlen. Die Wimpern zitterten leicht, wenn der Wagen erschütterte.

Unter ihren Fingern bebte sein Herz. Der Schmerz zog von ihrem Handgelenk über ihren Arm bis in Schulter und Nacken, während sie die Hand krampfhaft auf die Wunde preßte und den Atem in die Lunge zurückdrängte, aus der er entweichen wollte. Tränen strömten über ihr Gesicht, ohne daß sie es bemerkte.

Die Fahrt bis zum Tempel erschien ihr die längste, die sie je in ihrem Leben gemacht hatte.

Der Sekretär hatte sich inzwischen so weit erholt, daß er den Priestern auseinandersetzen konnte, welch bedeutenden Mann sie in ihren Mauern aufnehmen sollten.

Der Oberpriester, ein kleiner vertrockneter Mann von nahe achtzig Jahren, warf die Lippen in einem Lächeln auf, das halb aus Hohn, halb aus Mitleid bestand.
«Bringt ihn immerhin herein», sagte er, «wir werden noch eine Ecke finden, in der er liegen kann. Obschon unsere Räume überquellen von den Opfern des gestrigen Tages.»
«Habt ihr hier einen Arzt?» fragte Daphne.
Er nickte.
«Zwei. Sie arbeiten seit zwanzig Stunden ununterbrochen.»
«Wir brauchen einen. Sofort.»
Sie sprang, gestützt auf den Arm eines Soldaten, von dem Karren. Taumelnd kam sie auf die Füße und mußte sich an der Wagenwand abstützen, um nicht umzusinken. Vor ihren Augen drehte sich alles. «Wir werden uns um ihn kümmern», sagte der Priester, «wir werden tun, was menschenmöglich ist.»
«Tut das Unmögliche», sagte sie, und dann glitten die Beine unter ihr weg, und sie wurde ohnmächtig.

Später erfuhr sie, daß sie nahezu dreißig Stunden geschlafen hatte, Zeit genug, daß Marcus Flaccus' Sekretär seinen Schock überwunden und seine übliche Tüchtigkeit entfaltet hatte. Daphne fand sich beim Erwachen auf einem Polsterlager unter einer schweren Decke in einem kleinen dunklen Raum, der nur von einem Wachslicht erhellt wurde. Neben ihrem Lager saß eine Frau in mittleren Jahren, die, als sie sah, daß das Mädchen aufgewacht war, in die Hände klatschte. Unverzüglich erschien eine weitere Frau.
«Milch», sagte die Frau neben ihrem Bett, «warme Milch mit Honig. Und Brot. Und Käse. Und Wasser zum Waschen! Beeil dich!»
Von ihrer energischen Wärterin mit Essen, einem Bad, frischer Kleidung und ununterbrochenem Gerede versorgt, erwachten in Daphne die Lebensgeister neu.

«Führe mich zu Marcus Annius Flaccus», sagte sie, sich erhebend.
«Das geht nicht, Herrin», sagte die Frau.
Daphne hatte sich zu rasch erhoben. Ein leichter Schwindel erfaßte sie.
«Warum nicht? Ist er tot?» fragte sie rauh.
Die Frau schüttelte den Kopf.
«Er ist sehr, sehr schwer verwundet. Der Arzt fürchtet um sein Leben. Er hat jeden Besuch verboten. Niemand darf zu ihm.»
«Ich bin nicht jeder und nicht niemand», versetzte Daphne wütend», wenn ich ihn sehen will, werde ich ihn sehen.»
Sie fegte aus dem Raum, stöberte im nächsten Gang einen Soldaten auf und herrschte ihn an, sie sofort zu Flaccus zu führen. Der Mann war viel zu eingeschüchtert angesichts ihrer flammenden Augen, um ihr Widerstand zu leisten.
Der kleine Tempel war mit Verwundeten überfüllt, aber der Sekretär hatte das Kunststück fertiggebracht, für Daphne eine alte Abstellkammer zu requirieren und seinen Herrn allein in der Cella, direkt unter dem Götterbild, unterzubringen. Er saß an seiner Seite, als Daphne eindrang, und erhob sich, mit dem Finger auf dem Mund Schweigen gebietend. Als er sah, daß sie es war, ließ er sich wieder auf den Hocker zurückfallen. Er sah müde aus.
Daphne ließ den Blick langsam von seinem Gesicht zu dem Bett gleiten. Von den Füßen bis zum Hals verhüllte eine Decke Marcus' geschundenen Körper. Sein Kopf lag auf einem Kissen, so weiß wie der Leinenbezug. Ihr schien, er hatte sich nicht verändert, seit sie ihn in dem Karren im Schoß gehalten hatte. Immer noch waren die Augen geschlossen, tief eingesunken, von blauen Schatten umrahmt. Aber jemand hatte ihn gewaschen, rasiert und ihm die Haare gekämmt. So glich er wieder mehr dem Mann, den sie kannte, war ein wächsernes Bild seiner selbst. Sein Atem, bemerkte sie, ging rasch und keuchend. Aber

das entsetzliche Pfeifen, mit dem die Luft dem Brustkorb entwichen war, war verstummt.
Sie richtete den Blick fragend auf den Sekretär.
«Es gibt Hoffnung», sagte der leise, «es gibt durchaus Hoffnung. Der Arzt sagt, ein junger, kräftiger Körper könne einiges aushalten und überwinden. Wenn es keine Infektionen und Entzündungen gibt.»
«Du siehst erschöpft aus. Wie lange hältst du hier schon Wache?»
«Seit er hier liegt, Herrin.»
«Geh schlafen! Ich werde deinen Platz einnehmen.»
Er zögerte.
«Geh schlafen», wiederholte sie schärfer, «es ist niemandem damit gedient, wenn du zusammenbrichst. Am wenigsten Marcus.»
Er sah ein, daß sie recht hatte, und ging auf Zehenspitzen hinaus. Daphne zog den Hocker weiter vom Bett weg, setzte sich und lehnte den Rücken an die Wand.
Abgesehen von dem Keuchen des Patienten war alles still. Sie wußte später nicht zu sagen, wie lange sie so gesessen hatte und nichts wahrgenommen hatte außer dem raschen Schlag ihres Herzens und dem Rauschen des Blutes in ihren Ohren.
Der Patient regte sich. Daphne fuhr auf und eilte zum Bett hinüber. Er hatte sich von der Seite auf den Rücken gedreht. Die Decke war herabgeglitten und entblößte einen festbandagierten Oberkörper. Die Verbände waren frisch und weiß, beruhigend unschuldig und harmlos. Er öffnete die Augen und sah sie an. Ein tiefes Staunen malte sich auf seinen Zügen, dann sanken die Lider wieder herunter, als sei es zu mühsam, sie offenzuhalten.
Sie nahm die Decke und legte sie wieder über ihn.
Marcus bewegte sich leicht und murmelte etwas, was sie nicht verstand. Ihr schien, daß sein Atem leichter und regelmäßiger ging.

Am Abend ließ Antonius Primus sich melden. Daphne fand ihn überwältigend. Er mochte nahe den Fünfzig sein, ein Hüne mit breiten Schultern und einem vernarbten Gesicht. Er strahlte eine sieghafte, gewalttätige Männlichkeit aus, wie sie ihr noch nie begegnet war. Er ließ bei der Begrüßung seinen Blick über ihren Körper wandern, als sei sie nackt. Sie hob kriegerisch das Kinn an, und er lachte.

«Reine Gewohnheit, meine Kleine. Du brauchst das nicht persönlich zu nehmen. Wie geht es dem Patienten?»

Der Arzt, der hinter ihm eingetreten war, drängte sich vor und verbeugte sich.

«Es gibt Hoffnung, Herr, es gibt Hoffnung. Das Fieber steigt nicht mehr, die Atmung hat sich verbessert. Ich sage nicht, daß er über den Berg ist, aber es besteht Hoffnung.»

«Ich würde dir raten, ihn über den Berg zu bringen», sagte Antonius Primus dröhnend und ließ sich auf einen Stuhl fallen, den ein Sklave ihm eilig hinschob.

«Dieser Mann ist ein Freund des Kaisers. Wenn er nicht durchkommt, findest du dich in einer kleinen Garnison in Pannonien wieder und kannst Furunkel ausdrücken.»

«Ich tue alles, was in meiner Macht steht, Herr.»

Der Mann verbeugte sich und rieb nervös die Hände aneinander. « Wir brauchen einen besseren Arzt», sagte Daphne, «wir brauchen eine Kapazität aus Rom. Außerdem brauchen wir eine andere Unterkunft. Hier ist es kalt und feucht, und es zieht. Laß ein Landhaus beschlagnahmen, das beheizt werden kann! Mit einer richtigen Heizung, nicht mit den Kohlebecken, die einem Gesunden den Atem rauben können.»

Antonius Primus sah sie amüsiert an.

«Du weißt zu befehlen, Kleine. Aber du hast recht. Warum ist sonst noch niemand auf diesen Gedanken gekommen? Marcus kann unmöglich hierbleiben. Ich finde eine Villa, die für ihn geeignet ist.»

«Unmöglich, Herr», widersprach der Arzt, «der Patient kann nicht transportiert werden. Es wäre sein sicheres Ende.»
Er warf Daphne aus zusammengekniffenen Augen einen verächtlichen Blick zu.
«Laien stellen sich die Dinge immer so einfach vor, aber so leicht ist es nicht. Der edle Marcus Annius Flaccus ist auf den Tod verwundet. Nur äußerste Sorgfalt und größtmögliche Ruhe können ihn retten.»
«In diesem Loch? Wo rundherum hundert andere Männer liegen, die verletzt sind? Wer weiß, welche ansteckenden Krankheiten sich hier ausbreiten werden! Man kann ihn in einer Sänfte tragen, die eine Liege enthält. In viele Decken gewickelt, wird er nicht frieren. Und frische Luft schadet einem Kranken nicht.»
Antonius Primus ließ seinen Blick von dem Mädchen zu dem Arzt gleiten. «Sie ist überzeugender», sagte er mit einem breiten Grinsen.
«Warte wenigstens noch, bis der Kranke das Bewußtsein zurückerlangt hat», bat der Arzt.
«Sobald ich ein Haus in der Nähe gefunden habe», sagte der General und stand auf. Er betrachtete den Patienten kopfschüttelnd.
«Er hätte nicht mitkämpfen sollen. Nicht mit seinem Verstand. Der wird jetzt dringender als je benötigt.» Er wandte sich Daphne zu.
«Kümmere dich gut um ihn. Der Kaiser wird dir danken.»
«Ich muß nach Rom zurück.»
«Das kann nicht dein Ernst sein. Weißt du, daß die Straßen unsicher sind?»
«Du wirst mir eine Eskorte geben.»
«Ich werde dir ...» Er lachte laut auf. «Paß auf, Mädchen, daß du nicht zu weit gehst. Du magst die Ärzte kommandieren, wie du willst, aber nicht mich. In diesem Lager befehle ich, verstanden?»

«Deshalb mußt du es ja sein, der mir die Eskorte gibt», sagte sie unerschüttert, «ich gehöre nicht zu Marcus' Haushalt. Ich stehe in Diensten von Caenis. Ich bin nach Cremona gekommen, um ihm eine Nachricht zu übermitteln. Sobald er das Bewußtsein zurückerlangt und ich mit ihm gesprochen habe, muß ich nach Rom zurück. Du wirst mir dabei behilflich sein. Der Kaiser wird es dir lohnen.»
«Mir scheint, ich mache mich um den Kaiser mehr als verdient», brummte er, «erst gewinne ich ihm eine Schlacht, dann lesen meine Leute den Freund seines Sohnes vom Schlachtfeld auf, dann überstelle ich ihm den Überläufer Caecina, und jetzt bringe ich noch ein kleines Mädchen, das sich verirrt hat, sicher wieder nach Hause.»
«Was hast du mit Caecina getan?» fragte sie scharf.
«Ich habe ihn nach Alexandria geschickt. Der Kaiser wird sich bei ihm bedanken wollen. Ich hingegen atme nicht gern dieselbe Luft mit einem Verräter.»
«Caecina ist nicht mehr in diesem Lager?»
«Nein.»
Er betrachtete sie aufmerksam.
«Was hast du mit Caecina zu schaffen, Mädchen?»
«Wir kennen uns», sagte sie obenhin, «es ist nicht weiter wichtig. Wie gesagt, ich muß nach Rom zurück, sobald ich mit Marcus habe sprechen können.»
«Du stehst also im Dienst von Caenis. Wie heißt du?»
«Daphne.»
Sie sah, daß er schon von ihr gehört hatte. Sein Ausdruck veränderte sich, als sie ihren Namen genannt hatte. Er schien sie ernster zu nehmen.
«Du bist das Mädchen, das den jüdischen Befehlshaber – wie hieß er gleich, Josephus? – aus Jotapata herausgeholt hat?»
«Hat die Geschichte sich über das ganze Reich verbreitet?» fragte sie finster.

«Das weiß ich nicht. Ich habe sie von Nefrit», sagte er, «immerhin, wenn du Daphne bist, bekommst du von mir eine Eskorte, wann immer du willst und wohin immer du willst. Du brauchst es nur zu sagen.»

Sie hatte nicht gedacht, daß es so leicht sein würde. Vor Caecina war sie zunächst sicher. Er war schon auf dem Weg nach Ägypten. Nach Rom würde sie in völliger Sicherheit zurückkehren können. Jetzt mußte sie nur noch abwarten, bis Marcus das Bewußtsein zurückerlangte. Das war zwei Tage später der Fall.

Daphne hatte sich hingelegt. Die Frau, die der Sekretär zu ihrer Bedienung aufgetrieben hatte, weckte sie, wie sie es ihr befohlen hatte. «Herrin, Herrin, er ist wach. Ich war eben in der Küche, als sie nach Fleischbrühe geschickt haben. Er wird bestimmt wieder gesund.»

Daphne schwang die Beine aus dem Bett und griff nach der Palla. Sie warf sie über und befestigte rasch die Fibeln an der Schulter. Dann schlüpfte sie in die Sandalen und wandte sich zur Tür.

«Du willst doch nicht so zu ihm gehen?» fragte die Frau entsetzt.

«Warum nicht?»

«Dein Zopf hat sich aufgelöst, du bist nicht geschminkt, nicht parfümiert. Du siehst aus wie ein schlampiges Bauernmädchen.»

«Lieber ein schlampiges Bauernmädchen als eine aufgeputzte Hure», sagte Daphne und war draußen.

Man hatte Marcus drei Kissen in den Rücken geschoben, so daß er leicht aufgerichtet lag. Der Arzt stand, von einem Bein auf das andere tretend, neben dem Bett, der Sekretär an seiner Seite. Auf der Bettkante saß eine rundliche Frau, in der einen Hand eine Schüssel mit Suppe, in der anderen einen hölzernen Löffel, den sie in die Schüssel tauchte und an Marcus' Mund führte. Er öffnete gehorsam die Lippen und schluckte. Quer

über den Raum trafen sich seine Augen mit Daphnes. Einen Augenblick konnte sie seinen Blick nicht deuten, dann funkelte die Ironie darin auf, die ihr so vertraut war. Er schob die Hand mit dem Löffel beiseite.
«Von allen Orten der Welt mußt du natürlich ausgerechnet hier sein», sagte er, «ich hätte es mir denken können. Du hältst nichts von einer hübschen ländlichen Villa im Frieden der Wälder und Hügel, wie?»
«Ich halte sehr viel davon. Eine große Villa mit Blick über das Meer», antwortete sie, «wenn ich einmal alt sein werde.»
«Falls du alt werden wirst», korrigierte er, «Schlachtenbummelei ist ein gefährlicher Zeitvertreib.»
Röte des Zornes stieg ihr in die Wangen.
«Ich bin nicht zu meinem Vergnügen hier. Ich hatte eine Botschaft von Caenis. Das heißt, ich habe sie immer noch. Nur daß sie jetzt durch die Ereignisse überholt ist.»
«Wenn dem so ist, dann berichte mir morgen», sagte er und schloß erschöpft die Augen. Seine Stirn war mit Schweißperlen bedeckt. «Morgen», wiederholte der Arzt und warf ihr einen Blick voller Abneigung zu, «du hättest nicht kommen sollen. Du hast ihn unnötig angestrengt. Er hätte mehr Suppe nehmen sollen.»

Sie fand Marcus am nächsten Nachmittag wach. Das Fieber war gesunken, ein wenig Farbe war in seine Wangen zurückgekehrt. Er war noch schwach und sprach langsam und leise, aber sein Verstand arbeitete so präzise wie immer.
«Nur eine Viertelstunde», hatte der Arzt säuerlich gewarnt. Daphne zuckte die Achseln, zog sich einen Stuhl ans Bett und schickte alle anderen Leute hinaus.
Sie hatte sich genau zurechtgelegt, was sie sagen wollte. Nur über die politische und militärische Lage würde sie mit ihm reden. Das war neutrales Gelände, fern von allen Gefühlen.

«Mucianus», begann sie ohne Vorrede, «steht mit den Legionen noch in Syrien. Er wird wohl vor dem Winter nicht mehr übersetzen. Wahrscheinlicht kommt er erst im Frühjahr. Solange sieht es in Italien für Vespasian nicht gut aus. Die geschlagenen Reste der Rheinarmee haben sich nach Rom zurückgezogen. Dort stehen noch mehr Truppen. Die Bevölkerung hält zu Vitellius. Wenn Antonius Primus Rom belagert, wird er bedroht von den Truppen, die Vitellius' Bruder Lucius führt. Sie operieren im Moment bei Neapel, wo sie eine Landung von Mucianus oder Vespasian verhindern wollen. Zieht Antonius Primus vor Rom, werden sie herbeieilen und Antonius einschließen. Wir haben eine Schlacht gewonnen, aber nicht den Krieg.» Er hatte ihr aufmerksam zugehört und nickte.
«Das ist eine präzise Beschreibung der Lage», stimmte er zu, «du hast viel gelernt bei Caenis. Was läßt sie mir sagen?»
«Erstens wollte sie, daß du Caecina zum Abfall von Vitellius bewegst. Das ist bereits geschehen. Zweitens schlug sie vor, und das ist immer noch ein guter Ratschlag, daß Antonius Primus jetzt schon mit der Armee hier oben im Norden ins Winterquartier geht und erst aufbricht, wenn Mucianus mit den syrischen Legionen gelandet ist. Dann kommt Mucianus vom Süden, Antonius vom Norden, und dann haben wir Rom im Zangengriff.»
«Es wird trotzdem nicht leicht werden. Rom ist keine Stadt, die sich so rasch erobern läßt wie Cremona. Die Vitellianer werden sich in Rom verschanzen. Sie kämpfen mit dem Rücken zur Wand. Sie haben nichts mehr zu verlieren außer ihrer Ehre, und für die stehen sie mit ihrem Leben ein. Die Belagerung wird lange dauern. Seuchen können ausbrechen, bei uns und in der Stadt. Ströme von Blut werden fließen, wenn wir die Mauern übersteigen und die Stadt einnehmen, Straße für Straße und Haus für Haus. Der Bürgerkrieg wird Rom zerstören. Es scheint, als ob ein Fluch auf Rom liegt. Krieg und immer wieder Krieg. Wir brauchen Frieden.»

Sie lächelte verächtlich.
«Ein Römer, der Frieden will? Damit stehst du einzig da. Ihr seid doch seit Jahrhunderten nur damit beschäftigt, die Welt zu unterwerfen.»
«Es muß andere Methoden geben als den Krieg», sagte er und öffnete wieder die Augen, die er vor Erschöpfung geschlossen hatte, «wir müssen unsere Grenzen verteidigen, aber wir dürfen nicht unser eigenes Blut in sinnlosem Bruderkrieg vergießen. Das ist ein Krieg, den niemand will.» Ihre Augen funkelten zornig.
«Niemand? Vespasian wollte ihn, Caenis wollte ihn, Titus wollte ihn, Berenike auch, du wolltest ihn. Ihr alle habt jahrelang darauf hingearbeitet, daß dieser Krieg geführt wird.»
Sie ließ sich von ihrem Zorn fortreißen, vergessend, daß sie nicht ins Persönliche abgleiten wollte, weil das gefährliches Gebiet war. «Ihr bewundert doch nur euren Horaz *Süß ist es und ehrenvoll, fürs Vaterland zu sterben.*»
Sie spuckte die Wörter förmlich aus.
«Das geistert dir im Kopf herum. Deshalb hast du dich in diesen Kampf gestürzt und dein Leben aufs Spiel gesetzt. Als ob dein Platz auf dem Schlachtfeld wäre. Jeder dahergelaufene Dummkopf kann mit einem Schwert herumfuchteln und andere Leute in den Bauch stechen. Ich hatte gedacht, daß du mehr Verstand hättest und es besser wissen würdest. Und komm mir nicht damit, daß ich dich jetzt bewundern muß, weil du ein Held bist, der furchtlos in die Schlacht zieht. Wir leben nicht mehr in den Zeiten des trojanischen Krieges.»
Sie hielt inne, weil ihr die Luft ausging.
Er lächelte das träge, spöttische Lächeln, das sie so haßte.
«Meine kleine Xanthippe! Nein, ich bin nicht furchtlos in die Schlacht gezogen. Auch ich kenne meine Dichter.

Nur dem Menschen ohne Erfahrung
scheint der Krieg ein süßes Geschäft.
Doch naht er heran, so zittert das Herz
Dem erfahrenen Mann über die Maßen.»

«Pindar», sagte sie, immer noch voller Erregung, «ein Grieche. Griechen verstehen etwas vom Frieden, Römer nicht! Unter euren Marschtritten erdröhnt die Welt, von euren Kreuzen herab stöhnen die Rebellen, euren Steuereintreibern gelten die Flüche, euren Statthaltern wünscht man den Tod. Und wenn es Frieden gibt, dann ist es der Frieden einer Grabstätte. Aber das ist nicht der Frieden.

Dem Sterblichen gebiert der Friede Herrliches:
Reichtum und honigsüßer Lieder Blütenduft,
auf schimmernden Altären brennt in roter Glut
der Farn und schönvliesiger Schafe Fett.
Es scheucht den süßen Schlaf nichts von den Brauen,
welcher warm das Herz erquickt,
lieblicher Feste brausen alle Gassen voll, ...»

Sie brach ab und spürte zu ihrem Ärger, wie ihre Wangen heiß wurden. «*Und Liebeshymnen flammen ...*» ergänzte er fast unhörbar. Er schloß wieder die Augen, und Daphne bereute, so heftig geworden zu sein. Sie hatte ihn erschöpft. Er brauchte Ruhe. Wahrscheinlich wollte er schlafen. Sie mußte jetzt gehen. Sie war schon viel länger geblieben, als der Arzt ihr zugestanden hatte. Sie machte Anstalten, sich zu erheben, aber er wehrte ihr mit einer leichten Handbewegung und öffnete die Augen wieder.
«Bleib», sagte er, «laß uns darüber nachdenken, wie wir Rom ohne Blutvergießen einnehmen können.»
Sie starrte ihn an.
«Wie soll das möglich sein?»

«Durch logisches Überlegen. Es gibt Frieden, wenn nur ein Kaiser Rom regiert, richtig?»
Sie nickte.
«Welchen Mann hältst du für den besseren Kaiser?»
«Vespasian.»
«Zweifellos. Also muß man Vitellius beibringen, daß er nicht länger Kaiser sein sollte. Vielleicht kann man ihn davon ohne Waffengewalt überzeugen. Manche Menschen werden nur mit dem Schwert überzeugt, manche aber auch mit dem Geldbeutel. Ich frage mich, was wäre, wenn Vitellius die Münzen klingen hören würde, viele, viele Münzen.»
Daphne zog scharf die Luft ein.
«Galeria Fundana», rief sie, «ich habe einmal mit Galeria Fundana gesprochen, und sie sagte, sie und Vitellius hätten sich früher vorgestellt, in einer Villa am Kap Misenum zu leben. In ruhigem Behagen, sagte sie. Sie will nicht Kaiserin sein. Wenn sie ihn beeinflussen könnte ...»
«Dann wäre Vitellius der erste Kaiser Roms, der sich pensionieren ließe», führte er ihren Gedanken weiter, «was will Vitellius schließlich vom Leben? An der Macht hat er keine Freude. Sie auszuüben, hat er Valens und Caecina überlassen. Er schlemmt sich auf üppigen Gastmählern durchs Leben. Was der Mann wirklich will, ist genügend Geld, um zu prassen. Bieten wir ihm eine Villa am Kap und eine jährliche Rente, die nicht einmal er verfressen kann, und er verkauft uns dafür sein Kaisertum.»
«Ich gehe morgen nach Rom», sagte sie aufgeregt, «ich gehe zu Galeria Fundana. Sie wird diesen Plan unterstützen. Ich brauche etwas Schriftliches, damit sie mir glaubt.»
«Ich verfüge über ein Siegel Vespasians. Ich werde dir ein Schreiben mitgeben, das Vitellius überzeugen muß. Gib es Flavius Sabinus! Er muß die Verhandlung mit Vitellius im Namen seines Bruders führen. Aber du wirst mit der Kaiserin sprechen. Sag Antonius Primus, daß er dir eine Eskorte zur Verfügung stellt.»

DAPHNE BRACH FRÜH AM NÄCHSTEN MORGEN AUF, ohne sich von Marcus zu verabschieden. Sie ritt durch Land, das die Spuren des Krieges zeigte. Überall wiesen geplünderte, verbrannte Gehöfte auf die marodierenden Soldaten hin, die auf der Flucht nach Rom hier durchgezogen waren. Alle Häuser waren überbelegt, weil die Flüchtlinge untergekrochen waren, wo sie Schutz vor dem nahen Winter finden konnten. Daphne fand überall ein bequemes Quartier, denn die fünfzehn Mann Eskorte, die Antonius ihr mitgegeben hatte, verfügten über eine eiserne Überredungskunst, die noch wirkungsvoller war als eine silberne. Sie ritten unter einem Novemberhimmel, der sich in blassem Blau über die Landschaft spannte, als wolle er den Abschied vom Sommer hinauszögern. Die Männer, die vor ihr und hinter ihr ritten, lachten, hänselten einander, rissen Witze, erregt von der Aussicht, nach Jahren in der Provinz wieder in die Hauptstadt gehen zu dürfen. Daphne bemerkte weder den blauen Himmel noch das Gelächter der Soldaten. In ihrem Inneren fühlte sie nichts als Kälte und Leere. Zum ersten Mal in ihrem Leben wünschte sie, eine gläubige Schülerin ihres Vaters gewesen zu sein. Immer war ihr Herz widerspenstig gewesen, wenn er seine Lehre gepredigt hatte.

«Das Begehren macht dich unglücklich», hatte er gelehrt, *«nur wer nichts begehrt, findet die Ruhe der Seele. Begehrst du etwas, was du nicht erringen kannst, so wird deine Seele voller Mißmut, Neid und Haß sein. Erringst du, was du dir wünschst, wirst du nicht lange glücklich sein, sondern du wirst fürchten, es wieder zu verlieren, und deine Seele wird von Angst, Mißtrauen und Eifersucht gepeinigt. Deshalb reinige deine Seele von allen Begierden. Der wahre Geist erstrebt nichts und fürchtet deshalb nichts. Er und nur er ist frei.»*

Daphne lächelte bitter. Wie sie diese Reden gehaßt hatte! Nie war sie frei von Wünschen gewesen. Aber welche Wünsche hatte sie schon gehegt! Die kleinen eines Kindes nach einem hübschen

Tuch, einem gebratenen Fisch, einem bequemen Bett, Nüssen in Honig und einem Platz am warmen Feuer im Winter.

Damals hatte sie gar nicht begriffen, wovon ihr Vater sprach, wenn er die Begierde verurteilte.

Sie belog sich nicht länger und lief nicht mehr vor der Erkenntnis davon. Seit sie seinen Kopf schützend in ihrem Schoß geborgen hatte, machte sie sich nichts mehr vor.

Wenn er gestorben wäre, dann hätte es keinen Morgen und keinen Abend mehr für sie gegeben, keine Sonne und keinen Mond, keine Wärme und kein Lachen, nur Finsternis und Kälte und Schweigen. Sie liebte ihn. Sie konnte sich nicht erinnern, wann sie damit angefangen hatte. Vielleicht immer schon, seit sie auf das Floß geklettert war und er sie mit müder, ironischer Höflichkeit willkommen geheißen hatte. Sie konnte sich an keinen Moment seitdem erinnern, an dem ihr Herz nicht schneller geschlagen, ihr Blut nicht rascher durch ihre Adern geströmt war, wenn sie ihm gegenüberstand.

Vielleicht war ihre Liebe anfangs nicht viel mehr gewesen als die Bewunderung des Kindes aus dem Elendsviertel für den eleganten Aristokraten, aber jetzt liebte sie ihn wie eine Frau.

Manchmal, wenn sie müde war auf dem langen Ritt nach Rom und sich nicht mehr so eisern kontrollieren konnte, begann sie zu träumen, von seinen Händen auf ihrer Haut, seinen Lippen auf ihrem Mund, von seinen Augen, die sie zärtlich und nicht spöttisch anschauten. Sie sah ihn vor sich, wie sie ihn auf dem Schlachtfeld gefunden hatte, mit Wunden bedeckt, von geronnenem Blut verkrustet, mit pfeifendem Atem, und sie wußte, daß das der Körper war, den sie begehrte. Mit ihren Fingerspitzen würde sie die Landkarte seiner Narben nachzeichnen, mit ihrem Mund würde sie…

Ihr Maultier geriet ins Stolpern und riß sie aus ihren Träumen. Einer der Soldaten kam an ihre Seite und fragte besorgt, ob alles in Ordnung sei.

O ja, es war alles in Ordnung. Solange sie sich nicht verriet. Niemals durfte er wissen, was sie für ihn fühlte. Sie mochte so schwach und töricht sein, von ihm zu träumen, aber sie würde sich nie dazu hinreißen lassen, ihre Gefühle zu offenbaren. Sie war zu stolz, um seinen Blick ertragen zu können. Vielleicht würde er sie mit Spott übergießen, vielleicht würde er Mitleid empfinden, aber immer würde er der große Bruder sein, der sich ihrer annahm, und sie würde für ihn immer das Mädchen sein, das er aus dem Wasser gezogen hatte, das er Caenis anvertraut hatte, um das er sich kümmern und das er aus Schwierigkeiten retten mußte, ein lästiges Kind, für das er die Verantwortung übernommen hatte.

Sie würde diese Liebe überwinden. Hatte ihr Vater nicht immer gepredigt, der menschliche Wille vermöge alles? Sie würde Marcus nicht mehr lieben wollen, und eines Morgens würde sie erwachen und feststellen, daß es ihr gelungen war.

DAPHNE GING UNGEDULDIG AUF UND AB. Sie war vor zwei Tagen nach Rom zurückgekehrt und hatte Sabinus den Brief übergeben, den sie nach Marcus' Anweisungen geschrieben und den er gesiegelt hatte mit Vespasians Siegel. Außerdem hatte sie um eine Audienz bei Galeria Fundana nachgesucht. Weder hatte sie eine Einladung in den Palast erhalten, noch war Sabinus bisher beim Kaiser vorgelassen worden.

Domitian beobachtete sie.

«Was willst du?» sagte er, «wir sitzen in der Falle. Draußen kommt Antonius von Tag zu Tag näher, und hier drinnen tut Vitellius so, als gäbe es außerhalb der Mauern Roms keine Welt. Durch die Stadt laufen Gerüchte, eines haarsträubender als das andere. Wenn die Truppen meines Vaters unter den Mauern Roms stehen, werde ich umgebracht.»

«Unsinn», sagte Daphne, «das wird Vitellius nicht wagen. Gerade weil Antonius' Truppen so nahe sind.»
«Weißt du nicht, daß die Astrologen mir einen gewaltsamen Tod prophezeit haben?»
Es war ein kalter, regnerischer Nachmittag. Zwei Becken mit Holzkohle waren aufgestellt worden. Domitian saß vor einem und hielt die klammen Finger über die Glut. Daphne zog den wollenen Umhang fester um die Schultern.
«Wenn dein Onkel nur nicht ein so geschwätziger, umständlicher Narr wäre! Wenn er herrisch auftreten würde! Dann würden ihm die Kämmerer den Eintritt bei Vitellius nicht verweigern. An seiner Stelle würde ich nicht länger warten. Ich würde persönlich in den Palast gehen und...»
Sie blieb stehen.
«Was ist?» fragte Domitian beunruhigt.
Auf seine Frage gab sie ihm keine Antwort mehr. Sie rief nach ihrer Sklavin und ließ sich eine schwere Wollstola bringen. Dann beorderte sie eine Sänfte und vier Soldaten der Stadtwache, die sie zum Palatin begleiten sollten.
Sie ließ die Vorhänge geschlossen und kam unbehindert zum Wohnsitz des Kaisers. Die Begleitung durch die Soldaten des Stadtpräfekten verschaffte ihr genügend Respekt, so daß sie auf ihren Wunsch hin bei der Kaiserin gemeldet wurde. Sie käme mit einer dringenden Botschaft des Flavius Sabinus.
Sie mußte nicht lange warten.
Als sie zuletzt im Palast gewesen war, hatten die Soldaten darin biwakiert und er hatte wie eine Räuberhöhle ausgesehen, war aber doch immerhin mit Leben erfüllt gewesen. Jetzt wirkte er nur unheimlich. Die hohen Hallen, die endlosen Korridore waren verlassen. Nur hier und da hallte der Tritt der Nagelschuhe auf dem Marmor, wenn eine Wache die Runde machte. Durch die offene Säulenhalle fegte der kalte Wind und trug den Sprühregen hinein.

Galeria Fundana empfing Daphne mit verweinten Augen.
«Herrin», sagte Daphne und beugte das Knie vor ihr, «höre mich an! Ich komme im Auftrag von Marcus Annius Flaccus. Du kennst ihn.»
Galeria nickte.
«Er ist tot», sagte sie, «er ist bei Cremona gefallen. Er war unser Feind.»
Daphne schüttelte den Kopf.
«Du hast falsche Gerüchte gehört. Er ist verletzt worden, aber er lebt. Er ist ein Freund Vespasians und seines Sohnes Titus, aber nicht euer Feind. Er hat mir einen Brief für deinen Gemahl mitgegeben, den Flavius Sabinus ihm aushändigen soll. Ich fürchte, er hat es nicht getan. Und doch enthält dieser Brief deine Rettung, die Rettung deiner Kinder und deines Mannes. Er hat einen Vorschlag gemacht, den ich dir unterbreiten soll.»
«Einen Vorschlag?»
Daphne warf einen sprechenden Blick auf die Dienerinnen, die sie umstanden. Die Kaiserin schickte sie mit einer Handbewegung fort.
«Setz dich!» sagte sie, «was sollst du mir ausrichten?»
Daphne schlug den Wollmantel zurück und ließ ihn zu Boden gleiten. Sie nahm auf einem Hocker zu Füßen der Kaiserin Platz.
«Bevor Otho sich erdolchte, sagte er, er wolle mit seinem Tod verhindern, daß noch mehr Bürgerblut vergossen werde. Es gibt viele, die sagen, mit dieser edlen Tat habe er alles abgebüßt, was man seinem Leben an Schändlichkeiten nachsagen könne. Willst nicht auch du, edle Galeria, auf immer vom Vaterland gerühmt werden durch eine vergleichbare Tat?»
Galeria zuckte zurück.
«Bist du verrückt? Was soll es Rom nützen, wenn ich mich umbringe? Oder meinst du, ich soll meinen Gatten...?»

«Nein, Herrin. Flaccus unterbreitet dir einen Vorschlag, der dich zur Retterin des Vaterlandes macht und zur Retterin deines Mannes und deiner Kinder. Die Truppen des Antonius Primus stehen in den Sabiner Bergen. In zwei, in drei Tagen spätestens sind sie in Rom. Du weißt, daß es einen erbitterten Kampf geben wird gegen die germanischen Truppen deines Mannes, die sich immer noch in der Hauptstadt herumtreiben. Sie sind absolut treu. Antonius wird sie Mann für Mann niederhauen müssen. Aber er wird es tun, täusche dich nicht. Ihre Lage ist aussichtslos. Und dann, wenn die Legionäre im Blutrausch sind durch diesen Kampf, dann werden sie den Kaiser nicht schonen, dich nicht und deine Kinder nicht. Dann seid ihr alle nicht mehr zu retten. Denn entfesselte Soldaten kann man nicht mehr zurückhalten. Denke an das Schicksal Cremonas!»

Galeria war noch blasser geworden. Sie verkrampfte die zitternden Hände im Schoß.

«Was soll ich deiner Meinung nach tun?»

«Verhindere den Kampf in Rom! Nutze den Einfluß, den du auf deinen Mann hast! Vespasian ist bereit, wenn Vitellius freiwillig auf das Kaisertum verzichtet, ihm eine Villa in Kampanien und eine große Summe Geldes zu überlassen. Dort könnt ihr, du, dein Mann, deine Kinder, in Ruhe und Frieden wohnen. Vespasian verbürgt sich für euer Leben.»

«Welch eine Idee! Das hat noch niemand gehört! Noch nie ist ein Kaiser zurückgetreten.»

«Dann wird Vitellius der erste sein. Denk an Sulla! Auch Sulla hat, als er den Staat gerettet hat, Abschied von der Macht genommen. Sollte Vitellius unedler sein als der große Sulla? Soll in den Mauern Roms römisches Bürgerblut vergossen werden?»

Galeria rang die Hände.

«Wenn ich nur sicher sein könnte! Welche Garantie habe ich? Hast du etwas schriftlich von Vespasian?»

«Flavius Sabinus hat einen Brief mit Vespasians Siegel. Er hat bis jetzt gezögert, ihn deinem Mann zu übergeben. Herrin, sprich du mit dem Kaiser und berede ihn, Sabinus zu empfangen, den Brief zu lesen und auf Vespasians Vorschlag einzugehen. Denk an deine Kinder!»

«Meine Kinder», murmelte Galeria, «mein Germanicus, meine Vitellia. Sie werden nicht ermordet werden?»

«Nein», sagte Daphne und stand auf, «denk darüber nach, Herrin, und besprich es mit deinem Mann. Ich bin sicher, ihr werdet beide finden, daß es die beste Lösung ist. Vitellius wird unsterblicher Ruhm zuteil werden. Die einzelnen Bedingungen mag er am besten mit Vespasians Bruder Sabinus aushandeln. Eine riesige Abfindung, eine Villa am Meer... Ihr könntet so leben, wie ihr es immer wolltet, und hättet den Ruhm, den Bürgerkrieg beendet zu haben.»

Galeria konnte keine Zeit verloren haben, mit Vitellius darüber zu reden, denn noch in der Nacht wurde Flavius Sabinus auf den Palatin gerufen. Er ging blaß und zitternd und kehrte im Morgendämmern mit roten Wangen, lächelnd und händereibend zurück.

Daphne wartete auf ihn, in einen Stuhl gekauert, eine große Decke um sich geschlagen. Sie nickte hin und wieder ein, fuhr aber sofort aus einem leichten Schlummer hoch, als sie Sabinus zurückkehren hörte.

«Der Krieg ist aus», verkündete er mit lauter Stimme, «Vitellius wird morgen – nein, das ist ja schon heute – vor dem Tempel der Concordia seinen Rücktritt als Kaiser erklären und wieder Privatmann werden. Er zieht sich in eine Villa nach Kampanien zurück. Er erhält eine Abfindung von hundert Millionen Sesterzen und den Titel ‹Vater des Vaterlandes›. Rom wird Vespasian friedlich übergeben. Es gibt keinen Kampf mehr. Der Bürgerkrieg ist beendet.»

DOMITIAN HATTE SICH WIDERWILLIG GEFÜGT, als Daphne ihm begreiflich gemacht hatte, daß er an der Zeremonie nicht teilnehmen dürfe.

«Es muß Sabinus sein, dem Vitellius seinen Dolch übergibt. Er ist ein alter Mann, seit vielen Jahren im Amt, und das Volk schätzt ihn. Er hat die nötige Würde. Wenn du mit deinen achtzehn Jahren anwesend wärest, hielte man das für den Übermut des Siegers. Die Stimmung könnte kippen. Vergiß nicht, daß wir immer noch von Vitellius' Soldaten umgeben sind. Antonius hat die Stadt noch nicht erobert.»

Sabinus hatte ihm zugestimmt, aber widersprochen, als Daphne selbst Anstalten traf, zum Forum zu gehen.

«Das ist ein Staatsakt», hatte er ausgerufen, «der ganze Senat wird sich versammeln. Frauen sind nicht zugelassen.»

Daphne hatte ihn kurz abgefertigt.

«Das Forum ist ein öffentlicher Platz. Und in außergewöhnlichen Zeiten geschieht eben auch das Ungewöhnliche.»

Sie war nicht die einzige Frau, stellte sie fest. Trotz des schlechten Wetters – es regnete leicht – war eine nach Tausenden zählende Menge versammelt und drängte sich auf dem freien Gelände zwischen dem Tempel der Concordia, der Basilica Aemilia und der Basilica Julia. Vor dem Tempel der Concordia hatte der Senat Aufstellung genommen, eine eindrucksvolle Versammlung von Männern in der feierlichen Toga. Sie warteten schweigend, den Blick auf die Via Sacra gerichtet, aus der Vitellius kommen mußte. Sabinus hatte einen Trupp der Stadtkohorten bereitgestellt, um für den abdankenden Kaiser eine Gasse freizuhalten. Hinter der Absperrung drängten sich zahllose Gaffer, Männer, Frauen, manche hatten auch ihre Kinder mitgebracht. Und Soldaten aus der 21. Legion, die in Rom geblieben war, und Soldaten aus den germanischen Hilfstruppen. Sie waren bis an die Zähne bewaffnet und blickten finster. Daphne fröstelte bei ihrem Anblick. Endlich kam Vitellius.

Er kam allein, ein Geschlagener, ein müder, dicker, alter Mann, der sich langsam den Weg entlangschleppte. Daphne spürte Mitleid, als sie an seinen triumphierenden Einzug in Rom dachte, der nur ein halbes Jahr zurücklag. Wie hatte sich das Schicksalsrad seither für ihn gedreht. Aber er hatte aus der ausweglosen Situation noch nach einem Rettungsanker gegriffen. Die Abdankung vermied den weiteren Krieg und rettete ihm das Leben.

Hier und da ertönte ein Hochruf, aber er wurde vom Schweigen und Regen rasch verschluckt.

Endlich war Vitellius am Tempel angelangt. Die Senatoren verneigten sich schweigend. Vitellius drehte sich um und begann seine Ansprache. Tränen rannen über seine fetten Wangen, und manchmal mußte er sich unterbrechen, weil ihn ein Schluchzen überkam.

«Senat und Volk von Rom! Hier stehe ich vor euch, der ich noch euer Kaiser bin und es gleich nicht mehr sein werde. Dies ist ein Moment, wie er in der Geschichte Roms einzigartig ist. Ihr habt mir die Herrschaft über das Reich anvertraut, euch gebe ich sie zurück und empfehle euch, Flavius Vespasianus, den die Legionen des Ostens unterstützen, zu meinem Nachfolger zu wählen. Ich gebe euch die Herrschaft zurück, nicht weil ich ihrer unwürdig bin, sondern weil ich kein Blut vergießen will. Euch, meine treuen Soldaten, die ihr bis zum letzten Blutstropfen für mich einstehen würdet, entbinde ich von eurem Eid. Frieden möge herrschen von diesem Augenblick an, Frieden in der Stadt und im Reich. Den Frieden zu sichern ist die höchste Aufgabe der Fürsten, und hiermit erfülle ich sie.»

Er zog den Dolch aus der Scheide und hielt ihn hoch empor.

«Dieses Zeichen meiner Herrschaft über Leben und Tod der Bürger lege ich dort nieder, wo es sich gebührt: auf dem Altar der Göttin der Eintracht.» Er drehte sich um, und die Senatoren wichen zurück. Er betrat den Tempel.

Die Menge, die der Rede schweigend gelauscht hatte, begann zu reden. Stimmen brandeten auf, unartikuliert, dann immer lauter im Chor der Name des abgedankten Kaisers:
«Vitellius, Vitellius! Vitellius!»
Er kehrte aus dem Inneren des Tempels zurück und gebot Stille.
«Nichts bin ich jetzt mehr als ein Privatmann. Vespasian hat mir mein Leben, das meiner Frau und meiner Kinder verbürgt. Wer weiß, wie weit dem Sieger zu trauen ist. Euch, Volk von Rom, euch, meine treuen Soldaten, vertraue ich das Leben meiner Frau und meiner Kinder an! Jetzt gebt mit den Weg frei. Nicht zum Palatin führt er zurück, sondern zum Haus meiner Frau auf dem Aventin.»
Jetzt, dachte Daphne, war der große Moment für Sabinus gekommen. Jetzt mußte er reden, Vitellius zum Vater des Vaterlandes ausrufen, sein großes Verdienst um Rom rühmen und ein Geschenk Vespasians an alle Römer und gewesenen vitellianischen Soldaten versprechen. Sabinus tat nichts. Er stand in der Reihe der Senatoren und sah stumm zu, wie Vitellius die Stufen des Tempels hinabschritt.
Der Sprechchor setzte wieder ein. Vitellius blieb einen Moment stehen und winkte. Sein Gesicht war tränenüberströmt. Die Menge, im Glauben, er wolle noch reden, schwieg still. Aber Vitellius sagte nichts mehr. Da kam ein Schrei aus der Reihe seiner ehemaligen Soldaten.
«Nein!»
Alle Köpfe flogen herum.
Der Mann, der redete, war in der Menge nicht auszumachen, aber seine Stimme trug klar über den Platz.
«Nicht zum Aventin, zum Palatin! Vitellius ist und bleibt unser Kaiser! Ihm haben wir Treue geschworen! Kameraden, haben dafür unsere Freunde bei Cremona tapfer gekämpft und ihr Leben gelassen, daß wir jetzt feige uns in den Löchern verkrie-

chen, den Mann preisgeben, dem wir geschworen haben, und um unser Leben beim Sieger betteln gehen? Sollen wir jetzt Verräter werden? Zum Palatin!»

Die Soldaten nahmen den Schrei auf.

«Zum Palatin! Zum Palatin!»

Sie drängten vorwärts. Sabinus gab den Stadtwachen kein Zeichen, sie zurückzuhalten.

Vitellius stand ängstlich und verwirrt. Er wurde umringt, auf die Schultern gehoben und zum Palatin zurückgetragen. Wenn er etwas sagen wollte, ging es im Lärm der Menge unter. Die Sprechchöre bildeten sich neu: «Vitellius, Vitellius, Vitellius!»

Daphne suchte sich durch die Menge durchzudrängen, aber sie kam kaum vorwärts und verlor in dem Gewühl jeden Überblick. Einen Moment hörte sie die brausenden Zurufe, dann einen langanhaltenden Entsetzensschrei und ein Wutgeheul. Sie wußte nicht, was geschehen war, aber die Geräusche, die jetzt einsetzten, sprachen eine deutliche Sprache. Stahl klirrte auf Stahl, Schreie gellten auf. Zwischen der Stadtwache und den Soldaten des Vitellius war es zum Kampf gekommen. Die Menge flutete kopflos in Richtung auf den Augustusbogen, wurde von den Kämpfenden zurückgedrängt. Zwischen Kurie und Concordia-Tempel war ein Durchgang. Den versuchten viele zu erreichen. Die Gasse, die vom Forum wegführte, war so schmal, daß kaum drei Menschen darin nebeneinander gehen konnten. Es staute sich vorn, die Hinteren drängten nach, die Masse war in Panik. Wer stürzte, wurde erbarmungslos niedergetrampelt. Daphne kämpfte verzweifelt, aus diesem Sog herauszukommen, und es gelang ihr, sich an die Seite durchzuwinden. Vor ihr war die schmale steile Treppe, die aufs Kapitol hinaufführte. Die Menge hatte sie noch nicht bemerkt. Sie raffte den Saum ihrer Palla und flog die Stufen hinauf, ohne innezuhalten. Sie hörte, daß man ihr folgte, und als sie sich aufatmend oben umwandte, sah sie eine Schar von Männern, die ihr auf dem Fuße folgten. Es waren Senatoren, die nichts mehr von der Würde hatten, mit der sie Vitellius vor dem Concordia-Tempel empfangen hatten. Die meisten hatten die hinderliche Toga abgeworfen und rannten in der kurzen Tunika mit bloßen Beinen, keuchend und schreiend. Sie erkannte Sabinus unter ihnen. Zum Schluß kamen Soldaten der Stadtwache, die sich der wilden Flucht angeschlossen hatten. Oben angekommen, blieben sie aufatmend stehen.

«Hier sind wir sicher», sagte Sabinus.

Er hatte kaum ausgesprochen, als ein Soldat der Vitellianer die letzte Treppenstufe erklomm. Er hielt das bluttriefende Schwert ausgestreckt. Zwei von der Stadtwache schlugen ihn nieder.

«Wir müssen den Aufgang sperren», schrie Sabinus. Er schaute wild um sich.

«Die Statuen!» rief Daphne.

Sabinus hörte es.

«Ja, die Statuen!» schrie er.

Die anderen begriffen schnell.

Zwischen den Säulen des Umgangs waren Statuen aufgestellt, den großen Männern Roms gewidmet. Da gab es, zwei Meter hoch, in Marmor gehauen, den Kopf blicklos und unbewegt in die Ferne gerichtet, ungerührt von dem Tumult zu ihren Füßen, Romulus und Numa Pompilius, Fabius Cunctator und Scipio Africanus, Sulla und Pompeius, Cäsar und Augustus. Sie alle wurden jetzt umgestoßen, zerbrachen in mehrere Teile, die Trümmer wurden zu den Aufgängen des Kapitols geschleppt, die nicht durch verrammelte Tore geschützt waren. Während die Soldaten gegen die Eindringlinge kämpften, wobei sie den Vorteil hatten, auf der Höhe zu stehen und die Andrängenden, wenn sie fielen, ihre nachrückenden Kameraden mit in die Tiefe rissen, wurde eine Barrikade aus Marmorleibern und Marmorköpfen errichtet.

Sabinus seufzte auf.
«Hier sind wir sicher», sagte er, «das Kapitol ist uneinnehmbar. Hier können wir ausharren, bis Antonius in die Stadt eingerückt ist. Das kann nur noch die Frage von Stunden sein.»
Die Soldaten bezogen Posten, die Senatoren und Sabinus begaben sich in die Vorhalle des großen Tempels, wo sie vor dem Regen geschützt waren.
Es war ein kalter, nasser Dezembernachmittag. Das Licht, das den ganzen Tag nur grau über der Stadt gelegen hatte, schwand. Jemand zündete Fackeln an, um die Dunkelheit zu erhellen.
Der Regen draußen wurde heftiger. Er rauschte so herab, als habe der Himmel alle Schleusen geöffnet, um ihnen hinter einem Vorhang von Wasser Schutz zu bieten.
«Bei diesem Wetter», sagte Sabinus, «gibt es keine Straßenkämpfe. Ich wette, daß alle sich in die Häuser zurückgezogen haben.»
«Dann können wir im Schutz dieser Fluten in die Stadt zurückkehren», sagte einer der Senatoren. Sabinus schüttelte den Kopf.
«Was ist, wenn der Regen wieder aufhört? Wir bleiben hier, wir warten hier auf Antonius. In der Stadt ist es für uns nicht sicher.»
Er machte eine Pause, und Daphne wußte, woran er jetzt dachte.
Domitian.
Domitian war in seinem Stadthaus zurückgeblieben. Es war allgemein bekannt, daß er sich dort aufhielt. Wenn die Wut der Vitellianer länger anhielt, dann war Domitian auf das Äußerste gefährdet.
«Wir müssen Domitian holen», sagte Sabinus, «es kann gelingen. Wenn die Vitellianer uns belagern, dann sind sie jetzt am wenigsten aufmerksam. Wer geht und holt den Sohn des Kaisers? Hundert Sesterzen für den, der es wagt!»

Zwei Soldaten meldeten sich. Sie nahmen den steilen, fast unbefestigten Pfad am Ende, wo der Tarpejische Felsen war, an dem man früher die Staatsfeinde in den Abgrund gestoßen hatte.
Es gelang Sabinus, noch weitere Soldaten zu finden, die bereit waren, sich durchzuschlagen. Zwei schickte er auf den Palatin. Sie sollten sich bei Vitellius beschweren, daß er die Abmachung gebrochen habe, und fordern, daß er die Belagerung aufhebe. Drei andere sollten sich zum Heer des Antonius Primus durchschlagen und ihm melden, in welch bedrängter Lage sich Bruder und Sohn seines Kaisers befänden, damit er in Eilmärschen heranrücke und sie befreie.
Die anderen zogen sich weiter in das Innere des Tempels zurück. Ein Tempelhüter öffnete seine Wohnung. Wenigstens besaß er ein Kohlebecken. Es gelang Daphne, einen Platz in der Nähe zu ergattern, wo die Wärme noch fühlbar war.
Sie versuchte, ihre Lage und ihre Aussichten so kühl zu analysieren, wie sie es von Caenis gelernt hatte.
Sabinus' Entschluß, Domitian auf das Kapitol zu holen, hielt sie für richtig. Hier war er zumindest nicht gefährdeter als in dem Stadthaus seines Onkels, das gegen einen entschlossenen Angriff nicht verteidigt werden konnte. Noch besser wäre es, er könnte sich irgendwo in Rom verbergen, aber es war unwahrscheinlich, daß irgend jemand bereit war, ihn aufzunehmen und damit ein großes Risiko einzugehen. Zwar war der Vorteil in Zukunft groß, wenn Vespasian erst eingezogen war, aber die Gefahr in der Gegenwart wog weit schwerer.
Die Botschaft an Vitellius hielt Daphne für völlig überflüssig. Sabinus mußte doch einsehen, daß der ehemalige Kaiser keinerlei Macht mehr in Händen hielt. Seine Befehlsgewalt reichte wohl noch aus, ihm eine Mahlzeit zu verschaffen – worauf er sich ja auch in seinen guten Zeiten beschränkt hatte –, im übrigen war er nicht mehr als eine Strohpuppe in den Händen seiner Soldaten.

Die würden sicher nicht am nächsten Morgen abziehen. Was sie heute nicht gehabt haben, könnten sie morgen schon finden: einen Anführer, der den Angriff auf das Kapitol organisierte. Wie sah dann ihre Chance aus standzuhalten?
Selbst wenn das knappe Dutzend Soldaten, das ihnen geblieben war, sich erbittert wehren würde, wären sie zahlenmäßig zu schwach, um einem massiven Angriff lange standzuhalten. Das Kapitol war uneinnehmbar? Das mochte zu Zeiten des Gallier-einfalls gegolten haben. Sie erinnerte sich nur zu gut, wie die Bebauung in der Senke den Hügel hochgeklettert war. Man konnte von den Dächern der Häuser in das Kapitol hineinschießen, mit Pfeilen, mit Brandfackeln, mit Steinkugeln. Vielleicht konnten sich von dort auch Leute mit Stricken oder Leitern herunterlassen und so den Platz stürmen. Sie würden nicht lange Widerstand leisten können. Es wäre also wichtig, den Angreifern vorzuspielen, daß sie zahlreich waren und bis an die Zähne bewaffnet. Doch sie glaubte nicht, daß Sabinus imstande war, einen listigen Verteidigungsplan zu erstellen. Er war ein Verwaltungsfachmann, kein Militär, auch wenn die Stadtwache unter seinem Kommando stand. Das günstigste, worauf sie hoffen konnte, war, daß die Legende von der Unbezwinglichkeit des Kapitols den Gegnern soviel Respekt einflößte, daß sie sich auf eine Belagerung, nicht auf einen Angriff einließen. Dann konnte Antonius Primus sie vielleicht retten.
Wenn er denn tatsächlich in Eilmärschen herankäme. Daphne erwog leidenschaftslos, ob es in seinem Interesse lag, Sabinus und Domitian zu retten. Er erwarb sich damit die Dankbarkeit Vespasians, gewiß. Aber Dankbarkeit eines Herrschers war wie Treibsand. Sie war tückisch. Man konnte nie auf sie bauen. Wie schnell wurde sie für den, der dankbar sein mußte, zu einer Belastung. Wie leicht konnte sich das positive Gefühl in sein Gegenteil verkehren und Abneigung gegen die Verpflichtung und gegen den, dem man verpflichtet war, hervorrufen. Antonius

Primus würde sich sicher nicht damit begnügen wollen, nach dem Ende des Bürgerkrieges seinen Abschied zu nehmen. Ihm vor allem verdankte Vespasian die Durchsetzung seines Anspruchs. Antonius Primus hatte ein Anrecht auf Teilhabe an der Herrschaft. Je weniger Menschen dem Kaiser nahestanden, desto größer war die Rolle, die er spielen konnte. Der Bruder und der Sohn des Kaisers mußten naturgemäß Vespasian näherstehen. Ohne Sabinus und ohne Domitian war Antonius besser dran. Warum sollte er sich beeilen, um sie zu retten? Wenn er zu spät kam, würde ihm niemand einen Vorwurf machen können, und zwei Hindernisse wären aus seinem Weg geräumt. An Antonius' Stelle, dachte sie, würde sie die fatale Lage des Sabinus geradezu als ein Geschenk des Himmels betrachten, einen lästigen Konkurrenten um die Gunst Vespasians loszuwerden. Und der Tod Domitians wäre zu verschmerzen. Der Kaiser hatte noch einen Sohn.

Sie blickte der Tatsache ins Auge, daß ihre Chancen, den kapitolinischen Hügel lebend zu verlassen, nicht zum besten standen. Langsam stieg die Furcht in ihr auf, begann im Magen und breitete sich wie eine Welle immer weiter in ihrem Körper aus, bis sie ganz davon erfüllt war.

Als Domitian erschien, war er völlig durchnäßt. Von seinen Haaren rannen kleine Bäche von Regenwasser über sein Gesicht und seinen Nacken. Der Wollmantel, den er übergeworfen hatte, triefte vor Nässe. Als er ihn ablegte, merkte Daphne, daß auch seine Tunika durchfeuchtet war. Seine Zähne schlugen aufeinander.

«Du brauchst trockene Sachen, sonst holst du dir den Tod», sagte sie.

Er lachte kurz auf.

«Der wartet sowieso schon auf mich. Habe ich dir nicht gesagt, daß man mir prophezeiht hat, ich stürbe einen gewaltsamen Tod?»

Sie achtete nicht darauf. Sie trieb den Tempeldiener auf und bat ihn um Tücher zum Abtrocknen und trockene Kleidung.
Er kramte aus einer Ecke ein Bündel hervor und gab es ihr.
«Aber es sind Priesterkleider», sagte er.
«Hauptsache, sie sind trocken.»
Sie führte Domitian in einen Nebenraum, wo sie ihm half, sich zu entkleiden. Sie rubbelte ihn mit den Tüchern kräftig ab, bis er protestierend sagte:
«Hör auf, Daphne, du scheuerst mir die ganze Haut vom Leibe.»
«Wenigstens klapperst du nicht mehr mit den Zähnen. Hier, zieh das an!»
Sie reichte ihm das Hemd und die Stola, die sie vom Tempeldiener bekommen hatte.
Er schlüpfte in die Sachen und blies sich auf die Hände.
«Wenn es nur nicht so teuflisch kalt wäre! Frierst du auch?»
«Natürlich. Komm, wir gehen zu den anderen. Da gibt es ein Kohlenbecken. Da werden wir wenigstens nicht erfrieren.»
«Warte.»
Er tastete in der Dunkelheit nach ihr und fand ihre Schulter.
«Ich möchte nicht hinüber.»
«Warum nicht? Ich sage ja nicht, daß es da warm ist. Aber immerhin wärmer als hier.»
Er zögerte einen Augenblick. Seine Stimme war ganz leise, und sie konnte ihn kaum verstehen.
«Ich habe Angst.»
«Ich auch.»
Er legte die Arme um sie und murmelte an ihrer Wange:
«Daphne, ich bin zu jung zum Sterben. Ich bin erst 18.»
Sein Atem, der über ihre Haut fuhr, war warm. Er lehnte sich an sie. Seine Lippen streiften über ihre Wange und suchten ihren Mund. Seine Hand glitt von ihrer Schulter tiefer und legte sich zögernd um ihre Brust.

Sie wich nicht zurück. Hatte er nicht recht? War es nicht das Beste, was sie für ihn tun konnte? Das einzig Richtige, sich Wärme und Trost zu spenden in dieser feuchtkalten, von Todesangst erfüllten Nacht, die wahrscheinlich die letzte seines Lebens war? Sie drehte den Kopf, so daß ihre Lippen sich trafen, legte die Arme um ihn und zog ihn in die Ecke, wo der Tempeldiener leere Mehlsäcke aufgestapelt hatte.
Sie streichelte ihn mit eher schwesterlicher Zärtlichkeit, während er den Kopf auf ihre Brust legte und nach dem Saum ihres Gewandes tastete. Er war anders als Josephus, scheu und sanft und von einer Art schüchterner Dankbarkeit erfüllt. Nachher wiegte sie ihn in ihren Armen, bis er einschlief, den Kopf auf ihrer Schulter, ein Bein quer über ihren Hüften. Die Lage wurde ihr bald unbequem, aber sie rührte sich nicht, um ihn nicht zu wecken.

Am nächsten Morgen regnete es nicht mehr. In dem grauen Zwielicht war die Senke zwischen den beiden Kuppen des Kapitols mit Nebel gefüllt, und sie konnten ihre Gegner nicht sehen. Die Gruppe derer, die sich am Vortag hier hinaufgeflüchtet hatte, war zusammengeschmolzen. Manche der Ritter und Senatoren und auch etliche der Soldaten hatten es vorgezogen, unter dem Schutz der Dunkelheit und des Regens sich davonzumachen und Unterschlupf in irgendeinem Haus in Rom zu suchen, bei irgendeinem Klienten oder Freigelassenen. Ein zitterndes Häufchen übernächtigter erschöpfter Männer traf sich, sobald es hell wurde, unter der Säulenhalle des Jupitertempels. Zu ihnen gesellten sich die Priester des Jupiter. Daphne war erst verblüfft, sie zu sehen, und dann wunderte sie sich, daß sie nicht gleich an sie gedacht hatte. Natürlich, sie wohnten hier im Tempelbezirk. Sie waren völlig ahnungslos und unschuldig in diese Falle geraten. Jetzt würden sie mit Sabinus und Domitian untergehen.

Sie spürte ein Mitleid mit ihnen, das einen Moment sogar größer war als ihre Angst. Es waren sieben Männer, der älteste, klein, gekrümmt, mit einem Gesicht wie zerknittertes Pergament, mochte schon über achtzig sein, der jüngste nicht älter als Domitian. Sie trugen alle die lange weiße Tunika, die bis zu den Sandalen herabfiel und darüber die weiße Stola aus feiner Wolle, die sie sich wie eine Kapuze über den Kopf gezogen hatten und die ihre Gesichter beschattete.

Daphne hätte beinahe laut aufgeschrien. Sie stieß Domitian, der, den Arm um sie gelegt, neben ihr stand, ungeduldig beiseite und rannte zu Sabinus hinüber.

Er hörte sich gerade an, was ein Zenturio der Stadtwache sagte, aber sie drängte sich rücksichtslos dazwischen.

«Die Priester», sagte sie.

Er wandte sich ihr ärgerlich zu.

«Ich rede gerade...»

«Es ist wichtig», rief sie, «die Priester des Jupiter! Sie sind hier! Sie werden bei einem Angriff sterben. Das ist ein Frevel, den die Götter nie verzeihen werden.»

«Es sind nicht wir, die den Frevel begehen, sondern die anderen», versetzte Sabinus und wandte sich von ihr ab.

«Die Götter unterscheiden nicht so fein. Sie werden das Unheil über ganz Rom bringen, um sich für die Untat an ihren Priestern zu rächen.»

«Sag das den Belagerern.»

«Ich nicht! Du!»

«Was?»

Er drehte sich ruckartig zu ihr um. Sein Gesicht lief rot an.

«Bist du verrückt?»

«Nein.»

Sie merkte, daß andere aufmerksam geworden waren und sprach jetzt so laut, daß man sie allgemein hören konnte.

«Rom könnte sich nie wieder entsühnen, wenn wir zulassen,

daß der Frevel des Priestermordes geschieht. Laß den Vitellianern eine Botschaft zukommen. Sie sollen die Priester abziehen lassen, ehe sie mit dem Kampf beginnen.»

Zustimmendes Gemurmel erhob sich. Sabinus schwankte. Der oberste der Priester, der kleine alte Mann, starrte ihn aus dunklen Knopfaugen an, während einer der jüngeren ihm ins Ohr schrie, was da verhandelt wurde. Nachdem der fast Taube es begriffen hatte, kam er langsam zu Sabinus geschritten und blieb vor ihm stehen. Seine Hände ruhten auf dem Knauf des Stockes, auf den er sich stützte.

«Laß mich und meine Männer gehen.»

«Sie sind wertvolle Geiseln», sagte Sabinus unschlüssig, «wenn sie hier sind, wagen die anderen vielleicht nicht, uns anzugreifen.»

«Viele der anderen sind germanische Barbaren. Sie achten unsere Götter nicht. Sie würden sich nicht davon abhalten lassen», widersprach Daphne.

«Dann lassen sie sie auch nicht abziehen.»

«Versuche es! Schicke einen Unterhändler!» forderte Daphne.

Mehrere beistimmende Zurufe erschollen. Sabinus gab nach.

Der Priester, der im Rang der zweite zu sein schien, ein Mann Mitte fünfzig mit dem schmalen, blassen Gesicht eines Menschen, der mehr über Büchern saß als sich an der frischen Luft zu bewegen, nahm die Mission auf sich.

Als er fortgegangen war, kehrte Daphne zu Domitian zurück.

«Hast du verstanden?» flüsterte sie.

Er schüttelte den Kopf.

«Bestimmt dürfen die Priester abziehen. Kein Römer wird diesen Wunsch verwehren. Nähere dich ihnen unauffällig und mische dich unter sie. Du trägst ihr Gewand. Du kannst mit ihnen gehen, wenn sie abziehen. Wenn du unten bist, wende dich auf den Aventin zu Galeria Fundanas Haus.»

«Ich soll zu der Kaiserin?»

«Sie ist der einzige Mensch in Rom, der augenblicklich Interesse daran hat, daß du am Leben bleibst. Frag jetzt nicht, glaube es mir einfach. So kannst du gerettet werden.»
Sie sah die Hoffnung in seinem Gesicht, die Bereitschaft, ihr zu vertrauen, aber etwas hielt ihn noch zurück.
«Ich kann mich nicht so davonstehlen. Das ist feige.»
«Du bist der Sohn des Kaisers. Du mußt am Leben bleiben. Rom braucht dich», sagte Daphne.
«Und du?»
Sie versuchte ein Lächeln, hatte aber das Gefühl, daß es kläglich mißglückte.
«Mach dir keine Sorgen. Ein Straßenkind, wie ich es war, kommt immer durch.»
Er wollte sie küssen, aber sie trat rasch einen Schritt zurück.
«Vergiß nicht, daß du jetzt ein Priester des Jupiter bist. Du kennst mich gar nicht. Du mußt bei den anderen Priestern sein, wenn der Bote zurückkommt. Alle müssen glauben, daß du dazugehörst. Zieh die Stola tiefer ins Gesicht und halte den Kopf gesenkt! Dann wird schon alles gutgehen.»
Eine Stunde später verließen acht Priester des Jupiter Optimus das Kapitol. Sie alle hatten die Stola tief ins Gesicht gezogen und gingen, den Kopf gesenkt, langsam und respektvoll hinter dem Greis, der sie nach unten führte.
Daphne lauschte intensiv. Aber es war nichts zu hören als das Klatschen der Sandalen auf den Treppenstufen, ein paar Rufe, dann Stille. Kein Schrei.
Sie atmete auf.
Nach einer Weile kam Sabinus zu ihr hinüber und fragte, ob sie Domitian gesehen habe. Sie verneinte.
Gegen Mittag begann der Angriff. Sie kamen von zwei Seiten, und Sabinus verlor die Nerven. Er schrie Befehle, die er gleich wieder aufhob, und erteilte neue, die nicht länger als einen Atemzug galten. Niemand kümmerte sich darum. Die meisten

der Ritter und Senatoren waren unbewaffnet und zu alt, um zu kämpfen. Planlos rannten sie umher und waren den paar Soldaten, die sich für sie einsetzten, im Wege. Die Vitellianer erklommen die Dächer, wie Daphne vermutet hatte, ließen einen Hagel von Steinen auf sie herabregnen, der sie in den Schutz der Säulenhallen zurücktrieb. Dann flogen die Feuerbrände. Sie richteten zunächst wenig Schaden an, denn die Dächer waren noch vom nächtlichen Regen triefend naß, und die Feuer fanden keine Nahrung und verglimmten. Aber einem gelang es, die Fackel an den hölzernen Giebel zu schleudern, der durch einen Vorsprung geschützt war. Das alte, morsche Holz war trocken, und die Funken entzündeten es. Von hier fraßen sich die Flammen in das Innere und trieben alle heraus, die dort Schutz gesucht hatten. Jetzt traf sie der Steinhagel mit voller Wucht. Gleichzeitig sprangen Männer von den Dächern auf den Hof des Kapitols, das blanke Schwert in der Faust, und begannen, blutige Ernte zu halten.
Daphne schlich sich möglichst eng an der Rückwand des Tempels entlang zu den hundert Stufen des Tarpejischen Felsens, aber sie sah, daß hier kein Durchkommen war. Die Vitellianer quollen herauf und verteilten sich über den ganzen Burghügel. Wo sie auf einen der Vespasianer trafen, war er gleich von einem halben Dutzend Vitellianer umringt, zu Boden gestoßen, abgeschlachtet.
Daphne preßte sich enger an die Wand. Es konnte nicht mehr lange dauern, bis man sie entdeckt hatte. Schon hatte eine Gruppe von Kämpfern sich so weit der Ecke genähert, hinter der sie kauerte, daß sie ihr Keuchen hören konnte. Dann gellte ein Schrei von der Mitte des Platzes, und die Männer rannten davon.
Sie war allein. Sie wartete, aber es kam niemand in ihre Nähe. Statt dessen gab es einen furchtbaren Aufruhr auf der anderen Seite des Tempels. Ein Mensch schrie, wie sie noch nie jeman-

den hatte schreien hören. Das Blut gefror ihr in den Adern. Es schien schlimmer, hier zu hocken und zu warten, als zu sehen, was geschah.

Vorsichtig kroch sie vorwärts, bis sie den Kopf um die Ecke schieben und den Platz überblicken konnte.

Der Kampf war vorbei. Vitellianische Soldaten hielten eine kleine Gruppe mit gezückten Schwertern umringt. Das mußten die sein, die den Angriff überlebt und sich nun ergeben hatten. In der Mitte – Daphne stockte der Atem – in der Mitte des Platzes geschah das, was sich so grauenvoll angehört hatte.

Vier Männer trieben einen fünften mit Schwerthieben über den Platz. Er taumelte hin und her, blutüberströmt, brach in die Knie, wurde wieder hochgerissen, wie ein Lumpenball durch die Luft geworfen, prallte auf den Boden und schrie die ganze Zeit seine gellenden, unmenschlichen Schreie.

Die Sieger gröhlten, lachten, johlten, feuerten die vier an, aber soviel Lärm sie auch machten, die tierischen Schreie des Gequälten übertönten alles. Daphne hielt sich die Hände vor die Ohren, aber es nützte nichts. Sie hörte sie auch so. Es war ein Senator, soviel konnte sie sehen. Sein weißes blutbespritztes Gewand war mit der Purpurborte gesäumt. Jetzt war er zu Boden gefallen, nichts mehr als ein Stück Fleisch aus dem Metzgerladen.

Ein Mann hob sein Schwert mit beiden Händen hoch über den Kopf und ließ es dann herabsausen. Der Schlag trennte dem Opfer den Kopf vom Rumpf. Hochauf sprudelte das helle Blut aus der Halsschlagader, Arme und Beine zuckten, der Kopf rollte vorwärts in Daphnes Richtung, der Mund blieb in Qual verzerrt, die offenen Augen, die nichts mehr sahen, starrten sie an.

Es war der Kopf von Flavius Sabinus.

Daphne würgte und würgte. In immer neuen Wellen stieg die Übelkeit aus ihrem Inneren auf, und sie konnte nicht mehr aufhören zu erbrechen.

Der Tod des Stadtpräfekten hatte die Blutgier der Vitellianer momentan befriedigt. In ihren Augen war er der Schuldige, denn er hatte Vitellius den Dolch abgenommen, er hatte ihn mit List und Tücke zur Abdankung gezwungen. Die Menschen, die sie jetzt gefangen hatten, wollten sie nicht mehr einfach auf der Stelle töten, sie wollten sie ihrem Kaiser präsentieren, damit er seine Feinde aburteilen und hinrichten lassen konnte.
Daphne war viel zu betäubt, um wirklich zu begreifen, was mit ihr geschah. Irgend jemand riß sie an den Haaren hoch, sie wurde gefesselt und mit Speerstößen in den Rücken abwärts getrieben, sie stolperte mehr, als daß sie ging, durch ein Spalier von Soldaten und Volk, die sie und die anderen Gefangenen mit Schimpfworten verhöhnten und mit Dreck und Steinen bewarfen. Man schleppte sie zum Palatin, zu der großen Treppe, die zum Kaiserpalast hinaufführte, und warf sie dort zu Boden wie einen Sack.
Oben an der Treppe stand Vitellius im Purpurgewand, den goldenen Lorbeerkranz auf der Stirn, fett und zitternd, das Zerrbild eines Kaisers. Er hielt eine Ansprache, aber mit so leiser Stimme, daß Daphne sie nicht verstehen konnte. Es war ihr auch gleich, was er sagte. Sie fühlte sich völlig leer, kalt bis ins Mark, ihr Kopf pochte dumpf, jedes Glied ihres Körpers schmerzte, sie war nicht mehr fähig, auch nur einen Gedanken zu denken. Immer wieder tauchte aus dem wogenden Nebel, zu dem ihr Verstand geworden war, das Haupt des Sabinus auf, blutbesudelt, schreiend, die Augen weit aufgerissen, und jedesmal mußte sie sich wieder erbrechen.
Endlich war Vitellius mit seiner Ansprache fertig. Sie wurde wieder auf die Füße gerissen und vorwärts getrieben, die Treppe hinauf. Sie stolperte mehrmals und stürzte und wurde unter Schlägen hochgerissen und weitergeschleppt. Sie gingen durch ein oder zwei Tore, einen Korridor entlang, dann wurde eine Tür aufgerissen, sie wurde heftig in den Rücken gestoßen, so

daß sie in den Raum taumelte, dann wurde die Tür hinter ihr zugeworfen und verriegelt.
Sie sank, wo sie stand, zu Boden, vergrub den Kopf in den Armen und blieb so bewegungslos liegen.

Daphne schlug die Augen auf. Es bedurfte dazu einer fast übermenschlichen Anstrengung. Dunkelheit umgab sie. Sie lauschte. Es war still. Kein Laut drang in die Finsternis. Sie strich leicht mit den Händen über den Boden. Es war kalter Stein.
Sie wußte, daß sie allein war. Es gab außer dem ihren keinen Atem in diesem Raum. Sie versuchte sich aufzusetzen und sank stöhnend wieder zurück. Nach einer Weile versuchte sie es noch einmal, wieder vergeblich. Sie war davon so erschöpft, daß sie in einen ohnmachtsähnlichen Schlaf fiel.
Als sie wieder erwachte, war es immer noch dunkel und still. Sie kroch auf allen vieren, mit den Händen immer vor sich tastend, umher, bis sie gegen eine Wand stieß und tastete sie mit den Fingern ab. Sie erfühlte ein Bord, auf dem Krüge standen. Also war sie in einer Vorratskammer eingesperrt. Wahrscheinlich eine ohne Fenster, so daß die Dunkelheit nichts über die Tageszeit aussagte. Draußen war es immer noch totenstill. Sie wußte nicht, wie lange sie hier schon gelegen hatte. Stunden? Tage? Wo war sie? Warum war sie allein eingesperrt? Was hatten ihre Kerkermeister mit ihr vor? Wo waren sie? Hatte man sie hier eingesperrt, war dann fortgegangen und hatte sie hier vergessen? Sollte das ihr Ende sein, in einer Vorratskammer sollte sie sterben und verderben?
Sie mußte hier heraus. Sie mußte sich bemerkbar machen. Sollten sie doch kommen und sie schlagen oder töten. Sie wollte hier nicht länger lebendig begraben sein.
Unter unendlichen Mühen, mit quälender Langsamkeit, immer wieder von Pausen unterbrochen, in denen sie sich ausruhen mußte, weil sie schwankte und sich alles um sie drehte,

schweißbedeckt und zitternd vor Kälte, ertastete sie die Angeln der Tür. Sie klopfte an die Tür und hämmerte dagegen, aber sie war so kraftlos, daß sie sicher war, es war nicht mehr als ein Kratzen und würde auf der anderen Seite nicht einmal gehört werden. Entmutigt ließ sie sich zu Boden gleiten und rollte sich ein. Mit der Zunge spürte sie auf ihren Lippen etwas Salziges. Tränen.

Als sie wieder zu sich kam, hatte sich etwas verändert. Sie wußte nicht gleich, was es war. Ihr Kopf war so leicht, Sterne schwebten durch die Nacht, kleine goldene Sterne, überall um sie herum. Sie brauchte nur die Hand auszustrecken, und sie konnte Sterne pflücken. Nur daß es wehtat, die Hand auszustrecken. Die Sterne machten Musik, nein, sie redeten, sie liefen, sie trampelten.

Doch da waren keine Sterne. Da war nichts als Finsternis. Aber draußen, vor der Tür, da waren Geräusche, da war Lärm. Sie konnte nicht unterscheiden, welcher Art die Geräusche waren. Auf jeden Fall waren da Menschen. Sie mußte sich bemerkbar machen. Sie hatten sie vergessen. Sie mußte sie erinnern. Aber wie? Sie klopfte, aber diesmal war das Ergebnis noch kläglicher als beim ersten Mal.

Dann fiel es ihr ein. Sie stemmte sich hoch, schleppte sich mühsam an der Wand entlang zu dem Bord, auf dem die Krüge standen. Sie gab dem ersten Krug einen kleinen Stoß und fühlte, daß er sich vorwärts bewegte. Noch einen, noch einen, jetzt kippte er und zerbrach auf dem Steinboden. Gleich den nächsten und den nächsten, das mußten sie doch hören da draußen. Krug um Krug zerbrach.

Sie war so eifrig vertieft darin, die Krüge zu zerschmettern, daß sie gar nicht gleich bemerkte, als die Tür geöffnet wurde und Licht in den Raum flutete. Sie stand, mit zerrissenem, schmutzigem Kleid, das Gesicht unter den aufgelösten Flechten verschwollen und mit gelben und blauen Flecken bedeckt, bis zu den Knöcheln in einem Haufen von Tonscherben und Kichererbsen. Jemand kam und legte ihr den Arm um die Schultern. Sie wurde ohnmächtig.

Daphne war jung und widerstandsfähig. Nach Ansicht des Arztes bedurfte sie nur der Ruhe, einer sorgfältigen Ernährung und der regelmäßigen Einnahme eines Kräutertees nach seiner geheimen Mischung, um wieder auf die Beine zu kommen. Nach zwei Tagen war sie bereits fieberfrei.

Domitian erschien strahlend an ihrem Bett.

«Ich bin der Sohn des einzigen Kaisers, den Rom hat», sagte er, «ich werde morgen der ersten Sitzung des Senats präsidieren. Wir haben es geschafft, Daphne.»

Er erzählte ihr, was geschehen war. Vitellius hatte die Gefangenen vom Kapitol in Vorratsräumen auf dem Palatin einsperren lassen, um sie seinen Soldaten aus den Augen zu schaffen und so zu retten. Es hatte ihm persönlich nichts mehr genützt. Antonius Primus war zwei Tage später mit seinen Truppen in die Stadt eingedrungen und hatte in mühsamen Kämpfen Straße für Straße den Vitellianern abgenommen. Domitians Gesicht bewölkte sich, als er davon sprach.

«Sei froh, daß du in deinem Kichererbsenverlies eingesperrt warst, Daphne, und es nicht gesehen hast. Es war entsetzlich. Nicht, weil die Soldaten einander töteten. Das ist Krieg, und Rom war eben das Schlachtfeld. Aber die Römer... Du machst dir keinen Begriff davon. Sie saßen in den Schenken und feuerten die Kämpfer an, sie schlossen Wetten ab, wer siegen würde, es war, als seien die Gladiatorenkämpfe von der Arena in die Straßen verlegt worden. Sie beraubten die Gefallenen und ließen sie nackt in den Gassen liegen. Die Huren feierten Feste auf den Straßen. Unter dem Vorwand, hier seien die Vitellianer versteckt, drang der Pöbel in die Häuser der Reichen und Wohlhabenden ein und nahm alles mit, was er tragen konnte. Den Rest zerschlugen sie und zündeten ihn an. Es sind keine Menschen mehr, Daphne, es sind keine Menschen mehr.»

«Kein Krieg ist entsetzlicher als der Bürgerkrieg.»

«Es darf ihn nie wieder geben. Wir müssen eine Dynastie gründen, wie Augustus es getan hat. Die Herrschaft muß vom Vater auf den Sohn übergehen. Und die Armeen müssen an den Grenzen der Provinzen stehen. Sie dürfen Italien nicht betreten.»

«Was ist mit Vitellius geschehen?»

«Als unsere Truppen sich bis zum Forum durchgekämpft hatten – sie kamen von der Flaminia her, weißt du –, da gaben die Vitellianer alles verloren. Sie verließen den Palast, und Vitellius blieb allein zurück.»

«Galeria und die Kinder?»

«In ihrem Haus auf dem Aventin. Du hattest recht. Sie hat mir Schutz gewährt, und dann hat sich das Rad gedreht, und ich konnte sie beschützen. Aber niemand konnte mehr etwas für Vitellius tun. Er irrte allein durch den menschenleeren Palast und suchte ein Versteck. Er fand es im Winkel unter einer Treppe, vor die er ein paar Blumenkübel geschoben hatte. Ein Hund verriet ihn, als er dort heftig schnüffelte und bellte. Die Soldaten zogen ihn heraus, führten ihn durch die Straßen und mißhandelten ihn und brachten ihn zu der Stelle, wo mein Onkel ermordet worden ist. Da haben sie Vitellius umgebracht und seinen Leichnam nackt in den Tiber geworfen.»

Daphne schauderte.

«Sind die Kämpfe in der Stadt beendet?»

«Das ist schwer zu sagen. Die Soldaten haben sich ergeben. Aber die Plünderungen gehen weiter. Antonius Primus hat seine Leute nicht unter Kontrolle. Sie fühlen sich als Sieger, sie glauben, alles gehöre ihnen und sie brauchten nur zu nehmen, was sie haben wollen. Wenn du ausgehst, Daphne, dann nur unter dem Schutz einer Abteilung der Wachen.»

«Vorläufig ist mir nicht danach auszugehen.»
Aber sie stand am nächsten Morgen auf und probierte aus, wie weit ihre Kräfte reichten. Sie fühlte sich wacklig auf den Beinen und stützte sich auf die Schulter eines Sklaven, als sie ihr Zimmer verließ.

Der Krieg war beendet.
In ihr war eine Erleichterung, so groß, daß sie sie als unendliche Leere fühlte. Kein Triumph. Wie konnte man triumphieren angesichts des Elends und des Leides, das die Kämpfe gebracht hatten?
Der Sklave, der sie geführt hatte, kam mit einem Umhang zurück und legte ihn ihr um die Schultern.
«Willst du wirklich weitergehen, Herrin? Du sollst dich doch schonen.»
«Mir geht es besser, wenn ich auf bin», sagte sie.
Die Luft, als sie ins Freie trat, tat ihr gut. Sie war schneidend kalt, aber klar.
Daphne stand einige Minuten in dem Hof, dessen schöne Anlagen ebenso zerstört worden waren wie der ganze übrige Palast. Eine Brunnenfigur lag geköpft im Laub. Daphne schauderte, als sie das abgeschlagene Haupt sah, das auf einem Haufen alter Blätter ruhte. Eine dünne Schneeschicht bedeckte es barmherzigerweise so, daß sie nicht in die leeren Augen starren mußte.
Sie zog den Mantel enger um die Schultern und kehrte in den Palast zurück. Auf halbem Wege in ihr Zimmer kam ihr eine atemberaubende Erscheinung entgegen.
Es war eine Frau, die von den roten Lederstiefelchen an den Füßen bis zu dem golddurchwirkten Seidenschal über den hochgetürmten Locken ein Musterbild an Eleganz bot. An den Fingern, um den Hals, an den Ohren und Handgelenken trug sie Schmuck, der Hunderttausende wert sein mußte. Sie duftete nach einem teuren zyprischen Parfüm und war von einem hal-

ben Dutzend junger Männer umgeben, mit denen sie lachend flirtete.
Eine Kriegsgewinnlerin, dachte Daphne. Sie blieb stehen. Das hohe Lachen kam ihr bekannt vor. Sie warf einen schärferen Blick in das geschminkte Gesicht. Die zu einem hohen Bogen gezupften Brauen, das dunkle Rot auf den Wangenknochen, der sorgfältig bemalte kleine Mund und die katzenhaft schräg gestellten Augen – sie kannte dieses Gesicht und dieses Lachen.
«Nefrit», sagte sie überrascht.
Die elegante Frau blieb stehen und schaute sie an. Ihr Blick blieb ratlos.
«Ich wüßte nicht…?» sagte sie.
«Ich bin Daphne. Ich habe mit Domitilla zusammen bei dir Unterricht gehabt. In Nursia», half Daphne ihr.
«Oh.» Nefrit, die sich schon abwenden wollte, blieb stehen. Ihr Ton wurde freundlicher.
«Natürlich, Daphne. Ich erinnere mich. Aber damals warst du noch ein Kind, jetzt bist du erwachsen. Kein Wunder, daß ich dich nicht sofort erkannt habe. Du bist doch die kleine Heldin, die Domitian gerettet hat, nicht? Ich habe gehört, daß du auf die Idee gekommen bist, er solle sich als Priester verkleiden. Schlau von dir. Ich habe ja immer gewußt, daß du schlau bist, meine Liebe. Domitian war ganz verzweifelt, als du verschwunden warst und niemand wußte, wo du geblieben bist. Nun, jetzt bist du ja wieder da. Und hast dein Glück gemacht, würde ich sagen. Besuche mich doch demnächst einmal. Ich wohne hier im Palast.» Daphnes Herzschlag beschleunigte sich.
«Ist Flaccus denn hier?»
Nefrit stieß ein hohes Lachen aus, das ärgerlich klang.
«Marcus? Meine Liebe, das ist lange vorbei. Ich bin mit Antonius Primus zusammen.»
Das erklärte natürlich, weshalb sie so teure Kleider und so kostbaren Schmuck besaß. Sie trug die Beute des Siegers spazieren.

Hatte Marcus sie fortgeschickt? Oder war sie gegangen, weil … Daphne traute sich nicht, den Gedanken zu Ende zu denken. Vorsichtig, als traue sie ihrer Stimme nicht, die Worte zu formulieren, sagte sie:
«Was ist mit ihm? Wie geht es ihm?»
«Woher soll ich das wissen», sagte Nefrit, «als ich Cremona verlassen habe, war er schwer verwundet. Ob er genesen ist – was weiß ich. Ich verstehe mich zwar auf Männerleiber, aber doch mehr auf das Äußere als auf die Eingeweide.»
Nefrit lachte wieder ihr hohes Lachen, und ihre Begleiter stimmten ein.
«Ist er wenigstens aus dem Tempel fort und in eine Villa übergesiedelt?» fragte Daphne.
Nefrit warf den Kopf zurück. Ihre Stimme rutschte etwas höher und wurde schrill.
«Woher soll ich das wissen? Ich bin nicht mehr seine Vertraute, wenn ich dich daran erinnern darf.»
Er hat sie fortgeschickt, dachte Daphne, sie hat ihn nicht aus freien Stücken verlassen. Sonst wäre sie nicht so wütend.
Einen Moment freute sie sich darüber, aber dann verdüsterte sich ihr Gesicht. Warum sollte er sie fortgeschickt haben? Nahm er an, daß er sich nicht erholen würde? Hatte er Nefrit deshalb in Antonius Primus' Arme geworfen, damit ein anderer Mann für sie sorgte, wenn er es nicht mehr konnte? War er Nefrit gegenüber genauso fürsorglich und verantwortungsbewußt wie ihr gegenüber? Nefrit entfernte Daphnes verkrampfte Hand von ihrem Arm, glättete sorgsam den Ärmel, der unter ihrem Griff zerknittert war, und wandte sich ab. Daphne hörte noch ihr Lachen und roch noch einen Moment ihr üppiges Parfüm.

NACH JOSEPHUS' MEINUNG hatte es nie eine schönere Frau als Poppäa, die tote Gemahlin Neros, gegeben. Das rotgoldene Haar, die Haut, so weiß und kühl und zart wie frischgefallener Schnee, die großen, blauen Augen, der Mund von der Sanftheit eines Rosenblattes und die mädchenhafte Anmut, die sich noch die Dreißigjährige bewahrt hatte, hatten seine Vorstellung von weiblicher Schönheit für immer geprägt. Er begriff nicht, was Titus zu Berenike hinzog. Sie war zehn Jahre älter als er, und sie machte kein Hehl daraus.

Die weiße Strähne, die sich durch ihr schwarzes Haar zog, färbte sie nicht. Ihre Augen, große, mandelförmige, dichtbewimperte Augen von völliger Schwärze, beherrschten ein Gesicht, das nicht lieblich, sondern kühn war.

Hinter all der charmanten Weltläufigkeit der großen Dame, die sie in der Öffentlichkeit darstellte, spürte er die Unerbittlichkeit ihres Denkens und ihres Wesens. Als Mitregentin ihres Bruders Agrippa, der ein Kontingent zur Armee gestellt hatte, sich aber in Tiberias aufhielt, nahm sie an allen Sitzungen teil, auch an den Besprechungen des Generalstabs. Sie hörte nur zu. Sie war viel zu klug, um in einer Versammlung zu sprechen, die ihre Einmischung nur zu leicht als die Einmischung einer Frau, nicht einer Herrscherin, interpretiert hätte. Nie wurde klar, wieviel an den Entschlüssen, die Vespasian oder Titus am Tag nach einer Besprechung verkündeten, von Berenike beeinflußt worden war.

Obwohl jeder darüber Bescheid wußte, deutete nichts in ihrem Benehmen oder in dem des Titus' in der Öffentlichkeit darauf hin, daß sie ein Verhältnis hatten, das über die Beziehung eines Feldherrn zu einer verbündeten Fürstin hinausging. Sie berührten einander nie, suchten die Nähe des anderen nicht, verbrachten ganze Abende bei Banketten und Empfängen, ohne miteinander zu sprechen. Aber wenn sie einander anblickten, lag ein Lächeln in den Tiefen von Berenikes schwarzen Augen, das Josephus, der es beobachtete, den Atem verschlug. Titus war als unbekümmerter junger Mann bei der Armee erschienen und hatte die Herzen der Soldaten im Sturm erobert. Seit sie miterlebt hatten, wie er sich in den Gefechten nicht schonte, im dichtesten Getümmel zu finden war, ein neues Pferd bestieg, wenn das alte durch einen Lanzenstich unter ihm zusammenbrach, daß er sich nicht aus der Schlacht führen ließ, wenn er leicht verwundet worden war, beteten sie ihn an. Er war der strahlende Gott dieses Krieges, und es war nur recht und billig, daß er einmal ihr Kaiser sein würde. Sie nahmen ihm die Affäre mit dieser orientalischen Königin nicht übel. Ihre Witze darüber waren gutmütig. Unter den Offizieren machte gelegentlich das Wort von der neuen Kleopatra die Runde, aber es war doch sehr fraglich, wer in dieser Beziehung wen ausnutzte. Hatten nicht das riesige Vermögen Berenikes, ihre politischen Beziehungen im Osten es Vespasian erleichtert, den Purpur zu erwerben? War nicht offensichtlich der Vorteil auf seiten der Flavier? Was hatte es ihr schon eingetragen?

In Alexandria herrschte die geschäftige Stimmung, die einem Aufbruch voranging. Vespasian wollte nach Rom gehen. Titus sollte die Unterwerfung Judäas zum Abschluß bringen, indem er Jerusalem eroberte. Eines Nachmittags, als Josephus, gereizt von dem Lärm und der Betriebsamkeit im Palast, sich auf eines der Dächer flüchtete, traf er zu seiner Überraschung Berenike. Ihre Begleiterinnen waren ein Stück von ihr entfernt unter einem ausgespannten Sonnensegel, sie lehnte an der Brüstung und ließ den Blick über die Häuser bis zum Meer schweifen. Josephus trat zu ihr.

«Wirst du nach Tiberias reisen?» fragte er.

Sie schüttelte den Kopf.

«Ich bleibe bei der Armee.»

«Du willst im Feldlager vor Jerusalem leben? Wäre es nicht die Aufgabe deines Bruders?»

«Agrippa würde es nicht ertragen. Er ist nach Tiberias gegangen, zu seinen Büchern, seinen Statuen, seinen Gelehrten, um nicht den Untergang Jerusalems mitzuerleben. Es wird ihm das Herz brechen, auch wenn er es nicht sieht.»

«Du glaubst, daß du es ertragen kannst?»

Sie lächelte trocken.

«Ja. Ich werde die Stadt fallen sehen und wissen, daß es gut ist. Weil es notwendig ist.»

Er starrte sie offenen Mundes an.

«Wie kannst du so reden? Es ist dein Volk, das dort kämpft. Du hast dich barfuß und mit aufgelösten Haaren vor Gessius Florus gedemütigt, um ihm zu helfen. Wie kannst du jetzt den Standpunkt seiner Gegner einnehmen?»

«Es ist nicht mein Volk, das dort kämpft», sagte sie hart, «es ist ein Haufen Fanatiker, die das Verderben ausgesät haben. Manche mögen ihren verzweifelten, aussichtslosen Kampf heroisch nennen, ich finde ihn dumm und bösartig. Sie reißen Tausende von Unschuldigen in ein entsetzliches Leiden und einen furchtbaren Tod.»

«Sie kämpfen für ihren Glauben, für meinen, für deinen, Berenike.»

«Wirklich? Du warst doch einmal ein vernünftiger Mann, Josephus. Du kannst doch auf diese Propaganda nicht hereinfallen. Rom hat unseren Glauben immer respektiert. Wir haben ihn im Schutze Roms im ganzen Reich ausüben können. Seit Augustus wurde im Tempel täglich ein Opfer des Kaisers dargebracht. Wir sind vom Zelebrieren des Staatskultes und vom Militärdienst freigestellt. Wenn die Legionen durch Judäa marschierten, verhüllten sie die Feldzeichen, um unser Bilderverbot zu respektieren. Was wir gelitten haben, hat jede andere Provinz auch gelitten. Deshalb habe ich Vespasian unterstützt. Rom braucht Kaiser, die eine straffe zentrale Verwaltung aufbauen, in der jeder Beamte kontrolliert und die Korruption beseitigt wird und das politische Ziel nicht die Eroberung der restlichen Welt ist, sondern die Verteidigung der Grenzen nach außen und die Verschmelzung der Reichsteile im Inneren. Römisches Bürgerrecht für jeden, gleich ob er in Spanien, Numidien oder Pamphylien lebt, das muß das Ziel sein. Das gleiche Recht, die gleiche Sprache, die gleiche Kultur. Wir könnten so reich sein, wenn alles zusammenströmt und sich verbindet, die Weisheit des Ostens, die Schärfe des Griechischen, die Klarheit des Römischen. Das Nachdenken des Ostens und die Tatkraft des Westens. Dann ist Rom die wahre Erbin des großen Alexander, dann macht Weltherrschaft einen Sinn.»

«Deshalb muß Jerusalem untergehen?»

«Ja. In der Welt ist kein Platz für diese kleinlichen, bornierten Fanatiker, die im Namen einer politischen Idee oder einer Religion meinen, sie und nur sie seien der Nabel der Welt. Sie bringen den Krieg. Das Reich bedeutet Frieden.»

Er wußte ihr nichts zu entgegnen, aber sein Herz schmerzte. Ihre Härte erschreckte ihn.

Langsam sagte er und schaute sie an, die immer noch über das Meer blickte:

«Trotzdem – ich fühle wie dein Bruder. Wie Agrippa wird mir das Herz brechen, wenn Jerusalem in den Staub sinkt.»

Sie wandte den Kopf. Ihre großen, schwarzen Augen glänzten. Sie standen voll Tränen.

Daphne ritt für einige Tage nach Nursia. Sie war erschrocken zu sehen, wie Domitilla verfallen war. Ihre Augen glänzten fiebrig, ihre Bewegungen waren fahrig, ihre Rede noch verwirrter als sonst. Vergeblich versuchte Daphne sie dazu zu bewegen, Nursia zu verlassen und in ein wärmeres Klima überzusiedeln.

«Es lohnt nicht mehr», sagte sie, «mir ist nicht mehr zu helfen.»
Daphne widersprach, aber sie wußte, daß Domitilla recht hatte.
Als sie nach Rom zurückkehrte, fand sie Domitian verändert. Von dem fröhlichen Stolz, mit dem er seine Erhöhung zum Cäsar begrüßt hatte, war nichts übriggeblieben. Er war verdrossen und mürrisch.
Antonius Primus hatte Rom in Begleitung Nefrits verlassen und war zu Vespasian nach Alexandria gegangen, um sich dort über Mucianus zu beschweren. Mucianus, der frühere Statthalter von Syrien, der vor zehn Tagen ohne die syrischen Legionen gelandet war, war zum eigentlichen Machthaber in der Hauptstadt aufgerückt.
«Beim Tartarus, Daphne, ich weiß nicht, wie er das gemacht hat! Er hat so etwas Unklares, Verschleiertes. Er sagt etwas, und du weißt nicht, wie es gemeint ist, und redest dagegen, und plötzlich merkst du, daß du etwas sagst, was du gar nicht sagen wolltest und daß du seiner Meinung bist! Es hat einen Riesenkrach mit Antonius gegeben. Antonius hat gebrüllt, er sei es, der Vespasian zum Kaiser gemacht habe und gehe jetzt nach Alexandria, um sich den Dank dafür zu holen, und Mucianus hat ihm gute Fahrt gewünscht. Aber mit einem Lächeln, Daphne, mit einem Lächeln! Es ist mir kalt den Rücken heruntergelaufen, kannst du das verstehen?»
Daphne nickte.
Es war etwas Unheimliches um Mucianus' Liebenswürdigkeit. Das Lächeln eines Krokodils würde harmlos wirken im Vergleich zum Lächeln von Mucianus. Gegen seine abgründige Verschlagenheit mußte Antonius Primus' geradlinige Gewalttätigkeit den Kampf verlieren. Es war nicht klug, nach Alexandria zu gehen und Vespasian daran zu erinnern, daß ein anderer seine Schlachten gekämpft und für ihn gewonnen hatte. Vespasian und Caenis würden sicher seine Ansicht nicht teilen,

daß er es sei, dem der Kaiser den Purpur verdanke, und ihre Erkenntlichkeit würde anders ausfallen als Antonius erwartete.

Domitians Verhalten Daphne gegenüber hatte sich verändert. Er suchte ihre Nähe, er sprach mit ihr über alles, was ihn beschäftigte, aber er unterließ jeden Annäherungsversuch. Es war, als hätte er nie in Nursia beharrlich und plump wie ein junger Hund um sie geworben, noch als hätte er die Nacht auf dem Kapitol in ihren Armen verbracht. Sie war für ihn in die Rolle einer älteren Schwester geschlüpft, eine Vertraute, bei der er alles abladen konnte, was ihn beunruhigte und die immer einen Rat oder einen Trost hatte. Sie fand den Zustand angenehm, wobei es sie belustigte, daß jetzt, da Domitian an ihr als Frau nicht mehr interessiert war, sie im ganzen Palast als seine Geliebte galt. Die Episode im Tempel des Jupiter war anscheinend nicht unbeobachtet geblieben, und da Domitian viel Zeit bei ihr verbrachte, sie häufig auch spätabends für ein oder zwei Stunden aufsuchte, glaubten alle, daß er das Verhältnis fortsetzte. Es trug Daphne ein, daß eine Menge Schmeichler sich zu ihr drängten in der Hoffnung, sie könnte ihnen einen Vorteil verschaffen.

Als die Nachricht kam, daß Domitilla gestorben war, machte Daphne sich Vorwürfe, weil sie nicht länger bei ihr geblieben war. Sie hätte doch gut in Nursia verweilen können. Es gab doch nichts, was sie nach Rom gezogen hatte. Warum war sie nicht bis zuletzt bei diesem Mädchen geblieben, das sie immer ungeduldig gemacht hatte mit seinem langsamen Geist und das sie jetzt doch vermißte? Ihr war, als wäre ein bißchen Wärme aus ihrem Leben geschwunden, und viel hatte sie davon nicht.

Daphne fühlte sich verloren. In dem riesigen Palast, in dem es von Sklaven und Freigelassenen wimmelte, in dem Beamte, Bittsteller, Speichellecker sich den ganzen Tag drängten, gab es für sie nichts zu tun. Sie konnte ihre Tage gemächlich mit Schönheitspflege, Klatsch und Tratsch, Gastmählern, Einkäufen, Besuchen im Zirkus und im Theater verbringen. Sie konnte genau das Leben führen, das sie sich erträumt hatte, wenn sie hungrig und schmutzig auf den Straßen von Alexandria oder Antiochia eine vornehme Dame gesehen hatte, die in einer Sänfte vorübergetragen wurde. Nun erschien ihr nichts schaler als dieses Leben, und sie ertappte sich dabei, wie sie sich nach ihrer Kindheit zurücksehnte.

Als Caenis kam, atmete sie auf.

Während Vespasian noch im Osten blieb, um die heikle Aufgabe der Verlegung der Legionen zu vollenden, erschien Caenis schon in Rom. Sie verlor keine Zeit mit irgendwelchen Feiern, sondern machte sich sogleich an die Arbeit und forderte Daphne auf, wieder als ihre Sekretärin zu arbeiten. Daphne stimmte mit Freuden zu.

Caenis ließ sich alle Akten aus der Finanzverwaltung kommen. Sie studierte sie bis in die Nächte hinein und diktierte Daphne alle Fragen, die sich für sie stellten. Sie unterzog die Beamten langen Verhören, und nach einer Woche hatte sie eine detaillierte Vorstellung davon, wie es um die Finanzen des Reiches bestellt war.

Vespasian hatte einen Staat übernommen, der bankrott war. Nero hatte Milliarden Sesterzen von Schulden hinterlassen, Vitellius hatte in einem Dreivierteljahr noch einmal fast eine Milliarde verpraßt. Zwanzigtausend Männer in Rom behaupteten, in die Prätorianergarde aufgenommen worden zu sein, und beanspruchten den Gardesold.

Der Krieg in Judäa mußte finanziert werden. Der Bürgerkrieg hatte zu immensen Einnahmeausfällen geführt.

Daphne stenographierte, arbeitete Konferenzvorlagen nach Caenis' Diktat aus, dankbar, keine Zeit mehr für sich selbst zu haben, begriff immer mehr von den Zusammenhängen und war fasziniert von dem, was sie über die Wirtschafts- und Finanzpolitik lernte. Das war eine Seite des Staates, von der sie nichts geahnt hatte, deren Bedeutung sich ihr aber sofort erschloß. Wenn es Vespasian nicht gelang, das Geldproblem zu lösen, stand seine Herrschaft auf tönernen Füßen.

«Sparen», sagte Daphne, «er muß sparen. Eisern. Und natürlich die Steuern erhöhen.»

Caenis schob die Papiere zurück, mit denen der Tisch übersät war, und rieb sich die müden Augen.

«Beides geht nur in Maßen», sagte sie, «wir können nicht an der Armee sparen. Das letzte Jahr hat gezeigt, daß sie es ist, die den Kaiser macht. Eine unzufriedene Armee bedeutet neuen Bürgerkrieg. Das Volk ist über die Jahrzehnte hinweg verwöhnt worden mit Spielen und prächtigen Schaustellungen. Nimm ihm das alles, so wird es gären. Rom ist immer noch nicht völlig wiederaufgebaut. Die letzten Kämpfe haben viel zerstört. Wo können wir sparen? Steuererhöhungen? Die Bevölkerung in den Provinzen ächzt unter der Last, die sie zu tragen hat. Du kennst das Sprichwort: *Es ist der letzte Strohhalm, der das Rückgrat des überladenen Kamels bricht.* Wir werden viele Jahre einen sehr schweren Kurs steuern müssen. Und das geht nur, wenn wir absoluten Frieden haben. Wir können uns keine militärischen Abenteuer leisten.»

Caenis verstand sich mit Mucianus gut, mit Domitian gar nicht. Im Unterschied zu dem diplomatischen, leisen alten Mann wurde sie rasch ungeduldig, nahm auf ihn keine Rücksicht, herrschte ihn an, wenn er Einwände machte.

Einmal erlebte Daphne, wie Domitian zu Caenis vordrang. Sie waren gerade dabei, das Soll des Steueraufkommens der Provinz Gallien mit den tatsächlichen Eingängen zu vergleichen und zu untersuchen, wo das Loch war, in das sie versickerten, als Domitian hereinfegte. Daphne hatte ihn noch nie so blaß, so erregt gesehen.

Er hielt sich nicht damit auf zu grüßen. Er durchquerte mit raschem Schritt den Raum, stützte sich mit beiden Händen auf die Tischplatte und beugte sich vor, bis sein Gesicht fast das von Caenis berührte.
«Galeria Fundana war bei mir», sagte er mit wuterstickter Stimme.
Caenis lehnte sich zurück.
Sie antwortete nicht, sah ihn nur unverwandt an.
«Wer hat den Befehl erteilt? Du oder Mucianus?»
«Wir waren uns einig», sagte sie kühl.
«Er war acht. Er konnte nicht einmal sprechen. Ein behindertes Kind!» schrie Domitian.
Aus Daphnes Gesicht wich alle Farbe.
«Was ist geschehen?» fragte sie.
Sie wußte es, bevor er es ihr erklärt hatte.
Germanicus, der kleine Sohn des Vitellius, war erdrosselt worden.
«Galeria hat mich aufgenommen und verborgen. Sie hat mir das Leben gerettet. Und zum Dank dafür...»
Der Zorn überwältigte ihn so, daß er nicht weitersprechen konnte. Daphne sprang auf.
«Sag, daß das nicht wahr ist! Das könnt ihr nicht befohlen haben! So unmenschlich und grausam kann niemand sein! Ein Kind! Ein harmloses, unschuldiges Kind, das euch nichts getan hat.»
Ihr Ausbruch beeindruckte Caenis nicht im geringsten.
«Setzt euch!»
Sie wartete, bis beide dem Befehl nachgekommen waren. In die feindseligen Gesichter hinein sagte sie:
«Es war notwendig. Die Herrschaft des Kaisers muß gesichert werden. Germanicus war eine Bedrohung.»
«Ein achtjähriges stummes Kind!» höhnte Domitian.
Seine Augen brannten von Tränen der Erbitterung.

«Er war mehr als das. Er war ein Symbol. Sein Vater hatte ihn noch in Gallien zum Cäsar und zu seinem Nachfolger ausgerufen. Jeder Gegner Vespasians hätte sich des Kindes bemächtigen und den Krieg neu entfesseln können, indem er Truppen angeworben hätte, um den Anspruch des Germanicus auf die Nachfolge seines Vaters durchzusetzen. Solange Germanicus lebte, bestand die Gefahr, daß man ihn für einen Aufstand mißbrauchte.»

«Seine Mutter hätte das nie zugelassen!» widersprach Daphne.

Caenis warf ihr nicht einmal einen Blick zu.

«Wie hätte sie ihn denn davor schützen können?»

«Es war Mord!» beharrte Domitian, «ganz gleich, wie du es begründest, es war ein abscheulicher Mord!»

«Ja», stimmte Caenis zu, «wir leben in finsteren Zeiten. Wir können uns ein Gewissen nicht leisten. Das ist etwas für die Philosophen, die sich die Hände nicht schmutzig machen müssen. Vielleicht kommt die Zeit, vielleicht erlebst du sie schon, Domitian, wo es nicht mehr nötig ist, grausam und böse zu sein.»

«Julius Cäsar hat seine Feinde verschont.»

«Er wurde ermordet, und auf ihn folgte ein blutiger Bürgerkrieg. Augustus hat das Reich befriedet. Glaubst du, an seinen Händen klebte kein Blut?»

Domitian senkte den Kopf.

Daphne gab sich nicht geschlagen.

«Das Reich! Das Reich!» sagte sie, «welch ein Götze, der als Opfer Kinder fordert! Was ist ein Reich wert, für das man knöcheltief durch Blut waten muß? Für das man das Böse gut nennt und das Gute böse? Es geht euch gar nicht um das Reich. Es geht euch um eure Macht! Dafür hast du seit Jahren intrigiert. Dafür hast du Vespasian zum Kaiser gemacht. Damit du die Macht hast!»

«O ja, sie ist ja so erstrebenswert», sagte Caenis höhnisch.

Sie wies auf den mit Akten bedeckten Tisch.
«Ich bin eine alte Frau. Glaubst du, ich wünschte mir in meinen Jahren nichts anderes, als über Zahlenkolonnen zu brüten oder den Befehl zu geben, ein Kind zu ermorden? Sollte ich zusehen, wie der Bürgerkrieg wieder beginnt? Sag nicht, daß du nicht weißt, was Krieg ist, Daphne. Du hast ihn gesehen. In Jotapata, auf dem Kapitol, in Cremona. Willst du ihn von neuem?»
Daphne schwieg.

«Er wird kommen», sagte Caenis, «endlich. Es wurde Zeit. Es hat viel zu lange gedauert.»
Ihre Stimme klang erleichtert. Die letzten Wochen, vielleicht auch die letzten Jahre, hatten ihren Tribut gefordert. Sie sah erschöpft aus, und wenn sie sich bewegte, tat sie es langsam, als habe sie Schmerzen.
«Wann?» fragte Daphne.
Caenis zuckte die Achseln.
«So schnell wie möglich. Der Arzt schreibt, daß er transportfähig ist. Aber nur in einer Sänfte. Es wird also noch eine Weile dauern.»
«Ist der Kaiser krank?» fragte Daphne erstaunt.
Caenis blickte auf.
«Wer redet vom Kaiser? Marcus Annius Flaccus natürlich. Wir brauchen ihn in der Stadt, ganz dringend. Der Kaiser ernennt ihn zum Präfekten der Prätorianer. Die sind im Augenblick unsere Hauptsorge. Das ist keine Garde, das ist ein undisziplinierter Haufen, der bewaffnet durch die Stadt strolcht und Unruhe stiftet. Und viel zu viele Leute. Unter Augustus hatten wir neuntausend, jetzt ist es mehr als das Doppelte. Das ist zu teuer und zu gefährlich. Flaccus wird gründlich aufräumen müssen. Ich bin froh, daß er kommt.» Marcus kam zurück.
Das Blut stieg Daphne in die Wangen, und ihr Herz klopfte so laut, daß sie fürchtete, Caenis könnte es hören. Über all der Ar-

beit in den letzten Wochen hatte sie ihn zwar nicht vergessen, aber sie war doch so abgelenkt gewesen, daß sie nur morgens beim Aufwachen und abends beim Einschlafen an ihn gedacht hatte. Wenn er jetzt zurückkam, würde sie ihm oft begegnen. Sie hoffte, daß sie eine gute Schauspielerin sein würde. Er durfte nicht erfahren, wie es um ihre Gefühle für ihn stand. Seine Spöttelei, mit der er ihre Liebe als eine lästige Jungmädchenschwärmerei abtun würde, könnte sie nicht ertragen. Caenis sah auf, erstaunt über ihr Schweigen, und bemerkte, daß Daphne abwechselnd rot und blaß wurde.

«Geht es dir nicht gut?» fragte sie.

«Es ist nichts. Ich fühle mich etwas schwindelig, weil ich schlecht geschlafen habe», sagte Daphne hastig.

Nach Caenis Worten erwartete sie ihn schon am nächsten Tag. Aber er kam weder am nächsten noch am übernächsten.

Statt dessen kam mit einem Frachtsegler aus Alexandria, vom Kaiser zum Senator ernannt als Lohn für einen rechtzeitigen Verrat, Aulus Caecina Alienus.

FLAVIUS JOSEPHUS, DER VERRÄTER, der Renegat, bezog ein Zelt neben dem des Feldherrn. Die Umschließung Jerusalems war vollendet. Die römische Armee hatte das Gelände vor den Toren der Stadt planiert. Jedes Gebäude war zerstört, jeder Baum abgeholzt, jeder Busch ausgerissen worden. Statt dessen erfüllten die Zelte der Legionäre und der Hilfstruppen die Ebene. Durch die Lagertore kurvten morgens und abends die Ochsengespanne, die das Holz brachten, die Lebensmittel, das Wasser. Klopfen, Hämmern, Sägen ertönte von morgens bis abends. Die Belagerungsmaschinen wurden gebaut, die Rammböcke, die Widder, die Katapulte, die Steinschleudern. Ein Ring lag um die Stadt, den keiner mehr durchdringen konnte. Wer aus Jerusalem floh, wurde von den Römern ergriffen und in Sichtweise der Stadt gekreuzigt. Jerusalem war überfüllt, die Stadt barst unter der Zahl der Pilger, die mit der Bevölkerung eingeschlossen waren.

«Es wird hart werden», sagte Tiberius Alexander, der mit den ägyptischen Truppen aus Alexandria gekommen war, «die Mauer der Vorstadt, die Mauer der Oberstadt, die Mauer des Tempels, die Felsschluchten – die Stadt ist gerüstet. Sie läßt sich nicht einfach bezwingen. Sie ist unzugänglich an den meisten Stellen durch das natürliche Gelände. Wo sie bestürmt werden kann, sind die Mauern und Festungstürme in guter Ordnung. Es wird hart werden.»

«Höchstens zwei Monate», sagte Titus, «der Sommer wird sie umbringen. Viel zuviele Menschen, kein Essen, kein Wasser, Seuchen. In zwei Monaten spätestens werden sie sich ergeben.»

Josephus bezweifelte das. Vielleicht würde Jerusalem in zwei Monaten fallen, aber es würde sich nicht ergeben. Sie würden es erobern müssen, Vorstadt für Vorstadt, Straße für Straße, Haus für Haus. Der Tempel würde stehenbleiben.

Das hatte Vespasian versprochen. Das war der Preis für Jotapata gewesen. Das hatte Titus versprochen. War das Berenikes Preis gewesen? Berenike wohnte nicht im Zeltlager. Sie hatte, zwei Stunden Ritt entfernt Quartier bezogen in einem weißen Haus, das in einem schattigen Palmenhain lag. Titus ritt dorthin, sooft er sich freimachen konnte. Josephus hatte ihn nur einmal begleitet.

In Berenikes Haus war der Krieg nicht zu spüren. Duftender Jasmin bedeckte die Lauben, Brunnen murmelten, Gelächter der griechischen Diener erscholl in der Küche, Lieder zur Leier schwebten durch die Dämmerung. Um Jerusalem standen die Kreuze auf dem steinigen Boden.

Berenike hatte Josephus' finstere Blicke bemerkt.

«Du mußt anwesend sein», hatte sie gesagt, «du mußt alles sehen. Du bist der Chronist.»
«Du machst es dir zu leicht», warf er ihr vor.
«Vielleicht», hatte sie gesagt, «aber man muß nicht immer sehen, um zu wissen.»

DAS PROBLEM DER PRÄTORIANER erledigte sich mit der Ankunft von Marcus Annius Flaccus in weniger als fünf Tagen. Daphne sah ihn nicht, denn sie hielt sich in den Archiven der Finanzverwaltung auf und überprüfte mit Hingabe die Steuerlisten von Griechenland aus der Zeit, als Nero den Griechen die Steuern noch nicht erlassen hatte. Nachdem sie das festgestellt hatte, erweckten die Einnahmen und Ausgaben des Staates in Britannien ihr Interesse.
Von Marcus' Maßnahmen erfuhr sie nur durch Hörensagen. Offensichtlich hatte er sich einer großen Zahl der alten Prätorianer versichert und dann eine Versammlung einberufen, bei der die, die ihm in einer geheimen Zeremonie Treue geschworen hatten, in vollen Waffen die anderen umzingelt hatten, die unbewaffnet erschienen waren. Er hatte eine Ansprache gehalten, kurz und leise und schneidend. Er hielt ihnen vor, wie sie unloyal, korrupt, eidbrüchig, verräterisch und den Staat zerstörend gehandelt hätten. Aufzubrausen wagten sie nicht angesichts der Garde in Waffen um sie herum, sie sahen den Tod schon auf sich zukommen. Vor ihnen stand der Präfekt, schmal, blaß, auf einen elfenbeinernen Stock gestützt, aber mit der Autorität eines Mannes, dessen Vorfahren seit mehr als vierhundert Jahren für das Wohl der Stadt gelebt hatten und gestorben waren. Unter den eisigen, erbarmungslosen Schlägen seiner Worte zuckten sie zusammen. Hinter ihm standen die Profose, die die Todesurteile vollstreckten. Am Ende seiner Rede hatte er

ihnen nicht den Tod verkündet, sondern gesagt, er würde sie alle in die Garde eingliedern zu dem alten Sold, den sie unter Nero erhalten hatten, die älteren aber gemäß den Bestimmungen zu Veteranen machen und ihnen ein Stück Land in Gallien und Spanien zusätzlich zu ihrer Pension anweisen. Froh, auf eine Weise davongekommen zu sein, die sie nicht mehr erhofft hatten, brachen sie einmütig in Jubel aus.

Die folgenden Tage vergingen mit Registrierungen, Lohnabrechnungen, ehrenvollen Entlassungen in kleinen Gruppen, Verhaftungen einzelner Unruhestifter, und nach vier Wochen war die Zahl der Gardesoldaten auf die traditionellen neuntausend geschrumpft, die sich in die Kasernen zurückzogen und exerzierten, in der Stadt aber keine Unruhe mehr stifteten.

Einmal traf Daphne auf Caecina. Makellos in der purpurgesäumten Toga des Senators tauchte er in einem Korridor vor ihr auf und versperrte ihr den Weg. Sie stand still, das Kinn hochgereckt, und starrte ihm in die schillernden Augen. Die Begegnung war gewiß nicht zufällig, denn Senatoren verirrten sich selten in die Archive der kaiserlichen Verwaltung.

Mit seinen ersten Worten bestätigte er ihre Vermutung.

«Es ist nicht leicht, dich zu finden», sagte er, «man könnte meinen, daß du dich hinter all diesen Akten versteckst. Doch nicht etwa meinetwegen?»

«Warum sollte ich?» gab sie zurück.

Zu ihrer Erleichterung zitterte ihre Stimme nicht.

«Grund hättest du schon dafür, sollte ich meinen», sagte er mit seidenweicher Stimme. Seine Augen schillerten, und seine Mundwinkel hoben sich zu der Andeutung eines Lächelns, «deine Angaben über die Landung des Mucianus in Ravenna waren nicht ganz korrekt, wenn du dich erinnerst.»

«Du hast keinen Schaden davongetragen. Du hast dich rechtzeitig auf die Seite des Siegers geschlagen. Du solltest mir dankbar sein.»

«Wer weiß, wer der Sieger geworden wäre, wenn ich dir nicht geglaubt hätte. Nun, die Würfel sind gefallen, und ich habe diese Runde nicht verloren. Das ist richtig. Ich habe aber meinen Gewinn noch nicht erhalten.»

«Soviel ich weiß, bist du Senator geworden.»

Er zuckte geringschätzig die Achseln.

«Ein Purpurstreifen an der Toga ist das Geringste, was ich erwarten konnte. Zwischen uns war noch von einer anderen Belohnung die Rede, meine Liebe. Du hast das hoffentlich nicht vergessen?»

Daphne sah aus den Augenwinkeln, daß einer der Archivare zurückgekehrt war. Er machte sich am Ende der Regalreihe zu schaffen und schaute verstohlen zu ihnen hinüber. Sie unterdrückte einen Seufzer der Erleichterung.

«Diese Verabredung, Caecina, war einseitig. Ich sagte dir, daß ich eine Treppe will, die ganz nach oben führt. Die Stufe der Senatoren habe ich bereits hinter mir gelassen.»

Sie wußte, daß sie nicht deutlicher werden mußte. Auch zu ihm mußte das Gerücht gedrungen sein, daß sie Domitians Geliebte war.

Seine Augen wurden schmal.

«Treibe das Spiel nicht zu weit, mein Mädchen. Eines Tages wirst du abstürzen und dir das Genick brechen. Und ich werde daneben stehen und Beifall klatschen.»

Die Gegenwart des Archivars machte Daphne kühn.

«Du willst nur klatschen? Ich dachte, du würdest derjenige sein, der mir den Stoß versetzt.»

Er lachte auf.

«Deine Frechheit ist unübertrefflich. Ich werde es mir überlegen. Entweder steige ich so hoch empor, daß sogar dir schwindlig wird, wenn ich dich zu mir heraufziehe. Oder ich stürze dich aus deinem Glück in den Abgrund des tiefsten Elends. Vielleicht tue ich auch beides. Aber so oder so: Du entkommst mir nicht.»

Er verneigte sich knapp und ging an dem Archivar vorbei hinaus.

Marcus unternahm keinen Versuch, mit Daphne zusammenzutreffen, was sie gleichzeitig mit Erleichterung und Enttäuschung quittierte. Offensichtlich reichte es ihm, angespannt wie er in seinem neuen Amt war, zu wissen, daß sie bei Caenis wohl aufgehoben war. Sie würde ihn aber sicher an dem Tag, an dem Vespasians Rückkehr mit einem großen Fest gefeiert wurde, wiedersehen. Zwar waren mehr als vierhundert Gäste geladen und die Etikette der Rangfolge würde während des Bankettes streng eingehalten werden, aber danach gab es einen inoffizielleren Teil bei den Vorführungen im Garten. Dort würde sie sicher auf ihn stoßen.
Schon lange hatte sie sich für keine Gelegenheit mehr so sorgfältig zurechtgemacht, und die alte Glauke, die vielmals laufen mußte, bis sie die richtige Palla, den richtigen Schal, den richtigen Schmuck geholt hatte, sagte schmunzelnd:
«Meiner Seele, Herrin, ich hoffe, du läßt den jungen Mann nicht soviel leiden wie meine armen Füße...»
«Welchen jungen Mann?» fragte Daphne und betrachtete im Spiegel stirnrunzelnd die vorwitzigen Locken, die sich schon wieder aus den kunstvoll aufgetürmten Flechten gelöst hatten.
«Na, der, für den die Mühe ist», sagte Glauke, «was weiß denn ich, wer das ist. Du hast mir ja nie etwas von ihm gesagt.»
«Blödsinn», fauchte Daphne, «es gibt keinen jungen Mann! Spare dir deine dummen romantischen Ideen für die Dienstmädchenkammern auf! Ich bin immer noch eine verheiratete Frau.»
Glauke schniefte gekränkt.

Es war ein warmer Sommernachmittag, und das Essen wurde im Park serviert. Statt der Speisesofas gab es Decken und Kissen, die auf dem Rasen ausgebreitet waren. In der Mitte war ein Gerüst aufgeschlagen worden, auf dem die Darbietungen stattfanden. Caenis hatte an nichts gespart.
Es gab eine Gruppe von fast nackten, eingeölten Männern und Frauen aus Syrien, die mit bloßen Füßen zu einem harten, hämmernden Rhythmus tanzten, zwei berühmte Ringer, die beim Publikum besonderen Anklang fanden, Flötenbläserinnen und Tänzerinnen aus Gades, ein Kitharaspieler, der die neuesten Lieder von Alexandros vortrug, Feuerschlucker, Akrobaten und als Höhepunkt eine Pantomime zur Verherrlichung des neuen Kaisers.
Wein aus Zypern und Chios, aus Spanien und Sizilien wurde ausgeschenkt, die Gerichte, die aufgetragen wurden, zählten nach Dutzenden und reichten von in Honig gebackenen Feigen über getrüffelte Gänseleberpasteten, Perlhühner, Fasanen, Flamingozungen, Forellen, Goldbrassen bis zu Kaviar vom Schwarzen Meer.
An Daphnes rechter Seite lag ein Mann, der an der Kochkunst außerordentlich interessiert war und die ganze Tischgesellschaft damit unterhielt, ihr die dreißig verschiedenen Zubereitungsarten für Geflügel in allen Einzelheiten zu schildern. Versuche, das Thema zu wechseln, wurden von ihm virtuos abgeschlagen. Daphne war es ganz recht. So mußte sie sich nicht an einem Gespräch beteiligen, auf das sie sich nicht hätte konzentrieren können.
Flaccus war etwa fünfzig Meter von ihr entfernt. So nah war sie ihm seit ihrer Abreise aus Cremona nicht mehr gewesen. Er lag Vespasian gegenüber, und sie konnte nur seinen Rücken sehen. Manchmal mußte ein Diener sie mehrfach darauf aufmerksam machen, daß er ihr eine neue Schüssel präsentierte, weil sie ihre Augen nicht von diesem Rücken abwenden konnte. Er war in

weiße, golddurchwirkte Seide gehüllt. Neben ihm lag der elfenbeinerne Stock im Gras.
Sie sah seinen Leib vor sich, wie er auf dem Schlachtfeld vor ihr gelegen hatte, entblößt und blutverkrustet, und sie schauderte.
«Du bist im Irrtum», sagte der Mann neben ihr, «du solltest gerade aus dieser Schüssel essen. Schon die alten Spartaner wußten, daß Blut sehr gesund...»
Der Sklave reichte ihr auf seinen Wink die Schüssel von neuem, und Daphne starrte in eine nach Weihrauch riechende dunkelbraune Brühe, in der Fettklumpen schwammen.
«Schwarzsauer», sagte ihr Nachbar und seufzte genießerisch.
«Zum Hades damit», sagte Daphne heftig, «sollen die Toten das Blut saufen, aber nicht die Lebendigen. Das ist einfach ekelhaft.»
Ihre Stimme war laut genug, um den Tafellärm zu übertönen. Marcus drehte sich um, erkannte sie und lächelte sein spöttisches Lächeln. Daphne starrte feindselig zurück.
Am Ende der Mahlzeit lösten sich die Tischgemeinschaften auf. Man stand auf, promenierte plaudernd durch den Park, die Damen zeigten ihre kunstvollen Lockenfrisuren, ihren Schmuck, ihre seidenen Kleider, die Männer, mit denen sie vertraulich zusammenstanden. Flirts bahnten sich an, die Luft war erfüllt von Lachen, Reden, Parfüm, Lust am Leben.
Daphne fand, das sei eine gute Gelegenheit, das Fest zu verlassen. Niemand würde sie vermissen. Sie schüttelte den Arm des Mannes ab, der ihr noch rasch verraten wollte, wie man mit Entenklein eine besondere Sauce anreichern konnte, wich zwei Senatoren aus, die zuviel gegessen hatten und auf die Büsche zustrebten, um sich zu erleichtern, sprach ein paar Worte mit einem Beamten aus der Finanzverwaltung, drehte sich dann um und fand sich Auge in Auge mit Marcus.

Sie stand wie angewurzelt und glaubte, nicht mehr atmen zu können. Keiner von ihnen sagte ein Wort.
Er hatte sich von seinen Verwundungen gut erholt. Seine Haut war leicht gebräunt, er hatte wieder Fleisch auf den Knochen. Er blickte mit einem forschenden Blick auf sie herunter, den sie nicht deuten konnte. Ihre Wimpern begannen zu flattern. Dann lächelte er und wischte die Ernsthaftigkeit aus seinen Zügen.
«Vier Stunden habe ich auf diese Gelegenheit gewartet. Warum müssen Gastmähler immer in solche Völlereien ausarten? Wie geht es dir?»
«Danke, gut», sagte sie und betrachtete eingehend die Fibel, mit der er seinen blauen Mantel über der Schulter geschlossen hatte. Sie war aus Silber und stellte einen Adler mit ausgebreiteten Schwingen dar, eine alte und sicher sehr kostbare Arbeit.
«Es geht dir hoffentlich auch gut. Ich bin froh, daß du wieder in Rom bist.»
«Davon habe ich noch nichts gemerkt. Du hättest mich besuchen können. Du siehst blaß aus. Caenis sagte mir, daß du zuviel arbeitest.»
«Es macht mir Spaß.»
«Bei den Göttern, das Studium verstaubter Steuerakten kann doch nicht der Lebensinhalt für ein junges Mädchen sein. Wenn du nicht aufpaßt, verstaubst du selbst in den Archiven. Es wird Zeit, daß du nochmal richtig heiratest. Ich glaube, ich weiß einen passenden Gatten für dich.»
«Mich heiratet keiner ohne Mitgift.»
«Ich habe jemanden gefunden, der bereit ist, auf jede Mitgift zu verzichten. Du gefällst ihm, wie du bist. Geld hat er selbst genug. Vielleicht findest du ihn etwas zu alt, aber mir scheint er gerade das passende Alter zu haben, um auf dich aufzupassen. Er ist auch mächtig genug, um dich vor Caecina zu schützen. Du siehst, die Heirat bringt dir auf jeden Fall Vorteile. Ich hoffe,

du wirst ihn eines Tages liebgewinnen, wenn du ihn näher kennst, deinen zukünftigen Gatten.»
«Du vergißt», sagte Daphne, die abwechselnd blaß und rot geworden war, «daß ich schon einen Gatten habe.»
Er starrte sie an, und das Lächeln war aus seinem Gesicht weggewischt.
«Betrachtest du dich immer noch als verheiratet?»
«Warum nicht?»
«Du willst wieder mit ihm zusammenleben, wenn er nach Rom kommt?»
«Wenn er mich will», murmelte sie.
«Wenn er dich will», wiederholte er.
Sie hob den Blick zu ihm auf. Er sah zornig aus.
«Was hast du gegen Josephus?»
«Nichts», sagte er kurz.
«Ich dachte, ich meinte, ich hatte den Eindruck, daß du ihn nicht...» Sie biß sich auf die Zunge und verfluchte sich innerlich. Sie stammelte, als sei sie eine Närrin wie Domitilla.
«Daß ich Josephus nicht schätze?» führte er ruhig ihren Satz zu Ende, «ich gestehe, ich habe immer bedauert, daß du ihn geheiratest hast. Du scheinst mir zu jung, der Altersunterschied zwischen euch zu groß. Aber jetzt bist du natürlich nicht mehr zu jung.»
«Nein.»
«Wenn du ihn liebst...»
Diesmal beendete er den Satz nicht. Sie schwieg.
Er wartete einen Moment und fuhr dann fort:
«Dann habe ich eine gute Nachricht für dich. Gestern habe ich erfahren, daß die äußere Mauer Jerusalems gefallen ist. Josephus wird schon bald in Rom sein.»
Das Lächeln, mit dem er seine Worte begleitete, erreichte seine Augen nicht.
«Wie schön», sagte sie ausdruckslos.

Er zog die Brauen zusammen und sah sie scharf an. Bevor er etwas sagen konnte, erschienen hinter ihm zwei Senatoren und begrüßten ihn lautstark.

Daphne zog sich würdevoll zurück und bekämpfte den Impuls, so schnell so weit wegzurennen, wie sie nur konnte.

Er war so fürsorglich wie eh und je. Er wollte ihr einen Mann suchen. Gerade als ob er ihr Vater wäre! Konnte er nicht irgendwann damit aufhören, sie zu bevormunden, und erkennen, daß sie eine erwachsene Frau war?

Der nächste, der Daphne einen Gatten anbot, war der Kaiser selbst. Vespasian hatte sie rufen lassen und ihr dafür gedankt, daß sie seinen Sohn vom Kapitol geschmuggelt hatte und daß sie Flaccus in Cremona vor demTod bewahrt hatte. Dafür fand er es eine angemessene Gegenleistung, ihr einen Mann im Ritterstand zu verschaffen, der sie zu einer angesehenen Dame der römischen Gesellschaft machen würde. Das war keine schlechte Karriere für das hungrige Kind eines kynischen Philosophen, der auf der Holzkiste sitzend im Hafen die Fischer belehrt hatte. Daphne dankte für die gute Absicht, machte den Kaiser darauf aufmerksam, daß sie schon verheiratet sei, und erbat statt einer Mitgift für sich und Josephus ein Haus in Rom.

Sie bekam es und gleichzeitig ein Beispiel für die Sparsamkeit Vespasians. Er schenkte ihr das Haus nicht, sondern überließ ihr nur mietfrei auf Lebenszeit ein kleines Haus auf dem Aventin, das zu seinem Besitz gehörte und den großen Brand überstanden hatte. Es war dunkel und feucht, und er hätte keine hohe Miete dafür erzielen können, wie Daphne bei der ersten Besichtigung feststellte.

Sie machte sich in den nächsten Wochen daran, es wieder herzurichten. Caenis zahlte ihr ein Gehalt, von dem sie fast nichts ausgegeben hatte, und so besaß sie genug Geld, um Decken, Kissen, Vorhänge, Stühle, Tische und Lampen zu kaufen und für die Küche Tiegel, Töpfe, Pfannen und Messer. Sie war nicht wohlhabend genug, um einen Bildermaler zu beschäftigen, und ließ die Wände nur in hellen Farben tünchen. Früher hatte sie gedacht, es würde ihr Freude machen, einen eigenen Haushalt zu haben, für ihr eigenes Haus Einkäufe zu machen, eine Wohnung nach ihren Vorstellungen einzurichten, aber dem war nicht so. Sie hatte das Gefühl, eine mühselige Pflicht übernommen zu haben, und manchmal, wenn sie allein in dem Haus war, nachdem die Handwerker gegangen waren, kam es ihr vor, als bereite sie ihren eigenen Kerker vor.

Von Caenis erfuhr sie regelmäßig alles über die Fortschritte bei der Belagerung Jerusalems, die keineswegs so schnell voranschritt, wie alle Welt zunächst gedacht hatte.

Es war Ende August, als Caenis sagte:

«Du hast dein Haus hoffentlich bald fertig eingerichtet. Vielleicht kommt Josephus noch vor dem Winter. Es kann sich nur noch um Tage handeln, bis die ganze Stadt gefallen ist. Heute morgen kam die Meldung, daß der Tempel erobert und in Flammen aufgegangen ist. Jetzt haben sich die Reste der jüdischen Verteidiger in der Oberstadt verbarrikadiert, aber der Hunger ist so groß, daß sie kaum noch Kampfkraft haben dürften.»

Daphne starrte sie an und schluckte.

«Der Tempel? Sagtest du, er sei zerstört? Aber Vespasian hat versprochen, ihn zu schonen.»

Sie war nach Jotapata gegangen. Sie hatte Josephus überredet, die Festung zu halten, ungeachtet der Verluste, die das bedeuten würde. Dieses Hinhalten hatte Vespasian genutzt, denn es hatte ihn länger im Kommando gehalten. Nur deshalb war er bei Neros Tod noch im Besitz der Legionen, nur deshalb war er fähig gewesen, in dem Jahr der vier Kaiser die Waagschale zu seinen Gunsten ausschlagen zu lassen. Weil das Gewicht der Legionen hinter ihm stand. Josephus hatte den Tod von Hunderten verantwortet, einzig und allein, damit Vespasian Kaiser werden

konnte. Vespasian hatte ihm dafür versprochen, den Tempel zu erhalten, und dieses Versprechen war eine Lüge gewesen.
Caenis sagte trocken:
«Vergiß nicht, daß Krieg ist. Im Krieg ereignen sich Dinge, die man nicht voraussehen kann. Wenn die Juden so am Tempel hängen, hätten sie kapitulieren sollen, dann wäre ihm nichts geschehen. Übrigens hat Titus, wie es heißt, sein Bestes getan, um ihn dennoch zu retten. Er hatte sich zur Ruhe zurückgezogen, als die Nachricht kam, daß der Tempel brenne. Ohne sich die Zeit zu nehmen, sich anzukleiden, stürzte er sich durch die Soldaten und schrie sie an zu löschen. Aber die meisten haben ihn nicht erkannt und deshalb nicht gehorcht. Als endlich Tiberius Alexander erschien und ein Löschkommando organisierte, half Titus in vorderster Linie mit, aber es war schon zu spät.»
Daphne sah die Szene vor sich. Wie die Soldaten brüllend vorwärts stürzten und Titus sich unter sie mischte, in einer einfachen Tunika, vielleicht im Lederkoller, einer von ihnen. Warum sollten sie ihn erkennen wollen angesichts der ungeheuren Beute, die zum Greifen nahe war. Warum sollten sie ihm gehorchen müssen, dem einfachen Soldaten, der er war? Wäre er im roten Feldherrnmantel auf seinem weißen Roß, umgeben von seinen Adjutanten, auf den Platz gesprengt, der Ungehorsam wäre Meuterei gewesen und mit dem Tode bestraft worden. So aber konnte sich jeder darauf herausreden, er habe den Cäsar nicht erkannt im Getümmel.
War es Zufall oder Absicht? Weshalb hatte er sich mitten am Tag in sein Zelt zur Ruhe begeben und die Uniform abgelegt? Weshalb hatte er sie nicht wieder angezogen, bevor er sein Zelt verließ? Hastiger, unüberlegter Übereifer eines ungestümen jungen Mannes oder verschlagene List des Politikers? Der Tempel zerstört, er aber schuldlos daran – war es das, was er hatte erreichen wollen?
Caenis fuhr ungerührt fort:

«Es ist natürlich bedauerlich. Der Kaiser ist wütend. Ein Teil der Schätze ist unwiederbringlich den Flammen zum Opfer gefallen. Andererseits mag das Ergebnis auf die Dauer gesehen sogar günstig sein. Den Juden wird damit ihr zentraler Ort genommen. Ich denke, nicht Jerusalem an sich, sondern der Tempel hat ihnen das Höchste bedeutet. Wenn er nicht mehr existiert, mag sich die Widerspenstigkeit dieses Volkes legen und endlich Ruhe im Osten einkehren.»

Daphne zweifelte nicht, daß Vespasian und auch Titus so gedacht hatten. Was zählte das Versprechen, das sie Josephus gegeben hatten? Der Tod des kleinen stummen Germanicus fiel ihr ein, des Sohnes des Vitellius. Gebrochene Versprechen, getäuschte Männer, die Toten in der Zisterne von Jotapata, die Ruinen von Cremona, ermordete Kinder – war das der Preis, den man für die Herrschaft über die Welt bezahlen mußte? Damit sollte sie sich einverstanden erklären?

An diesem Abend besuchte Daphne einen Vortrag des Musonius Rufus. Sie hatte das Gefühl, sich innerlich reinigen zu müssen. Wie weit hatte sie sich von der Lehre ihres Vaters entfernt! Und nichts war für sie dabei herausgekommen als Unglück und Schuld.

Musonius Rufus sprach in den Thermen des Agrippa vor einer großen Versammlung von Männern. Nur wenige Frauen befanden sich darunter. Er sprach über das Wesen von Herrschaft und Herrschern. Ein Fehler sei es gewesen, führte er aus, daß in den vergangenen Jahrzehnten die Herrschaft vererbt worden sei wie ein Familienbesitz, da sie nichts Privates sei, sondern ein öffentliches Gut. Nicht der Herr im Staat sei der Fürst, sondern der erste Diener, wirken müsse er nicht zu seinem persönlichen Vorteil, sondern zur Wohlfahrt aller. Das aber setze voraus, daß er ein hervorragender Mann sei, an Verstand gleich ausgezeichnet wie an Sittlichkeit. Nur der wirklich sittlich Gute könne sittlich gute Entscheidungen treffen. Schon Platon habe ausge-

führt, daß die Philosophen Herrscher sein müßten, und er könne sich dem nur anschließen mit der Forderung, daß die Herrscher Philosophen seien. Er erhielt viel Beifall.
Als die Versammlung sich auflöste, entdeckte Daphne, daß unter den Zuhörern Flaccus und Caecina gewesen waren.

IM SEPTEMBER war auch die Oberstadt Jerusalems erobert. Dennoch kam Josephus nicht vor dem Winter. Er blieb im Osten an der Seite des siegreichen Feldherrn Titus, der sich in Cäsarea und Alexandria bejubeln ließ, von seinen Truppen zum Imperator ausgerufen wurde und den Antrag stellte, mit seinem Heer im Triumph in Rom einziehen zu dürfen. Der Titel des Imperators und der Triumph waren dem Kaiser vorbehalten. Caenis' Miene umwölkte sich, als sie die Nachrichten bekam, sie kommentierte sie aber nicht.
Daphne spürte nichts als Erleichterung. Je länger Josephus fortblieb, desto lieber war es ihr. Das Haus auf dem Esquilin war fertig eingerichtet, aber es wohnte nur Glauke darin, die aus Nursia gekommen war. Daphne behielt ihr Zimmer im Palast, wo sie in der Nähe von Caenis sein konnte. Sie betrachtete die alte Dame heimlich, wenn sie glaubte, unbeobachtet zu sein. Caenis war in den sechs Jahren, die Daphne sie jetzt kannte, merklich gealtert. Ihre sanfte Stimme war brüchig, ihre Arme, an denen immer noch die goldenen Reifen klirrten, waren sehnig und dürr geworden. Sie bewegte sich mühsam, und manchmal schloß sie mitten in der Arbeit die Augen und preßte die Lippen zusammen, als unterdrücke sie einen Schmerz. Sie äußerte sich aber nie anders über ihren Gesundheitszustand, als daß sie erklärte, es gehe ihr ihrem Alter entsprechend, und das sagte sie so knapp und abweisend, daß sich jede weitere Erörterung verbot.

Daphne übernahm jetzt stillschweigend den größten Teil der Arbeit, und es war viel zu tun. Vespasian erließ eine besondere Kopfsteuer für die Juden, er schaffte die Steuerprivilegien in Griechenland ab, er erhöhte die Erbschaftssteuern, er besteuerte sogar die öffentlichen Toiletten, was eine Flut von spöttischen Wandinschriften hervorrief, die der Kaiser mit der Bemerkung quittierte: «Geld stinkt nicht.» Er ließ sich die Verleihung von Ämtern bezahlen, und es hieß – wahrscheinlich zu Recht – er sei als Richter bestechlich.

Während er auf der einen Seite versuchte, die Staatseinnahmen zu erhöhen, gelang es ihm auf der anderen Seite nicht, die Ausgaben zu verringern. Cremona erhielt eine Aufbauhilfe, in Germanien brach ein Aufstand los – er schickte Domitian zur Begleitung des Feldherrn, damit er den Krieg kennenlernte –, Rom zeigte immer noch die Verheerungen des großen Brandes und des Bürgerkrieges. Er erließ ein Gesetz, wonach Baulücken staatlicherseits geschlossen würden, wenn die Besitzer sie aus Spekulationsgründen nicht bebauten, er ließ den Tempel des Jupiter Optimus auf dem Kapitol, der durch Feuer Schaden genommen hatte, wiederherstellen, und er nahm den Bau eines riesigen Amphitheaters in Angriff.

Vespasian lebte kaum anders als zu der Zeit, da er noch Maultierzüchter in Nursia gewesen war, stand im Morgengrauen auf und studierte bis in die Nacht die Akten, traf Entscheidungen, saß den Gerichtsverhandlungen vor und besuchte die Senatssitzungen. Es war ein Arbeitspensum, das einen weniger kräftigen Mann an den Rand der Erschöpfung getrieben hätte. War er für sich persönlich anspruchslos, achtete er doch darauf, daß sein Kaisertum in der Stadt glänzend zelebriert wurde. Am 30. Dezember feierte er mit großen Spielen den Geburtstag seines Sohnes Titus und gab dazu Münzen heraus, auf denen Titus abgebildet war mit der Inschrift «imperator designatus». Damit war er offiziell zum Thronfolger ernannt.

Der Triumph wurde bewilligt, Titus sollte ihn gemeinsam mit dem Kaiser feiern. Das hatte es seit Augustus nicht gegeben. Klarer konnte Vespasian nicht erklären, daß er eine Dynastie gründen und Titus als seinen Nachfolger bestimmen wollte. Um eine Zustimmung des Senats bemühte er sich nicht.
Dem Fest für Titus blieb der alte Senator Helvidius Priscus fern. Zehn Tage später gab er einen Empfang in seinem Haus. Er nannte ihn eine Geburtstagsfeier. Alle wußten, daß Helvidius im Sommer Geburtstag hatte. Es sprach sich herum, wer denn Anfang Januar Geburtstag gehabt hätte: Marcus Junius Brutus, der Cäsarmörder.
Vespasian kratzte sich im Nacken, als er davon unterrichtet wurde, murmelte, der Alte beginne senil zu werden, und ordnete an, daß er sich schon jetzt auf seinen Sommersitz in die Albaner Berge zurückzuziehen habe und erst nach Rom zurückkehren dürfe, um an dem Triumph teilzunehmen. Im Senat gab es eine Gruppe, die von ungerechter Verbannung, Tyrannei und Willkürherrschaft sprach. Das Wort vom neuen Nero machte die Runde. Die Vorträge des Musonius Rufus wurden besucht wie nie zuvor.

IM APRIL FEIERTE ROM IN GROSSEM STIL das Fest der Parilien, eines der uralten Feste, die noch aus der Zeit herrührten, als Rom eine Kultgemeinschaft der Bauern und Hirten gewesen war. Daphne betrat seit längerer Zeit zum ersten Mal wieder ihr Haus. Glauke, die es peinlich sauber hielt, hatte alles vorbereitet. Der Boden im Atrium war mit Bohnenstroh ausgelegt, die Kränze für die Tür waren vorbereitet. Daphne hatte Blut des Oktoberpferdes mitgebracht und vollzog das Opfer.
Anschließend gab sie Glauke für den Rest des Tages Urlaub.
«Ach, das ist kein Fest mehr für mich», sagte Glauke seufzend,

«ich bin zu alt dafür. Zu meiner Zeit, da hättest du mich sehen sollen, wenn ich über das Feuer gesprungen bin. Die stattlichsten jungen Männer haben sich darum gerissen, mit mir zu springen, sage ich dir. Aber heutzutage, was bleibt mir da noch? Der Weinkrug, nur der Weinkrug. Ach, die Freuden des Lebens sind vergänglich. Ich sage nur immer, nutze den Tag, du weißt nie, was noch kommt.»

Ihr Gesicht verzog sich zu einem breiten, vertraulichen Grinsen.

«Aber für junge Frauen so wie du – da ist das Fest gemacht. Ich habe gehört, der Kaiser läßt ein Strohfeuer in seinen Gärten entzünden. Da gibt es sicher den einen oder anderen Gardeoffizier, der gern mit dir springen möchte, wie?»

«Ich bin verheiratet», antwortete Daphne abweisend.

«Und wo ist dein Gatte?» fragte Glauke zurück.

Den Göttern sei Dank, noch nicht hier, hätte Daphne beinahe geantwortet. Noch nicht. Aber es würde nicht mehr lange dauern. Titus hatte die Nachricht geschickt, daß er mit Teilen der Armee im Mai eintreffen würde. Begleitet werden würde er von der Königin Berenike, ihrem Bruder Agrippa und dem Schriftsteller Josephus, der eine Geschichte des Krieges schreiben würde.

Im Mai mußte sie ihrem Mann gegenübertreten. Daphne fürchtete sich davor. In seinen Augen war sie eine Lügnerin. Sie hatte ihm die Verantwortung für Jotapata aufgebürdet, aber der Tempel war zerstört worden. Wieviel von dem Haß und der Verachtung, die er sich selbst entgegenbrachte, würde jetzt auf sie zurückfallen? Sie dachte an ihre nächtlichen Begegnungen, die so heftig, fast gewalttätig gewesen waren und die sie hatte ertragen können, weil sie mit ihm in der Zisterne gewesen war. Jetzt würde sie sie nicht mehr ertragen können, das wußte sie. Schon der bloße Gedanke daran ließ ihre Haut kalt werden.

Sie biß sich auf die Lippen und ließ sich auf den Palatin zurück-

tragen. Sie kam nur langsam voran, denn die Straßen waren erfüllt von den Feiernden, die, bekränzt, singend, trinkend, durch die Stadt fluteten. Viele strömten zu den Gärten des Kaisers, die an diesem Tag für das Volk geöffnet waren.
Daphne hatte beabsichtigt, sofort ihr Zimmer aufzusuchen, aber es war unmöglich durchzukommen. Am Fuße des Palatin sagte einer der Sänftenträger entschuldigend zu ihr, es sei besser, wenn sie aussteige und zu Fuß gehe, dann hätte sie eine größere Chance, den Palast zu erreichen. Sie fand den Vorschlag vernünftig und stieg aus.
Es war unmöglich, die Richtung selbst zu bestimmen, in der sie gehen wollte. Die Menge riß sie einfach mit. Sich dem Strom zu widersetzen, wäre selbstmörderisch gewesen. Daphne ließ sich mit fortspülen in die Gärten hinein, wo mehrere Strohfeuer entzündet worden waren.
Der Pöbel aus der Subura mischte sich mit den Beamten, den Rittern, den Senatoren. Vornehme Damen fanden sich in den Armen von Handwerkern. Die Parilien waren kein Fest, an dem die Staatsopfer vollzogen wurden. Sie waren ein alter Fruchtbarkeitskult, handfest und derb. Höhepunkt war das paarweise Springen über das Strohfeuer. Ein Mann suchte sich eine Frau, die dem Brauch nach nicht ablehnen durfte, nahm sie bei der Hand, sprang mit ihr über das Feuer und küßte sie auf der anderen Seite. Ob sie sich dann trennten oder in der Weitläufigkeit der Gärten miteinander verschwanden, war eine Sache, um die sich niemand kümmerte. Eifersüchtige Gatten trafen alljährlich Vorsorge, daß ihre Frauen nicht an diesem Fest teilnahmen. Daphne hatte keinen eifersüchtigen Gatten.
Die Menge drängte vorwärts, und Daphne spürte, wie jemand ihren Arm ergriff. Es war ein großer, ungeschlachter Mann, der nach Zwiebeln roch und aus beträchtlicher Höhe auf sie herunterlachte.
«Spring, mein Püppchen, spring mit mir!» rief er, zog sie vor-

wärts, und sie fand sich vor dem Feuer. Ein Kreis hatte sich darum gebildet von Männern und Frauen aus allen Bevölkerungsschichten. Da stand der Senator in der Toga, mit Weinlaub bekränzt, neben dem Fischweib vom Tiberufer. Sie klatschten rhythmisch in die Hände und feuerten die Paare an. Das Feuer loderte hoch.

Daphne holte tief Luft und sprang. Sie spürte einen Moment lang eine riesige Hitzewelle durch sich hindurchgehen, dann war sie drüben. Der Riese schloß sie in die Arme und blies seinen Zwiebelatem in ihr Gesicht, der so vertraut nach Kindheit roch. Daphne stellte sich auf die Zehenspitzen und küßte ihn. Die Menge klatschte Beifall.

«Noch mal?» fragte der Mann, aber sie schüttelte lachend den Kopf, löste sich von ihm und lief davon. Sie prallte gegen einen Mann, der nicht nach Zwiebeln roch. Von ihm ging ein ganz schwacher Duft nach teurem Sandelholz aus, und das Gewand, in dem sie ihren Kopf wiederfand, war aus einem Gemisch aus Baumwolle und Seide und mit Goldfäden durchwirkt. Sie sah auf, direkt in die schillernden Schlangenaugen von Caecina.

«Wem die Götter gnädig sind», sagte er und lächelte so, daß eine Gänsehaut sie überlief, «dem gestatten sie einen zweiten Anfang. Haben wir nicht so begonnen? Erlaube mir, daß ich mich diesmal besser benehme.»

Er ergriff ihre Hand und steuerte sie auf die Paare zu, die Schlange standen, um über das Feuer zu springen. Panik stieg in ihr auf. Schon die Berührung seiner Hand ließ sie frösteln. Sie wollte weglaufen, aber sie fühlte sich wie gelähmt. Willenlos ließ sie sich führen und reihte sich hinter den anderen Paaren ein. Rund um sie ertönte das Klatschen und übertönte das Prasseln des Feuers. Der Andrang wurde immer größer, anscheinend verloren einige junge Burschen die Geduld, sich einzureihen und versuchten sich vorzudrängeln. Schimpfworte fielen, jemand schubste sie zur Seite, Caecina verlor einen Augenblick den

Zugriff auf sie, aber bevor Daphne reagieren konnte, fühlte sie ihre Hand von neuem ergriffen. Sie blickte ihn nicht an. Sie starrte auf den Rücken der Frau vor ihr. Daphne war sicher, daß sie diesmal den Sprung verfehlen würde. Sie würde stolpern und in die Glut fallen. Sie hatte nicht die Kraft zu springen. Und war es nicht besser, ins Feuer zu fallen, als anschließend von Caecina umarmt und geküßt zu werden? Die Frau vor ihr kicherte, nahm einen Anlauf und war hinüber. Die Menge klatschte.

Jetzt war sie an der Reihe. Daphne stand und starrte auf das Feuer und bewegte sich nicht. Die Stimme des Mannes neben ihr sagte:

«Hab keine Furcht, wir schaffen das.»

Es war nicht Caecinas Stimme.

Langsam, als fürchte sie, aus einem Traum aufzuwachen, wandte Daphne den Kopf. Das Gedränge, bei dem Caecina ihre Hand verloren hatte, hatte einen anderen Partner an ihre Seite geführt. Sie sah in die dunklen Augen von Marcus Annius Flaccus, der wiederholte:

«Keine Angst, wir schaffen das.»

Es war kein Lächeln um seinen Mund oder in seinen Augen.

Die Menge feuerte sie an, von hinten wurde sie gestoßen, weil die Nachrückenden ungeduldig wurden. Daphne nickte unmerklich, holte tief Luft, und wie beim ersten Mal flog sie durch die sengende Hitze und landete sicher auf der anderen Seite. Er löste seine Hand aus ihrer. Sie standen einander gegenüber, Daphnes Herz klopfte wild, ihr Atem ging stoßweise.

War Marcus mit ihr über das Feuer gesprungen, weil er sie wieder vor Caecina retten wollte? Oder hatte er erkannt, daß sie eine erwachsene attraktive Frau war? War sie in seinen Augen endlich kein Kind mehr? Sie hob ihm das Gesicht entgegen, die Lippen leicht geöffnet, die Augen geschlossen, und wartete auf die Wärme seines Mundes, die Berührung seiner Hände.

«Küssen, küssen», skandierte die Menge.

Sie wartete immer noch. Was geschah? Warum zögerte er? Sie öffnete die Augen wieder. Marcus hatte sich nicht gerührt. Er stand nahe bei ihr, so nahe, daß sie seinen Atem einatmen konnte, seine Arme hingen an der Seite herab.

«Küssen, küssen», schrie es um sie herum.

Das nächste Paar war sicher gelandet und lief um sie herum.

Marcus beugte sich leicht vor. Seine Lippen berührten die ihren einen winzigen Moment lang, sanft, ohne jeden Druck, dann richtete er sich auf, verbeugte sich und verschwand in der Menge, die sich hinter ihm schloß, als habe es ihn nie gegeben.

Tränen brannten in Daphnes Augen. Sie wischte sie wütend ab. Also doch nur ein Kind für ihn. Kein Kuß hätte leidenschaftsloser, brüderlicher sein können. Wie hatte sie sich einbilden können, er sei mit ihr über das Feuer gesprungen, weil er sie begehrenswert fand, weil er sie in den Armen halten und küssen wollte. Er mußte bemerkt haben, wie zuwider ihr Caecina war und hatte den kleinen Tumult inszeniert, um sie von ihm zu befreien, fürsorglich wie immer.

ES WAR EINE URALTE SITTE, daß der Feldherr, der einen Triumph feiern wollte, die Stadt erst am Tage des Umzugs betreten durfte. Titus schlug sein Zelt inmitten der Soldaten vor den Stadtmauern auf. Josephus blieb bei ihm mit der Begründung, er wolle den Feldzug von Anfang bis zum Ende beschreiben, und beendet sei er erst mit dem Triumph. Er traf Daphne erst am Tage des Triumphs wieder. Sie hatten beide Plätze auf einer Tribüne in der Via Sacra, kurz bevor sie das Forum verließ und zum Kapitol führte. Soviel er wußte, hätten sie auch Sitze auf dem Kapitol bekommen können, aber aus irgendeinem Grund, den Daphne nicht angab, hatte sie sich geweigert, das Kapitol zu betreten.

Josephus war es gleichgültig, wo er den letzten Akt dieses Krieges beobachtete. Dieser feierliche Aufzug des Heeres und der Feldherren war das endgültige, unauslöschliche Zeichen, das die Niederlage seines Volkes, den Untergang Jerusalems und die Zerstörung des Tempels besiegelte. Um ihn herum grölten die römischen Massen, die das Schauspiel in vollen Zügen genossen. Schon früh am Morgen waren sie gekommen, hatten sich Kissen mitgebracht und Körbe mit Eßwaren und Getränken. Neben ihm saß Daphne, müde und blaß. Sie sprach nicht, und er empfand ihr Schweigen als wohltuend. Er hätte es nicht ertragen, wenn sie Banalitäten geplappert, ihm Erfrischungen angeboten oder neugierige Fragen gestellt hätte. Er versuchte, seine Gefühle auszuschalten, sich ganz leer zu machen, nichts weiter zu sein als eine atmende Wachstafel, in die er die Einzelheiten dieses Zuges einprägen konnte, um sie später zu beschreiben.

Das Nahen des Zuges wurde von Musik angekündigt. Zimbeln, Pauken, Trompeten und die Tuben vollführten einen Lärm, der in den Ohren gellte und mit dem Geschrei der Zuschauer wetteiferte.

Danach folgten die Wagen, auf denen Schauspieler Szenen des Krieges nachstellten, zum Beispiel, wie Titus das Pferd unter dem Leib weggestochen wurde und er ein anderes bestieg. Dann die Wagen, auf denen die Beute ausgestellt wurde, die Weihegeschenke aus dem Tempel, die goldenen Schaubrote, der große siebenarmige Leuchter. Josephus wandte nicht den Blick ab, auch nicht, als die Gefangenen kamen, in Festgewändern und goldenen Ketten, an ihrer Spitze Johannes von Gischala und Simon ben Giora, die Anführer, die, bevor der Zug zum Kapitol emporschritt, ausgesondert und im mamertinischen Kerker erdrosselt werden würden. Sie schritten aufrecht, den Kopf zurückgeworfen, taub für das Geschrei des Pöbels.

Josephus wünschte sich brennend, an ihrer Seite zu gehen. Das war die richtige Seite, die Seite der Gottesstreiter. Er saß hier auf der Tribüne, der Verräter, der Überläufer, der Feigling, Flavius Josephus. Einmal, als er ganz in seiner Nähe war, ließ Simon den Blick über die Zuschauer schweifen. Josephus hielt den Atem an. Aber Simons Blick ging gleichgültig über ihn hinweg. Er hatte ihn nicht erkannt. Eine brennende Röte übergoß Josephus, gleichzeitig der Scham und der Erleichterung. Dann war das Schlimmste vorbei. Liktoren marschierten, die Rutenbündel mit Lorbeer umwunden, dann kamen die Wagen der Triumphatoren, erst der Vespasians, dann der des Titus. Beide waren mit vier Schimmeln bespannt, beide lenkten ihn selbst, und hinter ihnen stand der Sklave, der sie an ihre Sterblichkeit erinnern sollte. Vespasian und Titus waren kaum zu erkennen. Sie trugen schwere Prunkgewänder, wie die Statue des Jupiter Optimus auf dem Kapitol, und den Lorbeerkranz. Ihre Gesichter waren mit Mennige rot gefärbt, damit sie glänzten wie das Gesicht des Gottes. In der Rechten hielten sie die Zügel, in der Linken den Elfenbeinstab mit dem Adlerkopf. Vespasin wirkte müde, Titus hingegen schien jeden Meter zu genießen. Er winkte mit dem Stab in die Menge, und die Römer jubelten ihm zu, als sei er wirklich der Gott, den er verkörperte.

Den beiden Imperatoren folgte das Heer. In Sechserreihe wie zur Schlacht schritten sie, Lieder singend, bekränzt, in glänzenden Rüstungen, in denen sich die Sonne spiegelte, dahin, ein endloser Zug. Josephus saß, bis die letzte Kohorte vorbeimarschiert war. Als er sich dann erhob, bemerkte er, daß er kaum hochkam. Jeder Muskel schmerzte ihn, als hätte er ihn stundenlang angespannt.

Es erwies sich, daß Caenis' Kraft nur noch ausgereicht hatte bis zum Tage des Triumphs. Danach mußte sie sich ins Bett legen, und die Ärzte sagten nach eingehenden Untersuchungen, die Krankheit, die ihr Inneres zerfresse, sei so weit fortgeschritten,

daß sie nichts mehr für sie tun könnten, außer schmerzstillende Mittel zu verabreichen.
Daphne kehrte nicht in ihr Haus auf dem Esquilin zurück, sondern blieb bei der Kranken. Sonderbar fand sie es, daß jetzt, da Caenis starb, sie das Gefühl hatte, eine Mutter zu verlieren. Sie hatten sich nie gefühlsmäßig nahegestanden, Caenis hatte niemals Nähe angeboten, Daphne sie nie gesucht, ihre Beziehung war immer auf die sachliche Ebene der Arbeit beschränkt geblieben, trotzdem fühlte Daphne sich ärmer werden. Wenn Caenis tot war, dann hatte sie keinen anderen Ort mehr als den, den sie mit Josephus teilte, das Haus auf dem Esquilin, das ihr schon beim Einrichten wie ein Gefängnis vorgekommen war. Vespasian, dem Caenis die engste Vertraute gewesen war, die Ratgeberin, deren Ehrgeiz und Klugheit ihn zu dem gemacht hatten, was er jetzt war, kam mehrmals täglich und setzte sich eine Weile schweigend an ihr Bett. Auch Titus erschien. Dann trat ein Ausdruck von Erkennen und Wärme in die opiumverhangenen Augen der alten Frau. Daphne dachte, alles, was Caenis getan hatte, hatte sie für Titus getan, nicht für seinen Vater.
Auch Marcus erschien an ihrem Krankenlager.
Er grüßte Daphne kurz und sagte, nachdem er sich von Caenis verabschiedet hatte, auf dem Weg zu Tür:
«Du siehst schlecht aus, Daphne, dünn und blaß. Bekommst du zuwenig Schlaf?»
Sie ballte die Fäuste. Bei den Göttern, wie sie diese wohlmeinende Fürsorglichkeit haßte. Konnte er denn nie begreifen, daß sie nicht mehr das kleine Mädchen war, um das er sich Sorgen machen mußte?
«Vergiß nicht, daß mein Mann nach langer Abwesenheit zurückgekommen ist», sagte sie.
Er biß sich auf die Lippen, verneigte sich knapp und ging. Ihr fiel nicht auf, daß sie zum ersten Mal das letzte Wort behalten hatte.

Manchmal kam Berenike und bestand darauf, daß sie das Zimmer verließ und mit ihr ging, um sich auszuruhen. In Berenikes Gemächern – sie hatte eine Zimmerflucht gleich neben den Räumen von Titus bezogen – herrschte immer eine gleichmäßige heitere Gelassenheit. Vögel in goldenen Käfigen zwitscherten, Blumensträuße, üppig über alle Räume verteilt, dufteten, Schalen mit Obst standen auf kleinen Tischen in bequemer Reichweite, Krüge mit kühlem Wasser und süßem Wein von Chios. Alle Gegenstände, die sie umgaben, waren kostbar von Material und einfach in der Form. Wenn Daphne Berenikes Haushalt mit den pompösen, prunkvoll-protzigen der reichen Römer verglich, die sie kannte, dann erschien ihr die erlesene Schlichtheit als die höchste Form der Eleganz und des Luxus.
«Was wirst du tun, wenn Caenis tot ist?» fragte Berenike unverblümt.
Daphne saß ihr gegenüber und hatte eine Schale mit Pistazien auf dem Schoß.
«Ich hoffe, daß ich Josephus bei seinem Buch helfen kann. Er schreibt auf aramäisch. Ich kann es ins Griechische übersetzen.»
«Es ist gut, daß er es schreibt. Manchmal glaube ich, er wäre lieber auf den Ruinen von Jerusalem gekreuzigt worden. Es ist nicht leicht für ihn zu akzeptieren, daß er das Leben gewählt hat. Er ist sehr unglücklich.»
Daphne schwieg.
«Du fragst dich, wie ich es aushalte?»
Ein leichtes Lächeln glitt über Berenikes Gesicht.
«Oh, ich bin in einer noch viel schlimmeren Lage. Josephus ist nur der Geschichtsschreiber des Siegers, ich bin seine Hure.»
Daphne zuckte zusammen.
«Glaubst du, ich weiß nicht, wie sie über mich reden? Glaubst du, ich weiß nicht, welche Inschriften an die Hauswände gepinselt werden in der Nacht, die morgens wieder übergetüncht

werden? Glaubst du, ich weiß nicht, welche Flüche mir gelten drüben, jenseits des Tibers im Viertel der Juden? Glaubst du, ich sehe nicht, wie die Frauen der Senatoren mich und meine Diamanten taxieren und darüber spekulieren, wofür mein Bruder sie mir geschenkt hat? Glaubst du, ich höre nicht, wie sie den Namen Kleopatras hinter mir herzischeln und mir am liebsten selbst die Giftschlangen an den Busen setzen möchten?»

«Wie kannst du es dann in Rom aushalten?» fragte Daphne entsetzt, «wenn du weißt, wie sehr alle dich hassen?»

«Es kann keinen anderen Ort für mich geben als Rom.»

«Mein Vater hat mich vor der Liebe gewarnt. Sie mache den Menschen immer unglücklich, hat er gesagt. Und Musonius Rufus predigt dasselbe.»

«Alle Stoiker tun es.» Berenike lachte. «Sie wollen, daß wir lebendig schon tot sind. All dieses Gerede von Selbstbeherrschung, von Abtötung der Begierden, vom Vermeiden der Leidenschaft führt doch nur dazu, daß wir nichts anderes werden als atmende Statuen.»

«Es führt dazu, daß wir nicht unglücklich sind», widersprach Daphne.

»Und warum sollten wir es nicht sein?

«Aber niemand wünscht sich, unglücklich zu sein!»

«Aber jeder wünscht sich, glücklich zu sein, nicht wahr? Glück und Unglück sind zwei Seiten derselben Münze. Du kannst die eine nicht ohne die andere haben. Soll ich darauf verzichten, in der Liebe zu Titus glücklich zu sein? Deine Philosophen würden mir dazu raten. Was wäre denn das für ein Leben, das ich dann führen würde? Habe ich von Gott ein fühlendes Herz und einen sinnlichen Körper bekommen, damit ich meine Tage damit verbringe, gelassen zuzusehen, wie der Schnee an den Hängen des Hermon schmilzt? Nein, ich will das Glück, das ganze Glück, mit all seinen Seligkeiten und Ekstasen und zahle dafür jeden Preis, auch das volle Unglück mit all seiner aller Bitterkeit.»

Daphne starrte sie an. Sie beneidete Berenike. Auch wenn sie später unglücklich werden würde, weil Titus, der soviel jünger war, sie verlassen würde, sie hatte doch das Glück gekannt und konnte sich daran erinnern. Wohingegen sie, Daphne, vom Glück der Liebe nichts wußte. War es deshalb, daß sie sich innerlich so unstet, so unausgeglichen, so leer fühlte?

Caenis starb einen Monat nach dem Triumph. Vespasian veranstaltete ein Staatsbegräbnis, bei dem er persönlich die Leichenrede hielt. Ganz Rom nahm daran Anteil. Unter denen, die dem Zug folgten und Vespasian kondolierten, war auch der Senator Helvidius Priscus, der aus seiner Villa in den Albaner Bergen zurückgekehrt war. Er hatte eine schöne, durchdringende, tiefe Stimme, die weit zu hören war, als er auf den Kaiser zutrat und erklärte:

«Vespasian, ich teile deine Trauer. Sie war eine ungewöhnliche Frau. Das mußte sie wohl auch sein, wenn ein Senator bereit war, mit ihr, einer bloßen Freigelassenen, im Konkubinat zu leben.»

Jedes Geräusch erstarb. Helvidius Priscus hatte in aller Öffentlichkeit dem Kaiser jeden Titel verwehrt und ihn einen bloßen Senator genannt. Vespasian betrachtete den alten, weißhaarigen Mann, der mit herausfordernd funkelnden Augen vor ihm stand, und sagte gelassen:

«Mein lieber Helvidius, man mußte kein Senator sein, um ihre Qualitäten zu erkennen. Ich habe sie schon geschätzt, als ich noch ein schlichter Ritter war.»

Ein dünnes Kichern lief durch die Reihen. Helvidius Priscus wandt sich mit zusammengepreßten Lippen ab.

Auf dem Rückweg hörte Daphne, wie Titus in seinen Vater drang, diese Beleidigung nicht ungeahndet zu lassen.

«Sie werden immer frecher», sagte er, «die Ratten trauen sich aus den Löchern. Wir müssen ihnen zeigen, daß wir uns nichts gefallen lassen.» Daphne wußte, daß er von den Inschriften sprach, die seine Beziehung zu Berenike verhöhnten und die immer öfter auf den Mauern auftauchten.

«Ich will keinen Märtyrer schaffen», erwidere Vespasian, «Helvidius ist ein alter Mann, der ohnehin bald stirbt. Wenn wir ihn hinrichten lassen, findet die Opposition nur neue Nahrung.»

«Und diese Philosophen? Wie lange willst du noch dulden, daß sie öffentlich verkünden, der Kaiser müsse vom Senat aus den Besten gewählt werden, das heißt doch wohl, aus den Senatoren? Sie erkennen dich nicht an und nicht mein Recht auf die Thronfolge. Kaum haben sich die politischen Verhältnisse stabilisiert, beginnen sie zu hetzen und alles zu unterwühlen. Du mußt dem ein Ende setzen.»

«Meinetwegen. Das geht ohne Blutvergießen ab.»

Am nächsten Tag unterzeichnete Vespasian ein Dekret, mit dem alle Philosophen für zwei Jahre aus Rom verbannt wurden.

In Ostia bestieg Musonius Rufus ein Schiff nach Alexandrien. Die Zahl derer, die ihn zum Hafen begleiteten, zählte nach Hunderten.

NACH CAENIS' TOD gab es für Daphne auf dem Palatin nichts mehr zu tun. Sie siedelte jetzt endgültig in das Haus auf dem Esquilin über. Die Chance, Josephus bei seinem Buch zu helfen, hatte sie nicht. Er hatte zwei Sekretäre eingestellt und arbeitete buchstäblich Tag und Nacht. Er schlief auf einer schmalen Pritsche in seinem Arbeitszimmer, ließ sich die Mahlzeiten dort servieren und verließ das Haus nur, um ins kaiserliche Archiv zu gehen. Daphne bekam ihn so wenig zu sehen, als wäre er immer noch beim Heer in Judäa.

Sie war enttäuscht, daß er sie nicht an seiner Arbeit teilhaben ließ. Schließlich war es ihre Idee gewesen, daß er die Geschichte

des Krieges schrieb, und sie fand, sie hatte ein Recht, daran mitzuwirken.
Einmal ging sie, als er abwesend war, in sein Zimmer, mißachtete jeden zaghaften Einwand der Sekretäre und nahm das Manuskript auf. Sie entrollte den Bogen und begann an einer beliebigen Stelle zu lesen. «*Nachdem Josephus die rechtlichen Verhältnisse innerhalb der Gemeinden geordnet hatte, kümmerte er sich um ihre äußere Sicherheit, und da er einen Einfall der Römer zuerst in Galiläa voraussah, befestigte er geeignete Plätze wie Jotapata …*»
Sie ließ den Bogen sinken.
Er schrieb über sich in der dritten Person, als träte er sich wie einem Fremden gegenüber. Josephus ben Matthias, der jüdische Befehlshaber, war ein anderer als Flavius Josephus, der römische Historiker. Kein Wunder, daß er alles tat, um ihr aus dem Weg zu gehen. Vor ihr verbarg die Maske ihn nicht, die er angelegt hatte. In ihrer Gegenwart war er der Josephus aus Jotapata, der sich so brennend gewünscht hatte zu überleben, der seinen Tod Stunde um Stunde hinausgeschoben hatte, der begierig nach der Rettung gegriffen hatte, die sie ihm gebracht hatte. In ihrer Gegenwart stand die Wahrheit auf, die er in seinem Buch so sorgfältig zu Grabe trug.
Daphne verließ zur Erleichterung der Sekretäre den Raum, ohne irgendwelchen Schaden an den Manuskripten und Notizen angerichtet zu haben, wie man es von einer Frau erwarten konnte. Von diesem Tag an wich sie Josephus so sorgfältig aus wie er ihr.
Von Tag zu Tag wurde ihre Laune schlechter. Was sie deprimierte, war die Tatsache, nichts zu tun zu haben. Sie war über Jahre hinweg an die Arbeit bei Caenis gewöhnt, und das Nichtstun fiel ihr schwer.
Den Haushalt besorgte Glauke allein mit Hilfe eines Mädchens aus der Nachbarschaft. Spinnen und weben, wie Domitilla es ge-

tan hatte, konnte sie nicht. Sie konnte auch nicht den ganzen Tag stillsitzen und lesen. Daphne versuchte es mit Einkaufsbummel. Bei den Schmuckhändlern interessierten sie Ringe und Ketten aus dem nordischen Gold, einem bräunlichen durchsichtigen Stein, in dem sie mit Entzücken kleine Insekten entdeckte, so vollkommen, daß man meinen konnte, sie würden gleich die Flügel anheben, um fortzufliegen. Sie liebte die Stände der Gewürz- und Spezereihändler, wo es nach Balsam roch, nach Zimt, Weihrauch, Myrrhe und Narden, nach Kardamom und Ingwer, nach Pfeffer, Anis, Minze und Kümmel, nach Thymian, Rosmarin und Oregano.

Sie bummelte weiter zu den Salben- und Parfümhändlern, wo in Glasflaschen und Fläschchen aus Onyx Rosen-, Krokus- und Zypressenöl feilgeboten wurde, verzog den Mund bei den Läden, die alle möglichen Schönheitsmittel anpriesen, Pulver zum Wachstum der Haare, Bleiweiß zum Schminken der Haut, Antimon für die Augen, Wachs zum Enthaaren, Creme gegen Sommersprossen und gegen Falten, Purpursaft zum Röten der Lippen, Zahnpulver, Schönheitspflästerchen, gallische Seife und lemnische Siegelerde. Sie wanderte durch die Läden der Stoffhändler und befühlte die feingesponnene Schafwolle aus Luceria und Milet, ägyptisches Leinen, indischen Musselin, chinesische Seide und den durchsichtigen golddurchwirkten Flor aus Kos. Sie verweilte in den Buchhandlungen, wo die neuesten Romane und Gedichte ausgelegt waren, und wenn sie nach einem Tag, den sie so verbracht hatte, wieder in ihr stilles, dunkles Haus zurückkehrte, dann legte sie sich aufs Bett und begann vor Müdigkeit, Langeweile und einem Grund, dem sie keinen Namen gab, zu weinen.

Berenike schickte ihr eine Einladung. Sie habe einen jungen Ägypter entdeckt, der sich Paris nenne, ein sehr begabter Pantomime. Er gebe eine Privatvorstellung für sie, und sie würde sich freuen, wenn Daphne komme.

Es war das erste Mal seit Wochen, daß Daphne wieder den Palast betrat. Die Privatvorstellung entpuppte sich als eine Vorführung vor rund dreihundert Zuschauern. Daphne glaubte, sie würde in der Menge untergehen, aber Domitian, der von seinem Feldzug in Germanien zurückgekehrt war, entdeckte sie. «Daphne! Daphne!» rief er schon von weitem, winkte ihr zu und bahnte sich einen Weg durch das Gewimmel der Gäste.

Sie lächelte ihm entgegen. Er war älter geworden, erwachsener und männlicher. Er war bei ihr, umfaßte ihre Schulter, küßte sie auf beide Wangen, und ohne sie loszulassen, sagte er strahlend:

«Ich bin so froh, dich zu treffen. Du mußt sie sehen, Daphne, du mußt sie sehen. Komm!»

«Wen denn?»

«Longina, Domitiana Longina. Ist es nicht sonderbar, daß sie auch Domitiana heißt? Das ist ein Zeichen der Götter. Aber ich nenne sie Longina. Kennst du sie schon?»

Daphne schüttelte den Kopf. Er zog sie vorwärts.

«Schau, da drüben, die in dem grünen Gewand mit den roten Haaren, das ist sie.»

Sie schaute in die Richtung, in die er wies, und sah eine junge Frau, um einiges älter als Domitian mit einem klugen, offenen, aber nicht schönen Gesicht, die zu ihnen herüberlächelte.

«Wie findest du sie?» fragte Domitian eifrig.

«Oh, ich kenn sie doch gar nicht. Was soll ich da schon sagen können? Warum ist das denn wichtig?»

Die Frage hätte sie sich sparen können, denn die Antwort war in sein eifrig glühendes Gesicht geschrieben.

«Ich liebe sie. Und sie liebt mich. Wir werden heiraten», sagte er.

«Ist dein Vater einverstanden?»

Er warf ungeduldig den Kopf zurück.

«Was sollte er dagegen haben? Sie ist die Tochter von Corbulo,

Neros Feldherrn. Eine Römerin aus bester Familie. Keine Königin aus dem Orient.»

«Sie ist doch älter als du, oder?»

«Die Vorliebe für ältere Frauen liegt anscheinend in der Familie. Das einzige Problem besteht darin, daß sie noch verheiratet ist. Aber sie wird zu mir kommen, sie wird ihren Mann verlassen. Oh, Daphne, ich bin so glücklich.»

«Ich wünsche dir alles Glück, Domitian», sagte sie herzlich.

Titus kam vorbei. Er begrüßte Daphne mit einem freundlichen Lächeln. «Schön, daß du da bist. Berenike wird sich freuen. Sie möchte nachher gern noch mit dir sprechen. Domitian, hast du einen Moment Zeit? Entschuldige uns, Daphne.»

Sie freute sich für Domitian. Sie schaute noch einmal auf die rothaarige Frau in dem grünen Gewand. Longina schien eine bemerkenswerte Frau zu sein. Sie hatte blaue Augen, die offen blickten, einen großzügigen Mund und ein energisches Kinn. Ihre Augen trafen sich, und sie lächelten einander zu.

Hinter ihrem Rücken wurde ihr Name genannt.

Das Lächeln und alle Farbe schwanden aus ihrem Gesicht. Sie drehte sich langsam um. Natürlich war er hier. Bei einem gesellschaftlichen Anlaß dieser Art war er natürlich eingeladen. Und es war nicht erstaunlich, daß er sie unter dreihundert Gästen gefunden hatte. Schließlich hatte Domitian ihren Namen durch den halben Saal gerufen. «Wie schön, dich zu sehen», sagte Marcus.

Er sah nicht aus, als ob er sich freute. Zwischen seinen Brauen stand eine steile Falte, und um den Mund hatte er einen grimmigen Zug, den Daphne noch nie an ihm bemerkt hatte.

«Ist Josephus auch hier? Ich habe ihn noch gar nicht bemerkt.»

Sie mußte sich räuspern, um einen Ton herausbringen zu können. «Nein. Josephus geht nicht aus. Er will nicht abgelenkt werden, bevor er sein Buch beendet hat.»

«Das muß ziemlich langweilig für dich sein.»
«Manchmal.»
«Dann ist es ja gut, daß Domitian zurückgekehrt ist.»
«Ich freue mich darüber. Er sieht gut aus, findest du nicht auch? Und so glücklich.»
«Das war nicht zu übersehen.»
Jetzt war sie es, die die Stirn runzelte. Sie begriff nicht, warum er sie mit so unterdrückter Wut ansah und mit so zusammengebissenen Zähnen sprach. War Domitians Neigung zu Longina doch nicht so unproblematisch, wie er es dargestellt hatte? War Marcus vielleicht selbst in Longina verliebt?
Sie sagte mit dünner Stimme:
«Du hörst dich an, als ob du etwas dagegen hast.»
«Ich? Nein, wie käme ich dazu? Aber hast du dich einmal gefragt, was Josephus dazu sagen wird?»
«Was hat denn Josephus damit zu tun?»
Er lachte auf.
«Du lernst schnell am Hofe, meine Liebe. In der Tat, was hat der Ehemann schon dazu zu sagen, wenn seine Frau sich einen Liebhaber nimmt.»
Sie schnappte nach Luft. Die Anschuldigung kam so unerwartet. «Du glaubst, Domitian und ich ...?»
«Stimmt es nicht? Hast du etwa nicht mit Domitian geschlafen?»
«Doch», sagte sie, »aber das ist nicht wichtig. Es bedeutet nichts, gar nichts, verstehst du?»
«Ich verstehe. Hoffentlich versteht Josephus es auch. Nicht alle Männer, meine liebe Daphne, bringen genügend Verständnis auf, wenn ihre Frau sich zur Hure macht.»
Es verschlug ihr den Atem.
«Wie kannst du es wagen? Mit welchem Recht beschimpfst du mich?» flammte sie auf.
«Ich bitte um Entschuldigung. Ich habe natürlich gar kein

Recht, dir Vorhaltungen zu machen», sagte er schneidend und kalt, «wie du mir ja schon des öfteren erklärt hast, bist du erwachsen und für dich selbst verantwortlich. Mir tut nur dein Mann leid. Er ist kein Senator, kein Mann von Rang und Vermögen, den es nicht zu kümmern braucht, was seine Frau treibt. Jemand wie Josephus ist sehr angreifbar und kann leicht lächerlich gemacht werden. Ich denke, nach allem, was er hinter sich hat, verdient er eine Frau, die loyal zu ihm hält.»
Er war gegangen, bevor Daphne ihrem ersten Impuls hatte nachgeben können, ihm das Gesicht zu zerkratzen.

Ihre Gefühle waren immer noch nicht wieder im Gleichgewicht, als sie das Haus auf dem Esquilin erreichte. Sie entlohnte die Sänftenträger und ging durch den schmalen Korridor in das Atrium. Durch den kleinen Ausschnitt im Dach funkelten zwei Sterne. Im Nachbarhaus schlug ein Hund an, sonst war es still. Sie ging um das Regenbecken herum in die Küche. Auf der Feuerstelle gloste die Glut, sorgfältig mit Asche abgedeckt. In ihrem roten Schein glänzten die Kupferkannen und Töpfe, die Glauke immer mit Hingabe scheuerte. In dem Wandregal zu ihrer Rechten stapelten sich die Tonschüsseln und Teller. Daphne griff danach und begann systematisch eine Schüssel nach der anderen auf dem Boden zu zerschlagen.
Glauke kam herbeigerannt, laut rufend. Als sie sah, was geschah, rang sie die Hände und schrie Daphne an, ob sie verrückt geworden sei. «Ich?» sagte Daphne, nahm den nächsten Teller und zerschmetterte ihn, «nicht im geringsten. Es muß sein, verstehst du?»
Zu Glaukes Erleichterung tauchte Josephus auf. Sie beschloß, sich zurückzuziehen und am nächsten Morgen die Scherben zusammenzufegen, wenn die Herrin hoffentlich wieder bei Verstand sein würde.
«Was ist los?» rief Josephus.

Daphne sah ihn an. Er hatte offenbar gerade geschlafen. Sein Haar war zerzaust, seine Augen noch schlaftrunken.
«Geh wieder ins Bett», sagte sie, «es geht dich nichts an.»
Sie nahm eine Schüssel, wandte sie in den Händen um, betrachtete nachdenklich die Wellenlinien, die um den Rand liefen, und warf sie dann zu Boden.
«Du kannst nicht das ganze Geschirr zerschmeißen.»
«Doch, ich kann!»
Der nächste Teller zerbrach.
Er ergriff sie bei den Oberarmen und zog sie von dem Geschirrregal fort.
«Daphne! Was ist los? Was soll das? Bist du betrunken?»
«Leider nicht. Aber das ist eine gute Idee. Ich werde mich betrinken. Und dann bringe ich ihn um.»
«Wen?»
«Wen?»
Sie schüttelte seinen Griff ab. Die Haare hingen ihr wild ums Gesicht. Ihre Augen flackerten.
«Mußt du das fragen? Er ist der hassenswerteste, abscheulichste, widerlichste, gräßlichste, ekelhafteste, anmaßendste …»
Ihr gingen die Superlative aus. Sie stampfte mit dem Fuß auf den Boden und brach in Schluchzen aus.
«Wer?» fragte er.
«Marcus natürlich. Marcus Annius Flaccus!»
Sie sprach jeden seiner Namen so aus, als spucke sie ihn auf den Boden.
Josephus war verwirrt.
«Flaccus? Was hat er dir denn getan?»
«Er hat gesagt, daß ich eine Hure bin.»
«Ich glaube, du kommst mit hinüber, setzt dich hin und erzählst mir alles der Reihe nach.»
Josephus führte sie energisch aus der Küche, drückte sie im Tablinum in einen Stuhl und setzte sich ihr gegenüber.

«Möchtest du ein Glas Wasser, um dich zu beruhigen?»
Sie schüttelte den Kopf.
«Es geht schon wieder. Danke, ich glaube, es geht mir besser. Du kannst wieder schlafen gehen.»
Er lächelte schwach.
«Ich bin wach. Erzähle mir alles. Wenn ich dich richtig verstanden habe, hast du einen Liebhaber.»
Er fragte so sachlich, als erkundige er sich nach einem Kochrezept. «Ich? Ich lebe so enthaltsam wie eine Vestalin. Du solltest das wissen. Aber Marcus ... Flaccus behauptet, daß ich mit Domitian schlafe!»
«Was geht ihn das an?»
«Er will, daß ich Rücksicht auf dich nehme. Deinen guten Ruf schützen, weißt du. Er findet es unloyal von mir, wenn ich mir einen Liebhaber nehme. Welches Recht hat er, mich zu bevormunden? Das tut er immer, immer, immer!»
Josephus seufzte. Sie sah so unglücklich aus, wie sie da vor ihm saß mit dem aufgelösten Haar, den geröteten Augen, dem verquollenen Gesicht. Sie tat ihm leid, und gleichzeitig war er gereizt. Sie hatten in den Wochen seit seiner Ankunft eine Form des Zusammenlebens gefunden, die er recht befriedigend gefunden hatte. Sie hatte ihn nicht gestört und nicht belästigt, manchmal hatte er vergessen, daß sie in demselben Haus lebte wie er. Aber er konnte jetzt wohl nicht einfach schlafen gehen und sie sich selbst überlassen. Die Auseinandersetzung würde irgendwann sowieso fällig werden. Er hätte sie gern noch aufgeschoben. Aber so erregt, wie Daphne im Moment war, konnte er ihr nicht sagen, sie würden darüber reden, wenn er sein Buch beendet hatte.
Er seufzte noch einmal und bereitete sich auf eine schwierige Unterhaltung vor.
«Es tut mir leid, Daphne», sagte er sanft, «ich weiß, ich bin dir ein schlechter Gatte. Glaub mir, ich vergesse wirklich nicht, was

ich dir verdanke. Ich weiß, daß du tapfer und mutig warst, und was du getan hast, hätte keine andere Frau getan. Aber du mußt auch verstehen, daß es mir sehr schmerzlich ist.»

Er atmete tief ein und fuhr dann leise fort:

«Die Toten von Jotapata sind umsonst gestorben. Der Tempel ist zerstört. Sie lasten auf meiner Seele, begreifst du? Wenn ich schlafe, erscheinen sie mir und fragen, warum ich noch lebe. Ich sehe die Kreuze vor den Mauern von Jerusalem. Eines davon war für mich bestimmt, aber ich habe mich davor gedrückt. Mit einem schäbigen Trick. Ich weiß, daß du es gutgemeint hast. Natürlich mache ich dir keine Vorwürfe. Aber immer, wenn ich mit dir zusammen bin, bin ich wieder in der Zisterne. Deshalb vermeide ich unser Zusammensein. Ich weiß, daß es nicht leicht für dich ist. Aber ich kann es nicht ändern. Es hat nichts mit dir zu tun, sondern nur mit mir. Vielleicht, wenn mein Buch fertig ist – vielleicht haben wir dann die Möglichkeit, neu anzufangen. Ich weiß es nicht. Ich hoffe es.»

Ihre Reaktion verblüffte ihn. Sie hatte schweigend, mit leicht offenem Mund zugehört. Jetzt strich sie sich ungeduldig das Haar aus der Stirn und sagte:

«Worüber reden wir hier eigentlich? Ich habe dich nicht gebeten, mit mir ins Bett zu gehen, oder?»

Eine leichte Röte stieg in seine Wangen.

«Wenn du es so direkt formulieren willst ... Ich dachte, daß wir genau darüber reden. Ich kann nicht mir dir schlafen, Daphne ... Ich habe dich gebeten, Geduld zu haben und zu hoffen. Aber ich weiß nicht, ob es sich überhaupt lohnt für dich zu warten und zu hoffen. Ich kann dich nicht lieben, Daphne. Ich kann nicht lieben.»

Sie erhob sich. Ihm schien, daß sie sich beruhigt hatte. Den Ausdruck in ihren Augen konnte er nicht deuten, als sie auf ihn herabsah und sagte: «Du bist ein größerer Narr, als ich geglaubt habe, Josephus.»

Rom hatte seinen Skandal, einen saftigen Skandal, den es auskostete bis zum letzten. Inschriften erschienen nachts an den Wänden, täglich bösartiger und so zahlreich, daß kein Wachtrupp sie bis zum Morgen alle entfernen konnte, und so lasen die Römer auf dem Weg zum Patron, zum Forum, zu den Bädern, zum Zirkus von dem neuen Nero und dem neuen Caligula, einträchtig verschwistert dem Marcus Antonius, von den Herrschern, die die Bürger bis aufs Blut aussaugten, um ihren Mätressen Perlen vor die Füße zu streuen, von der schändlichen Begierde der Tyrannen, die für ein paar schöner Augen und üppiger Brüste Recht und Gesetz mit Füßen traten, von der Geilheit des Tyrannen, der nicht nur seine Männlichkeit, sondern das ganze Reich in den Schoß einer neuen Kleopatra versenkte.
Domitian hatte dem Lucius Aelius Plautius Lamia Aelianus die rechtmäßig angetraute Ehefrau Longina entführt.
Berenike, die Daphne jetzt häufiger zu sich einlud, nicht nur zu Festen, sondern auch zu vertraulichen Gesprächen, war blaß. Sie hatte dunkle Schatten unter den Augen, und ihre Hände waren fahrig, als sie sich Wasser einschenkte.
«Es geht zu Ende», sagte sie, «meine Lage wird unhaltbar. Ich bin nur noch eine Belastung für Titus. Ich kann nicht länger in Rom bleiben.»
«Was sagt Titus denn dazu?»
«Er sagt, wir sollten uns nicht einschüchtern lassen. Er hat die Anzahl der Geheimpolizisten verdoppelt, die nachts durch die Straßen patrouillieren. Er meint, solange er und Flaccus die Prätorianer im Griff haben, kann gar nichts geschehen. Man müsse nur hart durchgreifen.»
«Diese Inschriften gibt es doch schon, seit du in Rom bist. Ich glaube nicht, daß sie gefährlich sind. Die Leute lassen einfach ein bißchen Ärger ab. Man lacht, man klatscht, man spottet, das ist doch normal. Wann hat es das nicht gegeben?»
«Diesmal ist es anders. Das sind nicht einzelne, die sich wichtig

tun oder als Witzbolde dastehen wollen. Dahinter steckt eine gezielte Kampagne. Es ist eine richtige Organisation. Sonst wäre die Polizei schon längst damit fertiggeworden. Es geht auch nicht um mich, Daphne. Es geht um den Kaiser. Man will ihn beseitigen. Dies ist der zweite Akt der Verschwörung. Zuerst haben die Stoiker gehetzt. Man hat sie ausgewiesen, und schon hieß es: Anschlag auf die Redefreiheit. Jetzt greifen sie Titus und Domitian an und stellen sie als geile Tyrannen dar. Ich sage dir, das bereitet das Attentat vor. Sie suchen eine Rechtfertigung für den Mord, damit das Volk und die Prätorianer ihnen Beifall klatschen statt sie umzubringen.»

«Wenn das wirklich so ist, dann nützt deine Abreise auch nichts. Dann finden sie einen anderen Grund.»

«Es gibt keinen. Du siehst doch, wie sie sich nur darauf konzentrieren. Vespasian und Titus sind beim Volk beliebt. Ich bin sein einziger schwacher Punkt.»

Daphne antwortete nicht. Sie wußte, daß Berenike recht hatte. Man erinnerte sich noch zu gut daran, wie Marcus Antonius seiner Geliebten Kleopatra Teile des Reiches zum Geschenk gemacht hatte.

Titus' Verhältnis zu der Königin aus dem Osten erweckte tiefes Mißtrauen, er könne Rom an sie verraten. Hatte man dafür jahrhundertelang gekämpft, sich den Erdkreis unterworfen, um am Ende die Beute einer jüdischen Fürstin zu werden? Hatte man nicht gerade unter großen Kosten und Opfern Krieg gegen die Juden geführt und sie besiegt? Wieso saß diese Frau in goldenen Schuhen im Palast? Hätte sie nicht im Triumph aufgeführt werden müssen, sich im Staub vor dem Sieger winden müssen? Und um wieviel älter sie war als der Mann. Mit welchen Mitteln fesselte sie ihn an sich? Man wußte doch von den orgiastischen Ausschweifungen, die im Osten stattfanden. Gab es dort nicht auch Hexen? Welchen Trunk hatte sie Titus gereicht, um ihn in ihre Bande zu schlagen?

Es gab kein Gerücht, das so absurd gewesen wäre, daß man es nicht geglaubt hätte. Und Domitians Affäre mit Longina machte die Sache nicht besser. Longinas Ehemann wanderte demonstrativ durch Roms Staßen, ein Gegenstand des Mitleids für alle aufrechten Patrioten. Wenn nur nicht jetzt Vespasian abwesend wäre, dachte Daphne. Der Kaiser, immerhin schon über sechzig Jahre alt, war unter der Arbeitsbelastung zusammengebrochen. Seine Herzbeschwerden hatten zugenommen, und die Ärzte hatten ihn überreden können, sich nach Reate zurückzuziehen und in den dortigen Heilquellen eine Kur zu machen.
Daphne verließ Berenike sorgenvoll. Auf dem Weg zum Ausgang begegnete sie Titus, der raschen Schrittes mit gerötetem Gesicht um die Ecke bog. Er grüßte sie zerstreut, blieb dann stehen und rief sie zurück. «Komm mit mir, Daphne», sagte er, «du kennst ihn gut und lange. Vielleicht kannst du Domitian zur Vernunft bringen.»
Sie fanden Domitian in seinem Schlafzimmer. Ein Sklave kniete vor ihm und band ihm die Sandalen. Titus scheuchte ihn mit einer herrischen Kopfbewegung aus dem Raum.
«Wie kannst du es wagen?» schrie er seinen Bruder an, «ich habe dir gestern einen klaren Befehl gegeben! Du hast ihn bis jetzt nicht befolgt. Ich sage es dir zum letzten Mal im Guten: Schick diese Frau fort!»
Domitian begegnete seinem Bruder mit einem trotzigen Blick.
«Longina bleibt. Ich liebe sie.»
«Liebe sie, solange du willst. Aber gib sie ihrem Mann zurück!»
«Ich habe sie nicht entführt. Sie ist freiwillig gekommen.»
«Aelius behauptete etwas anderes.»
«Aelius ist ein Esel. Wäre er das nicht, dann hätte Longina ihn nicht verlassen. Sie wird nicht zu ihm zurückgehen. Ich habe ein Recht darauf, mit der Frau zusammenzuleben, die ich liebe.»

Titus versuchte, seine Fassung zurückzugewinnen. Er atmete tief durch und sagt dann ruhiger:
«Nein, das hast du nicht, Domitian. Du bist keine Privatperson mehr. Alles, was du tust, hat politische Auswirkungen. Wir sind keine alte Dynastie, die sich auf hochadlige Vorfahren zurückführen läßt wie die Julier und Claudier. Unser Recht zur Herrschaft gründet sich nur auf der Gewalt, mit der wir es durchgesetzt haben. Das ist eine gefährdete Basis. Wenn Vater oder ich Kaiser werden können, warum sollten andere es nicht auch? Wir haben viele Gegner. Es gibt eine Verschwörung ...»
«Pah, das behauptest du! Wenn es sie gäbe, warum bringst du die Leute dann nicht um?»
«Sei nicht kindisch! Wir haben nur einen Verdacht, aber nichts gegen sie in der Hand. Ich kann nicht einfach Leute umbringen lassen, weil wir keine Handhabe haben, sie anzuklagen.»
Mit einem schwachen versöhnlichen Lächeln fuhr er fort.
«Die öffentliche Meinung glaubt an die Verschwörung immer erst, wenn der Kaiser ermordet worden ist. Longina ist in einer feierlichen Ehe mit Aelius verheiratet worden. Wenn sie sich hat scheiden lassen, kannst du sie heiraten. Aber du kannst sie jetzt nicht einfach bei dir behalten, als gäbe es die Gesetze nicht. Das Edikt des Augustus über Ehebruch ist immer noch gültig. Er hat es sogar auf seine eigene Tochter angewandt. Wir können es uns nicht leisten, es zu ignorieren. Du weißt, wie die Inschriften lauten. Unsere Gegner haben sich auf diesen Fall gestürzt und schlachten ihn mit Wonne gegen uns aus. Gib Longina zurück und ...» Domitians Augen waren schmal geworden. Daphne sah, was kommen würde. Sie wollte eingreifen, aber bevor sie den Mund öffnen könnte, hatte Domitian seinen Bruder schon unterbrochen. Mit ätzender Stimme sagte er:
«Ganz recht, die Inschriften! Wie gut, daß du sie erwähnt hast! Darf ich dich daran erinnern, daß nur ein kleiner Teil davon auf meine Kosten geht? Und nicht die schlimmsten? Die Leute wer-

den sich schon daran gewöhnen, daß ich mit Longina schlafe. Schließlich ist sie eine von uns. Was sie viel mehr aufregt, was die Dynastie, um die du so besorgt bist, an den Rand des Abgrunds bringt, das ist deine Buhlschaft. Sicher hat niemand etwas dagegen, wenn eine alte Jüdin für dich die Beine breit macht, aber daß du sie hier wie deine Ehefrau hältst ...»

Er kam nicht weiter.

Daphne schrie auf.

Titus schlug zu und traf seinen Bruder mit der Faust ins Gesicht. Domitians Lippe platzte auf. Blut rann ihm über das Kinn.

«Noch ein Wort», sagte Titus leise und drohend, «und du hast meinen Dolch zwischen den Rippen. Es gibt in Nursia ein Haus, das uns gehört, wenn du dich erinnerst. Dort magst du mit Longina leben, aber komm mir nie wieder unter die Augen.»

Er drehte sich auf dem Absatz um und verließ das Zimmer.

Gegen Abend erfuhr Daphne, daß er sich unmittelbar darauf in den Senat begeben hatte, wo sich Helvidius Priscus mit einem Antrag an die Versammlung der Ehrwürdigen Väter, vor allem aber an den Konsul und Censor Titus gewandt hatte des Inhalts, man möge beschließen, Senatoren, die in Ehebruch und offener Hurerei lebten, mit Schimpf und Schande aus dem Senat auszustoßen. Daraufhin wurde Helvedius wegen Majestätsbeleidigung und Hochverrats angeklagt. Die Anklage endete drei Stunden später vor der zitternden Versammlung mit einem Todesurteil, das noch vor dem Abend vollstreckt wurde. Einen Tag später kehrte Vespasian nach Rom zurück, zu spät, um noch etwas daran ändern zu können.

Daphne saß zu Hause, ein Buch auf dem Schoß, in dem sie nicht gelesen hatte, seitdem sie es aufgeschlagen hatte. Sie hatte vergeblich versucht, sich mit Lektüre abzulenken. Sie konnte sich nicht konzentrieren. Seit sie vor drei Stunden von der Porta Ostiense zurückgekehrt war, wo sie sich vergewissert hatte, daß heute nachmittag ein Wagen bereitstand, war sie in einem Zustand der Spannung, der sich in Frösteln und Zittern äußerte.

Titus war am Morgen zur Prätorianerkaserne hinausgeritten, wo er mit Marcus die Garde inspizierte. Man erwartete ihn erst am Abend im Palast zurück. Dort wollte er ein Bankett geben.

Daphne fragte sich, was geschehen würde, wenn er es erfuhr. Er würde es noch in der Nacht, spätestens aber morgen früh entdecken. Zu spät auf jeden Fall, um noch etwas ändern zu können. Sie und Berenike hatten den Zeitpunkt sorgfältig gewählt. Seit Wochen hatten sie auf eine so günstige Gelegenheit gewartet. Morgen früh würde es vorbei sein. Wie auch immer Titus reagieren würde, es würde nicht mehr zu ändern sein. Und es würde gut sein.

Die politische Situation war zunehmend gefährlicher geworden.

Die Scherben der Teller in ihrer Küche hatte Glauke aufgefegt und ohne ein Wort zu sagen neues Geschirr besorgt, aber die Scherben, in die das Verhältnis zwischen Titus und Domitian zerbrochen war, hatten sich nicht einfach zusammenkehren lassen. Domitian war mit Longina abgereist, zwischen Vespasian und Titus hatte es eine scharfe Auseinandersetzung gegeben. Vespasian hatte Berenikes Abreise gefordert, aber Titus hatte sich geweigert, sie gehen zu lassen. Wenn Berenike ginge, hatte er gedroht, würde er auch gehen. Lieber mit ihr ein Tagelöhner bei den Parthern als ohne sie der Thronfolger in Rom. Berenike hatte ihm das nicht ausreden können. Als sie es versucht hatte, wäre er beinahe auch gegen sie gewalttätig geworden. Er schien jedes Maß verloren zu haben. Nichts konnte den Feinden des Kaisers gelegener kommen. Daphne kannte die Einzelheiten von Berenike. Sie wußte auch, welche Konsequenzen Berenike daraus gezogen hatte. «Ich brauche deine Hilfe, Daphne»,

hatte sie gesagt, «ich brauche einen Menschen, auf den ich mich unbedingt verlassen kann. Du wirst nicht zu Titus gehen und ihm hinterbringen, was ich vorhabe.»
«Nein», sagte Daphne.
«Wir alle haben jahrelang dafür gearbeitet, daß Vespasian und sein Sohn Kaiser werden. Es ist viel Blut deshalb geflossen. Ich habe immer gedacht, das sei es wert gewesen. Um dem Reich eine neue Dynastie zu geben, die für Recht und Frieden sorgt. Wenn ich bleibe, fällt die Dynastie, und ein neuer Bürgerkrieg beginnt. Dann werden die Toten des letzten und des neuen auf unserem Gewissen lasten. Selbst wenn Vespasian und Titus wieder siegen – der Preis ist zu hoch. Keine Liebe ist ihn wert. Und keine Liebe ist so reich, daß sie ihn bezahlen kann. Am Ende werden wir uns mit bluttriefenden Händen gegenüberstehen und uns hassen.»
Daphne hatte getan, was Berenike nicht konnte. Sie war nach Ostia gefahren und hatte herausgefunden, wann ein Schnellsegler nach Alexandria gehen würde. Sie hatte darauf Plätze gebucht und dem Kapitän erklärt, sie würde mit ihrer Begleitung erst im letzten Moment an Bord gehen können. Sie hatte den Reisewagen gemietet, der heute nachmittag an der Porta Ostiense warten würde. Sie hatte Truhen gekauft und mit Dingen gefüllt, die Berenike auf der Überfahrt brauchen würde, und dafür gesorgt, daß sie an Bord des Schiffes gebracht wurden.
Titus war den ganzen Tag vom Palatin abwesend und den Abend über auf dem Bankett. Wenn er entdeckte, daß Berenike fort war, würde sie schon auf dem Meer sein. Daphne sollte ihm einen Abschiedsbrief geben.
«Was wirst du in Paneas tun?»
«Ich gehe nicht nach Paneas. Ich habe ein Haus in Idumäa am Saum der Wüste. Dorthin werde ich gehen. In ihrer Weite und in ihrem Schweigen werde ich begraben, was von meinem Leben mir noch zu leben übrigbleibt.»

In ihren großen, dunklen Augen hatte Daphne schon die Kälte der sternfunkelnden Nächte schimmern sehen.
Die Schriftrolle glitt von ihrem Schoß, ihr Kopf sank auf die Seite. Die schlaflosen Nächte forderten ihren Tribut. Daphne sank in einen leichten, unruhigen Schlummer, aus dem ein Klopfen an der Tür sie weckte.
Glauke klapperte in der Küche mit den Töpfen. Es klopfte noch einmal, stärker und drängender.
«Ja, ja, ist schon gut, ich komme ja schon», schrie Glauke. Murrend schlurfte sie in den Korridor.
Daphne hörte Gemurmel an der Tür, und dann kam Glauke herein und hielt ein Täfelchen in der Hand.
«Für dich. Eine Nachricht. Der Junge hat gesagt, daß es wichtig ist.»
Daphne nahm es ihr ab.
«Wer?»
«Na, der, der es gebracht hat. Ich kenne den doch nicht. So ein grindköpfiger Junge mit Triefaugen. Trinkgeld hat er haben wollen. Aber nicht von mir, das kann ich dir sagen, nicht von mir.»
«Wartet er auf Antwort?»
Glauke schüttelte den Kopf, wischte sich mit dem Handrücken einen Tropfen von der Nase und schlurfte hinaus.
Daphne wendete das Täfelchen hin und her. Es war nicht versiegelt und gab keinen Hinweis auf den Absender. Sie riß die Verschnürung auf und klappte es auseinander.
Ich brauche dich. In der 9. Stunde in der Granatapfelstraße über dem Schuster. MAF.
Sie las die beiden Sätze dreimal hintereinander und hatte dann immer noch das Gefühl, nur auf eine Buchstabenreihe zu starren, die keinen Sinn ergab.
MAF. *Marcus Annius Flaccus.*
Ich brauche dich.

Hieß das, er brauchte ihre Hilfe? In welcher Angelegenheit? Warum sollte Marcus ausgerechnet ihre Hilfe brauchen? Und wieso in der Granatapfelstraße?

Um die neunte Stunde.

Jetzt war die neunte Stunde! Sie hatte keine Zeit zu verlieren, wenn sie dem Ruf auf dem Täfelchen folgen wollte.

Sie warf rasch einen Mantel über, holte sich eine Geldbörse und lief aus dem Haus, um eine Sänfte zu finden.

Sie fand sie erst nach einer Viertelstunde. Sie trieb die Träger zur Eile an, was die Männer verärgerte, ohne daß sie der Aufforderung merkbar nachkamen. Als sie endlich die angegebene Adresse erreicht hatte, hatte die zehnte Stunde schon längst begonnen.

Sie stieg aus und sah sich um. Die Granatapfelstraße war eine schmale Gasse mit einstöckigen Häusern. In den Erdgeschossen waren Läden und Garküchen untergebracht, von außen führten Treppen in die obere Etage zu den Wohnungen. Kleine Mädchen spielten mit Bällen, Reifen und Puppen, eine Gruppe von Jungen hockten auf dem Boden und rollte Nüsse in ein Loch. Zwei Häuser weiter lehnten zwei Frauen aus dem Fenster und tratschten mit einer Händlerin aus dem Laden gegenüber. Ein Geruch von Garum zog aus der Küche hinter ihr durch die ganze Straße.

Von Marcus Annius Flaccus, Präfekt der Prätorianergarde, war weit und breit nichts zu sehen.

Daphne hob den Saum ihrer Stola an und stieg die Treppe hinauf.

Sobald sie mit dem Knöchel gegen die Tür gepocht hatte, ging sie von innen auf, als habe man dahinter nur auf sie gewartet. Eine Hand faßte ihren Ärmel und zog sie vorwärts durch einen stockfinsteren Flur, in dem sich der Geruch nach unzähligen Kohlmahlzeiten eingenistet hatte. Sie taumelte ein paar Schritte, dann wurde eine Tür geöffnet, und ein schwacher Lichtschein erhellte die Dunkelheit. Sobald sie über die Schwelle getreten war, stieß jemand sie derb in den Rücken, so daß sie zu Boden fiel. Sie hörte, wie hinter ihr die Tür geschlossen wurde. Sie setzte sich auf, eher fassungslos über die unerwartete Behandlung als erschrocken, dann sah sie auf und direkt in die Augen von Aulus Caecina Alienus.

Er lehnte mit gekreuzten Armen an der gegenüberliegenden Wand. Seine Augen schillerten, und sein Mund war schmal, als er sie musterte.

«Willkommen, mein Mädchen. Es ist lange her, daß wir eine private Zusammenkunft hatten. Ich hatte dir doch versprochen, daß ich mich weiterhin um dich kümmern würde.»

Diesmal war er ihr überlegen. Er hatte sie überrascht. Sie wußte nicht, welche Pläne er hatte und was sie tun konnte, um ihm zu entrinnen. Fortlaufen konnte sie nicht. Vor der Tür standen, sie sah es mit einem raschen Seitenblick, zwei vierschrötige Kerle, die nur darauf zu warten schienen, sie niederzuschlagen.

«Ich könnte auf diese Zusammenkunft ohne Bedauern verzichten», sagte sie ausdruckslos.

«Du wirst gleich anders darüber denken, versichere ich dir. Es wird ein interessanter Tag für dich werden. Warte ab, bis Flaccus kommt.» Sie antwortete nicht, aber er bemerkte, wie sie blaß wurde und sich ihre Augen weiteten.

Er lachte leise.

«Wundert dich das? Meine Liebe, es war doch seine Botschaft, die dich hierhergebracht hat. Ihn wolltest du doch treffen, und das wirst du auch.» Er wandte sich den Männern zu, die hinter ihr standen, und sagte barsch:

«Bindet ihr die Hände und die Füße! Rasch!»

Eine Schnur wurde um ihre Knöchel geschlungen und fest verknotet. Dann hob einer der Männer sie auf, trug sie in die Ecke und legte sie ab wie eine große Puppe. Daphnes Gedanken überschlugen sich.

Caecina erwartete also Marcus. Er wußte, daß Marcus ihr eine Nachricht geschickt hatte. Er wollte sie hier treffen, wo Caecina wartete. Welche Verbindung bestand zwischen den beiden?
Sie dachte daran, wie sie bei den Versammlungen von Musonius Rufus beide Männer erblickt hatte. Das waren Versammlungen der politischen Opposition gewesen. Hatte Titus nicht gesagt, es gebe eine Verschwörung gegen den Kaiser? Gehörte Caecina zu dieser Verschwörung? Er riecht nach Verrat, hatte Marcus einmal über ihn gesagt. Aber wenn Caecina ein Verräter war, dann mußte es Marcus auch sein. Das war unmöglich. Und doch!
Er hatte sie hierher gelockt in diese Falle. Was sie mit ihr bezweckten, konnte sie sich nicht vorstellen, aber da sie Titus, Domitian und Berenike nahestand, mußte es irgend etwas mit der Verschwörung zu tun haben. Marcus hatte sie in die Falle gelockt. Noch nie in ihrem Leben hatte sie so gefroren.
Caecina wandte den Kopf und lächelte träge zu ihr hinunter.
«Er wird gleich kommen», sagte er, «ich habe ihn erst für die elfte Stunde bestellt. Ich habe damit gerechnet, daß du unpünktlich sein würdest, meine Liebe. Nach meiner Erfahrung sind Frauen immer unpünktlich. Das macht sie so verläßlich und berechenbar.»
Er hatte ihn hierher bestellt? Aber Marcus hatte doch sie ... Der grindköpfige, triefäugige Botenjunge. Das Wachstäfelchen, in dessen Siegel kein Wappen eingedrückt war ... Die Botschaft war nicht von Marcus gekommen, sondern von Caecina.
Er hatte sich Marcus' Namen bedient, um sie hierherzulocken. Um Marcus hierherzulocken. Sie war nicht in die Falle gegangen, sie war die Falle, zumindest der Köder darin. Wenn Caecina ihm eine Botschaft schickte, daß sie in Not war, würde er herbeieilen. Weil er sich für sie verantwortlich fühlte. Er würde es als seine Pflicht ansehen, die er damals übernommen hatte, als er sie mit Josephus aus dem Wasser gezogen hatte. Ein römi-

scher Aristokrat war lebenslang zur Fürsorge für seine Klientel verpflichtet.

«Glaubst du, daß er kommen wird?» fragte Caecina mit schillernden Augen, «das ist die erste interessante Frage heute nachmittag. Und dann natürlich die zweite. Wird er tun, worum ich ihn bitte?»

Caenis hatte ihr vor langer Zeit einmal gesagt, sie würde sie nur ausbilden, wenn sie Selbstbeherrschung lernte, und sie hatte sie gelernt. Sie konnte sich beherrschen. Auf jeden Fall jetzt. Sie unterdrückte ihren Impuls, Caecina in das lächelnde Gesicht zu spucken. Sie mußte ihn herausfordern, soviel wie möglich preiszugeben. Nur wenn sie wußte, was er vorhatte, konnte sie dagegenhalten. Wie konnte sie das besser als mit Schweigen?

«Jeder Mensch hat seinen Preis», sagte Caecina «sogar Marcus Annius Flaccus. Natürlich nicht Geld. Er hat mehr davon als irgend jemand sonst in Rom. Auch nicht Macht. Als Freund von Titus und als Prätorianerpräfekt hat er auch davon genug. Es hat eine Weile gedauert, bis ich herausgefunden habe, welchen Preis unser Freund hat. Ich hätte es mir schon lange denken können. Spätestens seit den Parilien.»

Er hob lauschend den Kopf.

«Ich glaube, er kommt.»

Er nickte den beiden Männern zu.

«Haltet euch bereit!»

Daphne hatte angenommen, die Männer würden in den Gang hinaus und zur Tür gehen, um den ahnungslosen Besucher zu überwältigen. Sie holte tief Luft, um ihn durch einen Schrei zu warnen. Zu ihrer Überraschung kamen die Männer zu ihr in die Ecke. Der eine hielt ihr den Mund zu, der andere setzte die Spitze seines Dolches an ihre Kehle.

Sie biß in die Hand über ihrem Mund. Der Mann fluchte, zog die Hand fort und schlug Daphne so hart, daß ihr Kopf auf den Boden aufschlug und sie einen Moment glaubte, ihre Schädel-

knochen würden brechen. Als sie wieder atmen, hören und sehen konnte, stand Marcus auf der Schwelle und schloß die Tür hinter sich.
«Bleib dort stehen, Flaccus» sagte Caecina freundlich, «wie du siehst, haben wir die reizende Gattin des Josephus in unserer Hand. Wir können allerlei mit ihr anfangen. Wir könnten ihr die Zähne ausschlagen, das Nasenbein brechen, die Augen ausreißen oder die Kehle aufschlitzen. Was wir mit ihr tun und ob wir überhaupt etwas mit ihr tun, hängt einzig und allein von dir ab.»
Marcus lehnte sich gegen die Tür. Er hatte nur einen flüchtigen Blick auf Daphne geworfen und konzentrierte sich auf Caecina.
«Was willst du?»
Er wirkte so kühl und gelassen, als solle er ein leichtes mathematisches Problem lösen. Caecina stieß sich von der Wand ab und wippte auf den Fußballen hin und her.
«Ich habe große Pläne, Präfekt. Ich habe eine bedeutende Zukunft vor mir. Ich schätze dich und biete dir an, dich daran zu beteiligen. Morgen früh sind Titus und Vespasian tot, und Rom hat einen neuen Kaiser.»
«Dich?»
«Du sagst es. Die Senatoren werden mich wählen. Von denen trauert keiner Vespasian und seinem Sohn nach. Nicht nach der Hinrichtung von Helvidius Priscus. Die Prätorianer werden mich anerkennen, dafür wirst du sorgen. Die Rheinarmee wird hinter mir stehen. Antonius Primus ist bei ihr. Er ist nicht sehr zufrieden damit, wie Vespasian ihn belohnt hat für seinen Sieg bei Bedriacum.»
«Noch sind Vespasian und Titus nicht tot.»
«Sie werden es bald sein. Heute abend, mein Lieber, gibt Titus ein Bankett. Du bist eingeladen. Ich bin eingeladen. Während des Gastmahls wirst du Titus umbringen.»

Daphne wollte schreien, doch der Mann, der sie geschlagen hatte, hatte seine Hand wieder auf ihren Mund gelegt, nachdem er ein Tuch darum gewickelt hatte. Durch seine Hand drang nur ein heiseres Krächzen. Niemand beachtete sie. Marcus hielt seinen Blick auf Caecinas Gesicht gerichtet und wartete.

«Wer kommt leichter an Titus heran als sein bester Freund? Anschließend begeben wir uns zum Kaiser. Wer hat immer Zutritt zu ihm, bei Tag und bei Nacht? Der Präfekt der Garde. Du wirst auch Vespasian umbringen. Es gibt keinen Mann in ganz Rom, der das besser und problemloser erledigen kann als du.»

Er strahlte vor sanfter Freundlichkeit.

«Wie du siehst, ist alles ganz einfach.»

«Wenn ich mich weigere ...?»

«Wenn du dich weigerst», sagte Caecina seidenweich, «dann wird unserer bezaubernden Daphne das zustoßen, was ich ihr schon einmal zugedacht hatte. In meinem Zelt damals, als du zur Unzeit erschienen bist. Du erinnerst dich? Ich kann dann zwar mein Versprechen nicht mehr wahrmachen, der erste zu sein, der sie genießt, aber glaube mir, an dem Ort, an den ich sie bringen lasse, gibt es so viele Männer, die mich gern vertreten, daß sie mich nicht vermissen wird. Was glaubst du, wie lange sie es aushalten wird? Einen Tag? Zwei Tage? Oder sogar drei?»

Marcus stand still. In seinem Gesicht zuckte kein Muskel.

«Du könntest dich verrechnet haben, Caecina.»

«Du meinst, Musonius' Vorlesungen haben deine Seele geläutert? Du lebst nur noch für das Wohl des Gemeinwesens und bist über irdisches Verlangen hinaus? Dafür, mein Lieber, hast du deine Blicke nicht genug in der Gewalt. Jedes Mal, wenn unsere liebliche Freundin deinen Weg kreuzte, habe ich dich beobachtet, und von stoischer Abgeklärtheit habe ich nichts bemerkt. Ich kann dich gut verstehen. Sie hat einen scharfen Verstand, eine kühne Seele und einen reizvollen Leib. Es gab eine

Zeit, da habe ich sie mir selbst zur Gefährtin gewünscht. Aber man kann nicht alles haben. Teilen wir gerecht, Flaccus. Für mich das Diadem des Kaisers und für dich die Frau, die du begehrst.»
«Wenn ich mich für Titus entscheide, wirst du sterben.»
Caecina lächelte unverändert.
«Glaubst du, das wüßte ich nicht? Ich habe den Punkt erreicht, von dem man nicht mehr zurückkann. Entweder hilfst du mir, Kaiser zu werden und du bekommst das Mädchen zurück, oder sie stirbt an der Vergewaltigung durch meine Männer. Du kannst wählen.»
«Was schlägst du also vor?»
Immer noch die kalte Stimme, immer noch die Konzentration auf Caecina. Seit dem ersten flüchtigen Blick, als er den Raum betreten hatte, hatte Marcus sie nicht mehr angeschaut. Daphne spürte, wie die Spitze des Dolches leicht die Haut an ihrer Kehle einritzte. Etwas Warmes und Feuchtes sickerte ihren Hals entlang.
Wie dumm und blind Caecina war, der sich so selbstgefällig auf den Füßen wiegte und vor Behagen fast schnurrte. Wenn sein Kumpan ihr nicht den Mund zuhalten würde, dann könnte sie ihm ins Gesicht lachen und ihm erklären, wie sehr er sich irrte, wie sehr er sich verrechnet hatte. Sie war für Marcus nichts als eine Last, die er sich aus dem Verantwortungsgefühl des Patriziers aufgeladen hatte. Ihretwegen würde er Roms Wohl nicht aufs Spiel setzen. Er würde sie so opfern, wie Caenis den kleinen stummen Germanicus geopfert hatte.
Und dann verschlug es ihr den Atem.
Marcus hatte leicht den Kopf gedreht und sah ihr in die Augen, sein Blick verschwieg nichts mehr. Wie hatte sie so blind sein können?
«Jetzt, mein lieber Präfekt, werden du und die Wache, die du vor dem Haus gelassen hast, mich zum Bankett bei Titus beglei-

ten. Während wir dorthin gehen, bringen meine Leute das Mädchen an einen Ort, an dem du sie morgen abholen kannst. Gehen wir! Oder möchtest du noch mit ihr sprechen? Ich kann dir leider nicht erlauben, dich ihr zu nähern. Zu meinem größten Bedauern.»

«Es gibt nichts zu sagen.»

Marcus drehte sich um und öffnete die Tür. Er sah nicht noch einmal zu ihr zurück.

«Gehen wir!»

Daphne hörte ihre Schritte auf der Treppe, und dann hörte sie nichts mehr, denn der Mann, der die ganze Zeit den Dolch an ihre Kehle gehalten hatte, hielt es für zweckdienlich, ihr den Griff über den Kopf zu schlagen, damit sie leichter zu transportieren war.

Als sie wieder aufwachte, befand sie sich in völliger Dunkelheit. Ihr Kopf schmerzte heftig, sie fror und hatte zum ersten Mal, seit sie, der geheimnisvollen Botschaft folgend, das Haus in der Granatapfelstraße betreten hatte, Angst. Jetzt fiel die Angst über sie her und würgte ihre Kehle, preßte ihre Lungen zusammen, umklammerte ihr Herz und ließ ihre Eingeweide zu Eis erstarren.

Caecina hatte Marcus vor eine furchtbare Wahl gestellt. Auf der einen Seite das Wohl Roms, für das Ströme von Blut Unschuldiger geflossen waren, und auf der anderen Seite sie. Es gab nur eine Entscheidung, die er treffen durfte. Er mußte die Kraft haben, sich für Rom zu entscheiden. Er würde die Kraft haben. Hatte er ihr nicht von dem Konsul erzählt, der seinen eigenen Sohn hatte hinrichten lassen?

Marcus würde nicht kleiner sein als dieser Konsul, und er würde auch sie nicht für kleiner halten. Caecina hatte sich verrechnet. Marcus würde Titus und Vespasian nicht töten.

Caecina hatte seinen eigenen Untergang vorbereitet.

Das bedeutete auch ihren Tod. Marcus würde nicht imstande sein, und wenn er alle Prätorianer ausschwärmen ließe, sie rechtzeitig in dieser großen Stadt zu finden. Caecina hatte gewiß vorgesorgt, daß seine Rache sich erfüllen würde.

Deshalb hatte sie jetzt Angst, eine Angst, die größer war als je in ihrem Leben. So hatte sie sich nicht gefürchtet auf dem Weg nach Jotapata, nicht auf dem Kapitol, als Flavius Sabinus ermordet wurde, nicht in Caecinas Lager. Sie kannte die Angst, aber warum war sie diesmal soviel größer als sonst? Plötzlich begriff sie, daß sie etwas mehr fürchtete als ihren eigenen Tod.

Marcus würde Rom retten und weiterleben müssen mit der Qual, daß er sie einem schrecklichen Tod ausgeliefert hatte. Sein Leiden erschreckte sie mehr als ihr eigenes.

Daphne setzte sich jäh auf, obwohl ihr Schädel dagegen heftig protestierte.

Wer sagte denn, daß ihr Tod unausweichlich war? Caecina hatte das behauptet, aber er mußte nicht recht behalten. Konnte sie sich nicht befreien?

Angst war ein schlechter Ratgeber. Sie mußte logisch denken und Schritt für Schritt planvoll vorgehen. Was war das Wichtigste? Die Fesseln loszuwerden. Es waren dicke Stricke aus Hanf, die man um ihre Knöchel gebunden hatte, wahrscheinlich waren es auch Stricke, mit denen ihre Handgelenke gefesselt waren. Stricke konnte man durchtrennen und durchscheuern. Zum Trennen brauchte sie ein Messer, das sie nicht besaß. Also scheuern.

Wo war in diesem schwarzen Loch irgend etwas Scharfkantiges, an dem sie die Stricke wetzen konnte? Sie kroch auf den Knien vorwärts. Der Boden war glatt und kalt, und die Haut auf ihren Knien scheuerte auf. Sie stieß mit der Schulter gegen eine Wand und tastete sie mit der Wange ab, unendlich sorgsam und langsam. Die Wand war feucht, aus Bruchsteinen gemauert und nicht verfugt. Sie riß ihr die Wange auf. Daphne richtete sich auf und drehte sich um. Sie fand die Stelle, an der ein Stein besonders herausragte, setzte dort an und bewegte ihre Arme gleichmäßig. Der scharfkantige Stein schnitt nicht nur in die Stricke, sondern auch in das Fleisch. Als die Fesseln endlich fielen und sie ihre schmerzenden Gelenke rieb, spürte sie Blut unter den Fingern.

Die Fesseln an den Füßen zu lösen war nun, da sie die Hände frei hatte, ein Kinderspiel.

Sie maß ihr Gefängnis aus, indem sie sich an den Wänden entlangtastete. Hier gab es keine Regale wie damals in ihrer Zelle auf dem Palatin, der Raum war ganz leer, er hatte keine Fenster und nur eine Tür. Daphne ertastete sie, fühlte nach den Angeln und stellte sich an die Wand. Sie bückte sich, und mit Hilfe der Zähne gelang es ihr, den Stoff ihres Kleides zu zerreißen. Sie riß einen breiten Streifen am Saum ab und spannte ihn zwischen ihren Händen.

Dann schrie sie so gellend und durchdringend wie sie konnte. Sie mußte eine Weile warten. Entweder war der Wächter weit entfernt, oder er war unwillig zu kommen. Sie setzte einmal ab, pumpte ihre Lungen voll Luft und schrie noch einmal. Diesmal wurde ein Riegel zurückgeschoben, die Tür flog auf, und Fakkelschein erhellte die Zelle.

Ein Mann stand auf der Schwelle, streckte den Kopf herein und leuchtete den Raum mit der Fackel aus.

«He, was kreischst du so? Wird dir die Zeit zu lang? Oder gibt es hier Mäuse?»

Als er sie nicht sah, trat er einen Schritt vorwärts, um den entferntesten Winkel auszuspähen. Daphne, die hinter der Tür darauf gewartet hatte, trat hinter ihn, stellte sich auf die Zehenspitzen und hob die Hände. Sie ließ den Stoff über sein Gesicht gleiten, spannte ihn und riß daran. Der Mann kam aus dem Gleichgewicht, schwankte und ließ die Fackel fallen. Bevor er sich gefangen hatte, trat sie ihm ins Kreuz. Er ging in die Knie und drehte sich im Fallen, so daß er ihr die Brust zuwandte. Er riß sich den Stoffetzen vom Gesicht und packte ihre Schultern. Daphne zog das Knie an und stieß es ihm mit Kraft zwischen die Beine. Er stöhnte auf und krümmte sich. Sie schlug ihm mit der Handkante gegen die Halsschlagader. Er zuckte auf und blieb liegen.

Daphne verlor keine Zeit. Sie ergriff die Fackel und schlich in den Gang. Ihre Zelle war, wie sie feststellte, das abgeteilte Ende eines Korridors. Sie konnte sich nur geradeaus bewegen, es gab keine Abzweigungen. Am Ende verbreiterte der Gang sich.

Sie schlich sich näher. Zwei Männer waren in dem Raum, der als Wachstube diente. Er war eigentlich ein Lagerraum, in dem riesige Ölkrüge an den Wänden aufgereiht standen. An der rechten Seite war ein Lager improvisiert. Ein Mann lag darauf, das Gesicht im Arm vergraben, und schnarchte. Ein anderer saß am Tisch und ließ müßig die Würfel über die Platte rollen. Es gab nur eine Tür.

Daphne hielt sich nicht damit auf zu überlegen, was geschehen würde, wenn die Tür abgesperrt war, oder was, wenn hinter ihr sich Räume befanden, in denen sich noch mehr Anhänger Caecinas aufhielten. Sie konzentrierte sich nur auf das Nächstliegende.

Sie näherte sich der Wachstube, und der Schein der Fackel in ihrer Hand verriet dem Würfelspieler, daß sie kam. Er blickte nicht auf.

«Alles in Ordnung? Sind da Ratten drin oder was?»

Daphne antwortete nicht, und als er verwundert aufsah, war sie schon so dicht bei ihm, daß sie sich nur über den Tisch zu beugen brauchte. Sie stieß ihm die lodernde Fackel ins Gesicht. Er heulte auf und griff mit beiden Händen nach dem verbrannten Fleisch seiner Wangen. Daphne lief um den Tisch herum bis zur Tür.

Der Schläfer war inzwischen aufgewacht, hatte die Lage mit

einem Blick erfaßt, sprang auf, ergriff das Schwert, das er neben seinem Bett abgelegt hatte, und lief auf sie zu. Daphne stemmte sich mit aller Kraft gegen einen der Tonkrüge. Einen Moment dachte sie, sie sei zu schwach und er würde sich nicht von der Stelle rühren, aber als sie den Griff veränderte und tiefer ansetzte, kippte er um. Der schmale Hals zerbrach bei dem Sturz, und ein Strom von dickflüssigem, goldgelbem Olivenöl ergoß sich über den Boden. Der zweite Mann, das Schwert gezückt, trat mit dem rechten Fuß in die glitschige Flüssigkeit, rutschte aus, versuchte sich zu erheben und fiel wieder hin. Daphne tastete mit bebender Hand nach dem Türgriff und zerrte daran. Die Tür ging auf. Kalte Nachtluft schlug ihr entgegen.

Sie stürzte auf die Straße und rannte.

Sie hörte hinter sich noch die Flüche des Mannes, der mit dem Öl kämpfte, und die tierischen Schreie dessen, dem sie das Gesicht verbrannt hatte, dann verschluckte die Schwärze der Nacht alles. Nach fünf Minuten mußte sie keuchend stehenbleiben. Sie lauschte. Hinter ihr blieb alles still. Sie wurde nicht verfolgt.

Sie lehnte sich gegen die Hausmauer und versuchte, sich über die nächsten Schritte klarzuwerden. Sie wußte nicht, wie lange sie ohnmächtig gewesen war. Es war stockdunkle Nacht. Sie wußte nicht, wohin man sie gebracht hatte und wo sie sich jetzt befand. Sie wußte nicht, wohin sie gehen sollte.

Doch, das wußte sie.

Es konnte nur ein Ziel für sie geben. Sie mußte auf den Palatin zu dem Bankett, das Titus gab. Falls es dafür noch nicht zu spät war.

Wie konnte sie dorthin gelangen ohne jede Orientierungshilfe? Es gab keine Straßenbeleuchtung, und sie hatte nicht, wie jeder, der nachts ausging, eine Laterne bei sich. Sie mußte herausfinden, wo sie war, wie sie auf schnellstem Wege zum Palast gelangte, und sie mußte ein Licht bekommen. Caenis fiel ihr ein, die nachts mit einem Korb durch Athen gewandert war und vorgegeben hatte, sie sei Hebamme.

Sie hämmerte gegen die nächste Tür, die sie finden konnte, und schrie. Schräg über ihr öffnete sich ein Fenster, und eine Frauenstimme rief ihr eine obszöne Aufforderung zu, keinen Krach zu machen und zu verschwinden. Eine Frau, den Göttern sei Dank eine Frau.

«Hilfe, Hilfe», schrie Daphne, «meine Herrin, sie verblutet. Das Kind ist zu früh gekommen! Hilfe!»

Die Frau oben, die den Fensterladen zuschlagen wollte, zögerte.

«Was schreist du dann vor meiner Tür? Geh zum Doktor!»

«Ich weiß nicht, wo er ist! Ich finde ihn nicht! Ich habe mich verlaufen!» Es fiel ihr nicht schwer, ihre Stimme voller Panik klingen zu lassen. «Meine Herrin! Der Herr schlägt mich tot, wenn er merkt, daß ich ... Es ist alles voller Blut. Hilf mir, ich bitte dich!»

«Wo hast du denn deine Laterne?»

«Die habe ich vergessen. Ich hatte solche Angst und bin losgerannt, und dann habe ich mich verlaufen, und nun weiß ich nicht ... hilf mir, bitte, bitte!»

«So dämlich kann man doch gar nicht sein», sagte die Stimme oben, «dein Herr hat ganz recht, wenn er dir den Hals umdreht. Na gut, warte einen Moment. Ich komme.»

Sie kam nach einer Weile, die Daphne, die immer noch horchte, ob ein Verfolger auftauchte, wie eine Ewigkeit vorkam, mit einem brennenden Kienspan, betrachtete das Mädchen von oben bis unten mißbilligend – Daphne stellte sich kurz vor, welchen Anblick sie bieten mußte mit ihren Schrammen und blauen Flecken und dem zerrissenen Kleid – und sagte schroff:

«Nimm das! Geh geradeaus, biege in die zweite Gasse links. Das ist der Clivis Suburanus. Im dritten Haus auf der rechten Seite, da wohnt der Doktor. Das wirst du ja wohl finden, oder bist du auch dazu zu blöd?» Sie schlug die Tür zu.

Daphne achtete darauf, nicht zu schnell zu gehen, damit der Kienspan nicht erlosch.
Der Clivis Suburanus, die Hauptstraße der Subura. Sie kannte sie, sie wußte, wie sie von dort aus zum Palatin kam. Aber die Strecke war lang, das Viertel übel beleumundet. Hier waren die Schenken, wo sich die Taschendiebe und Halsabschneider trafen, hier lagen die billigen Bordelle, hierher traute sich nachts nicht einmal die Stadtwache. Sie schützte die Flamme mit einer Hand und hoffte, daß ihr nicht ein Haufen Betrunkener in den Weg kam.
Die Straße lag voll Unrat, ein paar magere Köter strichen herum und schnüffelten in dem Abfall, irgendwo jaulte eine Katze, sonst war alles still. Daphne ging weiter. Wenn sie nur nicht zu spät kam. Wann hatte Titus' Bankett angefangen? Am späten Nachmittag. Er hatte ein langes Beisammensein geplant. Nur Männer. Ohne Frauen. Ohne Berenike. Erst das Essen, dann das Trinken. Ein Symposium nach griechischem Vorbild. Wie lange dauerte so etwas? Wann sollte Marcus nach Caecinas Plan zuschlagen?
Nicht zu früh, da war sie sicher. Er mußte die Verwirrung ausnutzen, die die Nacht mit sich brachte. Wenn er auch noch Vespasian umbringen lassen wollte, dann mußte er eine Zeit wählen, in der im Palast alles zu Bett gegangen war. Wenn nur noch die Garde auf Wache stand. Die Garde, deren Präfekt ungehindert zum Kaiser vordringen konnte.
Nie war ihr eine Straße so endlos vorgekommen. Der Kienspan brannte gleichmäßig. Die Hälfte des Holzes war schon von der Flamme verzehrt. Gleich würde sie wieder im Dunkeln stehen. Wurde der Himmel nicht schon heller? War es so spät? War die Nacht schon vorbei?
Vor sich sah sie ein rundes Gebäude, das sich gegen den grauer werdenden Himmel abzeichnete. Der Romulustempel. Sie hatte das Forum erreicht. Hier brannten während der ganzen Nacht

Laternen. Sie löschte den Kienspan und warf ihn fort und rannte die Via Sacra entlang zum Palatin.
Am Fuße des Palastes blieb sie stehen. Ihr Herz hämmerte schmerzhaft gegen ihre Rippen. Die Luft stach bei jedem Atemzug. Sie hatte keine Zeit zu verschwenden. Sie konnte sich nicht erholen. Sie flog die breite Treppe hinauf bis zu den Wachtposten.
Es waren zwei Männer, die die Lanzen kreuzten und ihr den Weg versperrten.
«Parole?»
Sie wußte sie nicht. Jeden Abend gab der Kaiser dem Präfekten die Parole. Wenn sie sie wüßte, könnte sie hinein, könnte den Kaiser vielleicht retten. Die Parole, die ihn schützen sollte, kostete ihn jetzt vielleicht ironischerweise das Leben.
Sie überlegte fieberhaft.
«Ich will zur Königin», sagte sie, «ich muß dringend Berenike sprechen.»
«Du?» Ein höhnisches Auflachen begleitete den Blick, der sie von Kopf bis Fuß musterte, «du willst zur Königin? Für Bettlerinnen ist hier kein Platz. Stell dich in den Weg, wenn sie sich in die Stadt tragen läßt.»
«Ich bin Jüdin. Ich komme aus dem jüdischen Viertel. Es gibt einen Anschlag auf die Königin. Ich komme, um sie zu warnen.»
Die beiden Soldaten tauschten Blicke. Der bisher gesprochen hatte, lachte wieder.
«Denk dir eine bessere Geschichte aus, Mädchen!»
Aber der andere schien zu schwanken.
«Wenn sie nun recht hat», sagte er zögernd.
«Bringt mich zu Titus», drängte sie, «er wird euch belohnen, wenn ihr mich zu ihm bringt! Und wenn ich gelogen habe, wird es nicht euer Schaden sein, sondern nur der meine!»
Das leuchtete ihnen ein.

Da sie unter diesen Umständen Daphne persönlich bei Titus abliefern wollten, organisierten sie zunächst zwei andere Wachsoldaten, die ihren Posten einnahmen. Die Minuten verstrichen für Daphne quälend langsam. Sie hatte das Gefühl, daß sie sich nicht mehr lange aufrecht halten konnte. Endlich wurde sie, rechts und links eingerahmt von den Soldaten, durch die Gänge geführt. War der Palast jemals so groß gewesen, die Korridore so zahlreich und lang? Die Räume, in denen Titus das Bankett beging, lagen anscheinend am anderen Ende des Palastes, was fast so weit war wie das andere Ende der Welt.
Daphne stolperte, taumelte, einer der Soldaten umklammerte schmerzhaft ihren Arm und zog sie wieder hoch.
«Hier ist es», sagte der eine, «he, bleib stehen, du kannst nicht einfach so rein. Der Zenturio geht jetzt erst mal und fragt den Cäsar, ob ...»
Er brach ab. Die große Doppeltür zum Festsaal war aufgerissen worden. Ein Mann erschien auf der Schwelle. Sein Gewand und sein Gesicht waren blutbespritzt. Er sah fremd aus, ein Gesicht wie aus Granit gehauen, hart und unbewegt und mit Augen, die nichts sahen. Ein Mann, der sich wie in einem Alptraum bewegte, mechanisch, aufrecht gehalten von Knochen, Sehnen, Muskeln, Nerven, die den Körper bewegten, aber verlassen von dem Geist, der das Fleisch beseelt hatte.
Marcus. Marcus, der getötet hatte. Der Titus getötet hatte.
Sie war zu spät gekommen.
Daphne wollte zu ihm stürzen, aber ihre Begleiter hielten ihre Arme wie mit Schraubstöcken umklammert. Sie wollte rufen, aber aus ihrer Kehle drang nur ein heiseres Schluchzen.
Er hörte es nicht.
Er ging an ihr vorbei und sah sie nicht.
Die Soldaten wichen ihm aus, und er ging durch ein Spalier von entsetztem Schweigen bis ans Ende des Ganges, dann verschwand er ihren Blicken.

Er hatte Titus getötet.
Es war immer derselbe Satz, der in Daphnes Kopf herumlief wie ein Reifen, den ein Kind im Spiel schlug. Sie hatte ein Gefühl von völliger Leere. Hätten die Soldaten sie nicht gehalten, wäre sie zu Boden geglitten.
Er hatte Titus getötet.
Ein neuer Gedanke machte diesem Platz.
Er ging jetzt, um Vespasian zu töten.
Er hat Titus getötet, und jetzt tötet er Vespasian. Caecina hat gesiegt. Marcus hat alles verraten, wofür er gelebt, wofür er gearbeitet hatte. Der Sieg der Finsternis. Ein neuer Bürgerkrieg, Krieg, Krieg, Krieg. Eine endlose Kette bis ans Ende der Welt. Er hat Titus getötet. Er wird Vespasian umbringen. Die Erde versinkt in einem Meer von Blut.
Sie schwankte. Sie fühlte sich so schwach, sie würde bestimmt gleich ohnmächtig werden.
«Daphne!»
Unendlich langsam drehte sie den Kopf und kam vom Rand des schwarzen Lochs, das sie verschlingen wollte, zurück.
«Daphne!»
Er war mit zwei Schritten bei ihr, die Soldaten traten zurück und salutierten, er streckte die Arme aus und fing sie auf.
«Du bist nicht tot», sagte sie, und dann wurde sie wirklich ohnmächtig.

SIE VERBRANNTEN FEDERN VOR IHR, was rücksichtslos war. Es stank bestialisch, und der Rauch drang in ihre Nase, füllte den Rachen. Sie hustete. Sie öffnete mühsam die Augen. Die Lider waren so schwer, als ob Zentnergewichte darauf lägen, aber sie brachte es zustande. Sie wollte sagen, daß sie die Federn fortnehmen sollten, statt dessen hörte sie sich fragen:
«Du bist nicht tot?»

Wie idiotisch. Das hatte sie doch schon einmal gesagt. Zu wem hatte sie das nur gesagt?
«Nein, ich bin nicht tot», sagte der Mann, dessen Gesicht jetzt über dem ihren erschien. Jemand hatte die verbrannten Federn fortgenommen. Endlich.
«Marcus hat Caecina getötet. Ich habe nach Josephus geschickt. Er wird gleich hier sein.»
Sie versuchte, sich aufzusetzen, aber das mißlang. Ihr Kopf schwebte irgendwo weit über ihr und hing nicht mit ihrem Körper zusammen. Das war ein angenehmes Gefühl. Es hatte so etwas Schwebendes, Leichtes. Wie auf einer Schaukel. Oder auf einem schwankenden Schiff. Josephus würde also gleich hier sein. Aha, sie wußte nicht, wozu es gut war, daß er kam, aber es schien dem Mann, der sie besorgt musterte, anscheinend wichtig zu sein.
War Josephus wichtig? Sie versuchte sich zu erinnern.
Das Gesicht über ihr verschwand und machte einem anderen Platz, einem älteren mit schwarzem Bart und tiefen Querfalten auf der Stirn. Er sagte etwas, aber sie verstand es nicht. Er schob den Arm unter ihre Schultern, was wehtat. Dann richtete er sie zum Sitzen hoch, was ein neues Schwanken und Schlingern in ihrem Kopf auslöste. Jetzt hielt er ihr etwas an die Lippen. Sie begriff. Sie sollte trinken.
Das war gut. Sie war durstig. Sie öffnete den Mund und trank gierig und hustete und hustete. Die Tränen traten ihr in die Augen. Das war kein Wasser, das war eine brennende scharfe Flüssigkeit, die ihr den Mund, die Speiseröhre und den Magen verätzte.
Als sie wieder zu Atem kam, sagte sie laut und deutlich in der Sprache, die an den Kais von Alexandria gesprochen wurde:
«Verdammt noch mal, wie kannst du es wagen, mir dieses Gesöff in den Hals zu kippen. Verpiß dich!»
Der Bärtige lachte und sagte:
«Sie ist bei Bewußtsein.»

Natürlich war sie bei Bewußtsein. Sie war immer …

Und dann traf die Erinnerung sie wie ein Schlag, und sie begriff alles. Titus lebte.

Marcus hatte Caecina getötet. Sie hatte es gewußt. Seit er sie nicht angesehen hatte in dem Zimmer in der Granatapfelstraße hatte sie gewußt, wie er sich entscheiden würde.

«Es ist alles gut, Daphne», sagte Titus, der den Arzt wieder beiseite geschoben hatte. Er lächelte zu ihr hinunter und wiederholte, als tröste er ein Kind:

«Es ist alles gut.»

Nichts war gut.

Marcus hatte Caecina getötet und erwartete jetzt, was ihr nach Caecinas Willen geschehen sollte. Er wußte, daß man sie vergewaltigen und töten würde.

«Ich bringe dich zu Berenike», sagte Titus, «dort kannst du auf Josephus warten.»

Sie schob die Bemerkung über Josephus ungeduldig beiseite.

«Berenike ist nicht da», sagte sie.

Er lächelte immer noch. Er hielt sie für verwirrt. Sie schüttelte den Arm ab, den er um ihre Schulter gelegt hatte, und setzte sich aufrecht hin. «Berenike», sagte sie langsam und deutlich, «ist seit einigen Stunden auf einem Schiff nach Alexandria. Sie hat Rom für immer verlassen. Ich habe einen Brief für dich.»

Diesmal glaubte er ihr.

Er sprang auf und schrie jemanden an, der in der Nähe stand.

«Mein Pferd. Und zwanzig Mann berittene Garde! In fünf Minuten im Hof! Wir reiten nach Ostia.»

«Du kommst zu spät. Das Schiff hat bereits vor Stunden abgelegt.» Er drehte sich um.

«Ich weiß. Glaubst du, ich weiß nicht, daß du es mir sonst nicht sagen würdest? Aber was tut das? Es gibt andere Schiffe! Ich werde das schnellste nehmen, das ich auftreiben kann. Ich werde noch vor ihr in Alexandria sein.»

Sein Gesicht zeigte nichts als den Ausdruck eines Mannes, der es eilig hat, weil er dringende Geschäfte erledigen muß. Er wandte sich bereits zur Tür.
«Nein!» Ihre Stimme war wie ein Peitschenhieb. Er zuckte zusammen. «Schick alle fort! Ich muß mit dir reden. Mit dir allein.»
«Ich habe keine Zeit.»
Unter ihrem Blick gab er nach. «Aber nur zwei Minuten.»
Als die Tür sich hinter dem letzten Besucher des Banketts geschlossen hatte, sagte sie:
«Setz dich! Ich kann nicht mir dir reden, wenn du so herumläufst. Dann wird mir wieder schwindlig.»
Er warf sich auf einen Stuhl.
«Sag schnell, was du sagen willst!»
«Sie will nicht, daß du ihr folgst. Du weißt, warum.»
«Ich kenne alle ihre Gründe. Du brauchst sie mir nicht noch einmal herzubeten. Aber ich akzeptiere sie nicht. Ich kann nicht ohne sie leben.»
«Ohne dich kann das Reich nicht leben.»
«Es hat meinen Vater. Meinen Bruder. Es braucht mich nicht.»
«Dein Vater ist alt. Dein Bruder ist zu jung. Die Nachfolge ruht auf deinen Schultern. Damit du Kaiser wirst, haben viele Menschen jahrelang gekämpft, dafür sind viele gestorben, dafür sind Ströme von Blut geflossen. Soll das alles nichts bedeuten?»
«Nichts», sagte er hart, «ohne Berenike – nichts.»
«Bist du soviel schwächer als sie?»
Er ballte die Hände zu Fäusten.
«Du weißt nicht, was du von mir verlangst, Daphne. Das kann kein Mensch leisten.»
«Marcus hat es gekonnt. Und mehr, als von dir verlangt wird.»
Sie sah seinem Gesicht an, daß er sie nicht verstand.

«Er hat heute abend Caecina getötet, um dich zu retten.»
«Er hat damit die Verschwörung vernichtet. Ich bin ihm sehr dankbar. Aber ich begreife nicht …»
«Er hat es dir nicht erzählt, nicht wahr? Er hat dir nicht gesagt, welchen Preis er heute dafür gezahlt hat, daß du Kaiser wirst?»
Er schüttelte den Kopf.
«Caecina hatte Marcus vor die Wahl gestellt, entweder dich und deinen Vater zu töten oder in Kauf zu nehmen, daß die Frau, die er liebt, umgebracht wird. Caecina hatte sie in Gewahrsam. Er hat Caecina trotzdem umgebracht …»
Er stöhnte auf.
«Ich wußte nicht … deshalb … deshalb war er … wie in einem Schock. Ich habe es nicht … ich begreife. Oh, Daphne, was soll ich tun?»
«Ein großer Kaiser werden. Das bist du ihnen allen schuldig. Ein Reich zu schaffen, in dem niemand mehr fragt, ob jemand Jude oder Gallier oder Grieche oder Afrikaner ist. In dem alle geeint sind durch das gleiche Band der Kultur, der Zivilisation, der Humanität. Rom muß sich auflösen ins Reich. Eines Tages soll auch ein Thraker oder ein Syrer Kaiser werden können.»
«Das sind ihre Gedanken.»
«Es ist das, was dir immer von ihr bleiben wird.»
Sie sah, daß er sich entschieden hatte. Sein Gesicht war wie Asche. Alles Strahlende, das einmal an ihm gewesen war, war wie weggebrannt.

Sie wartete nicht auf Josephus. Gegen den Protest des Arztes ließ sie sich in einem zweirädrigen Wagen zum Haus der Annier bringen. Sie trieb den Fahrer an, und er versuchte sein Bestes, aber es war schwer durchzukommen. Die Nacht machte einer grauen, durchsichtigen Dämmerung Platz. Die Stadttore waren schon geöffnet worden, und vom Lande strömten die Eselskarren mit Gemüse und Obst herein. Dazwischen die Handkarren, die von gebeugten, langsam schlurfenden Männern gezogen wurden, die die Abfälle aufsammelten, die vor die Häuser gekippt worden waren. Ein Wagen mit Bauholz wollte um eine Ecke biegen. Die Balken waren zu lang, um die scharfe Kurve zu nehmen, und verkeilten sich zwischen zwei Hausmauern.

Daphne trommelte mit den Fingern auf das Geländer des Wagens und murmelte alle Flüche in aramäisch, lateinisch und griechisch, die sie kannte. Der Fahrer streifte sie mit einem flüchtigen Blick, der Verblüffung und Anerkennung ausdrückte.

Der Palast der Annier lag auf einer Anhöhe in einem ruhigeren Stadtviertel, in dem die Gasse noch wie ausgestorben dalag. Nur vor einem Haus herrschte lebhaftes Treiben. Vier Pferde, vor einen leichten, schnellen Reisewagen gespannt, waren auf die Straße geführt worden. Ein Stallknecht hielt sie am Zügel und sprach beruhigend auf die Pferde ein, die ungeduldig mit den Hufen scharrten. Dahinter stand ein großer vierrädriger Wagen mit Plane, der eilig beladen wurde. Aus dem Inneren des Hauses wurden Körbe und Kisten getragen und verstaut. Ein Mann stand zwischen Tür und Wagen und trieb die Sklaven zur Eile an.

Sie kannte diese Stimme. Sie würde ihr immer unvergeßlich sein. Eine hohe lispelnde Männerstimme. Sie hatte sie auf dem Schlachtfeld von Bedriacum inmitten der Toten und Sterbenden gehört, als sie nach Marcus gesucht hatte.

Marcus' Sekretär. Dann mußte dies das Haus der Annier sein.

Sie sprang vom Wagen, noch ehe der Fahrer das Gespann zum Stehen gebracht hatte, und rannte auf den Mann zu.

«Was ist hier los?» rief sie.

Der Sekretär blickte von einer Liste auf, die er in der Hand hielt. Er maß sie verächtlich von Kopf bis Fuß.

«Was geht das dich an, du ...»

Dann erkannte er sie.
«Daphne? Bist du es? Wie siehst du denn aus? Ist dir etwas zugestoßen? Brauchst du Hilfe? Geh ins Haus, wir kümmern uns sofort um dich.» Sie wischte seine Worte mit einer brüsken Handbewegung beiseite. «Was geht hier vor? Was soll das bedeuten? Wo ist Marcus?»
«Wir reisen ab. Wenn du Flaccus noch sprechen willst, mußt du dich beeilen. Du siehst, er hat die Pferde schon vorführen lassen.»
Er wies mit dem Kopf auf die tänzelnden Rosse.
Er reiste ab.
Er wußte nicht, daß sie noch lebte.
Die Götter waren ihr gnädig, daß sie noch rechtzeitig gekommen war, um seinen Aufbruch zu verhindern.
Sie lief ins Haus und stürmte an dem Türhüter vorbei, der vergeblich versuchte, sie aufzuhalten. Mit seinem Namen auf den Lippen lief sie durch das Atrium, vorbei an den Sklaven und Sklavinnen, die mit Packen beschäftigt waren und sie anstarrten, als begegneten sie einer leibhaftigen Medusa.
Sie fand ihn, als er gerade das Peristyl verlassen wollte. Er hatte sich gewaschen und umgezogen, trug nicht länger die blutbespritzte Uniform des Gardepräfekten, sondern eine bequem gegürtete Tunika und darüber einen leichten Reisemantel.
Von dem kurzgeschnittenen, dunklen Haar über die scharfrasierten Wangen, die weiße Kleidung bis zu den Füßen in den polierten Lederstiefeln wirkte er makellos, kühl und elegant. Das war nicht der Mann, der vor kurzem bei einem Bankett einen Mord verübt hatte, das war der Patrizier mit der langen Ahnenreihe, der in der hochmütigen Haltung seines Kopfes den Anspruch Roms auf Weltherrschaft verkörperte.
Er blieb wie angewurzelt stehen, als er sie sah.
«Marcus! Ich lebe! Ich bin Caecinas Männern entkommen, ich habe sie überlistet. Ich bin hier! Ich bin ...»

Die Worte erstarben auf ihren Lippen, und die Freude erlosch in ihrem Herzen, als sie in seine Augen blickte.
Sie hatten einen Ausdruck, als sähen sie in einen dunklen Brunnen, der unergründlich tief war. Solche Augen hatte sie bei Berenike gesehen, als sie sich entschlossen hatte, Titus zu verlassen.
«Ich weiß, daß du lebst, Daphne.»
Seine Stimme war leicht und unverbindlich.
«Du weißt?»
«Ich habe dich in Titus' Vorzimmer gesehen, als ich gegangen bin.»
«Aber du warst nicht ... du hast nicht ... wieso ... ich verstehe nicht ...?»
Er antwortete ihr mit dem Lächeln nachsichtigen Spottes, das sie so gut kannte.
«Ich fühlte mich in dem Augenblick einer Konversation mit dir nicht gewachsen, mein Kind. Und ich hatte es eilig. Ich wollte heim, mich umkleiden und meine Abreise vorbereiten.»
«Deine Abreise!» rief sie, «warum willst du fort? Wohin willst du gehen?» Er ignorierte die erste Frage.
«Ich habe eine Besitzung in Sizilien, auf die ich mich für eine Weile zurückziehen möchte. Es ist ein schönes Haus, eingebettet in Weinberge, von dem aus man das Meer sehen kann und den schneeglänzenden Gipfel des Ätna.»
«Du willst Rom verlassen?»
«Rom braucht mich nicht. Es hat einen tüchtigen Kaiser.»
«Du willst mich verlassen?»
«Auch du brauchst mich nicht, Daphne. Schau dich an! Deine Zöpfe und Flechten haben sich aufgelöst, und Haare hängen dir wirr ins Gesicht. Auf deiner rechten Wange hast du einen blaugrünen Fleck, und dein linkes Auge schwillt langsam zu. Dein Kleid ist schmutzig und zerfetzt, deine Hände sind zerschunden und blutverkrustet. Du hast dich selbst befreit. Du bist immer

noch so ungebärdig und wild wie damals, als Josephus dich aus dem Wasser gefischt hat. Die Götter mögen dem Mann gnädig sein, der es wagt, dir in den Weg zu treten. Du brauchst mich nicht. Du hast mich nie gebraucht. Du bist stark genug, deinen Weg selbst zu gehen. Lebe wohl, Daphne.»
Er machte Miene, an ihr vorbeizugehen. Sie rührte sich nicht.
«Du darfst nicht gehen, Marcus.»
«Ich kann die Pferde nicht länger warten lassen.»
Dann war er gegangen, und einen Augenblick hing nur der Duft von Sandelholz in der Luft, mit dem er sich parfümiert hatte. Dann verschwand er, und Daphne setzte sich, wo sie war, auf den Boden und schlug die Hände vor das Gesicht.
Er liebte sie nicht.
Sie hatte sich betrogen. Der Blick, den er ihr in dem Zimmer in der Granatapfelstraße über der Werkstatt des Schusters zugeworfen hatte, war nicht von Liebe erfüllt gewesen, sondern von Mitleid. Er hatte sich von Anfang an entschlossen, Caecina zu töten, und sie tat ihm leid, weil sie geopfert werden mußte.
Das war alles.
Alles andere war Einbildung gewesen.
Sie hatte sich getäuscht, wie Caecina sich getäuscht hatte.
Wie hatte sie auch nur einen Augenblick glauben können, daß Marcus ihre Gefühle erwiderte?
Er stand so hoch über ihr. Hatte er ihr das nicht gerade vor Augen geführt? Hatte er ihr nicht mit Worten den Spiegel vorgehalten und ihr ihr Bild gezeigt? Das Bild des hungrigen, schmutzigen Kindes aus dem Elendsviertel, das sich um einen Fischkopf raufte und Feigen stahl und in die Hände biß, die sie berühren wollten, ein Geschöpf, das nicht viel mehr wert war als eine Hafenratte?
Die Tochter des Bettlers und Marcus Annius Flaccus.
Wie dumm sie gewesen war!
Nichts hatte sie ihnen bedeutet. Für Josephus war sie eine lä-

stige Erinnerung, für Caenis ein Werkzeug gewesen und für Marcus ... Sie sah ihn in Nursia und hörte ihn sagen:
Dann sei undankbar. Du bist ganz frei in deinen Gefühlen. Das ist ja gerade der Reiz des Experiments.
Ein Experiment.
Hätte Josephus sie doch niemals aus dem Wasser gezogen! Wie schön mußte es sein, auf dem Grund des Meeres zu ruhen, kühl und still und zur Gesellschaft nur die stummen Fische, die großäugig um sie herumschwimmen und sie nicht verachten würden.
Jemand redete auf sie ein. Daphne hob den Kopf.
Eine ältere Frau stand vor ihr, eine der Sklavinnen, und fragte etwas. Daphne machte sich nicht die Mühe, sie zu verstehen.
Sie wollte niemals einen von ihnen wiedersehen. Vespasian nicht und nicht Titus und nicht Josephus. Nie wieder wollte sie den Weg von Marcus Annius Flaccus kreuzen.
Sie stand auf und ging langsam auf den Ausgang des Hauses zu. Die Frau blickte ihr unschlüssig nach, zuckte dann die Achseln und wandte sich ab.
Die Tür des Hauses der Annier fiel hinter Daphne ins Schloß.
Die Straße lag in hellem Morgenlicht. Sie war leer.

DER ARZT CLEMENS, der in der Subura praktizierte, hatte schon oft Frauen in solchem Zustand gesehen. Was ihn aus der Fassung brachte, war nur die Tatsache, daß es sich nicht um die Frau des Sandalenmachers oder des Korbflechters handelte, sondern um eine junge Frau, die eine elegante seidene Palla trug, deren Haut und Haar nach teurem Salböl duftete und deren Hände so zart waren, daß sie niemals grobe Arbeit verrichtet haben konnten. Keine Frau aus der Subura, sondern ein Luxusgeschöpf aus einem reichen Haus.

Ihr Zustand war erbärmlich. Sie war halbverhungert, schmutzig und abgerissen und sah aus, als habe jemand sie unbarmherzig verprügelt. Ihr Mann oder ihr Liebhaber?
«Ich brauche deine Hilfe», sagte sie schroff.
Er nickte. Die Zeit für Fragen würde später kommen. Wenn überhaupt. Clemens arbeitete in einer Gegend, in der er gelernt hatte, daß es manchmal besser war, keine Fragen zu stellen. Er gab ihr zu essen und zu trinken, versorgte sie mit Wasser zum Waschen, rieb ihre Haut mit Salbe ein, besorgte ihr eine saubere Tunika und ließ sie in seinem Bett schlafen.
Dann wartete er ab.
Sie schlief zwölf Stunden. Als sie aufstand, schien es ihr körperlich besserzugehen. Zwar sah man immer noch die Hautabschürfungen und die blauen Flecken, aber sie hatte ihre Haare ordentlich zu Zöpfen geflochten und trank die warme Milch mit Honig, die er ihr brachte, in einem Zuge aus. Sie war noch blaß, und ihre Augen hatten einen Ausdruck, der ihm nicht gefiel.
«Ich brauche Arbeit», sagte sie.
Clemens wiegte den Kopf hin und her.
«Die wird schwer zu finden sein. Hast du keine Freunde, bei denen du wohnen kannst?»
«Nein. Ich muß Rom verlassen. Ich bin kräftig und kann zupacken. Weißt du ein Haus, wo ich Arbeit finden kann, bis ich mir etwas erspart habe?»
«Wohin willst du?»
Sie zuckte die Achseln.
«Nach Alexandria, nach Antiochien, nach Cäsarea ... einerlei.» Ihm kam eine Idee. Er hatte gestern Dorions jüngsten Sohn behandelt, der eine fiebrige Halsentzündung hatte, und hatte dabei die ganze Zeit den tränenreichen Klagen der Mutter lauschen müssen, die jammerte, die Götter hätten einen Fluch auf sie gelegt, ihr erst den Mann geraubt, und jetzt würden sie nach

ihren Kindern greifen. Eine neue Niobe sei sie und würde das Haus ihres Vaters nie erreichen, jedenfalls nicht gesund und mit ihren Söhnen.

«Würdest du auch nach Zypern gehen?»

«Überallhin würde ich gehen, wenn es nur weit genug weg ist von Rom. Warum fragst du?»

«Ich kenne eine Frau, die aus Zypern stammt. Sie war mit ihrem Mann nach Rom gekommen. Es ist noch nicht lange her. Jetzt ist ihr Mann tot, und sie steht allein mit drei kleinen Kindern. Sie erwartet das vierte. Hier in Rom hat sie keine Verwandten. Sie will nach Zypern zurück zu ihrer Familie. Sie braucht Hilfe für die Reise, aber sie hat nicht viel Geld. Sie wird dir nicht mehr bieten können als einen Platz auf dem Schiff und dein tägliches Brot. Dafür wirst du hart arbeiten müssen.»

«Ich scheue mich nicht davor. Und Armut bin ich gewohnt. Bring mich zu dieser Frau!»

Er erkannte die Härte in ihrer Stimme. Eine entschlossene Person. Ihr konnte er die junge, in Tränen aufgelöste Mutter und die drei wilden Kinder unbesorgt anvertrauen.

Was mochte geschehen sein, daß sie so zerschlagen vor seiner Tür erschienen war?

Dorion, eine mollige, brünette Schönheit von Anfang zwanzig, akzeptierte Daphne als Reisebegleiterin ohne Umstände. Daphne erriet aus Andeutungen, die sie gelegentlich fallenließ, daß Clemens ihr erzählt hatte, sie sei einem eifersüchtigen Gatten, der sie zu schlagen pflegte, davongelaufen und wolle sich fern von Rom vor ihm in Sicherheit bringen. Sie schwieg dazu. Die Geschichte war so gut wie jede andere, wenn sie nur Dorions Vertrauen erweckte.

Das Schiff, das Dorion sich leisten konnte, war ein kleiner Frachter, der dicht unter der Küste segelte und in jedem Hafen anlegte. Die Reise dauerte dadurch mehrere Wochen, aber Daphne war es gleichgültig, wann sie wo ankam. Sie begann

bald den Vorzug zu schätzen, jeden dritten Tag frisches Gemüse und frische Milch für die Kinder kaufen zu können.
Die Arbeit war hart, Clemens hatte nicht übertrieben. Dorion legte sich, sowie sie an Bord gekommen war, in ihre Koje, weinte, schlief und weinte wieder. Daphne kümmerte sich um ihre Mahlzeiten, um ihre Wäsche und um die Beschäftigung der drei Kinder.
Wenn sie abends zu Bett ging, sank sie erschöpft in die Kissen.
Nur eine Nacht ging sie nicht schlafen.
Sie hatten am Tag die Straße von Messina durchquert und gegen Abend im Hafen von Syrakus angelegt. Es war eine klare Nacht, von Sternen erfüllt, zwischen denen ein honigfarbener Mond milde leuchtete. Daphne saß zusammengekauert an Deck und schaute mit brennenden, trockenen Augen auf den schneebedeckten Gipfel des Ätna.
Ihre Mehrsprachigkeit kam ihr zugute, als sie Sizilien verließen und die zahllosen griechischen Inseln der Ägäis anliefen, denn Dorion weigert sich immer noch, an Deck zu gehen oder gar an Land, so daß Daphne alle Einkäufe allein tätigen mußte.
Eigentlich, dachte sie, war Dorions Trauer, in der sie einen großen Anteil Trägheit vermutete, ein Geschenk der Götter für sie, denn solange sie arbeitete und sich um die Kinder kümmern mußte, hatte sie keine Zeit, an etwas anderes, an jemand anderen zu denken.
Erst als die Umrisse Zyperns aus dem Meer stiegen, erhob Dorion sich, kleidete sich an und ging an Deck. Mit großen, tränenfeuchten Augen sah sie zu, wie die Berge der Insel sich dunkelblau aus der Morgendämmerung erhoben.
«Zu Hause», flüsterte sie, «oh ihr Götter, endlich wieder zu Hause. Ich hätte niemals fortgehen dürfen. Nichts als Unglück ist daraus entstanden. Rom hat mir kein Glück gebracht. Oh, Daphne, du ahnst nicht, was das für mich bedeutet. Daheim!

Du wirst es mögen. Mein Vater verwaltet ein Gut, der Besitzer ist fast immer abwesend. Es ist beinahe so, als ob es uns gehört. Es ist der schönste Ort der Welt. Vom Garten aus kann man das Meer sehen, und wenn du bei uns …»

Daphne schnitt ihr das Wort ab.

«Das ist sehr freundlich von dir, Dorion. Aber du bist nur verpflichtet, mich bis Zypern zu beschäftigen. Ich werde mich nach einer anderen Stelle umsehen. Vielleicht kannst du mir ein Empfehlungsschreiben ausstellen.» Dorion widersprach heftig, und später, als er sie am Hafen in Empfang genommen hatte, schloß sich Dorions Vater Apollonios dem Protest an. Es waren die Kinder, die sich weinend an Daphne klammerten, die schließlich den Ausschlag gaben. Daphne ließ sich überreden, mit ihnen aufs Land zu gehen und bei ihnen zu bleiben, bis Dorion entbunden hatte. Danach war keine Rede mehr davon, daß sie sich eine andere Arbeit suchte.

Das Haus, in dem sie mit Dorion und den Kindern lebte, war hübsch am Hang inmitten eines Gartens gelegen mit Blick aufs Meer, nicht weit entfernt von der Villa des Besitzers. Dorions Vater kam alle paar Tage zu ihnen herauf, um nach dem Rechten zu sehen.

Er war seit einigen Jahren Witwer, Dorion sein einziges Kind, ein Mann Anfang der fünfzig, klein und gedrungen, mit scharfen Augen, denen nicht leicht etwas entging. Er sprach nicht viel mit seiner Tochter oder Daphne, aber er scherzte mit den Kindern und saß oft still in der Küche und beobachtete Daphne bei der Arbeit. Es schien ihr, als käme er im Laufe der Zeit häufiger und säße länger in der Küche. Dorion ließ gelegentlich eine Bemerkung entschlüpfen, die Daphne geflissentlich überhörte.

Eines Abends verschwand Dorion mit ihren Kindern, taub für deren Proteste, aus der Küche und ließ sie mit ihrem Vater allein.

Daphne stand am Spültrog und tauchte die Teller in das heiße

Wasser. Sie hörte, wie Apollonios hinter ihrem Rücken sich mehrmals räusperte. Sie drehte sich nicht um.
«Ich muß mir dir reden, Daphne», sagte er schließlich.
«Ja?» Sie wischte mit dem Tuch über den Teller.
«Der Herr ist heute gekommen. Ich habe schon mit ihm gesprochen. Er meinte ... ich denke, er wußte ... er weiß immer ... also, er sagte, ich solle dich fragen.»
Auf dem Teller war kein Flecken mehr zu sehen, aber sie wischte weiter, als sei es das Wichtigste der Welt.
«Du hast dich gut um meine Tochter gekümmert. Die Kinder lieben dich. Wir alle wünschen uns, daß du hierbleibst.»
«Ich habe auch nicht den Wunsch fortzugehen. Ich bin gern bei euch.» Er räusperte sich wieder.
«Wir möchten alle, daß du richtig zu uns gehörst. Ich bin kein junger Mann mehr, das ist wahr, und du bist noch eine junge Frau. Aber Dorion sagte mir, daß du Schweres durchgemacht hast. Ich wäre immer gut zu dir, Daphne, das weißt du.»
Er wartete.
Sie schwieg.
«Willst du es dir überlegen?»
Daphne drehte sich um und sah ihn an.
«Du weißt gar nichts über mich.»
«Ich habe dich beobachtet. Ich kenne dich, wie du jetzt bist. Das Leben ist wie Wasser. Es rinnt fort und fort, und niemand kann es aufhalten. Was einmal war, ist vorbei. Unwiederbringlich.»
«Unwiederbringlich», sagte sie leise.
«Bleib bei uns, Daphne! Ist hier nicht ein Ort, wo du Frieden und Ruhe findest und vielleicht auch Glück? Denke darüber nach!»
Er erhob sich schwerfällig und ging hinaus.
Mit zitternden Händen band sie das Tuch los, das sie zum Schutz der Tunika um die Hüften gebunden hatte.

Sie wünschte, Apollonios hätte nicht gesprochen. Aber sie hatte es kommen sehen. Einmal mußte es geschehen. Sie konnte nicht erwarten, den Rest ihres Lebens so vor sich hinleben zu dürfen, ohne daß Ansprüche an sie gestellt wurden. Sie mußte sich entscheiden. Brauchte sie überhaupt noch zu überlegen?

Hier wären Kinder, die sie liebten, eine Stieftochter, die ihre Freundin geworden war, ein Mann, der sie achtete, bescheidener Wohlstand, Frieden und Ruhe. Was gab es da noch nachzudenken? Das war eine Welt, in der die Tochter des Bettlers akzepiert wurde als das, was sie war. Das war das Ende ihres Weges, der Beginn eines neuen Lebens. Entsprach es nicht dem Leben, das sie sich gewünscht hatte, als sie mit ihrem Vater in Alexandria gewohnt hatte? Hier war die Geborgenheit, die sie sich immer ersehnt hatte.

Ohne es zu wissen, hatte sie den Pfad eingeschlagen, der steil zum Meer hinabführte. Es war schon dunkel, aber der Mond goß so klares Licht aus, daß sie jeden Stein auf dem Weg erkennen konnte. Und auch den Mann, der unten in der Bucht am Wasser saß.

Der Besitzer.

Apollonios hatte gesagt, der Herr sei zurückgekommen. Sie hatte nie gefragt, wem das Gut gehörte. Jetzt wußte sie es.

Er hatte das schönste Männergesicht, das sie je gesehen hatte. Ein aus dem gemeißelten Stein zum Leben erwachter Apoll mit einer schwarzen Binde vor den Augen.

Alexandros, der blinde Sänger, den sie am Hof Berenikes getroffen hatte. Ihr Schritt stockte.

«Komm näher», sagte er, «die Bucht bietet Raum für uns beide. Du brauchst dich nicht vor mir zu fürchten.»

«Ich fürchte dich nicht», sagte sie.

«Dann setz dich zu mir, Daphne.»

Er deutete auf den Sand neben sich.

«Du weißt, wer ich bin?»

Sie ließ sich neben ihm nieder.
«Manche Leute vergessen nie ein Gesicht, das sie einmal gesehen haben. Ich vergesse niemals eine Stimme, die ich gehört habe. Was machst du hier?»
Sie mußte vorsichtig sein. Sie erinnerte sich, daß er damals tiefer in ihr Herz geblickt hatte als sie selbst.
«Ich arbeite für Dorion.»
«Dann bist du die Frau, die Apollonios heiraten will.»
«Ja.»
«Wirst du ihn nehmen?»
Daphne starrte über das Meer. Das Mondlicht malte kleine, silberne Girlanden auf die Wellen.
«Er gibt mir, was ich brauche.»
«Aber?»
«Aber ich würde ihn betrügen. Apollonios gibt mir seine Wahrheit, seine Ruhe, seinen Frieden. Ich bringe ihm nichts als ein Herz, das sich nach einem anderen verzehrt.»
«Gib mir deine Hand», sagte Alexandros und streckte seine aus. Sie legte ihre hinein. Wie damals fuhr er mit dem Zeigefinger sacht über ihren Handteller.
«Du hast Angst, Daphne», sagte er.
Sie schwieg.
«Angst», fuhr er fort, «ist nur der Mangel an Mut.»
Daphne entzog ihm heftig ihre Hand.
«Du meinst, ich habe keinen Mut? Bin ich nicht Josephus in die Zisterne von Jotapata gefolgt? Bin ich nicht zu Caecina ins Lager gegangen, obwohl er mein Feind war? Habe ich mich nicht aus dem Gefängnis befreit, in das er mich gesperrt hatte? Auf meiner Flucht aus dem Heerlager habe ich getötet. Ich bin über das Schlachtfeld von Cremona gegangen. Willst du behaupten, daß es mir an Mut fehlt?»
«Du bist mutig, wenn es gilt, äußeren Gefahren zu trotzen, Daphne. Du hast den physischen Mut eines Soldaten. Aber du

hast immer noch Angst vor deinen Gefühlen. Du fürchtest dich, das Gefängnis zu verlassen, in das du dich selbst gesperrt hast. Geh zu ihm!»

Sie gab nicht vor, ihn nicht zu verstehen.

«Ich kann nicht ... ich kann nicht. Er liebt mich nicht.»

Sie fühlte das Schweigen des Blinden wie einen lauten Vorwurf, gegen den sie sich verteidigen mußte.

«Ich bedeute ihm nichts. Ich bin zu ihm gegangen und habe ihm gesagt, daß ich ihn liebe, und er hat mich verlassen.»

«Was hast du ihm gesagt? Und was hat er geantwortet?»

Daphne schlang die Arme um die angezogenen Knie und starrte über das Meer. Als rezitiere sie einen Text, den sie vor langer Zeit auswendig gelernt hatte, sagte sie:

«*Du braucht mich nicht, Daphne. Du bist stark. Die Götter seien dem Mann gnädig, der dir in den Weg tritt. Du brauchst niemanden. Du kannst für dich selbst sorgen. Lebwohl.*»

Alexandros' wunderbar klangvolle tiefe Stimme schwebte durch die Dunkelheit zu ihr hinüber, und ihr war, als höre sie ein leichtes Lachen darin.

«Das ist in der Tat eine merkwürdige Antwort auf eine Liebeserklärung. Was hattest du denn zu ihm gesagt?»

«Ich hatte ihm gesagt, daß ich ihn brauche.»

«Hast du nicht gesagt, daß du ihm deine Liebe erklärt hast?»

«Ja. Natürlich. Das habe ich doch eben gerade gesagt.»

«Wirklich? Wann hast du jemals das Wort Liebe ihm gegenüber ausgesprochen?»

«Wenn er mich liebte, hätte er es spüren müssen.»

Wie hätte er es ahnen können? Ihr fielen all die Augenblicke wieder ein, in denen sie ihm ihre Beziehung zu Josephus wie einen Schutzschild vorgehalten hatte. Hatte sie nicht ihre Gefühle so gut versteckt, daß sie selbst sie erst spät erkannt hatte? Und noch besser vor ihm verborgen, damit er sie niemals entdeckte?

«Geh zu ihm», sagte Alexandros.
«Aber wenn er mich nicht liebt?»
«Ja? Was ist dann? Wovor hast du Angst?»
Davor, das zarte Pflänzchen Hoffnung zu vernichten, das sie im letzten, geheimsten Winkel ihres Herzens verstohlen begoß, wider alle Vernunft und Einsicht. Solange sie ihn nicht fragte, solange konnte sie keine Gewißheit haben, daß er sie nicht liebte, solange konnte sie sich nach ihm sehnen, konnte sich ausmalen, wie sie morgens erwachte, seinen Kopf an ihrer Schulter, wie sie im Schutz seines Armes durch den Garten ging, wie sie ihre Finger in seine flocht und das Gesicht zu ihm aufhob, wie er sich herabbeugte, um sie zu küssen. Wenn sie zu ihm ging, wenn sie ihn fragte, wenn er die Worte sprach, die sie vernichten würden …
Es war so viel leichter, Apollonios zu heiraten.

DAPHNE FAND EIN SCHIFF von Paphos nach Rhodos, von dort eine Passage über Milet nach Piräus und durch den Golf von Korinth nach Syrakus. Als sie an Land ging, hatte sie keinen Blick für die Schönheit des schneebedeckten Ätna. Sie fragte sich durch zur Bank des Ausonius, löste einen Kreditbrief ein, den Alexandros ihr ausgestellt hatte, und fragte nach dem Gut des Marcus Annius Flaccus.
Sie ließ sich eine genaue Wegbeschreibung geben, mietete ein Maultier und zwei Begleiter und versorgte sich mit Wasser und Proviant für den ganztägigen Ritt, der vor ihr lag.
Über Mittag rasteten sie unter einer Baumgruppe, und sie schlief eine Weile.
Als die Sonne schräger stand, machten sie sich wieder auf den Weg. Es war eine liebliche Landschaft, sanft gewellt und üppig, golden leuchtend von dem schweren Weizen, den die Erde trug.

Gegen Abend erreichten sie eine Platanenallee, die von der Landstraße abzweigte und auf eine große Villa hinführte, die auf der Spitze eines Hügels lag, von dem man weit das Land überblicken konnte, bis hin zum Ätna und zum Meer.

Daphne ritt bis vor das große Eingangstor, stieg ab und befahl den zulaufenden Sklaven, die Reittiere in den Stall zu führen und ihre Begleiter mit einem Essen und einem Quartier zu versorgen, da sie erst morgen in die Stadt zurückkehren würden. Dann wandte sie sich an einen herkulischen Mann, der offensichtlich der Türsteher war.

«Wo ist dein Herr? Gib mir jemanden, der mich zu ihm führt!»

Der Mann richtete sich zu seiner vollen Höhe auf und blickte abschätzig auf sie nieder. Er hatte sie noch nie gesehen. Nach Kleidung und Begleitung zu urteilen, war sie weder reich noch vornehm, und sein Herr hatte ihm nicht gesagt, daß er Besuch erwartete.

«Ich werde jemanden senden, der sich erkundigt, ob der Herr dich empfangen will», sagte er mit der Autorität seines Amtes und seiner Größe, womit er noch jeden Besucher eingeschüchtert hatte. «Warte einstweilen in der Vorhalle. Wie ist dein Name?»

Unter dem Blick, mit dem Daphne ihn von Kopf bis Fuß maß, schrumpfte seine Großartigkeit ein.

«Ich werde ihn selbst finden», sagte sie.

Der Türhüter machte Anstalten, ihr den Weg zu vertreten, aber sie ging an ihm vorbei, als sei er unsichtbar, und als er sich wieder gefaßt hatte – so etwas war ihm noch nie passiert –, war sie schon im Inneren des Hauses verschwunden.

Sie hatte keinen Blick für die kostbare Ausmalung an den Wänden, für die erlesenen Möbel, für die Schönheit der grünen Innenhöfe mit den leise rieselnden Brunnen, sie bemerkte nur die Weitläufigkeit des Gebäudes, das sie durchschritt. Die Diener wiesen ihr den Weg. Sie fand ihn in einem Gemach im dritten Hof, das als Bibliothek diente. Er saß an einem Tisch und schrieb.

Er saß von ihr abgewandt, und sie sah nur das kurze dunkle Haar über dem gebräunten Nacken und seinen Rücken.

Er hatte bemerkt, daß jemand eingetreten war, weil ein Schatten über den Tisch gefallen war, und sagte, ohne aufzusehen:

«Setze die Karaffe auf den Tisch dort drüben und gieße mir einen Becher voll Wein ein!»

«Ich habe keinen Wein mitgebracht», antwortete sie.

Seine Hand erstarrte mitten in der Bewegung. Er saß so still, als ob er nicht einmal mehr atmete. Daphne wartete. Ihr schien, sie wartete eine Ewigkeit. Dann stand er auf und kam mit ausgebreiteten Armen lächelnd auf sie zu.

«Daphne! Welche Überraschung! Welche Freude! Ist Josephus bei dir? Seid ihr auf der Durchreise? Wollt ihr zu Berenike?»

Er war ganz der aufmerksame Gastgeber, der liebe alte Freunde empfängt, die unerwartet zu Besuch kommen.

«Josephus ist in Rom, soviel ich weiß. Aber ich kann mich irren. Ich habe ihn seit Monaten nicht mehr gesehen. Wir sind geschieden. Ich lebe jetzt auf Zypern.»

«Was tust du da? Nein, erzähle es mir später beim Essen. Du mußt müde sein von der Reise. Ich lasse ein Zimmer und ein Bad für dich bereiten. Wir sehen uns dann später. Wäre es dir in zwei Stunden recht?» Zwei Stunden Aufschub? Er hatte nicht einmal zwei Minuten gebraucht, um seine Rüstung anzulegen und ihr gepanzert entgegenzutreten.

Daphne schüttelte den Kopf.

«Ich bin nur gekommen, um dir eine Frage zu stellen. Ich habe dafür einen weiten Weg gemacht. Ich will nicht länger auf die Antwort warten.» Er lächelte das spöttische Lächeln, das sie so gut kannte, das sie so oft gehaßt hatte. Seine Augen lächelten nicht.

«Das muß ja eine wichtige Frage sein.»
«Ich bin gekommen, um dich zu fragen, ob ich Apollonios heiraten soll.» Es verschlug ihm die Sprache, und es dauerte einen Moment, bevor er leichthin sagen konnte:
«Es ehrt mich, daß dir an meinem Urteil liegt. Wer ist Apollonios?»
«Ich arbeite für seine Tochter. Er ist Verwalter auf dem Gut des Sängers Alexandros. Er ist nicht mehr jung, aber er ist aufrichtig, warmherzig und gütig. Er bietet mir Ruhe und Geborgenheit und Fürsorge für den Rest meines Lebens.»
«Das hört sich so an, als ob ich dir zuraten sollte.»
«Es gibt nur ein Problem.»
«Ja?»
«Ich liebe ihn nicht.»
Das spöttische Lächeln verzerrte sich leicht.
«Das sollte dich nicht hindern, Daphne. Ich kann dir versichern, daß man sehr gut ohne Liebe leben kann.»
«Ich liebe einen anderen Mann. Glaubst du, ich sollte Apollonios trotzdem heiraten? Ich habe das Gefühl, ich betrüge ihn.»
«Weiß Apollonios davon?»
«Nein, noch nicht. Alexandros weiß davon. Er hat mir geraten, dich zu fragen.»
«Der weite Weg von Zypern nach Sizilien, nur um meine Meinung einzuholen? Ist sie so wichtig?»
Das war der Moment, vor dem sie sich gefürchtet hatte. Sie straffte sich. «Man kann ohne Liebe leben. Das weiß ich so gut wie du. Wenn der Mann, den ich liebe, mich nicht will, dann werde ich Apollonios heiraten. Deshalb bin ich von Zypern nach Sizilien gekommen. Du mußt die Entscheidung treffen, Marcus.»
In seinem Gesicht rührte sich nichts. Er zuckte nicht mit der Wimper.

«Heirate Apollonios!»

Eine Sklavin trat ein, einen Weinkrug auf der Schulter. Sie setzte ihn auf dem Tischchen neben Daphne ab und blickte fragend auf ihren Herrn. Er winkte sie mit einer ungeduldigen Handbewegung fort. Daphne wartete, bis sie sich entfernt hatte, dann holte sie tief Luft. Ihre Stimme klang in ihren eigenen Ohren schrill.

«Marcus, hast du mich nicht verstanden? Ich ...»

Zum ersten Mal, seit sie ihn kannte, erlebte sie, daß er die Fassung verlor. Die Maske der überlegenen Gelassenheit zerbrach, und sie entdeckte dahinter den Schmerz.

«Schweig, Daphne!» herrschte er sie an, «sprich es nicht aus! Warum bist du gekommen? Um Salz in offene Wunden zu streuen? Heirate Apollonios! Du bist jung!» fuhr er sanfter fort, «du wirst Kinder haben, ein Heim, eine Familie, die dich liebt. In all der Alltagsarbeit wird mein Bild allmählich verblassen, und in einigen Jahren denkst du nur noch mit einer leichten Wehmut an Rom zurück, bis auch das eines Tages aufhört. Du wirst das alltägliche Leben alltäglicher Leute führen. Das ist das Glück.»

Das Blut sang in ihren Ohren. Sie hatte sich nicht getäuscht damals, als Caecina sie und ihn in die Falle gelockt hatte. Er liebte sie. Auch wenn er es nicht zugeben wollte. Sie mußte kämpfen. Und kämpfen – bei allen Göttern –, das konnte sie.

«Es gibt für mich kein Glück, wenn du mich nicht liebst, Marcus.»

Er wandte sich ab und trat unter die Tür. Sie sah nur seine Silhouette gegen das Sonnenlicht, das vom Innenhof hereinfiel, und mußte sich anstrengen, um ihn zu verstehen. Er sprach tonlos und leise.

«Dich nicht lieben? Wann hätte ich das je getan? Dein Kindertrotz hat mich gerührt, ich habe deinen Kampfgeist bewundert und deinen Eigensinn verflucht, mit dem du dich in Gefahr gebracht hast. Ich habe Josephus gehaßt und war eifersüchtig auf

Domitian. Ich habe immer gehofft, daß du mich eines Tages nicht mehr als einen gutmütigen Onkel betrachten würdest. Aber als ich endlich erkannte, daß du mich liebst, war es zu spät.»

«Wann hast du es gewußt?»

«In jener Nacht, als ich Caecina umgebracht habe. Als du im Morgengrauen in mein Haus kamst und mich batest, dich nicht zu verlassen. Dein ganzes Gefühl lag in deinen Augen. Da habe ich es gewußt.»

«Und bist trotzdem gegangen», flüsterte Daphne.

«Ja.»

«Warum?»

«Mußt du das fragen?»

Er drehte sich um, aber er kam nicht in den Raum zurück. Sie konnte sein Gesicht nicht erkennen. Seine Stimme hatte einen Unterton von erzwungener Geduld, wie ein Lehrer sie mit einem begriffsstutzigen Kind hat.

«Caecina hat mich gezwungen, zwischen dir und Rom zu wählen. Ich habe nicht dich gewählt, Daphne. Ich habe deinen Tod in Kauf genommen. Das wird immer zwischen uns stehen. Du wirst nie vergessen können, daß ich dich verraten habe. Geh nach Zypern zurück und heirate Apollonios!»

Daphne spürte, wie eine heiße Woge des Zornes in ihr aufstieg. Sie tastete nach dem nächstbesten Gegenstand in ihrer Reichweite, bekam den Weinkrug zu fassen, hob ihn an und zerschmetterte ihn auf dem Mosaikboden.

«Oh ja, ich versteh dich, Marcus Annius Flaccus! Du hast entschieden. Das kannst du ja so gut. Du hast ja immer recht. Du hast immer recht gehabt, nicht wahr? Warum hast du mir nie gesagt, daß du mich liebst? Ich hätte den Boden angebetet, auf dem du gingst, aber du hast dir Nefrit ins Bett geholt. Du hättest nie auf Josephus und Domitian eifersüchtig zu sein brauchen. Statt dich wie ein wohlwollender älterer Bruder aufzuführen, hättest du mir nur anzudeuten brauchen, daß du mich willst. Nach all dem, was du bisher versäumt hast, hältst du dich immer noch für den Mann, der imstande ist, die richtigen Entscheidungen zu treffen? Du bist dumm, Marcus, so dumm. So von deiner göttergleichen römischen Überlegenheit und Unfehlbarkeit überzeugt, daß du das Wichtigste übersehen hast.»

Seine Stimme schwankte.

«Was meinst du damit?»

«Wann, hast du gesagt, hast du erkannt, daß ich dich liebe? An dem Morgen, als ich in dein Haus kam. Da war Caecina schon tot. Da wußte ich schon, daß du Rom gewählt hattest. Und trotzdem bin ich zu dir gegangen. Ich habe es gewußt, Marcus, und ich habe dir meine Liebe zu Füßen gelegt. Aber du bist darüber hinweggeschritten. Denn du hattest ja die Entscheidung bereits getroffen, daß ich dich nicht mehr lieben konnte. Mich brauchtest du nicht zu fragen. Und selbst, daß ich jetzt zu dir gekommen bin, zählt in deinen Augen nichts. Deine Arroganz ist unüberbietbar. Deine edle Entsagung ist nichts als Hochmut. Du bist zu stolz, um meine Liebe anzunehmen. Eher machst du uns beide unglücklich. Ich bin gekommen, um dich vor die Wahl zu stellen. Wenn dein Stolz größer ist als deine Liebe, dann schick mich fort! Dann sage mir noch einmal, daß ich Apollonios heiraten soll, und ich kehre nach Zypern zurück.»

Die Scherben des Weinkrugs knirschten unter seinen Füßen.

Mit geballten Fäusten, so angespannt, daß jeder Muskel in ihrem Körper schmerzte, starrte sie ihm entgegen.

Er blieb vor ihr stehen. Noch immer konnte sie seinen Gesichtsausdruck im Gegenlicht nicht erkennen. Der Augenblick des Schweigens dehnte sich für sie wie eine Ewigkeit. Dann hob er langsam die Hand und legte sie so sanft auf ihre Wange, als fürchte er, sie sei nur eine Erscheinung und könne wie ein Nebelstreif zerrinnen.

«Bleib, Daphne», flüsterte er heiser. Dann räusperte er sich und fügte, um nicht vom Übermaß des Gefühls hinweggeschwemmt zu werden, mit einem Anflug des alten Spottes hinzu: «Bleib bei mir! Ich habe einen unerschöpflichen Vorrat an Geschirr, das du zertrümmern kannst. Bestimmt viel mehr als Apollonios.»

Pauline Gedge

Pauline Gedge, geboren 1945 in Auckland, Neuseeland, verbrachte einen Teil ihrer Kindheit in England und lebt heute in Alberta, Kanada. Mit ihren Büchern, die in zahlreiche Sprachen übersetzt sind, gehört sie zu den erfolgreichsten Autorinnen historischer Romane.

Die Herrin vom Nil *Roman einer Pharaonin*
(rororo 15360)
Vor dreieinhalb Jahrtausenden bekam in Agypten die Sonne eine Tochter: Hatschepsut. In diesem spannenden biographischen Roman zeichnet Pauline Gedge diese einzigartige und erste bedeutende Frau der Weltgeschichte nach.

Das Mädchen Thu und der Pharao *Roman*
(rororo 13998)
«Eine aufregende Story aus dem Land der Pharaonen mit aufschlußreichen Einblicken in das gesellschaftliche Leben der damaligen Zeit.» *Brigitte*

Die Herrin Thu *Roman*
Deutsch von
Dorothee von Asendorf
544 Seiten. Gebunden
Wunderlich und als rororo
Band 22835

Pharao *Roman*
(rororo 12335)
«Eine elegante, spannende, ja faszinierende *Hofberichterstattung* aus der Zeit des großen Umbruchs Ägyptens.» *Die Rheinpfalz*

Der Sohn des Pharao *Roman*
(rororo 13527)

Unterhaltung

Die Herren von Rensby Hall
Roman
(rororo 13430)

Herrscher der zwei Länder
Band 1: Der fremde Pharao
Deutsch von
Dorothee Asendorf
(rororo 23033)

Band 2: In der Oase
Deutsch von
Dorothee Asendorf
(rororo 23105)

Band 3: Die Straße des Horus
Deutsch von
Dorothee Asendorf
(rororo 23116)

Weitere Informationen in der **Rowohlt Revue**, kostenlos im Buchhandel, und im Internet: **www.rororo.de**

3739/3